Lisa Jackson

Verräterische Gefühle
Seite 7

Der Feind, der mich liebte
Seite 273

MIRA® TASCHENBUCH
Band 25674
1. Auflage: Juli 2013

MIRA® TASCHENBÜCHER
erscheinen in der Harlequin Enterprises GmbH,
Valentinskamp 24, 20354 Hamburg
Geschäftsführer: Thomas Beckmann

Copyright © 2013 by MIRA Taschenbuch
in der Harlequin Enterprises GmbH
Deutsche Erstveröffentlichung

Titel der nordamerikanischen Originalausgaben:

In Honor's Shadow
Copyright © 1988 by Lisa Jackson
erschienen bei: Silhouette Books, Toronto

Midnight Sun
Copyright © 1985 by Lisa Jackson
erschienen bei: Silhouette Books, Toronto

Published by arrangement with
HARLEQUIN ENTERPRISES II B.V./S.àr.l

Konzeption/Reihengestaltung: fredebold&partner gmbh, Köln
Umschlaggestaltung: pecher und soiron, Köln
Redaktion: Mareike Müller
Titelabbildung: Harlequin Enterprises S.A., Schweiz
Autorenfoto: © Harlequin Enterprises S.A., Schweiz
Satz: GGP Media GmbH, Pößneck
Druck und Bindearbeiten: CPI – Ebner & Spiegel, Ulm
Printed in Germany
Dieses Buch wurde auf FSC®-zertifiziertem Papier gedruckt.
ISBN 978-3-86278-734-0

www.mira-taschenbuch.de

Werden Sie Fan von MIRA Taschenbuch auf Facebook!

Lisa Jackson

Verräterische Gefühle

Roman

Aus dem Amerikanischen von
Christiane Meyer

PROLOG

West Linn, Oregon
Brennas achtzehnter Geburtstag

„Hast du es schon angezogen?", rief Honor aus dem angrenzenden Badezimmer.

„Fast." Stirnrunzelnd machte Brenna Douglass auf der Schulter eine Schleife in das Bändchen des Sommerkleides. Ihre Schwester hatte ihr das Kleid vor einer halben Stunde geschenkt. Aus pfirsichfarbener Baumwolle genäht, war es um die Brust ein bisschen zu weit, zwickte etwas in der Taille und bauschte über den Knien. Brenna rückte den Träger zurecht und strich den Stoff an ihrer Brust glatt. „Fertig!"

„Lass mal sehen!" Honor steckte den Kopf durch die Tür zum Schlafzimmer. Ihre blauen Augen leuchteten. „Du siehst großartig aus, Bren!"

„Danke. Und danke noch mal für das Kleid."

„Glaub mir, das habe ich gern getan", erwiderte Honor zwinkernd. „Das wird Craig umhauen!"

Brenna errötete. Sie wollte nicht an Craig Matthews denken. Jeder – inklusive Honor – nahm an, dass sie in ihn verliebt wäre. Doch das war sie nicht. Wenn Honor oder ihr Vater geahnt hätten, wem ihr Herz tatsächlich gehörte … Sie schluckte und schämte sich. „Craig fällt das wahrscheinlich nicht einmal auf."

„Sicher bemerkt er es. Vertrau mir. Ich weiß, was Männer mögen. Und das …", sie deutete auf das Kleid, „… schlägt Jeans und T-Shirt jederzeit."

„Ich hoffe nur, dass du nicht zu viel dafür ausgegeben hast."

Honor verschwand wieder im Badezimmer. „Mach dir darüber mal keine Gedanken", rief sie über das Geräusch von fließendem Wasser hinweg. „Spätestens mit dreißig habe ich es abbezahlt." Dann lachte sie, und Brenna entspannte sich ein wenig. Sie liebte das Kleid und war davon überzeugt, dass Honor mehr dafür bezahlt hatte, als sie sollte. Und genau das ließ Brenna hellhörig werden. Für gewöhnlich tat ihre ältere Schwester nie etwas ohne Hintergedanken.

Aber das hier war bestimmt etwas anderes. Das Kleid war immerhin ihr Geburtstagsgeschenk.

„Hey, Bren?", sagte Honor, nachdem sie den quietschenden Wasserhahn zugedreht hatte.

Ein ungutes Gefühl beschlich Brenna. Sie sank auf Honors Bett. „Ja?"

„Könntest du mir einen klitzekleinen Gefallen tun?"

Da haben wir's. „Kommt darauf an", entgegnete sie vorsichtig. Sie nahm ihr altes Lehrbuch für Journalismus in die Hand und blätterte durch die zerfledderten Seiten. „Was willst du denn?"

„Es ist nur eine Kleinigkeit", erklärte Honor. „Ich möchte nur, dass du Warren erzählst, dass ich mit Sally unterwegs bin."

Ihr dummes kleines Herz hämmerte wie wahnsinnig. „Was? Und wo seid ihr angeblich?", hakte Brenna nach.

„Egal. Sag einfach, dass wir in der Bibliothek sind."

„Was habt ihr beide denn vor?"

„Sally und ich haben nichts vor. Ich gehe mit Jeff aus."

Brenna wollte sich am liebsten in Luft auflösen. Sie saß praktisch in der Zwickmühle. Angespannt warf sie das Buch auf den Nachttisch und starrte zum zerschlissenen Stoff des Betthimmels hinauf. Ihre Gedanken wanderten zu Warren Stone. Wie den ganzen Sommer über träumte sie auch jetzt wieder von ihm. Sie wusste, dass er sie nicht liebte, dass er sie niemals würde lieben können. Schließlich war er in ihre Schwester verliebt. Brenna war klar, dass sie nie mehr als nur eine blasse Kopie der wunderschönen Honor sein würde.

Finster betrachtete sie den gelben Baldachin und hörte, wie Honor aus dem Bad, durch das ihre beiden Zimmer miteinander verbunden waren, weiter auf sie einredete.

„Komm schon, Brenna. Den Gefallen kannst du mir tun. Ich werde mich auch revanchieren. Versprochen! Und außerdem ist es nur ein kleiner Schwindel."

Brenna zog die Mundwinkel nach unten. Sie war noch nie eine gute Lügnerin gewesen. Bei jeder noch so winzigen Notlüge wurde ihr Kopf knallrot, und sie begann, furchtbar zu stammeln. Warren würde sie sofort durchschauen.

„Ich kann das nicht, Honor", entgegnete sie entschieden und wandte sich der offenen Badtür zu.

„Warum nicht?" Honor erschien in der Tür. Ihr glänzendes blondes Haar schimmerte im Licht der Lampe, und sie schaute Brenna mit diesem über die Jahre perfektionierten unschuldigen Ausdruck an.

„Weil es nicht die Wahrheit ist!"

„Komm schon, Brenna, entspann dich mal. Das ist doch keine große Sache." Während sie in das Schlafzimmer trat, hob sie ihr Haar an und flocht ihre dicken Locken im Nacken zu einem goldenen Zopf. Ärgerlich kniff sie die Lippen zusammen und fummelte ungeduldig am störrischen Haarband herum, das nicht so wollte wie sie. Ihr Blick fiel auf Brennas Sandalen auf der alten Tagesdecke. „Hey, nicht mit Schuhen auf mein Bett. Hilf mir mal mit dem Zopf, ja?" Honor hockte sich auf die Bettkante.

Brenna schleuderte ihre Sandalen von den Füßen, setzte sich hin und schlang das Haarband um den Zopf. „Warum die Lüge?"

„Lüge?", wiederholte Honor.

Brenna wollte schreien. *Wie kannst du Warren das nur antun? Wie?* „Ja. Warum soll ich Warren anlügen, damit er nicht erfährt, wohin du gehst?"

Verzweifelt verdrehte Honor ihre großen Augen. Noch einmal betrachtete sie prüfend ihre Frisur in dem ovalen Spiegel, der hoch über der alten Kommode aus Mahagoni angebracht war. Der Spiegel hatte einen Sprung, aber Honors Anblick war trotzdem strahlend. „Weil ich ihn nicht verletzen will, du Dummerchen!"

„Warren liebt dich", flüsterte Brenna. Dieses Eingeständnis versetzte ihr einen schmerzhaften Stich.

Honor lächelte sich im Spiegel zu, warf den Kopf zurück und

gab dann etwas Gloss auf ihre ohnehin schon rosigen Lippen. „Er glaubt nur, dass er mich liebt."

„Er will dich heiraten", erwiderte Brenna starr. Es tat ihr weh, dass Honor Warren behandelte, als wären seine Gefühle egal. Für Brenna war Warren nicht bloß attraktiv und klug, nein, er war schier perfekt. Sie hatte ihr Herz schon an ihn verloren, bevor er angefangen hatte, sich mit Honor zu treffen. Aber natürlich hatte sie nie ein Wort gesagt. Sie konnte nicht zugeben, was sie fühlte.

„Unsinn!" Honor schenkte ihrer jüngeren Schwester ein lässiges Lächeln. In ihrer Wange zeigte sich ein kleines Grübchen. „Ich werde niemanden heiraten – jedenfalls nicht, solange ich nicht mit der Modelschule fertig bin. Danach gehe ich nach New York oder sogar Paris", fügte sie verträumt hinzu.

„Warum redest du nicht mit Warren darüber?"

„Das werde ich ... irgendwann mal."

Draußen ertönte eine Hupe. Honor rannte zum Fenster und stieß die Fensterläden auf. „Das ist Jeff. Er ist da!"

Brenna starrte ihre Schwester an. Was sah Honor nur in einem Mann wie Jeff Prentice – einem ehemaligen Footballstar der Highschool, der inzwischen in einer Fabrik arbeitete? Jeff war in Ordnung. Doch er war durchschnittlich, vor allem verglichen mit Warren, der am *Lewis & Clark-College* Jura studierte.

„Also, vergiss nicht, Warren zu erzählen, dass ich in der Bibliothek oder drüben bei Sally bin."

„Er wird mir auf keinen Fall abkaufen, dass du lernst. Du bist nicht einmal mehr auf der Schule. Du hast das Studium abgebrochen, schon vergessen? Warum solltest du also in die Bibliothek gehen?"

Nachdenklich runzelte Honor die Stirn, und ihr Blick wurde ernst. „Na ja, eigentlich ist mir auch egal, was du ihm sagst. Verrate ihm nur nicht, dass ich mit Jeff zusammen bin. Okay?"

Wieder erklang die Hupe. Honor lief zur Tür, drehte sich auf der Schwelle jedoch noch einmal um. Ihre Miene wirkte nicht länger verschmitzt, und der Ausdruck in ihren blauen Augen war eindringlich. „Hör mal, Brenna, mir ist bewusst, dass du das nicht verstehst, und mir ist klar, dass du Warren echt magst."

Brenna spürte, wie ihr ein heißes Gefühl den Nacken hinaufkroch und wie sie rot wurde. Hatte Honor sie durchschaut? All ihren Mut zusammennehmend, hob sie stolz das Kinn an und hielt Honors durchdringendem Blick stand. „Warren ist etwas Besonderes", gab sie atemlos zu.

„Ich weiß. Ich mag ihn auch. Sehr sogar. Und vielleicht will ich ihn eines Tages auch heiraten. Aber jetzt noch nicht. Ich will einfach nur Spaß haben!" Ihr Lächeln erlosch. „Seit Mom gestorben ist … Na ja, du weißt ja, wie langweilig es hier ist … Wie auf dem Friedhof …"

Brennas Kehle war wie zugeschnürt. Sie wollte nicht an den Tod ihrer Mutter vor fast drei Jahren denken. Ohne Betsy Douglass' strahlendes Lächeln, ihren spitzbübischen Blick und ihre lieben Worte schien das alte Farmhaus verlassen und kalt. Brenna vermisste ihre Mutter noch immer schrecklich. Genau wie Honor. Da Honor die Ältere war, musste sie mehr Verantwortung übernehmen, als sie hatte tragen können. Brenna konnte es ihr kaum verübeln, dass sie ein bisschen Spaß haben wollte. Allerdings nicht auf Warrens Kosten.

„Ich möchte mich nur etwas amüsieren, ja?" Seufzend lehnte Honor sich an den zerkratzten Türrahmen. „Warren ist mir zu ernst. Er steckt die Nase immer in irgendein Jurabuch oder eine Zeitung und liest über Prozesse und Kriminelle. Solche Dinge. Langweilig! Und übrigens", gestand sie, und Lachfältchen bildeten sich um ihre Augen, „ich habe es satt, immer das zu tun, was Dad für richtig hält – wie den spießigen Warren Stone zu heiraten."

Brenna unterdrückte die aufsteigende Eifersucht. „Warren ist nicht spießig!", entgegnete sie und verteidigte ihn. „Er reitet gern, geht wandern in den Bergen und …"

Honor zog ihre goldenen Augenbrauen hoch. „Hey, was ist los? Bist du Präsidentin des Warren-Stone-Fanclubs oder so?"

Zum ersten Mal erkannte Brenna, dass Honor Warren überhaupt nicht kannte. „Natürlich nicht", sagte sie und strich mit den Fingern über die Nähte von Honors alter Steppdecke. „Ich wollte nur klarstellen, dass er auch gern Spaß hat. Er ist bloß ehrgeizig."

„Wer braucht das schon?", erwiderte Honor und hob fragend die Hände. „Ich will lachen und alles hier vergessen. Du solltest das auch. Wir sind schon viel zu lange in diesem trostlosen Haus gefangen."

„Mir geht es gut", meinte Brenna leise.

„Tatsächlich?"

Sie wirkte wirklich besorgt, und Brenna fühlte sich furchtbar. Wenn Honor nur geahnt hätte, dass sie von Warren träumte.

Honor warf einen Blick aus dem Fenster und seufzte. Dann nahm sie sich die Zeit, um durchs Zimmer zu gehen und ihre Hand auf Brennas Schulter zu legen. „Du solltest versuchen, glücklich zu sein, Bren. Mom kommt nicht zurück – wir können nichts an der Tatsache ändern, dass sie tot ist. Sie würde wollen, dass du glücklich bist. Du warst ihr besonderer Liebling, weißt du das?"

Brenna hatte einen Kloß im Hals, sodass sie nur flüstern konnte: „So, wie du Dads Liebling bist?"

„Ich schätze schon", gestand sie ein. Brenna spürte, dass Honor die Rolle, der Augenstern ihres Vaters zu sein, nie gefallen hatte. „Aber ich will eigentlich damit sagen, dass du an dich denken solltest. Hab Spaß. Ruf Craig an und geh mit ihm ins Kino. Vergiss die Sache mit dem Journalismus." Sie griff nach Brennas Lehrbuch auf dem Nachttisch und warf es angewidert aufs Bett. Die Seiten schlugen auf, und eine Notiz flatterte zu Boden. Brennas Herz blieb beinahe stehen. Die Notiz war der Beginn eines Liebesbriefes, den sie an Warren schreiben wollte.

Doch Honor bemerkte das nicht. Als würde sie einsehen, dass sie nicht zu ihrer kleinen Schwester durchdringen konnte, strich Honor ihren Pony aus den Augen und verließ das Zimmer. Ihre Schritte hallten, sowie sie die Treppe hinunterrannte.

Brenna hörte, wie die Eingangstür geöffnet wurde und dann geräuschvoll ins Schloss fiel. Das Gebälk des alten Farmhauses erzitterte, und die Fenster klirrten.

Mit einem langen Atemzug erhob Brenna sich und schaute aus dem geöffneten Fenster. Lavendelfarbene Schatten erstreckten sich über den vertrockneten Rasen und die Rosen, zwischen denen das Unkraut wucherte. Honor war zu Jeffs schwarzem Sportwagen gerannt und auf den Beifahrersitz geklettert.

„Das wurde auch Zeit", meinte er, und seine Stimme klang in der Stille des Abends laut.

„Entschuldige. Ich musste noch etwas mit Bren klären."

„Schon in Ordnung." Jeff schlang einen Arm um Honors Schultern, zog sie an sich und küsste sie auf den Mund. Brenna zuckte zusammen, rührte sich jedoch nicht. Sie beobachtete erstarrt, wie Jeff Honor festhielt, während er den Gang seiner neuen Corvette einlegte. Das Cabrio rollte von der Auffahrt. Eine Fontäne von Kieselsteinen flog auf den braunen Rasen.

Wie kann Honor Warren das antun? fragte Brenna sich wieder und schloss die Fensterläden. Als sie sich umdrehte, fiel ihr Blick auf ihre Reflexion in dem gesprungenen ovalen Spiegel über der Kommode. Ihre Nase war gerade, aber ein bisschen zu lang, und ihre Wangenknochen waren nicht sehr ausgeprägt. Sie hatte große bräunliche Augen – eine Farbe, die von Grün zu Gold wechselte, je nachdem, wie das Licht war. Obwohl ihre Züge ebenmäßig waren, konnte sie nichts Außergewöhnliches an ihrem Gesicht finden. Ihr Haar war eine wilde Mähne brauner Locken, die kaum zu bändigen waren. Sie fielen ihr offen über die nackten Schultern.

Nein, ich werde niemals so hübsch sein wie Honor – und auch nicht so herzlos zu einem anderen Menschen. Vor allem nicht zu Warren. Sie plagte ein schlechtes Gewissen wegen Craig. Er mochte sie. Doch heute Abend hatte sie vor, ihm zu sagen, dass sie nicht daran interessiert war, sich in West Linn niederzulassen. Sie hatte Pläne und Träume und war an der *University of California* in Berkeley angenommen worden. Weil sie Warren nicht haben konnte, wollte sie Karriere machen.

Als sie das Lehrbuch auf dem Bett liegen sah, wollte sie danach greifen. Aber sie überlegte es sich anders. Ihr war nicht nach Lesen zumute – nicht heute Abend. Heute war ein besonderer Abend. Sie war achtzehn und nicht länger eine Highschool-Schülerin, sondern eine Frau.

Eine Frau, dachte sie reumütig, die in den Freund ihrer Schwester verliebt ist. Abgestoßen von sich selbst, schnappte sie sich den halb fertigen Liebesbrief vom Boden und steckte ihn in ihre Tasche. Dann schaltete sie das Licht aus und eilte nach unten.

Selbst im Erdgeschoss war die Luft stickig und heiß, dabei waren alle Fenster geöffnet. Motten flatterten gegen die Fliegengitter.

Der Fernseher plärrte aus dem Wohnzimmer, doch es fiel kein Licht durch die Türöffnung. Entweder war ihr Vater eingeschlafen, oder er sah sich sein Lieblingsprogramm allein im Dunkeln an – das tat er öfter, seit ihre Mutter gestorben war.

Ein vertrauter Schmerz durchzuckte Brenna. Nur zu genau erinnerte sie sich noch an den Tag, als ihre Mom ihnen in einem Krankenwagen mit heulender Sirene genommen worden war. Brenna war damals erst fünfzehn gewesen. Die vergangenen drei Jahre waren schwirig gewesen, aber Honor hatte ihr in der schweren Zeit beigestanden und ihr geholfen, hatte die Familie zusammengehalten und Verantwortung getragen, die für die meisten Mädchen ihres Alters zu viel gewesen wäre.

Kein Wunder, dass Honor Spaß haben will, entschied Brenna. Und Brenna schuldete Honor so viel. Allerdings war sie sich nicht sicher, ob das auch beinhaltete, Warren zu belügen.

Barfuß tapste Brenna über den Holzboden im Flur in die Küche. Sie schenkte sich ein großes Glas Limonade ein und seufzte tief. Würde sie jemals aufhören können, Warren zu lieben? Sie schob die rostige Fliegengittertür zur hinteren Veranda auf und lächelte, sowie sie Ulysses entdeckte. Ulysses war der alte Collie ihrer Mutter. Er lag auf seiner Lieblingsdecke neben der Tür.

"Heiß, oder?", flüsterte sie und bückte sich, um ihn hinter den Schlappohren zu kraulen.

Obwohl es fast Oktober war, hatte der Altweibersommer noch nichts an Stärke eingebüßt. Das Gras war trocken, der Boden staubig.

Brenna setzte sich auf die alte Hollywoodschaukel ihrer Mutter und stieß sich mit den Zehen ab, bis sie leicht hin- und herschwang. Sie starrte durch das Geäst der Eichen vor der Veranda zum Willamette River, der träge gen Norden floss. Es herrschte Niedrigwasser. Gespenstisch spiegelte sich das Licht der Dämmerung in Steinen und ausgeblichenem Treibholz. Die Trockenheit hatte das Willamette Valley fest im Griff, und es schien kein Entkommen vor der Hitze zu geben.

Ihre Gedanken wanderten wie so oft zu Warren. Auch wenn sie bald zum College gehen würde, fühlte sie sich wie ein Kind – vor allem in seiner Nähe. Abwesend verscheuchte sie eine lästige Mücke, die ihr ums Ohr summte, und fragte sich, ob sie Warren jemals belügen könnte. Und sie wusste tief in ihrem Herzen, dass sie es nicht konnte. Dieses Mal hatte Honor zu viel von ihr verlangt.

Vielleicht, dachte sie, sollte ich Honors Rat annehmen und an mich selbst denken. Vielleicht sollte sie ihren Stolz beiseiteschieben und Warren erklären, was sie für ihn empfand.

Nervös hob sie das Glas mit der Limonade an ihre Lippen. Noch nie in den achtzehn Jahren ihres Lebens war sie impulsiv oder wagemutig gewesen. Aber heute Abend konnte sie nicht anders. Sie liebte Warren Stone so sehr, dass sie keinen klaren Gedanken fassen konnte, wenn er sich nur mit ihr im selben Raum aufhielt. Und Honor bedeutete er nichts.

Sie biss sich auf die Unterlippe und warf einen Blick durchs geöffnete Küchenfenster auf die Uhr, die über dem Herd angebracht war. Er war zu spät. Was, wenn er es sich anders überlegt hatte und nicht hierherkam? Dass Honor gesagt hatte, dass Warren vorbeischauen würde, hieß nicht zwangsläufig, dass es auch so war.

Was, wenn sie nicht den Mut fand, ihm ihre Gefühle zu gestehen? Oder was noch schlimmer war – was, wenn sie ihm gestand, was sie für ihn empfand, und er sie auslachte?

Ihre Handflächen schwitzten, und ihre Kehle war staubtrocken. Etwas Schweiß sammelte sich an ihrem Hals, und sie spürte, wie ein Tropfen zwischen ihren Brüsten entlangrann.

Das Geräusch von Autoreifen, die auf dem Kies der Auffahrt knirschten, ließ ihr Herz einen Schlag lang aussetzen, ehe es wild zu pochen begann. Sie schluckte schwer und lauschte. Eine Wagentür wurde zugeschlagen, dann waren auf dem alten gepflasterten Weg Schritte zu hören.

Sie wagte es kaum, aufzusehen. Doch als sie es schließlich tat, erblickte sie Warren. Groß und schlank, die blauen Augen strahlend wie immer, die Hände in den Taschen seiner zerschlissenen Jeans vergraben, stieg er die beiden Treppenstufen zur Veranda hinauf. Sein Gesicht wurde von der nackten Glühbirne über der Tür beleuchtet.

„Hi, Bren", begrüßte er sie, lächelte ihr schief zu und sah sie mit einem warmherzigen Ausdruck im Gesicht an.

„Hi." Ihre Stimme klang schwach.

„Ist Honor da?"

Brenna schloss die Augen. Ihre Hände zitterten, und sie musste sie fest um ihr Glas schließen, um das Beben zu vertuschen. Offensichtlich hielt er sie für ein dummes kleines Mädchen. Bei dem Gedanken sank ihr Mut. „Nein ... äh ... sie ist weg."

Er zog ganz leicht die Brauen hoch. „Weg?"

Ja, weg. Mit Jeff Prentice – dem Kerl, mit dem sie dich die ganze Zeit betrügt! Sie versuchte, etwas zu sagen, *irgendetwas*, aber die Stimme gehorchte ihr nicht. Die Worte schienen ihr im Hals stecken zu bleiben. Mit seinen unglaublich blauen Augen schaute er sie an, und sie konnte nicht lügen. Nicht einmal für Honor.

„Wohin ist sie gegangen?", wollte er wissen. Brenna bemerkte, wie er die Lippen zusammenpresste.

„Ich ... äh ... keine Ahnung."
„Hat sie es dir nicht gesagt?"
Brenna biss sich auf die Unterlippe und bemühte sich, überzeugend zu klingen. „Sie meinte, ich solle dir ausrichten, sie wäre in der Bibliothek – mit Sally. Das war's."
„Lernt sie?"
„Schätze schon."
„Wofür?"
„Ich weiß es nicht!", erwiderte sie knapp und ließ versehentlich ihr Glas fallen. Kalte Limonade ergoss sich über ihr Sommerkleid und durchdrang den weichen Baumwollstoff. Das Glas landete klirrend auf dem Boden und rollte in Richtung von Warrens Füßen.

Er hob es auf und stellte es auf den Sims des geöffneten Küchenfensters. Die Augen leicht zusammengekniffen, verschränkte er die Arme vor seiner breiten Brust. „In der Bibliothek", wiederholte er gedankenverloren. „Vielleicht kann ich sie da erwischen."

„Nein!" *Oh Gott, was soll ich nur tun?*
„Warum nicht?"
Fieberhaft suchte sie nach einer Erklärung und sagte: „Wahrscheinlich ist sie schon wieder weg. Ich ... Ich glaube nicht, dass sie lange bleiben wollte."

„Dann warte ich hier", beschloss Warren und nahm neben ihr auf der Hollywoodschaukel Platz. Sie schwang hin und her.

Brenna fürchtete, sterben zu müssen. Er war ihr so nahe. Nervös umklammerte sie die Kette, an der die Schaukel hing, und versuchte, nicht darüber nachzudenken, dass sein langes Bein fast ihres berührte. Er schwieg, schaute nur über das Geländer, von dem die Farbe abblätterte, hinweg zum bedächtig dahinfließenden Fluss.

Verstohlen sah sie ihn an. Sie bemerkte, dass er die Brauen zusammengezogen, dass er die Zähne fest zusammengebissen hatte, dass sein Blick abwesend war. *Als ob ihm nicht bewusst ist, dass ich neben ihm sitze.* Seine Züge waren scharf geschnitten – nicht mehr jungenhaft. Seine Wimpern waren dicht, seine Lippen schmal, aber sinnlich.

Während sie ihn so betrachtete, kam sie sich so jung und dumm vor. Jetzt war sie also achtzehn. Tolle Sache. Er war vierundzwanzig und Jurastudent im zweiten Jahr. *Und wenn der Plan unseres Vaters aufgeht, ist er auch bald Honors Verlobter.*

Sie musste weg hier. Sie musste eine Ausrede erfinden, um seiner Nähe zu entfliehen, ehe sie etwas tat, das sie für den Rest ihres Lebens bereuen würde. Hastig erhob sie sich und fragte: „Möchtest ... Möchtest du ein Glas Limonade?"

Er zuckte die Achseln. „Klar." Doch er sah sie nicht an.

Niedergeschlagen ging sie in die Küche. Sie konnte ihren Vater nebenan hören. Der Fernseher plärrte noch immer, aber inzwischen vermischten sich die Geräusche mit dem lauten Schnarchen von James Douglass.

Ihre Hände zitterten, als sie eisgekühlte Limonade in ein Glas füllte. Sie würde Warren niemals gestehen, dass sie ihn liebte. Sie hatte nicht den Mut dazu. Sie fühlte sich bei Jungs nicht so wohl wie Honor.

Warren stand neben einem Pfeiler und blickte noch immer auf den Fluss hinaus, während sie durch die Fliegengittertür trat.

„Hier."

„Danke." Er nahm ihr das Glas aus der Hand, doch er trank nicht. Stattdessen lehnte er sich mit der Hüfte an das verwitterte Geländer und sah sie an. „Also, Brenna", meinte er bedächtig. Seine Stimme war leise und kaum zu verstehen. „Warum verrätst du mir nicht, warum du gelogen hast?"

„Ge... Gelogen? Wieso gelogen?" Sie konnte ihm nicht in die Augen schauen.

„In Bezug auf Honor. Wo ist sie wirklich?" Als sie ihm wieder von der Bibliothek erzählen wollte, stellte er sein Glas auf das Geländer und legte einen Finger auf ihre Lippen. „Und diesmal kannst du mir ruhig die Wahrheit sagen. Sie ist nicht in der Bibliothek. Ich war gerade noch da."

„Vielleicht ... Vielleicht hast du sie verpasst."

Er lächelte schief. „Das glaube ich nicht." Seine Hand berührte plötzlich ihre nackte Schulter.

Brenna konnte kaum atmen. Die Luft schien in ihrer Lunge gefangen zu sein. Ihr war heiß, und ihre Haut war im sanften Licht der Verandabeleuchtung errötet.

„Sie ist wieder mit Jeff Prentice zusammen, oder?", überlegte er. Seine Miene war angespannt.

„Ich ... Ich habe keine Ahnung." Aber sie senkte den Blick. Mit dem Daumen hob er ihr Kinn an und zwang sie dazu, ihn anzuschauen.

„Doch, die hast du."

Einen atemlosen Moment lang glaubte sie, dass er sie küssen würde, dachte, sie hätte Leidenschaft in seinen Augen aufblitzen sehen. Aber sein Verlangen – falls es Verlangen gewesen war – wich dem Schmerz. Als wäre er sich mit einem Mal der Spannung zwischen ihnen bewusst, ließ er die Hand sinken. Seine Schultern waren stolz gestrafft, und er blickte zum Fluss. „Zum Teufel mit ihr", fluchte er. Er ballte eine Hand zur Faust und schlug damit gegen die Hauswand. Farbe blätterte ab und fiel auf den Holzfußboden der Veranda. Ulysses knurrte, und irgendwo in den umliegenden Wäldern heulte eine aufgeschreckte Eule.

„Du weißt es?", flüsterte sie.

„Natürlich weiß ich es." Aus dem Augenwinkel schaute er sie an. „Die ganze verdammte Stadt weiß es! Sie hält mich zum Narren – schon seit Monaten."

„Nein, ich bin mir sicher, dass ihr wirklich etwas liegt an ..."

„An wem?", unterbrach er sie. „An mir?" Ehe sie antworten konnte, lachte er. Es war ein hohler Klang, der ihr einen eisigen Schauer durch den Körper jagte. „Gib dir nicht die Mühe, sie zu verteidigen, Brenna. Glaub mir, ich bin klüger, als ich aussehe. Ich weiß es schon die ganze Zeit."

Mit einem unterdrückten Fluchen ging er die Treppe hinab.

„Warren, warte!" Ohne nachzudenken, rannte Brenna ihm

hinterher. Unter ihren nackten Füßen spürte sie das Unkraut und das trockene Gras, das zwischen den Pflastersteinen des Weges wuchs, und ihr neues Kleid verfing sich in den Dornen der Rosen ihrer Mutter. Aber es war ihr egal.

Als er sich umdrehte, stieß sie beinahe mit ihm zusammen und geriet ins Straucheln. Doch er fing sie auf und hielt sie an den Oberarmen fest, damit sie nicht fiel. „Was ist, Brenna?", fragte er.

Sprachlos war sie in der Wut in seinem Blick verloren.

„Noch eine Lüge?", fügte er hinzu.

„Nein ... Bitte, Warren, hör mir zu." *Gott, schaffe ich das?* Ihr Herz schlug so heftig in ihrer Brust, dass sie sich sicher war, dass er es hören konnte. Sein Gesicht war nur Zentimeter von ihrem entfernt, als sie unter den Zweigen der alten knorrigen Eiche und dem lavendelfarbenen dämmrigen Himmel voreinanderstanden, sich berührten, sich tief in die Augen schauend.

„Was?", brachte er fast barsch hervor.

„Ich will nur, dass du weißt, dass ... dass ..." Sie senkte die Lider und erinnerte sich an den Liebesbrief, der in ihrer Tasche versteckt war. Hastig stieß sie hervor: „Dass ich dich liebe."

Reglos verharrte er. Er stand einfach eine Armeslänge von ihr entfernt und hielt sie weiter fest, während eine sanfte, nach Rosen duftende Brise durch die Blätter über ihnen strich. „Wie bitte?", fragte er leise, beinahe ungläubig.

Zitternd hob sie das Kinn und erwiderte trotzig den Blick aus seinen dunklen Augen. „Ich liebe dich, Warren Stone", gab sie zu. Ihre Stimme klang fester als zuvor.

„Aber Craig ..."

„Er ist ... Er ist nur ein Freund."

Warrens Miene war angespannt, und er wandte den Blick ab. „Du weißt nicht, was du da redest."

„Doch, das tue ich. Ich ... Ich hätte es dir schon früher gesagt, aber ich konnte nicht."

„Wegen Honor", vermutete er.

„Und weil ich befürchtet habe, du könntest mich auslachen",

sagte sie mutig und spürte, wie seine Finger auf ihrem Arm zuckten.

„Ach, Brenna", murmelte er und seufzte schwer. Mit seinen warmen Händen zog er sie an sich und schlang seine Arme besitzergreifend um ihre Taille. „Ich würde dich niemals auslachen." Sein Atem kitzelte an ihrem Ohr. Eine Sekunde lang hielt er sie fest, und sie schmiegte ihr Gesicht an seine muskulöse Brust. Sein weiches Baumwollhemd rieb an ihrer Haut.

Sein Kinn ruhte auf ihrem Kopf, und sie konnte ihn atmen hören, konnte sein Herz schlagen spüren.

„Was soll ich bloß mit dir machen?", fragte er sich laut.

Liebe mich einfach. Liebe mich so sehr, wie ich dich liebe!

Er hob ihr Kinn an, blickte ihr in die Augen, und noch ehe sie die Chance hatte, wieder zu Luft zu kommen, presste er seine warmen Lippen auf ihre. Ein Glücksgefühl durchströmte sie. Sein Mund war fest und doch zärtlich, und seine Finger hatte er in ihr Haar geschoben.

Sie gab sich ihren Empfindungen hin, die stärker waren, als sie es sich erträumt hatte, und erwiderte seinen Kuss begierig und unschuldig. Sie fühlte Hitze in ihrem Innern – ein pulsierendes, flüssiges Feuer, das so wundersam wie heiß war. Es strömte durch ihre Adern und ließ ihre Haut erröten. Ungestüm küsste sie ihn und legte die Arme um seinen Hals.

Der Gedanke an Honor und daran, dass sie ihre Schwester irgendwie betrog, war verschwunden.

Noch nie war sie so leidenschaftlich geküsst worden, noch nie war ihr Blut in einem so wilden, herrlichen Rausch durch ihren Körper geschossen.

Er stöhnte ihren Namen – ein gequältes, einsames Flüstern, während er mit seinen Lippen ihren Hals entlangstrich, bis er ihren pochenden Puls fand. „Brenna ... Oh Gott, nein!"

Und sie fühlte seine Leidenschaft, die heiß und verboten anschwoll, als er sie küsste und mit der Hand über den weichen Stoff ihres Kleides fuhr. Ihre Knie wurden weich, und ihre Brustspitzen sehnten sich nach seiner Berührung.

„Nein", wiederholte er. Seine Stimme war voller Bedauern. So überstürzt, wie er sie geküsst hatte, ließ er sie nun los und wich hastig zurück, wobei er beinahe ins Taumeln geriet. „Brenna", sagte er, und Entsetzen stand in seinen Zügen. Er wirkte getroffen, sein Blick war voller Selbstverachtung. „Das *darf* nicht sein."

„Aber ich liebe dich!", rief sie. Ihr wurde klar, dass er verschwinden wollte. Er machte einige Schritte rückwärts, die Augen auf sie gerichtet, und stolperte über Steine und Büsche, während er zu seinem Pick-up ging. Bildete sie sich das nur ein, oder sah sie Verlangen in seinem Blick?

„Du liebst mich nicht! Glaub mir, das willst du nicht. Du hast noch dein ganzes Leben vor dir. Schon vergessen? Du wirst das College besuchen, Journalistin werden und all das tun, wovon du schon seit Jahren sprichst. Oh Gott, du bist noch ein Kind …"

„Ich bin achtzehn", entgegnete sie unerschütterlich.

„Mein Gott", murmelte er.

„Ich liebe dich", rief sie verzweifelt.

Er zögerte, dann fluchte er wieder. „Du kennst die Bedeutung des Wortes nicht. Und was ist mit Craig?"

„Aber ich will dich."

Er blieb stehen und hob die Hände, als er merkte, dass sie ihm folgen wollte. „Hör mir zu, verdammt noch mal", sagte er wütend. „Du bist zu jung. Das hier ist *nie* passiert!"

„Warren, bitte …" Doch ihre Stimme klang schwach, die Röte ihrer Wangen stammte von der Scham über die tiefe und bittere Verletzung, die seine Zurückweisung ihr zugefügt hatte. Plötzlich wusste sie, dass das Entsetzen, das seine Züge verzerrte, gegen sie gerichtet war. Sie verstand – viel zu spät –, was er sagte: dass er sie nicht als willkommenen Ersatz für seine einzige große Liebe ausnutzen wollte. *Honor.*

Tränen brannten in ihren Augen. Warum hatte sie sich ihm an den Hals geworfen? Was hatte sie erwartet?

„Du verdienst mehr als das hier", meinte er wie zur Entschuldigung, während er in den alten Pick-up seines Vaters stieg und den Motor startete.

„Ich will nur dich ..." Allerdings konnte er ihr leises Flehen nicht hören, denn der Truck bog bereits von der Auffahrt und raste in der Dunkelheit davon. Nur die roten Rücklichter waren noch zu erkennen.

Brenna blieb allein und verlassen zurück. Barfuß stand sie auf dem Kiesweg. Obwohl sie den Drang zu weinen niederkämpfte, rannen langsam Tränen der Scham und der Reue über ihre Wangen und fielen auf ihre nackten Schultern – Schultern, auf den sie noch Augenblicke zuvor Warrens warme Finger gefühlt hatte.

Sie wischte sich die dummen Tränen weg und drehte sich zum Haus um. In dem Moment bemerkte sie im geöffneten Küchenfenster einen Schatten und das rote Glühen einer Zigarette. *Nein!* Ihr Herz begann vor Furcht zu hämmern, und sie verharrte wie angewurzelt. Ihre Scham war nun noch tausendmal schlimmer.

Die alten Spitzenvorhänge wölbten sich in der Brise, als ihr Vater mit ernster Miene in das Licht der Verandabeleuchtung trat. Offensichtlich hatte James Douglass ihre Liebeserklärung an Warren – den Mann, von dem er hoffte, dass er Honor heiraten würde – Wort für Wort mitbekommen.

„Brenna?", sagte er vorwurfsvoll.

„Dad, bitte. Hör mir zu ..."

„Dir zuhören?", wiederholte er ungläubig. „Ich glaube, ich habe schon mehr gehört, als ich hätte hören sollen. Und ich bete zum allmächtigen Gott, dass ich nie wieder so etwas mitbekomme."

„Aber ..."

„Vergiss nicht, wer du bist, Brenna. Warren Stone gehört deiner Schwester!"

„Sie will ihn doch gar nicht", schrie Brenna.

James Douglass seufzte und zog an seiner Zigarette. „Das ist das Problem, oder? Sie weiß nicht, was sie will", entgegnete er.

„Aber sie wird es herausfinden – wart's nur ab. Gib ihr Zeit. Und wenn sie endlich zu sich kommt und weiß, was sie will, wird Warren ganz bestimmt auf sie warten."

Brenna spürte, wie heiße Tränen in ihren Augen brannten, während ihr Vater die Zigarette auf der Veranda austrat.

„Ist dir nicht klar, dass er dich niemals lieben wird? Jedenfalls nicht so, wie er Honor liebt? Das willst du doch nicht, oder? Du willst kein Lückenbüßer oder Ersatz für deine Schwester sein, nicht wahr?"

Brennas Schultern begannen zu beben.

„Ach, Brenna, such dir jemanden, der dich um *deinetwillen* liebt."

„Jemanden wie Craig Matthews?", stieß sie hervor. Sie wollte verletzen, so wie sie verletzt worden war.

„Wenn er dir gefällt und zu dir passt", erwiderte er freundlich.

„Das tut er nicht!"

„Na ja, Warren Stone auch nicht. Glaub mir. Du hast ein Stipendium, dein ganzes Leben …"

„Aber ich liebe Warren!", rief sie und beobachtete, wie das Gesicht ihres Vaters kreidebleich wurde. Tränen rannen über ihre Wangen, als sie die Stufen zur Veranda hinaufstürmte und an ihrem Vater vorbei ins Haus rannte. Blind vor Tränen nahm sie zwei Stufen auf einmal, stürzte in ihr Zimmer und schlug die Tür hinter sich zu. Plötzlich wurde ihr bewusst, dass ihr Vater recht hatte. Sie nahm den verräterischen Liebesbrief aus der Tasche und zerriss ihn in Hunderte von kleinen Stücken, ehe sie sich auf ihr Bett warf und ihr Gesicht im Kissen vergrub.

Die Worte ihres Vaters verfolgten sie. „Er wird dich niemals lieben. Jedenfalls nicht so, wie er Honor liebt …"

Sie wusste tief in ihrem Herzen, dass er recht hatte. Leise weinte sie und beachtete das Klopfen ihres Vaters an ihrer Tür nicht.

„Brenna?"

„Verschwinde."

„Craig ist da."

Warum ausgerechnet jetzt? „Ich … Ich kann mich nicht mit ihm treffen. Nicht jetzt."

Ihr Vater drehte den Türknauf und kam ins Zimmer. Sie nahm wahr, dass er neben der Tür stand und sich unbehaglich fühlte. Er hatte nie gut mit Tränen umgehen können. „Er hat vor einer Weile angerufen", erklärte James. „Ich habe ihm gesagt, es wäre in Ordnung, wenn er vorbeischauen würde. Ich hatte keine Ahnung …" Er räusperte sich. „Ich hatte keine Ahnung, dass du in Schulmädchenträumen von Warren Stone schwelgst."

Schmerzhaft zog sich ihr Herz zusammen, doch sie schluckte ihre Tränen herunter. Sie konnte es nicht ertragen, dass ihr Vater sie so niedergeschlagen sah.

„Wie auch immer. Er ist da. Er wartet unten. Ich meine, du könntest ihn wenigstens begrüßen."

Brenna blinzelte. „Ich weiß nicht …"

„Komm schon, Brenna. Lieg hier nicht herum und ärgere dich wegen Warren. Du solltest akzeptieren, dass er Honor liebt."

Sie biss die Zähne zusammen und fürchtete, sich übergeben zu müssen. Wie dumm sie gewesen war! All ihre Träume zerfielen zu Staub. Sie warf einen Blick über die Schulter und sah ihren Vater steif und unnachgiebig neben der Tür stehen. Selbst wenn er es gewollt hätte – James Douglass war nicht fähig, Zärtlichkeit zu zeigen.

Seit dem Tod seiner Frau hatte er Brenna nicht ein einziges Mal in den Arm genommen.

Aber sein Blick war weicher geworden. „Es ist dein Geburtstag, und Craig ist ein guter Freund", meinte er. „Es gibt keinen Grund, ihn leiden zu lassen. Ihr könnt immer noch zusammen ausgehen und Spaß haben."

Sie schniefte geräuschvoll. „Vielleicht hast du recht."

Seine Miene entspannte sich. „Manchmal weiß ich, wovon ich rede", murmelte er erleichtert.

Brenna zwang sich dazu, vom Bett aufzustehen. Sie erhaschte im Spiegel einen Blick auf sich und verzog das Gesicht. Ihr Haar war zerzaust, ihre Augen rot, ihre Lippen geschwollen, ihr neues Kleid die reinste Katastrophe. „Sag ihm ... Sag ihm, dass ich in zehn Minuten unten bin", erklärte sie.

Sobald ihr Vater das Zimmer verlassen hatte, schlüpfte sie aus ihrem Sommerkleid und zerrte die Spangen aus ihren Haaren. Sie wusch sich das Gesicht, frischte ihr Make-up ein wenig auf, schlüpfte in ihre Lieblingsjeans und streifte sich ein T-Shirt über. Als sie in ihre Sandalen stieg, betrachtete sie sich wieder im Spiegel und war überrascht, zu bemerken, dass der Großteil der äußeren Anzeichen ihrer Verzweiflung verschwunden war. Wenn mein gebrochenes Herz doch nur genauso schnell heilen würde, dachte sie aufgewühlt und schlang sich den Träger ihrer Tasche über die Schulter.

Craig wartete in der Diele auf sie. Augenscheinlich fühlte er sich unwohl dabei, Small Talk mit ihrem Vater zu machen. Er warf ihr ein dankbares Lächeln zu, sowie sie die Treppe heruntereilte.

Er war ein großer, schlaksiger Junge mit sonnengebleichtem blonden Haar und goldenen Augen. Und er war eine Sportskanone und spielte Basketball und Baseball. In den vier Jahren auf der Highschool war er mit Brenna befreundet gewesen und hatte erst jetzt, nach dem Abschluss im vergangenen Sommer, damit angefangen, sich ernsthaft mit ihr zu verabreden.

Leider war Brenna in Warren verliebt.

„Lass uns gehen", sagte sie fröhlich, und die Augen ihres Vaters funkelten. Das sieht ihm ähnlich, dachte sie finster. Ihr Dad glaubte, dass die Szene im Rosengarten nur ein großer Fehler gewesen war. Gut, sie würde ihm beweisen, dass er richtiglag – und wenn es das Letzte war, was sie tat. Sie hakte sich bei Craig unter und spazierte durch die Tür, als hätte sie überhaupt keinen Kummer, obwohl es tief in ihrem Innern anders aussah.

Die Stunden krochen quälend langsam dahin, und ihr Date mit Craig war eine Katastrophe. Er konnte spüren, dass etwas nicht stimmte, auch wenn sie es nicht zugeben wollte. Nach einem langweiligen Kinofilm und einer miserablen Pizza fuhr Craig sie endlich nach Hause.

Auf der Auffahrt stellte er den Motor aus und legte beide Hände auf das Lenkrad. Den Blick durch die Windschutzscheibe gerichtet, seufzte er tief und unglücklich. „Du liebst jemand anderen", meinte er, ohne sie anzuschauen.

„W… Was meinst du?" Brenna fühlte sich furchtbar.

„Es ist doch ganz offensichtlich, Brenna. Schon seit einiger Zeit." Er sah sie an, und sie konnte die Traurigkeit in seinen Augen erkennen. „Den ganzen Sommer über spüre ich, dass du dich von mir entfernst."

Sie konnte Craig nicht anlügen. Sie konnte ihm aber auch nicht die Wahrheit sagen. „Ich… Ich werde nächste Woche nach Kalifornien ziehen", erwiderte sie.

„Das ist keine Antwort."

„Ich weiß." Sie sank auf ihrem Sitz in sich zusammen.

„Ich liebe dich."

„Nein, du …"

„Doch, das tue ich, Brenna. Ich liebe dich schon seit der Grundschule." Seine Finger schlossen sich fester um das Lenkrad, und seine Knöchel traten weiß hervor. „Ich habe mir immer vorgestellt, dass du und ich eines Tages … Ach, verdammt, das ist doch sowieso egal." Sein Gesicht war blass und ernst. „Ich hoffe nur, dass der Kerl weiß, was für ein Glückspilz er ist."

„So ist das nicht", entgegnete sie und konnte sich nicht zurückhalten. „Glaub mir, er weiß nicht einmal, dass es mich gibt."

„Dann ist er ein Idiot!" Es schien, als wollte er noch mehr sagen, aber sein Adamsapfel zuckte nur, und er schniefte. Wütend startete er wieder den Wagen. „Ich muss los."

Sie wollte sich entschuldigen, doch er winkte ab. „Sag bloß nicht, dass wir Freunde bleiben können, ja?"

„Können wir das nicht?", fragte sie schwach.

„Ich weiß es nicht, Brenna. Ich schätze, dass ich das nicht ertragen kann." Er ließ den Motor aufheulen, obwohl das Auto noch immer stand.

Brenna packte den Türgriff und kletterte aus dem alten Chevy. „Ich… Ich sehe dich dann", flüsterte sie und schlug die

Tür zu. Er brauste davon, und Brenna fühlte sich noch elender als je zuvor. Wie kann ein Mensch unser Leben an einem Abend ruinieren? fragte sie sich bedrückt.

Sie wünschte sich, sie hätte Craig nicht wehgetan. Sie stolperte die Stufen zur Veranda hinauf, setzte sich auf die Hollywoodschaukel und kraulte Ulysses abwesend hinter den Ohren. Gequält schloss sie die Augen. Sie konnte nicht ins Haus gehen; sie musste über so vieles nachdenken.

Dass Warrens Truck auf die Auffahrt bog, bemerkte sie nicht. Aber seine Stimme, nicht mehr als ein Flüstern, ließ sie aufhorchen, und sie blinzelte. Ulysses knurrte und winselte dann, doch Warren schien das nicht aufzufallen.

Von der Hollywoodschaukel aus, die im Schatten verborgen stand, spähte Brenna um die Ecke und bereute ihre Neugierde sofort. Warren und Honor standen in der Nähe der Veranda, hielten sich eng umschlungen und schauten einander an.

Der silbrige Mondschein wurde von Honors Haar reflektiert, und Tränen schimmerten in ihren großen Augen. „Es tut mir leid", entschuldigte sie sich leise, und ihre Stimme klang seltsam.

Brennas Herz hämmerte in ihrer Brust, und ihr war übel.

Honor schmiegte ihren Kopf in Warrens Halsbeuge. „Ich hätte Brenna niemals darum bitten sollen, dich anzulügen."

Er rührte sich nicht.

Brenna wollte sterben – sie konnte es kaum ertragen, zu hören, wie sie über sie sprachen. Ihre Wangen glühten. Sie wagte es nicht, zu atmen, und drückte sich fester in die Polster der Schaukel.

„Ich wollte nur etwas Spaß haben. Wenn ich gewusst hätte ..."

Ihre Stimme erstarb, und Brenna stellte sich vor, wie Warren Honor jetzt küsste, so, wie er sie vor Stunden geküsst hatte. Sie berührte ihre Lippen und bemerkte, wie ihr Tränen über die Wangen liefen.

„Ich werde dich nie wieder enttäuschen", versprach Honor mit rauer, atemloser Stimme. Brenna konnte nicht länger lauschen. Sie musste flüchten, ehe sie sich selbst, ihre Schwester und Warren beschämte.

Ohne die Schaukel zum Schwingen zu bringen, stand sie auf und schlich an der Hauswand entlang, bis sie die Tür erreichte. Dann zog sie mit pochendem Herzen und voller Furcht, jederzeit entdeckt werden zu können, die Fliegengittertür auf und schlüpfte in die dunkle Küche.

Durch das Fenster konnte sie Honor und Warren sehen. Sie hielten sich nicht länger umarmt und küssten sich auch nicht, aber das war egal. Sie waren zusammen. Sie würden immer zusammenbleiben.

Brenna biss sich auf die Unterlippe. Wütend wischte sie ihre Tränen fort. Sie würde nicht um Warren Stone weinen. Nie wieder!

Sie hielt das Schluchzen zurück, das sich ihrem Innern entringen wollte, und rannte die Treppe zu ihrem Zimmer hinauf. Kurz fürchtete sie, dass ihr Vater aufwachen könnte, doch es kümmerte sie nicht.

In ihrem Kummer gefangen, stürzte sie in ihr Zimmer. Dort atmete sie ein paarmal tief durch, entledigte sich ihrer Sandalen und warf ihre Tasche aufs Bett.

Auf dem Boden lagen die belastenden Schnipsel – der zerrissene Liebesbrief, den sie Warren geschrieben hatte. Die Stücke auf den abgenutzten Bodendielen schienen sie zu verspotten.

Durchs geöffnete Fenster konnte sie Honors Lachen hören.

Sie wollte schreien, aber sie tat es nicht. Ihre Kehle war wie zugeschnürt. Sie hob die Papierfetzen auf, rannte ins Bad und spülte die nutzlosen Schnipsel die Toilette hinunter. Während sie zusah, wie das farbige Papier in die Vergessenheit gerissen wurde, fuhr sie sich mit der Hand über die Augen, bis die letzten Spuren ihrer Tränen verschwunden waren. Niemals, schwor sie sich, würde sie sich wieder zum Idioten machen. Nicht für Warren Stone oder für sonst einen Mann!

1. KAPITEL

San Francisco, Kalifornien
Frühling, zehn Jahre später

Brenna zerknüllte ihr Kündigungsschreiben, zielte damit auf einen Mülleimer aus Metall und lächelte grimmig, als es auf den Boden des Büros fiel, in dem sie die vergangenen fünf Jahre gearbeitet hatte. So viel zum Thema Glück. Nicht, dass sie in letzter Zeit viel Gutes erlebt hätte.

Sie hörte ein lautes Klopfen an der Glastür zu ihrem Büro und beobachtete, wie Stan Gladstone, Chefredakteur der Frauensparte der *City Weekly*, hereinplatzte.

„Komm doch rein", sagte sie, obwohl er bereits wie immer ein Bein über die Kante ihres Schreibtisches geschwungen hatte und sich setzte. Er betrachtete die offenen Schubladen und die Stapel von persönlichen Erinnerungsstücken, die auf dem Fußboden verstreut waren.

Sie schmiss ihr Schreibset in ihre geöffnete Aktentasche.

„Mir gefällt das hier genauso wenig wie dir", sagte er leise. Er war ein kräftiger Mann von fünfzig, hatte buschige Augenbrauen, trug eine dicke Brille und hatte viele Fältchen, die zu seinem zerknitterten Hemd und dem gelockerten Schlips um seinen Hals passten.

„Ich weiß." Sie machte Stan nicht für ihre Entlassung verantwortlich. Es war ganz sicher nicht seine Schuld, dass die erfolglose *City Weekly* von einem Unternehmen geschluckt worden war. Neuer Besitzer war ein riesiger Mischkonzern, der seinen Hauptsitz in Chicago hatte.

„Vergiss nur nicht, dass es nicht an deiner Arbeit gelegen hat – du hast in der Frauensparte einen tollen Job gemacht." Er nahm seine Brille ab und rieb sich die Augen.

„Aber?"

„Kein Aber. Das weißt du auch." Sein Blick durchbohrte sie fast. „Es liegt nur an den Kürzungen. Jede Abteilung wird verkleinert. Auch unsere."

„Jetzt ist nur noch eine Redakteurin übrig", stellte sie fest und sah durch die Glaswände ihres Büros auf die Schreibtische davor. Die Redakteure, die es geschafft hatten, sich beharrlich an ihre Jobs zu klammern und sie zu behalten, saßen vor ihren Monitoren, tippten und redeten gleichzeitig.

Stan hob die Hände. „Ich weiß. Doch die neuen Besitzer wollen nicht so viel Gewicht auf ‚Wohnen und Service' legen."

„Viele Frauen lesen unseren Teil", gab sie zu bedenken.

Er zerrte an seinem Krawattenknoten und nickte. „Ich weiß, ich weiß. Aber die da oben haben eine Marketinganalyse in Auftrag gegeben. Sie denken, dass die moderne Frau nicht mehr an den Themen interessiert ist, die für die Frauen in den vergangenen Jahrzehnten wichtig waren. Selbst einmachen, Müsli und Joghurt sind out – Aktentaschen, ein guter Job und schicke Businesskostüme sind in. Nicht Wohnen und Kochen, sondern Kind und Karriere."

Brenna spürte, wie sich ihre Schultermuskeln anspannten. Sie wollte sich verteidigen, da fiel ihr Blick auf ihre eigene Aktentasche. „Allerdings gilt das nicht für alle Frauen. Und was ist mit den Frauen, die die Familienplanung nach hinten verschoben haben, bis sie älter sind? Oder mit den Frauen, die sich bemühen, Job und Kinder unter einen Hut zu bekommen? Oder mit den Singlefrauen, die versuchen, mit einem schmalen Budget über die Runden zu kommen?"

„Bill Stinson, der übrigens der neue Chefredakteur ist ..."

„Das habe ich schon vernommen."

„Stinson will, dass das Blatt einen ‚niveauvolleren, zeitgemäßeren' Look bekommt, der Paare anspricht, die beide arbeiten gehen."

„Ich habe das so satt", murmelte sie.

„Ach, Brenna", brummte er. Dann grinste er und zwinkerte ihr zu. „Wenn du die Wahrheit hören willst: Mir geht es nicht anders."

„Ich verstehe noch immer nicht, warum die Sparte ‚Wohnen

und Service' verkleinert wird. Denn auch solche Paare müssen doch wohl essen, den Haushalt in Ordnung halten und wollen Schritt halten mit den neuesten Ernährungstrends. Pasta und Chablis, Sport und Fashion oder die ‚richtige' Farbe für die Strumpfhose zum Businesskostüm ... solche Dinge eben", entgegnete sie, während sie den Stifthalter und die Stempelkissen in ihre Tasche packte.

Stan zuckte die Achseln. „Ist mir auch klar, aber Stinson scheint zu glauben, dass Janice das alles allein schafft. Im Übrigen ist sie schon länger bei der Zeitung als du."

Brenna wollte etwas sagen, stieß stattdessen jedoch nur ein ärgerliches Schnauben aus. Die „Kürzungen" in der Frauensparte waren konsequent, aber ungerecht. Brenna erwiderte Stans Blick, ohne zu blinzeln. „Du weißt, dass ich der neue Stern am Himmel der Lifestyle-Kolumnistinnen sein könnte."

„Gott steh uns bei!"

„Das ist mein Ernst, Stan."

„Ich weiß, ich weiß. Allerdings denkt jede Kolumnistin, sie könnte das sein."

„Ich kann es wirklich schaffen!"

Stan rieb sich über das Kinn und hob müde die Schultern. „Sicher kannst du das. Nur nicht mehr bei dieser Zeitung. Und braucht dieses Land denn so viele Lifestyle-Kolumnistinnen? Hör zu, Brenna, es tut mir leid. Echt. Ich habe versucht, Stinson von einigen seiner Kürzungen abzubringen, doch die Jungs im Marketing hatten ihn bereits überzeugt, dass wir nicht so viel Gewicht auf die speziellen Frauenthemen wie Haus, Garten und Service legen sollten."

„Toll ... Einfach toll", murmelte sie. „Was würden wir nur ohne die Jungs aus dem Marketing machen?"

„Dazu sage ich auf keinen Fall etwas."

Sie musste lächeln. „Würde es helfen, wenn ich selbst mit Stinson sprechen würde?"

Er schüttelte den Kopf. „Ich schätze nicht. Aber das ist natürlich deine Entscheidung." Während er zusah, wie sie weitere

Sachen in ihren Aktenkoffer warf und ihn dann schloss, schob er sich die Hemdsärmel hoch. „Ich habe dir ja erzählt, dass ich mit ein paar Leuten gesprochen habe, mit denen ich früher zusammengearbeitet habe."

Ihr Herz schlug ihr bis zum Hals. „Und?"

„Der Job in Phoenix ist schon weg. Der andere …"

„In Portland", fiel sie ihm ins Wort.

„Genau. Beim *Willamette Examiner*. Der Job ist noch immer zu haben."

Portland, Oregon. Wo Warren Stone Bezirksstaatsanwalt für Multnomah County ist.

„Ich will nicht zurück nach Portland ziehen", entgegnete sie entschlossen, auch wenn das Bild von Warren, von seinem warmherzigen, verschmitzten Blick, von seinem jungenhaften strahlenden Lächeln vor ihrem inneren Auge auftauchte. „Vielleicht kann ich hier in der Gegend einen Job kriegen. Oder vielleicht braucht L. A. eine neue, frische Lifestyle-Kolumnistin."

Wieder rieb sich Stan das Kinn. „Vielleicht. Mit genügend Zeit findest du sicher irgendeine neue Anstellung."

Brennas Lippen zuckten. Sie mochte Stan wirklich, und sie hasste es, ihn verlassen zu müssen. Er war ihr Mentor gewesen, als sie bei der Zeitung begonnen hatte, gerade das College abgeschlossen hatte und noch grün hinter den Ohren gewesen war. „Danke für dein Vertrauen. Klingt, als wolltest du, dass ich nach Portland gehe."

„Vielleicht will ich dich nicht bei einem Konkurrenzblatt sehen."

Ihr Lächeln wurde breiter. „Ich versuche hier gerade, selbstgerecht und empört zu sein, verstehst du. Also bring mich nicht zum Lachen."

„Das will ich ja gar nicht." Mit einem Mal wurde er ernst und schob sich die Brille die Nase hinauf. „Lebt deine Familie nicht dort? Irgendwo in der Nähe von Portland?"

„Ja." Schnell nahm sie ein Aquarell von Gänsen auf dem Weg in den Süden von der Wand und legte es auf ihren Schreibtisch.

Sie hatte nie richtig mit Stan über ihre Familie gesprochen, und zum Glück hatte er sie auch nie dazu gedrängt. Das Wenige, was er über ihren familiären Hintergrund wusste, hatte er sich selbst zusammengereimt. „Tja, das war es."

Stan stand auf, doch er wirkte nachdenklich. „Hör mal, ich wollte kein unangenehmes Thema anschneiden, Brenna. Aber man muss kein Genie sein, um zu merken, dass es zwischen dir und deinem Dad böses Blut gab. Und nachdem deine Schwester nun gestorben ist ..."

Sie spürte, wie ihr die Farbe aus dem Gesicht wich. Nach vier Monaten konnte sie immer noch nicht akzeptieren, dass Honor tot war – getötet, als ihr Wagen von einer kurvenreichen Küstenstraße abgekommen war.

„Eventuell solltest du die Probleme mit deinem Vater aus der Welt schaffen." Ehe sie widersprechen konnte, hob Stan abwehrend die Hände. „Ich habe keinen Schimmer, was in deiner Familie vorgefallen ist, und es interessiert mich auch nicht, aber hör auf den Rat von jemandem, der es wissen muss: Die Familie ist wichtig. Wichtiger als irgendein Job – oder dein Stolz."

Brennas Schultern verspannten sich. „Es gibt Gründe, warum ich nicht nach Portland zurückziehen *kann*."

Er schnaubte ungläubig. „Sicher gibt es die. Und keiner dieser Gründe ist wirklich wichtig. Dein Vater braucht dich. Und dein Schwager, dieser Bezirksstaatsanwalt oder was auch immer er ist, hat bestimmt mehr als genug damit zu tun, Kriminelle hinter Gitter zu bringen und gleichzeitig zwei Kinder zu erziehen."

Brenna spürte einen Kloß im Hals. Ein Gefühl, das ihr durchaus vertraut war. Doch sie bemühte sich, es zu verbergen. „Geht es bei dieser ‚Abschiebung' nach Portland darum?", hakte sie nach. Ihre Augen brannten, denn die alten Wunden gingen tief und waren schmerzhaft. „Meinst du, ich sollte den Scherbenhaufen zusammenkehren, den Honor hinterlassen hat?"

„Ich habe selbst Kinder", erklärte er und fuhr sich durch sein silbergraues Haar. „Verdammt, ich sollte mich nicht in deine Angelegenheiten einmischen." Er runzelte die Stirn, griff in seine Tasche und zog einen kleinen mintgrünen Umschlag hervor. „Das kam mit der Post für dich", sagte er und reichte ihr den Brief. „Sieht privat aus."

Er ging zur Tür und lehnte sich mit der Schulter an den Rahmen. „Wenn du mich fragst, Brenna, dann glaube ich fest daran, dass du eine fähige Lifestyle-Kolumnistin bist – und der *Willamette Examiner* sucht genau so jemanden. Sie zahlen gut, und du wärst in Portland. Verflucht, du kannst deinen alten Herrn sehen oder auch nicht. Die Entfernung spielt dabei keine Rolle. Nimm dir meinen Rat zu Herzen: Du kannst dich nicht für den Rest deines Lebens verstecken."

„Ich verstecke mich nicht …"

Aber Stan hatte den Raum bereits verlassen. Grimmig dreinblickend, schlängelte er sich durch das Gewirr von Schreibtischen im Großraumbüro der Zeitung. Sein Rücken war ihr zugewandt, während er an hektischen Redakteuren vorbeimarschierte, an klappernden Computertastaturen und flackernden Monitoren.

Er hat recht: Du versteckst dich! hielt eine kleine Stimme in ihrem Kopf ihr vor. Mit geschürzten Lippen betrachtete sie den grünlichen Umschlag, den Stan ihr gegeben hatte. Ihr stockte der Atem.

Sie erkannte die Adresse des Absenders – es war Warrens Anschrift. Allerdings hatte er den Brief nicht geschrieben. Es war der Name seiner Tochter Julie, der in der oberen linken Ecke des Umschlages stand. Brennas Hände zitterten. Julie hatte weder geschrieben noch angerufen, seit ihre Mutter gestorben war. Und natürlich hatte Brenna seit der Beerdigung auch von Warren nichts mehr gehört.

Ihr Herz schlug wie verrückt, als sie den Umschlag aufriss und den Zettel las, auf dem mit Bleistift eine Nachricht stand.

Liebe Tante Bren,
es ist fast Sommer, und ich habe bald Ferien. Mann, ich kann es kaum erwarten!!!

Grandpa sagte, du würdest uns vielleicht besuchen, und ich fände es schön, wenn du kommen würdest. Scotty und Daddy auch. Wir alle vermissen Mommy. Eigentlich wollten wir in diesem Jahr in den Urlaub fahren. Wir hatten eine Hütte in den Bergen, doch Daddy meinte, wir könnten jetzt nicht mehr fahren. Er hat bei der Arbeit viel zu tun.
Wie ist San Francisco? Vielleicht sollte ich mal kommen und dich besuchen – wie Mommy es mal getan hat. Ich möchte Chinatown sehen, aber Grandpa meint, dass es mir nicht gefallen würde.
Bitte schreib zurück.
In Liebe,
Julie

Brenna sammelte sich, indem sie tief und hastig durchatmete. Schuld plagte sie. Es war ein kleines Gefühl gewesen, das an ihr genagt hatte – und jetzt war es mit einem Mal zu einem großen, hässlichen Monster geworden. Wie hatte sie ihre Nichte und ihren Neffen so im Stich lassen können? Honors Kinder! Offensichtlich litten die beiden noch unter dem Tod ihrer Mutter. Die kleinen Geschenke, die Brenna ihnen geschickt hatte, um vor allen Dingen ihr schlechtes Gewissen zu beruhigen, weil sie nicht persönlich bei ihnen in Portland war, hatten ihren Kummer nicht lindern können.

Sie starrte wieder auf den Brief, faltete ihn dann zusammen und schob ihn zurück in das Kuvert. „Ach, Julie", flüsterte sie, lehnte sich auf ihrem Schreibtischstuhl zurück und schloss die Augen. Es kam ihr so vor, als hätte sie versagt. Trotz ihrer Empfindungen für Warren gab es Kinder, um die sie sich kümmern sollte, Kinder, die sie liebte.

„Gütiger Gott", wisperte sie heiser. Ohne nachzudenken, griff sie nach dem Telefonhörer und blätterte durch ihr Adressbuch.

„Büro des Bezirksstaatsanwalts", meldete sich eine junge Frau, die sehr weit weg klang.

„Ja, ich würde gern mit Warren Stone sprechen", entgegnete Brenna und wickelte nervös das Telefonkabel um ihren Finger.

„Bedaure, aber Mr Stone ist nicht im Haus. Möchten Sie eine Nachricht hinterlassen?"

Brenna seufzte. „Nein ... Danke. Ich rufe später noch einmal an." Sie legte auf und achtete nicht auf den Schweiß, der sich in ihren Handflächen bildete, während sie die Privatnummer von Warren wählte. Nach dem fünften Klingeln meldete sich ein Mädchen.

„Hi, Süße", sagte Brenna, und ihr Herz zog sich zusammen.

„Tante Bren?"

„Ich habe deinen Brief bekommen."

„Toll!" Julies Stimme überschlug sich vor Aufregung beinahe. „Besuchst du uns?" „Ja."

„Wann?"

„Das weiß ich noch nicht. Vielleicht an diesem Wochenende."

Julie jauchzte vor Freude.

Brennas Kehle war plötzlich staubtrocken. „Ist dein Dad in der Nähe?", wollte sie wissen. „Ich sollte das vermutlich mit ihm besprechen."

„Er ist nicht hier."

Brenna biss sich auf die Unterlippe, aber entschieden drängte sie die Zweifel beiseite, die sie überfielen. „Was ist mit dem Babysitter?"

„Mrs Beatty ist im Keller und kümmert sich um die Wäsche. Willst du mit ihr reden?", fragte Julie.

Brenna stellte sich das riesige Haus von Warren vor. Es würde zehn Minuten dauern, bis Julie die Haushälterin geholt hätte. „Nein. Richte deinem Dad nur aus, dass ich kommen werde." Sie warf einen Blick auf den Terminkalender, der noch immer auf dem Schreibtisch lag. „Wahrscheinlich am Donnerstag, wenn ich es schaffe."

„Das wäre toll!", erwiderte Julie aufgeregt, bevor sie das Telefonat beendete.

Brenna war skeptisch, dass Warren damit einverstanden wäre.

Zehn Jahre lang hatten sie sich kaum gesehen oder miteinander gesprochen. Er und Honor hatten heimlich geheiratet, nachdem Brenna nach San Francisco gegangen war. Im Laufe der Jahre hatte sie ihn ein- oder zweimal bei Familienfestlichkeiten getroffen, doch er hatte kaum ein Wort mit ihr gewechselt und hatte es vermieden, mit ihr allein zu sein. Das war für sie in Ordnung gewesen.

Auf Honors Beerdigung hatte sie jedoch versucht, Warren zu trösten. Er war so kalt gewesen wie das Eis, das den Boden an jenem trüben Dezembermorgen bedeckt hatte.

Sie schnappte sich das Aquarellgemälde, warf sich den Regenmantel über die Schulter und machte sich dann zwischen den Schreibtischen hindurch auf den Weg zu Stan.

Er saß auf seinem schäbigen alten Bürostuhl, hatte den Telefonhörer zwischen Ohr und Schulter geklemmt, und sein Gesicht war rot vor Wut. Als sie klopfte, sah er auf und bedeutete ihr, Platz zu nehmen. Papiere lagen zerstreut auf seinem Schreibtisch. Hinter ihm konnte Brenna durch eine schmutzige, regennasse Scheibe die Fenster eines anderen Bürogebäudes und ein Stück des grauen Himmels erblicken.

„Das ist mir scheißegal", rief er knurrend in den Hörer. „Sie arbeiten in der Rechtsabteilung, also sagen Sie mir, wie der Widerruf aussehen soll, den wir drucken müssen!" Unterdrückt fluchend knallte er den Hörer so fest auf die Gabel, dass sein Schreibtisch erbebte. „Anwälte! Die kannst du alle in der Pfeife rauchen."

Sie konnte ihm nur zustimmen. Warren war Anwalt.

Brenna setzte sich auf die Kante eines rissigen Plastikstuhls, während Stan sich immer noch über die Inkompetenz des Berufsstandes der Juristen aufregte.

Brenna konnte es nicht lassen, ihn zu ärgern. „Gute Neuigkeiten?", fragte sie.

Trotz seiner Verärgerung musste Stan lachen. „Nein. Außer du hältst es für komisch, wenn ein Polizeikommissar hinter deinem Rücken tobt und sich beschwert." Er lehnte sich auf sei-

nem Stuhl zurück und betrachtete sie. „Was ist los?"
„Ich habe beschlossen, deinen Rat anzunehmen."
„Ich gebe keine Ratschläge." Allerdings funkelten seine müden Augen.
„Nicht oft, das stimmt. Wie dem auch sei. Ich hätte gern den Namen des Chefredakteurs vom *Willamette Examiner* und ein Empfehlungsschreiben."

Ein Lächeln erstrahlte auf seinem Gesicht. „Len Patterson leitet den *Examiner*. Er ist ein alter Freund von mir. Glaub mir, du brauchst kein Empfehlungsschreiben. Deine Arbeit spricht für sich. Ich werde ihn anrufen und ihm eine Sammlung deiner Artikel schicken."

„Und ein Empfehlungsschreiben."
„Gut. Ich werde Maggie darum bitten, eins aufzusetzen."
„Danke."
„Also, was ist los, Brenna?"
„Ich ziehe zurück nach Oregon." *Und Warren Stone kann das entweder gefallen oder auch nicht. Er wird sich damit abfinden müssen!*

Warren warf die zerknitterten Seiten des *Willamette Examiner* auf die Couch und fluchte laut. Was zur Hölle hatte Len Patterson sich dabei gedacht? Die Schlagzeile brachte das neueste Gerücht über einen Fall, an dem er seit Wochen arbeitete – die Entführung eines kleinen Jungen durch seinen Onkel. Jetzt würde die Klage gegen den Onkel aufgrund der schäbigen und falschen Berichterstattung durch den *Examiner* vermutlich vom Gericht zurückgewiesen werden.

„Verdammt!" Er fuhr sich mit gespreizten Fingern durchs Haar. Plötzlich entdeckte er seine Tochter Julie, die leise die Tür zum Arbeitszimmer geöffnet hatte und hineinschaute.

„Daddy?"
„Hi, Schatz." Er schob seine Wut über das verfluchte Klatschblatt beiseite. Aber er spürte, dass sein Kopf allmählich anfing, heftig zu schmerzen.

Julie wirkte eindeutig schuldbewusst. „Heute ist Donnerstag, oder?"

Warren sah auf das Datum der Zeitung. „Schon den ganzen Tag", murmelte er stirnrunzelnd. Er hatte sich den Nachmittag freigenommen, und dann hatte ihn die Titelseite des *Examiner* begrüßt.

„Ich ... äh ... Ich habe vergessen, dir was zu sagen."

„Kein Problem. Du kannst es mir ja jetzt erzählen."

„Tante Brenna hat angerufen", sagte sie und starrte auf den Fußboden.

Warren rührte sich nicht. Seit Honors Tod hatte Brenna sich nicht mehr gemeldet. „Warum?"

„Ich ... äh ... habe ihr einen Brief geschrieben, und sie kommt vorbei, um uns zu besuchen."

In Warrens Kopf überschlugen sich die Gedanken. „Sie besucht uns? Wann?"

„Heute, denke ich", nuschelte Julie.

„*Heute?*" Was zur Hölle war hier los? „Einen Moment mal. Noch mal von vorn. Erzähl mir alles", verlangte er und bemühte sich, ruhig zu bleiben. Doch die Vorstellung, Brenna zu sehen – auch wenn es nur für ein paar Stunden war –, verunsicherte ihn. Er brauchte sie im Augenblick nicht. Er hatte schon genug um die Ohren.

Ohne abzuwarten, schnappte er sich das Telefon und wählte Brennas Nummer in San Francisco. Nach einer Reihe von klickenden Geräuschen und einem Klingeln hörte er eine Computerstimme. „Kein Anschluss unter dieser Nummer ..."

„Verdammt!" Warren fluchte in den Hörer und knallte ihn dann so heftig auf die Gabel, dass sein Schreibtisch erzitterte. Warum hätte Brenna ihr Telefon abmelden sollen? Das ergab überhaupt keinen Sinn. Selbst wenn sie einen Besuch plante, würde sie doch ihren Telefonanschluss behalten.

Er lehnte sich in seinem Schreibtischsessel zurück und massierte sich die Schläfen. Langsam zählte er stumm bis zehn, bevor er zur Tür blickte, wo seine siebenjährige Tochter noch immer stand. Ihre blauen Augen waren aufgerissen, und sie kaute nervös auf ihrer Unterlippe herum.

„Nur, damit ich es richtig verstehe", sagte Warren. Er war mit seiner Geduld am Ende, versuchte jedoch, nach außen hin beherrscht zu wirken. „Was *genau* hat sie gesagt?"

„Na ja, sie wollte mit dir reden, aber du warst nicht da."

„Und Mrs Beatty?"

„Sie hatte zu tun. Sie hat im Keller die Wäsche gemacht. Also habe ich mir Tante Brens Nachricht gemerkt. Sie hat gemeint, dass sie am Donnerstag hier sein würde."

„Hier?", wiederholte er stirnrunzelnd. „In diesem Haus?"

Julie zuckte mit den Schultern. Ihr blondes Haar fiel ihr nach vorn ins Gesicht. „Ich ... Ich denke, schon."

„Du bist dir nicht sicher?"

„Ich habe nicht nachgefragt. Entschuldigung, Daddy."

„Ist schon in Ordnung", erwiderte er. Die Spannung in seinen Schultern war beinahe schmerzhaft. Seite eins des *Examiner* lag aufgeschlagen auf dem Sofa und schien ihn zu verspotten. „Wir müssen nur herausfinden, was sie vorhat, wenn sie hier auftaucht."

Julie lächelte ein bisschen. „Dann bist du nicht böse?"

„Na ja, vielleicht ein wenig. Allerdings nicht auf dich", antwortete er und verzog die Mundwinkel zu einem Lächeln. Wie sehr Julie ihn an Honor erinnerte. „Komm her." Sie rannte zu ihm, und er schloss sie in die Arme und hob sie hoch. Er drückte sie, bis sie lachen musste, und gab ihr einen Kuss aufs golden glänzende Haar. „Doch beim nächsten Mal sprichst du besser vorher mit mir."

„Willst du Tante Brenna denn nicht sehen?", fragte Julie.

Warren blickte finster drein. Ja, ein Teil von ihm wollte sie wiedersehen, ein anderer Teil warnte ihn jedoch, dass ein Treffen mit seiner Schwägerin Ärger bedeuten würde. „Tante Brenna ist eine viel beschäftigte Frau", hörte er sich selbst sagen. „Sie hat eine Karriere, um die sie sich kümmern muss. Sie kann nicht einfach so mir nichts, dir nichts alles stehen und liegen lassen, weißt du?"

„Sie hat versprochen, sie würde uns besuchen, und das tut sie auch", entgegnete Julie unerschütterlich, während Warren sie von seinem Schoß zurück auf die Erde gleiten ließ.

Scotty stürmte mit der unbändigen Energie eines Fünfjährigen ins Zimmer. Seine Schritte hallten auf dem Boden. „Komm schon! Wir gehen in den Park!", rief er laut. Sein schwarzes Haar fiel ihm über die großen blauen Augen, die vor Aufregung strahlten.

In dem Moment betrat auch Mary Beatty das Zimmer. Mary war eine stämmige, nüchterne Frau, die strikte Ansichten über Richtig und Falsch hatte. Warren musste lächeln, als er sah, wie sie die Fäuste in die Hüften stemmte. Ganz oben auf ihrer „Falsch-Liste" stand ein Vater, der seine zwei kleinen Kinder allein erziehen musste. Seit Honors Tod hatte Mary Warren deshalb einige potenzielle Ehefrauen vorgestellt – von der fünfundzwanzigjährigen Nichte bis hin zur Freundin einer Freundin einer Bekannten ... Warren war nicht interessiert gewesen.

„Hol deine Jacke", sagte Mary zu Scotty, ehe sie Julie anschaute. „Du auch."

Beide Kinder liefen in die Eingangshalle, wo sie sich darum stritten, wer als Erster an den Garderobenschrank durfte.

„Ich dachte, sie müssten vielleicht etwas Energie loswerden", erklärte sie, lehnte sich an den Türrahmen und musterte besorgt Warrens Gesicht. „Vielleicht sollten Sie auch ein bisschen frische Luft schnappen. Sie sind herzlich eingeladen, uns zu begleiten."

„Danke, aber heute nicht."

„Zu beschäftigt, die Kriminalität von Portlands Straßen zu verbannen, um etwas Zeit mit den Kleinen zu verbringen?", fragte sie und zog die Augenbrauen hoch.

„Ich mache nur meine Arbeit", erwiderte er und bemerkte das liebevolle Funkeln in ihren Augen. „Also hören Sie auf, mir ein schlechtes Gewissen einzureden." Er verschränkte die Arme vor der Brust. „Und jetzt erzählen Sie mir von meiner Schwägerin. Was wissen Sie über ihren ‚Besuch' und den Brief, den Julie ihr geschrieben hat?"

Mary zuckte die Achseln. „Nicht mehr als das, was Julie Ihnen gesagt hat. Ich habe erst vor zehn Minuten von der Sache erfahren."

„Na toll", murmelte Warren.

„Ich bin fertig!", verkündete Scotty. Er hatte seine Jacke falsch zugeknöpft, und er trug einen roten und einen blauen Handschuh. Seine Wangen waren gerötet, als Julie hinter ihm auftauchte.

„Scotty hat mich gestoßen!", erklärte sie empört.

Scottys Augen blitzten schelmisch auf. „Habe ich gar nicht!", widersprach er ein bisschen zu laut.

„Es ist zu warm für Handschuhe, du Blödmann", warf sie ihm vor. „Und außerdem passen sie nicht zusammen."

„Wen juckt's?", erwiderte Scotty und benutzte damit Julies Lieblingsausspruch.

„Dad …", jammerte sie.

„Lasst uns nicht darüber streiten, ja?", schlug Warren vor. Er stand auf und streckte die Arme über den Kopf. Doch die Spannung, die ihn erfasst hatte, seit Julie Brennas Namen erwähnt hatte, wollte nicht von ihm abfallen.

„Komm mit uns. Bitte!", flehte Scotty, rannte zu Warren und zupfte an seinem Ärmel. „Du kannst mich auf der Schaukel anschubsen."

„Wie wäre es, wenn ich nachkomme?" Er warf einen Blick auf seine Uhr. „In ungefähr fünfundvierzig Minuten?" Er sah Mary an, die gerade die Arme durch die Ärmel ihres pinkfarbenen Regenmantels schob. „Dann können Sie gehen."

Mary zog den Reißverschluss ihres Mantels hoch. „Na gut. Wir halten dann nach Ihnen Ausschau. Draußen ist es zu schön, um den ganzen Tag in diesem …", sie schaute sich um, „… Gefängnis eingesperrt zu sein."

„Ist es das?"

Mit einem wissenden Ausdruck auf dem Gesicht blickte

Mary ihn an und schob die Kinder sanft aus dem Arbeitszimmer. Als sie schließlich durch die Eingangstür nach draußen gingen, blieb Warren allein in der marmornen Eingangshalle des imposanten Hauses zurück, das früher seinen Eltern gehört hatte.

Also will Brenna zu Besuch kommen, dachte er, und seine Miene verfinsterte sich. Nach Julies Brief hatte sich wahrscheinlich ihr schlechtes Gewissen geregt. Er kniff die Augen zusammen, und trotz seiner Bemühungen, Brenna aus seinem Kopf zu verbannen, spürte er, wie sich sein Pulsschlag erhöhte. Verärgert versuchte er, sich zusammenzureißen, aber es funktionierte nicht. Und er konnte sich auch nicht entspannen. Allein das Wissen, dass Brenna in diesem Moment in der Stadt war, machte ihn unruhig.

Warum geht ihr Telefon nicht? fragte er sich wütend. Wie lange hatte sie vor zu bleiben? Er erinnerte sich an ihre letzte Begegnung auf Honors Beerdigung und rief sich ins Gedächtnis, wie sie ihre Hilfe angeboten und er sie in seiner Trauer ausgeschlagen hatte.

„Du sollst wissen", hatte sie geflüstert und ihre Hand auf seinen Arm gelegt, „dass ich dir mit den Kindern helfen werde." Sie hatten unter den kahlen Eichen auf dem Friedhof gestanden, die ihre schwarzen Äste in den Himmel gereckt hatten. Eisiger Wind hatte die letzten Trauergäste umweht, die noch immer am Grab gestanden hatten, und Eisregen war gefallen.

„Ich brauche keine Hilfe."

Ihre braunen Augen waren dunkel geworden und ihre Wangen errötet. „Es könnte schwierig werden. Julie und Scotty brauchen …"

„Was? Eine Mutter?", hatte er sie unterbrochen. Er hatte sie verletzen wollen, so wie er verletzt worden war. Und er hatte sich schuldig gefühlt, weil sein Herz bei ihrem Anblick immer noch schneller geschlagen hatte. „Was ist los, Bren? Glaubst du, dass du Honor ersetzen kannst? Dass du in ihre Fußstapfen treten kannst?"

Sie hatte nach Luft gerungen und war zurückgewichen, und

er hatte die Tränen in ihren Augen bemerkt. „Natürlich nicht ... Ich wollte euch nur helfen, das ist alles."

„Sie sind meine Kinder. Ich kann mich allein um sie kümmern."

„Gut", hatte sie geantwortet und die Schultern in ihrem schwarzen Kostüm gestrafft. Sie hatte anscheinend noch mehr sagen wollen, hatte ihm wehtun wollen. Doch sie hatte den Mund gehalten und war steif über die gefrorenen Blätter zum Wagen ihres Vaters gegangen.

Seit dem Tag hatte er nichts mehr von ihr gehört, auch wenn die Kinder Geschenke und Karten zu Weihnachten und Ostern bekommen hatten und sie an Julies Geburtstag gedacht hatte.

Ihm war inzwischen klar, dass er sich unmöglich verhalten hatte. Und jetzt würde er sie wiedersehen. Verdammt, verdammt, verdammt. Er war einfach nicht bereit für diese emotional aufreibende Situation. Während er die Ärmel seines Hemdes hochschob, marschierte er ins Arbeitszimmer zurück, schenkte sich ein Glas Scotch ein und ließ sich in die weichen Kissen der cremefarbenen Ledercouch sinken.

Brenna – ihr Bild verschwamm vor seinen Augen. Ehe er einen der verräterischen Gedanken zuließ, die ihn früher gequält hatten, leerte er sein Glas. Dann wartete er, den Blick in die Eingangshalle gerichtet, wo eine Standuhr zur halben Stunde schlug.

Also, wo ist sie? Wo zur Hölle steckt Brenna?

„Hier ist es", sagte Brenna vom Rücksitz des Taxis aus. Ihr Herz raste, und ihre Handflächen wurden beim Anblick von Warrens Haus feucht. Halb verdeckt hinter Tannen und Eichen schimmerte das riesige Anwesen durch die Zweige hindurch.

„Und er ist der Bezirksstaatsanwalt? Vielleicht zahlen wir doch zu viele Steuern", meinte der Taxifahrer und pfiff leise, während er das Gebäude ansah.

„Er hat es geerbt", erklärte Brenna schnell und verteidigte Warren. Sie wünschte sich, sie hätte nicht so ungezwungen mit dem Fahrer geplaudert.

„Hartes Leben." Der Taxifahrer nahm das Geld entgegen und machte die hintere Tür auf, ohne den Sitz zu verlassen. „Soll ich warten?"

„Nein danke." Falls Warren sie rauswerfen sollte, würde sie ein anderes Taxi rufen oder darauf bestehen, dass er sie in ihr Hotel in der Innenstadt brachte.

„Wenn Sie meinen …"

Brenna blieb auf dem Bordstein stehen, bis das Taxi in einer schwarzen Abgaswolke einen verbotenen U-Turn machte und die schmale Straße hinunterbrauste. Dann betrachtete sie Warrens Haus. Das Heim, das er mit Honor geteilt hatte.

Nach heutigen Maßstäben war es ein Herrenhaus. Errichtet um die Jahrhundertwende und aus blauem Stein und einer Verkleidung aus Schindeln gebaut, wirkte es fast wie eine Kathedrale. Es hatte zwei Stockwerke. Die Giebel und Gauben ragten in den wolkenlosen Frühlingshimmel. Efeu klammerte sich hartnäckig an die Steine einer Wand, und Klematis rankte um die Eingangstür. An einer Ecke einer Wendeltreppe gab es ein Türmchen. Unsichtbar, unterhalb der Erdoberfläche, war ein Keller mit dem Waschraum der Bediensteten und einem klassischen Weinkeller. Alles in allem war es ein stattliches Haus – ein Zuhause, das Honor geliebt hatte.

Honor. Es versetzte Brenna einen Stich mitten ins Herz. Schon jetzt fühlte sie sich wie ein Eindringling.

Sie zupfte den Kragen ihres Mantels zurecht und lief einen gewundenen Weg zur vorderen Veranda hinauf. Zweimal schlug sie mit dem Klopfer aus Messing gegen die Tür, ehe diese geöffnet wurde. Warren, der ein weißes Hemd mit hochgerollten Ärmeln und eine schwarze Hose trug, stand vor ihr.

Seine Augen waren noch blauer, als sie sie in Erinnerung hatte, und sein Gesicht schien etwas schmaler. Der ernste Ausdruck auf seinen scharf geschnittenen Zügen war nicht gewichen, und auch der jungenhafte Charme, den sie aus seiner Jugend kannte, war noch nicht zurückgekehrt. „Brenna", sagte er und verzog süffisant den Mund. „Wenn das keine Überraschung ist."

„Eine Überraschung?", wiederholte sie. „Aber ich habe doch neulich angerufen ..."

Er zuckte nicht mit der Wimper. „Julie hat mir vor einer Stunde davon erzählt."

Vor einer Stunde? Kein Wunder, dass er die Zähne fest aufeinandergepresst hatte und dass sein Blick kühl und hart wirkte.

„Es tut mir leid. Ich hätte mich noch mal melden sollen. Nur um sicherzugehen, dass ihr mich erwartet."

„Schnee von gestern", entgegnete er und gab der Tür einen Stoß, sodass sie ganz aufschwang. „Da du schon mal hier bist, kannst du auch reinkommen." Er musterte sie von Kopf bis Fuß. „Wo ist dein Gepäck?"

„Im Hotel", antwortete sie knapp, bemühte sich, ruhig zu bleiben, und scheiterte kläglich. Sein bloßer Anblick ließ ihren Puls schneller schlagen.

„Nach dem, was Julie gesagt hat, hatte ich den Eindruck, du wolltest hierbleiben."

Niemals, dachte sie, und ihr Magen verkrampfte sich. „Das würde mir im Traum nicht einfallen", erwiderte sie verärgert. Im nächsten Moment bereute sie ihre Worte. Es war zwecklos, mit ihm zu streiten. Jedenfalls nicht in diesem Augenblick. Wo sie blieb, war egal. Die Kinder waren das einzig Wichtige. „Hör mal, Warren. Ich erwarte nicht, dass du für mich den roten Teppich ausrollst. Ich bin nur hier, um Julie und Scotty zu besuchen."

Skeptisch zog er eine Augenbraue hoch. „Komm rein", lud er sie ein. Seine Stimme klang kühl. „Aber du wirst warten müssen. Sie sind im Park."

Großartig. Sie hatte nicht mit einer warmherzigen Begrüßung gerechnet, doch sie hatte gehofft, dass er zumindest den Anstand besitzen würde, höflich zu sein. Und wenn er dachte, er würde sie durch sein Verhalten dazu bringen, abzureisen, noch bevor sie die Möglichkeit gehabt hatte, mit Julie zu sprechen und herauszufinden, warum sie den Brief geschrieben hatte, dann hatte er sich getäuscht. „Gut", sagte sie und zwang sich zu einem kühlen Lächeln. Sie verspürte den Drang, ihn genauso kalt und distanziert zu behandeln, aber sie hielt sich zurück. Kein Grund, in diesem Moment einen Streit anzufangen. Mit aller Kraft umklammerte sie den Gurt ihrer Tasche, bis die Knöchel weiß hervortraten, und betrat entschlossenen Schrittes das Haus, in dem einst Honor gewohnt hatte.

Es hatte sich kaum etwas verändert. Die Möbel waren noch genau dort, wo sie auch vor Honors Tod gestanden hatten. Orientteppiche erstreckten sich in üppigem Rot und Blau auf dem golden schimmernden Eichenparkett, und die Räume dufteten leicht nach Rosen – getrocknete Blüten lagen in Keramikschüsseln, die auf antiken Tischchen verteilt waren.

Warren bedeutete ihr, ins Arbeitszimmer zu gehen, und sie folgte ihm. Unter ihren Wimpern hervor beobachtete sie ihn. In den vergangenen vier Monaten war er gealtert, auch wenn sein Haar noch immer glänzend schwarz und voll war. Doch die Linien um seinen Mund waren tiefer, und kleine Fältchen hatten sich um seine Augen gebildet.

Er führte sie zu einem Sessel und sagte: „Julie hat erwähnt, dass sie dir einen Brief geschrieben hätte."

„Das stimmt." Brenna ließ sich in die weichen Polster fallen, während er sich gegen ein Bleiglasfenster lehnte, hinter dem sich Tannenzweige in der frischen Frühlingsbrise bogen.

„Also, wie lange wirst du bleiben?", fragte er und verschränkte die Arme vor der Brust, sodass die Nähte seines Hemdes sich über seinen breiten Schultern spannten.

„Ich bin nicht nur zu Besuch hier. Ich werde zurück nach Portland ziehen."

„Du wirst *was*?" Seine äußerliche Ruhe verschwand mit einem Schlag.

„Umziehen." Brenna begriff, dass sie ihn nicht mehr hätte überraschen können, wenn sie splitterfasernackt in das Zimmer marschiert wäre.

„Umziehen?", wiederholte er langsam. „Für immer?"

„Ja."

Verwirrt sah er sie an. „Einen Moment mal. Ich dachte, du würdest nur zu Besuch kommen."

„Das ist noch nicht alles." Sie kramte in ihrer Tasche, fand Julies Brief und reichte ihn ihm.

Schnell überflog er die Zeilen auf dem mintgrünen Papier und runzelte beim Lesen die Stirn.

Plötzlich fühlte Brenna sich albern. „Es klang so, als würde sie mich brauchen. Ich schätze, ich hätte mit dir reden sollen …"

Ein Muskel zuckte in seiner Wange. „Das wäre eine gute Idee gewesen."

„… doch ich konnte dich im Büro nicht erreichen, und als ich hier anrief, warst du nicht da."

Er betrachtete Julies Brief und dachte über die Worte nach, als würde auch er versuchen, herauszufinden, was seine Tochter damit bezweckt hatte. Als er wieder hochschaute, konnte Brenna den Schmerz in seinen Augen lesen.

„Ich weiß, dass du meine Hilfe nicht willst", sagte sie mit bebender Stimme und blickte ihm tief in die Augen. „Aber ich muss helfen."

„Warum?"

„Julie ist meine Nichte. Honors Tochter."

Warren zerknüllte den Brief in der Hand. „Und ich bin ihr Vater, Bren. Ich habe dir schon mal erklärt, dass ich mit Julie und Scotty allein zurechtkomme. Und sie haben Mary. Sie vergöttert sie!"

„Mary?", flüsterte Brenna.

„Ihre Nanny. Mary Beatty. Sie ist eine Nachbarin, die sich um die Kinder kümmert, wenn ich bei der Arbeit bin. Sie sind auch jetzt mit ihr im Park." Warren massierte seine Nasenwurzel. „Hör zu, Brenna", meinte er ruhig. „Ich wollte nicht so reagieren, als du angekommen bist. Es war einfach nur ein kleiner Schock. Und ich weiß es wirklich zu schätzen, dass du extra hierhergeflogen bist, weil du die Kinder sehen wolltest. Aber du musst nicht umziehen."

Brenna wusste, was er damit sagte, und es tat weh. Es tat sehr weh. Trotzdem musste sie hören, wie er die Worte aussprach. „Du willst nicht, dass ich hier bin. Stimmt das?"

„Du kannst so lange bleiben, wie du möchtest. Solange du Urlaub hast. Es gibt allerdings keinen Grund, hierher zurückzukehren. Es sei denn, du denkst, dass dein Vater dich brauchen könnte."

Sie presste die Lippen aufeinander. James Douglass hatte sie nie gebraucht – und sie bezweifelte, dass er sich jetzt nach ihrer Unterstützung sehnte. Sie hatte ihn selbstverständlich angerufen, und er schien sich gefreut zu haben, von ihr zu hören und zu erfahren, dass sie zurückkommen wollte. Doch sie hatte auch die Distanz in seiner Stimme wahrgenommen. „Das hat nichts mit Dad zu tun", sagte sie. „Warum bist du so entschieden dagegen, dass ich wieder hierherziehe?" Sie schaute ihm direkt in die rätselhaften blauen Augen. Einen Moment lang hatte sie den Eindruck, eine Spur von Emotionen darin aufflackern zu sehen. Aber er verlagerte sein Gewicht und setzte sich auf den Fenstersims.

„Du warst doch diejenige, die von hier wegwollte, Bren", sagte er. „Vor all den Jahren hast du dir nichts mehr gewünscht, als bei der Zeitung zu arbeiten – du hast über nichts anderes geredet."

„Das stimmt nicht", entgegnete sie leise, und die Muskeln unter seinem Hemd spannten sich an.

„Du hast einen Job in San Francisco. Du hast ein neues Leben. Verdammt, du bist eine Karrierefrau. Was willst du in Portland tun?" Er sah sie wieder an. „Du kannst deine Verpflichtungen nicht einfach vernachlässigen, Brenna."

„Das mache ich nicht. Bei der *City Weekly* gab es einige Veränderungen. Ein Mischkonzern aus Chicago hat die Zeitung mit allem Drum und Dran gekauft. Und es hat Kürzungen gegeben. Eine Mitarbeiterin, die den Kürzungen zum Opfer gefallen ist, steht gerade vor dir."

Nachdem er endlich verstanden hatte, dass sie tatsächlich

für immer in Portland bleiben wollte, lehnte er sich an die vertäfelte Wand. „Du *willst* zurückkommen?", fragte er dennoch verwirrt.

„Ja." Sie schluckte schwer und blickte zur Couch, auf der eine Ausgabe des *Willamette Examiner* lag. „Morgen früh habe ich ein Vorstellungsgespräch beim *Examiner*."

2. KAPITEL

Warren erstarrte, und sein Blick durchbohrte Brenna regelrecht. „Du hast *was*?", wollte er wissen, und seine Miene verfinsterte sich.

„Ich habe ein Vorstellungsgespräch beim *Examiner*."

Er zog die Brauen über seinen funkelnden blauen Augen zusammen und ballte frustriert eine Hand zur Faust.

Brenna schaute in sein erschüttertes Gesicht. „Du könntest mir wenigstens Glück wünschen."

„Das ist nicht dein Ernst", sagte er langsam. „Das ist doch ein Scherz, oder?"

„Kein Scherz …"

„Du hast dich nicht für einen Job beim *Examiner* beworben!" Seine Miene verdunkelte sich noch mehr vor Wut.

„Warum nicht?"

„Weil der *Examiner* der billigste, schäbigste, erbärmlichste Abklatsch einer Zeitung ist, die es in diesem Staat und vermutlich im gesamten pazifischen Nordwesten gibt!" Er schnappte sich die Zeitung vom Sofa und umklammerte sie fest. „Das hier ist nur einen Schritt von den billigen Boulevardzeitungen entfernt, die man an der Kasse von Supermärkten findet!"

Brenna reagierte gereizt. „Stan Gladstone hat mir den Job empfohlen …"

„Wer zur Hölle ist Stan Gladstone?"

„Mein Chefredakteur bei der *City Weekly*."

Er rührte sich nicht, sondern starrte sie nur an. „Hasst er dich?", fragte er mit gefährlich ruhiger Stimme.

Brenna sprang auf. Ihre Wut war entfacht, und sie stürmte auf ihn zu. Sie blieb so dicht vor ihm stehen, dass die Spitzen ihrer High Heels beinahe die seiner polierten Schuhe berührten. Obwohl sie den Kopf etwas in den Nacken legen musste, sah sie ihm direkt in die unglaublich blauen Augen. „Das war unnötig. Stan hat mir einen Job hier in Portland vermittelt. Und egal, was du über mich oder über den *Examiner* denkst – du kannst es nicht ändern. Ich werde wieder hierherziehen, ich werde alles tun, was in meiner Macht steht, damit ich den Job bekomme, und ich werde mich um meine Nichte und meinen Neffen kümmern."

Zwischen zusammengebissenen Zähnen sog Warren scharf die Luft ein. „Der *Willamette Examiner* hat mich möglicherweise um einen Prozess gegen einen Mann gebracht, der Kinder entführt", stieß er hervor. „Wegen der ungenauen beziehungsweise falschen Berichterstattung dieses Blattes wird eine wasserdichte Klage wahrscheinlich vom Gericht abgewiesen." Er warf die Titelseite der Zeitung, die ihn so wütend machte, in den Mülleimer. „Und jetzt willst du für dieses schmierige Revolverblatt arbeiten?"

Sie schluckte. „Ja."

Er sah sie drohend an. „Und was erwartest du, wenn du dich bei der Zeitung niedergelassen hast? Und ich fasse den Begriff weit. Was erwartest du dann von mir und meiner Familie? Glaubst du, du kannst hier einfach hereinspazieren und die Mutter meiner Kinder spielen, verdammt noch mal?"

Erstaunt erwiderte sie seinen zornig funkelnden Blick. „Du kannst dir den Vortrag sparen, Warren. Ich bin nicht mehr achtzehn. Ich gebe nicht mehr so leicht nach. Julie und Scotty sind Honors Kinder. Ich will ihnen helfen, wenn ich kann. Als ihre *Tante*. Ist das so schlimm?"

In seinem Kiefer zuckte ein Muskel, und er spannte seine Finger an und entspannte sie wieder, um den Zorn zu zügeln, der offensichtlich in ihm brodelte. „Es sind auch *meine* Kinder." Selbst wenn er ruhig gesprochen hatte, klang seine Stimme kalt und hart, und bei dem Blick, den er ihr zuwarf, geriet ihr Blut ins Stocken.

„Mach dir keine Sorgen. Das werde ich nicht vergessen."

„Das lasse ich auch nicht zu." Die Wut in seiner Miene wurde zu einem schwelenden Feuer. Einen flüchtigen Moment lang hatte sie den Eindruck, Verlangen in seinen Augen zu erkennen. Aber so schnell, wie es aufgeflackert war, war es auch schon wieder verschwunden – oder war ausgelöscht worden.

Sie sagte sich, dass sie sich das alles vermutlich eingebildet hatte.

Warren holte zittrig Luft und wandte den Blick ab. „Hör mal, Brenna", meinte er und kämpfte um Selbstbeherrschung. „Lass uns nicht damit anfangen, uns gegenseitig an die Gurgel zu springen."

„Na schön. Ich ... Ich bin nicht gekommen, weil ich mich mit dir streiten wollte. Ich dachte nur, ich sollte vorbeischauen und nach den Kindern sehen. Das ist alles." Gott, war das *ihr* Herz, das so laut schlug? So nahe bei Warren zu sein, war gefährlich und verwirrend. Sie schien ihren Herzschlag oder das verrückte Flattern ihres Pulses nicht kontrollieren zu können.

Plötzlich flog die Eingangstür mit einem lauten Krachen auf. Brenna zuckte zusammen. Sie spürte einen Hauch warmer Frühlingsluft und lauschte den schnellen Schritten, die sich dem Arbeitszimmer näherten. „Daddy?", rief Julie aus der Eingangshalle.

„Hier ..."

Brenna wich etwas zurück. In dem Moment erblickte Julie sie auch schon und kreischte vor Freude auf. „Tante Bren!" Mit wehendem blonden Haar rannte sie durch das Zimmer und umarmte Brenna. Mit den Armen umschlang sie Brennas Taille.

„Wie geht es dir, mein Liebling?", fragte Brenna. Zu ihrer eigenen Überraschung merkte sie, dass ihr Tränen in die Augen stiegen.

„Besser. Allerdings ist Scotty eine Riesennervensäge!"

„Bin ich gar nicht!", brüllte Scotty empört. „Du hast versprochen, du würdest in den Park kommen!", sagte er vorwurfsvoll zu Warren.

Brenna sah auf und erblickte ihren Neffen, der sich am Türrahmen festhielt. Sein Gesicht war rot vom Wind, sein schwarzes Haar fiel ihm zerzaust in die Augen, und die Unterlippe hatte er trotzig vorgeschoben.

Eine stämmige ältere Frau mit rosigen Wangen marschierte

an ihm vorbei und kam ins Arbeitszimmer. Sie blieb abrupt stehen, sowie sie Brenna entdeckte.

„Sie müssen Julies und Scottys Tante sein", meinte sie, und ihre Augen funkelten, als sie lächelte.

Warren trat beiseite und stellte die beiden einander vor. „Brenna, das ist Mary Beatty – Mary, das ist meine Schwägerin", sagte er, während er zu Scotty ging und ihn dann hochhob. „Tut mir leid, Kumpel. Tante Brenna kam, und ich habe den Park schlicht vergessen." Vorsichtig setzte er Scotty auf seine breiten Schultern.

„Los geht's! Zurück!", jauchzte Scotty und hielt sich an Warrens Kopf fest.

„Nett, Sie kennengelernt zu haben", meinte Mary, und ein verschmitztes Lächeln erschien auf ihrem breiten Gesicht, während sie Brennas ausgestreckte Hand schüttelte. „Ich muss los. Das Abendessen ist im Ofen. Es ist genug für alle da. Ich habe einen Zettel hinterlassen, auf dem steht, wann es fertig ist und was noch getan werden muss." Mit einem wissenden Lächeln, das ihre Mundwinkel umspielte, zwinkerte sie Warren zu. „Wir sehen uns dann nächste Woche." Sie umarmte kurz Julie und streckte den Arm nach oben, um mit der Fingerspitze Scotty an die Nase zu stupsen. Dann verließ sie das Arbeitszimmer.

„Tschüs!", rief Scotty und stützte sich mit einer Hand auf Warrens Kopf ab. Für Brenna war klar, dass er große Stücke auf die Dame in Pink hielt. Ihr Herz zog sich vor Neid und Schuldgefühlen zusammen. Sie hätte ihre Nichte und ihren Neffen nach Honors Tod trösten sollen. Sie hätte Scotty und Julie Liebe und Sicherheit geben sollen. Ihr wurde bewusst, dass sie trotz Warrens Widerspruch einen Platz im Leben von Honors Kindern hätte einnehmen müssen.

„Was gibt's zum Abendessen?", wollte Scotty wissen, nachdem Warren ihn wieder runtergelassen und auf dem Boden abgesetzt hatte.

„Ich habe keine Ahnung", entgegnete Warren.

„Tacos!", beschloss Scotty.

„Mary hat schon etwas gekocht. Ich weiß allerdings nicht, was sie gemacht hat", sagte Julie. Sie hielt Brenna noch immer fest in den Armen. „Du bleibst doch, oder?"

„Ich weiß nicht …"

Sie spürte Warrens Blick auf sich und wurde rot.

„Bitte …", flehte Julie.

„Ja, bleib", mischte sich Warren mit tonloser Stimme ein. Sie konnte die unausgesprochenen Worte in seinem Gesicht lesen, war sich darüber klar, dass sie in seinen Augen ein Eindringling war.

„Du kannst mir helfen, den Tisch zu decken", beharrte Julie.

Brenna musste lachen. „Ich kann? Danke, *Mama* …" Sowie sie den Schmerz in Julies runden Augen sah, fügte sie schnell hinzu: „Danke für diese Ehre. Komm, lass uns mal schauen." Eigentlich wollte sie vor allem weg von Warren, als sie nun Julies Hand ergriff und mit ihrer Nichte zusammen in der Küche verschwand.

Die Küche war im hinteren Teil des Hauses, und da das Grundstück von der Straße aus sanft abfiel, war das Erdgeschoss im Grunde genommen eine Etage über dem Boden. Sonnenlicht strömte durch eine breite Fensterfront, funkelte in den Kupferpfannen, die dort hingen, und spiegelte sich in den cremefarben gefliesten Anrichten. Topfpflanzen rankten aus Blumentöpfen, die an Haken neben den Fenstern hingen, grüne Blätter und Ranken ragten über den polierten Rand der Messingtöpfe.

Der Duft von köchelndem Rindfleisch und Zwiebeln erfüllte den Raum. Brenna warf einen Blick durch die Scheibe des Backofens. Ein Bräter stand im Ofen, und Soße blubberte an den Rändern unter dem Deckel hervor.

„Das steht schon seit Stunden im Ofen", erklärte Julie. „Hier ist der Zettel."

„Burgunderbraten", las Brenna vor und überflog Marys Anweisungen. Mary Beatty schien eine sehr tüchtige Haushälterin zu sein. Das Haus glänzte, das Abendessen roch köstlich, und Julie und Scotty schienen zufrieden und ausgeglichen zu sein.

Eigentlich hätte sie sich auch freuen sollen. Brenna fand Topflappen, mit denen sie den riesigen Bräter aus dem Ofen nahm und auf die Anrichte stellte. Doch statt sich zu freuen, war sie tief in ihrem Innern enttäuscht. Ihr wurde bewusst, wie sehr sie sich gewünscht hatte, dass Warrens Kinder – und Warren – sie brauchten.

„Das sieht großartig aus", murmelte sie, hob den Deckel hoch und sog das Aroma ein, als eine wohlriechende Dampfwolke zur Decke stieg. Soße, Zwiebeln und Karotten, die die dicken Fleischstücke umgaben, köchelten noch immer.

„Mary hat im letzten Herbst einen Gourmet-Kochkurs belegt", berichtete Warren. „Ich schätze, wir sind ihre Versuchskaninchen."

„Ich bin kein Kaninchen", entgegnete Scotty beleidigt. Misstrauisch musterte er Brenna und schätzte sie offensichtlich ab. Leider war kein Aufflackern des Erkennens in seinen Augen zu sehen, die genauso blau wie die von Warren waren.

„Kein Kaninchen, du Dummkopf. Ein Versuchskaninchen ist bloß ein anderes Wort für Versuchs*person*, und ein Kaninchen ist ein Nagetier", erwiderte Julie.

„Tja, das bin ich auch nicht!" Noch immer wütend grummelnd, stapfte Scotty aus der Küche, und Brenna konnte hören, wie er die Treppe hinaufstürmte.

„Er hat seinen eigenen Kopf, oder?", murmelte Brenna, und Warren lächelte tatsächlich. Und wieder zeigte sich das belustigte Schmunzeln. Schon vor zehn Jahren hatte dieses Lächeln unglaublich anziehend auf sie gewirkt.

„Ich habe dir gesagt, dass es nicht leicht werden würde."

„Mach dir keine Sorgen deswegen. Scotty ist ein Trottel", verkündete Julie und stellte in der Essecke, die eigentlich eher ein Wintergarten war, Teller auf die Platzdeckchen.

„Das reicht", sagte Warren.

„Aber das ist er doch. Jeder in der Schule denkt das auch!" Sie sah auf, bemerkte den warnenden Ausdruck in den Augen ihres Vaters und hielt den Mund.

Das Essen verlief in angespannter Atmosphäre. Scotty, der

am runden Tisch gegenüber von Brenna saß, richtete seinen argwöhnischen Blick unentwegt auf sie und aß keinen Bissen. Julie plapperte vor nervöser Aufregung vor sich hin und beleidigte Scotty bei jeder sich bietenden Gelegenheit. Warren sagte wenig, doch Brenna konnte in seinen Augen unglaublich viel lesen, wenn er sie anschaute.

„Magst du San Francisco?", fragte Julie und schob ihren Teller zur Seite.

„Ja", gab Brenna zu.

„Fährst du jeden Tag mit dem Cable Car?"

Brenna lachte. „Nicht *jeden* Tag. Aber ab und zu."

Warren lehnte sich auf seinem Stuhl zurück. Seine Schultern schienen sich zum ersten Mal seit Brennas Ankunft etwas zu entspannen. „Was findest du an Kalifornien so faszinierend?"

„Ich mag alles", erwiderte Brenna. „Ich habe eine tolle Wohnung im zweiten Stock eines Reihenhauses mit Blick auf die Bucht ..." Aus dem Augenwinkel sah sie, wie Warren sich wieder verspannte. „Trotzdem ziehe ich um", fügte sie hinzu. „Zurück hierher."

„Echt?", kreischte Julie vor Freude. „Hier in dieses Haus?"

„Oh nein, Süße." Brenna spürte, dass sie rot wurde. „Ich muss mir eine eigene Wohnung suchen."

„Wir haben doch so viel Platz", sagte Julie und wandte sich ihrem Vater zu, von dem sie sich Unterstützung erhoffte.

„Ich weiß", meinte Brenna verlegen. „Aber ..."

„Klar, Brenna", sagte Warren, und seine Augen funkelten spöttisch. „Warum ziehst du nicht gleich hier ein?"

„Nein!", schrie Scotty.

„Schh!" Julie rückte mit dem Stuhl nach hinten. „Ach, Tante Bren, bitte! Wir könnten alle eine Familie sein."

Brennas Herz zog sich zusammen. „Wir *sind* eine Familie, Süße", sagte sie und fühlte, wie Warren sie mit Blicken durchbohrte. „Allerdings nicht auf die Art. Ich kann nicht bei euch wohnen."

„Du willst es nicht!", warf Julie ihr vor.

„Das stimmt nicht …" Wie war sie nur in diese ausweglose Unterhaltung geraten? „Ich glaube nur, dass wir alle ein bisschen Raum für uns brauchen."

„Warum?"

Sie sah Warren an, hoffte, dass er ihr helfen würde, doch seine Miene war teilnahmslos und versteinert. Nur in seinen Augen war ein Hauch von Belustigung zu erkennen.

„Wo ist der Nachtisch?", wollte Scotty wissen, und Brenna war dankbar für den Themenwechsel.

„Nachtisch? Aber du hast noch nicht einmal deine Kartoffeln oder das Fleisch angerührt", erwiderte sie.

„Mary gibt mir immer Nachtisch", erklärte er und beobachtete ihre Reaktion.

Schön für Mary, dachte Brenna. Sie lächelte ihren Neffen an und sagte: „Ich bin nicht Mary."

„Schade", murmelte Scotty.

„Das reicht", fiel Warren ihm ins Wort. „Du kennst die Regeln – du musst erst etwas Fleisch und Gemüse essen, ehe wir über den Nachtisch sprechen. Und auch wenn Mary sich nicht ganz so streng an die Regeln hält: Ich schon!"

„Ich *hasse* Regeln", rief Scotty, schob seinen Teller weit von sich und stieß dabei versehentlich eine Vase um. Wasser ergoss sich über den Tisch, und die beiden weißen Nelken schwammen davon und fielen auf den Boden. Brenna schnappte sich ein Geschirrtuch von der Anrichte und wischte damit – und mit jeder verfügbaren Serviette – das Chaos auf.

„Gut, Kumpel, das war's für dich." Warren streckte die Arme über den Tisch und hob Scotty schnell von seinem Stuhl.

„Nein!", brüllte Scotty.

Warren schien das nicht zu bemerken, als er sich seinen um sich tretenden und schreienden Sohn über die Schulter legte.

„Das ist ungerecht!", schrie Scotty. „Das ist ungerecht!"

„Das stimmt. Das ist es. Daran gewöhnst du dich besser", erwiderte Warren, trug ihn aus dem Zimmer und die Treppe hinauf.

„Er ist eine Nervensäge!", sagte Julie, während Brenna versuchte, die Überschwemmung zu beseitigen.

„Ich bin eine Fremde für ihn."

„Nein – er ist eine Nervensäge! Das hat Mama auch immer gesagt, und sie hatte recht!"

Brenna warf das durchnässte Geschirrtuch in die Spüle und setzte sich wieder auf ihren Stuhl. Das Kinn in die Hand gestützt, betrachtete sie ihre Nichte.

Julies goldenes Haar fiel ihr in zerzausten Locken über die Schultern. Ihr Gesicht war noch immer rundlich, doch man konnte schon den Ansatz der Wangenknochen erkennen, deren Konturen sich irgendwann herausbilden würden. Wie bei Honor. Julies Augen, die so blau waren wie die ihres Vaters, waren groß, mit dunklen Wimpern umrahmt, und ein besorgter Ausdruck lag in ihnen.

„Warum erzählst du mir nicht, warum du mir den Brief geschrieben hast?", schlug Brenna vor.

Julie kaute auf ihrer Unterlippe herum und mied Brennas Blick.

„Komm schon, Julie. Gab es einen besonderen Grund?"

Julie starrte auf den Boden und schluckte. „Es geht um Dad", antwortete sie zögerlich.

„Was ist mit ihm?"

„Er ist so ...", sie zuckte hilflos die Achseln, „... anders. Seit Mama gestorben ist, ist er still und ... ich weiß nicht ... so *anders* eben."

Brenna spürte, wie sich eine tiefe Trauer in ihr Herz stahl. „Er vermisst deine Mutter", sagte sie.

„Ich auch!", rief Julie.

Brenna berührte sie sanft an der Schulter. „Wir alle vermissen sie."

Julies Gesicht wurde rot, und ihr Kinn zitterte. Tränen sammelten sich in ihren Augenwinkeln. „Es war ungerecht!", presste sie wütend hervor. „Scotty hat recht. Nichts ist gerecht."

„Ich weiß ... Aber vielleicht, vielleicht wird jetzt alles besser."

„Dann bleibst du bei uns?", flüsterte Julie hoffnungsvoll. Ein

Lächeln umspielte ihre Mundwinkel, auch wenn ihre Augen noch immer feucht waren.

„Zumindest eine Weile. Doch nicht hier im Haus, mein Liebling. Ich muss mir eine eigene Wohnung suchen. Ich habe viele Sachen."

„Aber du könntest sie auf dem Dachboden oder im Keller lagern. Und du könntest dein eigenes Schlafzimmer und Bad haben und ..."

Ein leises Hüsteln unterbrach sie mitten im Satz, und Julie sah im selben Moment auf wie Brenna. Warren war da. Seine Miene war finster und ernst, als er im Rundbogen zwischen der Küche und dem Flur stand. „Dräng deine Tante nicht", riet er ihr und vergrub die Hände in den Hosentaschen.

Brenna fragte sich, wie viel von der Unterhaltung er mit angehört hatte.

„Aber sie könnte doch hierbleiben, oder?", beharrte Julie beklommen. „In dem Zimmer neben meinem. Ich würde das Bad teilen, wenn ich muss, und auch den Schrank und ..."

„Lass uns einfach etwas langsamer machen", unterbrach Warren sie und schaute Brenna in die Augen.

Brenna verstand die Botschaft. „Ja, einen Schritt nach dem anderen. Ich bin noch nicht einmal nach Portland gezogen."

„Und wenn du umgezogen bist?"

Unbehaglich zwang Brenna sich zu einem Lächeln. „Darüber reden wir, wenn es so weit ist."

„Was ist mit heute Abend?", fragte Julie und beachtete den warnenden Ausdruck im Blick ihres Vaters nicht. „Du musst heute doch auch irgendwo übernachten, oder?"

„Das stimmt. Aber ich habe ein Zimmer in einem Hotel gebucht", erwiderte Brenna und fühlte sich durch Warrens prüfenden Blick verunsichert.

„Und morgen?" Julie war wieder den Tränen nahe. Ihr kleines Gesichtchen war verzerrt, als sie versuchte, sich zusammenzureißen.

„Morgen ... vielleicht", antwortete Brenna und sah zu Warren. Sie hoffte, ein Signal von ihm zu bekommen. Doch seine Miene war ausdruckslos, sein Blick undurchdringlich, der Ausdruck auf seinem Gesicht nicht zu deuten. Beinahe wirkte diese Verschlossenheit eingeübt. „Zuerst muss ich Grandpa besuchen, mich anschließend um eine Wohnung in Portland kümmern, und danach können wir reden."

„Und dann wirst du hierherziehen und in der Nähe wohnen, oder?"

„Mehr oder weniger", erwiderte Brenna ausweichend. „Vermutlich in der Nähe der Stadt."

„Das wäre toll!", jubelte Julie.

Brenna war sich da nicht so sicher, und Warren wirkte angespannt.

„Am Ende der Straße gibt es Wohnungen. Gegenüber von den Bäumen. Stimmt's, Dad?"

Warren rührte sich nicht.

„Es wäre zwar nicht so, als würdest du hier mit uns wohnen, aber es wäre fast so!", erklärte die Kleine entschieden.

Brenna war hin- und hergerissen. Sie wollte Julie beistehen und so nah bei ihr und Scotty sein wie möglich. Allerdings konnte sie Warrens Pläne für die Kinder nicht ignorieren. „Ich werde tun, was ich kann", versprach sie.

„Vielleicht solltest du nach oben gehen und deine Hausaufgaben erledigen", schlug Warren vor.

„Ach, Dad, ich muss nur etwas lesen …"

„Komm schon, Julie", sagte er und erhob die Stimme ganz leicht. „Geh nach oben."

Über die Ungerechtigkeit ihrer Lehrerin Mrs Stevens schimpfend, stürmte Julie aus der Küche.

In was bin ich da nur hineingeraten? fragte Brenna sich stumm, während sie anfing, die leeren Teller zu stapeln und den Tisch abzuräumen.

„Du musst nicht helfen", sagte Warren knapp. „Ich schaffe das schon allein."

„Das ist kein Problem." Sie balancierte einige Teller auf dem

Arm. „Ich habe viel Übung."

„Wirklich, Brenna", entgegnete er, drehte sich gleichzeitig mit ihr um und stieß dabei versehentlich gegen ihre Hand.

„Oh! Nein …" Sie verlor das Gleichgewicht und geriet ins Taumeln. Die schmutzigen Teller tanzten einen Moment lang in der Luft. Als sie sie packen wollte, krachten sie auf den Fliesenfußboden und zersprangen in unzählige Scherben.

Ohne nachzudenken, griff Brenna nach dem einzigen Teller, der den Sturz unversehrt überstanden hatte, und schnitt sich prompt den Finger an einer Scherbe. Blut quoll aus einer Wunde an ihrem Fingerknöchel.

„Brenna! Oh Gott, es tut mir so leid!" Mit bleichem Gesicht fiel Warren vor ihr auf die Knie und achtete gar nicht auf die zerbrochenen Teller. Er ergriff ihr Handgelenk. „Geht es dir gut?"

„Ich … Mir geht es gut."

„Ja, klar", erwiderte er und hielt ihre Hand hoch. Blut tropfte auf den Boden. „Halt sie in die Höhe", wies er Brenna an und suchte in einer Schublade nach einem sauberen Geschirrtuch.

Schritte hallten über ihnen, und ein paar Sekunden später rannte Julie mit aufgerissenen Augen ins Zimmer. „Oh!", rief sie. „Oh … Oh …"

„Geh wieder nach oben."

„Was ist passiert? Tante Brenna?"

„Nur ein kleiner Unfall."

„Aber das Blut!", flüsterte sie und schlug die Hände vor den Mund.

„Wo?", wollte Scotty wissen. In seinem Pyjama, der über und über mit Dinosauriern bedruckt war, kam er ins Zimmer gestürzt. „Oh, igitt!"

Warren hielt noch immer Brennas Handgelenk fest. Ruhig blickte er direkt in Julies Augen, in denen ihre Angst stand. „Alles ist gut. Vertrau mir. Tante Brenna hat sich geschnitten, und ich kümmere mich darum. Nimm deinen Bruder eben mit nach oben – so lange, bis ich Tante Brennas Wunde versorgt und das Chaos hier beseitigt habe."

„Aber ..."

„Tu, was ich dir sage!"

„Mir ... mir geht es gut", sagte Brenna mit zitternder Stimme. Warrens warmer Duft brachte sie stärker durcheinander als ihre Verletzung. Einen Moment lang schwirrte ihr der Kopf. „Es tut gar nicht weh. Ehrlich."

„Das ist so ekelhaft!", meinte Scotty. Julie, die von ihrem Bruder genervt war, packte ihn hinten am Pyjama und zerrte den Kleinen, der lautstark protestierte, hinter sich her zur Treppe.

„Ich komme gleich nach", sagte Warren. Unterdrückt fluchend zog er Brenna hoch und führte sie in das nahe gelegene Bad, wo er im Schränkchen unter dem Waschbecken einen Erste-Hilfe-Kasten fand.

Nachdem die Blutung gestillt war, wusch er die Wunde aus und versorgte sie stirnrunzelnd mit einem Pflaster und einem Verband. „Du wirst es überleben", versprach er und sah sie mit seinen blauen Augen ernst an.

Sie fuhr sich mit der Zungenspitze über die trockenen Lippen. „Danke", flüsterte sie. Mit einem Mal war sie sich überaus bewusst, wie klein der Raum war und dass Warren noch immer ihr Handgelenk festhielt. Ihr Pulsschlag erhöhte sich – ohne Zweifel konnte er das verräterische Pochen unter seinen Fingern spüren. Die Zeit hatte nichts daran geändert, dass seine bloße Anwesenheit ihre sündigen Sinne dazu brachte, außer Kontrolle zu geraten.

„Es tut mir leid", sagte er leise. „In der Küche habe ich überreagiert."

„Es war nicht deine Schuld."

„Doch, das war es", erwiderte er und betrachtete die blasse Haut auf der Rückseite ihres Handgelenks. Ihr Herz begann zu rasen. „Ich war so fest entschlossen zu beweisen, dass ich deine Hilfe nicht brauche ..." Er zuckte die Achseln und erwiderte ihren Blick im Spiegel über dem Waschbecken.

Sie sah ihr Spiegelbild, wie auch er es sah: Dunkelbraunes Haar umrahmte in wilden Locken ihr schmales Gesicht mit den grün-goldenen Augen, den zart erröteten Wangen und den vollen Lippen. „Ich wollte mich dir nicht aufdrängen", entschuldigte sie sich bei ihm. „Ich hätte zuerst mit dir reden sollen. Aber ich hatte meinen Job schon verloren, da erhielt ich Julies Brief, und Stan wusste, dass beim *Examiner* eine Stelle zu vergeben war."

Langsam ließ Warren ihr Handgelenk los. „Er hat dir damit keinen Gefallen getan", sagte er.

„Das ist deine Meinung."

Sein Blick verfinsterte sich. „Du ahnst nicht einmal, in welche Höhle des Löwen du dich begibst."

„Ich habe den Job noch nicht einmal."

„Gott sei Dank."

„Auf den *Examiner* hast du es wirklich abgesehen, oder?"

„Vielleicht ist es andersherum. Falls du den Job kriegst, würde mich nicht im Geringsten wundern, wenn Len Patterson herausfinden würde, dass du mit mir verwandt bist – sofern er darüber nicht schon längst im Bilde ist. Und dann wird er versuchen, das gegen mich zu verwenden."

„Du leidest unter Verfolgungswahn", warf sie ihm vor.

„Erzähl das den Eltern des Jungen, den Charlie Saxton entführt hat", murmelte er und runzelte nachdenklich die Stirn. „Es wäre nicht verwunderlich, wenn Len Patterson dich nur einstellen würde, weil du meine Schwägerin bist."

„Das ist doch verrückt!" Sie konnte die Wut in ihrer Stimme nicht unterdrücken. „Ich bekomme den Job beim *Examiner*, weil ich gut bin. Herzlichen Dank. Mit dir verwandt zu sein hat damit *überhaupt nichts* zu tun." Mit leicht zusammengekniffenen Augen sah sie ihn an. „Ob du es glaubst oder nicht, Warren: Ich kann verdammt gut schreiben. Meine Kolumne hat immer viele Leser."

„Ist das der Grund, warum sie abgesetzt wurde?"

Sie fühlte sich, als hätte er sie geohrfeigt, und Warren schien zerknirscht zu sein – zumindest das konnte man ihm zugutehalten.

„Ich wollte nicht …"

„Natürlich wolltest du", zischte sie verletzt. „Du hast alles getan, um mich aus dem Haus und von den Kindern zu vertreiben. Doch das war ein Schlag unter die Gürtellinie. Und nur zu deiner Information: Ich weiß, was ich tue."

„Ach, stimmt ja", erwiderte er spöttisch. „Du bist eine Karrierefrau, eine abgebrühte Journalistin aus der Großstadt, oder?"

„In der Tat."

„Glaub mir, Brenna, das solltest du auch sein. Denn beim *Examiner* wird mit harten Bandagen gekämpft."

„Dad?" Julies Stimme klang ängstlich, als die Kleine mit den Fäusten gegen die Badezimmertür schlug. „Geht es Tante Bren gut?"

„Überzeuge dich selbst", meinte Brenna, sprang von der Ablage neben dem Waschbecken und griff an Warren vorbei, um die Tür zu öffnen. Die Badtür flog auf, und Julie stand noch immer mit weit aufgerissenen Augen und nervös im Flur. „Dein Dad hat die Wunde hervorragend versorgt." Brenna streckte ihre verbundene Hand aus und schaffte es irgendwie, die Wut zu zügeln, die noch immer heiß in ihr brodelte. „Er hat den Beruf verfehlt – er hätte Arzt werden sollen."

Aufgewühlt blinzelte Julie und flüsterte: „Das hat Mama auch immer gesagt."

Brenna wollte im Erdboden versinken. „Hat sie das?"

„Jedenfalls so etwas in der Art", murmelte Warren und verzog bitter den Mund. „Tatsächlich war sie der Meinung, ich sollte Anwalt in einem großen Unternehmen bleiben – wo man viel Geld verdienen kann. Doch Arzt wäre eine gute Alternative gewesen."

Das Telefon klingelte. Er eilte durch den Flur in sein Arbeitszimmer und zog die Tür hinter sich ins Schloss.

„Siehst du, was ich meine?", wisperte Julie, und Tränen schimmerten in ihren Augen. „Dad ist ein Nervenbündel."

Brenna starrte Warren hinterher und fragte sich, warum sie sich bei seinen letzten Worten so unwohl fühlte.

3. KAPITEL

Brenna führte Julie zur Treppe. „Wir lassen deinem Dad mal ein bisschen Zeit für sich, okay?", schlug sie vor und bemühte sich, ihre Nichte zu trösten. „Er hat viel um die Ohren." Als sie an der Tür zum Arbeitszimmer vorbeikamen, runzelte sie die Stirn. In einem hatte Julie recht: Warrens Launen waren sehr wechselhaft. „Ich lese dir gleich eine Geschichte vor – du solltest schon längst im Bett sein."

Julie schmollte. „Kann sein."

„Du gehst nach oben und machst dich fertig, und ich räume das Chaos in der Küche auf, ja?"

Julie zuckte mit den Schultern, rannte dann aber die Treppe hinauf. So schnell wie möglich hob Brenna die kaputten Teller auf und wischte die Soße und das Gemüse vom Küchenfußboden. „So viel zum Thema ‚Ein Genie in der Küche'", schimpfte sie auf sich selbst, während sie den Tisch abräumte und die wenigen Teller und Gläser spülte, die nicht in tausend Stücke zerbrochen waren.

Sie grübelte über Warren nach. Obwohl er versucht hatte, sie davon zu überzeugen, dass sein Leben mit den Kindern einwandfrei funktionierte, spürte sie die unterschwelligen Spannungen im Haus, hörte das Flehen in Julies Stimme und bemerkte das Misstrauen in Scottys Blick. *Wie habe ich mich von Warren dazu bringen lassen können, anzunehmen, dass er die Scherben seines Lebens ohne Honor einfach aufkehren könnte? Dass er sich um seine Kinder kümmern könnte, ohne dieses Leben großartig zu verändern?*

Sie warf das schmutzige Geschirrtuch in die Waschküche und lief dann zur Treppe. An der Tür zu Warrens Arbeitszimmer blieb sie stehen und klopfte. Als sie hörte, wie er knurrend ein „Es ist offen!" hervorbrachte, drehte sie den Knauf und steckte den Kopf durch die Tür.

Warren saß an seinem Schreibtisch und hatte den Telefonhörer am Ohr. Falten hatten sich auf seiner Stirn gebildet, während er lauschte und hastig auf einem dicken Notizblock mitschrieb.

„Ich bringe die Kinder ins Bett, und dann verschwinde ich", flüsterte sie, und er nickte, ohne sich beim Schreiben stören zu lassen. Doch als sie gehen wollte, winkte er sie herein.

„Es ist mir egal, was Sie tun müssen", sagte er zu der Person am anderen Ende der Leitung. „Überzeugen Sie den Richter, dass die Falschmeldung in der Zeitung die Geschworenen nicht beeinflussen wird – dass Saxton in Portland einen fairen Prozess erhält." Damit knallte er den Hörer auf die Gabel, bevor er sich müde durchs Gesicht fuhr. Er schien eine Million Meilen entfernt zu sein.

„Ärger?", fragte sie vorsichtig. „Wegen des *Examiner*?"

„Sagen wir nur, dass ich Len Patterson gern persönlich seinen dürren Hals umdrehen würde." Warren stand auf und reckte sich. „Also, was wolltest du mir gerade mitteilen?"

„Ich wollte nur Bescheid geben, dass ich den Kindern noch eine Geschichte vorlese, mir dann ein Taxi rufe und ins Hotel fahre."

Er zögerte, ehe er in die Hosentasche griff und seinen Schlüsselbund hervorholte. Einen der Schlüssel machte er ab und warf ihn ihr zu. „Du kannst den Audi nehmen", sagte er.

„Brauchst du ihn morgen früh nicht?"

„Ich nehme meinen Wagen. Der Audi hat Honor gehört."

Brennas Finger schlossen sich um das kühle Metall des Schlüssels. „Warum hast du das Auto nicht verkauft?", erkundigte sie sich.

Er zuckte mit den Schultern, und sein Blick verfinsterte sich. „Ich bin nicht dazu gekommen, schätze ich. Nach dem Unfall hat die Versicherung den Schaden reparieren lassen."

Ihre Kehle war mit einem Mal trocken. „Ich ... äh ... hatte angenommen, der Wagen wäre ein Totalschaden", flüsterte sie. Sie ballte die Hand zur Faust, als sie an Honor und ihren fürchterlichen Tod dachte.

„Nicht ganz", erwiderte er ruhig. „Jedenfalls haben sie den

Wagen repariert und zurückgebracht, und seitdem steht er in der Garage."

„Vielleicht sollte ich ein Taxi rufen."

Warren lächelte müde. „Nimm den Wagen, Brenna. Das ist das Mindeste, was ich tun kann." Eine Sekunde lang erhaschte sie einen raren Moment zärtlicher Fürsorge in seinen Augen, bevor er wieder auf seinen Notizblock starrte.

Da sie nicht wusste, was sie noch sagen sollte, ging sie zur Tür.

„Bren", rief er leise. „Danke, dass du mir mit Julie helfen möchtest."

„Ich bringe das Auto morgen wieder", sagte sie und verharrte auf der Türschwelle.

„Wann auch immer", entgegnete er, als wäre es ihm egal. Brenna verließ das Zimmer und machte die Tür behutsam hinter sich zu.

Während sie durch die Eingangshalle lief, sah sie die Treppe hinauf und entdeckte Julie und Scotty, die auf dem obersten Treppenabsatz hockten. Julie hatte die Arme um einen Eckpfosten geschlungen und lehnte sich über das Geländer. Scotty spähte zwischen den geschnitzten Geländerstreben aus Eiche hindurch. Er hatte einen abgewetzten Plüschhund unter einem Arm und schob einen Spielzeug-Lkw zwischen den kunstvoll verzierten Holzelementen hindurch. Der Lkw fiel hinunter und landete krachend auf dem Boden.

„Keine gute Idee", erklärte Brenna, hob den Lkw auf und bemerkte, dass die kleine „Bombe" einen Kratzer im Fußboden hinterlassen hatte. „Wenn Mary dich erwischt, zieht sie dir das Fell über die Ohren."

„Macht sie nicht!", erwiderte Scotty. Er stellte ein weiteres Spielzeug gefährlich nah an den Treppenabsatz. Brenna eilte die Stufen hinauf und fing den kleinen Kipplaster auf, ehe auch er das Fliegen lernte. „Kommt, ihr beiden", sagte sie liebevoll und hielt die neu entdeckten Geschosse in der Hand. „Zeigt mir mal, was ich euch vorlesen soll."

„*Dinoclops und die Robomonster!*", schrie Scotty.

„Bäh. Das ist doch Babykram." Julie rollte mit den Augen. „Ich will *Sherry Williams schließt Freundschaft* hören."

„Ich hasse *Sherry Williams*!" Scotty rannte in sein Zimmer und schnappte sich alle seine Bücher der *Dinoclops*-Serie. Mit den Büchern unter dem Arm jagte er in Julies Zimmer und sprang auf ihr Himmelbett.

„Hey, Achtung. Wir werden nicht *Dinoclops* lesen!", beharrte Julie.

„Ruhig, ruhig!" Brenna wedelte beschwichtigend mit den Händen herum und hoffte, den Streit schlichten zu können. „Wir können ja einen Kompromiss schließen, okay?" Sie schaute sich im Zimmer um. Das Bücherregal, das Bett, die Kommode und der Schreibtisch erstrahlten in einem glänzenden Weiß. Der flauschige Teppich war elfenbeinfarben und erstreckte sich bis zu den Wänden, an denen eine Tapete mit einem zarten Muster in Mintgrün und Altrosa hing. Kleider, Bücher und Spielsachen lagen auf dem Teppich verstreut.

„*Dinoclops!*", rief Scotty. „*Dinoclops, Dinoclops, Dinoclops!*" Er stampfte mit dem Fuß auf und schmiss seine Bücher auf den Boden.

„Hey, beruhige dich."

„Nein! Mommy hat immer *Dinoclops* vorgelesen!", sagte er. Sein Gesicht wurde rot, und er bekam einen Wutanfall, der sich gewaschen hatte.

Brenna wollte ihn tröstend in die Arme schließen, aber er wich zurück. Riesige Tränen kullerten ihm über die Wangen. „Hör mal, Scotty, wie wäre es, wenn ich ein Kapitel aus Julies Buch lese und dann eines davon …" Sie nahm eines der Bücher, die er auf den Boden geworfen hatte.

„Das hier!", sagte er, schnappte sich ein rot eingebundenes Buch, dessen Cover ein Roboter zierte, der aussah wie ein Oger. Scottys Tränen verschwanden so schnell, wie sie gekommen waren, und Brenna wurde klar, dass sie von ihrem fünf Jahre alten Neffen manipuliert worden war. Dieses Gefühl gefiel ihr nicht. Sie machte es sich auf Julies Bett bequem und begann, die lustigen Geschichten vorzulesen, die in Mrs Lily Benwicks zweiter Klasse passierten und in die oft ein altkluges, sommersprossiges Mädchen namens Sherry Williams verwickelt war.

Julie kuschelte sich an sie. Scotty hingegen setzte sich mitten im Zimmer auf den Teppich, steckte den Daumen in den Mund und spielte mit einem winzigen Motorrad.

Brenna hatte gerade die zweite Seite beendet, da spürte sie eher, als sie sah, dass Warren im Türrahmen stand. Als sie aufblickte, bemerkte sie, wie er sie beobachtete. Die Arme hatte er vor der Brust verschränkt, und sein Blick war auf ihren Mund gerichtet. Brenna stockte das Herz.

„Probleme?", fragte er, nachdem Brenna das erste Kapitel aus Julies Buch beendet hatte.

„Tante Brenna wollte nicht *Dinoclops* lesen!", sagte Scotty mit trotzig vorgeschobenem Kinn.

„Sie wollte nicht?" Warren zog fragend die Augenbrauen hoch.

„Das ist seine Version der Geschichte", widersprach Brenna trocken. „Wir wollten einen Kompromiss schließen, schon vergessen?"

„Scotty ist einfach ein Blödmann", meldete Julie sich zu Wort.

„Bin ich gar nicht! Lies!", befahl er, baute sich vor Brenna zu seinem vollen Meter Körpergröße auf und deutete nachdrücklich auf das Buch *Dinoclops und die Robomonster*.

„Ich glaube, das wird so nichts", sagte Warren ernst.

„Sie hat es versprochen", erwiderte Scotty heulend.

„Das habe ich …"

„Ich weiß, trotzdem werden wir ihn nicht für dieses Verhalten belohnen. Komm schon, Kumpel." Er nahm Scottys Hand, doch der Junge weigerte sich mitzugehen, ließ sich auf den Boden fallen und rührte sich keinen Zentimeter.

„Ich bin wieder lieb, Daddy", stieß Scotty weinend hervor. „Ich bin wieder lieb. Bitte, bitte, lies vor!"

„Warren, das macht mir wirklich nichts aus", sagte Brenna. Sie wünschte sich im Augenblick nichts sehnlicher, als den Jungen in die Arme zu schließen und zu beruhigen.

Warren verspannte sich sichtlich. „Ein andermal vielleicht", entgegnete er schroff.

„Heute Abend! Heute Abend! Nein ..." Wieder trug Warren den um sich tretenden und schreienden Scotty durch den Flur in sein Zimmer. Brenna fühlte sich fürchterlich. Statt ihm zu helfen, hatte sie es Warren mit seinen Kindern nur noch schwerer gemacht.

Julie hatte die Besorgnis in ihren Augen gelesen. „Mach dir keine Gedanken", sagte sie tröstlich. „So ist Scotty eben: echt krass!"

„Ich wünschte nur, ich könnte helfen."

„Er beruhigt sich schon wieder!" Julie schien das Verhalten ihres Bruders überhaupt nicht zu stören. Sie grinste sogar breit. „Jetzt kannst du noch ein Kapitel aus *Sherry Williams* vorlesen", stellte sie fröhlich fest. Brenna, die sich wie eine Verräterin fühlte, griff wieder nach dem Buch.

Ein paar Minuten später deckte sie Julie zu und schaltete das Licht aus. Sie hörte den stetigen Rhythmus von Warrens Stimme, die aus Scottys Zimmer in den Flur drang. Die Tür stand einen Spaltbreit offen, und sie spähte hinein. Warren lag ausgestreckt auf Scottys Bett. Einen Arm hatte er um die schmalen Schultern seines Sohnes gelegt und las ihm leise vom Kampf zwischen den Robomonstern und Dinoclops vor. Scotty seufzte und gähnte und lutschte am Daumen.

Klar, Warren Stone – wenn es um deine Kinder geht, bist du total konsequent, dachte sie belustigt.

Wenn sie klug gewesen wäre, hätte sie sich zurückgezogen und wäre gegangen. Aber sie konnte es nicht. Die Tür zum Hauptschlafzimmer war ebenfalls offen, und sie konnte das Fußende des Bettes und einen Bademantel darauf erkennen. Es war der Bademantel einer Frau, der achtlos auf die Decke geworfen worden war.

Ihr Herz schlug schneller. War es Honors Bademantel? Oder gehörte er einer anderen Frau? Hatte sie sich selbst etwas vorgemacht? Der Gedanke, dass Warren jemanden gefunden hatte, jagte ihr einen kalten Schauer über den Rücken, und ihre Handflächen wurden feucht. Vielleicht wollte er deshalb nicht, dass sie hier war – die neue Frau in seinem Leben hatte etwas dagegen.

Warum dann dieses Museum für Honor?

Und warum hatte niemand – nicht einmal Julie – je erwähnt, dass Warren sich mit jemandem traf?

Sie biss sich auf die Unterlippe. Schuldbewusst über die Schulter schauend, durchquerte sie den Flur. Ihre Neugierde und ihre Furcht trieben sie an. Sie wusste, dass Warren furchtbar wütend werden würde, wenn er sie dabei erwischte, wie sie in seinem Schlafzimmer herumschnüffelte. Und das zu Recht. Doch trotzdem schob sie die Tür auf. Sie wollte nur einen flüchtigen Blick hineinwerfen.

Der silbergraue Morgenmantel aus Seide lag auf einer Ecke des Bettes, als wäre er hastig abgestreift und dort vergessen worden. Brenna erkannte den teuren Mantel als Geschenk von Warren für Honor. Einen Moment lang war sie erleichtert. Sich mit Honors Geist auseinandersetzen und gegen ihn kämpfen zu müssen, war schon schwierig genug; Brenna war sich nicht sicher, ob sie es ertragen könnte, wenn Warren eine neue Frau an seiner Seite hätte.

Also bedeutet er dir immer noch sehr viel! Die Zähne zusammenbeißend, versuchte sie, die Tatsache zu verdrängen, dass ihre Gefühle für Warren immer noch sehr stark waren.

„Dummkopf", murmelte sie, nahm den Morgenmantel vom Bett und sah sich in dem Schlafzimmer um, das Warren sich mit Honor geteilt hatte. Es war ein riesiger Raum. Ein cremefarbener Teppich erstreckte sich von dem Erkerfenster, das nach vorn rausging, bis zu dem Balkon an der Rückseite des Hauses. Das große Doppelbett aus Messing nahm die Mitte des Raumes ein. Eine dicke Tagesdecke in Silber und Blaugrün lag darüber. Dazu passende Stühle standen verteilt zwischen einem Frisiertisch, einem Sekretär und einer Kommode in hell gebeizter Eiche.

Ich sollte gehen, bevor Warren mich erwischt, dachte sie bei sich, warf den Morgenmantel über den Arm und ging eilig zum Schrank. Sie wollte einen Haken oder einen Bügel finden, den Mantel aufhängen und dann verschwinden. Aber nachdem sie die Tür des begehbaren Kleiderschrankes geöffnet hatte, umwehte sie der Duft von Zedernholz und Lavendel. Honors Kleider hingen wie vergessene Andenken an der Stange. Lange Abendkleider, Röcke, Kostüme und Pullover in fröhlichen Farben von Rosa bis Blau, von Grün bis Kaki. Darunter war eine Reihe von Schuhen – High Heels, flache Schuhe, Sportschuhe und sogar ihre weißen Hochzeitspumps.

Honors Gegenwart erfüllte den Schrank, als wäre sie noch da und hätte sich nur kurz zwischen den Kleidern und Hosen versteckt. Brenna konnte ihre Schwester in dem Schrein voller Erinnerungen beinahe spüren, und Tränen stiegen ihr in die Augen. Ihre Finger gruben sich in den Morgenmantel, denn das Bedauern und die Trauer um einen Menschen, den sie einst so geliebt hatte, versetzten ihr einen schmerzhaften Stich.

Wie konnte sie es Warren vorwerfen, Honor so zu lieben, wenn sie selbst ihre bisweilen launische Schwester nicht loslassen konnte?

Gegen ihre Tränen ankämpfend, hängte sie den silbergrauen Bademantel an einen Haken und strich noch einmal über den seidigen Stoff. Es war offensichtlich, dass Warren Honor nicht freigeben konnte. Die Tatsache, dass sie gestorben war, änderte nichts daran, dass sie noch immer seine Ehefrau war.

Und meine Schwester – die Mutter von Warrens Kindern.

Der Schrank wirkte auf einmal beklemmend klein, und Brenna überkam der Drang, wegzurennen, dieses Haus zu verlassen. Das Haus ihrer Schwester. Sie wollte weg, ehe sie noch etwas Dummes anstellte. Ja, sie wollte Julie helfen, doch tief in ihrem Innern hoffte sie auch, Warren helfen zu können. Einer der Gründe, warum sie nach Oregon zurückkehren wollte, war selbstsüchtig. Und sie verachtete sich selbst dafür. Sie hatte gehofft, dass Warren ihr wieder in die Augen sehen würde, wie er es an jenem Sommerabend im Rosengarten ihrer Mutter getan hatte.

Schwitzend schloss sie leise die Schranktür, drehte sich um und erstarrte. Warren wartete auf sie. Am Fußende des Bettes sitzend, funkelten seine Augen wütend. „Hast du gefunden, wonach du gesucht hast?", fragte er.

Brenna schloss die Augen, und ein heftiger Schmerz durchfuhr ihren Körper. „Nein ... Ich habe nichts gesucht."

„Sicher hast du etwas gesucht."

„Ich habe Honors Morgenmantel am Fußende des Bettes entdeckt und ihn aufgehängt. Das ist alles."

„Honors Morgenmantel?", wiederholte er.

Sie riss die Augen auf. „Ja. Er lag genau da." Sie deutete auf die Tagesdecke und fühlte seinen bohrenden Blick auf sich. Beinahe so, als würde er ihr nicht glauben.

„Ihr Mantel war nicht da."

„Doch! Der silbergraue! Ich ... Ich dachte, du hättest ihn draußen liegen lassen ..."

„Ich?" Zweifelnd zog er die Brauen hoch. Dann umspielte ein belustigtes Lächeln seine Mundwinkel. „Für gewöhnlich trage ich die Klamotten meiner Frau nicht."

„Ich weiß, ich hatte vermutet, vielleicht ..." Sie zuckte mit den Schultern. „Du vermisst sie, also lässt du ihre Sachen liegen."

„Das ist doch albern."

„Ist es das? Sieh dir das Haus doch mal an, verdammt noch mal! Honors Sachen sind überall!"

Warren stemmte die Hände neben sich und stand auf. „Mir ist ihr Bademantel egal", murmelte er. „Vielleicht hat Julie ihn aus dem Schrank geholt. Sie verkleidet sich manchmal."

„Oh." Natürlich, das klang nachvollziehbar. Und sie hatte angenommen, er wäre mit einer anderen Frau zusammen gewesen! Peinlich berührt probierte sie, ihn nicht anzuschauen, allerdings schaffte sie es nicht. Sein wütender Blick war einfach zu anziehend.

Langsam trat er auf sie zu, und ihr Herz begann, angstvoll zu pochen. Warum, warum nur hatte sie sich so lange in Honors begehbarem Kleiderschrank aufgehalten?

„Du kannst alles haben, was du möchtest."

„Wie bitte?"

„Honors Sachen. Ihre Kleider, ihr Parfüm, was auch immer. Du kannst alles haben."

„Nein. Oh nein", erwiderte sie, keuchte auf und wollte zur Tür rennen. „Wirklich, es gibt nichts …"

„Warum dann?" Er stand ganz dicht vor ihr. So nahe, dass sie die winzigen Lichtpunkte in seinen meerblauen Augen erkennen konnte. Sie wollte zurückweichen, aber sie konnte es nicht; ihre Schultern und Hüften wurden schon gegen das kühle Holz der Schranktür gepresst. „Wieso hast du nicht den Mantel aufgehängt und hast das Zimmer verlassen?"

Obwohl sie innerlich starb, reckte sie das Kinn entschlossen vor und erwiderte seinen wütenden Blick. „Ich wollte nur wissen, was in deinem Kopf vor sich geht", entgegnete sie. „Julie macht sich deinetwegen Sorgen." Es war keine Lüge, denn das Kind war tatsächlich beunruhigt.

„Blödsinn …"

„Um es mit ihren Worten auszudrücken: ‚Dad ist ein Nervenbündel.'"

Seine Augen funkelten. Sie bemerkte den leichten Bartschatten an seinem Kinn und spürte seinen Atem auf ihrem Gesicht. „Ich bin bloß wütend. Auf dich", sagte er langsam. „Du hast kein Recht …"

„Sie sind auch Honors Kinder. Sie war meine Schwester. Meine einzige Schwester. Ich habe *das Recht*, zu versuchen, ihnen zu helfen und sie zu unterstützen."

„Sie sind Honors Kinder und auch meine", korrigierte er sie. „Und ich verstehe nicht, was es irgendjemandem bringen sollte, wenn du in mein Schlafzimmer schleichst und die Schränke durchwühlst."

„Ich habe nichts durchwühlt", verteidigte sie sich. „Ich wollte nur herausfinden, warum das Haus nach Honors Tod vor vier

Monaten das reinste ... Museum ist!"

Wut verzerrte sein Gesicht. „Sie war meine Frau."

Gott, er war so verletzt! Sie hob die Hand und berührte mit zitternden Fingern sein Kinn. „Es tut mir leid, Warren", wisperte sie mit erstickter Stimme. „Ich vermisse sie auch."

„Das verstehst du nicht", erwiderte er harsch und schloss die Augen. Seine Miene wirkte schuldbewusst. „Niemand kann das."

„Du musst nach vorne sehen. Wir alle müssen das."

Er sog zitternd die Luft ein und legte seine Hände neben ihren Kopf an die Schranktür, hielt sie so gefangen. „Wenn du nur wüsstest", flüsterte er.

„Ich verstehe das ..."

Er erstarrte. „Das glaube ich nicht", erwiderte er und blinzelte, dann schaute er sie an. „Du hast es nie verstanden."

„Ach, Warren ..."

Seine Muskeln waren angespannt. „Ich will dein Mitleid nicht, Brenna."

„Es ist kein Mitleid", erklärte sie leise. Durch die Nähe zu ihm wurde ihr schwindelig. Sie konnte keinen klaren Gedanken fassen und bemerkte den schmerzvollen Zug um seinen Mund. Mit rasendem Puls streichelte sie seine Wange. „Ich ... Ich mag dich, Warren. Das war schon immer so."

„Hör auf, Brenna ..." Sein gequälter Blick schien mit ihrem einen Moment lang zu verschmelzen, ehe er sein Gesicht in ihre Hand schmiegte und seine Lippen auf ihre Handfläche drückte.

Die Berührung erweckte jede Nervenzelle ihres Körpers zum Leben, und ihr Herz hämmerte wie wahnsinnig. Sie spürte seinen Mund warm und feucht auf ihrer Haut. Brennas Hals war wie zugeschnürt. War es das, was sie gewollt, was sie sich erhofft hatte? In einer innigen Umarmung mit Honors Ehemann zu sein? Einem Mann, der sich schon einmal über ihre Liebesschwüre lustig gemacht hatte? „Oh Gott", stöhnte sie, sowie er mit den Lippen langsam zur Innenseite ihres Handgelenks wanderte und sie seine Zunge auf ihrer Haut fühlte. „Warren ..."

„Warum bist du zurückgekommen?", fragte er. Seine Stimme klang heiser, aufgewühlt.

Der Raum begann, sich um sie herum zu drehen.

„Ich wollte ... Ich wollte dir nur helfen ...", hauchte sie nur schwach.

„Und sonst nichts?"

„Ich ... Keine Ahnung ..."

Er hob den Kopf und schaute in ihre großen Augen. „Oh, Brenna", keuchte er. So voller Leidenschaft presste er seinen Mund auf ihren, dass sie nach Luft rang. So tief war der Kuss, so erfüllt von entfesselter Begierde, dass sie keinen klaren Gedanken fassen konnte. In diesem Moment nahm sie nichts außer der Stärke seines Körpers, der sich gegen ihren drängte, die Funken, die zwischen ihnen sprühten, wahr. Ihr war heiß und kalt zugleich, und sie konnte nur reagieren. Als er mit seiner Zunge sacht ihre Lippen teilte, gab sie sich ihm beinahe ungeduldig hin. Sie wagte es nicht, darüber nachzudenken, dass dieser Mann mit ihrer Schwester verheiratet gewesen war, dass er der Vater von Honors Kindern war, dass er ein Mann war, der seine Frau noch immer so liebte, dass ihre Gegenwart auch jetzt noch überall im Haus spürbar war.

Die Gedanken an Honor lösten Schuldgefühle in ihr aus, die sich unaufhaltsam in ihr ausbreiteten. Doch Honor war tot, und Warren war noch immer lebendig und hier. Liebe mich, schrie sie stumm. Sie schlang die Arme um seinen Hals, während er sie langsam mit sich zu Boden zog. Ihre Bluse glitt an der gestrichenen Schranktür entlang. Seufzend vergrub sie ihre Finger in seinen vollen schwarzen Haaren.

Sie widersprach nicht, als er ihre Brust berührte. Mit der Hand streichelte er über den sanften Hügel. Die Seide raschelte unter seinen Fingerspitzen. Ihr Herz schlug wie wild, und das Blut schoss durch ihren Körper, brennend vor mutiger Hingabe.

Er befreite ihre Bluse aus dem Bündchen ihres Rockes, schob den Stoff vorsichtig ihren flachen Bauch hinauf und fühlte ihre Haut unter seinen Händen. Ein Bein über sie gelegt, eroberte er mit seinen Lippen ihren Mund. Stöhnend bewegte er sich, während er die Finger in ihren BH wandern ließ und einen aufgerichteten Nippel reizte.

„Daddy?" Julie klopfte an die Tür.

Der Rausch des Augenblicks war mit einem Schlag verschwunden.

Warren erstarrte. Abrupt riss er den Kopf hoch, und sein dunkles Haar fiel ihm in die Stirn. Mit einem missmutigen Murren löste er sich von Brenna und erhob sich. Brenna wurde rot. Die Situation war ihr so unangenehm, dass sie den Tränen nahe war. Mit zitternden Händen zupfte sie ihre Kleidung zurecht. Wie hatte sie nur zulassen können, dass das hier so außer Kontrolle geriet? Ihre Lippen fühlten sich geschwollen an, und ihre Brüste sehnten sich noch immer nach Warrens Berührung.

„Daddy?"

„Noch einen Moment, mein Liebling", bat er angespannt, als er sein Hemd in die Hose steckte.

„Ich wollte nur Gute Nacht sagen."

„Ich bin gleich bei dir."

„Okay."

Brenna zuckte innerlich zusammen. Ihr Atem ging immer noch schnell und flach, während sie nun lauschte, wie Julies Schritte auf dem Flur verhallten. Die Tür war nicht abgeschlossen gewesen. Was wäre passiert, wenn Julie hereingekommen wäre und sie und Warren beim Liebesspiel auf dem Boden erwischt hätte wie zwei liebeshungrige Teenager? Gott, sie wollte sterben. Es half nicht, dass Warren sie anstarrte, als wäre das alles ihre Schuld gewesen.

„Verflucht!", stieß Warren hervor und strich sich das Haar aus den Augen.

Sie verspürte den Impuls, sich zu entschuldigen, doch sie tat es nicht. Er hatte genauso viel Schuld wie sie.

„Ich … Ich gehe dann mal besser", flüsterte sie, richtete die Knöpfe an ihrer Bluse und kam sich wie eine Idiotin vor. „Das … war vielleicht keine so gute Idee."

„War es nicht?", spöttelte er und verzog frustriert den Mund. „War das nicht genau das, was du wolltest?"

„Nein, ich ..."

„Warum zur Hölle warst du sonst in *meinem* Schlafzimmer, Brenna?", fuhr er sie an. „Wenn das keine Verführung war – eine Wiederholung der Vergangenheit ..."

„Eine Verführung?", wiederholte sie verletzt und errötete erneut. „Denkst du das?"

„Offen gesagt habe ich keine Ahnung, was ich denken soll", gab er zu. „Ich weiß nur, dass du dich unbedingt wieder in mein Haus und in mein Leben gedrängt hast, die Mutter für meine Kinder spielen wolltest und über den Flur in mein Schlafzimmer geschlichen bist."

„Ich bin nicht geschlichen! Und ich bin hier, weil *Julie und Scotty* mich brauchen. Und versuch nicht, mich verantwortlich zu machen – du warst schließlich auch nicht ganz unbeteiligt."

„Vielleicht liegt das daran, dass ich lange mit keiner Frau mehr zusammen gewesen bin", sagte er, und seine Worte verletzten sie.

Obwohl sie gekränkt war, bemühte sie sich, ruhig zu sprechen. „Das glaube ich genauso wenig wie du selbst. Wenn du wirklich eine Frau gebraucht hättest, wären sicher viele zur Stelle gewesen, die diesen Job liebend gern übernommen hätten."

Ungläubig starrte er sie an.

„Aber darum geht es gar nicht", redete sie hastig weiter, weil sie fürchtete, den Mut zu verlieren oder erneut nur Widerworte von ihm zu bekommen.

„Und worum geht es dann, Brenna?", wollte er wissen und hob fragend die Hände. „Worum zur Hölle dann?"

„Euer Familienleben geht den Bach runter, Warren. Ob es dir nun bewusst ist oder nicht. Deine Tochter macht sich fürchterliche Sorgen, dass du einen Nervenzusammenbruch erleidest, und ich kann ihr diese Angst nicht verübeln! Das Haus ...", sie breitete die Arme aus, „... ist eher ein Mausoleum als ein Heim. Wo ist das Lachen geblieben, Warren? Wo ist der Spaß? Diese

Kinder sehnen sich nach ein bisschen Glück."

Voller Bitterkeit verzog er die Lippen. „All diese tiefsinnigen psychologischen Ratschläge, nachdem du gerade mal einen Nachmittag hier verbracht hast."

„Es hat gereicht, um zu erkennen, dass ihr – ihr alle drei – Hilfe braucht."

Seine Augen funkelten zornig. „Was für ein Glück für uns, dass ausgerechnet du aufgetaucht bist, um uns zu retten", höhnte er.

„Fahr zur Hölle!"

Er verbiss sich eine spontane Antwort.

Brenna marschierte zur Tür. Mit allem Stolz, den sie aufbringen konnte, straffte sie die Schultern. Es hatte keinen Sinn, sich mit ihm zu streiten. „Deine Tochter wartet auf dich", erinnerte sie ihn und zwang sich dann zu einem kühlen Lächeln. „Und ich habe meine Meinung geändert. Ich brauche das hier nicht." Sie warf ihm Honors Autoschlüssel entgegen und wollte die Tür aufmachen. Doch mit einer knappen Handbewegung schlug er sie wieder zu. Der Schlüssel fiel auf den Boden.

„Einen Augenblick …", sagte er und strengte sich offenkundig an, damit er seine Gefühle unter Kontrolle bekam. „Ich wollte nicht …"

„Alles, was du mir an den Kopf geworfen hast, hast du genau so gemeint, Warren. Wenn du mich jetzt entschuldigen würdest? Ich möchte gern gehen."

„Nimm den Wagen."

Brenna war außer sich und getroffen, und sie konnte ihre Zunge nicht im Zaum halten. „Auf keinen Fall. Du könntest es falsch deuten und denken, ich wollte *Honors* Audi haben. Tja, ich möchte ihn nicht. Und ich will ihr auch nicht den Ehemann stehlen oder die Mutter für ihre Kinder spielen. Was das Haus betrifft", fuhr sie fort und lächelte kalt, „weißt du ja, was du damit tun kannst."

Sie schob seinen Arm zur Seite, verließ das Zimmer und lief den Flur hinunter. Aus Scottys Zimmer drang leises Schnarchen.

An Julies Tür blieb sie stehen.

„Du bist noch immer da?", fragte Julie aus ihrem verdunkelten Schlafzimmer.

Brenna lächelte und setzte sich auf die Bettkante. „Ich muss jetzt los", flüsterte sie.

„D...danke, dass du gekommen bist."

„Ich bin froh, dass ich es getan habe", entgegnete sie, auch wenn sie noch immer aufgewühlt von der Auseinandersetzung mit Warren war. Ohne nachzudenken, beugte Brenna sich vor und gab Julie einen Kuss aufs Haar.

„Kommst du morgen wieder?"

Das ist die Frage aller Fragen, dachte Brenna stirnrunzelnd.

„Bitte. Scotty hat Geburtstag. Ich will einen Kuchen backen!"

Brenna hatte vollkommen vergessen, dass Scotty sechs wurde. „Ich dachte, du hasst ihn."

„Nur manchmal. Bitte, Tante Bren?" Julie legte ihre kleinen Finger auf Brennas Arm.

„Wenn dein Dad einverstanden ist."

„Das stört ihn nicht!"

Darauf würde ich nicht wetten, schoss es Brenna durch den Kopf. Sie spürte Warrens Anwesenheit im Zimmer. Offensichtlich hatte er die gesamte Unterhaltung mit angehört. Er hustete leise, und Julie wandte den Kopf der Tür zu.

„Dad?", wollte Julie wissen. „Das ist doch in Ordnung, oder? Wir können auch Grandpa einladen!"

Bei der Erwähnung ihres Vaters erstarrte Brenna. Seit der Beerdigung hatte sie ihn nicht mehr gesehen.

„Grandpa ist unterwegs", sagte Warren leise.

„Tatsächlich? Aber er wusste doch, dass ich komme", erwiderte Brenna.

„Seine Schwester hat angerufen. Er wird ein paar Tage in Boise sein", erklärte er. Seine Augen waren noch immer fast schwarz. „Olivia brauchte Hilfe bei der Erbschaftsregelung."

Julie seufzte laut, und Warren wandte sich ihr zu. „Aber wir treffen ihn bald. Er sagte, er würde anrufen, sobald er zurück ist." Mit leicht zusammengekniffenen Augen sah er Brenna an. „Vielleicht konnte er dich nicht erreichen. Dein Telefon ist abgemeldet."

„Ja, möglich wär's", überlegte sie laut.

„Du wirst doch zur Feier kommen, oder?", beharrte Julie und blickte Brenna an.

„Ich will es versuchen."

„Versprich es!", forderte Julie.

„Okay, okay. Ich verspreche es."

„Gut!" Julie klatschte in die Hände. „Das wird eine Überraschungsparty!", rief sie aus.

„Ich sehe dich dann morgen", flüsterte Brenna und drückte Julies Hand. In der Dunkelheit konnte sie Warrens Miene nicht deuten, konnte nicht sagen, ob er wütend oder froh darüber war, und sie wagte es nicht, eine Vermutung anzustellen. Morgen war der Geburtstag ihres Neffen, und das Mindeste, was sie tun konnte, war es, ihm ein Geschenk zu besorgen und einen Kuchen zu backen. Dagegen konnte Warren nichts einzuwenden haben!

Sie ließ Vater und Tochter zurück, eilte die geschwungene Treppe hinunter und lief in die Küche. Ihre Finger zitterten, während sie das Telefonbuch durchblätterte und das erste Taxiunternehmen anrief, das dort aufgeführt war.

„In fünfzehn Minuten ist ein Wagen bei Ihnen", versicherte man ihr. Sie ahnte, dass die nächste Viertelstunde die längste in ihrem Leben werden würde. Nervös fuhr sie sich durchs Haar und versuchte, sich zu sammeln, als sie Warrens schwere Schritte auf der Treppe hörte.

Sie wappnete sich innerlich, sowie er kurz darauf in die Küche kam. „Es tut mir leid", sagte er emotionslos, während er aus dem Fenster in die dunkle Nacht blickte. „Als ich dich an Honors Kleiderschrank erwischt habe, habe ich überreagiert. Ich … äh … Ich habe neben mir gestanden."

„Schon wieder."

„Ja, schon wieder."

„Du hast *sehr* neben dir gestanden", entgegnete sie und seufzte. „Aber ich vermutlich auch. Ich wollte nicht herumschnüffeln. Echt nicht."

Er presste die Lippen aufeinander.

„Es war nur so: Als ich den Bademantel in den Schrank gehängt habe, hatte ich das Gefühl, dass Honor irgendwie noch da ist." Sie seufzte wieder. „Verrückt, oder?" Da er nichts erwiderte, sagte sie: „Ich wollte nicht neugierig sein."

Er straffte die breiten Schultern. „Gut. Hör mal, ich ... Ich weiß einfach nicht genau, wie ich mit dir umgehen soll, Brenna. Aus dem Nichts bist du in mein Leben geplatzt und hast direkt ins Wespennest gestochen. Du tust so, als wolltest du meinetwegen und wegen der Kinder hierherziehen – doch im nächsten Moment erklärst du, für die Zeitung arbeiten zu wollen, die mich am liebsten geteert und gefedert sehen würde."

„Du übertreibst schon wieder."

Er schwieg, starrte nur aus dem Fenster auf die Lichter von Portland, die in der Ferne funkelten.

Sie musste weiter in ihn dringen – sie konnte nicht anders. „Und du bist schlimmer als ein Chamäleon, weißt du? Gerade noch so, eine Sekunde später ganz anders."

„Vielleicht konnte ich in deiner Nähe nie logisch denken."

„Und vielleicht vergräbst du dich noch immer in deiner Trauer", entgegnete sie. „Wir alle vermissen sie. Das ist dir auch klar. Ich, die Kinder und mein Dad. Doch wir versuchen, weiterzumachen."

„Ich brauche keinen Vortrag", sagte er gereizt.

„Gut, weil ich dir keinen Vortrag halten werde." Eine Hupe erklang, und sie bemerkte, dass das Taxi auf sie wartete. „Gute Nacht, Warren", flüsterte sie. Dann rannte sie in die Eingangshalle, griff sich ihren Mantel vom Garderobenhaken und schnappte sich ihre Tasche. Sie konnte Warrens Blick auf sich spüren, aber sie drehte sich nicht mehr um. Leise öffnete sie die Tür und zog sie genauso leise hinter sich ins Schloss. Sie würde ihm nicht die Genugtuung geben, ihm zu zeigen, dass sie noch immer aufgewühlt war. Und sie würde auch nicht zugeben, wie verzweifelt sie sich wünschte, dass er sie wieder in die Arme nahm. Oh nein. Beim nächsten Mal – falls es ein nächstes Mal geben sollte – würde sie nicht zulassen, dass Leidenschaft oder verblassende Erinnerungen ihr Urteilsvermögen trübten. Falls Warren Stone sie jemals wieder küssen sollte, würde sie so kalt sein wie ein Wintersturm.

Warren rührte sich nicht. Durch die hohen Fenster neben der Tür beobachtete er, wie Brenna den Weg zum Eingangstor hinuntereilte und dann auf dem Rücksitz eines Taxis Platz nahm. Die Scheinwerfer des Wagens leuchteten kurz in die Fenster, als der Fahrer wendete und dann den Hügel hinabfuhr. Das Geräusch des Motors verhallte langsam.

Er vergrub die Hände in den Hosentaschen und schlenderte in sein Arbeitszimmer. Was machte es schon, dass sie zurückgekehrt war? Was kümmerte es ihn, dass sie wieder in Portland war? Er konnte sich nicht auf eine Beziehung mit der Schwester seiner Ehefrau einlassen, Herrgott noch mal.

Finster dreinblickend öffnete er einen Schrank, fand eine neue Flasche Scotch und brach das Siegel. Trotz seiner Gefühle für Brenna durfte er nicht vergessen, dass sie für ihn tabu war. Er durfte es nicht vergessen. Nicht nur um seinetwillen, sondern auch, weil er die Kinder schützen musste. Dank Len Patterson und der schäbigen, falschen Berichterstattung im *Willamette Examiner* war der Skandal nach Honors Tod schon schlimm genug gewesen. Die ganze Sache hatte die Kinder und seine Arbeit betroffen. Warren konnte es sich nicht leisten, noch mehr Öl ins Feuer zu gießen und den Klatsch weiter anzuheizen.

Nein, er konnte nicht zulassen, dass Brenna ihm zu nahe kam. Er schenkte etwas Scotch in ein Glas und trank einen großen Schluck. Dann schloss er entschieden die Flasche und schaltete das Licht aus.

Er schaute durch das Fenster über den dunklen Hang hinweg auf die funkelnden Lichter von Portland in der Ferne. Irgendwie musste er sich davon überzeugen, dass Brenna nicht mehr war als Honors Schwester. Und er konnte es sich nicht erlauben, dass ihm noch mal so ein Fehler wie vorhin im Schlafzimmer unterlief.

Also, wie willst du das verhindern? Die kleine Stimme in seinem Kopf verspottete ihn. *Wie? Wenn du genau in dieser Sekunde darüber nachdenkst, was geschehen wäre, wenn Julie nicht angeklopft hätte …*

Hitze breitete sich in seinem Körper aus und jagte durch seine Adern. Es war lange her, dass er mit einer Frau geschlafen hatte. Zu lange. Sein Sinn für Anstand und Moral hatte ihn dazu gezwungen, in den vergangenen zehn Jahren treu zu sein. Nicht ein Mal hatte er Honor betrogen. Nicht, solange sie gelebt hatte. Nicht seit ihrem Tod.

Aber jetzt war Brenna wieder da. Sie wühlte alte Emotionen und alte Probleme auf.

Voller Abscheu vor sich selbst wurde ihm bewusst, dass es nur noch eine Frage der Zeit war, bis er versuchen würde, mit ihr zu schlafen. Selbst jetzt sah er ihre lachenden braunen Augen vor sich, ihr glänzendes kastanienbraunes Haar, ihr verführerisches Lächeln.

Der Schmerz tief in seinem Innern brannte heißer, und er stürzte seinen Drink hinunter, um den demütigenden Drang zu vertreiben, ihr hinterherzufahren. Der Alkohol half nicht. Zwar erfüllte er ihn mit einer behaglichen Wärme, trotzdem verschwand das überwältigende Gefühl, dass er kurz davorstand, einen großen Fehler zu machen, nicht.

„Ist ein Fehler nicht genug?", murmelte er düster, als er auf die Flasche starrte und über die letzten Jahre seiner Ehe mit Honor nachdachte. Stirnrunzelnd überlegte er, ob er sich noch einen Drink genehmigen sollte, stellte die Scotchflasche dann jedoch in den Schrank zurück. Die Muskeln angespannt, ging er mit schweren Schritten nach oben, um eine eiskalte Dusche zu nehmen.

4. KAPITEL

Brennas Magen hatte sich schmerzhaft zusammengezogen. Sie saß Len Patterson, dem Chefredakteur des *Willamette Examiner*, gegenüber und wartete, während er ihren Lebenslauf und das Empfehlungsschreiben eingehend studierte. Er war ein großer schlaksiger Mann mit schütterem, rötlichem Haar und wachen braunen Augen, mit denen er unentwegt im Zimmer umhergeblickt hatte. Mehr als eine Stunde lang hatte er sich mit ihr unterhalten. Obwohl sie der Meinung war, dass das Vorstellungsgespräch gut gelaufen war, waren ihre Nerven zum Zerreißen gespannt.

„Um ehrlich zu sein, Miss Douglass …"

„Brenna", warf sie ein.

Er lächelte. „Brenna. Wir suchen jemanden, der schon Erfahrung im knallharten Journalismus, in der Recherche von Fakten hat. Sie haben die meiste Zeit in der Frauensparte gearbeitet." Er runzelte die Stirn und nahm einige der Artikel in die Hand, die sie für die *City Weekly* geschrieben hatte. „Aber Ihre Schreibe ist gut – sehr gut sogar. Und Stan Gladstone scheint zu denken, dass Sie übers Wasser wandeln können."

„Nicht ganz", erwiderte sie.

Er rieb sich das Kinn und kämpfte anscheinend mit seiner Entscheidung, sowie er noch einmal ihren Lebenslauf ergriff. „Douglass?", sagte er, als würde er über den Namen nachdenken. Versonnen nagte er an seiner Unterlippe. „Sie waren nicht zufällig verwandt mit Honor Douglass Stone, oder?"

Brenna wollte schwindeln. Die Härchen in ihrem Nacken stellten sich unwillkürlich auf. „Sie war meine Schwester", antwortete sie schließlich.

„Eine Tragödie", flüsterte Len. Er runzelte seine hohe Stirn mit den Sommersprossen. „Es tut mir leid."

„Mir auch." Ihr Hals fühlte sich mit einem Mal heiß an.

Len hustete und legte ihren Lebenslauf zurück auf seinen Schreibtisch. „Was halten Sie davon, wenn Sie zweimal die Woche eine Kolumne schreiben würden wie in San Francisco und daneben in unserem Nachrichtenteam einspringen, wenn es nötig ist? Sie würden wahrscheinlich mindestens einmal oder auch öfter pro Woche über tagesaktuelles Geschehen berichten."

Das klang toll. „Ich bin mir sicher, dass ich das schaffe", entgegnete sie, ohne die geringste Unsicherheit zu verspüren. Kurz schossen ihr Gedanken über Warren und seine Reaktion auf diese Neuigkeit durch den Kopf, doch sie beschloss, dass ihre Karriere einzig und allein ihre Sache war.

„Dann sieht es so aus, als hätten wir einen Deal. Der Job gehört Ihnen, wenn Sie mögen."

„Ich möchte", entgegnete sie erleichtert.

„Gut, gut. Ich freue mich, Sie im Team begrüßen zu dürfen." Er stützte die Hände auf den Schreibtisch und erhob sich, ehe er Brenna die Hand schüttelte. „Ich glaube, Sie sind genau das, was der *Examiner* braucht."

„Das hoffe ich."

„Sie fangen dann am siebzehnten Mai an", erklärte er, ließ ihre Hand los und blätterte durch seinen Tischkalender. „Karla und Tammy werden Ihnen alles Weitere zeigen – Ihre Artikel gehen aber zuerst über meinen Schreibtisch."

„Okay."

„Wir sehen uns dann."

„Sicher", erwiderte sie und schaute sich in seinem aufgeräumten Büro um. Es lagen keine Papiere herum. Seine Stifte standen in einer Kaffeetasse bereit, auf der in großen roten Lettern der Spruch vom Schild auf Präsident Trumans Schreibtisch stand: *The Buck Stops Here – Die Verantwortung liegt letztendlich hier.* Die pastellfarbenen Aquarelle von Segelbooten und Möwen an seinen Wänden hingen ganz gerade, und eine aktuelle Ausgabe des *Examiner* lag ordentlich zusammengefaltet am Rand seines riesigen Tisches. „Danke, Mr Patterson."

„Nennen Sie mich Len", erklärte er. „Das macht es einfacher."

„Na schön." Nachdem sie sein Büro verlassen hatte, atmete sie tief durch. Eine Hürde hatte sie hiermit überwunden. Allerdings folgte das schwerste Hindernis noch. Jetzt musste sie Warren von ihrem neuen Job erzählen.

„Viel Glück dabei", murmelte sie, als sie durch die Drehtür aus der Lobby des *Examiner* in die Spätnachmittagssonne trat. Hupen ertönten, da Autos und Fußgänger um den Platz auf der Straße wetteiferten. Der Himmel war blau, und nur ein paar kleine weiße Wölkchen zogen vor der Sonne entlang.

„Jetzt oder nie", sagte sie zu sich selbst, winkte ein Taxi heran und kletterte auf den zerschlissenen Rücksitz.

„Wohin wollen Sie?", fragte der Fahrer und blickte in den Rückspiegel, während er sich in den dichten Verkehr einfädelte.

Brenna nannte Warrens Adresse, und der Taxifahrer hob ganz leicht seine dunklen Augenbrauen. „In den Hügeln", murmelte er und lenkte den Wagen in die bewaldeten Hügel, die die Innenstadt umgaben. „Besuchen Sie Freunde?", erkundigte er sich.

„Familie", erwiderte sie, ohne groß nachzudenken. „Meinen Schwager – Warren Stone."

„Den Bezirksstaatsanwalt?"

Brenna lächelte leicht. „Ja."

Die Augen des Taxifahrers funkelten im Spiegel. „Also sind Sie mit ihm verwandt? Er steht praktisch ständig in den Schlagzeilen."

Brenna entgegnete darauf nichts und starrte aus dem Fenster. Aber innerlich zuckte sie zusammen. Sie grübelte über die Bemerkung des Fahrers nach und über den Zusammenhang, den Len Patterson direkt zwischen ihr und Honor festgestellt hatte. Was, wenn Warren mit seinem Verdacht gegen den *Examiner* richtiglag?

Zu spät, entschied sie, nachdem sie den Fahrer bezahlt hatte und aus dem Taxi gestiegen war. Sie hatte die Stelle bei der Zeitung bekommen, und sie hatte vor, das Beste daraus zu machen.

Sie klopfte an die Eingangstür und hörte hastige Schritte im Innern, ehe im nächsten Moment die Tür aufflog. „Ich wusste, dass du kommen würdest!", rief Julie und schlang ihre Arme um Brennas Taille.

„Ich habe es doch versprochen, oder?"

„Ich weiß. Aber Scotty hat gewettet, dass du nicht auftauchen würdest."

Brenna lächelte. „Ich hoffe, er hat nicht sein gesamtes Erspartes gesetzt."

„Fünfzig Dollar!", erwiderte Julie lachend.

„Gar nicht!" Vom Treppenabsatz warf Scotty einen Plastikdinosaurier herunter, der krachend nur ein paar Schritte von seiner Schwester entfernt auf den Boden knallte.

„Hast du wohl, du kleiner Blödmann!"

„Genug, genug", flüsterte Brenna und schaute hoch zu ihrem Neffen. „Herzlichen Glückwunsch zum Geburtstag, Scotty."

Er schob die Unterlippe vor. „Hast du mir ein Geschenk mitgebracht?"

„Selbstverständlich."

Seine blauen Augen leuchteten, und er kam zögerlich zur Treppe. „Kann ich es jetzt haben?"

„Noch nicht, du Dummkopf", meinte Julie streng und kniff die Brauen zusammen. „Du musst warten, bis wir den Kuchen und das Eis fertig haben und du die Kerzen auspusten kannst." Sie rollte mit den Augen und sah Brenna an. „Er versteht das einfach nicht."

„Wir sollten ihm ein bisschen Zeit lassen", schlug Brenna vor.

„Okay. Ich habe Mrs Beatty gesagt, dass sie erst mit dem Kuchen anfangen darf, wenn du hier bist! Komm mit."

Mary Beatty wischte sich die Hände an der Schürze ab und kam aus der Küche. „Wer war an der Tür?", fragte sie, ehe sie Brenna erblickte. „Gott sei Dank! Sie sind da", sagte sie mit Nachdruck. „Die Kleine hier", sie deutete auf Julie, „sitzt, seit sie aus der Schule gekommen ist, auf heißen Kohlen."

„Tja, dann kümmern wir uns jetzt am besten darum."

„Ich habe alles für Sie vorbereitet. Am besten gehe ich dann, damit ich nicht im Weg herumstehe – wenn es Ihnen nichts ausmacht, sich um die Kinder zu kümmern, bis Warren von der Arbeit zurück ist."

Brennas Herz machte einen albernen kleinen Hüpfer, und sie wurde rot. „Kein Problem", brachte sie hervor.

„Und erinnern Sie ihn daran, dass er mich gebeten hat, nichts zu kochen. Er wollte Scotty zum Geburtstag ausführen. Ich will keine Klagen hören, weil der Kühlschrank leer ist."

„Ich werde ihm Bescheid sagen", versprach Brenna.

„Wird auch langsam Zeit, dass das mal jemand macht", murmelte Mary. Ohne sich ein wissendes Lächeln verbeißen zu können, nahm sie ihren Regenmantel aus dem Schrank, ermahnte die Kinder, artig zu sein, und eilte nach draußen.

Nachdem die Haushälterin weg war, blieb Brenna in der Eingangshalle. Sie schaute hoch, sah an dem Kronleuchter vorbei und zwischen den Streben des Geländers hindurch zu Scotty, der auf der obersten Stufe hockte. „Möchtest du helfen?", fragte sie.

„Das geht nicht! Der Kuchen ist für ihn!", protestierte Julie.

„Ich kann das wohl!", erwiderte Scotty.

„Aber ..."

„Natürlich darf er helfen. Komm schon, Scotty. Wasch dir zuerst die Hände!" Sie schob Julie sanft in die Küche.

„Jungs backen nicht!", sagte Julie wütend.

„Selbstverständlich backen sie – wenn ihnen jemand die Möglichkeit dazu gibt."

„Wir wollten das doch allein tun!"

Brenna zog die Augenbrauen hoch und kniete sich neben ihre Nichte. „Wir unternehmen später was zusammen. Nur wir zwei. Aber lass Scotty jetzt bitte helfen."

„Er wird nur alles kaputt machen!"

„Werde ich gar nicht!" Scotty rannte in die Küche, rückte einen Stuhl neben die Spüle und kletterte hinauf. „Siehst du meinen lockeren Zahn?", fragte er stolz und öffnete den Mund, um seinen Schneidezahn zu zeigen, der sozusagen am seidenen Faden baumelte.

„Igitt! Sag ihm, dass er so *nicht* backen kann!"

„Komm schon, Julie, sei keine Spielverderberin", erwiderte Brenna bestimmt. „Du hast selbst einige Zähne verloren."

Mit einem resignierten Schulterzucken stimmte Julie schließlich zögerlich zu. Mit Brennas Hilfe maß sie das Mehl ab. Scotty ließ prompt einen vollen Becher auf den Fliesenfußboden fallen und verbrachte die nächsten zwanzig Minuten damit, mit seinen Autos durch den „Schnee" zu fahren.

„Ich habe es dir gesagt", flüsterte Julie Brenna zu.

„Lass ihn spielen. Er stört doch niemanden."

„Mommy hätte einen Anfall bekommen!"

Brenna war es leid, ständig mit Honor verglichen zu werden. „Wahrscheinlich", gab sie zu. „Aber ich bin nicht deine Mom. Solange Scotty das Mehl nicht auch noch in den anderen Zimmern verteilt, können wir alles ganz leicht wieder aufwischen."

„Ich mache das ganz bestimmt nicht!", schwor Julie.

„Ich wohl!" Scottys Gesicht, seine Haare und seine Klamotten waren mit einem feinen weißen Puder überzogen, doch zum ersten Mal seit ihrer Ankunft sah Brenna, wie sich ein breites Grinsen auf seinem Gesicht ausbreitete. „Und ich lecke die Schüssel aus!"

„Das tue ich!"

„Ich bin mir sicher, dass es für euch beide reichen wird", entgegnete Brenna und fühlte sich eher wie ein Schiedsrichter als wie eine Tante. Sie half Scotty dabei, wieder auf seinen Stuhl zu klettern. „Wir werden den restlichen Teig von den Rührbesen und aus der Schüssel lecken, nachdem wir aufgeräumt haben. Hier, du kannst den Teig in die Form füllen." Brenna half Scotty mit der Schüssel. Er befolgte die Anweisungen und löffelte den gelben Teig vorsichtig in drei Kuchenformen, bevor Brenna sie in den Ofen stellte.

Während der Kuchen backte, räumten sie gemeinsam das Chaos auf. Zum Glück gab es nur wenig Streit. Julie wusch das Geschirr ab, Scotty versuchte abzutrocknen, und Brenna widmete sich dem Fußboden. Sie fegte gerade Scottys Schneestadt in den Mülleimer, da wurde quietschend die Hintertür geöffnet und Warren kam herein.

„Daddy!" Scotty hüpfte von seinem Stuhl und stieß dabei den Messbecher um, den Brenna gerade noch auffangen konnte, ehe er auf den Boden fiel.

Warren hob seinen Sohn hoch und betrachtete die Anrichten, die Spüle und den Boden. „Das hier sieht eher aus wie ein Schlachtfeld als wie eine Küche."

„Vielleicht, trotzdem war es das wert", erklärte Brenna und wischte sich eine Mehlspur von der Wange, als der Küchenwecker klingelte.

Julie holte die Kuchenformen vorsichtig aus dem Ofen. „Riechen die nicht gut?"

„Köstlich."

„Hast du mir ein Geschenk mitgebracht?", fragte Scotty, nachdem Warren ihn wieder auf dem Boden abgesetzt hatte.

„Was meinst du?"

„Tante Brenna hat ein Geschenk für mich!"

„Tatsächlich?" Warren sah zu Brenna, und sie spürte, wie ihr Herz einen kleinen Satz machte. Allein durch einen Blick aus seinen unglaublich blauen Augen fing ihr eigensinniges Herz schon an zu rasen.

„Das hat sie jedenfalls gesagt!", entgegnete Scotty.

Warren zwinkerte seinem Sohn zu. „Tja, ich habe auch was für dich. Warum siehst du nicht draußen nach?"

Scotty und Julie rannten zur Hintertür, liefen auf die Veranda und schrien vor Freude auf. „Ein Fahrrad! Ein Fahrrad!", rief Scotty und hüpfte noch immer auf und ab, als Brenna auch auf die Veranda trat. „Sieh mal, Tante Brenna!"

„Das ist toll." Brenna betrachtete das silberne Rad mit den robusten Profilreifen, während Scotty auch schon auf den Sattel kletterte und wackelnd von der Veranda fuhr. Auf dem Rasen trat Scotty in die Pedale, um zur befestigten Auffahrt zu kommen, ehe er beinahe in einen Rhododendronbusch raste.

„Er braucht noch Stützräder", flüsterte Julie, bevor sie in die

Garage lief und mit ihrem eigenen Fahrrad zurückkam.

Brenna lehnte sich an die Säule der Veranda und beobachtete die Kinder. Sie war sich überaus bewusst, dass Warren dicht neben ihr stand. Er war ihr so nahe, dass sie die Wärme seines Körpers spüren und seinen Atem hören konnte. „Ich glaube, es gefällt ihm", meinte sie und wies auf Scotty.

Warren schnaubte. „Er nervt mich schon seit Wochen mit nichts anderem."

„Hat ja auch funktioniert, oder?"

Warren verzog den Mund zu einem schiefen Lächeln. „Ja. Ich schätze, ich bin ein leichter Gegner. Das dürfen die Wähler nur niemals erfahren. Wenn das die Runde macht, könnte ich meinen Job verlieren."

Brennas Augen funkelten vergnügt. „Niemand, Mr Stone, Herr Bezirksstaatsanwalt, hätte den Mut, Sie einen ‚leichten Gegner' zu nennen, glauben Sie mir."

„Ist das so?" Er stützte sich mit dem Unterarm über ihrem Kopf an die Säule und beugte sich vor. Mit einem Mal war sein Gesicht nur noch Zentimeter von ihrem entfernt, sodass sie den dunkelblauen Kranz um seine Iris erkennen konnte, als er sie anblickte. Langsam nahm er eine ihrer kastanienbraunen Locken in die Hand und betrachtete den rötlichen Schimmer. Der Duft von Kiefern und Flieder wehte durch die Luft, und warme Strahlen der Nachmittagssonne fielen durch die Zweige der Bäume neben der Veranda.

„Ich … Ich denke, schon."

„Hm. Weißt du, ich erinnere mich da an ein Mädchen, das mich immer zu Sachen überredet hat, die ich eigentlich nicht mache." Bei der Erinnerung zuckten seine schmalen Lippen.

Gott, er ist so nahe! Brenna hatte das Gefühl, nicht mehr richtig atmen zu können.

Nachdenklich kniff er die Augen zusammen. „Sie hat mich dazu gebracht, auf den Rooster Rock zu steigen, mit einem Boot durch die Stromschnellen des Deschutes River zu fahren, auf der Farm ihres Vaters ohne Sattel auf den wildesten Pferden zu reiten – solche Dinge. Das Problem war allerdings, dass ich sie für ein verrücktes Kind gehalten habe."

Brennas Wangen glühten.

„Doch sie hat mich dazu gebracht, Dinge zu tun, die ich sonst nicht gewagt hätte. Sie hat mir Sachen gezeigt, die ich sonst niemals gesehen hätte. Und weißt du, was?", fragte er leise.

„W…was?" Ihr Herz hämmerte wie wahnsinnig.

„Ich glaube, ich habe mich nie bei ihr bedankt."

Sie schluckte den Kloß in ihrem Hals herunter und senkte die Lider. „Ich bin mir sicher, das hat sie auch nicht erwartet."

„Vielleicht nicht." Er legte seinen Daumen unter ihr Kinn und brachte sie dazu, ihn anzusehen. „Sie hat es jedoch verdient." Warrens Miene war ernst und bestimmt, in seinen Augen stand die Wärme, an die sie sich erinnerte und die sie zehn lange Jahre nicht gesehen hatte. „Ich habe viele Fehler gemacht, Bren", meinte er. Seine Stimme klang tief und rau, seine Lippen waren ganz dicht an ihren. „Und es gibt einiges, das ich bereue, glaub mir. Aber ich weiß und wusste es wahrscheinlich schon immer, dass du … dass du mir in schweren Zeiten oft zur Seite gestanden hast."

„Du musst das alles nicht sagen."

„Doch, das muss ich. Ich hätte es schon vor langer Zeit tun sollen."

„Warren …"

„Schh." Er verschloss ihr mit einem Finger den Mund und schaute ihr eindringlich in die Augen. „Ich habe mich wie ein Arsch verhalten, als du mir auf der Beerdigung deine Unterstützung angeboten hast. Mir ist klar, dass du nur helfen wolltest, und ich hätte dir gegenüber nicht so abweisend sein sollen." Mit dem Daumen streichelte er sacht ihr Kinn, und sie schmolz förmlich dahin. „Es war nur furchtbar schwierig, mit alldem zurechtzukommen", flüsterte er. „Es gab Dinge, die zwischen Honor und mir vor ihrem Tod vorgefallen sind … Dinge, die ich noch nicht geklärt und verarbeitet hatte."

„Hast du sie denn jetzt verarbeitet?"

„Keine Ahnung." Über ihre Schulter hinweg sah er in den Garten. Die Linien um seinen Mund vertieften sich. „Aber ob du es glaubst oder nicht – ich bin froh, dass du hier bist." Sein Blick suchte den ihren. „Ich habe dich vermisst, Bren."

„Hey, Tante Brenna! Guck mal!" Scottys Stimme drang durch die nach Flieder duftende Luft zu ihnen herüber.

Warren erstarrte, und Brenna drehte sich gerade rechtzeitig um, damit sie ihren Neffen bewundern konnte, der auf seinem Rad fuhr und die Hände hoch in die Luft streckte. „Oh, Scotty! Nicht ..."

Zu spät. Das Vorderrad begann zu schlingern, und das silberne Fahrrad krachte gegen das Garagentor. Scotty fiel auf den Boden und fing an, laut zu schreien.

Sekunden später war Warren die Treppe hinunter und über den schmalen Streifen Rasen zu Scotty gerannt. Brenna folgte ihm.

„Warte einen Moment", sagte Warren beruhigend und zog seinen Sohn unter den sich drehenden Rädern und der öligen Kette hervor.

Scottys Jeans war am Knie kaputt, und Tränen kullerten dem Kleinen über die Wangen.

„Ist alles in Ordnung?", fragte Julie besorgt, nachdem sie von ihrem Fahrrad gesprungen und zu ihrem Bruder geeilt war.

„Ich glaube, schon." Warren hob Scotty in seine Arme und wischte ihm die Tränen aus den Augen. „Nur ein aufgeschlagenes Knie und ein verletztes Ego."

„Er hat angegeben!", erklärte Julie.

„Ich denke, das weiß er jetzt selbst", flüsterte Brenna und beobachtete Warren, der seinen Sohn umarmte, während der sich allmählich wieder beruhigte. „Ich hole mal Verbandszeug und ein Antiseptikum."

„Und wir sollten vielleicht aufhören, bevor sich noch jemand ernsthaft wehtut", sagte Warren, als Brenna ins Haus lief, um den Erste-Hilfe-Kasten zu bringen.

Als sie zurückkehrte, hatte Warren Scotty auf die Brüstung

der Veranda gesetzt, ihn aus der Jeans befreit und wusch das Knie. Scotty schniefte noch immer, während Warren den Kratzer mit dem Desinfektionsspray versorgte und anschließend das Knie verband. „Vielleicht hattest du recht", murmelte er Brenna zu, als er Scotty auf die Beine stellte. „Ich hätte Arzt werden sollen. Komm schon, Kumpel", meinte er zu seinem Sohn. „Lass uns nach oben gehen, damit du dir was anderes anziehen kannst. Dann gehen wir essen." Er sah Brenna an. „Du bist natürlich auch eingeladen."

Brenna schüttelte den Kopf und sagte leise: „Das ist deine Zeit mit den Kindern. Ich möchte nicht stören ..."

Warren legte seine Hand in ihren Nacken, und ein liebevoller Ausdruck trat auf sein Gesicht. „Bitte", beharrte er. „Ich will, dass du bei uns bist. Und die Kinder möchten das auch."

„Ja, komm schon, Tante Bren", rief Julie, und selbst Scotty zupfte an ihrer Bluse.

„Gut, gut", erwiderte sie. Sie konnte einfach nicht widerstehen.

Während Warren Scotty neue Klamotten anzog und auch Julie sich umzog, gab Brenna den Zuckerguss auf den Kuchen. Zweifel nagten an ihr. Sie überlegte, ob sie nicht einen schlimmen Fehler beging, erinnerte sich daran, wie gemein und kalt Warren sein konnte, und wusste, dass er außer sich sein würde, sobald er erfuhr, dass sie die Stelle bei der Zeitung angenommen hatte.

Trotzdem verzierte sie den Kuchen zu Ende und stellte ihn gerade in einen Tortenbehälter, da kam Warren zurück. „Alles fertig?", fragte er, während Scotty und Julie durch die Küche nach draußen rannten.

„Ich schätze, schon." Sie nahm ihre Tasche und das Geschenk für Scotty. „Wenn es für dich auch in Ordnung ist. Ich will später nicht vorgeworfen bekommen, dass ich mich in irgendetwas hineingedrängt hätte."

Für einen winzigen Moment blitzten seine Augen auf, dann seufzte er. „Glaub mir", spöttelte er. „Es wäre mir eine Ehre."

Mit einer übertriebenen Geste öffnete er die Hintertür.

Statt eine passende Bemerkung zurückzufeuern, ging sie durch die Tür und setzte sich auf den Beifahrersitz seines Wagens.

„Wohin fahren wir?", fragte Scotty, sobald Warren hinter dem Steuer saß.

„Ratet mal!"

„In den *Circus*!", riefen Julie und Scotty.

„Stimmt." Warren grinste und zwinkerte Brenna zu, als er den Zündschlüssel drehte und den Rückwärtsgang einlegte. „Erwarte kein Gourmet-Essen."

„Das werde ich nicht."

Im *Circus*, einem Restaurant in der Form eines großen Zeltes, war der Teufel los. Warren hatte einen Tisch in „Ring 3" reserviert, einem riesigen Raum mit Rutschen und Karusselltieren in leuchtendem Rot, Gelb und Blau. Scotty und Julie erkundeten aufgeregt das Spielhaus mit seinen verschiedenen Attraktionen, steckten die Köpfe durch Löcher in den Wänden und rutschten eine kreisförmige Rutsche hinunter, während Brenna und Warren auf die Pizza warteten.

„Kommt ihr oft hierher?", erkundigte sie sich und beobachtete die Kinder mit ihren Eltern, die Heliumballons und die Videospiele.

„So selten wie möglich."

„Ich kann mir den Grund schon denken", erwiderte sie lachend, als die Bedienung in dem gestreiften Overall gerade die riesige Pizza mit Peperoni und Würstchen brachte. Warren winkte seine Kinder an den Tisch, und die nächsten fünfzehn Minuten lang aßen sie, kämpften mit dem Käse, der Fäden zog, und ließen den Pizzarand auf dem Teller zurück.

„Ist das für mich?", fragte Scotty und beäugte ein gelbes Päckchen, das Brenna an seinen Stuhl gelehnt hatte.

„Aber sicher."

„Was ist das?"

„Warum findest du das nicht selbst heraus?"

Eine weitere Einladung brauchte Scotty nicht. Er riss das gelbe Papier kaputt und warf die blaue Schleife weg, um das neueste Buch der *Dinoclops*-Serie und die dazu passende Actionfigur – eine Miniaturausgabe von einem der roboterartigen Dinosaurier – auszupacken. Scotty strahlte über das ganze Gesicht und schenkte ihr ein Lächeln, bei dem seine Zahnlücke aufblitzte. „Danke."

„Gern gesch... Was ist denn mit deinem Zahn passiert?", fragte Brenna.

Scottys Lächeln erlosch, und er fühlte mit der Zungenspitze nach der Zahnlücke, ehe er vollkommen verzweifelt in die Runde sah. „Er ist weg!", sagte er heulend. „Jetzt kommt die Zahnfee nicht!"

„Du weißt nicht, wo der Zahn ist?", fragte Julie.

„Vielleicht finden wir ihn ja", sagte Warren.

Brenna hatte nicht den blassesten Schimmer, wie sie das anstellen sollten. In den vergangenen Stunden war Scotty mit dem Fahrrad gefahren und hingefallen, war kopfüber die Rutsche hinuntergerast, hatte in einem Spielhaus gespielt und war wie ein Wahnsinniger durch das unübersichtliche Restaurant gejagt.

„Wir werden ihn *niemals* finden!", prophezeite Julie. „Ich nehme an, du wirst einfach kein Geld für den Zahn bekommen."

Scotty begann erneut, laut zu weinen.

„Ach, das weiß man nicht", erwiderte Brenna. „Ich habe einen ganzen Mundvoll Zähne verloren und habe für jeden Geld bekommen – selbst für die, die ich beim Spielen auf Grandpas Farm verloren habe."

„Echt?" Julie war nicht überzeugt, doch Scotty war auf seinem Stuhl ganz nach vorn gerutscht.

„Echt", erklärte Brenna und beobachtete Warren aus dem Augenwinkel. Sie gab ihm unter dem Tisch einen unauffälligen Tritt. „Du erinnerst dich auch, oder?"

„Ach ... äh ... klar", murmelte er nicht sehr überzeugend.

„Also, mach dir keine Gedanken darüber." Sie holte den Kuchen aus dem Behälter und stellte ihn vor Scotty auf den Tisch.

„Komm, ich zünde die Kerzen an, wir singen, und Scotty kann sich etwas wünschen."

„Ich wünschte, ich hätte meinen Zahn!"

Brenna ging nicht darauf ein und zündete die Kerzen an. Innerhalb von Minuten war der Zahn vergessen, und sie gab jedem ein Stück Kuchen auf den Teller. „Den Kuchen hast du ganz toll hinbekommen", sagte sie zu Julie.

„Danke ... ooh ..." Julie hatte zugebissen, stutzte nun und hielt sich die Serviette vors Gesicht. Sie spuckte das, was sie im Mund hatte, auf ihren Teller – und da, mitten in den Kuchenkrümeln, lag Scottys Milchzahn. „Igitt! Wie ekelig! Oh, igitt!"

„Mein Zahn!", schrie Scotty triumphierend, nahm den Zahn in die Hand und steckte ihn schnell in seine Tasche.

„Wie ist der denn im Kuchen gelandet?", flüsterte Julie. Sie sah aus, als würde sie sich jeden Moment übergeben. „Du kleiner Idiot. Das hast du mit Absicht gemacht!"

„Hab ich nicht!"

„Dad!"

„Ich glaube, wir sollten gehen", meinte Warren schnell. Brenna bemühte sich, ein Lächeln zu unterdrücken, während sie ihre Sachen zusammenpackte und sich mit Julie, die kreidebleich war, auf den Weg zum Auto machte.

Ein paar Stunden später standen Julie und Brenna in Julies Badezimmer. Die Kleine wusch sich das Gesicht und betrachtete Brenna im Spiegel. „Vermutlich werde ich an Scottys Bakterien sterben", klagte sie mit Grabesstimme.

„Das glaube ich nicht."

Julie erschauderte. „Er ist so ... ekelig!"

Brenna lächelte. „Das hat deine Mutter auch immer über mich gesagt."

„Hat sie das?"

„Sicher. Das gehört dazu, wenn man als große Schwester eine kleine Schwester oder einen kleinen Bruder hat. Und es stimmte nicht. Genauso wenig, wie es für Scotty zutrifft. Also, jetzt mach dich fertig und geh ins Bett." Sie folgte Julie ins Zimmer und verspürte ein warmes Gefühl, als könnte sie eines Tages tatsächlich ein Teil dieser Familie sein – ein Teil von Honors Familie.

„Kommst du morgen wieder?", fragte Julie, nachdem sie sich unter ihre Bettdecke gekuschelt hatte. „Da ist Samstag."

„Ich glaube, nicht", entgegnete Brenna ausweichend. „Ich muss mir eine Wohnung suchen."

„Aber danach …"

„Ich werde mal darüber nachdenken", versprach Brenna, als sie das Licht ausschaltete. „Gute Nacht."

„Nacht", murmelte Julie in ihr Kissen.

Sowie Brenna in den Flur trat, hörte sie ein leises Räuspern. „Denk darüber nach", schlug auch Warren vor.

„Du hast gelauscht!", warf Brenna ihm vor.

Warren zuckte mit den Schultern. „Vielleicht ein wenig."

Sie konnte das Lächeln nicht zurückhalten, als sie die Hand aufs Treppengeländer legte. „Ich weiß nicht …"

Warren strich mit seiner Hand über ihre Finger und hielt sie fest. „Ich hatte angenommen, dass ich mich auf der Veranda klar ausgedrückt hätte", sagte er, und ihr Pulsschlag erhöhte sich bei seiner Berührung.

Der Flur war fast dunkel. Nur das fahle Mondlicht, das durch das große Fenster in der Eingangshalle fiel, erleuchtete ihn schwach. Warrens Gesicht, das in dem schummrigen Licht noch schärfer geschnitten war, wirkte intensiv.

„Du könntest deine Meinung ändern", flüsterte sie, während er auf ihren Hals blickte. „Deine Laune ändert sich ziemlich schnell und ziemlich spürbar."

Er presste seine sinnlichen Lippen aufeinander. „Das glaube ich nicht." Mit dem Daumen fuhr er über die Rückseite ihres Handgelenks und machte es ihr so noch schwerer, ihm von der Stelle bei der Zeitung zu erzählen.

„Was wäre … Was wäre, wenn ich dir erzählen würde, dass ich den Job beim *Examiner* bekommen habe?", fragte sie. Er erstarrte. Sein Daumen lag reglos auf ihrem Arm.

„Das hast du nicht."

Es war eine tonlose, kühle Bemerkung, und die Art, wie er es sagte, traf sie tief. „Ich fange am Siebzehnten an."

In der Dunkelheit konnte sie erkennen, wie Warren die Augen ganz leicht verengte. „Hat Len Patterson dir erklärt, warum er dich einstellt?"

„Ja. Wegen Stans Empfehlungsschreiben und wegen meiner Arbeitsproben."

„Hm."

Sie warf ihr Haar über die Schulter und fixierte ihn mit ihrem Blick. „Ob du es glaubst oder nicht, Warren, ich bin eine gute Journalistin. Ich kann selbst Karriere machen – dazu brauche ich deine Hilfe nicht. Ich schaffe das allein."

„Deine Fähigkeiten habe ich nie in Zweifel gezogen", entgegnete er langsam. „Nur bei Len Pattersons Motiven bin ich mir nicht sicher."

„Hat dir schon mal jemand gesagt, dass du möglicherweise ein bisschen zu misstrauisch bist?"

Seine Mundwinkel zuckten. „Ein paar Leute", gab er zu.

„Na ja, sie haben recht. Jeder von ihnen." Da sie wusste, dass das Gespräch jetzt nur noch unangenehm werden konnte, hastete sie die Treppe hinunter und ging ins Arbeitszimmer. Kaum dass sie nach dem Telefonhörer griff und wählte, um sich ein Taxi zu rufen, fiel ihr die Ausgabe einer konkurrierenden Zeitung auf, die auf dem Schreibtisch lag. Die Titelzeile sprang ihr sofort ins Auge.

Anklage im Entführungsfall infrage gestellt

Mit zitternden Fingern nahm sie das Blatt in die Hand und las, dass die Klage gegen Charlie Saxton vom Gericht abgewiesen werden könnte, weil Charlie in einem Bericht im *Examiner* „Entführer" und nicht „mutmaßlicher Entführer" genannt worden war.

„Das ist ein Musterbeispiel für die Arbeit des *Examiner*",

meinte Warren, sowie sich gerade jemand in der Taxizentrale meldete.

Brenna ließ die Zeitung fallen, als hätte sie sich daran verbrannt, und bestellte ein Taxi. Zum Glück war ein Wagen in der Nähe. Nachdem sie aufgelegt hatte, bemerkte sie Warrens glühenden Blick.

„Ich hoffe nur, dass dir klar ist, was bei diesem Revolverblatt möglich ist", warnte er sie unheilvoll. „Dass der Ruf, auf den du so stolz bist, vielleicht beeinträchtigt werden könnte."

„Ich werde vorsichtig sein", versicherte sie und hob das Kinn an. „Mach dir keine Sorgen."

„Das ist das Problem, Brenna", flüsterte er. „Um dich mache ich mir immer Sorgen."

Draußen ertönte eine Hupe. Brenna schlüpfte an Warren vorbei und aus der Eingangstür. Sie wagte es kaum, zu atmen. Ihr Herz hämmerte wie wild, und ihr Haar wehte, während sie zum Taxi rannte und hineinkletterte.

„Wohin?", wollte der Fahrer wissen, als er von der Auffahrt bog.

„Egal wohin", murmelte sie leise und lehnte sich auf dem Rücksitz zurück. „Irgendwohin."

5. KAPITEL

Brenna gab ihrer Vermieterin einen Scheck über die erste Monatsmiete und die Kaution.

„Es wird Ihnen hier gefallen", sagte Mrs Thompson.

„Das hoffe ich." Brenna lehnte sich an die kunstvoll geschwungene Brüstung des Balkons, richtete den Blick in die Ferne und fragte sich, ob sie einen großen Fehler machte. Nur fünf Blocks in westlicher Richtung, hinter einer tiefen Schlucht, befand sich Warrens Haus. Von ihrem kleinen Loft im dritten Stock aus konnte sie die mit Efeu bewachsenen Schornsteine sehen, die sich über die Bäume erhoben.

„Es gibt alles, was Sie brauchen", erklärte Mrs Thompson. „Wenn die Treppen Sie nicht stören."

„Die kleine Sporteinheit wird mir nicht schaden", erwiderte Brenna, als sie mit Evelyn Thompson zur Tür lief und die Schlüssel entgegennahm.

„Heute Nachmittag wird die Wohnung noch einmal gereinigt. Sie könnten also nächste Woche einziehen."

„Ich werde da sein." Während die Vermieterin schon mal nach unten ging, schaute sich Brenna in dem Apartment um. Die gemütlichen drei Zimmer mit den Dachfenstern und -schrägen waren früher einmal die Unterkünfte der Bediensteten eines Holzbarons gewesen. Später hatte die Familie die unteren beiden Stockwerke bewohnt. Im Laufe der Zeit war das Haus umgebaut geworden. Es waren vier Apartments entstanden. Diese Wohnung im obersten Stock erinnerte Brenna ein bisschen an ihr kleines Loft in San Francisco. Sie schloss die Glastüren zum Balkon und blickte noch einmal über die schmale Schlucht hinweg zu Warrens Haus. Rauch kringelte sich über einem Schornstein aus Ziegelstein, und die Morgensonne spiegelte sich funkelnd in den Bleiglasfenstern des Gebäudes. Brenna fragte sich, was er und die Kinder gerade taten und wie er reagieren würde, wenn er erfuhr, dass sie nur ein paar Schritte von ihm entfernt wohnte.

„Wer weiß?", murmelte sie, marschierte durch die Wohnung hinaus ins Treppenhaus und schloss die Tür hinter sich ab. Warrens Launen waren zu wechselhaft und unvorhersehbar, um eine Vermutung wagen zu können, was seine Reaktion betraf. „Die Zeit wird es zeigen", sagte sie zu sich selbst und lief nach unten.

Das alte Farmhaus hatte sich kaum verändert. Es brauchte noch immer dringend einen neuen Anstrich, die Regenrinnen waren verrostet, und das Dach war voller Moos. Wie schon seit fast hundert Jahren stand es so am Ufer des Willamette River.

Dixie, die helle Labradorhündin, die nach dem Tod von Ulysses in die Familie gekommen war, rannte bellend und mit dem Schwanz wedelnd auf Brennas Mietwagen zu. Brenna stellte den Motor des Autos ab und bereitete sich innerlich auf das Wiedersehen mit ihrem Vater vor. Seit dem Begräbnis hatten sie sich nicht mehr gesehen, obwohl sie ab und zu miteinander telefoniert hatten. Sie nahm ihre Tasche, kletterte aus dem Wagen und blieb stehen, um den Hund zu streicheln, der kläffend und jaulend um Aufmerksamkeit bettelte.

„Ich habe dich auch vermisst", sagte Brenna und kraulte Dixie hinter den Ohren. Der Hund sprang voraus, während sie durch das, was vom Rosengarten noch übrig war, zur hinteren Veranda lief.

„Brenna!" James Douglass' Stimme dröhnte durch die Küche, und er stieß die Tür auf. Er trug einen gestreiften Overall und eine staubige Mütze. Brenna schoss durch den Kopf, dass er älter wirkte, als sie ihn in Erinnerung hatte. Auf seinem faltigen, geröteten Gesicht erschien ein breites Grinsen. „Wird auch Zeit, dass du dich mal blicken lässt!"

„Hi, Dad", begrüßte sie ihn und spürte, wie er seine starken Arme um sie schlang. Er roch nach Erde und Tabak – vertraute Gerüche, die sie noch aus ihrer Kindheit kannte. Mit einem Mal hatte Brenna einen Kloß im Hals. „Tut mir leid, dass ich so spät bin, aber ich habe mir heute Wohnungen angesehen. Ich dachte, das macht dir nichts aus. Warren meinte, dass du erst vergangene Nacht nach Hause gekommen wärst."

„Ja, und der Flug hatte Verspätung. Ich schwöre, dass ich Liv nie wieder besuchen werde."

„Sie wird dir die Hölle heißmachen, wenn du es nicht tust", entgegnete Brenna mit einem liebevollen Funkeln in den Augen. Tante Olivia wohnte in Boise, und James hatte sich schon immer darüber beklagt, wenn er seiner ältesten Schwester einen Besuch abstattete.

„Also ... Hast du eine Wohnung gefunden?"

Sie nickte. „Ein Apartment mit drei Zimmern. Dachgeschoss ohne Aufzug. In den Hügeln."

„In der Nähe von Warrens Haus?"

„Einen Steinwurf entfernt", gab sie stirnrunzelnd zu.

Sein altes Gesicht hellte sich auf. „Wie gefällt ihm das?"

„Er weiß es noch nicht."

„Er wird es bald erfahren. Sehr bald", sagte James. „Und jetzt erzähl mir, wie es dir ergangen ist." Er hielt sie eine Armeslänge von sich entfernt und musterte sie. „Du hast nicht zugenommen, oder?"

„Ich hoffe, nicht."

„Hm. Du warst schon immer so mager", murmelte er. Dann tätschelte er ihren Rücken. „Na ja, komm rein. Ich warte schon den ganzen Morgen auf dich. Wenn du eine Wohnung gemietet hast, heißt das bestimmt, dass du den Job bekommen hast, oder?"

„Sieht so aus", entgegnete sie. Sie war erleichtert, weil ein Großteil der Spannung zwischen ihnen verschwunden zu sein schien. Eigentlich hatte sie sich Sorgen gemacht, dass ihr Vater distanziert sein könnte, doch sie hatte sich geirrt. Es kam ihr vor, als wäre er ehrlich froh darüber, sie zu sehen.

„Das schreit förmlich nach einer kleinen Feier, meinst du nicht?" Er griff in den Schrank und nahm zwei angeschlagene Tassen heraus. Dann hängte er seine abgewetzte Baseballkappe an eine Garderobe neben der Hintertür.

„Schätze schon."

„Tja, setz dich und tu so, als würdest du eine Weile bleiben", beharrte er und schenkte ihnen beiden eine Tasse Kaffee aus einem Blechtopf ein, der auf dem Holzofen stand. Die Küche roch nach verbranntem Holz, Bratenfett und Tabak. Spinnweben hingen von der hohen Decke, und der Linoleumfußboden war fleckig und teilweise eingerissen. Von den schmutzigen Schränken platzte die Farbe ab, und der gesamte Raum wirkte, als könnte er eine gründliche Reinigung mit einem Desinfektionsmittel vertragen.

Nichtsdestotrotz fühlte es sich gut an, zu Hause zu sein.

Sie setzte sich auf einen der Korbstühle und achtete darauf, dass die Sitzfläche des Stuhls noch in Ordnung war. „Das mache ich ... Ich meine, ich bleibe eine Weile."

„Gut, gut. Also, wo ist der ...", brummelte er und durchsuchte einen hohen Schrank, in dem früher seine Jagdgewehre aufbewahrt worden waren. „Ah, da haben wir ihn ja!" Grinsend nahm er eine staubige Flasche Whiskey heraus. „Möchtest du auch?", fragte er, gab einen kräftigen Schuss in eine Kaffeetasse und hielt die geöffnete Flasche über die zweite Tasse.

„Meinst du nicht, dass es dafür noch etwas früh ist?"

Er warf einen Blick auf die Uhr. „Nein. Es ist schon Nachmittag." Nachdem er auch in die zweite Tasse einen guten Schluck gegeben hatte, reichte er sie ihr. „Du bist schließlich nicht jeden Tag in der Stadt."

„Es ist einige Zeit her", räumte sie ein, nahm einen Schluck von dem starken Getränk und beobachtete, wie Dixie sich im Kreis drehte, ehe sie sich neben dem Ofen niederließ.

„Tja, ich freue mich, dass du wieder hier bist", sagte er. „Ich hätte mir nur gewünscht, dass du einen Job bei einem anderen Revolverblatt gefunden hättest."

„Revolverblatt?", wiederholte Brenna gereizt. Sie fragte sich, ob Warren schon angerufen und sich bei James beschwert hatte.

„Na ja, der *Willamette Examiner* ist nicht gerade die populärste Zeitung in der Stadt."

Brenna starrte ihren Vater an. „Das glaube ich schon. Die

Zeitung hat eine Auflage von ..."

„Ach, ich weiß, dass sie sich gut verkauft. Aber *meine* Lieblingszeitung ist sie nicht." Seine Augen verdunkelten sich, und sein Blick wurde ernst. „Sie haben Warren schon einige Male scharf und völlig zu Unrecht kritisiert", erklärte er leise, zwang sich jedoch zu einem Lächeln. „Hast du ihn schon getroffen?", erkundigte er sich mit einem fragenden Blick aus seinen blauen Augen, während er sich auf seinen Lieblingsstuhl setzte, der mit dem Rücken zum warmen Ofen stand.

Brenna schwenkte ihren Kaffeebecher hin und her. „Ja, darüber sollten wir reden", entgegnete sie. „Ich habe ihn getroffen. Gestern und vorgestern."

„Habt ihr Scottys Geburtstag gefeiert?"

„Ja." Sie zog die Brauen zusammen und sagte: „Als ich ankam, war ich überrascht, dass du ihn nicht darüber informiert hattest, dass ich kommen würde. Er hatte keine Ahnung. Anscheinend hat Julie ihm erst am Tag meiner Ankunft Bescheid gegeben. Du hast irgendwie vergessen, es zu erwähnen."

Nachdenklich schob James die Unterlippe vor. „Ich habe keinen Grund gesehen, es ihm zu sagen."

„Warum?"

Er zuckte mit seinen breiten Schultern. „Ach, du kennst doch Warren. Der Umgang mit dir ... ist ihm noch nie leichtgefallen."

„Irgendjemand hätte ihn vorwarnen sollen."

„Und wie hättest du es gefunden, wenn ich es ihm erzählt hätte? Hättest du mir nicht vorgeworfen, dass ich mich einmische?"

„Vielleicht", räumte sie ein.

„Nein", entgegnete er entschieden. „Ich habe mich lieber rausgehalten. Ihr zwei könnt eure Differenzen klären, wie ihr es immer getan habt."

„Wir haben nie ..."

Abwehrend hob er die Hand. „Lass uns nicht streiten, ja? Im Übrigen kommen Warren und die Kinder bald." Er zwang sich zu einem Lächeln und holte eine zerknitterte Schachtel Zigaretten aus seiner Brusttasche hervor.

„Sie kommen?", fragte sie verwirrt. „Warum?"

„Ich habe sie eingeladen …"

„Moment mal. Du hast Warren und seine Familie eingeladen, obwohl du wusstest, dass ich dich besuchen kommen würde?"

„Genau." Er zündete ein Streichholz am Ofen an und steckte sich eine Zigarette an.

„Warum hast du mir dann all die Fragen gestellt? Du hast doch sicher schon alles mit Warren besprochen", entgegnete sie vorwurfsvoll.

„Ich habe die Familie nur zusammengerufen, um nachträglich Scottys Geburtstag zu feiern. Das ist alles. Nichts Schlimmes."

„Und Warren war einverstanden?"

„Ihm schien die Idee zu gefallen", erwiderte er. Um seinen Kopf schwebte eine bläuliche Rauchwolke.

„Das glaube ich nicht!"

„Hör mal, Brenna. Wir hatten in der Familie schon genug Schwierigkeiten, und ich bin daran nicht ganz unschuldig." Seine Augen verdunkelten sich wiederum. „Du warst fast zehn Jahre in Kalifornien, und wenn du mal zu Besuch hier warst, gab es immer Spannungen. Nach Honors Tod – Gott sei ihrer Seele gnädig – sollten wir uns bemühen, unsere kleine Familie zusammenzuhalten."

Er wirkte so ehrlich, und seine Miene war ernster und starrer als sonst. Die Hände hatte er auf dem Tisch gefaltet, und er blinzelte durch den Qualm seiner Zigarette, der zur gelblichen Decke zog.

Brenna war verblüfft. „Vor zehn Jahren hast du alles getan, was in deiner Macht stand, damit ich mich von Warren fernhielt."

„Das war damals", entgegnete er schlicht.

„Also, was hat sich seitdem verändert?"

Er presste die Lippen zusammen. „Das weißt du doch. Honor ist tot. Ihre Kinder haben keine Mutter mehr, und Warren … Na ja, er hat im Moment die Durchsetzungskraft eines Pumas ohne Krallen."

Brenna verschluckte sich beinahe an ihrem Kaffee. „Du erwartest nicht etwa, dass ich hierherkomme und in Honors Rolle schlüpfe, oder?", hakte sie verletzt nach. Verstand ihr Vater nicht, dass sie ein eigenständiger Mensch war?

„Selbstverständlich nicht, Brenna", antwortete er. Er drückte die Zigarette aus und seufzte. „Vielleicht versuche ich nur, die Fehler der Vergangenheit wiedergutzumachen. Gott weiß, dass ich mehr als genug Fehler begangen habe – vor allem, was dich betrifft."

„Was soll das bedeuten?"

„Nur, dass ich dir oft unrecht getan habe. Weil ich dachte, du wärst stärker als Honor …"

„Doch das war ich nicht!"

„Sicher warst du das. Mir ist klar, dass sie die Familie zusammengeschweißt hat, nachdem eure Mom gestorben war, dennoch war sie schwach – unerfahren, wenn es praktische Dinge wie einen Job oder Männer betraf. Großer Gott, sie hätte Warren fast wegen eines Nichtsnutzes verlassen, der bis zum Hals in Schulden steckte."

„Jeff Prentice", sagte Brenna.

„Genau. Verrückter Hund."

„Jeff war ein netter Kerl", murmelte sie und fragte sich, warum sie das Bedürfnis verspürte, jemanden zu verteidigen, den sie nie besonders gemocht hatte.

„Wohl kaum." Dann bemerkte er den Ausdruck in ihren Augen. „Gut, er hat sich positiv entwickelt", gab er zu. „Damals war er allerdings extrem schwierig und ganz sicher *nicht* der richtige Mann für deine Schwester. Ihr war das natürlich nicht bewusst." Er hob die Hände und sah sie an, als wollte er um ihr Verständnis flehen. „Du dagegen warst dir immer sicher, was du wolltest, und du hattest die Noten und den Ehrgeiz, diese Ziele auch zu erreichen. Sobald du die Witzseite in der Zeitung lesen konntest, hattest du dich entschieden, Journalistin zu werden. Und schau dich an: Du hast es geschafft."

„Aber Honor …"

„Sie hat schon immer Luftschlösser gebaut. Sie dachte, sie würde Model werden."

„Sie hätte es werden können."

„Was für ein Job ist das?"

„Ein guter, Dad. Und Honor hätte diesen Traum verwirklichen können!"

„Das ist doch kein Leben."

„Vielleicht für dich nicht. Allerdings war es das, was Honor sich gewünscht hat", entgegnete Brenna und erinnerte sich an die zahllosen Male, die Honor ihr ihre geheimsten Sehnsüchte zugeflüstert hatte. „Und sie war so ... wunderschön."

„Gut, das Aussehen hatte sie", stimmte ihr Vater zu. In seinen Augen stand ein wehmütiger Ausdruck. „Das streite ich nicht ab. Aber sie war nicht clever, nicht ausgefuchst genug. Sie entschied immer mit dem Herzen und überlegte nicht lange. Sie hatte keinen Ehrgeiz, keine Entschlossenheit. In der einen Woche wollte sie Model werden, in der nächsten dann Stewardess oder Flugbegleiterin oder wie auch immer man diese Damen nennt. Sie hatte sogar die verrückte Idee, es als Schauspielerin zu versuchen, verdammt noch mal!" Er schüttelte den Kopf, und eine Locke seines weißen Haars fiel ihm in die Augen. „Warren Stone war das Beste, was ihr passieren konnte. Ich wusste, dass sie es allein niemals schaffen würde – sie brauchte einen soliden Mann an ihrer Seite."

„Du wolltest nur nicht, dass sie geht", überlegte Brenna laut. Wieder einmal wurde ihr klar, wie sehr ihr Vater Honor geliebt hatte.

„Das war wahrscheinlich auch ein Grund", gestand er, und sein Blick verfinsterte sich. „Ich hatte immer das Gefühl, sie beschützen, ihr den richtigen Weg zeigen zu müssen." Müde rieb er sich über die Stirn. „Ich vermisse sie, Brenna. Sie war etwas Besonderes. Wie deine Ma."

Brenna hatte keine Ahnung, was sie darauf erwidern sollte. Honor war tot. All ihre Träume waren mit ihr gestorben. Brenna strich über den Henkel ihrer Tasse und flüsterte: „Honor hatte das Recht, ihr eigenes Leben zu leben, Dad."

„Ich weiß, ich weiß." Er erhob sich und streckte den Rücken durch. „Ich nehme an, ich hätte mich nicht einmischen sollen, aber ich dachte, ich tue damit das Richtige." Schuldbewusst sah er zu ihr und griff sich seine alte *Dodgers*-Mütze. „Eine späte Einsicht ist nicht immer gut." Er lächelte. „Komm und schau dir an, was sich im Obstgarten getan hat."

Dixie stand auf und reckte sich. Gähnend trottete sie zur Tür. Ihre Krallen kratzten über den Linoleumfußboden. Brenna schob ihren Stuhl zurück und folgte ihrem Vater hinaus auf die Veranda. Zusammen gingen sie einen überwucherten Pfad zur Scheune entlang. Neben dem Gebäude standen uralte Apfel-, Birn-, Pflaumen- und Kirschbäume. Rosafarbene und weiße Blüten erfüllten die Luft mit einem süßen Duft, und Bienen summten in den Zweigen über ihnen. Dixie hob die Schnauze, jaulte und rannte dann los, um verärgert einige mit Moos bewachsene Eichenbretter anzubellen, die vor der verwitterten Seitenverkleidung der Scheune gestapelt auf dem Boden lagen.

„Eichhörnchen", bemerkte James und fischte wieder die Zigarettenschachtel aus seiner Brusttasche. „Sie wird durchdrehen, solange ich den Stapel nicht für sie auseinandernehme. Bis dahin ist das Eichhörnchen allerdings über alle Berge."

„Du hast etwas getan", sagte Brenna, ignorierte Dixie und betrachtete einige jüngere Bäume.

„Das ist aber auch schon alles, was ich heutzutage mache", gab er zu und schob die Hände in die hinteren Hosentaschen. „Das, und ich ziehe ein paar Rinder auf. Mehr schaffe ich nicht. Ich habe den Großteil des Farmlandes an Craig Matthews verpachtet."

„Tatsächlich?" Sie konnte sich ein Lächeln nicht verkneifen. Obwohl er in der Nacht, als sie sich wegen Warren von ihm getrennt hatte, so wütend gewesen war, hatte ihre Freundschaft zu Craig dennoch weiter bestanden. Sie war bei seiner Hochzeit gewesen und hatte sich gefreut, dass er endlich jemanden gefunden hatte, der ihn liebte. Auch wenn Brenna ihn nur selten sah, schickte sie ihm jedes Jahr eine Weihnachtskarte und bekam eine Karte von ihm zurück. Bis letztes Jahr. „Das ist doch toll. Wie geht es ihm? Ich habe seit fast einem Jahr nichts mehr von ihm gehört."

„Er und seine Frau haben sich scheiden lassen", meinte James und schaute finster drein. „Ich weiß nicht, warum. Ich habe auch nie danach gefragt."

Ein Gefühl von Bedauern versetzte Brenna einen Stich. „Das ist ja schade."

„Tja, es ist vor fast einem Jahr passiert. Inzwischen hat er es anscheinend gut verarbeitet."

„Tante Bren!", erklang Julies Stimme über die Felder. „Grandpa!"

Brenna drehte sich um und erblickte ihre Nichte. Das blonde Haar wehte hinter ihr her, als sie den Weg entlanggerannt kam. Scotty folgte ihr.

„Wie geht es meiner kleinen Süßen?", wollte James wissen, bückte sich und hob die vergnügt quietschende Julie auf die Arme.

„Ich auch!", forderte Scotty.

„Selbstverständlich du auch." James nahm Scotty ebenfalls hoch und setzte dann beide Kinder auf die oberste Latte des Zaunes, wo er sie festhielt. „Das wurde auch Zeit, dass ihr kommt!"

„Dad musste noch arbeiten", beklagte sich Julie. „Er muss immer arbeiten."

„Und ich habe einen Zahn verloren! Schau mal!" Scotty machte den Mund so weit wie möglich auf.

James lachte. „Stimmt. Und was die Arbeit eures Vaters betrifft, so ist das in meinen Augen eine sehr gute Entschuldigung – schließlich muss einer in der Familie das Geld verdienen, und ihr beide seid das ja wohl nicht." Er kitzelte sie durch, und die beiden lachten fröhlich.

Aber Brenna hörte das kaum. Ihr Blick war auf Warren gerichtet, der mit einer zerschlissenen Jeans und einem Pullover bekleidet zum Obstgarten schlenderte.

„Also, dass du hier bist ...", meinte er schief lächelnd und lehnte sich über den Zaun.

Sie schmolz regelrecht dahin. Ein warmer Ausdruck erschien in seinen Augen, während er sie musterte. „Hi."

„Komm schon, Grandpa, lass uns eine Runde reiten!", rief Scotty aufgeregt.

„Wie bitte? Reiten?", fragte Brenna.

„Nur ein paar Runden auf Ignatius über die Wiese", antwortete er und lachte leise, als er seine Enkel zur Scheune trug.

„Ignatius?", wiederholte sie an Warren gewandt.

„Ein altes Pony, das er im vergangenen Frühling bei einer Auktion erworben hat", erklärte er. „Er hat ein paar Rinder verkauft und Ignatius gesehen. Das Pony hat gelahmt, doch dein Dad hat es für die Kinder ersteigert." Warren kletterte auf den Zaun und hockte sich auf die oberste Latte. Seine Jeans schmiegte sich an seine Hüften und gab den Blick frei auf ein Stück sonnengebräunter Haut an seinem unteren Rücken. „Von hier aus kann man es besser sehen", meinte er.

Brenna hielt ihren Jeansrock mit einer Hand fest und kletterte hinauf, um sich neben ihn zu setzen. Die Sonne war warm, und der Himmel über den blühenden Bäumen leuchtete blau. Flüsternd wehte der Wind durch die Zweige über ihnen. Weiße und pinkfarbene Blüten schwebten zum grasbewachsenen Hügel.

Brenna beobachtete, wie ihr Vater ein kastanienbraunes Pony über die angrenzende Wiese führte. Scotty wackelte auf Ignatius' Schultern hin und her. Julie folgte ihnen mit Dixie an ihrer Seite, die ihre Beute im Holzstapel widerstrebend aufgegeben hatte.

„Dein Vater tut es schon wieder", sagte Warren schließlich. Der Wind strich durch sein Haar, und sein Blick war auf die kleine Gruppe auf der anderen Seite der Wiese gerichtet.

„Was tut er?"

„Sich einmischen." Doch er sagte es beinahe liebevoll und

ohne den Sarkasmus, der sonst so oft in seinen Worten mitschwang.

„Er behauptet, dass er das nicht mehr tun will."

„Glaub ihm nicht."

Brenna lächelte. Sonnenstrahlen wärmten ihren Rücken, und die Brise brachte den Duft von Apfelblüten und Warren mit sich – frisch und maskulin und ganz nah bei ihr. Sein Knie berührte ihres, sowie er sich auf dem Zaun bewegte, und ihr Herz schlug schneller. „Dad hat sich verändert", meinte sie. „Er ist milder geworden."

„Das bezweifle ich." Mit einem Blick aus dem Augenwinkel sah er sie an und runzelte ganz leicht die Stirn. „Dein Dad wird sich nie ändern, Brenna." Dann blickte er wieder hoch und sprang vom Zaun. „Ich bin dran, James abzulösen und die Kinder herumzuführen."

Als Warren zu seinen Kindern kam, rutschte Scotty von Ignatius herunter, und Julie kletterte anschließend hinauf. Das Pony scheute, aber Warren beruhigte es. Und schon bald führte er Julie auf Ignatius über die Wiese, während Scotty auf seinen Schultern saß. Dieses Mal rannte Dixie voraus, bellte und sprang über den alten Zaun, kaum dass sie den Geruch eines Kaninchens in den Brombeerbüschen gewittert hatte.

„Er hat dich vermisst", stieß James plötzlich hervor, trat auf sie zu und wies mit einem Kopfnicken in Richtung von Warren.

„Wovon sprichst du?", wollte sie ungläubig wissen.

„Seit Honors Tod", fuhr James leise fort. „Er ist nicht mehr derselbe."

„Ist irgendjemand noch derselbe geblieben?"

„Ich schätze, nicht."

Brenna beobachtete Warren mit den Kindern und dem Pony, sah, wie sein Lächeln in der Nachmittagssonne aufblitzte, und fühlte, wie ihr das Herz aufging. „Was lässt dich glauben, dass Warren mich vermisst haben könnte? Ich bin nicht seine Frau, und er hat mir neulich Abend mehr als deutlich gezeigt, dass er mich nicht bei sich haben wollte."

„Gib ihm Zeit. Er wird seine Meinung ändern."

„Das ist schon ein Teil des Problems – er hat seine Meinung bereits geändert. Zumindest manchmal. Ich habe nicht den blassesten Schimmer, woran ich bei ihm bin."

„Vielleicht empfindet er das ähnlich", überlegte James laut.

„Das denke ich kaum."

Wie so oft, wenn er mit einer Entscheidung rang, schob ihr Vater nachdenklich seinen Unterkiefer ein Stück zur Seite. „Warren hat immer geglaubt, dass du etwas ganz Besonderes bist, Brenna. Das hat ihn manchmal verrückt gemacht."

Sie kletterte vom Zaun und wischte ihre Hände ab. „Er hat eine komische Art, das zu zeigen. Bei ihm hat es sich so angehört, als würde er darauf bestehen, dass ich die Stelle beim *Examiner* ablehne und nach San Francisco zurückkehre – wohin ich gehöre."

„Wie gesagt, er mag den *Examiner* nicht besonders."

„Oder den Gedanken, dass ich nach Portland zurückziehe", entgegnete sie und lächelte schwach.

„Doch er hat seine Meinung geändert?", fragte James.

„Bis auf Weiteres jedenfalls. Allerdings ist das nicht sicher. Er ist so ... launisch."

„Seit Honors Tod ist er das." James warf ihr aus dem Augenwinkel einen Blick zu. „Er hat sie geliebt, verstehst du? Es war ein fürchterlicher Schicksalsschlag."

„Ja, ich weiß. Wir hatten alle ... unsere Schwierigkeiten, damit fertigzuwerden."

James presste die Lippen aufeinander, und Tränen schimmerten in seinen Augen.

Statt sich wieder vom Schmerz überwältigen zu lassen, räusperte Brenna sich und deutete auf das kleine Pferd. „Hast du kein Zaumzeug für Ignatius?"

„Nur das Halfter."

„Bist du dir sicher?"

Er nickte. „Es ist Jahre her, dass ich hier ein Pferd gehalten habe. Vor zwei oder drei Jahren habe ich Craig Matthews alles

Sattel- und Zaumzeug verkauft."

„Auch Shortys altes Zaumzeug?"

James' Wangenmuskel zuckte, und ein Schatten huschte über sein Gesicht. „Ich habe seit zwanzig Jahren nicht mehr an das Shetlandpony deiner Mutter gedacht, Bren."

Brenna brauchte dringend eine Ablenkung von ihren Gedanken an Warren und Honor und sagte unvermittelt: „Ich schaue mal in der Scheune nach. Vielleicht finde ich ja etwas."

„Das bezweifle ich."

Sie schlüpfte in die Scheune, wo der Geruch von Staub, trockenem Heu und Rindern lebhafte Erinnerungen an ihre Kindheit weckte. Sie und Honor hatten gern in den dunklen Ställen und Lagerplätzen in der Scheune gespielt. Sie hatten auf dem Rand des Futtertroges balanciert und so getan, als wäre es ein Hochseil gewesen. Auf dem Heuboden hatten sie Höhlen gebaut – geheime Schlupflöcher, wo sie sich verstecken und im Licht einer Taschenlampe Bücher hatten lesen können, die es nicht in der Schulbücherei auszuleihen gegeben hatte. Dass das Heu gejuckt hatte, war ihnen egal gewesen, und auch am Staub hatten sie sich nicht gestört.

„Das ist lange her", murmelte sie vor sich hin und ging an den Behältern mit Hafer und Mais vorbei. Sie hörte eine Maus, die über den Boden huschte, als sie zur Leiter kam und hinaufkletterte. Den Grund für ihr plötzliches Bedürfnis, an den Ort zurückzukehren, der ihr als Kind so wichtig gewesen war, konnte sie sich nicht erklären. Kaum dass sie oben war und auf den gestapelten Heuballen stand, schoss ihr die Frage durch den Kopf, warum sie sich die Mühe gemacht hatte. Auf dem Heuboden war es düster. Nur ein paar mutige Sonnenstrahlen fielen durch das schmutzige runde Fenster über ihr.

„Brenna?"

Sie hätte sich beinahe zu Tode erschreckt, sowie sie Warrens Stimme erkannte und unter sich die Schritte hörte. „Hier oben", rief sie, sah über den Rand des Heubodens und erblickte sein dunkles Haar.

„Was tust du da?"

„Ich schwelge in Erinnerungen, schätze ich", gab sie zu und lauschte den Geräuschen, die seine Stiefel auf den Sprossen der Leiter verursachten.

Sein Kopf tauchte an der Kante auf, und sein Blick glitt langsam über ihre Beine und ihren Rock, ehe er ihr in die Augen schaute. „An welche Zeit?"

„Eine längst vergangene. Als wir ... äh ... als ich ein Kind war." Sie zwang sich zu einem Lächeln und setzte sich auf den Rand eines Heuballens, der auseinandergefallen war.

„Gibt es hier oben viele Erinnerungen?"

Zu viele, dachte sie wehmütig. „Genug. Honor und ich, wir sind immer hier heraufgekommen und haben Höhlen gebaut und Geheimgänge ... solche Dinge eben."

„Ich weiß. Sie hat mir davon erzählt."

Brennas Herz zog sich schmerzhaft zusammen. Sie vermisste Honor. Sie vermisste sie wirklich. Sie hatten so viel geteilt – leider hatte dazu auch die Liebe zu diesem einen Mann gehört.

Kraftvoll zog Warren sich die letzte Sprosse hinauf und ließ sich auf dem Heuballen neben ihr nieder. „Dein Dad hat mich geschickt, um dich zu suchen", sagte er, als hätte er die Trauer in ihren Augen gelesen.

„Ach?"

„Er meinte, du hättest vielleicht Lust, mit ihm und den Kindern in die Stadt zu fahren."

„Warum will er in die Stadt?"

„Eiscreme. Wegen Scottys Geburtstag."

„Vielleicht sollten wir alle fahren." Sie wollte nach der Leiter greifen, doch er fasste sie am Handgelenk und drehte sie zu sich herum.

„Lass ihn und die Kinder allein den Ausflug unternehmen, Bren. Im Pick-up ist sowieso nicht genug Platz für uns alle."

„Warum hat er mich dann eingeladen?"

Ein Schatten legte sich über Warrens Augen. „Verstehst du das nicht? Er will wiedergutmachen, dass er all die Jahre Honor bevorzugt hat."

Verblüfft blinzelte Brenna. Obwohl es in der Familie offensichtlich gewesen war, dass Honor James' Liebling gewesen war, hatte sie gehofft, dass diese schmerzvolle Wahrheit sonst niemandem aufgefallen wäre. „Du ... Du hast es gewusst?"

„Alle haben es gewusst", erwiderte er. Aber als sie in seine Augen sah, erblickte sie dort eine Zärtlichkeit, die sie nicht erwartet hätte. Seine Finger waren noch immer um ihr Handgelenk geschlungen, und sie fühlte ihren rasenden Pulsschlag.

In der Ferne hörte sie das Geräusch eines alten Truckmotors, der hustete und stotterte, bevor er ansprang. Die Kinder lachten und kreischten vergnügt. Schließlich verklang das Motorengeräusch.

„Ich schätze, wir haben unsere Mitfahrgelegenheit verpasst", meinte er und lächelte zufrieden. Sein Blick richtete sich auf ihre Lippen, die mit einem Mal trocken waren.

Sie widerstand dem Drang, ihre Lippen zu befeuchten, und nickte stumm. Wenn sie doch nur ihre Hand aus seinem Griff hätte winden können, wenn sie doch nur hätte zurückweichen können, wenn sie den magischen Zauber hätte brechen können, den er unter den Dachsparren mit den Spinnweben heraufbeschworen hatte. Aber ihr Herz pochte und klopfte ihr bis zum Hals. Sie war wie versteinert.

„Es tut mir leid wegen gestern und vorgestern Abend", entschuldigte er sich und schluckte. „Ich war ..."

„... ein Idiot?"

Sein Lächeln wurde breiter und ließ sein Gesicht strahlen. „Ich wollte eigentlich sagen, dass ich nicht in der Position war, um dich zu kritisieren."

„Ich bin eine gute Journalistin", erwiderte sie und versuchte, seine Hand abzuschütteln. Bitte, lieber Gott, gib mir die Kraft, hier zu verschwinden, dachte sie verzweifelt. Doch sosehr sie es auch probierte, konnte sie nicht den Blick von dem verführerischen Ausdruck in seinen Augen wenden.

„Ich weiß. Ich habe die Hälfte der Dinge, die ich dir vorgeworfen habe, nicht so gemeint."

„Dann hättest du sie nicht sagen sollen."

Im schummrigen Licht in der Scheune wirkte seine Miene plötzlich ausdruckslos, und sein selbstgefälliges Lächeln verschwand. „Ich wollte dich vertreiben", gab er zu und ließ sie endlich los. Seufzend schob er sich das Haar aus der Stirn. „Ich hatte angenommen, wenn du gehst, wäre das einfacher für uns alle. Vor allem für mich. Aber nachdem du gestern Nacht weg warst, habe ich meine Meinung geändert."

Ihr Herz schlug so laut, dass sie sich sicher war, dass er es hören konnte. „Warum?"

„Hauptsächlich wegen der Kinder", antwortete er leise. „Das ist allerdings nur ein Teil." Er schaute ihr tief in die Augen, legte seine Hände sacht auf ihre Schultern und strich mit den Daumen über ihren Hals und ihre Wangen.

Brennas Brust war wie zugeschnürt, und sie hatte das Gefühl, kaum noch atmen zu können.

„Ich will, dass du auch meinetwegen bleibst", gestand er ihr schließlich. Noch nie hatte sie einen so gequälten Ausdruck auf seinem Gesicht gesehen.

Wie lange hatte sie darauf gewartet, diese Worte zu hören? Und da er sie nun ausgesprochen hatte, stand sie vor ihm und suchte nach einer Antwort. Doch Warren kam ihr zuvor.

„Bei der Beerdigung habe ich mich geirrt. Genau wie in den vergangenen Tagen. Ich brauche Hilfe, Bren. Wir alle brauchen sie." Ein trauriges Lächeln umspielte seine Mundwinkel. „Ich bin nur froh, dass du das erkannt hast."

„Was hat dich zum Umdenken bewegt?", fragte sie und wagte es nicht, ihm zu glauben. Sie schenkte auch ihrem eigenen bereitwilligen Herzen keinen Glauben.

„Eine lange Nacht der Gewissenserforschung." Ohne weitere Erklärungen schloss er sie in seine Arme und gab ihr einen bedächtigen Kuss aufs Haar.

Brenna wusste, dass sie ihm nicht vertrauen sollte. Sie wusste, dass sie sich aus seiner verführerischen Umarmung befreien sollte. Aber sie konnte es nicht. Seine Arme fühlten sich so stark, so fürsorglich an. Sein frischer, erdiger Duft, den sie genau kannte, weckte ihre Sinne. Sie nahm nichts um sich herum wahr, außer der Wärme seines Körpers, den er dicht an ihren schmiegte, und der Hitze, die sie erfüllte und ihre Haut erregend prickeln ließ.

Obwohl sie sich darüber im Klaren war, dass es sich hier um ein Spiel mit dem Feuer handelte, legte sie den Kopf in den Nacken. Ihre Lippen verlangten danach, seinen Mund zu berühren. Als er sie schließlich küsste und mit seiner Zunge in ihren Mund eindrang, fühlte sie sich schwach und zittrig und sehnte sich danach, von ihm geliebt zu werden.

Sämtliche Alarmglocken schrillten in ihrem Kopf. Sie warnten sie, dass sie, wenn sie ihn küsste, wenn sie sich dem Schmerz wieder aussetzte, am Ende nur verletzt werden würde. Doch sie konnte die sündhaft verführerischen Empfindungen, die durch ihren Körper jagten, nicht abschalten. Und auch die Leidenschaft, die sich tief in ihrem Innern entfesselte und in ihr pulsierte, konnte sie nicht ignorieren.

Ihr Atem ging flach, ihr Widerspruch war nur ein Flüstern, sowie er die Arme fester um sie schlang und sie mit sich auf den Boden zog. Ohne den Kuss zu unterbrechen und ohne sie loszulassen, begann er, die Knöpfe an ihrer Bluse zu öffnen.

Sie ließ sich zurückfallen, vergrub die Finger in seinem Haar, und ihre Lippen verschmolzen mit seinen. Mit seiner Zunge erforschte er jeden Zentimeter von ihr, und er erschauerte unter der Qual, seine Gefühle, seine Lust zu zügeln.

„Ich habe mir versprochen, dass ich das nie wieder zulassen würde", sagte er heiser, dennoch schob er die Finger in ihre dunklen Locken und streichelte mit den Lippen über ihren Mund.

Bedächtig knöpfte er weiter ihre Bluse auf. Sie gab den Blick frei auf Brennas blasse Haut und den BH aus Spitze. „Ich ... Ich habe mir geschworen, dass ich mich von dir fernhalten würde", gab sie zu. Ihr Atem ging stoßweise, ihre Stimme klang leise und rau.

„Also, warum hast du deinen Schwur gebrochen?"

Seine Hand glitt von ihrem Hals hinunter bis zu ihrem Bauch. Scharf sog sie die Luft ein. „Du machst es mir unmöglich."

„Oh, Brenna", stöhnte er und legte sich auf sie. Obwohl sie vollständig bekleidet waren, bewegte er sich aufreizend auf ihr und entfachte ein Feuer tief in ihrer Seele. Mit der Zunge zeichnete er die Konturen ihres Mundes nach, strich über ihre Zähne, erkundete sie dann noch tiefer.

Sie konnte keinen klaren Gedanken mehr fassen und wollte es auch gar nicht. Im schummrigen Licht in der Scheune standen ihre Sinne in Flammen. Fest umklammerte sie seine Schultern und spürte die Muskeln unter dem dünnen Stoff seines Pullovers.

Während er Stück für Stück an ihr abwärtsglitt, flüsterte er süße Verheißungen. Er streifte ihr die Bluse ab. Sein Atem war warm, als er über ihre Brust streichelte, und unter der pinkfarbenen Seide ihres BHs sehnte sich ihre Brustspitze nach seiner Berührung.

Er schloss seine Lippen um die aufgerichtete Knospe, und seine Zunge reizte sie durch den weichen Stoff hindurch.

Brenna machte kurz die Augen zu und hielt seinen Kopf an sich gedrückt. Sie wollte mehr von ihm. Was sie später fühlen oder denken würde, war ihr egal. Die Zweifel, die noch an ihr zehrten, wurden schnell von dem Verlangen verdrängt, das sich so leicht und heiß in ihrem Körper ausbreitete.

Sie spürte, wie er ihren BH aufmachte. Kühle Luft traf auf ihre feuchte Brust, bevor er mit der Hand sanft über die Erhebung fuhr und sie verwöhnte, bis er schließlich ihre Knospe zwischen die Lippen nahm. Lustvoll wand sie sich unter ihm, wollte mehr. Sie fand das Bündchen seines Pullovers und zerrte daran. Warren hob seinen Kopf lange genug, damit sie ihm den Pullover ausziehen konnte.

Er war genau so, wie sie ihn in Erinnerung hatte. Seine Haut war von der Sonne gebräunt, die Haare auf seiner Brust zeichneten sich dunkel gegen die wohlgeformten Muskeln ab, auf denen inzwischen feine Schweißperlen glitzerten.

Während sie ihn betrachtete, strich sie mit den Fingerspitzen sein Brustbein entlang, wanderte tiefer zu seinem Nabel und zum Bund seiner Jeans.

Die Augen geschlossen, erschauerte er. „Brenna, bitte …"
„Bitte was?"
„Oh Gott. Wenn wir jetzt nicht aufhören, kann ich es nicht mehr." Er schaute sie wieder an, und seine Augen waren rauchblau. Sein Blick verschmolz mit ihrem, ehe er zu ihren Brüsten schweifte, die sich ihm blass und stolz darboten. Stöhnend drehte er sich auf die Seite und schloss Brenna in seine Arme.

„Warren, ich …"
„Schh. Sag es nicht. Sag gar nichts." Zärtlich hauchte er ihr einen Kuss auf das Haar und hielt sie fest. Sie konnte sein drängendes Verlangen spüren, hart in seiner Jeans. „Ich … Ich denke, wir sollten warten", meinte er, und seine Stimme zitterte genauso stark, wie sie innerlich erschauerte.

„Warum?"
„Wir … Wir brauchen beide Zeit."
„Reichen zehn Jahre nicht?"
„Doch, aber …"
„Oder willst du damit andeuten, dass wir einen Fehler machen würden?", fragte sie atemlos. Sie wollte sich aus seiner Umarmung winden, woraufhin er sie nur noch enger an sich presste. Wie hatte sie nur so die Selbstbeherrschung verlieren können? Erst in der letzten Nacht hatte sie sich geschworen, ihm nie wieder zu vertrauen!

„Hör einfach zu", flüsterte er rau. Er drückte sie so fest an sich, dass sie die Anspannung seiner Muskeln fühlen konnte. „Ich habe viel nachgedacht", erklärte er. „Wenn du nur wüsstest. In den letzten Nächten habe ich kaum geschlafen, sondern habe nur über dich nachgegrübelt und darüber, was du mit mir machst."

Sie konnte sein Herz schlagen hören und wusste, dass das Pochen von ihrem eigenen Herzen beantwortet wurde. „Lass mich los", wisperte sie.

„Noch nicht, Bren. Ich will, dass du verstehst."

Sie riss die Augen auf. „Was soll ich verstehen? Dass du mit mir spielst und austestest, wie weit du gehen kannst, ehe du dich wieder zurückziehst?"

Ungläubig sah er sie an. „Du hast keine Ahnung, oder?"

„Eine Ahnung wovon?", erwiderte sie aufgewühlt.

„Davon, wie viel du mir bedeutest."

„Ach, Warren. Lass das …"

Seine Miene wirkte ernst und angespannt. „Ich spiele nicht mit dir. Und ich benutze dich nicht, Brenna. Ich versuche – und das ist verdammt hart –, meinen Verstand zu benutzen und vernünftig zu sein." Verzweifelt atmete er tief durch. „Wir müssen einen Schritt nach dem anderen tun. Wir sollten nichts überstürzen. Du bist doch erst vor zwei Tagen hier angekommen, verflucht noch mal!" Er küsste ihre Stirn und pflückte etwas Heu aus ihrem Haar. „Ich will bei dir nicht schon wieder einen Fehler machen."

„Du meinst, einen Fehler wie vor ein paar Minuten?", fragte sie, obwohl ihr Herz bei dem gefühlvollen Klang seiner Worte unwillkürlich schneller schlug. Sie wagte kaum zu glauben, dass er tatsächlich mehr für sie empfand.

„Ich meine, wie vor zehn Jahren", erwiderte er.

„Was soll das bedeuten?"

„Dass ich bei dir nicht nachgedacht habe – und auch bei Honor nicht. Und ich habe mich selbst in eine ausweglose Situation gebracht und dich verletzt."

„Und Honor?"

Seine Augen verdunkelten sich vor Wut. „Es war auch ihr gegenüber nicht gerecht."

„Aber du hast sie geliebt."

Er schluckte schwer und nickte. „Vielleicht zu sehr."

Getroffen musste sie gegen die Tränen ankämpfen. Vor Warren Stone würde sie nicht weinen! Nicht schon wieder!

„Doch das war das Problem, Bren. Ich habe sie so sehr geliebt oder habe es zumindest geglaubt …" Er presste die Lippen aufeinander. „Verdammt, ich war noch ein Kind." Dann, als wäre er angewidert von sich selbst, hob er ihre Bluse auf und legte sie ihr um die Schultern. Noch immer umarmte er sie. „Wir alle waren noch so jung."

Brenna riss sich von ihm los. „Vielleicht sollten wir nicht darüber reden. Es ist schon lange her. Es ist vergangen und zählt nicht mehr."

„Ist das so?"

Sie schlüpfte in ihre Bluse und fand ihren BH, der auf einem Heuballen lag. Peinlich berührt steckte sie ihn in die Tasche ihres Rockes. „Ich bin nicht Honor, Warren", sagte sie. „Ich werde es niemals sein. Und auch wenn du es offenbar glaubst: Ich will es nicht sein."

Sie wollte aufstehen, aber er griff sie am Unterarm und zog sie zu sich. Sie geriet ins Taumeln und fiel auf seinen Schoß. „Ich weiß, wer du bist, Brenna", erwiderte er und sah sie ernst an. „Ich habe nur keine Ahnung, wie ich mit dir umgehen soll."

„Gar nicht. Du musst überhaupt nicht mit mir umgehen!" Wieder wollte sie aufstehen, und wieder zog er sie zurück.

In seinen Augen erschien ein belustigtes Funkeln. „Also soll ich einfach vergessen, was zwischen uns passiert ist?"

„Es ist nichts passiert! Lass mich los!"

„Und was ist mit gestern und vorgestern Abend?", fragte er rau und schlang einen Arm um ihre Taille, um sie festzuhalten.

„Nur Fehler. Schon vergessen? Es ist nichts geschehen!" Warum fühlte sie sich in seiner Gegenwart bloß immer wie ein Kind?

Seine Lippen zuckten. Plötzlich brach er in Lachen aus und lachte so laut, dass der Klang die staubige Scheune erfüllte. Mit funkelnden blauen Augen flüsterte er ihr ins Ohr: „Wenn zwischen uns nichts ist, wenn keine Funken fliegen, wüsste ich gern, warum ich die vergangenen beiden Nächte in verschwitzten Laken wach gelegen habe. Warum konnte ich es nicht erwarten, hierherzukommen und zu versuchen, dich an einem Ort wie diesem allein zu erwischen?"

„Ooh ... Du bist unausstehlich!" Die Hände zu Fäusten geballt, wollte sie gegen seine nackte Brust schlagen.

„Mach ruhig ...", lud er sie ein. Sie machte mit der Faust eine Bewegung nach vorn, doch dann ließ sie die Hände sinken und zählte stumm bis zehn, bis ihr Drang, ihm wehzutun, allmählich nachließ.

„Niemand kann mich so wütend machen wie du", erklärte sie und trat gegen einen Heuballen. Staub wirbelte auf.

„Das hoffe ich doch!" Mit einem selbstsicheren Grinsen ließ er sie los und schlüpfte in seinen Pullover.

„Du machst mich ..." Brenna verstummte abrupt. Sie hörte den Truck ihres Dads auf der Auffahrt und war dankbar für die Gelegenheit, zu verschwinden. Mit Warren allein zu sein war viel zu gefährlich und unerträglich! In seiner Nähe verlor sie immer die Beherrschung und wollte ihn entweder umbringen oder mit ihm schlafen.

Kinderstimmen durchbrachen die Stille.

„Hört sich an, als wären deine Sprösslinge zurück", sagte sie, knöpfte schnell ihre Bluse zu und strich sich mit den Fingern das Haar glatt, ehe sie die Leiter hinunterkletterte.

Warren schwang sich von einem der Dachsparren herunter und landete geschmeidig auf einem Heuhaufen auf dem Boden.

„Angeber", brummte sie. Ihre Wut war jedoch wie weggewischt, sowie er lächelnd auf sie zuging.

Schritte erklangen draußen, und langsam wurde das Scheunentor aufgemacht. Hinein kamen Licht, frische Luft und zwei freche, fröhliche Kinder. „Schau mal, was Grandpa mir geschenkt hat!", schrie Scotty und wedelte mit einem Schokoriegel in der einen und einem Drachen in der anderen Hand.

„Oh Junge."

„Er hat gesagt, du könntest den Drachen mit mir steigen lassen."

„Das glaube ich", entgegnete Warren und verzog belustigt die Lippen, während er Julie ansah. „Und was ist mit dir? Hast du auch etwas bekommen, oder hat Grandpa dich vergessen?"

„Sie hat ihre Süßigkeiten schon gegessen!", petzte Scotty.

Ohne auf Scotty zu achten, hielt Julie einen Prospekt mit Puppen in die Höhe. „Grandpa hat erzählt, dass du auch mal solche hattest", sagte sie zu Brenna.

„Hm." Brenna betrachtete das Heft. Die Puppen hatten pinkfarbenes Haar, trugen Miniröcke und Jeansjacken. „Sie waren ein bisschen anders", entgegnete sie trocken. „Sie hatten keine Designerklamotten an."

„So ein Jammer", entgegnete Julie.

„Ich habe es überlebt."

Sie gingen nach draußen, und Warren legte seinen Arm vertraut um Brennas Schultern. Zum ersten Mal in zehn Jahren fragte sie sich, ob die klitzekleine Möglichkeit bestand, dass er sich in sie verlieben könnte.

Oder war sie nur ein praktischer Ersatz? War ihm schließlich aufgefallen, dass es nicht leicht war, Kinder allein aufzuziehen? War ihm klar geworden, dass er jemanden brauchte, der Honors Platz einnahm?

Weiße Wolken hatten sich am Himmel gesammelt, und Brenna zitterte.

„Ist dir kalt?", erkundigte sich Warren und drückte sie an sich.

„Eigentlich nicht." Sie warf ihm unter ihren dunklen Wimpern hervor einen Blick zu. Sein Gesicht war ernst, während er beobachtete, wie seine Kinder vorausstürmten. Brenna wünschte sich, sie könnte seine Gedanken lesen. Wenn sie doch nur gewusst hätte, wie er wirklich empfand. Konnte sie es wagen, den Worten zu glauben, die er im Rausch der Leidenschaft gesagt hatte? Oder spielte er nur mit ihr?

„Kommt rein und esst, ehe es kalt wird", rief ihr Vater von der Eingangstür des Hauses her.

„Eiscreme soll ja auch kalt sein."

„Es gibt nicht nur Eiscreme", erwiderte James. „Die Kinder haben anscheinend gemeint, ich würde ihnen eine komplette Mahlzeit schulden." Er hielt zwei weiße Papiertüten hoch. „Wir waren beim *Colonel*. Der Rest ist schon im Haus."

„Du brauchst eine Mikrowelle, Dad", stellte Brenna fest.

„Ich will so ein albernes Ding nicht im Haus haben. Das ist die reinste Geldverschwendung – genau das sind diese Dinger!"

Sie betraten die Küche. Der Duft von frittiertem Hühnchen und Pommes vermischt mit dem Geruch von verbranntem Holz und Tabak drang ihnen in die Nase.

„Tante Bren, du sitzt neben mir, ja?", bat Julie eifrig und zog Brenna an der Hand hinter sich her ins Esszimmer. „Ich habe den Tisch gedeckt."

„Und er sieht toll aus", lobte Brenna und betrachtete die Platzdeckchen und die angeschlagenen Teller, die willkürlich auf dem alten Eichentisch verteilt waren. „Lass mich Grandpa in der Küche helfen." Sie beugte sich vor und flüsterte Julie verschwörerisch ins Ohr: „Ganz unter uns: Ich traue ihm nicht zu, dass er es schafft, das Hühnchen aufzuwärmen. Es könnte verbrennen."

„Das habe ich gehört!", beschwerte sich ihr Vater brummend in der Küche, wobei er allerdings leise lachte.

„Ich werde auch helfen!", sagte Julie, und ihre Augen leuchteten fröhlich.

„Gut."

Zehn Minuten später nahmen sie alle am Tisch Platz, und Brenna bekam den Stuhl neben Warren. Er wirkte entspannt und schien sich wohlzufühlen. Doch Brenna wurde von Minute zu Minute unsicherer. Schließlich bemerkte sie, dass sie auf dem Platz saß, der immer Honors gewesen war.

Während die Familie sich unterhielt, wurde sie immer stiller und spürte, dass sie nicht wirklich dazugehörte. Das hier waren Honors Familie, ihre Kinder, ihr Ehemann – der Mann, mit dem Brenna fast geschlafen hätte.

Julies Gabel klapperte auf dem Teller. „Das ist beinahe so wie früher", verkündete sie und versuchte zu lächeln, obwohl ihre Unterlippe zitterte.

Es versetzte Brenna einen schmerzhaften Stich mitten in ihr Herz. „Ich erinnere mich nicht ..."

„Du warst nicht dabei ...", sagte Warren leise.

„Mama war da!", erklärte Scotty und rutschte von seinem Stuhl. „Ich will nicht mehr. Und es ist *nicht* so wie früher!" Über die Schulter hinweg funkelte er Brenna wütend an, und Tränen schossen ihm in die Augen, als er aus dem Zimmer rannte.

Sie schob ihren Stuhl nach hinten, aber Warren legte seine Hand auf ihren Arm. „Das ist *mein* Problem", flüsterte er. „Ich werde mich darum kümmern."

Brenna fühlte sich furchtbar. Sie hörte, wie Warren Scotty folgte und spürte den Blick ihres Vaters auf sich ruhen.

„Ich habe auch keinen Hunger mehr", murmelte Julie, warf ihre Serviette auf den Teller und verließ mit hängenden Schultern das Zimmer.

Brenna schob ihren Teller zur Seite. Wie hatte sie so dumm sein können? Wie hatte sie annehmen können, dass sie in der Lage war, Honors Kindern zu helfen und ihnen die mütterliche Fürsorge zu geben, die sie brauchten? Scotty hasste sie, und Julie war vollkommen verwirrt.

„Es braucht alles Zeit", brummte ihr Vater, der ihre Gedanken anscheinend erraten hatte.

Sie sah auf und bemerkte, wie er sie durch den Rauch seiner Zigarette hindurch anblickte. Ihr war nicht einmal aufgefallen, dass er zu Ende gegessen hatte.

„Vielleicht hätte ich doch nicht wieder hierherziehen sollen", überlegte sie laut. Sie schluckte schwer und ging zu einem der großen Fenster, von denen aus man in den Garten sah. Als sie durch die Scheibe schaute, entdeckte sie Warren und die Kinder auf der Wiese neben dem Obstgarten. Warren lief und zog den Drachen hinter sich her, der sich leuchtend rot und gelb gegen den blauen Himmel abhob. Unermüdlich rannte Scotty ihm hinterher. Julie saß allein auf einem grasbewachsenen Hügel unter einem Kirschbaum, hatte die Arme um die aufgestellten Beine geschlungen. Dixie lag geduldig neben ihr.

Brenna hörte, wie der Boden hinter ihr knarrte, und spürte die Hand ihres Vaters auf ihrer Schulter.

„Es braucht alles Zeit", wiederholte er leise.

„Was braucht Zeit?"

„Wir brauchen Zeit, um wieder eine Familie zu werden."

„Ich bin nicht Honor, und das ... das ist nicht *meine* Familie!", erwiderte sie verzweifelt. Beim Anblick von Julie, die mit dem Hund auf der Wiese hockte, schnürte es ihr die Kehle zu. Brenna wusste, wie einsam das kleine Mädchen sich fühlte, wie verstört. Bei der Erinnerung an die ersten Monate nach dem Tod ihrer Mutter füllten sich ihre Augen mit Tränen. „Ich ... Ich will nur helfen."

„Du hast schon geholfen", entgegnete ihr Vater.

Sie glaubte ihm nicht. Er war ein alter Mann, der es gut meinte und der hoffte, die Verletzungen der vergangenen Jahre wiedergutmachen zu können. Aber so funktionierte das Leben nicht.

Während Brenna beobachtete, wie Warren mit dem Drachen in der Hand gegen den Wind lief und Scotty ihm hinterherjagte, wurde ihr klar, dass sie niemals ein Teil dieser Familie werden würde – nicht, solange Honors Schatten wie eine schwarze Wolke über ihnen schwebte.

„Versuche niemals, Honor zu sein", sagte ihr Vater schroff. „Du darfst nicht vergessen, wer du bist. Und ich werde dich daran erinnern." Er grub die Finger in ihren Arm, und als sie zu ihm schaute, bemerkte sie, dass Tränen in seinen Augen schimmerten.

Aus Angst, vollkommen zusammenzubrechen, gab sie ihm einen kleinen Kuss auf die Wange und nahm ihre Tasche. „Ich sollte mich noch mal mit der Vermieterin treffen. Und herausfinden, ob die Wohnung gereinigt wurde und ob ich ein Apartment habe, in das ich demnächst einziehen kann", meinte sie entschlossen.

„Falls nicht, macht das auch nichts", erwiderte ihr Vater. „Du kannst wieder hier wohnen."

„Ich … Ich denke nicht, dass das eine gute Idee wäre. Ich rufe dich später an." Ohne sich von Warren oder den Kindern zu verabschieden, ging sie zu ihrem Mietwagen und ließ das alte Farmhaus mit den schmerzvollen Erinnerungen und den Geistern der Vergangenheit hinter sich.

6. KAPITEL

Brenna erkannte ihr gemütliches kleines Apartment in San Francisco kaum wieder. Sie hatte die letzten beiden Tage damit zugebracht, Kisten für ihren Umzug nach Portland zu packen, und in jedem wachen Moment waren ihre Gedanken zu Warren gewandert.

Seit sie das Haus ihres Vaters verlassen hatte, hatte sie nichts mehr von Warren gehört. Von der Farm aus war sie direkt ins Hotel gefahren, hatte die Fluggesellschaft angerufen und ihren Flug umgebucht. Sie brauchte Zeit, um ungestört nachdenken zu können, Zeit fernab von Honors Stadt, von Honors Kindern und Honors Leben. Sie hatte den ersten freien Platz im Flieger zurück nach San Francisco genommen.

Zwei Tage später machte sie sich noch immer Sorgen wegen ihres Umzuges nach Portland und hatte Bedenken, in Warrens Nähe zu wohnen. Doch sie war bereit, sich der Herausforderung zu stellen. „Was passiert ist, ist passiert", sagte sie sich, als sie die letzten Teller im Karton verstaut hatte und sich die Hände abwischte. So oder so musste sie ihr eigenes Leben in Portland gestalten.

Es klingelte an der Tür, und sie schaute durch den Spion. Sie erwartete, die Umzugshelfer zu erblicken. Aber stattdessen erkannte sie durch das kleine Loch in der Tür Warrens hübsches Gesicht. Gott, was machte *er* denn hier? Beim Anblick seiner scharf geschnittenen Züge und der himmelblauen Augen hämmerte ihr verräterisches Herz in der Brust.

„Also, lässt du mich jetzt rein? Oder soll ich weiter wie ein Trottel hier vor der Tür stehen?", wollte er wissen und klopfte an. „Brenna?"

Sie konnte sich ein glückliches Lächeln nicht verkneifen, während sie die Wohnungstür aufschloss und weit öffnete.

Er ging im Flur auf und ab, die Hände in die hinteren Hosentaschen gesteckt und die Stirn gerunzelt. „Du hast also doch entschieden, mich hereinzulassen?", begrüßte er sie und zog misstrauisch eine Augenbraue hoch.

„Was machst du hier?"

„Ich dachte, ich könnte dir beim Packen helfen."

„Klar."

„Echt."

Sie glaubte ihm nicht. Die Arme vor der Brust verschränkt, trat sie zur Seite und wies dann mit einer Hand auf die Boxen, Kartons und Säcke, die auf dem Boden in dem kleinen Apartment standen.

Er sah sich in dem Raum mit den abgebauten Möbeln um. Ein Haufen Kleidung lag neben der Tür. „Ich schätze, ich komme zu spät."

„Das schätze ich auch."

Er blickte sie an. „Dann werde ich einfach mit dir zusammen zurückfahren."

Sie traute ihren Ohren nicht. „Was?"

„Ich sagte ..."

„Ich habe verstanden, was du gesagt hast. Ich begreife es nur nicht", erwiderte sie und musterte ihn skeptisch. „Du willst mir nicht weismachen, dass du hierhergeflogen bist, um mit mir zusammen im Auto zurückzufahren, oder?"

„Doch", erwiderte er.

„Warum?"

„Ich dachte, wir müssten reden und ein paar Dinge klären. Deine Abreise wirkte etwas überstürzt."

Plötzlich war sie nervös. „Musst du nicht arbeiten oder so was?", fragte sie, um das Thema zu wechseln.

„Ich konnte mir ein paar Tage freinehmen."

„Nur, um mir hierherzufolgen?"

Er presste die Lippen aufeinander. „Falls du es vergessen haben solltest, Brenna: Du bist wie ein geölter Blitz abgehauen. Ich habe im Hotel angerufen, aber du hattest schon ausgecheckt. Und die Telefongesellschaft meinte, du hättest hier in San Francisco keinen Anschluss mehr."

Er hat versucht, mich anzurufen? Ihr Herz machte einen

seltsamen kleinen Hüpfer. Möglicherweise lag ihm doch etwas an ihr. Sie schaute sich im Zimmer um und versuchte, sich zu sammeln. Warren war aus dem einzigen Grund hier, damit sie zusammen im Auto zurückfahren konnten? „Ich ... äh ... Ich hatte das Telefon abgemeldet, ehe ich nach Portland gereist bin."

„Ich erinnere mich", entgegnete Warren trocken. „Ich hatte gehofft, dass es nur vorübergehend außer Dienst wäre, aber da das nicht der Fall war ... Also habe ich mich entschlossen, dich persönlich aufzusuchen." Er drehte einen auf dem Kopf stehenden Barhocker um, setzte sich und pfiff leise. „Wie hast du all das", er deutete auf das Durcheinander, „in dieses Apartment bekommen?"

„Sorgfältige Planung." Nachdem sie die Tür geschlossen hatte, lehnte sie sich an eine große Kiste. „Das Kunststück wird es sein, alles in der neuen Wohnung unterzubringen."

„Du hast ein Apartment?"

„Ja."

Er nahm eine Vase, betrachtete sie und schwenkte sie hin und her. „In der Nähe unseres Hauses?"

„Ein paar Blocks entfernt", gab sie zu und fühlte sich albern. Er dachte wahrscheinlich, dass sie beabsichtigte, sich wieder in sein Leben zu drängen.

„Julie wird begeistert sein", sagte er.

Und du, Warren? Was ist mit dir? Wie findest du es, dass ich nur ein paar Straßen entfernt wohne? „Wie geht es den Kindern?"

Er zuckte mit seinen breiten Schultern. „Wie immer."

„Wer kümmert sich um sie?"

„Mary hat versprochen, sie übers Wochenende zu deinem Dad zu bringen."

„Also weiß er, dass du hier bist?", hakte sie nach und grübelte über die Verschwörung zwischen ihrem Vater und Warren nach. Vor Jahren hatten sie sich gegen sie verbunden. Jetzt schien es so, als würden sie versuchen, ihr Leben mitzubestimmen. Sie sagten ihr, wo sie leben sollte, für wen sie arbeiten sollte, wie sie mit der Vergangenheit umgehen sollte – und das alles ohne Rücksicht auf ihre Gefühle.

Seufzend schaute Warren zur Decke. „Es war seine Idee, schätze ich."

Es versetzte ihr einen schmerzhaften Stich mitten ins Herz. „Deshalb bist du also hier …"

„Auf keinen Fall." Bitter verzog er den Mund. „Ich habe früher schon auf deinen Vater gehört. Dieses Mal entscheide ich, wo es langgeht."

„Dieses Mal?"

Sein Blick wurde ernst, drang direkt in ihre Seele. „Ich meine es so, wie ich es sage, Bren. Ich lasse mir von niemandem vorschreiben, was ich zu tun habe. Auch nicht von deinem Dad. Ich glaube, ich habe ihm das neulich deutlich gemacht."

„Das hat ihm bestimmt gefallen."

„Nicht besonders. Doch er hat es akzeptiert." Sein Blick glitt wieder über die Kartons. „Dein Vater und ich waren nur selten einer Meinung."

„Tatsächlich? Warum hatte ich dann den Eindruck, ihr hättet vor zehn Jahren gemeinsame Sache gemacht, um mich zu vertreiben?"

„Das haben wir nicht …"

„Und jetzt, nachdem … nachdem Honor tot ist, zerrt ihr beide wieder an mir herum. Aber dieses Mal", warnte sie ihn, „bin ich nicht mehr achtzehn. Ich weiß, was ich will."

„Und was wäre das, Bren?", fragte er, erhob sich von dem Hocker und umrundete die Kisten, die zwischen ihnen standen. „Was ist es denn, was du dir vom Leben wünschst?"

Dich, schrie ihr Herz, doch sie behielt dieses Geheimnis für sich. „Was ich immer wollte", erklärte sie und reckte stolz das Kinn. „Eine Karriere, einen Mann, Kinder …"

„In der Reihenfolge?"

Sie zwang sich zu einem kühlen Lächeln. „Die Dinge entwickeln sich nun einmal meistens so."

Sein Blick wanderte zu ihren Lippen. „Da hast du noch einiges vor dir", meinte er. "Ein Job beim *Examiner* ist kein Zuckerschlecken."

"Das habe ich schon gehört. Sehr oft sogar. Und es gibt nichts, was du oder Dad daran ändern könnt."

Falls er ihren herausfordernden Blick bemerkt hatte, ging Warren nicht darauf ein und zuckte nur die Achseln. "Okay, okay", murmelte er und fügte hinzu: "Da du schon gepackt hast und wir nichts Besseres zu tun haben ... Warum gehen wir nicht aus und feiern?"

"Feiern? Was sollten wir feiern?"

Seine Augen funkelten frech. "Ganz sicher nicht den Job ..."

"Ich warne dich!"

"Wie wäre es dann mit deinem Umzug nach Portland?"

Sie zog die Brauen hoch und fühlte sich besser. "Ich dachte, du wärst dagegen."

"Ich habe dir gesagt: Ich bin in mich gegangen." Er räusperte sich, stieg über einen Farn, kam um eine Kiste herum und schob dann die Glastüren zum Balkon auf. "Was hast du nur für eine tolle Aussicht auf die Bucht!"

"Was *hatte* ich für eine tolle Aussicht", korrigierte sie ihn und folgte ihm nach draußen. Eine frische Brise wehte ihr das Haar aus dem Gesicht.

"Das ist ein netter Ort", sagte er fast wie zu sich selbst. Er verengte die Augen und schaute zum Horizont, wo Schiffe langsam über das dunkle Wasser glitten. Die Luft war sauber und frisch, und er atmete tief durch. "Wirst du es vermissen?", fragte er und wies mit einem Kopfnicken auf die Stadt.

"Teilweise bestimmt." Sie stützte sich auf das Geländer. Eine Gänsehaut breitete sich auf ihren Armen aus. Sie beobachtete einen Schlepper, der einen Lastkahn landeinwärts zog. "Aber ich hatte keine andere Wahl, oder? Die Zeitung wurde verkauft, und die neuen Besitzer wollten Veränderungen. Ich bin diesen Veränderungen eben zum Opfer gefallen."

"Und du hast hier keine andere Stelle gefunden?"

Sie schüttelte den Kopf. "Es hat sich nichts ergeben."

„Also bist du bei Len Patterson und dem *Examiner* gelandet", schloss er. Seine Mundwinkel zuckten. „Kommt mir vor, als wäre das mehr als ein Zufall."

„Warum?", meinte sie. „Warum bist du so misstrauisch? Es muss mehr dahinterstecken als dieser Entführungsfall."

„Viel mehr", gab Warren zu. Er strich sich über den Nacken und sah sie an. „Len mag mich nicht besonders."

„Es kommt mir so vor, als würde das auf Gegenseitigkeit beruhen."

Warren schnitt eine Grimasse, und sein Gesicht verdüsterte sich. „Len und der *Examiner* haben bei der letzten Wahl einen anderen Kandidaten unterstützt."

„Und?"

„Und seitdem herrscht böses Blut." Er streckte sich, drehte sich um und lehnte sich mit dem Rücken an die Balkonbrüstung.

„Denkst du ernsthaft, dass Patterson mich eingestellt hat, um dir irgendetwas heimzuzahlen?" Ein Lächeln umspielte ihren Mund, sowie sie die Spur von Trotz in seinem Blick entdeckte, und sie lachte auf, obwohl ihr bei der Erinnerung an das Vorstellungsgespräch und Pattersons Fragen über Honor ein kalter Schauer über den Rücken rann. „Vielleicht bist du ein bisschen überarbeitet, Herr Staatsanwalt."

Er zuckte die Schultern und nagte gedankenverloren an seiner Unterlippe. „Es würde mir nur besser gehen, wenn du bei einer anderen Zeitung arbeiten würdest."

„Ich fürchte, dafür ist es zu spät." Sie versuchte immer noch, das Gefühl abzuschütteln, dass Warren recht haben könnte, da klopfte jemand an die Tür. „Ich komme", rief sie, eilte über den Balkon, stieg über den Farn und lief zwischen den gestapelten Kisten hindurch.

Als sie einen Blick durch den Spion warf, erkannte sie die Overalls der Umzugshelfer wieder und öffnete die Tür. „Hier ist alles", sagte sie und machte eine ausholende Handbewegung.

„Kommt das alles mit?", fragte der große schlaksige Mann,

dessen Namensschild verriet, dass er Rex Donahue hieß.

„Alles."

„Gut, wenn Sie noch einen Blick auf das Auftragsformular werfen, können wir anfangen."

Brenna las und unterschrieb das Papier und schaute dann zu, wie die Umzugshelfer ihre Habseligkeiten packten und in einen Transporter trugen, der in zweiter Reihe vor ihrem Haus geparkt war. Innerhalb von drei Stunden war alles, was sie besaß, ordentlich im Van verstaut und auf der Interstate 5 in nördlicher Richtung unterwegs nach Portland.

„Ich schätze, das wäre erledigt", meinte sie und blickte sich ein letztes Mal in den ausgeräumten Zimmern um. Sie wurde sentimental. Diese kleine Zufluchtsstätte war einige Jahre lang ihr Zuhause gewesen. Alles, was von ihrem Leben in dieser Stadt jetzt noch übrig war, waren die weißen Stellen an den Wänden, wo ihre Bilder gewesen waren, ihre Jacke, die noch immer am Haken hing, und eine große Tasche, die an der Wand neben der Eingangstür stand. „Es ist so leer, oder?", flüsterte sie.

„Komm, ich führe dich zum Essen aus", sagte Warren, als spürte er ihre Traurigkeit.

„So, wie ich aussehe?" Sie blickte an ihrer verwaschenen Jeans und der pinkfarbenen Bluse hinab.

„Sieht perfekt aus für eine Fahrt im Cable Car zum Kai." Er grinste, und sein Lächeln war ansteckend.

„Hattest du *das* vor?", wollte sie wissen.

„Für den Anfang. Komm schon." Nachdem er ihre Jacke vom Haken genommen hatte, hängte er sich ihre Tasche über die Schulter. „Man muss sich den örtlichen Gepflog…"

„Nicht jeder in San Francisco fährt mit dem Cable Car", unterbrach sie ihn.

„Beweise es."

„Nichts anderes habe ich von einem Bezirksstaatsanwalt erwartet", zog sie ihn auf. Trotz ihrer Wehmut spürte sie, dass sie lächelte. Sie schlüpfte in ihre Wolljacke und eilte nach unten, wo sie ihren Schlüssel bei ihrer Vermieterin Mrs Monroe abgeben wollte. Die mürrisch dreinblickende Frau öffnete die Tür, nahm den Schlüssel entgegen und brummte nur einen knappen Abschiedsgruß.

Aus dem Innern des dunklen Apartments hörte Brenna noch die vertraute Titelmelodie einer bekannten Soap, ehe Mrs Monroe ihr die Tür vor der Nase zuschlug.

„Nichts kann Mrs Monroe davon abhalten, jeden Tag *Die Suche nach der Liebe* zu schauen", erklärte sie leise, während sie das Haus verließen. „Nicht einmal ein Erdbeben der Stärke sieben Komma fünf auf der Richterskala." Sie hakte sich bei Warren unter und zeigte auf ihren Wagen – einen acht Jahre alten Volkswagen, der an der abschüssigen Straße geparkt stand. Bremskeile verhinderten, dass das betagte gelbe Fahrzeug wegrollte.

„Soll ich fahren?", fragte Warren misstrauisch.

„Auf keinen Fall." Der Wind wehte ihr das Haar ins Gesicht. „Ich kenne diese Straßen wie meine Westentasche." Als wollte sie ihren Standpunkt unterstreichen, nahm sie die Bremskeile weg, warf sie auf den Rücksitz und setzte sich hinter das Steuer.

Warren kletterte auf den Beifahrersitz, und Brenna startete den Motor. Sie konnte die Hitze in ihren Wangen fühlen und wusste, dass ihre Augen grün-golden funkelten, doch es war ihr egal. Mit Warren in ihrer Stadt zu sein, wo sie nichts daran erinnerte, dass er einmal mit Honor verheiratet gewesen war, verbesserte ihre Laune.

„Warum habe ich das Gefühl, mein Leben zu riskieren?", murmelte er, sowie sie den Gang einlegte und sich in den dichten Verkehr einfädelte.

„Vergiss nicht, dass du derjenige warst, der unbedingt eine Spazierfahrt wollte", sagte sie und warf ihm ein freches Lächeln zu, während sie das Schiebedach öffnete. Der Fahrtwind blies durch das kleine Auto.

„Ich werde es im Hinterkopf behalten."

Sie fuhr zur Fisherman's Wharf und an der Bucht entlang,

bis sie ein paar Blocks vom Wasser entfernt einen Parkplatz ergatterte.

Warren hielt sie an der Hand und ging zielstrebig den überfüllten Gehsteig entlang. Souvenirshops, Lädchen mit Handwerkskunst und Fischmärkte säumten die Straßen.

„Du warst schon einmal hier, oder?", vermutete sie.

„Ein- oder zweimal", gab er zu und zwinkerte. An der Hand zog er sie zwischen den Shops und Restaurants hindurch, die sich am Ghirardelli Square befanden. Das große Backsteingebäude, das früher eine Schokoladenfabrik gewesen war, wimmelte vor Touristen.

„Wohin gehen wir? Ich dachte, du wolltest mit dem Cable Car fahren …"

„Das will ich auch. Aber zuerst … Da wären wir." Er schob eine schwere Tür aus Eichenholz und Glas zu einer typisch irischen Bar auf. Lachen und die Geräusche von Schritten, von klirrenden Gläsern und von gedämpften Unterhaltungen erfüllten den langen, schmalen Raum. Gläser und Flaschen standen vor einem deckenhohen Spiegel, der hinter der Theke aus Mahagoni und Messing angebracht war.

„Hier gibt es den besten Irish Coffee der Welt", flüsterte er ihr ins Ohr. Nachdem er für sie beide bestellt hatte, setzten sie sich an einen ruhigen Tisch an einem Fenster in der Ecke.

„Hm. Du könntest recht haben." Brenna nippte an ihrem Kaffee und betrachtete die Fußgänger vor dem Fenster, die unter der gestreiften Markise entlangeilten. Ein warmes Gefühl durchströmte sie, und sie freute sich, mit Warren allein zu sein. Während sie das Getränk in der Tasse schwenkte und Warren in die Augen sah, fühlte sie sich einfach nur wohl. Die Vergangenheit war nicht mehr als eine verblasste Erinnerung; die Zukunft wirkte einladend.

Er hatte ihr gegenüber auf einer Sitzbank Platz genommen, und die Sorgenfalten, die sie auf seiner Stirn bemerkt hatte, waren verschwunden. „Erzähl mir, warum du nicht früher nach Portland zurückgekehrt bist."

Weiß er das nicht? Hatte er in den vergangenen zehn Jahren nie gespürt, dass sie sich in Honors – in seiner – Stadt nie wohlgefühlt, nie willkommen gefühlt hatte? Sie räusperte sich und starrte in ihren Kaffee. „Nach dem College habe ich eine Anstellung bei der *City Weekly* gefunden." Sie rührte ihr Getränk um und fügte hinzu: „Ich habe mich hochgearbeitet, bis ich meine eigene Kolumne schreiben durfte, ich mochte die Kollegen und vor allen Dingen auch meinen Chef. Warum hätte ich umziehen sollen?"

„Vielleicht weil du deine Familie vermisst hättest?"

„Das ... Das habe ich auch."

Nachdenklich sah er sie an. „Und ich dachte, ich wäre möglicherweise der Grund gewesen."

Ihr Herz pochte. „Du?"

„Wegen der Dinge, die im Rosengarten geschehen sind – in der Nacht, als Honor mich belogen hat. Erinnerst du dich? Du bist an dem Abend mit Craig ausgegangen. Honor hat mir erzählt, dass du ihn heiraten wolltest."

Brennas Magen verkrampfte sich. „Ich wollte Craig nie heiraten!", stieß sie hervor und fragte sich, wieso Honor hätte lügen sollen.

„Er hat dich sehr lange angehimmelt", entgegnete Warren und drehte die leere Tasse in den Händen.

„Alles ganz harmlos."

„Und was ist mit dir, Brenna? Warst du auch verliebt?"

„Craig war nur ein Freund ..."

„Ich sprach nicht von Craig." Eindringlich schaute er sie an, und sein Blick schien die Schutzmauer zu durchdringen, die sie so sorgfältig errichtet hatte.

Oh Gott! Er hatte sie in die Ecke gedrängt, und sie konnte nichts tun. „Ich schätze, schon", gestand sie und schluckte schwer. Sie verlor sich in dem Blau seiner Augen. „Ich habe dich im Rosengarten nicht angelogen, Warren. Ich habe alles so gemeint, wie ich es gesagt habe."

Das Lachen einiger Männer an der Bar klang zu ihnen herüber, und Brenna stellte sich vor, sie würden über sie und ihre albernen kindischen Träume vom Freund ihrer älteren Schwester lachen.

Warren presste die Zähne fest aufeinander. Er wandte den Blick ab und sah aus dem Fenster. „Ich dachte, du wärst zu jung, um zu wissen, was Liebe bedeutet."

„Du hast dich geirrt."

„Ich schätze, ich hätte verstehen müssen, dass du anders bist als Honor. Auch wenn du zwei Jahre jünger warst, hattest du deinen eigenen Kopf und wusstest, was du wolltest."

Zwischen ihnen sprühten die Funken, und die Spannung war beinahe mit Händen greifbar. Die Geräusche in der Bar waren seltsam gedämpft. „Ich mochte dich sehr", meinte sie leise.

„Also bist du gegangen, weil ich mit Honor zusammen war."

„Nein! Nicht weil du mit Honor zusammen warst, sondern weil du vorhattest, sie zu heiraten. Damit kam ich nicht zurecht, Warren. Überhaupt nicht. Ich bin hierhergezogen und habe versucht, nicht zurückzuschauen."

„Hat es funktioniert?", bohrte er weiter.

Sie zuckte die Achseln. „Mal mehr, mal weniger." Sie schluckte den Kloß in ihrem Hals herunter und hängte sich die Tasche über die Schulter. „Wenn du mit dem Cable Car fahren möchtest, sollten wir uns auf den Weg machen", sagte sie. Sie hoffte, dass das Thema damit beendet war – noch bevor sie zugeben musste, dass sie in all den Jahren nie aufgehört hatte, ihn zu lieben, ihn zu wollen, sich um ihn zu sorgen.

Warren berührte sie sacht an der Wange, bezahlte die Rechnung, und gemeinsam drängten sie sich zwischen den anderen Gästen hindurch zur Tür.

Brenna wünschte sich, seine Gedanken lesen zu können. Sie wünschte sich, hinter seine meerblauen Augen und in seine Seele blicken zu können. Sie hatte angenommen, dass es ihr besser gehen würde, wenn sie ihm die Wahrheit gestanden hatte, doch es war nicht so. Stattdessen fühlte sie sich fürchterlich. *Was hast du erwartet? Dass er dir seine unsterbliche Liebe ge-*

steht? „Das wäre schön gewesen", murmelte Brenna, um die kleine Stimme in ihrem Kopf zum Schweigen zu bringen.

„Was?", fragte Warren und beugte sich herunter, um sie über den Straßenlärm hinweg hören zu können.

„Nichts."

Dummkopf! erklang wieder die garstige kleine Stimme, als sie über die Straße liefen, Fahrradfahrern und Autos auswichen und sich für einen Platz im nächsten Cable Car anstellten. Ein paar Minuten später befanden sie sich in einer Menschenmenge in einem kleinen Gefährt mit offenen Fenstern, das langsam die steilen Hänge zum Union Square hinauffuhr. Warren hielt sich an der Seite des Wagens fest, und Brenna stand direkt neben ihm. Ihr dunkles Haar wehte ihm ins Gesicht, ihr Körper war eng an seinen geschmiegt. Sie hatte Probleme, sich auf die Sehenswürdigkeiten zu konzentrieren und nicht auf seinen Schenkel zu achten, der sich eng an sie drückte. Während andere Fahrgäste an den Haltestellen aus- und einstiegen, wurde sie noch enger an Warren gepresst und spürte den Stoff seiner Jacke an ihrer Wange.

„Das ist gar nicht mal so übel", sagte Warren leise lachend, als zwei Jugendliche einstiegen und Brenna unabsichtlich gegen ihn schoben.

„Wenn es dir nichts ausmacht, zu Tode gequetscht zu werden."

„Du übertreibst", flüsterte er. Aber er schlang seine Arme um sie, und sie konnte seinen warmen Atem in ihrem Nacken spüren. Die Bahn fuhr wieder an, ehe sie schließlich am Union Square ruckelnd zum Stehen kam.

In der nächsten Stunde aßen sie ein Stück Pizza und machten einen Schaufensterbummel, bevor sie das Cable Car zurück zum Kai nahmen und irgendwann in Brennas Auto stiegen.

„Und?", fragte sie, nachdem sie endlich aus dem Stau raus waren und die Bucht hinter sich ließen. „Bist du froh, dass du San Francisco ‚erledigt' hast?"

„Zum Teil, ja."

„Und du bist bereit, die ganze Nacht lang Auto zu fahren?"

Sie warf einen Blick auf ihre Uhr. Es war nach vier. Wenn sie Portland erreichen würden, würde es fast schon wieder hell werden.

„Wir fahren Richtung Küste und machen in Coos Bay oder Florence halt", entgegnete er und blickte sie aus dem Augenwinkel an.

Brenna umklammerte das Lenkrad. Es würde schon schwierig genug werden, die Nacht mit Warren allein im Auto zu verbringen. Sie wollte nicht darüber nachdenken, was passieren könnte, wenn sie in einem Strandhaus übernachteten. „Musst du nicht zurück?"

„Ich habe bis Mittwoch frei, und dein Dad hat mir gesagt, ich solle mir Zeit lassen." Seine Mundwinkel gingen nach oben. „Weißt du, Bren, ich glaube, James hat seine Meinung über uns geändert. Vor zehn Jahren hat er bei der Vorstellung, dass ich an dir interessiert sein könnte, glatt rotgesehen."

„Das kam daher, dass er schon entschieden hatte, dass Honor dich brauchte", murmelte sie bitter. „Zumindest brauchte sie dich mehr als ich."

Warrens Miene änderte sich. Sein Lächeln erstarb. Während sie nach Norden fuhren, starrte er aus dem Fenster auf die Stadt mit ihren Hochhäusern, den steilen Hügeln und dem glitzernden Wasser. „Ich hätte niemals auf ihn hören sollen", sagte er leise, ehe er in Schweigen verfiel.

Kilometer für Kilometer kamen sie Portland näher. Brenna lenkte den VW die Küstenstraße entlang, auch wenn ihr Verstand sie warnte. Zwischen hohen Rothölzern und Kiefern hindurch erhaschte sie ab und zu einen Blick auf den blauen Pazifischen Ozean, dessen Wasser von der Sonne golden glänzte.

Die Luft wehte frisch, sauber und kühl in das kleine Auto. Als sie die Grenze zu Oregon passierten, ging die Sonne in einem Glanz aus Rot und Violett unter und tauchte den Himmel und das Wasser in lebhaftes schimmerndes Licht.

Warren begann, auf seinem Sitz herumzurutschen. „Wie wäre es mit einer Pause?", schlug er vor. „Ich kenne ein tolles Restaurant, das nicht weiter als zwei Stunden von hier entfernt ist."

Brennas Magen knurrte laut. „Zwei Stunden? Ich bin mir nicht sicher, ob ich es noch so lange aushalten kann."

„Ich auch nicht", gab er zu und rieb sich über das Kinn.

„Du wolltest die schöne Strecke fahren und nicht den kürzesten Weg nehmen."

„Erinnere mich nicht daran."

Dunkelheit hatte sich übers Land gesenkt, als Warren sie schließlich zu einem mit Unkraut überwucherten Parkplatz dirigierte. Aus den Fenstern des rustikalen Restaurants mit seinen burgunderroten Fensterläden und der verwitterten Außenfassade in Taubengrau fiel gedämpftes Licht. Sie parkte in der Nähe der vorderen Veranda und stieg dankbar aus dem Auto.

„Hier hat sich kaum etwas verändert", bemerkte er, während er die Arme über den Kopf streckte und seine verspannten Muskeln dehnte. Unwillkürlich zuckte er zusammen.

Brenna stieg die Holzstufen hinauf und spürte Warren hinter sich – so nahe, dass sie sich hätten berühren können. Im Innern des Lokals saßen nur ein paar Gäste verstreut an den blank polierten Eichentischen. Eine rundliche freundliche Frau mit flammend rotem Haar lächelte Warren an, begrüßte ihn mit Namen und führte sie in eine Ecke, von der man eine fantastische Aussicht aufs Meer hatte. Eine Kerze flackerte in einem Kerzenständer auf dem Tisch, und die Flamme spiegelte sich in den mit Kiefernholz vertäfelten Wänden. Tief unter der Klippe, auf der das Restaurant stand, beleuchtet von riesigen Strahlern, trennte ein halbmondförmiger Sandstrand die Felsen von der aufgewühlten See.

„Das mit Ihrer Frau tut mir leid", sagte die Rothaarige stirnrunzelnd, während Brenna sich setzte. Sie beäugte Brenna, als wäre sie ein Eindringling.

Warrens Miene wurde ernst, und er erwiderte nichts.

„So eine Schande. Wie geht es den Kindern?"

„Gut", antwortete er knapp. „Es war furchtbar, aber wir kommen zurecht."

Die Kellnerin warf Brenna einen argwöhnischen Blick zu.

„Das ist Honors Schwester", erklärte Warren schnell. „Brenna Douglass."

Ungläubig musterte die Kellnerin Brennas Gesicht und rang sich zu einem schmallippigen Lächeln durch. „Nicht viel Ähnlichkeit."

„Nein", erwiderte Brenna. „Ich komme eher nach meinem Dad." Gott, warum rechtfertigte sie sich?

Nachdem sie ihnen die Speisekarten hingelegt hatte, eilte die Bedienung zu einem anderen Tisch.

„Wer ist das?", wollte Brenna wissen.

„Connie Soundso. Ich kann mich nicht an ihren Nachnamen erinnern. Sie arbeitet schon seit einer Ewigkeit hier. Wir – Honor, die Kinder und ich – haben hier öfter gegessen, wenn wir zum Strand gefahren sind. Unsere Hütte ist ... war ein Stück die Straße hinauf."

„War?"

„Ich habe sie verkauft", erwiderte er schlicht.

Brenna schloss die Augen, als ihr klar wurde, dass Honor nicht weit von diesen felsigen Untiefen entfernt ums Leben gekommen war. Das Auto, in dem sie unterwegs gewesen war, war durch eine Leitplanke geschossen und ins Meer gestürzt. Nervös drehte sie das Wasserglas in ihren Händen. „Warum hast du mich hierhergebracht?"

„Es lag auf dem Weg", entgegnete er schulterzuckend. Dann rieb er sich über sein Kinn, auf dem ein Bartschatten sichtbar war. „Seit dem Unfall war ich nicht mehr hier", sagte er. „Sogar als ich die Hütte verkauft habe, habe ich einen Makler damit beauftragt, sich um alles zu kümmern. Ich habe die Papiere in Portland unterschrieben."

Verblüfft starrte Brenna in die Speisekarte. Es gelang ihr, etwas zu bestellen, doch ihre Gedanken waren die ganze Zeit bei Warren. Er hatte die Zähne zusammengepresst, seine Miene war ernst, und während des Essens redete er kaum. Sein Blick wanderte unentwegt zwischen dem Dämmerlicht vor dem Fenster, ihrem Gesicht und seinem Teller hin und her.

Obwohl sie Hunger hatte, schmeckten Brenna die frischen Muscheln mit Frühlingszwiebeln oder das Baguette kaum. Sie war dankbar, als Connie mit der Rechnung kam und Warren ein paar Geldscheine auf den Tisch legte.

Vor dem Restaurant wollte sie zum Wagen laufen, aber Warren legte ihr den Arm um die Schultern. „Lass uns am Strand spazieren gehen", bat er.

„Hier?" Sowie sie sich auf dem verlassenen Parkplatz umschaute, erschauderte sie. Der Himmel war dunkelblau, die Sterne waren nicht zu sehen, und das Brausen des Meeres dröhnte in ihren Ohren.

„Folge mir." Er lief einen Sandweg neben dem Restaurant entlang.

Brenna schob die Hände in ihre Jackentaschen und rannte hinter ihm her, um ihn einzuholen.

Der Weg führte durch ein Dickicht von Beerenranken. Brombeersträucher verhakten sich in ihrer Jeans und den Ärmeln ihrer Jacke, und die Dornen verfingen sich in ihren Haaren.

„Sieht nicht so aus, als würde der Weg noch benutzt", stellte Warren leise fest. Seine Worte waren kaum zu verstehen, denn unterhalb des Weges schlugen die Wellen gegen den Felsen.

Die Stufen waren steil und wechselten an der Felswand hin und her. Die Strahler von oben beleuchteten die Treppe nur teilweise. Während Brenna sich Stück für Stück nach unten tastete, griff sie Halt suchend mit den Händen nach Warrens Schulter.

Als sie endlich den Sandstrand erreichten, nahm er ihre Hand und ging mit Brenna in nördliche Richtung. Salzwasser spritzte auf ihre Haut, und der Wind zerzauste ihr Haar. „Seid ihr oft hierhergekommen – du und Honor und die Kinder?", fragte sie irgendwann.

Er schüttelte den Kopf. „Zuerst schon, doch im Laufe der Jahre ... Tja, ich glaube, wir haben das Interesse verloren."

„Wie kann das sein?" Sie fühlte sich so lebendig, sowie sie das Tosen des Meeres hörte, den Duft des Salzwassers in der

Nase hatte, Warrens besitzergreifende Berührung spürte. Brenna hatte das Meer immer geliebt. Sie hatte ihre Schwester um dieses Stück vom Himmel beneidet, das Honor mit Warren geteilt hatte.

Warren sah sie an und verstärkte seinen Griff um ihre Hand. „Zwischen uns hatte sich einiges verändert", gestand er seufzend.

Brennas Herz stockte und setzte einen Schlag lang aus. Im nächsten Moment begann es zu rasen, als sie den gequälten Ausdruck in seinen dunklen Augen entdeckte und ahnte, dass sie eine Offenbarung hören würde, die vielleicht besser unausgesprochen blieb.

„Du kannst genauso gut alles erfahren", entschied er, und sein Gesicht verfinsterte sich. „Honor wollte sich von mir scheiden lassen."

„Nein!" Fassungslos blieb sie stehen und zog an seiner Hand.

Warren drehte sich um und sah sie an. „Es stimmt, Bren."

„Aber ich wusste nichts davon ... Sie hätte es mir doch erzählt ..."

„Anscheinend nicht."

„Vielleicht sollte ich das hier nicht hören", sagte sie und fühlte sich, als würde sie im Leben ihrer Schwester herumschnüffeln.

„Du musst, Brenna. Hör einfach zu."

Sie rührte sich nicht. Sie konnte nicht. Warum sollte Warren sich eine so verrückte Geschichte ausdenken? Oder konnte es tatsächlich wahr sein?

Der Wind zerrte an seinen Haaren, und das Licht von oben ließ seine Züge härter erscheinen. „Honor wollte ein letztes Mal zum Strand, um nachzudenken und vielleicht alles wieder in Ordnung zu bringen", sagte er und betrachtete die schäumenden Wellen. „Aber es hat nicht funktioniert. Sie rief mich an und erklärte mir, dass nichts ihre Meinung ändern würde. Sie wollte die Kinder nehmen und nach ihrer Rückkehr so schnell wie möglich aus Portland verschwinden."

„Ich glaube das nicht", flüsterte Brenna aufgewühlt. Sie wollte nicht hören, dass Honor unglücklich gewesen war. Und sie wollte auch nicht hören, dass Warren, dieser fürsorgliche Mann, so gelitten hatte. „Dad hat mir nie etwas erzählt ..."

„Er wusste es nicht. Und selbst wenn er es gewusst hätte, dann hätte er es dir nicht gesagt, Bren."

Das stimmte. Erst seit Honors Unfall waren sie und ihr Vater sich wieder nähergekommen. Sie sah den verletzten Ausdruck in Warrens Augen und erkannte, wie sehr er litt. Sie war wie betäubt, doch sie glaubte ihm. „Es tut mir leid", wisperte sie mit erstickter Stimme.

Er vergrub sein Gesicht an ihrem Hals. Ihre Haare flatterten um seinen Kopf. „Mir auch." Er presste sie an sich. „Es ist meine Schuld. Ich konnte sie nicht glücklich machen. Und wenn ich vor zehn Jahren ehrlich zu mir selbst gewesen wäre, würde Honor vielleicht noch leben."

„Ich verstehe nicht ..."

„Wirklich nicht, Brenna?", stieß er hervor. Sein Tonfall war mit einem Mal schroff, und er schaute auf. Seine Miene verzerrte sich zu einer Maske der Selbstverachtung.

Reglos musterte Brenna ihn.

„Wenn ich ehrlich zu dir gewesen wäre ... ehrlich zu ihr ... dann wäre vieles vielleicht anders gekommen." So schnell er sie in seine Arme geschlossen hatte, so schnell ließ er sie nun wieder los.

Sie war sich nicht sicher, ob sie erfahren wollte, was auch immer er zu sagen hatte. „Vielleicht sollten wir zurück zum Wagen."

„Noch nicht", beharrte er. Sein Atem stieg in kleinen Wölkchen in die kalte Nachtluft auf. „Es gab einen Grund, warum ich heute Morgen nach San Francisco geflogen bin", gestand er. Die Linien um seinen Mund wirkten plötzlich tiefer, seine Züge schärfer. „Und der Grund war nicht, dass ich sichergehen wollte, dass du gepackt hast."

Brenna fürchtete sich vor dem, was er offenbaren wollte, und wich unwillkürlich zurück. „Warren, bitte ..."

„Ich muss dir etwas gestehen, Brenna."

„Es ist zu spät, um …"

„Ich habe Honor geliebt, als ich sie geheiratet habe. Ich schwöre bei Gott, dass ich sie geliebt habe. Allerdings …" Er holte tief und unsicher Luft. „Ich habe dich auch geliebt."

Sie erschauerte und schlang die Arme um ihren Körper.

„Es stimmt, Bren. Ich habe mir die Wahrheit nur nie eingestehen wollen."

Sie wollte es nicht wissen. Sie wollte nicht denken, dass sie vielleicht zwischen ihm und ihrer Schwester, der Mutter seiner Kinder, gestanden haben könnte. Ihr war übel vor Selbstekel, und sie fing an zu laufen. Sie rannte den Strand entlang, fort von den fürchterlichen Lügen, die er ihr erzählte.

Ihre Füße trugen sie über den Sand. Sie rannte im Rhythmus ihres Herzens. So lange hatte sie darauf gewartet, dass er ihr seine Liebe gestehen würde. Und jetzt … dieses *Geständnis*! Sie fühlte sich schmutzig und war wütend und verletzt. Sie fühlte sich, als hätte sie Honor verraten.

Sie vernahm seine Schritte, spürte seine Arme, die er um ihre Taille legte.

„Lass mich los, Warren", schrie sie, taumelte und spürte, wie die Tränen ihr über die Wangen liefen.

„Hör mir zu, verdammt noch mal!"

„Nein!" Sie stolperte und fiel in den kühlen Sand. Er stürzte auf sie, fing sich jedoch rechtzeitig mit den Armen ab.

Sie war unter ihm gefangen. Sein gerötetes Gesicht war dem ihren ganz nahe. Sein Atem, der kurz und stoßweise ging, strich über ihre Wangen und kühlte die Tränen in ihren Augen.

„Ich will das nicht hören!" Atemlos vom Rennen rang sie nach Luft, und ihre Brust hob und senkte sich heftig.

„Du wirst es dir anhören – ob du nun willst oder nicht", beharrte er. „Sieh den Tatsachen ins Auge, Brenna. Wir haben uns immer zueinander hingezogen gefühlt."

„Nein!"

„Vor zehn Jahren habe ich das auch nicht geglaubt. Ich dachte, es wäre nur die Schwärmerei einer Schülerin, und ich hatte mir eingeredet, ich hätte einfach nur wie jeder normale Mann darauf reagiert."

„Oh Gott ..."

„Ich habe mir gesagt, dass meine Gefühle für dich, meine Sehnsucht nach dir nicht real wären. Ich habe mir eingeredet, dass es alles nur Teil deiner Träumereien wäre. Aber ich habe mich geirrt."

„Warren, bitte ..." Sie versuchte sich zu befreien, doch sein Gesicht war über ihr, er hielt ihre Handgelenke fest, und ihr Rücken wurde in den Sand gedrückt.

„Ich wollte es auch nicht glauben. Ich glaubte es nicht. Gott, ich hatte eine Frau und Kinder! Also tat ich so, als würde ich überhaupt nichts für dich empfinden. Und alles, was ich für dich empfand, vergrub ich so tief in meinem Innern, dass ich sicher war, es würde nie mehr an die Oberfläche dringen."

Sie erinnerte sich daran, wie kalt er sich auf Honors Beerdigung ihr gegenüber verhalten hatte. Und daran, wie wütend er erst letzte Woche gewesen war, als sie verkündet hatte, wieder nach Portland zu ziehen.

„Aber dann bist du zurückgekommen", stieß er hervor und war wieder zornig. Eine Ader pochte an seiner Schläfe. „Und ich konnte mich nicht länger selbst belügen."

Sie wand sich unter ihm, dennoch ließ er sie nicht los.

„Darum habe ich mich gegen dich gewehrt, Brenna. Deshalb habe ich versucht, dich zum Gehen zu bewegen, nachdem ich dich vor Honors Schrank erwischt hatte."

„Tu das nicht, Warren", flehte sie.

„Doch ich konnte mich in dem Moment nicht beherrschen", fuhr er fort. „So, wie ich mich in der Scheune nicht beherrschen konnte. Und, verflucht, ich kann mich auch jetzt nicht beherrschen." Damit küsste er sie voller Verlangen, und auch wenn sie sich bemühte, konnte sie ihm nicht widerstehen.

Schon vorher war sie atemlos gewesen, und nach dem Kuss war ihr schwindelig. Sinnliches Feuer brannte tief in ihrem Herzen und entfachte die Flamme der Leidenschaft, die nur er schüren konnte. Zärtlich berührte er sie. Vorsichtig schob er seine starke Hand unter ihre Jacke, um die Konturen ihrer Brust nachzuzeichnen.

Sie dachte an Honor und fühlte sich, als würde sie ihre Schwester betrügen. Ihre Schwester, die sie großgezogen hatte nach dem Tod ihrer Mutter. Und trotzdem konnte sie nicht aufhören, Warren zu lieben.

Stöhnend und die Lippen feucht und begierig unter den seinen, schluchzte sie leise auf, während sie ihn küsste.

„Sag mir, dass du mich nicht willst", flüsterte er atemlos.

„Ich ... will ..."

„Sag mir, dass du mich nicht liebst."

Seine Finger zitterten, als er mit der Hand unter ihre Bluse glitt und die zarte Haut an ihrem Bauch berührte. „Ich weiß nicht ..." Bedächtig wanderte er mit den Fingern unter ihren BH. „Ich ... oh ... Warren ..." Sie konnte keinen klaren Gedanken fassen, konnte sich auf nichts konzentrieren außer auf das sanfte Streicheln. „Das ist ungerecht", protestierte sie, sowie wundervolle Empfindungen sie zu überwältigen drohten. „Ich tue es nicht. Ich liebe dich nicht!"

„Doch, das tust du."

„Warren, *bitte*!" Verzweifelt wollte sie ihn von sich stoßen und schlug mit den Fäusten gegen seine Brust, bis ihr Widerstand schließlich schwand und sie die Arme um seinen Nacken schlang.

„Sag mir nur, dass du uns eine Chance gibst, Brenna", bat er rau und zog langsam seine Hand zurück. „Sag mir, dass wir versuchen können, die Vergangenheit hinter uns zu lassen und darüber hinwegzukommen."

„Willst du das?", fragte sie. Noch immer war ihr schwindelig, während sie ihn nun anblickte. Ihre Wut war verschwunden, und sie hatte Angst vor den Gefühlen, die durch ihren Körper jagten. Aber als sie ihn ansah, erkannte sie in ihm den Mann wieder, den sie beinahe ihr ganzes Leben lang geliebt hatte. Sein schwarzes Haar fiel ihm verführerisch in die Stirn, und seine blauen Augen waren so dunkel wie die Nacht.

„Ja", schwor er. „Nachdem du neulich einfach gegangen bist, war mir klar, dass ich dich nie wieder verlieren will."

Sie wusste nicht, ob sie lachen oder weinen sollte. Ein paar dunkle Zweifel blieben und warnten sie, dass alles viel zu schnell passierte, allerdings verdrängte sie die düsteren Gedanken und vergrub die Finger in seinem Haar. Viel zu lange hatte sie ihn aus der Ferne geliebt.

„Vertrau mir, Brenna", meinte er leise.

Und sie vertraute ihm. Von ganzem Herzen glaubte sie an ihn. Ihr Lächeln war zittrig, während sie den Kopf anhob und ihn küsste. Sie schmeckte das Salz ihrer eigenen Tränen.

„Sei vorsichtig", warnte er sie, „oder ich könnte die Beherrschung verlieren."

„Verlier sie", hauchte sie.

„Hier? Ich schätze, dass das keine so gute Idee ist." Er schaute hoch zum Restaurant, das über ihnen auf der Klippe stand. „Ich denke nicht, dass wir Connie noch mehr zeigen wollen, als sie ohnehin schon gesehen hat."

„Spielverderber", neckte Brenna ihn. Doch sie widersprach nicht, als er ihre Hände nahm und ihr auf die Beine half. Sie schüttelte den Sand aus ihren Haaren und klopfte ihre Jeans und ihre Jacke ab.

Eng umschlungen schlenderten sie durch den Sand zur Treppe. Brenna hatte den Kopf an Warrens Schulter gelegt. Vielleicht kann er mich ja so lieben, wie ich ihn liebe, und Honor wird nie mehr zwischen uns stehen, dachte sie. Doch ein Teil von ihr glaubte nicht daran, als Warren ihr die Wagentür aufhielt und sich dann hinters Steuer setzte.

„Ruh dich aus", flüsterte er, sowie sie sich an ihn lehnte, seinen Pullover an ihrer Wange spürte und den Duft der salzigen Luft wahrnahm, der noch immer in seinem Haar hing. Sie schloss die Augen und seufzte. In diesem Moment war sie so glücklich wie seit Jahren nicht mehr. Honors Bild tauchte vor ihrem inneren Auge auf, aber sie schob es entschlossen zur Seite und zwang sich dazu, einzuschlafen.

Brenna gähnte und streckte sich. Ihr Nacken war steif, weil sie ihren Kopf an Warrens Schulter gebettet und so geschlafen hatte. Blinzelnd starrte sie durch die Windschutzscheibe und sah die Lichter von Portland, die bläulich in der Nacht funkelten.

„Wach?", fragte Warren und lachte leise.

„Hm. So gut wie." Im Wagen war es warm und gemütlich, und sie wollte nicht, dass diese besondere Zeit mit ihm endete.

„Du könntest bei mir bleiben", schlug er vor. Er hatte den Arm um ihre Schultern gelegt. „Julie würde es gefallen." Zart gab er ihr einen Kuss aufs Haar. „Und mir auch."

Es versetzte ihr einen Stich mitten ins Herz, und sie wollte die Zweifel in ihrem Innern nicht beachten. Allerdings konnte sie es nicht. Wie konnte sie in Honors Haus ziehen? Honors Kleidung hing noch immer im Schrank, der Duft ihres Parfüms erfüllte noch immer das Bad, ihr Schmuck lag in ihrem Schmuckkästchen aus Porzellan, und ihr Auto stand in der Garage. „Findest du nicht, dass wir das alles ein bisschen überstürzen?", fragte sie.

Ein bitterer Ausdruck trat auf sein Gesicht. „Vielleicht", räumte er ein. „Aber das ist deine Schuld. Du bist diejenige, die nach Portland zurückgekommen ist, in mein Haus gestürmt kam und wild entschlossen war, mich und meine Kinder zu unterstützen. Du bist einfach in mein Leben geplatzt, ohne dir vorher Gedanken zu machen."

„Ich habe mir Gedanken gemacht", flüsterte sie.

Ungläubig zog er eine Augenbraue hoch, während er den Wagen von der Autobahn und in Richtung der Hügel lenkte. „Das glaube ich nicht. Versteh mich nicht falsch ... Ich freue mich, dass du zurück bist", sagte er. Seine Muskeln entspannten sich, und er streichelte sacht über ihren Arm. „Du hast mich dazu gebracht, mich mit einigen Dingen auseinanderzusetzen, denen ich mich nicht stellen konnte. Hör jetzt nicht damit auf. Mach keinen Rückzieher, Brenna."

„Das tue ich nicht", versprach sie und kuschelte sich wieder an ihn. „Ich denke nur, dass wir beide ein bisschen Zeit und Raum brauchen." Sie blickte ihn an, sah den Widerstand in seinen Augen und berührte mit der Fingerspitze seine Nase. „Streite jetzt nicht mit mir darüber", meinte sie. „Denk an deine Kinder. Julie findet mich vielleicht gut. In Scottys Fall ist die Entscheidung allerdings noch nicht gefallen. Möglicherweise wird er mich nie wirklich akzeptieren."

„Ausgeschlossen." Warren lachte leise. „So oder so – du wirst deinen Weg in sein Herz finden."

„Darauf würde ich nicht wetten. Es kann sein, dass er mich nicht gerade durch und durch hasst, doch in seinen Augen bin ich nicht mehr als geduldet."

„Das wird sich ändern", prophezeite Warren, und sein Blick wurde ernst. „In mancher Hinsicht braucht er dich mehr als Julie."

Der Wagen fuhr die steilen Hügel hinauf, und Warren parkte am Bordstein vor Brennas Haus. „Ich gehe zu Fuß nach Hause", sagte er schnell, sowie er die Handbremse anzog.

„Ich kann dich mit dem Auto bringen."

„Es sind nur ein paar Blocks, Brenna", entgegnete er und schaute ihr tief in die Augen. „Und ein bisschen Sport kann mir nicht schaden." Seine blauen Augen funkelten gefährlich. „Außer du hast Mitleid mit mir und bittest mich, die Nacht mit dir zu verbringen."

„Träumer", flüsterte sie, doch ihr Hals war wie zugeschnürt, als er sie küsste.

„Träume ich denn, Bren?", fragte er rau. Aber bevor sie antworten konnte, küsste er sie noch einmal. Seine Lippen waren drängend und warm, und sie hatte das Gefühl, kaum noch atmen zu können. Sie schlang die Arme um seinen Nacken und erwiderte seinen Kuss voller Leidenschaft. Ohne an etwas anderes zu denken als die Wärme, die sich in ihr ausbreitete, und die starken Arme, die sie umfingen, stöhnte sie leise auf.

„Komm mit mir nach Hause, Brenna. Bitte."

Gott, wie soll ich da Nein sagen?

„Ich brauche dich."

„Und ich brauche dich, Warren", erwiderte sie.

„Dann verbring diese Nacht mit mir."

„Ich möchte es ja", entgegnete sie und klang atemlos. „Aber ... Ich will einfach ... sicher sein."

„Nach zehn Jahren?"

Sie schluckte und rückte ein Stück von ihm ab. „Nein ... nach vier Monaten", wisperte sie.

„Ich habe dir gesagt ..."

„Ich weiß, was du gesagt hast, Warren. Doch ich habe dein Haus gesehen. *Ihr* Haus. *Ihre* Sachen. Und das Schwierigste ist, dass Honor meine Schwester war, Warren. Nicht irgendeine Frau, die ich nie getroffen habe oder nur flüchtig kannte. Sie hat sich um mich gekümmert, nachdem unsere Mutter gestorben ist. Und manchmal fühle ich mich wie eine ... Verräterin."

Er zog sich von ihr zurück und fluchte unterdrückt. „Verdammt, wir müssen sie loslassen. Wir beide." Wütend fuhr er sich durchs Haar und atmete langsam durch. Seinen Mund hatte er zornig zusammengepresst. „Sie ist tot, Brenna. Doch wir tun so, als würde sie noch leben, als könnte sie uns sehen oder hören, verdammt noch mal." Er stieß die Wagentür auf. „Komm, ich bring dich zur Tür." Dann warf er einen Blick auf das dunkle viktorianische Haus. „Bist du dir sicher, dass du hierbleiben willst? Deine Möbel sind noch nicht angekommen, und vermutlich hast du auch noch keinen Strom in der Wohnung."

Brenna rang sich ein Lächeln ab. „Ich werde es überleben", sagte sie trocken, auch wenn der Mondschein auf dem großen Haus beinahe gespenstisch wirkte.

„Im Moment sieht das Haus aus wie in einem Horrorfilm."

„Home, sweet home."

„Bist du dir sicher?"

„Vollkommen sicher", schwindelte sie und träumte davon, wie herrlich es wäre, die Nacht in Warrens Haus, in Warrens Bett, in Warrens Armen zu verbringen. „Im Übrigen habe ich alles, was ich brauche." Die Lippen entschlossen zusammengepresst, holte sie einen Schlafsack, die große Sporttasche und eine Taschenlampe hervor. „Das sollte reichen." Sie tätschelte die Tasche und hängte sie sich über die Schulter. „Ich habe sogar meine Zahnbürste eingepackt."

„Vermutlich kann ich dich nicht von deinem Entschluss abbringen", brummte Warren.

„Heute nicht."

Er nahm den Schlafsack und die Taschenlampe. Zusammen gingen sie den Weg zur vorderen Veranda entlang. „Danke, dass du nach San Francisco gekommen bist", meinte sie und schloss die Tür auf.

Er warf den Schlafsack in den Flur des alten Hauses. „War mir ein Vergnügen", flüsterte er, umarmte und küsste sie. „Wirklich, es war mir ein Vergnügen."

Sie seufzte und hörte das leise Stöhnen, das sich aus seiner Kehle löste. Mit einer Hand strich er besitzergreifend über ihren Rücken, die andere hatte er in ihren Locken vergraben. Und sie reagierte begierig auf ihn und küsste ihn voller Verlangen.

„Das ist verrückt", murmelte Warren rau. Wie bei ihr, hob und senkte sich auch seine Brust heftig, als er Brenna losließ. „Wenn du mich nicht einlädst, das da zu teilen …", er wies auf den Schlafsack, „… dann sollte ich mich besser auf den Heimweg machen – solange ich noch kann." Er streichelte ihr über die Wange. „Glaub mir, ich will es nicht."

Beinahe hätte sie ihn gebeten, zu bleiben, die Nacht mit ihr zu verbringen. Bevor sie jedoch sagen konnte, dass sie ihre Meinung geändert hatte, machte er auf dem Absatz kehrt, sprang die drei Stufen hinunter und verschwand in der dunklen Nacht.

„Es ist das Beste", sagte sie zu sich selbst, während sie hineinging und ihre spärlichen Habseligkeiten mitnahm. „Wir sollten es langsam angehen." Doch als sie sich in ihrer neuen Wohnung umsah, spürte sie die unglaubliche Einsamkeit, die ihr Herz erfüllte.

Warren schob die Hände in die Taschen seiner Jeans und lief eilig die Straße entlang. Es nieselte. Nebel hing in den tiefer gelegenen Klüften in den Hügeln. Die Nachtluft war kalt, aber das half, sein Blut zu kühlen und den Kopf wieder freizubekommen. Missmutig stellte er fest, dass Brenna recht hatte. Er überstürzte die Dinge. Aber er konnte nichts dagegen tun. Wann immer er in ihrer Nähe war, wollte er bei ihr bleiben, wollte sie als seine Frau. „Verdammter Idiot", murmelte er. Er erinnerte sich daran, dass diese verrückten, heißblütigen Emotionen dafür verantwortlich gewesen waren, dass er vor zehn Jahren die falsche Frau geheiratet hatte.

Und hier war er wieder: bereit, Brenna genauso unerbittlich zu verfolgen, wie er es schon bei ihrer älteren Schwester getan hatte.

Stumm stöhnte Warren auf. Kaum eine Woche war vergangen, seit Brenna erklärt hatte, wieder nach Portland zu ziehen, und er benahm sich bereits wie ein liebeshungriger Teenager. Denn genau so fühlte er sich: so jung und aufgeregt, als wäre er neunzehn.

Er rief sich die Nacht ins Gedächtnis, als sie ihm ihre Liebe gestanden hatte. Wenn er doch nur von Honor nicht so geblendet gewesen wäre. Wenn er doch nur geglaubt hätte, dass Brenna alt genug war, um zu lieben.

„Vergiss es, Stone. Es ist aus und vorbei!"

Der Wind raschelte in den Eichen über seinem Kopf, während er seine Eingangstür öffnete und das Haus betrat. Es war still im Haus – zu still. Die Kinder waren noch immer in West Linn bei Brennas Vater, und alles, was er hörte, war das leise Summen des Ofens und das gleichmäßige Ticken der Standuhr neben der Treppe.

Er schleuderte die Schuhe von seinen Füßen und ging ins Arbeitszimmer, wo er nach der ersten Flasche griff, die er fand: eine fast volle Flasche Brandy. Aber ehe er sich einen Drink einschenken konnte, spähte er durch das Fenster und in die dunkle Nacht dahinter. Durch die Zweige der Bäume, die sich im Wind bogen, konnte er über die Schlucht hinweg bis zu dem alten viktorianischen Haus sehen, wo Brenna nun lebte. Ein Licht drang aus einem der oberen Fenster, und er lächelte. Also gab es doch Strom in der Wohnung. Er lehnte sich mit der Schulter an den Fensterrahmen und stellte sich vor, wie Brenna den Schlafsack ausrollte, sich auszog und in die Dusche stieg. Ihr dunkles Haar fiel in ungebändigten Locken über die zarte, elfenbeinfarbene Haut ihres Rückens ...

„Junge, dich hat's echt erwischt", stellte er trocken fest.

Es erschien ihm nicht richtig, dass sie beide – er und Brenna – allein waren. Er starrte zu ihrem Haus, hoffte, einen Blick auf sie erhaschen zu können, allerdings war er zu weit entfernt. So wandte er seine Aufmerksamkeit wieder der Flasche zu und wünschte sich, die Unruhe in seinem Innern abstellen zu können, die an ihm nagte, wann immer er an Brenna dachte.

„Reiß dich mal zusammen", murmelte er, goss Brandy in ein Glas und schwenkte die bernsteinfarbene Flüssigkeit. Das Telefon klingelte, und er lächelte zufrieden. Offensichtlich vermisste Brenna ihn und hatte ihre Meinung geändert. Er nahm ab. „Hallo?"

„Stone?", hörte er eine schroffe männliche Stimme am anderen Ende der Leitung. Warren erkannte sie als die Stimme von Robert Slater, einem seiner Mitarbeiter.

Mühsam versuchte er, seine Enttäuschung zu verbergen. „Was ist los?"

„Schlechte Neuigkeiten. Ich dachte, Sie sollten Bescheid wissen. Charlie Saxton ist heute entlassen worden – der Richter hat die Klage abgewiesen."

„Er hat *was*?", erwiderte Warren, und Zorn kochte in ihm hoch.

„Ja. Saxtons Anwalt hat behauptet, dass er in Portland keinen fairen Prozess mehr bekommen würde, nachdem die Presse so über ihn berichtet hat – die Geschworenen würden sich davon beeinflussen lassen."

„Ich fasse es nicht", brüllte Warren fast und spürte, wie Hitze in seine Wangen stieg.

„Glauben Sie es. Und Sie können sich dafür beim *Willamette Examiner* bedanken."

„Das werde ich", schwor Warren. Sein Magen zog sich schmerzvoll zusammen. Also waren, wie vermutet, Len Patterson und seine Gruppe von Schreibern wieder in alte Gewohnheiten verfallen. Er erinnerte sich an die Berichterstattung des *Examiner* zu Honors Tod. Ein bitterer Geschmack breitete sich in seinem Mund aus. „Ich werde mich sogar persönlich bei Len Patterson bedanken."

7. KAPITEL

In den Büros des *Willamette Examiner* herrschte rege Betriebsamkeit. Als Brenna nur zwei Blocks von der Front Avenue entfernt durch die Tür in den mehrstöckigen Bürokomplex trat, saßen schon Journalisten und Fotografen an ihren Schreibtischen, tranken Kaffee, aßen Bagels und starrten auf ihre Monitore.

Sie stellte sich der lächelnden Dame am Empfang vor, die ihr einen Schreibtisch zuwies und ihr sagte, dass Len Patterson sie erwarten würde. „Ich bin Karla Meyers. Sagen Sie Bescheid, wenn Sie irgendetwas brauchen", erklärte sie, während Brenna ihre Tasche in eine Schublade stopfte. „Len möchte mit Ihnen sprechen, sobald Sie sich hier eingerichtet haben. Klopfen Sie einfach an seine Tür."

„Das werde ich. Danke."

Ein paar Minuten später hatte sie ihrem neuen Chef gegenüber auf einem Stuhl Platz genommen und blätterte in Notizen.

„Das sind einige der Themen, die wir in diesem Monat im Wohn- und Serviceteil der Zeitung bringen wollen", erklärte er und deutete auf die Papiere in Brennas Hand. „Sehen Sie da ein Problem?"

Brenna las sich die Vorschläge durch. Die Liste umfasste unter anderem Gärtnertipps, Tipps, wie man die Kinder in den Ferien zu Hause unterhielt, Urlaubsziele in der Region, Ratschläge, wie man die richtige Balance zwischen Arbeit und Freizeit fand, und Gartenbauideen. „Die Themen sind gut."

„Was ist mit Artikeln über Ehe und Kinder?", fragte er. „Soweit ich weiß, sind Sie alleinstehend."

Unwillkürlich verspannte sich Brenna. „Ich habe viele verheiratete Paare im Bekannten- und Freundeskreis. Einige davon sind auch Eltern", erwiderte sie und bemühte sich, nicht zu sarkastisch zu klingen. Len hatte irgendwie recht, und er wollte sich nur absichern.

„Das sind nicht gerade Erfahrungen aus erster Hand."

„Mir sind meine Nichte und mein Neffe sehr wichtig. Ich habe vor, viel Zeit mit ihnen zu verbringen."

„Sprechen Sie von Warren Stones Kindern?"

Sie hatte augenblicklich das Gefühl, in eine Abwehrhaltung gehen zu müssen. „Ja."

„Stehen Sie ihnen nahe?"

„Sehr", antwortete sie, auch wenn sie daran gerade einige Zweifel hatte. Sie hatte in der vergangenen Woche nichts von Warren oder den Kindern gehört. Seit Warren sie in ihrem Apartment abgesetzt hatte, war sie allein gewesen. Nicht, dass sie nichts zu tun gehabt hätte. Die Umzugshelfer hatten ihre Habseligkeiten abgestellt, und sie hatte Stunden damit zugebracht, auszupacken, Möbel zu rücken, Bilder aufzuhängen und mit dem Telefonanbieter über den Termin für die Freischaltung des Apparates zu streiten. Sie hatte keine Zeit gehabt, um zu Warrens Haus hinüberzugehen oder ihn anzurufen. Er dagegen hätte durchaus vorbeikommen können.

„Na ja, das ist nicht dasselbe, als wenn Sie selbst Kinder hätten", erwiderte Len und riss Brenna damit aus ihren Grübeleien. „Aber es wird schon klappen."

„Ich habe auch vorher schon über Kinder geschrieben", erklärte sie.

Nachdenklich trommelte er mit den Fingerspitzen auf den Schreibtisch. „Dann haben Sie auch kein Problem damit, solche Themen aufzugreifen?" Er deutete mit dem Zeigefinger auf die Liste und auf ein Thema, bei dem es um ein Kind ging, das in der Schule sozialen Zwängen unterworfen war.

Sie hätte beinahe gelacht. „Nein."

Er grinste. „Gut."

„Erst letzte Woche musste ich mich mit der Rivalität zwischen Geschwistern auseinandersetzen, mit kleineren Eifersüchteleien, habe den Nervenkitzel des ersten eigenen Fahrrades miterlebt und das Trauma, einen Milchzahn zu verlieren, der im Teig für einen Geburtstagskuchen gelandet ist", sagte sie und wurde von Sekunde zu Sekunde sicherer. „Und ob Sie es glauben oder nicht: So lange ist das alles bei mir auch noch nicht her. Ich kann mich bis in die Grundschule zurückerinnern."

„Okay, okay", entgegnete Len lächelnd und hob abwehrend die Hände. „Sie sind eine Expertin."

„So gut wie."

Er lehnte sich in seinem Schreibtischsessel zurück und stützte das Kinn in die Hände. „Achten Sie nur darauf, dass Ihre Artikel frisch und treffend und lustig sind. Sorgen Sie vor allem dafür, dass der Humor in jeder Situation durchscheint – wie Sie es in den Artikeln für die *City Weekly* getan haben."

„Ich werde mein Bestes geben."

„Großartig." Offensichtlich hatte er den herausfordernden Ausdruck in ihren Augen wahrgenommen, denn er fügte hinzu: „Ich weiß, ich weiß, sagen Sie nichts: Sie sind ein Profi, oder?"

„Genau."

„Ich wollte nicht wie ein Drillsergeant klingen." Er rieb sich über die Stirn. „Ich möchte nur darauf hinweisen, dass Portland ein anderer Markt ist als San Francisco."

„Ich bin hier geboren und aufgewachsen."

„Gut. Ende der Predigt. Dann zeigen Sie mal, was Sie können." Als Brenna aufstand, sagte er: „Sie können die Akten lesen und einige Sachen im Computer nachschauen – so können Sie sich mit dem Wohn- und Serviceteil der Zeitung bekannt machen und sicherstellen, dass Sie keine Themen bringen, die wir schon mal behandelt haben."

„Wird gemacht."

„Gut. Das sind nur ein paar Ideen für den Anfang. Wenn Ihnen etwas anderes einfällt, fragen Sie mich ruhig." Er lächelte ihr zu. „Ich bin immer offen für neue Ideen."

„Das werde ich mir merken", erwiderte sie. Sie verließ sein Büro. Zum ersten Mal fiel ihr auf, dass sie nervös war. Len hatte sie verunsichert, doch sie redete sich ein, dass es daran lag, dass sie neu in dem Job war und unbedingt einen guten Eindruck hinterlassen wollte. Ihre Empfindungen hatten nichts mit Warren und seinen Vorbehalten gegen das Blatt zu tun.

An ihrem Schreibtisch machte sie sich ein paar Notizen und dachte über unterschiedliche Blickwinkel auf die Themen nach, die Len vorgeschlagen hatte. Die Erziehungsfragen fesselten sie, und ihre Gedanken wanderten zu Julie und Scotty. Ihr Blick verfinsterte sich, als ihr klar wurde, dass sie die beiden vermisste und dass sie sogar ihre Streitereien ertragen hätte, nur um bei ihnen zu sein. Innerhalb von zwei Wochen waren sie ihr unglaublich wichtig geworden. Heute Abend würde sie sie besuchen, nahm sie sich vor. Und Warren.

„Willkommen an Bord!"

Überrascht blickte Brenna auf. Vor ihrem Schreibtisch stand eine junge Frau mit kurzen rotblonden Haaren und einer Stupsnase mit hellen Sommersprossen. Sie trug einen Jeansrock, großen Modeschmuck, eine pinkfarbene Bluse und kniehohe schwarze Stiefel. Sie streckte ihr die Hand entgegen. „Ich bin Tammy Belding. Ich schreibe für die Entertainment-Sparte."

„Ich bin ..."

„Oh, ich weiß, wer Sie sind." Tammys Armbänder klirrten leise, während sie Brennas Hand schüttelte und ihr einen Pappbecher mit heißem schwarzen Kaffee anbot. „Ich war so frei, Kaffee zu besorgen – wenn man ihn so nennen kann. Ich hoffe, Sie trinken ihn schwarz. Falls nicht, haben wir auch Zucker, Milch und noch mehr von dieser Brühe in der Cafeteria."

„Schwarz ist perfekt", entgegnete Brenna dankbar. „Danke."

„Gern geschehen." Tammy setzte sich auf die Ecke von Brennas Schreibtisch, schlug die Beine übereinander und nippte an ihrem Kaffee. „Len hat mir einige Ihrer Artikel gezeigt – aus der Zeitung in San Francisco."

„Hat er das?"

„Ja. Ihre Kolumne in der *City Weekly* war toll. Sie hatte Stil und Humor. Genau das, was wir hier brauchen." Sie sah sich um, neigte dann den Kopf und flüsterte: „In letzter Zeit herrscht hier Friedhofsstimmung. Jeder geht dem anderen auf die Nerven. Die Besitzer der Zeitung sind wütend über einige Artikel, die gedruckt worden sind."

„Oh." Brenna hatte keine Ahnung, was sie zu dieser unvermittelten Flut von Büroklatsch sagen sollte.

„Len hofft, dass Ihre Kolumne alles ein bisschen entspannen wird."

„Ich werde mich bemühen."

„Sie werden das schon schaffen. Ihr Boss in San Francisco hat Ihnen eine klasse Empfehlung geschrieben, und wie Sie sicher schon gehört haben ...", sie warf einen Blick über die Schulter, „... steckt der *Examiner* etwas in Schwierigkeiten."

„Schwierigkeiten?" Brennas Mut sank.

„Oh nein, nichts Finanzielles. Jedenfalls noch nicht. Die Auflage ist gut, und wir haben eine tolle Werbeabteilung. Aber wir haben ein paar juristische Probleme."

„Juristische Probleme?"

Tammy zuckte die Achseln. „Es ist kein Geheimnis. Einige Berichte haben uns in Teufels Küche gebracht – es geht um das Büro des Bezirksstaatsanwalts."

„Ach?" Brennas Magen zog sich zusammen. Also hatte Warren tatsächlich nicht übertrieben.

„Ja. Zum Beispiel das Fiasko mit Charlie Saxton. Saxton wird vorgeworfen, seinen Neffen entführt zu haben. Junge, was für ein Schlamassel." Sie rollte mit ihren großen Augen. „Ich bin nur froh, dass meine schwierigsten Jobs in dieser Woche ein paar Kritiken für neu angelaufene Kinofilme und eine Konzertbesprechung sind." Sie trank ihren restlichen Kaffee aus und wies dann mit einem beringten Finger auf Brennas Computer. „Sagen Sie Bescheid, wenn der Rechner Ärger macht. Er ist dafür bekannt, dass er gern mal abstürzt, bevor man sichern kann."

„Ich werde dran denken."

„Irgendwo im Schreibtisch sollte ein Handbuch liegen. Manchmal ist allerdings die Hardware etwas zickig, und dann brauchen Sie mehr als nur ein Handbuch, um das Gerät wieder zum Laufen zu bringen. Wenn es so weit ist, schreien Sie einfach – ich habe einen Vorschlaghammer in meiner Tasche."

„Ich werde es Sie wissen lassen", versprach Brenna, während

Tammy an ihren Platz schlenderte und sich auf ihren Schreibtischstuhl fallen ließ.

Den restlichen Morgen verbrachte Brenna damit, die aktuellsten Kolumnen im Wohn- und Serviceteil zu lesen. Dann sah sie sich auch andere Berichte an. Sie musste zugeben, dass die Society-Sparte eher von Klatsch als von echten Nachrichten geprägt war, doch der Rest der Artikel war gut recherchiert und präzise.

Bis auf die Berichterstattung zu Charlie Saxton. Brenna hatte sich die Ausgaben der letzten zwei Wochen angesehen und sich alles zu Gemüte geführt, was mit dem Saxton-Fall zu tun hatte. In seiner Version der Geschichte gab es einige Fehler, und am Ende hatte die Zeitung den Mann geteert und gefedert, ehe überhaupt die Geschworenen ausgewählt worden waren. Nicht, dass Charlie die schlechte Presse nicht verdient hätte. Aber das Blatt hatte nicht objektiv berichtet, und Charlies Anwalt hatte erreicht, dass die Klage abgewiesen wurde – zumindest in Portland.

Sie faltete die Zeitung zusammen und seufzte. Kein Wunder, dass sie nichts mehr von Warren gehört hatte. Charlie Saxtons Fall war nur einer von Hunderten von Fällen von Einbruch bis hin zu Mord, um die Warren sich kümmern musste. Ihr schlechtes Gewissen meldete sich, und sie griff nach dem Telefonhörer. Vielleicht sollte sie ihn anrufen. Oder Julie. Sie hielt inne. Es war noch nicht einmal Mittag. Warren arbeitete sicher, und die Kinder waren noch in der Schule. Enttäuscht beschloss sie, dass sie noch würde warten müssen.

Nach einem schnellen Mittagessen in einem Restaurant um die Ecke kehrte sie an ihren Schreibtisch zurück. Sie umriss die Geschichte über das Trauma, einen Schneidezahn zu verlieren, und war überrascht, als sie nach einem Blick auf die Uhr feststellte, dass es schon nach fünf war. Die Hälfte der Mitarbeiter war bereits verschwunden, und die übrigen Journalisten schlüpften in ihre Mäntel, klappten ihre Aktentaschen zu oder durchwühlten ihre Taschen nach Schlüsseln.

„Also, wie war der erste Tag?", erkundigte Tammy sich, hängte sich ihre große Ledertasche über die Schulter und blieb an Brennas Schreibtisch stehen.

Brenna fragte sich unwillkürlich, ob sie in ihrer Tasche tatsächlich einen Vorschlaghammer mit sich herumschleppte.
„Nicht schlecht." Brenna streckte sich, und ihr Rücken knackte. „Ich denke, ich werde jetzt gehen."

„Ich auch." Sie grinste. „Heute Abend besuche ich die Premiere von *Die Rache des Stalkers, Teil 7*."

„Sie Glückliche", entgegnete Brenna lachend.

„Ich nehme nicht an, dass Sie mich begleiten möchten?"

„Ich glaube nicht. Blut und Innereien sind nicht so mein Ding."

Tammy zuckte die Achseln. „Meins auch nicht. Doch ich kann es kaum erwarten, zu sehen, wie sie es geschafft haben, den Stalker wiederauferstehen zu lassen. In Teil sechs haben sie ihn mit einer Atombombe getötet. Ich dachte, das wäre sein Ende, aber irgendwie ist er zurückgekehrt und kontaminiert seine Opfer zuerst mit Radioaktivität, ehe er sie um die Ecke bringt."

„Sympathischer Kerl", murmelte Brenna.

Tammy winkte, und ihr Schmuck klimperte. Als sie zur Tür ging, rief sie über die Schulter: „Ich werde Ihnen morgen früh meine persönliche Review mitteilen."

„Ich bin schon gespannt", erwiderte Brenna, schmunzelte und zog sich ihre Jacke an.

Draußen ging ein heftiger Maischauer nieder. Regen stürzte auf den Boden und strömte über die Straßen. Die Gullys liefen über. Fußgänger mit hochgeschlagenem Mantelkragen duckten sich unter Regenschirme, während sie durch den dichten Feierabendverkehr eilten.

Trotz des Regenmantels und der Mütze war Brenna vollkommen durchnässt, als sie schließlich bei ihrem Wagen war und einstieg. Sie startete den Motor und legte den Gang ein. Langsam fuhr sie die engen Straßen entlang, zwischen hohen Häusern am Fluss hindurch, dann die steilen, bewaldeten Hügel zu ihrem Apartmenthaus hinauf. Sie parkte an der Straße und rannte über den durchweichten Rasen und die rutschigen Stufen zum Eingang hoch.

Kaum dass sie an der Wohnung ihrer Vermieterin vorbeikam, steckte die alte Dame schon den Kopf durch den Türspalt. „Der Mann von der Telefongesellschaft war da."

Hörbar seufzte Brenna und sah auf die Uhr. „Den habe ich ganz vergessen."

„Tja, er war ziemlich geladen und meinte, er könne nicht warten. Ich habe ihn überredet, morgen früh wiederzukommen."

„Danke."

„Er hat gesagt, er käme um acht Uhr. Wenn das für Sie ein Problem sein sollte, sollen Sie bei der Telefongesellschaft anrufen."

„Dann weiß ich Bescheid. Vielen Dank", erwiderte Brenna.

„Ach, und Ihr Schwager kam kurz vorbei."

Brennas Herz machte einen Satz, und sie blieb wie angewurzelt stehen. Ihr war bis zu diesem Moment nicht klar gewesen, wie sehr sie ihn vermisst hatte.

„Er hat mich gebeten, Ihnen auszurichten, dass Sie ihn anrufen sollen, sobald Ihr Telefon angeschlossen ist." Sie zuckte mit den schmalen Schultern. „Sie können allerdings auch meinen Apparat benutzen."

„Danke", entgegnete Brenna, „aber ich fahre einfach kurz bei ihm zu Hause vorbei." Mit heftig pochendem Herzen lief sie weiter die Treppe hinauf, wobei sie immer zwei Stufen auf einmal nahm. Als sie in ihrer Wohnung war, zog sie sich aus und warf die Sachen aufs Bett. Ihre Gedanken waren bei Warren und den Kindern. Sie konnte es kaum erwarten, sie zu sehen! Summend stellte sie die Dusche an und steckte sich die Haare hoch. Die alten Rohre klapperten und rumorten. Irgendwann war das Wasser so warm, dass der Badezimmerspiegel beschlug, und Brenna trat in die alte gekachelte Kabine.

Es war nicht mehr als ein dünner Strahl heißen Wassers, der aus dem Duschkopf kam, doch er lockerte ihre Muskeln. Sie schloss die Augen und dachte an Warren. Sie sehnte sich danach, ihn und die Kinder wiederzusehen. Es ist ein Wunder, schoss es ihr durch den Kopf, während sie das Wasser abstellte und nach dem Handtuch griff, wie schnell ich mich an Honors Familie gewöhnt habe.

Die Türklingel schrillte ungeduldig. Brenna warf sich ihren flauschigen tannengrünen Bademantel über, zog den Gürtel zu und hinterließ nasse Fußabdrücke auf dem Teppich, als sie zur Tür rannte. „Wer ist da?"

„Dreimal darfst du raten."

Warren! Ihr Pulsschlag beschleunigte sich spürbar, und sie konnte sich ein Lächeln nicht verkneifen, während sie die Tür öffnete. Er trug einen blauen Anzug, ein weißes Hemd und hatte seine Krawatte etwas gelockert. Sein Blick wanderte von ihrem lockeren Haarknoten auf dem Kopf über ihre Wangen zu ihrem Hals und schließlich zu ihrem Busen, den die Aufschläge ihres Bademantels nur notdürftig verdeckten. „Sieht so aus, als käme ich gerade rechtzeitig", stellte er fest und schaute hoch, um ihr in die Augen zu sehen.

Sie konnte fühlen, wie sie rot wurde, doch es war ihr egal. Es war so schön, ihn wiederzusehen. „Tja, dann steh nicht da draußen herum, sondern komm rein", sagte sie lachend. Ihr Haarknoten löste sich, und ihre Locken fielen über ihren Rücken. Sie wollte ihr Haar wieder hochstecken, aber es gelang ihr nicht. „Gib mir nur eine Minute, damit ich mich anziehen kann."

Er lächelte schief. „Mach dir meinetwegen keine Umstände."

„Ich bin vollkommen nass …"

Er betrat die Wohnung, warf die Tür hinter sich ins Schloss und nahm sie in die Arme. „Du siehst fantastisch aus", flüsterte er dicht an ihrem Hals, und sie schmolz dahin.

„Was hat dich so lange aufgehalten?", neckte sie ihn.

„Die Arbeit. Ein paar Dinge mussten dringend erledigt werden."

„Etwa der Charlie-Saxton-Fall?"

„Vielmehr der Fall, der keiner mehr ist", erwiderte er ärgerlich und verzog das Gesicht, ehe er sie an sich presste. „Aber ich habe mich schon darum gekümmert. Tatsächlich hatte ich eine nette kleine Unterredung mit deinem Boss."

„Mit Len?"

„Ein Wahnsinnskerl", spöttelte er. „Ich habe noch nie jemanden erlebt, der so schnell zurückgerudert ist."

„Er ... Er ist in Ordnung", murmelte sie, obwohl es ihr nicht leichtfiel, einen klaren Gedanken zu fassen, weil Warren ihr so nahe war und sie an ihn geschmiegt stand.

Ihr Bademantel glitt ihr die Schulter hinunter und gab den Blick auf ihre blasse Haut frei. Warren sah sie an, holte tief Luft und spielte mit den kastanienbraunen Locken. Mit den Fingerspitzen berührte er dabei ihre Haut, und Funken der Leidenschaft und des Verlangens jagten durch ihren Körper.

„W...wo sind die Kinder?", fragte sie und versuchte, ihre Empfindungen unter Kontrolle zu bekommen, die sie erschauern ließen.

„Sie warten", entgegnete er langsam und betrachtete ihre Lippen.

„Worauf?"

„Auf uns. Ich habe versprochen, mit ihnen den Rosengarten im Washington Park zu besuchen, wo wir essen wollen. Und ich dachte, du hättest vielleicht Lust, uns zu begleiten."

„Das würde ich sehr gern tun", gab sie zu. Dann schaute sie zum Fenster und sah die Regentropfen, die an der Scheibe herunterrannen. „Das Wetter ist allerdings furchtbar."

Sein Blick fiel auf die Stelle an ihrem Hals, wo ihr Pulsschlag sichtbar war und wo noch winzige Wassertropfen hingen. „Wir könnten es auch verschieben."

„Auf keinen Fall", erwiderte sie, obwohl ihr Herz wie verrückt schlug, sowie er seine Lippen auf ihren Hals drückte. Ihre Knie fühlten sich auf einmal so weich an, als würden sie unter ihr nachgeben. „Ich werde Scotty nicht enttäuschen. Er ist sich noch immer nicht sicher, ob er mich mögen soll."

„Er wird es überwinden."

Sie schluckte schwer und schüttelte den Kopf. „Er ist zu wichtig. Ich kann ihn nicht im Stich lassen."

Warrens Augen hatten sich verdunkelt, doch er ließ sie los und presste die Lippen aufeinander. „Okay, okay. Wir werden die Kinder nicht enttäuschen."

„Das ist schon besser, *Dad*", zog sie ihn auf. Sie eilte ins Schlafzimmer, streifte ihren Bademantel ab, ließ ihn auf den Boden fallen und schlüpfte in einen Jeansrock und eine Bluse. Ihre Haare waren noch immer feucht, also band sie sie zurück, legte Lippenstift auf, zog sich ihre Schuhe an und kehrte wieder zurück zu Warren.

„Hast du noch einen Plan B?", fragte sie ihn und spähte durch das Fenster in den Regen. Sie nahm ihren Regenmantel vom Haken im Flur und runzelte die Stirn, da er immer noch nass war.

„Noch nicht." Sie gingen die Treppe hinunter und stiegen in seinen Wagen. Ein paar Minuten später hatte er in der Garage seines Hauses gehalten. Noch ehe Brenna aus dem Auto steigen konnte, platzte Julie schon durch die Tür zur Küche.

„Tante Bren!", rief sie mit einem breiten Lächeln.

„Hi, meine Süße."

Die Kleine stürmte durch die Garage und umarmte ihre Tante, bevor sie zu ihrem Vater sah. „Können wir trotzdem picknicken?", fragte sie. „Mary meint nämlich, es wäre zu nass."

„Mary hat wahrscheinlich recht", entgegnete Warren. Seine Augen funkelten, als er seine Tochter hochhob. „Aber versprochen ist versprochen – und wenn wir im Auto essen müssen."

In der Küche murrte Mary Beatty vor sich hin, während sie karierte Servietten in einen großen Weidenkorb packte. „Das ist verrückt, das ist es", brummte sie. „Die Kinder werden sich da draußen den Tod holen."

„Es sind sechzehn Grad", erklärte Warren. „Und im Übrigen steckt man sich bei anderen Menschen mit einer Erkältung an und fängt sich nicht von einem bisschen Regen einen Schnupfen ein."

„Unsinn." Doch Mary lächelte schon wieder und klappte den Deckel des Korbes zu. „Achten Sie bloß darauf, dass die beiden ihre Jacken tragen. Der kleine Mann hier …", sie deutete mit dem Daumen auf Scotty, „... glaubt nicht an die segensreiche Wirkung warmer Kleidung."

„Ich werde daran denken", versicherte Warren trocken, als Mary in ihren Mantel schlüpfte und im Garderobenschrank nach ihrem Regenschirm und ihrer Tasche suchte. „Wir sehen uns dann morgen."

Nachdem die Haushälterin die Tür hinter sich geschlossen hatte, ergriff Warren den schweren Korb, der auf dem Tisch stand, und wies die Kinder an, ihre Jacken zu holen.

„Also, wie willst du es jetzt anstellen?", fragte Brenna.

„Wir beachten den Sturm gar nicht."

Durch das Fenster betrachtete Brenna den bedrohlich grauen Himmel. „Ich wüsste nicht, wie wir das schaffen sollen."

„Wir picknicken unter einem Dach und spazieren dann durch den Rosengarten, bis die Kinder keine Lust mehr haben."

„Fertig!", verkündete Julie. Ihre Stiefel machten auf den Fliesen ein lautes Geräusch, sowie sie in die Küche gerannt kam. Scotty folgte ihr auf dem Fuße. Ein paar Minuten später saßen sie alle in Warrens Wagen und fuhren in den Park.

„Daddy hat Mommys Auto verkauft", erzählte Scotty unvermittelt. „Eine Frau hat es mitgenommen."

Brenna fiel ein, dass die Garage leer gewesen war. Ihr Herz stockte. Zu dem Zeitpunkt war ihr nicht klar gewesen, dass Honors Wagen nicht mehr da gewesen war. „Wieso jetzt?", wollte sie wissen und beobachtete Warren aus dem Augenwinkel.

Er presste die Lippen leicht aufeinander. „Es war an der Zeit."

„Oh."

„Mommy hat das Auto sowieso nie gemocht", redete Julie dazwischen und wischte die beschlagene Scheibe sauber. „Sie wollte einen Mercedes."

„Ja, einen silbernen mit einem Dach zum Aufmachen!", pflichtete Scotty ihr bei. „Daddy sollte ihr zum Geburtstag einen schenken."

Brenna schluckte schwer und umklammerte den Gurt ihrer Tasche.

„Sie hat sogar schon mit einem Verkäufer gesprochen", fuhr Julie fort. Plötzlich veränderte sich ihre Miene. „Ich vermisse Mommy", flüsterte sie und seufzte.

Tränen sammelten sich in Scottys Augen, und seine Unterlippe begann zu zittern. Aber er schwieg.

„Ich vermisse sie auch", sagte Brenna, warf einen Blick über die Schulter und schenkte Julie ein aufmunterndes Lächeln.

Der Rest der Fahrt verlief in angespanntem Schweigen. Niemand sagte ein Wort. Brenna schossen unzählige Bilder durch den Kopf: Honor, die Cheerleaderin, Honor, die sich hinter Warrens Rücken heimlich davongeschlichen hatte, Honor, die ihr nach dem Tod ihrer Mutter leise und mit gebrochener Stimme zugeflüstert hatte, dass alles gut werden würde, Honors errötetes Gesicht unter dem weißen Schleier, als sie Warren geheiratet hatte, und schließlich die Leere jenes kalten grauen Tages, als Honor beerdigt worden war. Julie und Scotty waren auf dem Friedhof gewesen, die Gesichter aschfahl, die blauen Augen rot verweint. Warren hatte Scotty auf dem Arm gehabt und mit der freien Hand Julies Händchen festgehalten.

Blinzelnd räusperte Brenna sich. Was machte sie hier? Wie sollte sie Honors Kindern dabei helfen, mit dem Verlust zurechtzukommen, wenn sie den Tod ihrer Schwester noch nicht einmal selbst verarbeitet hatte?

In San Francisco war ihr Honors Tod nicht so real vorgekommen. In den vergangenen zehn Jahren hatte es manchmal Monate gegeben, in denen sie ihre Schwester weder gesprochen noch gesehen hatte. Doch jetzt, zurück in Portland, war der Verlust, war die Leere erdrückend.

Auch Warren schien in Gedanken zu sein. Er hatte nachdenklich die Brauen zusammengezogen, während er durch die Windschutzscheibe spähte, auf der die Scheibenwischer gegen den Regen ankämpften.

Der Parkplatz war fast leer, und stahlgraue Wolken drohten mit einem neuen heftigen Regenschauer, während Warren den Picknickkorb aus dem Kofferraum nahm. Er führte Brenna und die Kinder zu einem überdachten Platz auf einem Hügel, von dem aus man den Rosengarten sehen konnte. Ein paar feuchte Blüten standen in voller Pracht und setzten einzelne gelbe, orange, pinkfarbene und rote Farbakzente an diesem ansonsten so düsteren Tag.

„Ich habe ganz vergessen, wie schön es hier oben sein kann", flüsterte Brenna und schaute über den Rosengarten hinweg zur Stadt dahinter. Wolkenkratzer stießen durch die tief hängenden Nebelschwaden, und die Stadt erstreckte sich sanft von einer Seite des Willamette River zur anderen.

„Ja, es kann schön sein", sagte Warren.

„Ich habe Hunger", unterbrach Scotty sie, der sich nicht im Geringsten für die Aussicht, die Rosen oder die vermeintliche Pracht Portlands interessierte.

„Ich auch", erwiderte Julie.

Brenna half Warren dabei, eine Decke über den Picknicktisch zu breiten, und verteilte dann die Sandwiches. Schweigend aßen sie. Der triste Tag forderte seinen Tribut. Nachdem sie die Cupcakes mit Apfelmus gegessen hatten, spazierten sie im Regen durch den Rosengarten. Scotty sprang in jede Pfütze, die ihm in die Quere kam. Seine Hose war vollkommen durchnässt.

Behutsam nahm Warren Brennas Hand und schob sie mit seiner Hand zusammen in seine Jackentasche. „Vielleicht war das doch keine so gute Idee", räumte er ein und betrachtete seine Kinder.

„Für das Wetter bist du nicht verantwortlich."

„Um das Wetter geht es auch nicht."

Brenna sah in den Himmel, der nichts Gutes verhieß, und fühlte die Regentropfen auf ihrer Haut. Der Sturm wurde wieder stärker.

„Kommt", rief Warren, als der Wind zunahm. Brenna schnappte sich den Korb. Schnell rannten sie den Weg zum Parkplatz entlang und stiegen in Warrens Wagen. Es regnete in Strömen, als Warren kurz darauf durch die kurvenreichen Straßen fuhr und das Auto schließlich zu Hause in der Garage abstellte.

Nachdem Warren im Arbeitszimmer ein Feuer im Kamin angezündet hatte, trug er die Kinder nach oben und badete sie. Das Wasser lief noch immer, während Brenna in der Mikrowelle Kakao heiß machte und in die dampfenden Becher zum Schluss noch einige Marshmallows gab. Ein paar Minuten später stürmte Julie die Treppe hinunter und kam schlitternd neben dem Tisch zum Stehen, auf den Brenna die Becher gestellt hatte.

„Wow!", sagte Julie und betrachtete die Becher. Ihre Wangen waren rosig und erhitzt vom Bad, und ihr Haar war zerzaust, weil sie es nur eilig mit dem Handtuch abgetrocknet hatte. Sie trug einen hellgelben Pyjama. „Mom hat nie so etwas gemacht", meinte sie.

Brenna hatte sich bei der Erwähnung von Honor im Griff. „Ich weiß nicht, warum sie das nie getan hat", entgegnete sie. „Unsere Mom hat uns immer Kakao gemacht, als sie noch lebte."

Julie setzte sich auf einen der Stühle, probierte ihren Kakao und pustete in die Tasse. „Hast du sie vermisst?", fragte sie.

„Wen? Oh, meine Mutter?"

Julie nickte.

„Natürlich habe ich sie vermisst. Ob du es glaubst oder nicht: Manchmal vermisse ich sie noch immer. Aber am meisten hat sie mir kurz nach ihrem Tod gefehlt", gestand Brenna. Sie nahm neben Julie Platz und ergriff eine der Tassen. Stirnrunzelnd starrte sie in die schmelzenden Marshmallows. „Doch deine Mutter hat mir in der Zeit viel geholfen. Auch wenn sie selbst sehr traurig war."

Julie dachte nach. „Du und Mom. Habt ihr euch gemocht?"

„Meistens."

„Ich hasse Scotty."

„Nein, das tust du nicht." Brenna lächelte traurig und seufzte dann. „Ich bin sicher, dass es auch Zeiten gab, in denen Honor mir den Hals umdrehen wollte."

„Nein."

„Oh ja. Als sie mich zum Beispiel dabei erwischt hat, wie

ich ihren neuen roten Pullover trug. Oder an dem sehr heißen Tag, an dem ich mir ihren Lippenstift ‚ausgeborgt' habe und er geschmolzen ist. Oder als ich ihr Fahrrad kaputt gemacht habe – Junge, da war sie echt sauer." Brenna sah in Julies Gesicht. Wie sehr sie Honor ähnelte. Die gleichen großen blauen Augen, blonden Haare und zarten rosigen Lippen. „Aber das Gefühl war beidseitig. Ab und zu hat Honor Dinge getan, die ich nicht gut fand."

„Was denn zum Beispiel?"

Zum Beispiel hat sie deinen Vater belogen. Brenna zuckte mit den Schultern. Sie erhob sich, trat ans Fenster und betrachtete die Lichter der Stadt, die in der Ferne glitzerten. „Sie hat mich oft geärgert und wollte, dass ich die Hausaufgaben für sie mache – ich sollte Aufsätze abtippen oder ihr eine Zusammenfassung über ein Buch geben, das *sie* eigentlich hatte lesen sollen –, und sie hat meinen Film im Fotoapparat verknipst. Solche Sachen." Brenna dachte zurück und seufzte; sie und Honor hatten so viel geteilt, und sie vermisste ihre Schwester manchmal ganz furchtbar. Auch in diesem Augenblick, als sie in der Küche des großen alten Hauses stand, wünschte Brenna sich, Honor würde noch leben.

„Hast du es getan?"

„Habe ich was getan?", fragte Brenna, die kurz verwirrt war. „Ach ... ob ich ihre Hausaufgaben gemacht habe?"

Wieder nickte Julie.

„Nicht sehr oft."

„Ich würde *niemals* die Hausaufgaben für Scotty machen."

„Sei vorsichtig. Du wirst überrascht sein, was du alles tust. Ab und zu bist du so wütend auf ihn, dass du das Gefühl hast, ihn zu hassen. Doch dann gibt es auch Momente, in denen er ganz in Ordnung ist, oder?", sagte Brenna.

„Ja, manchmal", gestand Julie widerwillig.

Brenna lächelte und stellte ihren Becher auf den Fenstersims. „Ich sollte dir vielleicht mal die Haare kämmen."

„Ach, nein."

Aber Brenna stand schon hinter Julies Stuhl und hatte in ihrer Tasche einen Kamm gefunden. „Ich bin auch vorsichtig", versprach sie.

Ein paarmal schrie Julie auf, wenn der Kamm sich in einem Knötchen verfing. Brenna fühlte sich, als hätte sie zwei linke Hände. Vielleicht bin ich für so etwas nicht geschaffen, schoss es ihr durch den Kopf, und sie zuckte zusammen, als Julie beinahe vom Stuhl sprang.

„Das tut weh", flüsterte Julie.

„Es tut mir leid." Irgendwann war sie zum Glück fertig. „Das hätten wir", sagte sie und fuhr ein letztes Mal mit dem Kamm durch Julies glattes Haar.

„Danke ... Denke ich."

„Ich vermute, du möchtest nicht, dass ich dir Locken mache?"

„Wird das wehtun?"

„Nein." Brenna hob die Hand zum Schwur. „Ich schwöre es."

Julie legte den Kopf in den Nacken und sah ihre Tante an. „Okay. Wenn es doch wehtut, hörst du auf, ja?"

„Selbstverständlich", entgegnete Brenna. „Hast du Lockenwickler?"

Julie schüttelte den Kopf. „Ich glaube, nicht."

„Haarklammern?"

„Nein."

„Und bei den Sachen deiner Mutter? Ist da vielleicht ein Lockenstab oder ein Föhn?"

Julies Miene wurde ernst. „Dad hat all ihre Sachen weggegeben."

„Hat er das?"

„Erst gestern. Ein großer Lkw kam und hat Kisten und Kisten voller Sachen mitgenommen. Dad hat gesagt, wir müssten unser Leben weiterleben. Er meinte, wir sollten uns ruhig an Mommy erinnern, doch wir müssten uns von einigen Dingen trennen."

„Wie zum Beispiel von dem Auto?" Aufgewühlt versuchte Brenna, sich auf die Unterhaltung zu konzentrieren. Warum hatte Warren ausgerechnet jetzt Honors Sachen weggegeben und ihr Auto verkauft? Vielleicht bemühte er sich wirklich, seine Trauer zu verarbeiten.

„Und von ihren Kosmetiksachen."

„Ich … Ich glaube, dann müssen wir improvisieren", sagte Brenna schnell und sammelte sich. „Hast du schon mal etwas davon gehört, dass man mit Stoffstücken die Haare lockig bekommen kann?"

Misstrauisch blickte Julie sie an. „Ich glaube, nicht. Das klingt seltsam."

„Nicht seltsam, sondern einfach. Ich flechte Stoffbahnen in dein Haar, und morgen früh hast du Locken."

„Bist du dir sicher?"

„Vollkommen sicher! Ich habe es schon mal gemacht." Erleichtert, dass die Unterhaltung sich nicht mehr um Honor drehte, nahm Brenna ein altes Laken aus dem Wäscheschrank und riss es in lange Streifen. Dann flocht sie die Bahnen in mehrere Zöpfe auf Julies Kopf. Als Warren und Scotty in die Küche kamen, erinnerte Julie ein bisschen an Medusa.

„Was ist das?", wollte Scotty wissen.

„Ein neuer Modetrend … äh … wohl eher ein alter Modetrend. Ich glaube, so hat schon meine Urgroßmutter ihr Haar gelockt", sagte Brenna lächelnd, während sie den Kakao noch mal aufwärmte und zwei neue Marshmallows in Scottys Becher gab.

„Sieht lustig aus", erklärte er. „Wie ein Monster."

Warren betrachtete seine Tochter und grinste. „Raggedy Ann", zog er sie auf.

Brenna wischte die Bemerkungen der Männer beiseite und füllte Wasser in die Kaffeemaschine. „Wartet ab bis morgen. Julie wird großartig aussehen, und ihr zwei müsst alles zurücknehmen!"

Julie lächelte, aber Scotty wirkte noch immer skeptisch. „Sie sieht trotzdem komisch aus", wiederholte er. Dann trank er seinen Kakao aus, ehe er Brenna anschaute. „Liest du mir das neue

Buch vor?", fragte er. „Das Buch, das du mir zum Geburtstag geschenkt hast?"

„Das mache ich sehr gern." Ein warmes Gefühl erfüllte Brenna. Das war das erste Mal, dass Scotty sie um etwas bat. Ein Meilenstein. Lächelnd half sie ihm von seinem Stuhl herunter. „Komm, Kumpel."

In der Zeit, in der sie Scotty etwas vorlas, brachte Warren Julie ins Bett.

Fünfzehn Minuten später schliefen die Kinder, und sie und Warren waren allein im Wohnzimmer im hinteren Teil des Hauses. Im Zimmer war es dunkel. Nur das Feuer im Kamin spendete einen flackernden goldenen Lichtschein.

Ihren Kaffeebecher mit beiden Händen umklammernd, setzte Brenna sich auf den Vorsprung vor einem Erkerfenster, während Warren trockenes Eichenholz in den Kamin legte. Draußen wehte ein kräftiger Wind durch die Zweige und Äste der Bäume. Regentropfen rannen an den Scheiben hinunter, reflektierten den Schimmer des Kaminfeuers und glühten bernsteinfarben.

Brenna zog die Knie unters Kinn und sah zu, wie Warren sich herunterbeugte, um das Feuer zu schüren. Ihr fiel auf, dass der Pullover sich über seinen breiten Schultern spannte und sich die abgewetzte Jeans eng an seinen Po und seine muskulösen Schenkel schmiegte. Der Pullover war ein Stück nach oben gerutscht, und seine sonnengebräunte Haut und sein durchtrainierter Rücken kamen zum Vorschein. Sein Körper war so schlank und fest wie vor all den Jahren, als sie ihn als naive Achtzehnjährige verstohlen beim Schwimmen im See beobachtet hatte.

Seine Bauchmuskeln waren damals flach gewesen, auf seiner Brust hatte sie dunkles Haar gesehen. Seine Schultern waren gerade und seine Beine lang und athletisch gewesen. Die abgeschnittene Jeans hatte tief auf seinen Hüften gesessen – beim Anblick seines Nabels war sie peinlich berührt gewesen –, und sowie er sich nach vorn gebeugt hatte, hatte sie einen Blick auf seinen gebräunten Rücken erhaschen können. Damals mit achtzehn war sie fasziniert von ihm gewesen, und auch jetzt war sie es noch. Es war egal, ob Warren eine nasse abgeschnittene Jeans trug oder einen dreiteiligen Anzug mit einem Hemd: Immer umgab ihn eine bodenständige, sinnliche Aura, und hinter seinen kühlen blauen Augen und den kontrollierten Zügen verbarg sich etwas Wildes und Hungriges.

Warren richtete sich auf und wischte sich das Sägemehl von den Händen. Er griff nach seiner Tasse, nahm einen Schluck und verzog das Gesicht. „Hier fehlt etwas", stellte er fest, bevor er ihr ein wissendes Lächeln zuwarf und einen Schrank neben dem Kamin öffnete. „Und das ist das, was wir brauchen." Mit einer schwungvollen Geste holte er eine Flasche irischen Whiskeys heraus.

„Ich glaube kaum ...", wollte sie protestieren, aber er schenkte ihr bereits einen guten Schluck in ihren Becher.

„Wie in San Francisco", sagte er. „Erinnerst du dich?"

„Wie könnte ich das vergessen?"

Er stieß mit ihr an. „Wie war dein erster Tag bei der Arbeit?"

Sie zuckte die Achseln. „Es ging."

„Keine Probleme?"

Er musterte ihr Gesicht, achtete genau auf ihre Reaktion. Sie dachte an Tammys Klatschgeschichten, behielt sie jedoch für sich. Es gab keinen Grund, noch Öl ins Feuer zu gießen und ihn in seiner Meinung zu bestärken, dass der *Examiner* ein unprofessionelles Boulevardblatt war. „Nein, keine ernsten Probleme. Len hat mich gefragt, ob ich mich mit Kindern auskennen würde, und ich habe ihm von Scotty und Julie erzählt."

„Brenna, das hast du nicht getan!", stieß er hervor, und mit einem Mal war jeder Muskel seines Körpers angespannt.

Sie hätte sich am liebsten auf die Zunge gebissen. „Es war nichts Großartiges. Er wollte nur wissen, ob ich eigene Erfahrungen mit Kindern und ihren Problemen hätte."

„Und du hast meine Kinder erwähnt?", meinte er. Seine Züge wirkten in dem düsteren Zimmer noch schärfer.

„Ja." Sie fühlte sich dumm, sie konnte allerdings nicht ungeschehen machen, was sie im Büro bereits gesagt hatte.

Warren lehnte sich an die Rückenlehne des Sofas und sah Brenna reglos an. Seine Lippen waren aufeinandergepresst und seine Augen zu schmalen Schlitzen verengt. „Hat er dich bei deinem Vorstellungsgespräch gefragt, ob du mit mir verwandt wärst?" Seine Stimme klang so leise, dass sie über das Prasseln des Feuers hinweg kaum zu verstehen war.

„Nicht direkt. Aber er kannte meinen Mädchennamen – er konnte sich denken, dass ich mit Honor verwandt war."

„Mistkerl", flüsterte Warren zornig. „Verdammter Mistkerl..."

„Er hat sich nur mit mir unterhalten", erwiderte sie beinahe trotzig. „Er hat die Verbindung erkannt, doch ich wurde ganz sicher nicht eingestellt, weil ich deine Schwägerin bin." Mit funkelnden Augen trank sie von ihrem Kaffee und sah zu, wie Warren vor dem Kamin auf und ab lief. „Irgendwie kommt es mir vor, als würdest du eine Art Hexenjagd auf den *Examiner* veranstalten."

„Ich? Einen Moment mal. Du bringst da etwas durcheinander. Es ist eine Hexenjagd im Gange, aber die geht nicht von meinem Büro aus. Es sind die dummen, verantwortungslosen ‚Journalisten' vom *Examiner*, die die Hetze betreiben. Der *Examiner* bringt nur Ärger und wiegelt die Leser auf." Er nahm einen großen Schluck und schleuderte den Rest seines Drinks dann ins Feuer. Die Flammen flackerten und zischten.

Sie dachte über alles nach, was Tammy ihr erzählt hatte, und beschloss für sich, dass Warren nicht ganz unrecht hatte, auch wenn er offensichtlich übertrieb. Dennoch war sie nicht in der Stimmung, um sich zu streiten. Im Übrigen konnte bei dieser Unterhaltung keiner gewinnen. „Ich habe von der Charlie-Saxton-Geschichte gehört", räumte sie ein.

„Das glaube ich gern. Wie gesagt – ich habe schon mit dem geschätzten Len Patterson darüber gesprochen."

Brenna nippte an ihrem Kaffee und blickte Warren über den Rand ihres Bechers hinweg schweigend an.

„Ich dachte, er sollte wissen, was ich über Charlies Freilassung denke und wen ich für unmittelbar verantwortlich dafür halte."

„Das hat ihm mit Sicherheit gefallen", spöttelte sie.

„Er hat all die alten, abgedroschenen Phrasen benutzt: Freiheit der Presse und so weiter. Doch alles in allem hat er nicht einmal zugegeben, dass er es vermasselt hat. Er meinte nur, ich solle mich an die Rechtsabteilung der Zeitung wenden. Ja, er ist ein großartiger Kerl. Ich konnte praktisch hören, wie sich die Rädchen in seinem Kopf gedreht haben – als er versucht hat, einen Weg zu finden, um sich selbst zu schützen und ungeschoren aus der Affäre zu kommen."

„Wir sind alle bloß Menschen", erinnerte sie ihn. „Und manchmal machen wir Fehler."

„Leider ist es nicht sein erster Fehler." Er starrte ins Feuer, und sein Blick schweifte in die Ferne. Orange und rote Schatten flackerten auf seinem Gesicht, und seine Züge wirkten im Spiel aus Licht und Dunkel kantiger als sonst. „Ich hoffe nur, dass du nicht verletzt wirst, Bren."

„Das werde ich nicht." Sie warf ihr Haar über die Schulter und schob ihren leeren Becher auf dem Fenstersims in eine Ecke. „Ich bin ein großes Mädchen. Und außerdem schreibe ich über Wohnen, Garten und Service. Vielleicht noch über die Schwierigkeiten, Kind und Karriere unter einen Hut zu bringen. Nicht gerade abenteuerliche Themen. Nicht einmal besonders brisant."

Er lächelte schief und ging zum Fenster. Die Hände auf ihre Schultern gelegt, schaute er ihr tief in die Augen. Mit den Daumen strich er über ihren Hals, und sie erschauerte – nicht vor Kälte, sondern vor Vorfreude. Entspannt durch den Drink und das Feuer, gewärmt durch seine Berührung, konnte sie an nichts anderes denken als die fesselnde Art, wie er aufreizend langsam mit den Fingerspitzen über ihren Puls fuhr.

„Bist du dir schon über alles klar geworden?", fragte er, drehte eine ihrer braunen Locken zwischen Daumen und Fingern und schien von dem rötlichen Schimmer auf den dunklen Strähnen verzaubert zu sein.

„Noch nicht über alles", flüsterte sie.

„Ich auch nicht." Er beugte sich herunter, berührte mit seinen Lippen nur ganz sacht die ihren und hauchte: „Sag jetzt nicht Nein." Dann küsste er sie, schlang die Arme fest um ihre Taille und zog sie hoch, sodass ihre Brüste und ihr Bauch fest an ihn geschmiegt waren, während er ihr behutsam auf die Beine half.

Ihr war schwindelig, und sie konnte seinen Kuss nur erwidern. Sie legte die Arme um seinen Oberkörper und konnte durch den Stoff seines Pullovers hindurch die Kraft seiner Muskeln, die glatte Haut seines Rückens, die Stärke seiner Oberarme spüren. Ganz gefangen sah sie das Feuer in seinem Blick, das ihre Leidenschaft widerspiegelte. Er hatte die Finger in ihrem Haar vergraben und sank mit ihr auf einen dicken Orientteppich, sie immer noch begierig küssend.

„Warren", wisperte sie, unfähig, das wilde Pochen ihres Herzens oder ihr heftiges Atmen zu unterdrücken. Sie küsste ihn, und Verlangen breitete sich in ihr aus und übernahm die Kontrolle.

„Schlaf mit mir", stieß er rau hervor.

Sie konnte nichts anderes tun. Benommen vom Gefühl seiner Nähe, besinnungslos vom Gefühl seiner Hände auf ihrer Haut, konnte sie nicht ruhig bleiben und konnte der Macht seines Kusses nicht widerstehen.

Die Gedanken an Honor, die düsteren, schuldbewussten Zweifel verschwanden, und sie war allein mit Warren. Sie konnte seine Brust an ihrer spüren, konnte seinen Herzschlag hören und wusste, dass es ihre Zeit war.

Mit den Händen fuhr er unter ihre Bluse und streichelte ihre zarte Haut, ehe er nach oben strich, um ganz sacht ihre Knospe zu berühren. Brenna stöhnte auf, wollte mehr und genoss das Feuer, das sich in ihr ausbreitete, während er ihr nun die Bluse abstreifte.

Sie nahm das Prasseln des Kaminfeuers wahr und den schwachen Geruch nach verbranntem Holz, als er mit den Lippen über ihre Haut glitt. Seine Zungenspitze berührte ihren Hals, bis Brenna aufstöhnte und dahinzuschmelzen schien und bis das Begehren sie verzehrte. Sie konnte nicht denken, konnte nur spüren und fühlen. Mit ihren Händen wanderte sie seine starken Arme hinauf, zerrte und zog an seinem Pullover; endlich hatte sie Warren davon befreit, und sein nackter Oberkörper glänzte im Schein des Feuers. Die schwarzen Haare auf seiner Brust fühlten sich unter ihren Fingern weich an. Beinahe erstaunt sah sie ihn an, betastete ihn sanft und fast ängstlich, dass die Empfindungen plötzlich enden könnten.

Ihre Brüste reckten sich ihm entgegen, und er verwöhnte sie durch den Spitzenstoff des BHs hindurch, bevor er Brenna das Stück Stoff wild vor Leidenschaft vom Körper riss und eine ihrer aufgerichteten Knospen zwischen die Lippen nahm. Mit der Zunge erkundete er ihre Brust, saugte an ihrer Spitze.

Leise aufstöhnend, nahm sie seinen Kopf in die Hände. „Warren, oh, mein Liebling", flüsterte sie, als er über ihren Rücken streichelte und ihren Rock hinabstreifte. Kühle Luft strich über ihre Haut, sowie sie nackt auf dem Teppich lag.

„Zeig mir, wie sehr du mich willst", murmelte er und massierte mit der einen Hand ihre Brust, während er mit der anderen ihren Schenkel umfasste.

Ihr war schwindelig. Sie war erregt und wollte mehr – sie wollte ihn ganz und gar. Sie wollte alles, was er ihr geben konnte. Mit der Zungenspitze befeuchtete sie ihre Lippen und ließ ihre Hand nach unten wandern. Ihre Finger fanden seinen Hosenknopf, und sie schob die verwaschene Jeans über seine Hüften. Mit ihren Blicken verfolgte sie den Weg, den ihre Hände genommen hatten. Noch nie hatte sie ihn nackt gesehen, und sie konnte sich ein Lächeln nicht verkneifen, als er seine Jeans auszog und sich über sie beugte – groß und stark schmiegte er sich an sie.

„Bist du dir sicher, dass du es willst?", fragte er. Die Zähne fest aufeinandergepresst, bemühte er sich um Selbstbeherrschung.

Seine Finger zitterten, und Schweißperlen standen ihm auf der Stirn.

„J...Ja." Wie verzaubert beobachtete sie, wie er schluckte und dabei sein Adamsapfel zuckte.

Seine Hände hatte er wieder auf ihre Brüste gelegt, umkreiste die Spitzen, reizte sie, bis Brenna glaubte, dass das heiße, ungeduldige Verlangen, das sie durchströmte, sie verrückt machen würde. „Bitte, Warren. Ich brauche dich. Ich will dich ganz."

Er schloss die Augen und schob sich auf sie. Sanft drängte er ihre Knie auseinander und drang dann mit einer magischen Stärke in sie ein, die sie erschauern ließ. Rhythmisch begann er sich zu bewegen. Sie erwiderte seine Bewegungen, zuerst langsam, dann immer schneller und schneller, bis der Raum um sie herum verschwamm und sie die Kontrolle über sich verlor. Atemlos vergrub sie ihre Finger in seinen schwarzen Haaren.

Er stöhnte laut auf, schrie, und sein Höhepunkt löste ihren aus. Ein Strudel der Empfindungen riss sie mit sich, und warme Wellen strömten durch sie hindurch. Tränen sammelten sich in ihren Augen, und sie hielt sich an ihm fest. Seine Haut schimmerte kupferfarben im Licht des Kaminfeuers, und seine Augen waren noch immer geschlossen.

Sie küsste seinen Hals, und er seufzte.

„Honor ... oh, meine Liebe", flüsterte er heiser.

Brenna erstarrte. Honors Name hing in der Luft und schrillte in ihren Ohren. „Nein", presste sie hervor. Sie konnte sich der unbestreitbaren Wahrheit nicht stellen: Warren hatte so getan, als wäre sie ihre Schwester! Sie war so verletzt, dass ihr übel wurde. Verzweifelt versuchte sie, sich unter ihm herauszuwinden.

Er öffnete die Augen.

„Geh von mir runter", wisperte sie und wollte nur noch weg von ihm.

Aber er rührte sich nicht. „Brenna, ich habe keine ..."

„Runter von mir!" Sie stieß ihn mit aller Kraft von sich und kroch weg von ihm. Dann raffte sie ihre Bluse und ihren Rock vom Boden zusammen. „Oh Gott", schrie sie. Wie hatte sie ihm glauben können? *Wie?*

„Hey, was ist überhaupt los?"

„Das *weißt* du nicht?", entgegnete sie und weigerte sich, vor ihm zusammenzubrechen, obwohl sie innerlich starb. Langsam, als hätte er ein Messer in ihr Herz gerammt, starb sie. „Kannst du dich nicht *erinnern*?"

„An was soll ich mich erinnern?" Seine Verwunderung wandelte sich in Wut. „Ich weiß, dass wir gerade miteinander geschlafen haben und …"

„Haben *wir* das? Oder warst du mit Honor zusammen?", schleuderte sie ihm entgegen. In diesem Moment wollte sie mit ihren Worten Rache nehmen, wollte ihn so verletzen, wie er sie verletzt hatte.

„Wovon sprichst du?" Er strich sich die zerzausten Haare aus den Augen, und sie stöhnte.

Gott, er war so unglaublich gut aussehend und männlich. Sie biss sich auf die Zunge und zog sich ihre Bluse über. „Hau ab."

Doch er kam langsam auf sie zu. Mit verengten Augen musterte er ihr Gesicht.

Sie würde nicht weinen! Sie würde nicht weinen! Sie würde ihm die Genugtuung nicht verschaffen, zu wissen, wie sehr sie ihn geliebt hatte, wie viel sie bereit gewesen war, ihm zu geben.

„Brenna, was zur Hölle ist los?"

Sie wich zurück und schlüpfte in ihren Rock. Dann wurde ihr etwas klar. „Oh Gott, du weißt es wirklich nicht, oder?" Sie schluckte den Kloß in ihrem Hals hinunter. „Du hast mich mit dem Namen meiner Schwester angesprochen, Warren. Du hast mich Honor genannt!"

Sein Mund zuckte, und er wurde bleich.

„Die ganze Zeit hast du dir etwas vorgemacht." Mit zitternden Fingern versuchte sie, ihren Reißverschluss zuzuziehen. Warren wollte sie in seine Arme schließen. „Du hast sie nie vergessen – und ich auch nicht!"

„Nein, Brenna, ich schwöre …"

„Ich will es nicht hören." Ohne nachzudenken, schlug sie ihm mit der Hand so fest ins Gesicht, dass es ihr selbst wehtat.

Er rührte sich nicht. Er starrte sie nur an, während seine Wange rot wurde.

Sie wollte ihn umarmen und sich entschuldigen, aber das tat sie nicht. „Vielleicht ist es zu viel, um damit fertigzuwerden, Warren. Vielleicht hattest du recht, und ich hätte niemals wieder hierherziehen sollen!" Sie wandte sich zum Gehen.

In dem Moment griff er nach ihrem Handgelenk. Blitzschnell streckte er die Arme aus, drehte sie um und presste sie an sich. Die hellen Flammen des Kaminfeuers malten Muster auf seine nackte Haut, als er Brenna festhielt. Tief schaute er ihr in die Augen. „Das glaubst du nicht."

„Doch, das glaube ich."

„Sie war meine Frau, verdammt noch mal!"

„Und *meine* Schwester! Gott, hast du den blassesten Schimmer, wie ich mich dabei fühle?" Ihr Magen krampfte sich zusammen, und eine Sekunde lang hatte sie Angst, sich übergeben zu müssen.

„Hör mal, Brenna. Es tut mir leid."

„Es tut dir leid?", rief sie außer sich. „Es tut dir leid? Tja, mir auch. Es tut mir leid, dass ich geglaubt habe, dass du und ich aus Honors Schatten heraustreten könnten. Sie wird immer da sein, Warren. Sie wird immer zwischen uns stehen."

„Es dauert nur seine Zeit. Das hast du selbst gesagt."

Sie wollte weinen und sich auf den Boden fallen lassen wie ein Kind. Verstand er denn nicht? Sie hatte sich ihm hingegeben, hatte gedacht, dass er sie lieben würde. Und nach einem herrlichen Moment, nach einer wundervollen Vereinigung, hatte er sie beim Namen einer anderen genannt. Beim Namen ihrer Schwester. Dem Namen seiner großen Liebe. „Ich … Ich muss gehen", flüsterte sie, ehe sie die Kontrolle verlor und sich noch weiter erniedrigte. Sie löste sich aus seiner Umarmung, stolperte zur Tür, rannte durch die Küche und zur hinteren Veranda. Unter ihren nackten Füßen spürte sie das raue Holz der Dielen, während sie die Treppe hinunterlief.

Regen fiel aus dem schwarzen Himmel. Das Wasser lief gurgelnd in die Gosse, und der Garten war vollkommen durchweicht und schlammig. Doch es kümmerte sie nicht. Sie bemerkte die Tropfen nicht, die ihr über die Wangen rollten, und sie scherte sich auch nicht um den Wind, der an ihren Haaren zerrte.

„Brenna!", schrie Warren. Sie rannte schneller. Aber er schwang sich über die Brüstung der Veranda und holte sie mit wenigen Schritten ein. „Wohin willst du?"

„Nach Hause!" Sie wich ihm aus, doch er baute sich vor ihr auf und schnitt ihr den Weg ab. Regen schimmerte in seinen schwarzen Haaren. Tropfen liefen über seine nackte Brust und in seine Hose, die er noch nicht zugemacht hatte. Gott, warum wollte sie ihn noch immer?

„Wieso?", fragte er und knöpfte seine Jeans zu.

„Das habe ich dir schon erklärt, Warren. Ich kann nicht mit einem Mann schlafen, der so tut, als wäre ich eine andere."

„Das habe ich nicht getan."

„Lüg nicht, Warren", erwiderte sie hitzig. Tränen brannten in ihrem Hals. „Das steht dir nicht."

Als sie dieses Mal an ihm vorbeigehen wollte, packte er sie an der Taille, und sie war wieder gefangen.

„Lass mich los, Warren!"

„Niemals", schwor er. Trotz der Dunkelheit erkannte sie, dass seine Miene angespannt und kompromisslos wirkte. Seine Augen funkelten in einem leuchtenden Blau. „Ich habe dich schon einmal aus bloßer Dummheit verloren. Und ich werde nicht zulassen, dass das noch mal passiert!"

„Ich will das nicht hören." Allerdings schlug ihr Herz plötzlich doppelt so schnell. An seine nasse, nackte Brust gedrückt, konnte sie seinen warmen, erdigen Duft wahrnehmen und spürte seine Anspannung.

„Ich liebe dich, Brenna", flüsterte er.

„Aber vorhin …"

„Ich weiß, was ich gesagt habe. Es kam automatisch. Ich war zehn Jahre lang mit ihr verheiratet, Brenna. Zehn Jahre lang! Ich war mit keiner anderen Frau zusammen. Noch nie. Bis heute."

Sie fühlte, wie sie innerlich zerriss. „Das ist das Problem, oder?", hörte sie sich selbst sagen. „Ich sehe mich nicht als die ‚andere Frau'."

„Das bist du nicht", versicherte er. „Du bist die einzige Frau."

Bis auf Honors Geist. Ihre Kehle war wie zugeschnürt, und Regen tropfte ihr aus dem Haar. Ihre Füße waren voller Schlamm. „Ich wünschte bei Gott, dass ich dir glauben und dass ich meine Schwester endlich loslassen könnte", meinte sie. „Doch wir können es nicht. Du nicht und *ich* auch nicht."

Er umfasste ihre Taille noch fester. Der Wind wehte ihm die wilden schwarzen Locken in die Augen. „Du hast in den letzten Wochen versucht, mich davon zu überzeugen, dass wir zusammengehören. Und ich habe dir geglaubt", sagte er. Voller unterdrückter Wut hatte er die Lippen aufeinandergepresst. „Ich habe dir vertraut und sogar gedacht, dass ich die Schuldgefühle beiseiteschieben könnte, die ich empfunden habe, weil ich von der Schwester meiner Frau geträumt habe."

„Hör auf …"

„Ich habe dir vertraut, Bren. Vielleicht zu sehr. Ich habe mich an das junge idealistische Mädchen erinnert, das die Welt aus den Angeln heben wollte. Und ich habe dir geglaubt, als du sagtest, du könntest Julie und Scotty helfen."

„Ich kann es!"

„Wie? Indem du die Ersatzmutter spielst und aus der Entfernung alles mitverfolgst? Indem du bei einer Zeitung arbeitest und ihnen etwas von deiner Freizeit opferst, wenn es dir gerade passt?"

Entsetzt wollte sie ihn wegstoßen. „So ist das nicht. Und dreh mir nicht die Worte im Mund herum, Warren! Mach mir wegen deiner Kinder kein schlechtes Gewissen. Ich liebe sie, und ich tue für sie, was ich kann. Aber ich werde nicht mit ihrem Vater schlafen, damit er weiterhin so tun kann, als wäre seine Ehefrau noch am Leben!"

Als hätte sie ihn wieder geschlagen, atmete er scharf ein. Er hielt sie fest. „Denkst du das wirklich?" Ein Muskel in seiner Wange zuckte, dann ließ Warren Brenna wutschnaubend los.

Sie fiel beinahe hin. „Ich habe keine Ahnung, was ich denken soll", flüsterte sie. „Doch es hätte mir klar sein müssen, dass das hier passiert – dass du mich für Honor halten würdest. Verstehst du nicht, Warren?", fragte sie und schluchzte fast. „Es gibt keinen Weg, *keinen Weg*, wie wir jemals zusammen sein könnten. Sie wird immer da sein!" Da sie seinen gequälten Blick nicht länger ertragen konnte, machte sie ein paar stolpernde Schritte zurück, wandte sich dann um und rannte, so schnell ihre Füße sie trugen, den Weg entlang. Sie bog um die Hausecke und lief durch das Tor. Der Wind fuhr durch ihre Haare, als sie die regennasse Straße herunterhastete, in der sich das bläulich schimmernde Licht der Straßenlaternen brach.

Den Hügel hinunter, durch die Schlucht und auf der anderen Seite wieder hinauf lief sie. Ihr Atem brannte in der Lunge, und Tränen füllten ihre Augen. Warren hat dich benutzt, schrie die Stimme in ihrem Innern, er hat so getan, als wärst du Honor!

Vor ihr erhob sich das Apartmenthaus, und sie jagte über den Rasen. Fieberhaft suchte sie in ihrer Tasche nach dem Schlüssel, ehe sie die Tür öffnete und immer zwei Stufen auf einmal nehmend die Treppe hinaufrannte.

Sie war außer sich und aufgewühlt, als sie ihre Tür hinter sich zuwarf und ins Bad stürzte, wo sie die Dusche anstellte. Wie hatte sie Warren vertrauen können? Wie hatte sie glauben können, dass er sie liebte und dass er Honor – die Frau, die er so lange geliebt hatte – vergessen konnte? Sie war dumm und egoistisch gewesen. Natürlich konnte er eine Frau, die er zehn Jahre lang geliebt hatte, nicht einfach vergessen. Natürlich gab es für sie keine Chance, zusammen zu sein. Es war albern von ihr gewesen, anzunehmen, dass es einen anderen Ausgang hätte nehmen können, mit Warren zu schlafen.

Angeekelt von sich selbst, streifte sie ihre Kleider ab, stieg unter die Dusche und ließ das heiße Wasser über ihren Körper strömen. Es prickelte wie tausend Nadeln. Obwohl ihre Knie zitterten, gab sie der Versuchung nicht nach, sich auf den Boden in die Ecke der Duschkabine zu kauern wie ein verwundetes Tier.

Nein, beschloss sie und biss die Zähne zusammen, um die Empfindungen unter Kontrolle zu halten, die tief in ihrer Seele tobten. Egal, wie sehr sie Warren Stone liebte, egal, wie viel ihr noch an ihm lag – sie würde ihn vergessen. So, wie sie es schon vor zehn Jahren hätte tun sollen!

8. KAPITEL

Warren spürte den Regen nicht, der ihm über die nackte Brust rann. Die Hände in die Hüften gestemmt, beobachtete er mit stummer Wut, wie Brenna verschwand. Er ballte die Hände zu Fäusten und wollte irgendetwas zerschlagen – nur, um die Spannung zu lösen, die er so stark in seinen Muskeln fühlte, dass es beinahe wehtat.

„Du gottverdammter Idiot!", verfluchte er sich selbst. Er wollte ihr hinterherrennen, wollte sich entschuldigen, wollte sie schütteln, damit sie zur Vernunft kam. Aber er konnte nicht weg – seine Kinder waren im Haus. Noch immer leise Verwünschungen ausstoßend, lief er zum Haus zurück. Schlamm war auf seine Jeans gespritzt, und seine Füße waren schmutzig. Es war ihm egal. Zwei Stufen auf einmal nehmend, ging er die hintere Treppe hinauf und verharrte auf der Veranda. Unvermittelt rammte er die Faust gegen einen der Stützpfeiler. Das Holz knirschte, und seine Hand pochte schmerzhaft – beinahe so schlimm wie seine Wange. Mit finsterem Blick strich er über sein Kinn und betastete die Stelle, an der Brenna ihn erwischt hatte. Dann öffnete er die Tür.

Wie hatte er Brenna nur Honor nennen können? Angesichts seiner eigenen Dummheit zuckte er zusammen, durchquerte die Küche und blieb tropfend neben dem Tisch stehen.

Ohne eigentlich einen Plan zu haben, nahm er das Telefon und wählte Mary Beattys Nummer. Es klingelte viermal, und Warren, der aufgewühlt war, trommelte ungeduldig mit den Fingerspitzen gegen die Wand. „Komm schon, komm schon, sei zu Hause."

Atemlos meldete Mary sich beim sechsten Klingeln. „Hallo?"

„Gott sei Dank – Sie sind zu Hause." Er ließ sich gegen die Wand sinken.

„Mr Stone?"

„Hören Sie, ich weiß, dass es nach zehn ist, doch es ist wirklich sehr wichtig", sagte er schnell. „Könnten Sie herkommen und auf die Kinder aufpassen – möglicherweise auch über Nacht?", fragte er.

Sie schwieg einen Moment lang. „Stimmt etwas nicht?", erkundigte sie sich besorgt. „Julie und Scotty …"

„Denen geht es gut", erwiderte er und bemühte sich, eine Erklärung zu liefern, die nicht so klang, als würde er sich unüberlegt in irgendetwas stürzen. Er dachte darüber nach, zu lügen und zu behaupten, es gäbe Probleme bei der Arbeit, aber er meinte schlicht: „Es geht um Brenna. Ich muss zu ihr."

„Ich komme sofort." Sie legte auf, bevor er noch irgendetwas sagen konnte.

Plötzlich wurde ihm klar, dass seine Jeans komplett durchnässt und voller Schlamm war. Stirnrunzelnd betrachtete er den Schmutz auf dem Fußboden und ging ins Wohnzimmer. Das Feuer glühte noch immer rötlich, die Kaffeebecher standen auf dem Fenstersims, und einige von Brennas Kleidungsstücken lagen auf dem Fußboden. Wütend griff er nach ihren Schuhen und ihrer Strumpfhose und rannte die Treppe hinauf.

Während er sich auszog, sah er sie noch immer vor seinem inneren Auge. Ihr Anblick, als er sie geliebt hatte, war noch gegenwärtig. Mit einem Aufstöhnen dachte er an ihre kastanienbraunen Haare, die ihr rosiges Gesicht umrahmt hatten. Er erinnerte sich an das Vertrauen, das in ihren Augen gestanden hatte, an die zarte Farbe ihrer erröteten Wangen. Ihr Duft stieg ihm in die Nase, und vor ihm stiegen Bilder ihres begierigen Verlangens auf, als er in sie eingedrungen war. Ihr Liebesspiel war leidenschaftlich und wundervoll gewesen, voller Begehren und Liebe. Bis er Honors Namen geflüstert hatte. Gott, was war nur in ihn gefahren?

Wütend auf sich selbst, wischte er sich den Schlamm von den Füßen und ging unter die Dusche. Anschließend schlüpfte er in eine saubere Jeans und streifte sich das erste Hemd über, das er finden konnte.

Ein paar Minuten später hörte er, wie Mary das Haus betrat. „Mr Stone?"

„Ich bin gleich da", rief er aus seinem Zimmer. Er stopfte sein Hemd in die Jeans und eilte die Treppe hinunter. Brennas Sachen lagen noch immer gut sichtbar auf dem Geländer. Aber falls Mary sie entdeckt hatte, besaß sie genug Anstand, um ihren Mund zu halten. Sie wischte den Küchenfußboden.

„Lassen Sie das", wies er sie an. „Ich kümmere mich später um das Chaos."

„Ich bin schon fast fertig." Neugierig musterte sie ihn und stützte sich auf ihren Schrubber. „Was ist passiert? Geht es Brenna gut?"

„Ich hoffe es", erwiderte er und beschloss, dass Mary Beatty das Recht hatte, zu erfahren, was los war. „Wir haben uns gestritten, und sie ist abgehauen. Sie war ... wütend auf mich und hat ihre Tasche und ihre Jacke vergessen."

„Hm."

„Ich dachte, ich bringe sie ihr vorbei."

Sie zog eine ihrer ergrauten Augenbrauen hoch. „Kommen Sie später wieder?"

„Vermutlich, ja."

Die Lippen geschürzt, entdeckte sie noch einen Fleck auf dem Boden und schrubbte ihn weg. „Na ja, meinetwegen müssen Sie sich nicht beeilen, um wieder nach Hause zu kommen. Ich schlafe im Gästezimmer. Sie müssen sich also keine Sorgen um die Kinder machen."

„Gut." Er schnappte sich Brennas Sachen und ging zur Tür, die zur Garage führte. Doch er spürte, dass die Haushälterin noch mehr sagen wollte. „Was ist, Mary?", fragte er, griff nach dem Türknauf und warf einen Blick über die Schulter.

„Tja, ich nehme an, es geht mich nichts an. Sagen Sie einfach, wenn ich falschliege oder eine Grenze überschreite."

„Das werde ich."

„Ich habe Augen im Kopf. Ich sehe, was hier passiert. Anscheinend mag Brenna Sie und die Kinder – und das nicht nur, weil Sie eine Familie sind. Und ich weiß, dass Sie die Zeitung, für die sie arbeitet, nicht ausstehen können. Aber das ist allein ihre Sache." Sie seufzte und schaute Warren tief in die Augen. „Das hier ist keine leichte Situation. Schließlich ist sie Honors Schwester. Tun Sie nur nichts Unüberlegtes und verlieren dieses Mädchen. Ihre Frau ist tot, Warren. Julie und Scotty brauchen eine Mutter – und es sollte nicht irgendeine Frau sein. Sie verdienen die Liebe einer Mutter. Wenn Brenna Douglass ihnen diese Liebe nicht geben kann, dann kann es keine, denn sie ist nicht nur Honors Schwester, sondern auch eine eigenständige Frau."

„Sonst noch etwas?", erwiderte er und hatte die Zähne so fest aufeinandergepresst, dass es wehtat.

„Ja. Ich habe mitbekommen, dass Sie das Auto Ihrer Frau verkauft und ihre Sachen weggegeben haben, aber Sie müssen mehr als das tun. Honor muss dieses Haus verlassen – oder sie muss dort bleiben, wo sie hingehört: in den Hochzeitsalben oder in Ihrer Erinnerung", erklärte sie und beobachtete seine Reaktion auf ihre Worte, bevor sie fortfuhr: „Ich weiß, dass Sie Ihre Frau trotz aller Probleme geliebt haben. Aber versuchen Sie, Brenna als eigenständige Persönlichkeit zu sehen. Vergessen Sie, dass sie Honors Schwester ist. Und jetzt machen Sie sich schon auf den Weg!"

Sie bedeutete ihm mit einer Handbewegung, zu gehen, und wischte den makellos sauberen Fußboden noch einmal, während Warren die Tür hinter sich schloss und in seinen Wagen stieg.

Brenna kämmte ihr nasses Haar, als es an der Tür klingelte. Sie hätte beinahe ihre Bürste fallen lassen, und ihr Herz schlug einen Salto. Sie musste nicht lange raten, um zu wissen, wer dort war. Offensichtlich stand Warren im Flur vor ihrer Eingangstür.

Innerlich wappnete sie sich und band den Gürtel ihres Bademantels enger um ihre Taille, wobei sie feststellte, dass ihre Hände zitterten.

Nach einem Blick durch den Spion öffnete sie die Tür, blieb allerdings auf der Schwelle stehen. Warrens Haar war ordentlich gekämmt, doch Regentropfen schimmerten in den dichten schwarzen Strähnen. Seine Miene war ernst, und seine blauen Augen wirkten kühl.

„Ich dachte, du brauchst das hier vielleicht", meinte er und reichte ihr das Bündel aus Tasche, Schuhen, Jacke und Strumpfhose.

„Danke." Sie nahm ihre Sachen entgegen und wollte die Tür schließen. Im Augenblick konnte sie sich nicht mit ihm auseinandersetzen. Immer noch war sie zu aufgewühlt und durcheinander.

„Brenna …"

„Es ist spät, Warren."

„Ich denke, wir sollten reden."

Sie kniff die Augen zusammen. „Meinst du nicht, dass du genug gesagt hast?", flüsterte sie. Sowie sie bemerkte, dass seine Miene mit einem Mal voller Bedauern war, wünschte sie sich, sie hätte den Mund gehalten.

„Du kannst mir nicht ewig aus dem Weg gehen."

„Dann pass mal auf", erwiderte sie.

„Ach, Bren, lass das. Das ist doch albern."

„Und genau so fühle ich mich, okay? Albern und verletzt und zornig auf mich selbst, dass ich dir überhaupt vertraut habe."

„Jetzt reicht's", murmelte er. Mit der Schulter schob er die Tür auf und fasste Brenna am Handgelenk. Dann trat er gegen die Tür, die ins Schloss fiel, und zog die verdutzte Brenna mit sich ins Wohnzimmer.

„Warren, ich glaube nicht, dass das eine gute Idee ist. Was ist mit den Kindern? Du kannst sie nicht allein lassen."

„Ich habe Mary angerufen. Sie ist bei uns zu Hause und ist auch bereit, über Nacht zu bleiben, falls das hier so lange dauern sollte."

„Falls was so lange dauern sollte?"

„Dich davon zu überzeugen, dass mir etwas an dir und uns liegt."

Brenna fühlte sich, als wollte ihr Herz zerspringen, aber sie ballte die Hände zu Fäusten. Sie konnte ihm nicht wieder vertrauen, konnte sich nicht erlauben, ihm zu glauben. „Geh nach Hause, Warren."

„Auf keinen Fall. Hör mir ein paar Minuten zu", sagte er und drückte Brenna sanft auf die Couch. „Ich habe einen Fehler gemacht, das gebe ich zu. Und es tut mir leid. Ich kann dir nicht einmal versprechen, dass es nicht wieder geschehen wird."

„Das reicht nicht!"

„Es muss reichen, verdammt noch mal."

Als sie aufstehen wollte, stellte er sich ihr in den Weg und setzte sich direkt vor sie, auf den Couchtisch. Sein Blick war auf ihr Gesicht gerichtet. „Ich denke nicht, dass es noch etwas zu besprechen gibt", erklärte sie mit so viel Nachdruck, wie sie aufbringen konnte. Es kostete sie all ihre Kraft.

„Ich liebe dich, Brenna."

Sie wusste, dass er sich bemühte, ehrenhaft zu sein, und zuckte entsetzt zusammen. „Du musst das nicht …"

„Ich liebe dich! Hörst du mir nicht zu?"

„Nur, weil wir miteinander geschlafen haben …"

„Und warum, denkst du, ist es dazu gekommen?", fragte er. „Weil ich dich liebe, und weil ich weiß, dass auch du mich liebst."

„Nein!" Sie hatte sich gerade erst geschworen, sich nicht wieder von diesen alten, nutzlosen Gefühlen überwältigen zu lassen. Sie schob sich die Haare aus dem Gesicht und sagte so ruhig wie möglich: „Ich liebe dich nicht, Warren. Du hattest recht. Was ich damals empfunden habe … ist weg. Es ist vorbei. Es war nur eine alberne Schwärmerei." Ihr Herz zog sich zusammen, ihre Seele war vergiftet von der Lüge, doch sie reckte das Kinn vor, und wie durch ein Wunder blieben auch ihre Augen trocken.

„Du glaubst das genauso wenig wie ich."

„Es ist vorbei, Warren, bevor es richtig begonnen hat."

Er presste die Lippen aufeinander, bis sie weiß wurden, und seine Miene war angespannt. „Vor langer Zeit habe ich meine Gefühle für dich verleugnet", gestand er. In seinen Worten klang Verzweiflung mit. „Aber ich liebe dich, und das habe ich wahrscheinlich schon immer getan."

Brenna schluckte und flüsterte: „Honor war deine Frau."

„Und ich habe auch sie geliebt, Bren." Er setzte sich auf die Couch und legte einen Arm um Brennas zitternde Schultern.

Bitte, Gott, gib mir die Kraft, ihn wegzustoßen.

„Vor zehn Jahren war ich besessen von ihr. Sie war hübsch und klug und etwas Besonderes."

Brenna wollte im Erdboden versinken. Ihre Entschlossenheit schwand mit jeder Sekunde.

„Ich wusste, dass sie mich herterging, doch ich wollte sie, wollte beweisen, dass ich sie haben konnte. Ich habe sie geliebt, Brenna, das werde ich nicht bestreiten. Und zuerst waren wir auch glücklich …" Er verstummte. „Ich habe dir schon davon erzählt."

„Du liebst sie noch immer", erwiderte sie leise. „Und ich auch."

„Aber sie ist tot, Brenna. Wir können sie nicht zurückholen!" Er lehnte seinen Kopf gegen die Kissen des Sofas, allerdings nahm er seinen Arm nicht von ihren Schultern. „Du selbst warst es, die mir das vor nicht allzu langer Zeit gesagt hat."

„Vielleicht habe ich mich geirrt."

Aber er hörte ihr gar nicht zu. In ein schmerzvolles Durcheinander der Erinnerungen verstrickt, fuhr er fort: „In jener Nacht im Rosengarten, beim Haus deines Vaters, hast du mich total verwirrt. Wenn ich nicht so starrköpfig gewesen wäre, dann wäre ich vielleicht klüger gewesen. Doch mein männlicher Stolz stand auf dem Spiel, und ich musste beweisen, dass sie mich mochte. Nachdem ich dich verlassen hatte, war ich vollkommen durcheinander", erklärte er und starrte an die Decke. „Du dachtest, du wärst in mich verliebt gewesen."

„Das war ich auch", entgegnete sie schlicht. Sie zitterte, und die Tränen, gegen die sie sich die ganze Zeit gewehrt hatte, füllten ihre Augen.

„Jetzt weiß ich es auch, Bren", flüsterte er. „Aber ich war davon überzeugt, dass du damals zu jung warst, um dich selbst zu kennen. Du hattest all diese Träume, Brenna. Du hattest geplant, aufs College zu gehen und Journalistin zu werden. Du hattest ein Stipendium und eine strahlende Zukunft vor dir. Ich wollte nicht, dass du all deine Pläne für mich änderst und das dann womöglich für den Rest deines Lebens bereust."

„Das hätte ich nicht."

„Doch, das hättest du. Irgendwann. Selbst damals wusstest du, was du dir vom Leben erhoffst, und ich war mir sicher, dass ich kein Teil davon sein konnte. Im Übrigen warst du erst achtzehn, und ich war der Ansicht, dass es bei dir nicht mehr als eine Schwärmerei war."

„Du hast keine Ahnung, wie oft ich mir gewünscht habe, dass es tatsächlich so gewesen wäre."

Er legte den Kopf schräg und musterte sie. Dann presste er sie an sich. Sie versuchte, ihm zu widerstehen – erfolglos. Ihr Stolz und ihre Entschlossenheit schienen sich in Luft aufzulösen, sobald sie in seiner Nähe war.

„Ich fühlte mich geschmeichelt", gab er zu. „Und ich hatte sogar Zweifel, was Honor betraf. Doch als ich sie mit Jeff erwischte, wollte ich nur noch, dass sie mir gehört, und beweisen, dass all die Gerüchte über sie nicht stimmten. Ich hatte nicht beabsichtigt, die Rolle des Betrogenen zu spielen – vor allem nicht, wenn der Widersacher Jeff Prentice hieß. Ich schätze, ich habe ein heilloses Durcheinander verursacht", sagte er stirnrunzelnd. „Und jetzt müssen du und ich dafür bezahlen."

Sie sammelte allen Mut, den sie aufbringen konnte, ehe sie sich wieder vollkommen von ihm bezaubern ließ. „Es ist schon spät", bemerkte sie mit bebender Stimme. „Ich denke, du solltest jetzt gehen."

„Willst du das wirklich?"

Oh Gott, nein! „Ja."

Sein Blick wurde hart, und er nahm den Arm von ihrer Schulter. „Okay. Dann habe ich vor zehn Jahren einen Fehler gemacht und heute Abend schon wieder. Ich habe mich entschuldigt, und leider kann ich die Zeit nicht zurückdrehen und es ungeschehen machen. Aber ich glaube, dass du uns noch eine Chance geben solltest, Brenna."

„Warum?"

„Hast du mir überhaupt nicht zugehört?" Die Wut schwand aus seinem Gesicht und wich Scheu, während er ihr sanft über die Stirn strich. Seine Finger zitterten, als er ihr tief in die Augen schaute. „Ich liebe dich, Brenna. So einfach ist das."

Wenn es doch nur so wäre. Sie schluckte den Kloß in ihrem Hals herunter und versuchte, sich seinem fesselnden Blick zu entziehen. In dem Moment konnte sie keinen klaren Gedanken fassen. „Ich meine, wir sollten uns eine Weile nicht sehen", flüsterte sie und spürte, wie er seine Hand mit ihrer verschlang.

„Brenna, ich will, dass du mich heiratest."

„Du willst *was*?", wisperte sie verblüfft. Ihr Herz schlug wie wild, in einem atemberaubend schönen, verrückten Takt.

„Das ist mein Ernst, Brenna. Als du heute Abend weggelaufen bist und ich fürchten musste, dich wieder verloren zu haben, habe ich entschieden, dass ich das nicht zulassen werde."

„Aber ich bin erst seit Kurzem wieder …"

„Wir kennen uns seit über zehn Jahren. Meine Kinder lieben dich, und sie brauchen dich. Und ich auch."

Sie wusste nicht, ob sie lachen oder weinen sollte. Vor langer Zeit hatte sie so oft davon geträumt, Warren zu heiraten. Doch diese Mädchenträume waren geplatzt, als er Honor geheiratet hatte. Und in den vergangenen Monaten hatte sie sich in ihrer Trauer nicht mit der Tatsache auseinandersetzen können, dass sie ihn liebte.

Er legte einen Finger unter ihr Kinn. „Das … Das geht zu schnell, Warren", sagte sie und zwang sich, ihm in die Augen zu blicken. „Es gibt noch so vieles, über das ich mir klar werden muss, über das du dir klar werden musst. Erst neulich hast du mir vorgeworfen, dass ich versuchen würde, in Honors Fußstapfen zu treten, und jetzt bittest du mich darum, genau das zu tun." Sie schüttelte den Kopf. „Ich … Ich denke nicht, dass wir schon für eine Ehe bereit sind. Und ich bin mir sicher, dass deine Kinder noch etwas brauchen, um mich zu akzeptieren. Zumindest Scotty."

„Versprich mir, dass du darüber nachdenken wirst." Mit dem Daumen strich er über ihren Hals, bewegte ihn in bedächtigen Kreisen, bis Brennas Sinne in Aufruhr gerieten.

„Ich werde darüber nachdenken", willigte sie ein. Obwohl sie ihn liebte und seine Frau werden wollte, konnte sie den Gedanken nicht ertragen, immer die Nummer zwei hinter Honor zu sein. Sie konnte den Gedanken nicht ertragen, dass sie ihr ganzes Leben damit verbringen würde, Erwartungen zu erfüllen, die man ihr gegenüber hätte, wenn sie Honors Rolle übernehmen würde. „Ich werde dich allerdings erst heiraten können, wenn ich davon überzeugt bin, dass Honor nicht mehr zwischen uns steht. Und ich weiß nicht, ob das überhaupt möglich ist."

Die Stirn gerunzelt und die Lippen nachdenklich zusammengepresst, seufzte er. „Wir werden es versuchen müssen, oder?" Ungeduldig fuhr er sich durch sein noch immer feuchtes Haar und sah finster vor sich hin. „Ich liebe dich, weil du nicht deine Schwester bist, Brenna. Glaub mir, ich verlange nicht von dir, dass du so wie sie wirst. Ich würde es nicht wollen. Ich möchte Brenna Douglass heiraten." Er schob ihr eine Haarsträhne aus dem Gesicht, beugte sich vor und gab ihr einen sachten Kuss auf den Mund. „Vertrau mir, Bren", bat er sie, ehe er sich wieder aufrichtete und sie anschaute. „Ich habe gesagt, was ich zu sagen hatte. Ich denke, jetzt liegt es an dir, den nächsten Schritt zu machen." Ohne noch einmal zurückzusehen, ging er durch die Tür und schloss sie geräuschvoll.

Brenna blieb zurück und fühlte sich leer und verloren. Sie fragte sich, ob sie gerade ihren sehnlichsten Traum weggeworfen hatte: Warren Stone zu lieben und von ihm geliebt zu werden.

„Schreibblockade?", fragte Tammy, als sie an Brennas Schreibtisch vorbeikam. Ihre klimpernden Armbänder und Ketten waren aus Silber, und an ihren Fingern trug sie Ringe mit türkisfarbenen Steinen.

„Das und noch einiges mehr", antwortete Brenna. Sie bewegte den Kopf hin und her und massierte sich mit der Hand den Nacken. Seit Stunden saß sie vor den Monitor gekauert und versuchte, einen neuen Blickwinkel auf eine alte Geschichte zu bekommen – Mutter zu sein und trotzdem Karriere zu machen.

„Soll ich mir den Text mal anschauen?"

„Später, wenn ich mit dem ersten Entwurf fertig bin." Seufzend las sie ihren Text am Bildschirm durch und runzelte die Stirn. In der letzten Woche hatte sie beinahe im Büro gewohnt, hatte alte Kolumnen gelesen, neue Ideen notiert und zwei Artikel geschrieben. Len war beeindruckt gewesen. Von Warren hatte sie dagegen nichts gehört. Seit er sie in ihrer Wohnung zurückgelassen hatte, hatte er weder angerufen, noch war er vorbeigekommen. Andererseits hatte er ihr gesagt, dass es an ihr wäre, den nächsten Schritt zu machen. „Vergiss nicht, dass du dir genau das gewünscht hast", sagte sie leise zu sich und starrte auf den Monitor. Bisher war ihre Geschichte so schlecht und langweilig und abgedroschen, wie es nur ging.

„Wie bitte?", fragte Tammy.

„Nichts ... Ich habe nur laut gedacht."

„Na ja, *ich* denke, Sie sollten mal eine Weile das Büro verlassen. Es kommt mir fast so vor, als wären Sie an den verdammten Computer gekettet."

Brenna lachte. „Um Himmels willen."

„Kommen Sie, lassen Sie uns was essen gehen. Ich bezahle."

Brenna sah ein, dass sie sich selbst und auch der Zeitung keinen Gefallen tat, wenn sie länger vor dem Computer hockte. Sie schaltete den Rechner aus. „Das ist ein Angebot, das ich nicht ausschlagen kann", murmelte sie und schnappte sich ihre Tasche.

Der Himmel war klar und blau, als sie die drei Blocks zu einem kleinen Restaurant liefen, das in einem alten, renovierten

Hotel untergebracht war und das „authentischste mexikanische Essen im gesamten Nordwesten" anbot. Das stand zumindest auf dem Schild im Fenster.

Der Boden war mit rostroten mexikanischen Fliesen ausgelegt, und die Rundbögen an der Decke waren mit Bordüren mit aztekischem Muster verziert. Riesige Deckenventilatoren drehten sich träge.

„Probieren Sie die frittierten Burritos", schlug Tammy vor, während sie die Speisekarte las. „Sie sind nicht von dieser Welt. Na ja, zumindest nicht aus diesem Land."

„Gut."

Als eine Kellnerin in einem schulterfreien Kleid erschien, bestellte Tammy für sie beide – als Vorspeise Nachos und dann die beiden Burritos.

„Das ist mehr Essen, als ich normalerweise im gesamten Monat zu mir nehme", stellte Brenna ein paar Minuten später fest, während die Bedienung eine riesige Platte mit Nachos zwischen sie auf den Tisch stellte.

„Genießen Sie das Leben ein bisschen." Tammy steckte einen der mit Käse überbackenen Chips in die Sour-Cream-Soße. „Ich esse mittags immer viel, weil ich oft am Abend eine Veranstaltung besuchen muss und dann nicht dazu komme, zu Abend zu essen. In den letzten zwei Wochen habe ich, glaube ich, nur einmal abends gegessen – und das war eine kalte Pizza um halb elf", überlegte sie laut.

Brenna lächelte. „Wie war denn der Horrorfilm in der vergangenen Woche?"

„Wundervoll", entgegnete Tammy grinsend. „Und raten Sie mal: Obwohl der Stalker am Ende von Teil sieben tot zu sein scheint, planen die Produzenten meines Erachtens schon einen nächsten Film."

„Genau das, was das Land noch braucht", bemerkte Brenna augenzwinkernd.

„Hey, hören Sie auf. Damit verdiene ich meinen Lebensunterhalt. Heute Abend schaue ich mir einen neuen Film an. Es ist eine romantische Komödie. Und morgen habe ich Plätze in der ersten Reihe bei einem Rockkonzert. Sonntag besuche ich eine Aufführung unserer Theatergruppe – sie zeigen ein Stück, das im letzten Jahr ziemlich erfolgreich am Broadway lief. Außerdem warte ich gerade auf eine Promo-CD meiner Lieblingsband. Ich hoffe, das neue Album ist besser als das letzte. Denn das letzte war wirklich mies! Und das ist meine Meinung als *professionelle* Journalistin."

Lachend erwiderte Brenna: „Ich weiß nicht, woher Sie die Energie nehmen."

„Ich liebe den Job! Auch wenn es die Deadlines gibt und den Druck, kann ich mir nicht vorstellen, etwas anderes zu machen. Und Sie?"

Brenna dachte nach. Grübelnd schaute sie aus dem Fenster auf die belebte Straße und erinnerte sich an die mittelmäßige Geschichte, die sie auf ihrem Computer gespeichert hatte. „Eigentlich nicht. Außer an Tagen wie diesem."

„Gehen Sie nicht zu hart mit sich ins Gericht. Ihre ersten beiden Artikel waren großartig! Len ist vor Begeisterung praktisch ausgeflippt."

„Gott sei Dank." Sie biss in ihren Burrito und fragte sich, ob Warren ihre Artikel gelesen haben mochte. Der erste war ein lustiger Bericht über den Verlust eines Milchzahnes als Schritt zum Erwachsenwerden gewesen. In dem zweiten hatte sie sich schon mit einem ernsten Thema auseinandergesetzt, nämlich mit einer umstrittenen Gesetzesvorlage aus weiblicher Sicht.

„Len steht mit dem Rücken zur Wand", erklärte Tammy. „Die Besitzer des Blattes sind besorgt. Es gibt Gerüchte, dass es wegen der Charlie-Saxton-Sache ein Nachspiel in Form einer Klage geben wird, und Len hält seinen Kopf hin und beschwichtigt die Bosse und gleichzeitig das Büro des Bezirksstaatsanwalts."

Beinahe hätte Brenna sich verschluckt. „Das Büro des Bezirksstaatsanwalts hat Len wieder angerufen?"

Tammy zuckte die Achseln. „Ich glaube, ja. Wie dem auch sei – es ist nicht das erste Mal, dass der *Examiner* sich beim Bezirksstaatsanwalt unbeliebt gemacht hat. Es ist kein Geheimnis, dass Len es auf Warren Stone abgesehen hat."

„Stimmt ... Stimmt das?", fragte Brenna, nippte an ihrem Wasser und bemühte sich, ruhig zu erscheinen.

„Ja. Es gab einen riesigen Skandal, als Stones Frau starb, und Len hat das ausgenutzt." Tammy biss ein großes Stück von ihrem Burrito ab. „Hey, haben Sie keinen Hunger? Das schmeckt klasse." Sie stach mit der Gabel in ein Stück Fleisch.

Brenna war der Appetit vergangen. Lustlos schob sie ihr Essen auf dem Teller hin und her. „Ich glaube, ich sollte Ihnen etwas sagen", begann sie leise. Sie wusste, dass Tammy sowieso über kurz oder lang herausfinden würde, in welcher Beziehung sie zu Warren stand. Und da Tammy allmählich zu einer echten Freundin wurde, entschloss sie sich, offen zu ihr zu sein.

„Ja? Was denn?"

„Warren Stone ist mein Schwager."

„Ihr ..." Tammy verstummte. Verblüfft ließ sie die Gabel in die Reste ihres Burritos sinken.

„Honor Stone war meine Schwester."

„Oh Gott." Tammy lief dunkelrot an. „Hören Sie, ich hatte keine Ahnung. Es tut mir wirklich leid."

„Ist schon gut", versicherte Brenna schulterzuckend.

„Ich kann es nicht fassen! Weiß Len darüber Bescheid?" Sie warf Brenna einen Blick zu und presste die Lippen zusammen. „Natürlich weiß er es. Dieser Kerl! Wahrscheinlich hat er Sie eingestellt, um Insiderinformationen über Warren Stone zu bekommen." Kopfschüttelnd schob sie ihren Teller beiseite.

„Meinen Sie, dass er das tun würde?"

„Ich bin mir nicht sicher ... Im Grunde genommen ist Len in Ordnung. Manchmal ist er ein bisschen schleimig. Ich kann mir eigentlich auch nicht vorstellen, dass er jemanden aus Rache einstellt. Sein Job ist ihm zu wichtig. Haben Sie den Becher auf seinem Schreibtisch gesehen?"

Brenna nickte und erinnerte sich an die Tasse, auf der in dicken Buchstaben stand: *The Buck Stops Here – Die Verantwor-*

tung liegt letztendlich hier.

„Tja, das ist ihm ernst. Er würde sich hinter jeden Journalisten aus dem Team stellen. Deswegen ist er im Charlie-Saxton-Fall auch in solche Schwierigkeiten geraten. Genau genommen hätte er Karla feuern müssen."

„Die Empfangsdame?"

„*Darum* ist sie Rezeptionistin. Sie ist Journalistin und hat über den Saxton-Fall berichtet. Wenn Sie mich fragen, hat sie es vermasselt. Wie auch immer. Len wollte sie nicht feuern, sondern hat sie ein bisschen in die Schranken gewiesen. Er behauptet, dass es seine Verantwortung als Chefredakteur war, ihren Fehler aufzufangen."

„Das klingt nicht nach einem Kerl, der ‚manchmal ein bisschen schleimig ist'."

Tammy seufzte und stützte sich mit den Ellbogen auf dem Tisch ab. „Ich weiß, ich weiß. Ich schätze, was ihn betrifft, neige ich dazu, etwas ungerecht zu sein. Ich habe noch ein Hühnchen zu rupfen mit ihm. Er … äh … hat einen Annäherungsversuch unternommen… da war ich gerade neu – und damals war er noch verheiratet. Als ich ihm sagte, dass ich nicht interessiert wäre, hat er gedrängt, aber irgendwann hat er es doch eingesehen." Tammy sah Brenna reuevoll an. „Ich sollte ihm wohl vergeben, oder? Immerhin ist es schon fast zwei Jahre her. Seitdem hat er mich nicht mehr belästigt, und er ist geschieden. Zum Glück hat er jemand anderen gefunden, der ihn interessiert. Raten Sie mal, wer das ist?"

„Das weiß ich nicht."

„Karla."

Brenna rang nach Luft.

„Ja, vielleicht hat er sich deshalb so weit für sie aus dem Fenster gelehnt. Wer weiß das schon? Und wen interessiert es?" Sie nahm die Rechnung vom Tisch und schob ihren Stuhl zurück. „Ich sage es nicht gern, trotzdem ist es an der Zeit, zurück an die Arbeit zu gehen."

„Danke", sagte Brenna, während sie gemeinsam im hellen

Sonnenschein zurück zum Büro schlenderten. „Das nächste Mal geht das Essen auf mich."

„Das ist ein Deal", entgegnete Tammy und schenkte Brenna ein breites Grinsen, ehe sie kurz darauf zu ihrem Schreibtisch eilte.

Die nächsten vier Stunden verbrachte Brenna im Archiv der Zeitung. Sie stellte ihren ersten Entwurf für den neuen Artikel fertig, gab Tammy eine Kopie und verließ dann das Büro. Eigentlich wollte sie direkt nach Hause fahren, doch sie tat es nicht.

Der Tag war zu schön, um ihn im Apartment zu vergeuden. Während sie fuhr, fielen Sonnenstrahlen durch die Tannen, und eine leichte Brise, die das Versprechen auf den Sommer mit sich trug, bewegte sacht die Zweige. Brenna war ruhelos, und sie plagte ihr schlechtes Gewissen. Sie hatte in den vergangenen Tagen nicht nur Warren gemieden, sondern hatte auch Julie und Scotty nicht gesehen. Sie hatte sich noch nicht weiter mit Warrens Heiratsantrag auseinandergesetzt, weshalb sie weder ihn noch die Kinder treffen wollte.

Sie war in der Nähe von Warrens Haus. Aus einem Impuls heraus schaltete sie runter, bog auf Warrens Auffahrt und hielt an. An der Tür zögerte sie und fragte sich, was sie sagen sollte. Schließlich klopfte sie an.

„Ich komme", rief Mary. Sie warf einen Blick aus dem Fenster und öffnete die Tür. Ein breites Lächeln erstrahlte auf ihrem Gesicht. „Kommen Sie rein, kommen Sie rein. Ich habe gerade an Sie gedacht."

„Tatsächlich?"

„Ja. Julie sitzt an einem Aufsatz für die Schule, und ich bin keine große Hilfe, wenn es darum geht, Worte zu Papier zu bringen."

„Ich weiß, was Sie meinen", entgegnete Brenna und erinnerte sich an ihre eigene Schreibblockade vom Vormittag.

„Ich habe gehofft, dass Sie ihr helfen könnten. Immerhin sind Sie Journalistin."

„Ich werde es versuchen."

„Gott sei Dank!" Mary schob Brenna in die Küche, wo Julie am Tisch hockte. Die Kleine hatte die Augenbrauen zusammengezogen, die Zungenspitze aus dem Mund herausgestreckt, und kämpfte mit ihrem Bleistift, dem Papier und einem Radiergummi.

„Wie läuft es?", erkundigte sich Brenna, und Julie sah mit glänzenden blauen Augen auf.

„Tante Bren!", stieß sie glücklich hervor und starrte dann auf das verschmierte Blatt. „Es läuft furchtbar!"

„Schreibblockade?"

„Was?"

„So nennt man es, wenn einem nichts einfallen will. Heute Vormittag hat mir eine Kollegin gesagt, dass ich eine hätte."

„Dann habe ich auch eine!"

„Da musst du mal eine kurze Pause von dem machen, was du da schreibst."

Julies Augen funkelten, und sie blickte zu Mary, die anscheinend die Aufsicht über die Erledigung der Hausaufgaben führte.

„Warum gehen wir nicht raus und essen Pommes oder trinken einen Milchshake oder holen uns ein Eis?", schlug Brenna vor.

„Können wir?", fragte Julie, sah Brenna an und ließ ihren Bleistift fallen. Er rollte über den Tisch und fiel auf den Boden.

„Sicher. Wir können auch Scotty mitnehmen."

Schlagartig verfinsterte sich Julies Blick, aber Mary Beatty kam ihr zuvor und ergriff das Wort. „Er ist im Moment nicht da. Er ist nach dem Kindergarten zu einem Freund nach Hause zum Spielen."

Brenna strich Julie über das blonde Haar. „Also sind nur du und ich übrig."

„Ist das in Ordnung?", wollte Julie von Mary wissen.

„Na klar ist es das. Vergiss nur nicht, dass das hier …", sie tippte mit dem Finger auf das Blatt Papier, „… nicht einfach so verschwindet. Es muss noch immer gemacht werden, wenn du wiederkommst."

„Ich weiß", erwiderte Julie und rollte mit den Augen, bevor sie aus der Küche stürmte.

„Zieh eine Jacke an", rief Mary ihr hinterher, doch Julie hatte sich schon einen dicken Pullover vom Haken neben der Hintertür genommen und rannte nach draußen.

„Wir sind in zwei Stunden wieder da", versprach Brenna, und die Haushälterin schloss die Tür hinter ihnen. Als sie kurz darauf hinter das Steuer ihres Wagens kletterte, fragte sie Julie: „Gut. Wohin fahren wir?"

Julie hatte sich schon auf dem Beifahrersitz angeschnallt. „Zum *Thirty-one flavors*!"

„Das *Thirty-one flavors* soll es also sein!" Brenna fuhr rückwärts von der Auffahrt und lenkte den Wagen dann vom Hügel. „Du müsstest mir nur verraten, wo es langgeht."

Innerhalb von zehn Minuten hatte Julie sie zu der kleinen Eisdiele gelotst. Brenna hatte das Auto geparkt, und sie saßen in dem Laden und leckten an ihrem Eis.

„Erzähl mir mal, worüber du schreiben musst", bat Brenna.

„Über etwas Langweiliges!"

„Und das wäre?"

„Das wäre: Was mache ich in den Sommerferien?" Julie seufzte und wischte sich einen Tropfen Erdbeereis vom Kinn. „Ich habe nicht den blassesten Schimmer, ob wir überhaupt wegfahren."

„Warum fragst du nicht deinen Dad?"

„Er wird dann nur böse. Wir wollten eigentlich ans Meer ... Aber das war, ehe Mommy ..." Ihr Blick wurde traurig. „Er hat die Hütte ja auch schon verkauft, und ich glaube nicht, dass wir verreisen."

„Wann musst du den Aufsatz abgeben?"

„Montag." Julie kaute auf einem Stück von der Eiswaffel und starrte nach draußen. „Cindy fährt nach Disneyland, und Michelle macht Ferien auf Hawaii", sagte sie unglücklich und seufzte wieder schwer. „Sogar Jamie Foster fährt weg. Ihre Tante lebt in Boise."

„Willst du das denn? Nach Boise fahren?"

Julie zuckte mit den Schultern. „Ich glaube nicht."

„Sicherlich bleiben einige Kinder aus deiner Klasse auch in Portland."

Trotzig schob Julie die Unterlippe vor. „Ich habe trotzdem nichts, worüber ich schreiben könnte."

„Vielleicht. Vielleicht aber doch", erwiderte Brenna. „In Portland gibt es viele hübsche Plätze. Und wenn du freundlich bittest, unternimmt dein Dad bestimmt einige Ausflüge mit euch. Ihr könntet in den Zoo gehen, zum Mount Hood, ins Kindermuseum oder an den Strand. Das Meer ist immerhin nur eine Stunde von hier entfernt."

„Dad hat gemeint, er will nie wieder ans Meer fahren", entgegnete Julie.

„Ich glaube, er hat seine Meinung geändert. Er und ich haben in einem Restaurant an der Küste haltgemacht, als wir aus Kalifornien zurückgekommen sind. Ich wette, du musst ihm nur sagen, dass du nach Seaside oder Astoria möchtest, und er fährt mit euch dorthin."

Julie betrachtete die geschmolzenen Überreste ihrer Eiscreme. „Fragst du ihn?", bat sie.

„Wenn du das möchtest."

„Und wenn er mit uns ans Meer fährt, kommst du dann mit?"

Brenna lächelte und wischte ein bisschen Erdbeereis von der Wange ihrer Nichte. „Das würde ich um nichts auf der Welt verpassen wollen. Hör mal, ich bringe dich jetzt besser nach Hause. Mary hat bestimmt schon das Abendessen fertig."

„Ich habe keinen Hunger", widersprach Julie.

Brenna betrachtete das tropfende Eishörnchen in Julies Hand. „Tu mir einen Gefallen und tu zumindest so, als würdest du was essen, ja? Sonst bekomme ich echt Ärger mit deinem Dad und Mary."

„Mit Dad bekommst du keinen Ärger. Er mag dich", sagte Julie, schmiss den Rest ihrer Eistüte in einen Mülleimer und schob die Glastür des Eiscafés auf. „Er mag dich sogar sehr."

„Und ich mag ihn."

Julie setzte sich auf den Beifahrersitz und schnallte sich an, während Brenna den Schlüssel in die Zündung steckte und drehte. Der Motor heulte auf.

Mit einem Blick über die Schulter lenkte sie das Auto vom engen Parkplatz und auf den Highway.

„Darf ich dich was fragen, Tante Bren?", wollte Julie leise wissen.

Das Zittern in Julies Stimme ließ Brenna aufhorchen. „Klar. Was denn?" Aus dem Augenwinkel konnte Brenna sehen, dass Julie nervös die Hände im Schoß knetete.

„Wirst du meinen Dad heiraten?"

9. KAPITEL

Brenna trat auf die Bremse, und der Wagen kam quietschend zum Stehen. Hinter ihnen hupte ein Auto.

„Ich wollte nur wissen, ob du vorhast, meinen Daddy zu heiraten", wiederholte Julie mit etwas mehr Nachdruck.

Zitternd gab Brenna Gas, und der Wagen fuhr an. „Ich weiß es nicht", gestand sie und wunderte sich, wie Julie plötzlich darauf kam. „Hat dein Dad mit dir darüber gesprochen?"

„Oh nein." Julie schüttelte entschieden den Kopf. „Er wäre böse, wenn er erfahren würde, dass ich dich gefragt habe. Aber, na ja, ich glaube, du solltest ihn heiraten. Dann könntest du bei uns wohnen", sagte Julie, verschränkte die Arme vor der Brust und sah Brenna eindringlich an. „Es wäre viel besser. Du könntest etwas mit uns unternehmen."

„Wir unternehmen doch etwas zusammen", erwiderte Brenna. „Hast du das Eis schon vergessen?"

„Ich weiß. Aber ich meine andere Dinge."

„Die da wären?"

„Kommst du zu meiner Klassenaufführung?", bat Julie und biss sich nervös auf die Unterlippe. „Sie findet Ende der Woche statt. Alle Mütter kommen."

„Oh." Brennas Herz zog sich zusammen.

„Dad hat gesagt, er würde kommen. Doch jetzt muss er arbeiten." Aus dem Augenwinkel warf sie Brenna einen Blick zu. „Er meinte, du müsstest auch arbeiten."

„Du hast ihn schon gefragt?"

„Ja." Julie rutschte ein Stück auf ihrem Sitz herunter und starrte niedergeschlagen aus dem Fenster.

Brenna fühlte sich furchtbar. Wie oft hatte sie sich gewünscht, dass ihre Mutter sie beim Fußball angefeuert hätte. Oder dass sie ihren ersten veröffentlichten Artikel in der Schulzeitung gelesen hätte. Oder dass sie da gewesen wäre, wenn sie Probleme in der Schule gehabt hatte. Sie wusste, was Julie durchmachte, und wünschte sich, ihr helfen zu können.

„Das ist nicht so leicht. Wir können nicht einfach heiraten", erwiderte Brenna sanft.

„Warum nicht? Liebst du Daddy nicht?"

„Natürlich liebe ich ihn, aber ..." Gott, wie sollte sie das erklären?

„Wenn zwei Menschen sich lieben, sollten sie auch heiraten." Julie verschränkte mit all der Autorität einer fast Achtjährigen die Arme vor der Brust.

„Gut, sagen wir, ich heirate deinen Dad. Wie würde Scotty sich dabei fühlen?"

„Wen juckt's?"

„Mich. Er wäre mein Stiefsohn."

„Na ja, du bist ja schon seine Tante."

„Das ist etwas anderes." Brenna blies sich eine Strähne aus dem Gesicht, während sie den Wagen die steilen Hügel hinauflenkte. „Das hier ist alles so schon kompliziert genug", murmelte sie leise.

Julie redete den Rest der Heimfahrt über kein Wort mehr, und Brenna rang mit ihrem schlechten Gewissen. Sie liebte Warren, wollte ihn heiraten. Allerdings war sie davon überzeugt, dass sie beide es noch nicht schafften, ein Leben zu beginnen, über dem nicht der Schatten der Erinnerung an Honor lag. Hin- und hergerissen zwischen dem Gefühl, zu vertrauensvoll zu sein, und dem Eindruck, vernünftiger sein zu müssen, war sie noch zu keiner Entscheidung gekommen, als sie den VW vor dem riesigen Haus abstellte.

Warrens Auto stand in der Auffahrt, und Brennas Herz stockte. Was sollte sie ihm sagen?

Julie stürmte ins Haus, und Brenna folgte ihr in einem kleinen Abstand.

Warren war in der Küche. Die Hände auf die Anrichte gestützt, schien er ganz vertieft in das vor ihm aufgeschlagene Kochbuch zu sein.

„Daddy!"

Er blickte auf und sah Julie. Ein stolzes Lächeln breitete sich auf seinem Gesicht aus. „Hey, meine Süße. Wie geht es dir?"

„Toll!" Julie warf sich ihm in die Arme. „Tante Bren hat mir ein Eis mit zwei Kugeln gekauft."

„Hat sie das?", fragte er und rieb seine Nase an ihrer, ehe er Julie auf seine Hüfte setzte. Sein Blick fiel über die Schulter seiner Tochter auf Brenna. Die Wärme in seinen Augen verschwand, und sein Lächeln gefror. „Wenn das mal nicht der neue Star des *Examiner* ist."

„Dir auch ein ‚Hallo, wie geht es dir'!", entgegnete sie.

„Es ist eine Zeit lang her, oder?", erwiderte er. „Aber ich schätze, du warst mit der Arbeit beschäftigt."

„Du hast dir nicht die Mühe gemacht, einen Artikel von mir zu lesen?"

„Beide Kolumnen."

„Und?"

Er ließ Julie herunter, und sie hüpfte aus dem Zimmer. Als er Brenna wieder ansah, wirkte sein Blick weicher. „Ich schätze, es wird dich nicht überraschen, dass ich deine Kolumnen für das Beste an der gesamten Zeitung halte. Obwohl", fügte er hinzu und sah in den Flur, um sicherzugehen, dass Julie nicht in der Nähe war. „Es hat mir nicht besonders gefallen, dass meine Familie unter die Lupe genommen worden ist."

„Ich habe nicht …"

„Komm schon, Brenna. Dein erster Artikel handelte von Scottys Zahn."

Die Fliegengittertür flog krachend gegen die Wand, und Scotty, der von Kopf bis Fuß schmutzig war, fragte: „Mein Zahn war in der Zeitung?" Er öffnete den Mund und zeigte seine Zahnlücke.

„Dein Dad übertreibt", antwortete Brenna und zwinkerte Scotty zu. „Du kannst ihm nicht alles glauben. Manchmal verdrehen Anwälte ein bisschen die Wahrheit, um ihren Standpunkt klarzumachen."

Scotty blinzelte und zog seine Brauen fragend über seinen großen blauen Augen hoch. „Dad lügt nie."

„Der unerschütterliche Glaube an den Staatsanwalt."

„Danke für deinen Einblick in den Berufsstand der Juristen", entgegnete Warren, wobei ein Lächeln seine Lippen umspielte. „Bleibst du zum Abendessen?", erkundigte er sich beiläufig, sowie Julie zurück in die Küche kam.

„Ich sollte mal Dad besuchen."

„Kann das nicht bis morgen warten?"

Sie konnte nicht widerstehen. „Vielleicht …"

„Bitte, bleib", bat Julie und zupfte an Brennas Ärmel.

„Gut … Wenn du deine Hausaufgaben erledigt hast."

Julie schnitt eine Grimasse, aber ging zum Tisch und schnappte sich ihren Aufsatz. „Ich schreibe ihn in meinem Zimmer."

„Und ich fahre Fahrrad. Ich habe keine Hausaufgaben!", stichelte Scotty, während Julie die Treppe hinaufllief. Im nächsten Moment war Scotty durch die Hintertür verschwunden, die Stufen hinuntergerannt und versuchte, auf sein neues Fahrrad zu klettern.

„Ich bin froh, dass sich alles beruhigt hat", gab Warren zu. Als er sicher war, dass sie allein waren, schlang er seine Arme um ihre Taille und zog Brenna an sich. Sie fühlte, wie seine Finger sich auf ihrem Rücken berührten, doch sie wehrte sich nicht gegen seine Umarmung. In den letzten Tagen hatte sie an nichts anderes gedacht, als wieder mit ihm zusammen zu sein.

„Das bin ich auch", erwiderte sie.

Langsam ließ er seinen Blick über sie schweifen, und Brennas Pulsschlag beschleunigte sich. „Wir haben dich vermisst", sagte er schlicht, und ihr Herz klopfte wie wild, während sein Atem über ihr Gesicht strich. „Ich hatte angenommen, du würdest dich eine Weile nicht sehen lassen."

„Ich … äh … habe darüber nachgedacht", gestand sie.

„Wieso hast du deine Meinung geändert?" Er schaute ihr tief in die Augen.

„Wegen einer Menge Dinge. Aber vor allem hatte ich Schuldgefühle wegen der Kinder."

„Ist das alles?"

Sie versuchte zu schwindeln, doch es gelang ihr nicht. „Natürlich nicht", murmelte sie und schmiegte sich an ihn. „Ich bin wahrscheinlich der größte Idiot im pazifischen Nordwesten, aber ich habe dich auch vermisst." Sie lauschte dem rhythmischen Schlagen seines Herzens und spürte seine sanften Finger, mit denen er bis zu ihren Schulterblättern hinaufstrich.

„Wie sehr, Brenna?", fragte er und streichelte sinnlich ihren Rücken.

„Zu sehr." Sie schluckte, legte den Kopf in den Nacken und bot ihm einladend ihre Lippen dar.

Eilig nahm er ihr Angebot an. Sein warmer Mund bewegte sich aufreizend auf ihrem. „Ich hatte Angst, dass du es dir anders überlegt hast", sagte er und hielt sie fest. „Ich dachte, ich hätte dich vertrieben."

„Dazu braucht es mehr als einen Versprecher", erwiderte sie, auch wenn es sie immer noch schmerzte.

„Gut." Er drückte ihr einen Kuss auf die Nase und die Augen und wollte sie gerade auf den Mund küssen, da hörte er Scotty draußen. Laut aufstöhnend ließ er sie los und lehnte sich an den Küchentresen. „Ich weiß nicht, wie lange ich das noch so aushalte", murmelte er atemlos.

„Da sind wir schon zu zweit." Ihre Lippen fühlten sich warm und geschwollen an, und sie wollte mehr von ihm als nur diese kleine Kostprobe. Sie machte einen Schritt zurück und stellte fest, dass Warrens ernste Miene verschwunden war.

Er gab ihr einen spielerischen Klaps auf den Po. „Nachdem wir uns da einig sind, sollten wir uns um die anstehende Aufgabe kümmern." Erwartungsvoll wies er auf das aufgeschlagene Kochbuch. „Wie machst du das Abendessen?"

„Ich?"

„Scotty wünscht sich ein Gericht, das Honor immer gekocht hat, und ich kann es hier nirgends finden." Stirnrunzelnd griff er in den Obstkorb und polierte abwesend einen Apfel an seinem Shirt.

„Welches Gericht?", fragte sie. Er hatte Honors Namen so

beiläufig erwähnt, als wäre sie noch immer am Leben und nur gerade im Nebenzimmer. *Beruhige dich, Brenna. Du musst lernen, damit umzugehen. Wenn du ihn liebst, wirst du akzeptieren müssen, dass er mit Honor verheiratet war.*

„Irgendein Gulasch", erklärte Julie, als sie in die Küche kam. Sie schnappte sich eine Banane aus dem Korb und stürmte dann zur Hintertür raus. „Die Hausaufgaben sind fertig!", rief sie, als sie auf die Veranda lief.

„Gulasch? Das war vermutlich ein Rezept meiner Mutter. Honor muss es im Kopf gehabt haben."

„Kennst du es auch?", wollte Warren wissen, biss in den Apfel und musterte sie.

„Ich glaube, schon", erwiderte sie unsicher. Sie konnte nicht glauben, dass sie so leicht über ihre Schwester sprachen, und sie spürte, dass er noch mehr sagen wollte.

„Gut. Sag Bescheid, wenn du Zutaten brauchst. Scotty und ich gehen dann zum Laden."

„Äh ... Einen Moment mal. Ich dachte, *ihr* hättet mich zum Essen eingeladen."

„Komm schon, Bren. Ich habe deine Kolumne gelesen. Du bist ein Genie in der Küche, oder?" Obwohl er lächelte, war die Spitze in seiner Bemerkung nicht zu überhören.

„Ich bin Journalistin, keine Gourmet-Köchin."

„Hör mal, Honor war auch keine Superhausfrau, doch manchmal hat sie es probiert. Im Übrigen brauchst du Übung darin, für vier Leute zu kochen."

„Tatsächlich?" Ihr Herz schlug einen Salto, und sie schaute ihm in die Augen. Seine Lippen hatte er zusammengepresst, und seine Augen waren kühl und blau.

„Ich stehe noch immer zu meiner Entscheidung. Aber du hast gemeint, dass du Zeit und Freiraum brauchen würdest."

„Deshalb habe ich nichts von dir gehört?"

„Das ist einer der Gründe."

„Und die anderen?"

Er zog die Brauen zusammen und massierte sich den Nacken.

Gedankenverloren starrte er aus dem Fenster und beobachtete Scotty, der auf seinem Rad vor der Garage im Kreis fuhr. „Um ehrlich zu sein, hat mir dein erster Artikel nicht gefallen. Ich hatte den Eindruck, dass meine Kinder benutzt worden wären, um die Zeitung an den Mann zu bringen, und das hat mich wütend gemacht." Sie wollte widersprechen, aber er hob abwehrend die Hand. „Doch dann habe ich nachgedacht, Bren. Ich wusste, dass du meinen Kindern oder mir niemals absichtlich wehtun würdest."

„Das würde ich auch nicht."

„Das würde ich dir auch raten", warnte er sie und schob sich die Haare aus den Augen. „Außerdem will ich mich nicht mehr dafür entschuldigen, mit deiner Schwester verheiratet gewesen zu sein. Es ist eine Tatsache, und die Kinder sind der Beweis. Mehr als zehn Jahre lang war sie ein Teil meines Lebens, und seit du wieder zurück bist, habe ich versucht, das zu verleugnen." Er biss noch einmal von seinem Apfel ab. „Aber das werde ich nicht mehr tun. Honor war meine Frau, die Mutter meiner Kinder und deine Schwester. Eine Zeit lang, am Anfang, haben wir ein glückliches Leben geführt. Das kann ich nicht ändern und will mich nicht dafür entschuldigen. Ich möchte, dass du mich heiratest, Brenna. Ich werde allerdings nicht versuchen, die vergangenen zehn Jahre meines Lebens unter den Teppich zu kehren. Und ich werde diese Zeit auch nicht verherrlichen oder so tun, als wäre Honor eine Heilige gewesen." Tief seufzend warf er das Kerngehäuse in den Mülleimer. „Ich bitte dich, mich so zu akzeptieren, wie ich bin. Mit allem. Auch meine Vergangenheit mit deiner Schwester." Er trat zu ihr und blieb so nahe vor ihr stehen, dass sie seine Wärme spüren und die silbernen Punkte in seinen Augen sehen konnte. „Wenn du nicht damit zurechtkommst, dass Honor und ich ein Ehepaar waren, sollten wir uns vielleicht nicht mehr sehen."

Ihr Herz fühlte sich an, als würde es aus ihrer Brust gerissen. „Aber …"

„Ob es dir gefällt oder nicht, Brenna: Ich war mit deiner

Schwester verheiratet, ich habe sie geliebt, und ich habe so oft mit ihr geschlafen, wie es ging!"

Brenna musste sich setzen. Sie fiel beinahe auf den Stuhl, auf dem vor Kurzem noch Julie gesessen hatte. Ihr Magen hatte sich nervös zusammengezogen, und ihr war schwindelig. Warren klang so vernünftig, abgeklärt. Sie hatte das Gefühl, gerade Zeugin einer sehr durchdachten Show geworden zu sein – einer Show, die er sich für gewöhnlich für den Gerichtssaal aufsparte.

„Du kannst Honor und unsere gemeinsame Zeit nicht aus meinem Leben löschen."

„Das ... Das will ich auch gar nicht."

Ungläubig zog er die Augenbrauen hoch. „Es gibt so vieles, was ich dir über sie erzählen will", sagte er. Sein Blick richtete sich auf die offene Hintertür. „Doch ich glaube, wir sollten damit warten, bis wir allein sind."

„Warum?"

„Weil ich möchte, dass du alles über meine Ehe mit deiner Schwester erfährst. Die guten und die schlechten Seiten."

„Das ist nicht nötig. Echt nicht."

„Vielleicht nicht. Aber ich will mit offenen Karten spielen – keine Überraschungen, nachdem wir unser gemeinsames Leben begonnen haben."

Sie konnte ihm anmerken, dass er sich davon nicht abbringen lassen würde, auch wenn sie nicht alle intimen Details seiner Beziehung zu Honor kennen wollte. Es kam ihr falsch vor, die Probleme erst jetzt, nach Honors Tod, ans Licht zu holen.

Brennas Mund war mit einem Mal trocken, doch sie wollte unbedingt das Thema wechseln. „Also ... äh ... stört es dich nicht weiter, wenn ich meine Artikel über die Kinder schreibe?", fragte sie schwach.

„Oh, es macht mir etwas aus. Allerdings kann ich dir genauso wenig befehlen, über was du berichten sollst, wie Honor mir vorschreiben konnte, welche berufliche Laufbahn ich einschlagen sollte." Seine Miene wirkte angespannt, als wäre plötzlich eine unliebsame Erinnerung hochgekommen. „Versteh mich nicht falsch wegen des *Willamette Examiner*. Ich mag das Schmierblatt noch genauso wenig wie vorher. Aber ich vertraue dir. Und das ist es doch, worum es geht, oder? Vertrauen? Im Übrigen hörst du sowieso dort auf, wenn du mich heiratest."

„Darauf würde ich nicht wetten", murmelte sie. „Ich weiß, dass du die Zeitung nicht magst, doch ich liebe meinen Job."

„Und was ist mit den Kindern?"

„Du glaubst nicht, dass ich mich um sie kümmern kann?", wollte sie wissen. „Bist du nicht derjenige, der mich beschuldigt hat, ich würde versuchen, sie zu bemuttern? Dass ich versuchen würde, in Honors Fußstapfen zu treten?" Sie stand auf und stupste ihm wütend mit dem Finger gegen die Brust. „Ich kann Karriere und Kinder unter einen Hut bringen. Und wenn du mir das nicht zutraust, dann lies meinen nächsten Artikel!"

Zu ihrer Überraschung lachte er.

„Hältst du das für lustig?", fragte sie.

„Du nicht?" Ein breites, liebevolles Lächeln erschien auf seinem Gesicht. „Du willst, dass ich über dich im *Examiner* lese?"

„Tja, ich schätze ..."

Er schlang seine Arme um ihre Taille und lehnte seine Stirn gegen Brennas. „Ich habe so das Gefühl, dass das Leben mit dir eine Herausforderung werden wird, Ms Douglass."

„Auf jeden Fall wird dir nicht langweilig", antwortete sie lachend.

„Das glaube ich. Und was die Artikel über Heim und Herd angeht, in denen meine Kinder die Musterbeispiele dafür sind, wie man im Leben klarkommt? Versprich mir nur, dass du keine Namen nennen wirst. Solange die Kids und ich anonym bleiben und nicht lächerlich gemacht werden, habe ich nichts dagegen."

„Das ist ziemlich rücksichtsvoll von dir."

„Ich hoffe nur, dass ich es nicht eines Tages bereuen werde."

„Das wirst du nicht", versicherte sie, legte ihre Arme um ihn und gab ihm einen Kuss. „Und nun zu dem Gulasch."

Er stöhnte auf, und seine Lippen berührten ihren Mund. Ihr Herz machte einen Satz. „Wir könnten ausgehen ... später", schlug er vor und zog sie an sich.

„Auf keinen Fall", entgegnete sie und atmete heftig, als sie sich aus seiner Umarmung löste. „Du hast es Scotty versprochen!"

„Mein Fehler."

Seine Augen waren verführerisch blau, und es kostete sie all ihre Kraft, um sich auf das Abendessen zu konzentrieren. „Zuerst einmal brauche ich Rindfleisch, Zwiebeln, Ketchup und braunen Zucker", erklärte sie und wich einen Schritt zurück. Sowie ihr Herz aufgehört hatte zu rasen, öffnete sie den Schrank und suchte in den Regalen nach den restlichen Zutaten.

„Spielverderber", murmelte Warren.

„Verschwinde hier", erwiderte sie frech.

Während Warren sich um den Sattel von Scottys Rad kümmerte, arbeitete Brenna in der Küche und gab Zutaten in einen Topf. Sie versuchte, das Rezept aus dem Gedächtnis nachzukochen. Zwar würde ihr Gulasch nicht so schmecken wie das von Honor, doch sie hoffte, dass es eine halbwegs gelungene Kopie werden würde. *Genau wie ich*, schoss es ihr durch den Sinn. Am liebsten hätte sie sich selbst in den Hintern getreten. Ab heute würde sie sich nicht länger mit Honor vergleichen.

Als die Soße auf dem Herd vor sich hin köchelte und die Nudeln kochten, deckte sie den Tisch. Dann beobachtete sie Warren durch das Fenster. Der Himmel war dämmrig, während Warren sich über das silberne Rad beugte. Ein Schweißfleck hatte sich auf seinem Hemd gebildet, und seine Locken fielen ihm zerzaust in die Stirn. Sie konnte kaum glauben, dass er sich wünschte, sie würde ein Teil dieser Familie werden und sein Leben mit ihm teilen. Wenn sie es doch nur glauben könnte! Wenn die Erinnerungen an Honor doch nur Erinnerungen wären – liebevolle Gedanken an eine Schwester und Ehefrau.

„Das ist ganz allein dein Problem", sagte sie zu sich, als der Timer über dem Backofen schrillte. „Er scheint gut damit zurechtzukommen." *Denkst du das wirklich? Er hat dich bei ihrem Namen genannt. Nachdem er mit dir geschlafen hat.* Sie konnte die fürchterliche Stimme in ihrem Kopf nicht zum Schweigen bringen. Wütend auf sich selbst, gab sie die Soße in eine Schüssel und ermahnte sich, dass Warren geschworen hatte, sie um ihretwillen zu lieben und nicht, weil sie Honors Schwester war. Sie würde ihm vertrauen. Und wenn es sie alles kostete.

Vom Flur aus hörte Warren Scotty atmen. Aus Julies Zimmer vernahm er ein Husten. Er steckte den Kopf in das Zimmer seiner Tochter und beobachtete, wie Julie den Mund bewegte und sich tiefer in ihr Kissen kuschelte. Mondschein fiel durch das offene Fenster und glitzerte silbern in ihrem hellen Haar. Wie sehr sie Honor gleicht, dachte er traurig lächelnd. Eine sanfte Brise fing sich in dem leichten Vorhang aus Spitze, blähte ihn auf. Der Duft von Rosen wehte durch die Luft und erinnerte ihn an den Sommer vor so vielen Jahren – einen Sommer, in dem für ihn nur noch Honor existiert hatte und er blind für ihre jüngere Schwester gewesen war. Er war dumm gewesen, hatte unüberlegt gehandelt und sich einem Mädchen gegenüber, das wirklich davon überzeugt gewesen war, ihn zu lieben, unabsichtlich grausam verhalten.

Mit einem Mal fühlte er sich alt. Er setzte sich auf die Bettkante. Unter seinem Gewicht sank die Matratze ein Stück ein. Liebevoll strich er Julie eine Strähne aus dem Gesicht.

„Daddy?", flüsterte sie und blinzelte.

„Ich bin hier, meine Süße."

Julie gähnte und murmelte: „Ich möchte, dass Tante Brenna dich heiratet."

„Das wünsche ich mir auch", erwiderte er leise und streichelte ihren Kopf, ehe er aufstand und sich streckte. Er war müde, und sein Nacken schmerzte. Der Druck bei der Arbeit und seine Wut auf sich selbst nagten an ihm, seit er Brenna mit Honors Namen angesprochen hatte.

Innerlich hatte er sich die ganze Woche über Vorwürfe gemacht und sich gewünscht, dass es einen Weg geben würde, um seinen Fehler gegenüber Brenna wiedergutzumachen. Er war angespannt gewesen, aber er hatte beschlossen, geduldig zu sein und auf Nummer sicher zu gehen. Statt sie zu einer Bindung zu drängen, wollte er abwarten – er wollte ihr die Zeit und den nötigen Freiraum geben, die sie brauchte, auch wenn es ihn fast umbrachte.

„Ist sie weg?", fragte Julie.

„Vor einer Viertelstunde ist sie gegangen."

Julies Seufzen erfüllte das Zimmer. „Ich wünschte, sie müsste nie wieder gehen, Daddy."

„Ich doch auch." Er beugte sich vor und gab Julie einen Kuss auf die Stirn. „Ich arbeite daran, Liebling", schwor er, allerdings war seine Tochter bereits eingeschlafen.

Er durchquerte den Raum und eilte die Stufen hinunter. Brennas Duft hing noch immer im Haus. Genau wie das Aroma des köstlichen Gulaschs. Am liebsten hätte er Brenna gebeten, noch zu bleiben. Doch nachdem sie das Essen beendet und das schmutzige Geschirr in die Spülmaschine geräumt hatten, hatte Brenna erklärt, dass sie noch bei ihrem Vater vorbeischauen wollte.

Warren hatte nicht widersprochen, auch wenn er einen Moment lang geglaubt hatte, sie wäre enttäuscht gewesen. Aber er musste warten. Obwohl sie ihn von sich aus besucht hatte, war es immer noch an ihr, den nächsten Schritt zu tun.

Die Fenster des alten Farmhauses waren erleuchtet, als Brenna auf die Auffahrt zur Farm ihres Vaters bog. Sie hielt hinter einem Truck, den sie nicht kannte, und ging den vertrauten Weg zur hinteren Veranda entlang.

Dixie knurrte. Doch kaum erkannte sie Brenna, wedelte die alte Hündin mit dem Schwanz. „Wie geht es dir?", fragte Brenna und bückte sich, um Dixie hinter den Ohren zu kraulen.

Die Hündin streckte sich und stand freudig hechelnd auf.

„Ist Dad zu Hause?", sagte Brenna, bevor sie an die Tür klopfte und sich selbst durch die offene Fliegengittertür ins Haus ließ. „Dad?", rief sie, während Dixie durch die Küche trottete und ins Wohnzimmer lief.

„Oh, Brenna. Komm rein", antwortete James, der rauchend in seinem Lieblingssessel saß. Der Fernseher plärrte. James machte eine Handbewegung. „Guck mal, wer da ist."

Brennas Blick fiel auf die Couch, wo Craig Matthews saß. Seine Haare waren noch immer blond, aber im Laufe der Jahre waren sie schütter geworden. Seine Haut war von der Sonne gebräunt und wettergegerbt. Man sah ihm an, dass er viel an der frischen Luft arbeitete.

Craig schaute sie an und richtete sich auf. „Ich habe gehört, dass du wieder in der Stadt bist", sagte er und warf ihr ein Lächeln zu. „Ich habe mich schon gefragt, wann ich dich endlich zu Gesicht bekomme."

„Ich schätze, jetzt", erwiderte sie.

„Tja, dann komm mal her und bleib eine Weile", sagte ihr Vater. Er schnappte sich die Zeitungen von dem zerschlissenen Sessel neben sich, die verstreut auf dem ausgefransten Polster gelegen hatten.

„Wenn ihr das Spiel sehen wollt ...", wandte sie ein, als sie bemerkte, dass im Fernsehen ein Baseballspiel lief. Ein schlaksiger Schläger rannte auf das Schlagmal zu.

„Das muss man sich nicht anschauen. Die Tabellenletzten spielen, und die *Dodgers* liegen neun Runs hinten. Ich bezweifle, dass sie es innerhalb eines halben Innings schaffen, das Ruder noch herumzureißen." Verächtlich schnaubend schaltete James den Fernseher ab. „Ich hoffe, es macht dir nichts aus, Craig."

„Nein", entgegnete Craig und stand auf. „Ich mag Baseball sowieso nicht so gern."

„Er glaubt, dass er mir Gesellschaft leisten müsste", erklärte James augenzwinkernd.

„Ich denke, du verdrehst die Tatsachen", erwiderte Craig, und Brenna erinnerte sich daran, dass er eine Scheidung hinter sich hatte. „Vielleicht sollte ich besser verschwinden", meinte er und marschierte auf die Tür zu.

„Unsinn. Nur, weil ich das Spiel abgeschaltet habe ..."

„Darum geht es nicht", entgegnete Craig. „Ich dachte, du und Brenna hättet etwas zu besprechen und müsstet euch auf den neuesten Stand bringen."

„Können wir das nicht auch, während du dabei bist?", fragte James. „Frischer Kaffee steht auf dem Herd, also immer mit der Ruhe." Langsam erhob er sich und lief in die Küche.

„Weißt du noch immer nicht, dass du Dad nichts vorschreiben kannst?", fragte Brenna.

Craig zuckte die Achseln und setzte sich wieder aufs Sofa. „Ich schätze, das habe ich einen Moment lang vergessen." Dann sah er Brenna an und lächelte verlegen. „Genauso wie ich vergessen habe, wie es ist, wenn du in der Nähe bist. Er ...", Craig wies mit dem Daumen zur Küche, „... ist ein anderer geworden."

„Das ist mir nicht aufgefallen."

„Oh doch", erwiderte Craig leise. „Es war kein Scherz, als er sagte, ich würde zu ihm kommen, um ihm Gesellschaft zu leisten. Zuerst war es so. Nach der Scheidung musste ich einfach raus, und James hatte es zu der Zeit schwer, mit dem Tod deiner Schwester zurechtzukommen. Es hat ihn zerrissen."

„Es war ein schwerer Schlag", gab Brenna zu. „Für alle."

Sein Blick war freundlich. „Es tut mir leid wegen Honor", sagte er behutsam. „Ihr habt euch als Kinder sehr nahegestanden."

„Das stimmt." Seufzend verjagte sie die schmerzhaften Erinnerungen. Sie wollte sich nicht in ihrer Trauer verlieren. Sie hatte sich selbst versprochen, Honors Tod hinter sich zu lassen, und genau das hatte sie vor. „Jetzt bin ich dran", meinte sie. „Die Sache zwischen dir und deiner Frau tut mir leid."

„Mir auch", gestand Craig. Ein Schatten huschte über seine ebenmäßigen Züge. „Ich schätze, sie hatte kein Interesse daran, mit einem Farmer verheiratet zu sein. Ich glaube, ich habe es die ganze Zeit über gewusst. Ich habe nur gehofft, dass sie sich ändern könnte. Aber ich habe mich geirrt. Einige Frauen sind bereit, sich für einen Mann zu ändern – andere nicht. Ich hätte es nicht von ihr erwarten sollen."

Brenna wollte gerade erwidern, dass sich niemand für einen Partner verändern sollte. Doch sie hielt sich zurück. Offensichtlich litt Craig noch immer, und es bestand kein Grund, Salz in die Wunde zu streuen.

James kehrte mit dem Kaffee zurück und wies Brenna an, im Schrank ein paar Kekse aufzutreiben. Alles, was sie finden konnte, waren ein paar gekaufte, staubtrockene Zimtkekse. Das schien allerdings weder ihren Vater noch Craig zu stören. Die beiden aßen sie mit Genuss, und sie nahm sich insgeheim vor, ihrem Vater bei ihrem nächsten Besuch ein paar Naschereien mitzubringen.

„Ich habe alle deine Artikel ausgeschnitten", sagte James und zündete sich eine Zigarette an.

Zum ersten Mal fiel Brenna auf, dass die Zeitungen, die nun auf dem Boden lagen, Seiten aus dem *Willamette Examiner* waren. „Wirklich?"

„Ja, ich habe die Zeitung wieder abonniert, nachdem sie dich eingestellt haben. Ich habe beschlossen, das, was war, beiseitezuschieben."

„Ich verstehe nicht ganz ..."

„Ich habe die Ausschnitte an eine Pinnwand im Arbeitszimmer gehängt."

„Echt?" Sie lächelte.

„Sicher. Neben die Artikel, die du für die Zeitung in San Francisco geschrieben hast."

„Du hattest die *City Weekly* abonniert?", fragte Brenna überrascht.

Er schüttelte den Kopf, und sein Blick verfinsterte sich. „Nein. Aber Honor. Sie hat die Kolumnen ausgeschnitten und mir gegeben."

„Ich ... Das wusste ich nicht", flüsterte Brenna überwältigt.

„Sie war sehr stolz auf dich", erwiderte ihr Vater. Sein wettergegerbtes Gesicht wirkte mit einem Mal ernst. „Und ich auch. Ich bin es immer noch, auch wenn du für den *Examiner* arbeitest. So, wie ich es sehe, hilfst du der Zeitung, sich zu verbessern, und ziehst sie aus dem Dreck."

„Aus dem Dreck?", wiederholte sie. „Wegen all dem Trubel um Charlie Saxton?"

„Gott, nein! Was hat er damit zu tun? Ausnahmsweise stimme ich dem *Examiner* mal zu. Was mich angeht, kann dieser Kidnapper im Staatsgefängnis verrotten! Ich hoffe, dass Warren den Mistkerl festnagelt, dass die Geschworenen ihn ins Gefängnis schicken und man dort den Schlüssel verliert."

„Ich ... Ich verstehe nicht. Wovon sprichst du? Warum denn sonst all die Vorwürfe gegen den *Examiner*?"

Unbehaglich rutschte Craig auf dem Sofa herum. „Er ist immer noch wütend über die Art und Weise, wie die Zeitung mit Honors Tod umgegangen ist."

„Ach?" Sie erinnerte sich daran, dass ihr Vater bei ihrem letzten Besuch etwas angedeutet hatte.

„Ich möchte nicht darüber sprechen", sagte James schnell. „Brenna arbeitet jetzt für den *Examiner*, und das war's."

Anscheinend war das Thema für ihn damit beendet.

Später, als die Kaffeetassen geleert und alle Neuigkeiten ausgetauscht waren, erhob Craig sich. „Ich gehe dann mal besser", verkündete er. „Ich habe morgen ein Date mit einer Rolle Stacheldraht und ungefähr vierzig Zaunpfählen."

Brenna warf einen Blick auf die Uhr auf dem Kaminsims und runzelte die Stirn. „Ich sollte mich auch auf den Weg machen", erklärte sie.

„Schon?", fragte ihr Vater.

„Es ist fast elf."

„Das stimmt." Er zupfte an seiner Unterlippe. „Gehst du dieses Wochenende auf den Friedhof?", wollte er wissen, während sie nach ihrer Tasche griff. „Es ist Memorial Day."

„Darüber habe ich noch nicht nachgedacht."

„Wir haben am Memorial Day immer das Grab deiner Mutter besucht", erinnerte er sie. „Und ich könnte Gesellschaft gebrauchen."

Schuldbewusst schaute sie ihm in die Augen. „Selbstverständlich komme ich. Wir werden wie immer ein paar Rosen aus dem Garten auf ihr Grab legen."

„Gut, gut", murmelte er, als er sie und Craig zur Tür brachte.

Draußen stand der Mond hoch am Himmel, und sein silbriges Licht fiel auf die Felder. Brennas Schuhe knirschten auf dem Kies, während sie zusammen mit Craig die Auffahrt entlangging. Neben seinem Pick-up blieb er stehen. „Du tust ihm gut", murmelte er und wies mit dem Kopf in Richtung Haus. „Es ist gut, dass du wieder da bist."

„Ich bin auch froh, wieder hier zu sein."

Vorsichtig fragte er: „Ich nehme an, du hast Warren schon getroffen?"

Sie nickte.

„Gut. Das ist gut." Er schaute über die Felder und runzelte die Stirn. „Nach allem, was ich gehört habe, stürzt er sich in die Arbeit und schlägt sich mit Schuldgefühlen wegen ihres Todes herum."

„Schuldgefühlen?" Woher wusste Craig, wie Warren sich fühlte?

Craig zuckte mit den Schultern. „Nur Gerüchte", entgegnete er eilig und räusperte sich. „Er könnte eine starke Frau gebrauchen, an die er sich auch mal anlehnen kann."

„Das musst du mir nicht sagen ..." Sie stutzte. „Du hast mit Dad gesprochen."

„Nicht darüber", erwiderte er und erklärte: „Ich erinnere mich nur daran, wie es war, Brenna. Vor zehn Jahren warst du verliebt in Warren, und da du nie geheiratet hast, nehme ich an, dass du ihn noch immer magst."

„Du hast es gewusst?" Sie keuchte auf.

„Natürlich wusste ich es. Alle haben es gewusst. Bis auf Honor und Warren. Sie waren so mit ihren eigenen Problemen beschäftigt, dass sie es wahrscheinlich nicht einmal geahnt haben. Doch der Rest von uns – inklusive deines alten Herrn – hat es erkannt. Man konnte dir deine Gefühle an der Nasenspitze ablesen."

Brenna spürte, wie ihre Wangen zu glühen begannen.

„Es war nicht schwer, sich zu denken, warum du so schnell nach Kalifornien verschwunden bist – Stipendium hin oder her."

„So viel dazu, den Schein aufrechterhalten zu wollen", murmelte sie.

„Kein Grund dazu. Meiner Meinung nach kann Warren Stone sich glücklich schätzen, dass du noch immer an ihm interessiert bist." Er öffnete die Autotür. „Wir sehen uns."

„Klar." Als sie sich ans Steuer ihres Wagens setzte, bemerkte sie, dass ihre Hände zitterten. Sie legte den Rückwärtsgang ein, fuhr los und wünschte sich, sie würde sich nicht fühlen, als würde man sie in unzählige verschiedene Richtungen zerren. „Es ist egal", sagte sie zu sich, während sie das Radio einschaltete. „Es ist egal, was Dad oder Craig oder sonst jemand denkt. Es zählt nur, dass du Warren liebst und dass er dich liebt."

Der Gedanke war so wundervoll, dass sie es beinahe selbst glaubte.

10. KAPITEL

Das Bürogebäude der Zeitung war fast leer. Nur wenige Journalisten saßen noch an ihren Schreibtischen, starrten auf ihre Monitore oder tippten.

Brenna schluckte den Rest ihres kalten, bitteren Kaffees herunter und verzog das Gesicht. Ich sollte nach Hause gehen, dachte sie. Ihre Muskeln waren verspannt, weil sie den ganzen Tag vor dem Rechner gehockt hatte. Als sie einen Blick auf die Uhr warf, stöhnte sie auf. Es war beinahe sechs Uhr, und obwohl sie den Abend nicht verplant hatte, hatte sie sich vorgenommen, Warren oder die Kinder anzurufen. Bei der Ironie dieses Gedankens musste sie schmunzeln. Scotty und Julie hatten sie wahrscheinlich überhaupt nicht vermisst, aber sie sehnte sich unglaublich danach, die beiden wiederzusehen.

„Idiotin", murmelte sie.

„Mach lieber Schluss für heute", schlug Tammy vom Tisch hinter ihr vor. Inzwischen hatten die Frauen sich aufs Du geeinigt.

„Das würde ich ja gern. Ich brauche allerdings noch ein paar Infos." Sie drehte sich mit ihrem Schreibtischstuhl um und sah Tammy an. „Len möchte, dass ich einen Reisebericht schreibe, und ich frage mich, ob schon einmal jemand etwas über die Multnomah Falls geschrieben hat."

„Den Wasserfall am Columbia River Gorge?", fragte Tammy und setzte sich auf die Kante von Brennas Tisch.

„Genau."

„Das weiß ich nicht genau." Nachdenklich rieb Tammy sich mit der beringten Hand über das Kinn. „Ich glaube, da war mal etwas. Im letzten Winter. Es war furchtbar kalt, und einige Leute sind den gefrorenen Wasserfall hinaufgeklettert."

„Sie haben *was* getan?", meinte Brenna und war sich sicher, sie missverstanden zu haben.

Tammy grinste, und ihre Augen funkelten fröhlich. „Hast du nichts davon gehört? Ach, das ist eine tolle Geschichte! Na ja, ab und zu gibt es einen harten Winter – ich meine, einen wirklich harten Winter. Den Columbia River Gorge erwischt es dann immer besonders heftig. Wenn die Temperaturen einige Wochen lang unter dem Gefrierpunkt bleiben, friert der Wasserfall ein. Das ist ein toller Anblick. Das ganze Wasser gefriert praktisch in der Bewegung, während es über den Felsvorsprung fließt."

„Erzähl weiter", drängte Brenna sie.

„Wenn der Dauerfrost lange genug anhält, reichen die gigantischen Eiszapfen über die gesamte Länge des Wasserfalls. Und dann kommen diese Kletterer und besteigen das Eis."

„Das ist verrückt!"

„Vielleicht."

„Warum tun sie das?"

„Weil das Eis da ist, und weil es geht", erwiderte Tammy lachend.

Brenna starrte sie mit offenem Mund an.

„Wie auch immer ... Wenn du im Archiv den Dezember oder den Januar durchsuchst, bin ich mir sicher, dass du Infos über den Wasserfall findest."

„Das mache ich. Danke."

„Kein Problem. Ich bin auf dem Weg zum Jazzfestival. Morgen früh erzähle ich dir, wie es war." Sie winkte und verließ dann das Büro. Die Ketten an ihren Boots klirrten leise.

„Tja, nun heißt es wohl: Jetzt oder nie", sagte Brenna und streckte sich.

Im Archiv fand sie das Gewünschte. Sie sah sich die Headlines in den Dezemberausgaben an, überflog die Seiten und suchte nach Infos über den gefrorenen Wasserfall.

Nach fünfzehn Minuten hatte sie die Zeitungen von zwei Wochen durchgeschaut, als eine Titelzeile ihr ins Auge sprang. Abrupt hielt sie inne. Ihr Herz geriet ins Stocken. Dort, auf Seite eins der Lokalnachrichten der Stadt, stand unter Karlas Namen die Nachricht über Honors Tod:

Honor Douglass Stone, Ehefrau des Bezirksstaatsanwalts Warren Stone, kam letzte Nacht ums Leben, als das Auto, in dem sie unterwegs war, nördlich von Florence über eine Klippe stürzte. Der Unfall ereignete sich vermutlich gegen 2:15 Uhr.

Mrs Stone wurde bei ihrer Ankunft im Memorial Park Hospital für tot erklärt. Der Alkoholspiegel, der in ihrem Blut nachgewiesen wurde, überschritt den gesetzlich erlaubten Grenzwert. Mr Elroy Ballard, der laut eigener Aussage ihr Modelagent war, war der Letzte, der sie lebend gesehen hat. Er gab zu, dass sie den Abend in einem Restaurant verbracht und viel getrunken hätte.

Gerüchte besagen, dass Mrs Stone sich von ihrem Ehemann scheiden lassen wollte. In jüngster Zeit wurde sie zu den meisten gesellschaftlichen Anlässen von Mr Ballard begleitet.

Mr Ballard erklärte, dass seine Beziehung zu Mrs Stone ausschließlich beruflicher Natur gewesen wäre. Laut Mr Ballard hätte sie versucht, ihre Model- und Schauspielkarriere wiederaufleben zu lassen, die sie nach der Hochzeit mit Stone vor neun Jahren auf Eis gelegt hatte.

Sie hinterlässt ihren Ehemann, zwei Kinder, ihren Vater James Douglass und ihre Schwester Brenna Douglass, die in San Francisco lebt.

Der Artikel endete damit, dass bekannt gegeben wurde, wo die Beerdigung stattfinden würde.

Nachdem sie Karlas Bericht zu Ende gelesen hatte, zitterte Brenna vor Wut. Kein Wunder, dass Warren den *Examiner* hasste.

Sie las die Zeitung des Folgetages quer. Es gab einen weiteren Artikel, der noch schlimmer war als der erste. Dieser, den ebenfalls Karla geschrieben hatte, griff Honors Alkoholkonsum auf, ihre unglückliche Ehe und deutete an, dass Warren eher an seiner Arbeit als am Wohlergehen seiner Familie interessiert gewesen wäre.

Die ersten beiden Artikel waren nur die Spitze des Eisbergs. In einer Reihe von Berichten über das Privatleben von Beamten wurde Warrens Leben unter die Lupe genommen. Dass Honor getrunken hätte, wurde auf die Unzufriedenheit mit ihrem Leben als Ehefrau des Bezirksstaatsanwalts geschoben. Warren wurde als gleichgültiger Ehemann dargestellt, der sich seinem Job bis hin zur Selbstaufgabe verpflichtet gefühlt hätte. Andere Beamte wurden auch beleuchtet, doch Brennas Meinung nach waren die Artikel nur zu dem Zweck gedruckt worden, um Warren und seine Familie fertigzumachen. Zum Glück waren die Kinder kaum erwähnt worden.

Als Brenna die Reihe von Artikeln zu Ende gelesen hatte, war ihr Kopf voller Bilder von ihrer Schwester.

Sie wollte die Zeitungen nehmen, in die nächste Mülltonne werfen und verbrennen. Das Gefühl von Ungerechtigkeit erfasste sie, während sie die entsprechenden Seiten, auf denen Honor erwähnt wurde, kopierte und die Kopien mit zitternden Händen zusammenfaltete.

Sie fuhr direkt zu Len Pattersons Wohnung und klopfte laut an seine Tür. Keine Reaktion. Sie wartete und drückte dann auf die Klingel, bis sie davon überzeugt war, dass er nicht zu Hause war.

Noch immer schäumend vor Wut, machte sie sich auf den Heimweg. Obwohl der Abendhimmel wolkenverhangen war, hatte sie die Autofenster offen und ließ sich die kühle Luft über die Wangen und durchs Haar wehen. Sie dachte an Honor und wie viel ihre Schwester für sie getan hatte.

„Das ist ungerecht", rief sie und benutzte die Worte, die ihre Nichte und ihr Neffe so oft verwendeten. „Verdammt! Das ist ungerecht!" Sie schlug mit der Faust auf das Lenkrad und traf die Hupe. Das laute Geräusch erschreckte sie.

Sie war schon fast zu Hause und konnte sich nicht daran erinnern, wie sie die Strecke zurückgelegt hatte. Und ihr war nicht aufgefallen, dass sie geweint hatte. Ihre Wangen waren gerötet und tränennass, und ihr Hals war so zugeschnürt, dass sie kaum Luft bekam, als sie den Wagen vor dem Haus abstellte.

Sie zog die Handbremse an und stellte den Motor ab, ohne eigentlich zu wissen, was sie tat. Erst als sie den Weg zur Eingangstür entlanglief und ihren Namen hörte, bemerkte sie, dass Warren auf der Veranda an einen Stützpfeiler gelehnt stand.

„Brenna?"

Sie erstarrte und umklammerte ihre Tasche.

„Stimmt etwas nicht?" Langsam trat er auf sie zu und betrachtete ihr Gesicht. Sein Blick wirkte ernst, seine Miene freundlich, und sie wollte wieder in Tränen ausbrechen. „Komm", sagte er sanft, sowie er bei ihr war. „Ich wollte dich zum Essen ausführen, aber vielleicht willst du dich ein bisschen zurechtmachen."

Sie bemühte sich, ein Lächeln zustande zu bringen, doch es gelang ihr nicht. Als er seinen Arm um ihre Schultern legte, erfüllte sie das Gefühl, als wäre sie endlich zu Hause angekommen.

„Los, Bren. Was auch immer es ist – es kann nicht so schlimm sein", sagte er liebevoll, während er ihr die Treppe hinaufhalf und die Tür aufschob.

„Mir geht es gut", flüsterte sie und versuchte noch immer, den Zorn zu zügeln, der wütend in ihr loderte.

„Sicher geht es dir gut."

In ihrem Apartment schloss er sie in seine Arme und legte sein Kinn auf ihren Kopf. „Willst du darüber reden?", fragte er so behutsam, dass sie fürchtete, ihr würde das Herz brechen.

„Gleich. Gib mir nur ein bisschen Zeit", erwiderte sie. Sie wollte ihre Emotionen erst in den Griff bekommen, ehe sie mit ihm sprach.

„Was auch immer du brauchst."

Er ließ sie los, und sie verschwand im Badezimmer. Über das Waschbecken gebeugt, erblickte sie sich im Spiegel und zuckte zusammen. Ihr Gesicht war rot, ihr Make-up verschmiert. Die Wimperntusche rann ihr über die Wangen, und ihr Haar war vom Wind zerzaust. Nachdem sie sich Wasser über Augen und Wangen gespritzt hatte, kümmerte sie sich um ihr Make-up und wappnete sich innerlich für die Unterhaltung mit Warren.

Als sie kurz darauf aus dem Bad kam, sah sie Warren auf dem Sofa sitzen. Die Ellbogen hatte er auf die Knie aufgestützt. Ein einzelnes Glas Wein stand auf dem Couchtisch. „Ich dachte, du könntest das gebrauchen", erklärte er und deutete auf den Roséwein.

„Ich glaube kaum, dass Alkohol mir helfen wird."

„Willst du jetzt darüber sprechen?", fragte er wieder. Sein Blick folgte ihr, während sie ihm gegenüber vor dem Kamin Platz nahm.

Die Steine des Simses waren kalt, und Brenna fing an zu zittern. Fröstelnd rieb sie sich über die Arme.

Warrens Miene wurde ernst. „Irgendetwas ist bei der Arbeit vorgefallen", vermutete er. „Du bist spät dran."

„Ja."

„Es geht um Patterson, oder?", brachte er angespannt hervor. „Wenn der Mistkerl dir wehgetan hat, werde ich höchstpersönlich zu ihm ins Büro fahren und ihn grün und blau schlagen."

„Keine Sorge. Ich kümmere mich schon um ihn", entgegnete Brenna und wunderte sich selbst über ihr Bedürfnis, Rache zu nehmen. Nein, nicht Rache – sie wollte *Gerechtigkeit*! „Es hat nichts mit mir zu tun", sagte sie bedächtig.

Er zog seine Augenbrauen zusammen. „Ich verstehe nicht."

„Das habe ich auch nicht", gab sie zu. „Bis heute Nachmittag. Ich habe im Archiv für einen Artikel recherchiert, den ich schreibe, und bin dabei auf das hier gestoßen." Sie griff nach ihrer Tasche, öffnete sie, nahm die Fotokopien heraus und schob die Seiten über den Couchtisch.

„Was ist das?", fragte er. Dann verstummte er und holte tief Luft. Die Lippen aufeinandergepresst, zerknüllte er jedes einzelne der Papiere. „Verdammt!", fluchte er. „Verdammt! Verdammt! Verdammt!" Mit zornig funkelnden Augen warf er ihr die zerknüllten Seiten entgegen, und sie fielen auf den Boden. „Nein danke. Ich habe sie schon unzählige Male gelesen."

„Ich habe es nicht verstanden", wisperte sie. „Ich wusste nicht, warum du den *Examiner* so sehr hasst."

„Jetzt weißt du es ja."

„Es tut mir leid."

„Es ist nicht deine Schuld, Brenna. Mir gefällt es nur nicht, dass du für diese Leute arbeitest." Er faltete die Hände und biss die Zähne zusammen. „Es geht nicht nur um mich. Der *Examiner* verteilt öfter Seitenhiebe auf Menschen. Einige Leute behaupten, dass schlechte Presse dazugehört – es ist ein Teil davon, eine Person des öffentlichen Interesses zu sein."

„Aber das ..." Sie deutete auf die Blätter. „Das verstößt gegen jeden menschlichen Anstand."

„Damit verkauft man eine Zeitung, Bren. Dass Honor deine Schwester war, zählt nicht. Es zählen nur Dollars und Cents."

Sie war nicht überzeugt. „Es ist sogar mehr als nur ein Verstoß gegen den Anstand – diese Geschichten sind hinterhältig. Teuflisch. Sicher hat Karla auch andere Personen in ihren Artikeln genannt, doch die meiste Zeit über geht es allein um dich."

„Im letzten Dezember war ich ein leichtes Opfer." Die Muskeln unter seiner Jacke waren so verkrampft, dass der Stoff über seinen breiten Schultern spannte. Frustriert fuhr er sich durchs Haar und nahm neben ihr Platz. „Ich habe dir gesagt, dass ich dir alles über Honor erzählen werde", meinte er schließlich. „Vielleicht ist dies der richtige Zeitpunkt dazu."

Obwohl ihr schon kalt war, spürte Brenna, wie ihr ein eisiger Schauer über den Rücken jagte. Sie wollte nichts mehr über ihre Schwester hören. „Es gibt keinen Grund, das alles wieder ans Licht zu holen."

„Es ist an der Zeit, Brenna. Und ich möchte mit dir von vorn anfangen, also hör mir einfach zu." Er fasste nach ihrer Hand und lehnte seinen Kopf an die Steinmauer hinter sich. Der schuldbewusste Ausdruck, der ihr schon so vertraut war, erschien wieder auf seinem Gesicht. „Manchmal frage ich mich, ob ich schuld an Honors Tod bin", sagte er.

„Nein."

Er schloss die Augen und kniff sie zusammen, als wollte er

eine Szene vertreiben, die zu furchtbar war, um sie sich anzusehen. „Ich habe noch immer Fragen", stieß er hervor. „Zum Beispiel, ob sie möglicherweise Selbstmord begangen hat."

„Was? Warren, nein!", entgegnete Brenna und schüttelte entschieden den Kopf. „Nein, Warren. Auf keinen Fall. Honor liebte das Leben!" Aber Warrens Finger in ihrer Hand waren mit einem Mal eiskalt.

„Du verstehst das nicht, Brenna. Honor war unglücklich. Schon seit langer Zeit. Als Julie dir erzählt hat, dass Honor sich gewünscht hätte, ich wäre Arzt, war das kein Scherz."

„Du warst doch schon Anwalt, als sie dich geheiratet hat", wandte Brenna ein.

„Stimmt. Und sie wollte, dass ich Unternehmensanwalt werde, dass ich Karriere in einer Firma in der Stadt mache und eine gesellschaftlich einflussreiche Person werde. Eine Weile habe ich es versucht, aber ich konnte es nicht ertragen. Ich wollte immer im Strafrecht arbeiten, aber anscheinend hat Honor gedacht, sie könnte mich umstimmen. Es ging nicht um das Geld. Ich habe etwas geerbt und war immer vorsichtig. Also kündigte ich gegen ihren Willen bei *Henning, Foxworth and Marshall* und fing an, für die Stadt zu arbeiten."

„Doch wenn es das war, was du wolltest …"

„Es war nicht das, was *sie* wollte oder was sie erwartet hatte. Honor glaubte, dass es ein Abstieg war, im Büro des Bezirksstaatsanwalts tätig zu sein. Sie verstand nicht, dass ich an etwas Echterem und Interessanterem arbeiten musste als an Steuerrecht für Unternehmen, Fusionen und Zivilklagen."

Brenna unterdrückte den Drang, mit ihm zu streiten. Nein, jetzt muss er sprechen, sagte sie sich selbst und blickte auf ihre Hände, die miteinander verschlungen waren – seine Hand gebräunt und angespannt, ihre kleiner und zitternd.

„Im Laufe der Jahre wurde sie immer unzufriedener. Mit einem Bezirksstaatsanwalt verheiratet zu sein war nicht besonders aufregend. Sie las immer die Gesellschaftskolumnen und träumte davon, wie ihr Leben hätte aussehen können, wenn sie die Frau von einem der prominenten Anwälte der Stadt gewesen wäre. Sie tat ihr Bestes, um gesellschaftlich nach oben zu kommen, und sie wurde akzeptiert. Oft war sie bei Charity-Veranstaltungen und dergleichen. Wegen meiner Arbeit konnte ich sie nicht immer begleiten", gab er zu. „Das war ein Fehler. *Ein* Fehler auf einer langen Liste."

„Du kannst dir nicht die Schuld an dem geben, was passiert ist."

„Kann ich das nicht?" Er umfasste ihre Hand noch ein bisschen fester. „Die Zeichen waren da, und ich habe ihnen keine Beachtung geschenkt. Ich habe mir eingeredet, dass sie im Laufe der Zeit wieder zu sich kommen und mich verstehen würde."

„Doch das hat sie nicht", nahm Brenna an.

„Wenn überhaupt wurde sie noch intoleranter und begann zu trinken, Brenna. Viel. Ein paarmal habe ich sie erwischt, als ich spät nach Hause kam. Sie war entweder aus gewesen oder allein zu Hause geblieben – aber sie war oft betrunken. Eine Zeit lang stritt sie es ab, doch irgendwann drang ich zu ihr durch. Sie versprach mir, dass sie sich helfen lassen und mit mir zur Eheberatung gehen würde, wenn ich ihr erlauben würde, zu modeln oder zu schauspielern oder was auch immer sie machen wollte."

„Habt ihr eine Eheberatung aufgesucht?"

Er schüttelte den Kopf. „Dazu ist es nicht mehr gekommen. Sie tat sich mit ihrem Agenten Ballard zusammen. Er meinte, sie solle sich keine Gedanken wegen ihres Alters machen. Er sagte, sie wäre hübsch und hätte Starqualitäten oder so ein Quatsch."

„Und sie hat ihm geglaubt."

„Bedingungslos." Die Anspannung in seiner Miene löste sich ein bisschen. „Ich schätze, sie war der Meinung, dass ihr Leben so trostlos und gewöhnlich geworden war, dass sie etwas Aufregung und Ruhm brauchte. Ballard versprach ihr, ihr das zu geben. Also unterschrieb sie und teilte mir dann mit, dass sie die Scheidung einreichen würde."

Brenna konnte kaum atmen. Honor hatte mal erwähnt, dass es in ihrer Ehe ab und an kriseln würde, doch Brenna war sich sicher gewesen, dass es sich bei der Traurigkeit ihrer Schwester nur um eine ihrer Launen gehandelt hatte. „Aber hast du mir nicht erzählt, dass sie ans Meer gefahren wäre, weil sie noch einmal über alles nachdenken wollte?"

„Das habe ich auch geglaubt. Doch es war anders. Sie und Ballard betranken sich, und sie verließ irgendwann beleidigt die Bar."

„Sie haben sich gestritten?", fragte Brenna.

„Ja. Aber Ballard hat nie verraten, worum es ging", sagte Warren und presste die Lippen aufeinander. „Ich schätze nicht, dass sie eine Affäre hatten. Ich habe ihnen die Story abgekauft, dass ihre Beziehung rein beruflicher Natur war. Mit Sicherheit weiß ich es allerdings nicht, und inzwischen ist es auch egal. Meine Vermutung ist, dass er ihr gesagt hat, er hätte sich, was ihre Karriere beträfe, anders entschieden. Gleich nach dem Unfall hat er seine Siebensachen gepackt und ist nach L. A. gezogen."

„Und deshalb meinst du, dass ihr Tod ein Selbstmord gewesen sein könnte?", hakte Brenna ungläubig nach.

„Ich weiß es einfach nicht."

„Ach, Warren", flüsterte Brenna. Ihr Herz war voller Trauer. „Du hast sie nicht wirklich gekannt, oder? Sie hätte ihrem Leben niemals absichtlich ein Ende gesetzt. Als Mom starb, war sie stark genug, um sich um mich und Dad zu kümmern. Und wenn es zu Hause mal schwierig wurde, war sie immer diejenige, die die guten Seiten gesehen hat. Ich kann das nicht glauben. Und ich werde es nicht glauben", erklärte sie nachdrücklich. „Honor mag ihre Probleme gehabt haben, und sie war vielleicht unglücklich, doch sie war kein Mensch, der aufgegeben hätte." Sie legte ihre Hände um sein Gesicht und zwang ihn, sie anzuschauen. „Es war ein Unfall, Warren", sagte sie eindringlich und sah den Schmerz und die Schuldgefühle in seinem Blick.

„Ich habe versucht, das zu glauben."

Sie strich ihm das Haar aus den Augen und wollte weinen. „Quäle dich nicht. Es war nicht deine Schuld."

„Wie kannst du dir da so sicher sein?"

„Weil ich dich kenne, Warren. Du hättest ihr niemals wehgetan. Nicht bewusst." Sie schluckte den Kloß in ihrem Hals herunter, beugte sich vor und gab ihm einen Kuss. Bedächtig streichelte sie mit ihren Lippen über seine. „Du bist der netteste Mensch, den ich je kennengelernt habe", meinte sie und schlang die Arme um seinen Nacken.

„Neulich warst du da ganz anderer Meinung", erinnerte er sie.

„Und ich habe mich getäuscht. Oh Gott, Warren, ich habe mich so getäuscht." Sie neigte den Kopf, öffnete voller Verlangen den Mund, und er konnte ihr nicht widerstehen. Stöhnend hob er sie vom Kaminvorsprung und trug sie eilig ins Schlafzimmer.

Sie widersprach nicht, als er sie aufs Bett legte, sondern hieß ihn mit offenen Armen willkommen. Er küsste sie leidenschaftlich und ließ sich neben ihr aufs Bett sinken. Mit den Lippen reizte er sie, mit der Zunge erkundete er sie.

Während er sich behutsam auf sie schob, zog er sie langsam aus. Seine Finger zitterten, als er ihr den Rock und die Bluse abstreifte und sacht über ihren Bauch streichelte.

Das Dämmerlicht des Abends erfüllte den Raum, während Brenna Warren von seiner Kleidung befreite, bis sie schließlich beide nackt waren. Eng umschlungen lagen sie beieinander, und er küsste sie wieder und wieder. „Ich liebe dich, Brenna", flüsterte er dicht an ihrem Haar und presste so zärtlich seinen Mund auf ihren, dass sie fürchtete, ihr würde das Herz zerreißen.

„Ich liebe dich auch", erwiderte sie. Die Worte strömten nur so aus ihr heraus, als sie ihre Arme um seinen Nacken schlang und sich gemeinsam mit ihm bewegte. Sie spürte, wie sein Körper mit ihrem zu verschmelzen schien, und hörte, wie er mit rauer Stimme ihren Namen rief.

„Brenna. Oh, Brenna ..."

11. KAPITEL

Am folgenden Morgen marschierte Brenna in Len Pattersons Büro. Noch immer wütend wegen der Entdeckung vom Abend zuvor, war sie entschlossen, die Sache mit ihrem Boss auszufechten. „Haben Sie mal kurz Zeit für mich?", fragte sie mit fester Stimme, auch wenn sie innerlich kochte.

Er sah von seinem Schreibtisch auf und lächelte. „Das hört sich ernst an."

„Das ist es auch."

„Nehmen Sie Platz." Er bedeutete ihr, sich auf einen Stuhl neben seinem Schreibtisch zu setzen. „Aber bevor Sie loslegen – das hier ist für Sie." Er schob ihr einen Stapel aus sechs oder sieben Umschlägen zu.

„Was ist das?"

„Ich schätze, Fanpost."

„Danke." Flüchtig überflog Brenna die Briefe. Die Absender sagten ihr jedoch nichts. Im Moment war es ihr auch egal.

„Ich danke *Ihnen*", entgegnete Len. „Ich weiß, dass ich es Ihnen am ersten Tag nicht leicht gemacht habe. Jetzt scheint es, als hätten Sie überhaupt keine aufmunternden Worte gebraucht. Die Besitzer des Blattes sind sehr zufrieden mit Ihrer Arbeit. Machen Sie weiter so."

„Gut. Denn ich habe noch etwas Wichtiges mit Ihnen zu besprechen."

Er drehte einen Bleistift in den Händen. „Schießen Sie los."

„Es geht um meine Schwester."

„Was ist mit ihr?"

„Ich habe alle Artikel gelesen, die nach ihrem Tod über sie veröffentlicht wurden."

„Ich verstehe." Er lehnte sich in seinem Schreibtischsessel zurück und spielte mit dem Stift.

„Sie waren reißerisch und verleumderisch."

„Nein ..."

„Unsinn!" Sie spürte, wie sie vor Zorn rot anlief. „Hören Sie, als ich den Job übernahm, habe ich eine Menge Kritik von meiner Familie einstecken müssen – von meinem Vater und meinem Schwager. Ich habe nicht verstanden, warum das so war. Aber nachdem ich die Artikel gelesen hatte, war ich außer mir! Es gab keinen Grund, all die albernen, haltlosen Gerüchte über Honor abzudrucken!"

Unbehaglich rutschte Len in seinem Schreibtischsessel nach vorn. „Die Gerüchte waren nicht haltlos, Brenna. Wir haben einige Quellen befragt."

„Zumindest waren die Berichte hetzerisch."

„Vielleicht. Doch es waren Neuigkeiten. Warren Stone ist der Bezirksstaatsanwalt. Es ist berichtenswert, was in seinem Umfeld passiert."

Brenna kniff wütend die Augen zusammen. „Er hat zwei kleine Kinder. Die Kinder meiner Schwester, verdammt noch mal. Die Kinder, an die ich denke, wenn ich eine meiner Kolumnen schreibe – für dieselbe Zeitung, die den Ruf ihrer Mutter zerstört hat! Zum Glück sind sie noch zu jung, um die Artikel zu lesen und zu verstehen."

Len presste die Lippen aufeinander. „Ich stehe hinter allem, was wir veröffentlicht haben, Brenna. Genauso wie ich mich hinter Sie stelle, falls Sie je in Streitigkeiten verwickelt werden sollten. Eines will ich klarstellen: Nur, weil Warren Stone Ihr Schwager ist, wird er keine Sonderbehandlung bekommen. Wie auch immer – das bleibt unter uns: Die Zeitung steckt in einigen Schwierigkeiten, also versuchen wir, ein bisschen sorgfältiger zu arbeiten. Nicht, dass wir je etwas gebracht hätten, das nicht von mindestens zwei Quellen bestätigt worden wäre. Aber es gibt Druck. Falls es also ein Trost ist: Ich entschuldige mich hiermit für all den Schmerz, den die Zeitung Ihrer Familie zugefügt hat."

„Ich will eine schriftliche Entschuldigung und eine Richtigstellung."

„Auf keinen Fall." Er schaute ihr direkt in die Augen. „Es tut mir leid, Brenna. Die Geschichte mit Ihrer Schwester ist längst vergangen. Ich kann Ihnen für die Zukunft nur einen verantwortungsvolleren Journalismus versprechen. Wenn das nicht reicht ...", er zuckte mit den Schultern, „... kann ich es auch nicht ändern."

„Das reicht nicht", entgegnete sie.

„Dann ist es Ihre Entscheidung, ob Sie weiterhin für die Zeitung arbeiten möchten oder nicht. Wie gesagt: Wir bemühen uns, uns zu bessern. Sie haben dabei geholfen. Das werde ich nicht bestreiten. Ich hoffe, Sie bleiben. Die Zeitung braucht Sie. Doch ich kann Sie nicht zwingen, Brenna. Sie können bleiben und dazu beitragen, den *Examiner* auf Vordermann zu bringen, oder Sie können das Handtuch werfen."

„Ich werde es mir überlegen", erwiderte sie und erhob sich, um zu ihrem Schreibtisch zu gehen. Noch immer aufgewühlt, betrachtete sie die Briefe in ihrer Hand gar nicht, sondern schlug damit abwesend in die Handfläche. Sie versuchte, sich zu beruhigen und vernünftig nachzudenken. Obwohl sie wütend war, musste sie sich widerwillig eingestehen, dass es mehr schaden als nützen würde, die alten Wunden wieder aufzureißen. Und nachdem sie fünfzehn Minuten lang mit sich gerungen hatte, beschloss sie, dass es feige wäre, jetzt zu kündigen. Sie hatte sich gegenüber dem *Examiner* verpflichtet, und nun würde sie der Zeitung aus den Schwierigkeiten helfen.

Tief durchatmend wappnete sie sich innerlich. Sie ging zurück zu Lens Büro, klopfte an und ließ sich mit der Post, die sie noch immer in der Hand hielt, auf den Stuhl sinken, den sie gerade erst verlassen hatte.

„Ich will nicht kündigen", erklärte sie. Sie wusste, dass sie alles probiert hatte und dass Len nicht nachgeben und sich umstimmen lassen würde. „Ich musste das alles nur loswerden."

Er wirkte erleichtert. „Gut."

„Eine Sache ist da allerdings noch", sagte sie und erinnerte sich daran, was sie Julie versprochen hatte.

„Das habe ich mir schon gedacht. Was?"

„Ich möchte heute früher Feierabend machen."

Er zog seine Augenbrauen hoch. „Wie früh?"

„Nach der Mittagspause. Betrachten Sie es einfach als Recherche für einen Artikel. Meine Nichte hat heute in der Schule eine Theateraufführung, und ihr Vater kann nicht kommen."

„In Ordnung – sorgen Sie nur dafür, dass die Geschichte ein Knüller wird", erwiderte Len und griff nach seinem Telefon. Offensichtlich war das Gespräch beendet.

Als sie an ihren Schreibtisch zurückkehrte, fühlte Brenna sich, als wäre eine furchtbare Last von ihren Schultern gefallen. Auch wenn Honors guter Ruf nicht wiederhergestellt war und sie keine schriftliche Richtigstellung erreicht hatte, so hatte sie sich zumindest für ihre Schwester eingesetzt. Vielleicht reichte das schon. Und vielleicht würde Len mit der Zeitung einen neuen Weg beschreiten. Vielleicht konnte sie die Veränderung schaffen ...

„Du siehst ganz schön wütend aus. Und wild entschlossen", stellte Tammy von ihrem Schreibtisch aus fest. Sie trug heute Plastikschmuck – Armbänder in allen Farben des Regenbogens zierten ihre Handgelenke, und riesige rote Ohrringe baumelten an ihren Ohrläppchen.

„Tatsächlich?"

„Was ist passiert?"

Brenna erzählte von ihrer Entdeckung vom Abend zuvor und von ihrer Auseinandersetzung mit Len.

Tammy runzelte die Stirn. „Da steckt doch noch mehr dahinter", sagte sie. „Ich verstehe, warum du sauer bist, aber du reagierst sehr empfindlich, wenn Warren Stones Name fällt. Was läuft da mit ihm?"

Brenna lächelte. „Wie, *was* läuft da?"

„Das ist es, oder? Du bist verliebt in ihn!"

„Schh!" Doch Brenna konnte den einzigen Menschen im Büro, den sie als Freund betrachtete, nicht anlügen. Nicht nach letzter Nacht, als Warren sie in den Armen gehalten und geschworen hatte, dass er sie liebte. Leider hatte er gehen müssen, um Mary Beatty, die bei ihm zu Hause auf Julie und Scotty aufpasste, wie versprochen abzulösen. Den Rest der Nacht hatte Brenna allein verbracht. „Das könnte sein."

„Tja, ich werde schweigen", meinte Tammy und lächelte. „Das ist doch toll. Ich bin der Meinung, dass die beiden kleinen Kinder auch eher eine Mutter brauchen als eine Tante."

„Ich bin mir nicht sicher, ob sie dir da zustimmen würden. Aber ich strenge mich an", entgegnete Brenna. „Was mich an etwas erinnert: Du gibst besser acht, sonst schnappe ich mir noch deinen Job."

„Ach?"

„Ja. Heute schaue ich mir die Theateraufführung von ‚Schneewittchen' an. Mrs Stevens' zweite Klasse gibt das Stück in der Hamilton-Grundschule! Willst du mitkommen?"

Tammy grinste, schüttelte jedoch den Kopf. „Danke, aber ich warte lieber auf den Film."

„Den gibt es doch schon", meinte Brenna.

„Trotzdem. Ich verschiebe das auf ein andermal."

„Dein Pech. Du verpasst etwas." Brenna las die Briefe durch und schrieb dann ihre erste tagesaktuelle Nachricht: Sie handelte von der Debatte zwischen Demonstranten und Mitgliedern des Stadtrates hinsichtlich des Standortes eines geplanten Chemiewerks.

Nachdem sie ihre Notizen sortiert und ihren Artikel umrissen hatte, fuhr sie zur Schule. Sie setzte sich auf einen Stuhl, der eigentlich für Siebenjährige gedacht war. Gebannt verfolgte sie, wie Julie, die einen der sieben Zwerge spielte, und der Rest der Klasse das Theaterstück aufführten. Julies Augen funkelten vor Aufregung, als sie Brenna erblickte. Beinahe hätte sie ihren einzigen Satz vergessen.

Nach der Aufführung lernte Brenna Julies Klassenlehrerin kennen und trank Punsch mit einer Gruppe von Müttern, die sich um einen kleinen Tisch in Form eines Halbmondes versammelt hatte. „Das ist der Lesetisch", erklärte Julie. Dann zeigte sie Brenna noch den Hamster, eine Wüstenrennmaus, zwei Sittiche und eine Rattenfamilie, die in Käfigen in den Ecken des Klassenzimmers standen. Die Wände und Fenster waren mit Bildern von den Kindern dekoriert. Papierboote hingen von der Decke, bunte Meeresbewohner, die mit Fingerfarbe gemalt waren, zierten eine Wand, und auf den Tischen lagen Arbeitshefte mit Zeichnungen, die die Kinder im Laufe des Jahres angefertigt hatten.

„Das willst du gar nicht sehen", sagte Julie unvermittelt, als Brenna sich die Mappe anschauen wollte.

„Natürlich möchte ich das, Süße. Ich bin so stolz auf das, was du tust."

Der Ordner ging an einer Stelle auf, die für ein Bild der Familie reserviert war. Julie gab einen erstickten Laut von sich, denn Brennas Blick fiel auf eine Buntstiftzeichnung von Warren, Scotty, der Kleinen selbst und Honor. November stand als Datum auf dem Blatt. Ein paar Wochen vor Honors Tod.

Brennas Kehle war wie zugeschnürt, als sie den Ausdruck in Julies Augen bemerkte. „Das ist ein wunderschönes Bild", meinte sie leise.

Julie schnappte sich die Mappe und stopfte sie in ihren Rucksack. „Es ist doof."

„Nein, Julie. Es ist schön."

„Aber es ist eine Lüge!", wisperte Julie. Tränen schimmerten in ihren blauen Augen, die so sehr an die Augen ihrer Mutter erinnerten. „Ich habe keine Mutter mehr." Mit geröteten Wangen stürmte sie aus dem Raum.

Brenna lief ihr hinterher. „Julie ... Julie, warte."

Doch Julie hörte nicht auf sie. Sie schob die Glastüren auf. Mit wehenden blonden Haaren rannte sie schluchzend zwischen den parkenden Bussen hindurch, um bei Brennas Auto zu warten.

„Es tut mir leid", sagte Brenna, nachdem sie das Mädchen eingeholt hatte. „Ich wollte nicht neugierig sein."

Schniefend starrte Julie in die weißen Wolken, die träge am blauen Himmel entlangzogen. „Können wir einfach fahren?", fragte sie.

„Sofort. Ich möchte noch deine Jacke und Scotty holen."

„Er ist nicht hier. Er geht in den Kindergarten. Hast du

das schon vergessen?"

Gott sei Dank, dachte Brenna. „Dann komme ich gleich wieder." Sie öffnete die Beifahrertür. „Hier. Du kannst drinnen warten, ja?"

Noch immer gegen ihre Tränen ankämpfend, nickte Julie stumm.

Mrs Stevens hatte die Klasse gerade entlassen. „Ist alles in Ordnung?", erkundigte sie sich, während die Kinder hinter einem anderen Lehrer her die Klasse verließen.

„Ich glaube, schon."

„Es ist schwer für sie", bemerkte Anne Stevens nachdenklich. „Und der Memorial Day steht kurz bevor. Ob Sie es glauben oder nicht: Sie ist das einzige Kind in der Klasse, das nicht mehr beide Eltern hat. Einige Kinder haben Eltern, die geschieden sind, aber sie haben noch immer Kontakt mit Mutter und Vater – und auch mit den Stiefeltern."

„Kann ich irgendetwas tun?"

„Sie haben schon eine Menge getan, indem Sie heute hier waren. Ich hatte schon befürchtet, dass Julie die Einzige sein würde, für die niemand im Publikum sitzen würde, um ihr Theaterdebüt zu sehen. Selbst die berufstätigen Mütter bitten für gewöhnlich eine Tante oder eine Freundin, vorbeizukommen. Manchmal klappt es nicht. In diesem Jahr hatten wir allerdings Glück." Anne fand Julies Jacke und reichte sie Brenna. „Sie hat furchtbar viel von Ihnen erzählt, wissen Sie?"

„Ist es vertraulich?"

Die Lehrerin lächelte. „Ich schätze, nicht. Sie scheint viel von Ihnen zu halten."

„Sie ist ein ganz besonderes Mädchen", gab Brenna zu und war überrascht über diese neue Tiefe ihrer Gefühle für Honors Erstgeborene. „Und der Verlust ihrer Mutter war nicht leicht zu verkraften für die Kleine." Unwillkürlich musste sie auch an ihren eigenen Verlust denken. Sie war älter gewesen als Julie, doch der Tod der Mutter war trotzdem schmerzhaft gewesen. Monatelang hatte Brenna sich jeden Abend in den Schlaf geweint. „Bitte, lassen Sie es mich wissen, wenn sie Probleme im Unterricht hat."

„Bisher behauptet sie sich sehr gut. Wir haben nach dem Tod von Mr Stones Ehefrau ein paarmal mit ihm gesprochen, aber bis heute scheint Julie alles, was ich ihr auftrage, sehr gut zu erledigen – auch wenn sie bei einem Aufsatz ein bisschen protestiert hat."

Brenna seufzte. „Ich weiß."

Die Lehrerin streckte die Hand aus. „Danke, dass Sie gekommen sind."

„Es war mir ein Vergnügen." Julies Jacke über den Arm gelegt, schlängelte Brenna sich durch die vollen, lärmerfüllten Flure zum Ausgang. Dann lief sie zwischen den geparkten Bussen und Autos hindurch zu ihrem Wagen.

Julie saß auf dem Beifahrersitz. Sie war so in sich zusammengesunken, dass ihr Kopf durch die Scheibe kaum sichtbar war.

„Wie wäre es mit einem Eis?", fragte Brenna, während sie einstieg.

„Nein danke."

„Wir könnten in den Park gehen."

„Ich möchte nur nach Hause", murmelte Julie.

Brenna wünschte sich, es gäbe einen Weg, ihre Nichte zu trösten. Nachdenklich fuhr sie los. „Hör mal, Julie, mir ist klar, dass es eine schwierige Zeit für dich ist …"

„Ich will nicht darüber reden!", rief Julie. Ihr Gesicht war gerötet und verzerrt, und sie kämpfte gegen ihre Tränen an. „Lass … Lass mich in Ruhe."

„Okay", flüsterte Brenna. „Doch falls du deine Meinung ändern solltest, sag mir Bescheid."

Julie antwortete nicht. Den Rest der Fahrt über waren ihre schmalen Schultern abgewandt. Sie versuchte offenbar, ihre Tante auszugrenzen. Brenna bedrängte sie nicht. Manchmal, dachte Brenna, müssen auch Kinder sich durch ihre Trauer und ihren Schmerz hindurcharbeiten.

„Du verstehst das nicht", wisperte Julie irgendwann. „Niemand versteht das."

„Vielleicht irrst du dich da." Die Finger um das Lenkrad geklammert, fügte sie hinzu: „Ich erinnere mich daran, wie weh es getan hat, als deine Großmutter gestorben ist. Und der Schmerz verschwand nicht über Nacht wieder. Aber es wird besser, Süße. Echt." Sie streckte den Arm aus und streichelte Julie über die blonden Haare.

Julie schluchzte laut auf. „Warum heiratest du dann nicht Daddy, und alles wird wieder gut?"

Brenna schluckte. „Selbst wenn ich deinen Vater heirate, wird es nicht mehr so, wie es früher einmal war. Es wird anders."

Julie schüttelte Brennas Hand ab und riss, als sie in der Auffahrt zu Warrens Haus gehalten hatten, die Beifahrertür auf. Sie rannte den Weg zur Haustür entlang, und Brenna folgte ihr. In der Eingangshalle stieß sie beinahe mit Mary Beatty zusammen.

„Was zum Teufel …", brummte Mary, da Julie weinend die Treppe hinaufstürmte.

„Ich kümmere mich darum." Brenna eilte an der Haushälterin vorbei. Doch Julie schlug ihr die Schlafzimmertür vor der Nase zu. Brenna beherrschte sich mühsam und klopfte an.

„Geh weg!"

„Aber ich möchte dir nur etwas erzählen."

„Geh weg! Daddy hatte recht! Ich hätte dir niemals schreiben sollen!"

Ohne auf die Bemerkung ihrer Nichte und den Stich zu achten, den ihr ihr schlechtes Gewissen versetzte, öffnete sie die Tür. Julie starrte aus dem Fenster. Ihre Schultern zitterten, allerdings war ihr Rücken stolz durchgedrückt.

„Julie?"

„Lass mich in Ruhe!", schrie sie, wischte sich mit dem Ärmel über die Nase und sah nicht einmal in Brennas Richtung.

Brenna schloss die Tür und lehnte sich dagegen. „Ich wollte dir nur etwas sagen", begann sie leise. In ihrer Stimme schwangen die Gefühle mit, die sie beinahe zerrissen. „Ich liebe dich, Julie. Sehr sogar. Ich bin vielleicht gekommen, weil du mir geschrieben und mich darum gebeten hast, aber ich könnte nicht mehr verschwinden, selbst wenn ich es wollte. Du bist mir viel zu wichtig, mein Schatz."

Julie gab einen erstickten Laut von sich.

„Es tut mir leid, dass ich dir wehgetan habe, und ich werde versuchen, dafür zu sorgen, dass es nicht wieder passiert. Denn ich werde bleiben, Julie. Ich bleibe in dieser Stadt und bei dir und Scotty. Ob ich euren Vater nun heirate oder nicht, ändert nichts an der Tatsache, dass ich dich liebe wie ein eigenes Kind. Von ganzem Herzen. Das wird sich niemals ändern."

Julie rührte sich nicht, und Brenna musste sich die Tränen aus den Augen blinzeln. Zitternd verließ sie Julies Zimmer und lief mit weichen Knien die Treppe hinunter. Sie fühlte sich innerlich leer und hatte das entmutigende Gefühl, dass sie nicht dazu geschaffen war, Mutter zu sein – jedenfalls nicht für eine trauernde Siebenjährige und ihren genauso traurigen sechsjährigen Bruder.

Nachdem sie Mary schnell von dem Vorfall in der Schule berichtet hatte, verbrachte Brenna ein bisschen Zeit mit Scotty und war überrascht, dass er sich zu freuen schien, dass sie da war. Er bot an, ihr seine Käfer- und Steinsammlung zu zeigen, und schenkte ihr sogar ein breites Grinsen, bei dem man seine Zahnlücke sah.

„Es geht einen Schritt vor, zwei Schritte zurück", sagte sie zu sich selbst, als sie schließlich nach Hause fuhr. „Es braucht einfach nur Zeit." Sie lächelte durch die unvergossenen Tränen in ihren Augen hindurch und dachte an Warren, an ihre gemeinsame Nacht und daran, wie sehr sie ihn mochte. Trotz der Probleme bei der Zeitung, trotz der Kämpfe mit den Kindern, trotz der Zweifel wegen Honor liebte sie Warren genauso innig wie vor all den Jahren.

Nachdem sie den Wagen abgestellt hatte und während sie den Weg zum alten Apartmenthaus entlanglief, schwor sie sich im Stillen, dass sie es schaffen würde, mit Warren zusammen zu sein – und wenn sie dafür Himmel und Hölle in Bewegung setzen musste!

Um halb zehn klingelte das Telefon, und Warrens müde Stimme drang an Brennas Ohr. „Ich wollte mich nur bei dir bedanken, dass du heute die Mutterrolle übernommen hast", sagte er.

„Ich glaube nicht, dass ich mich besonders gut angestellt habe."

Hörbar seufzte er. „Mary hat mir alles erzählt. So, wie ich die Sache einschätze, schuldet Julie dir eine Entschuldigung."

„Mach dir darüber keine Sorgen. Lass uns nur diesen Feiertag überstehen", schlug sie vor und hasste den Gedanken daran. „Ich denke, ich werde Dad besuchen. Vielleicht bleibe ich sogar über Nacht auf der Farm."

„Bedeutet das, dass keine Zeit mehr für mich bleibt?"

Sie lachte leise. „Ich habe doch immer Zeit für Sie, Herr Staatsanwalt", sagte sie und war überrascht über ihren eigenen Mut, als sie am anderen Ende sein raues Stöhnen vernahm.

„Ich könnte in drei Minuten bei dir sein."

„Und was ist mit den Kindern?"

Er lachte. „Die würde ich natürlich mitbringen."

„Vielleicht braucht ihr ein bisschen Zeit für euch", entgegnete sie.

„Du hast wahrscheinlich recht, auch wenn mir die Vorstellung nicht gefällt, dich nicht zu sehen." Er zögerte einen Moment lang. „Julie und Scotty haben nächste Woche Ferien. Was hältst du von einem Trip in die Berge?"

„Ich ... Ich weiß nicht. Ich muss das mit Len abklären."

„Das sollte nicht allzu schwierig sein. Wir brechen am Freitag auf, und du kannst dich am Montagmorgen pünktlich wieder zur Arbeit zurückmelden. Ich habe einen Freund, der mir einen Gefallen schuldet, und er hat eine Hütte in der Nähe von Sisters."

„Das klingt perfekt", murmelte sie und lehnte sich an die Wand.

„Nicht ganz. Ich möchte, dass wir als Mann und Frau dorthin fahren."

„Ach, Warren. Es gibt noch so vieles, das geklärt werden muss", widersprach sie, obwohl ihr Herz bei seinen Worten schneller schlug.

„Nichts, das wir nicht zusammen schaffen könnten. Denk darüber nach, Brenna. Ich meine es ernst." Ohne auf ihre Antwort zu warten, legte er auf. Brenna blieb zurück und träumte davon, ein Wochenende mit ihm und seinen Kindern zu verbringen. Wenn sie doch nur die kommenden drei Tage überstehen würde.

Am Memorial Day war der Himmel von Nebel verhangen. Brenna starrte aus dem Fenster ihres Schlafzimmers auf die Rasenfläche im Garten. Unkraut wucherte zwischen den grünen Halmen. Vor langer Zeit hatte sie an ebendiesem Fenster gestanden und beobachtet, wie Honor über den trockenen Rasen gerannt war, um sich mit Jeff Prentice zu treffen.

Bevor sie sich in ihren traurigen Erinnerungen verlor, zog sie sich das Nachthemd aus und einen langen Rock und eine Bluse an. Mit Klammern steckte sie sich das Haar zurück und lief dann die Treppe hinunter.

Sie fand die alte Gartenschere ihrer Mutter auf der hinteren Veranda. Während Dixie neben ihr herumtollte, begann sie, rote, pinkfarbene und gelbe Knospen von den alten Rosenbüschen abzuschneiden. Die Blüten waren noch feucht vom morgendlichen Tau, und die Dornen verbargen sich hinter glänzenden grünen Blättern. Mehr als einmal stach sie sich in den Finger, doch sie lächelte, als sie die Blumen schließlich in ein Stück feuchtes Küchenpapier wickelte.

„Das reicht", murmelte sie an den Hund gewandt, während sie die Rosen mit einem Gummi zusammenband und in die Küche trug. Nachdem sie den duftenden Strauß in ein mit Wasser gefülltes Glas gestellt hatte, setzte sie Kaffee auf und fing an, den Kühlschrank zu durchsuchen.

Als ihr Vater die Treppe herunterkam, war der Kaffee fertig, der Speck brutzelte vor sich hin, und sie wollte als Nächstes Eier in die Pfanne geben.

„Du stehst mit den Hühnern auf", stellte ihr Vater fest.

„Warum nicht?"

Er lächelte bedächtig und schenkte sich eine Tasse Kaffee ein.

„Es gibt nichts, was dagegensprechen würde – bis auf die Tatsache, dass wir keine Hühner mehr haben vielleicht."

„Gut. Die Hühner haben sowieso immer nur Ärger gemacht. Sie haben sich ständig gezankt, haben laut gegackert und ihre Hinterlassenschaften und Federn auf dem gesamten Hof verteilt. Da ist es viel einfacher, wenn du die Eier im Laden kaufst."

„Wenn du das sagst."

James nahm am Tisch Platz, zündete sich eine Zigarette an und nippte an seinem Kaffee. Brenna konnte seinen Blick auf sich spüren, während sie vom Herd zum Kühlschrank ging und sich wieder den Frühstücksvorbereitungen widmete.

„Das Haus fällt langsam, aber sicher auseinander", überlegte er laut, als hätte er es vorher nie bemerkt.

„Es muss nur ein bisschen was gemacht werden."

„Es muss vieles gemacht werden."

Aus den Augenwinkeln bekam sie mit, wie er von den Spinnweben an der Decke zum kaputten Linoleumfußboden und den zerkratzten Schränken blickte. „Es braucht nur einen Handwerker, das Händchen einer Frau und ungefähr zehn Eimer Farbe."

„Das ist alles?", entgegnete er trocken.

„Gut, vielleicht noch ein bisschen Desinfektionsmittel und einen neuen Bodenbelag und …"

„Das genügt." Er winkte ab. „Für mich reicht es."

„Dad?", fragte sie, da ihr plötzlich ein Gedanke durch den Kopf schoss.

„Hm?"

Mit der Gabel fischte sie den Speck aus der Pfanne, legte ihn auf einen Teller mit Küchenpapier und fragte: „Warum hast du eigentlich nie wieder geheiratet?"

„Aus den offensichtlichen Gründen." Durch den Zigarettenqualm hindurch sah sie, dass er die Stirn runzelte. „Zuerst einmal dachte ich, dass keine Frau Lust hätte, sich mit zwei eigensinnigen Teenagern wie dir und deiner Schwester zu belasten."

„Waren wir denn so schlimm?"

Er zuckte mit den Schultern und drückte seine Zigarette aus, als Brenna einen Teller mit Toast und Eiern auf den Tisch stellte. „Natürlich nicht. Ihr wart die verdammt noch mal besten Töchter im ganzen County."

„Sicher", spöttelte sie.

„Na ja, um ehrlich zu sein, habe ich nie wieder eine Frau getroffen, die jemals den Platz deiner Mutter hätte einnehmen können. Sie war etwas ganz Besonderes", sagte er, und liebevolle Erinnerungen stiegen in ihm auf.

„Bist du nicht einsam?"

„Doch, manchmal. Aber ich denke nicht darüber nach. Es gibt keinen Grund dazu." Er stach mit der Gabel in ein Stück Speck und tat sich auf.

Nachdem sie das Frühstück beendet und den Abwasch erledigt hatten, lenkte James seinen alten Pick-up die kurvenreiche Straße zum Friedhof hinauf.

Ein paar blasse Sonnenstrahlen drangen durch den Nebel, und Tau hing in den Grashalmen. Silbergrüne Blätter wehten in den Ästen der alten Eichen, als Brenna ihrem Vater folgte. Zwischen den marmornen Grabsteinen hindurch gingen sie zum Grab ihrer Mutter.

„Sie war eine gute Frau", flüsterte James. Er stellte einige der Blumen in eine kleine Vase. „Es wäre vieles anders gekommen, wenn sie noch leben würde. Ganz anders." Sein Blick verfinsterte sich, und er schaute über das Tal und die Felder hinweg.

Brenna erschauderte. Obwohl es ein warmer Tag werden sollte, war ihr unglaublich kalt. Genauso kalt war ihr am Tag von Honors Beerdigung gewesen. Unglücklich verteilte sie die Rosen auf dem Grab ihrer Mutter und schritt dann weiter zum Grab von Honor.

Ein wundervoller Strauß mit weißen Nelken, lachsfarbenen Rosen und Tannenzweigen schmückte das Grab. Offensichtlich waren Warren und die Kinder schon hier gewesen. Ein schmerzhafter Stich durchfuhr Brenna, und ihr wurde bewusst, wie sehr sie die Kinder vermisste. Wie ging es Julie nach dem traumatischen Tag in der Schule? Und Scotty? War er alt genug, um diesen seltsamen Brauch zu verstehen, bei dem man Gräber schmückte?

Sie schluckte den Kloß in ihrem Hals herunter und fing an, die restlichen Rosen auf Honors Grab zu legen. Eine Brise wehte ihr das Haar aus dem Gesicht und kühlte ihre Wangen. Sie sah auf und bemerkte, dass ihr Vater sich mit einem Taschentuch die Augen tupfte.

„Ach, Honor", flüsterte sie leise, während sie die duftenden Blumen arrangierte. „Warum musstest du sterben?" Hustend richtete sie sich auf und führte ihren Dad zurück zu seinem Truck. Mit einem Mal wirkte er sehr alt und müde.

„Ich habe keine Ahnung, warum du dir das hier antust", erklärte sie, als er die Handbremse gelöst hatte und sie durch das schmiedeeiserne Tor den Friedhof verließen.

„Das ist ganz einfach: Ich möchte meine Frau und meine Tochter nicht vergessen."

„Du wirst sie nicht vergessen." Voller Bedauern blickte sie ihn an. „Du hättest noch einmal heiraten können. Mom hätte das verstanden."

Stirnrunzelnd griff er in seine Tasche, fand eine zerknautschte Zigarettenschachtel und nahm sich eine Zigarette raus. „Ich habe mich nie wohlgefühlt, wenn ich mich mit einer anderen Frau getroffen habe", gestand er, zündete mit einem Streichholz die Zigarette an und atmete tief ein. Die Fahrerkabine des Trucks füllte sich mit Qualm, und er öffnete ein Fenster. „Im Übrigen sind diese Zeiten inzwischen vorbei." Er lachte leise. „Selbst meine Schwester Olivia ist damit beschäftigt, ihr Testament aufzusetzen – sie geht ganz und gar darin auf, ihre Habe in Ordnung zu bringen und alles zu regeln, falls der Herr sie früher zu sich rufen sollte. Nein. Ich brauche keine neue Frau. Es ist zu spät für mich."

„Was für eine pessimistische Einstellung", erwiderte Brenna. „Dazu ist man nie zu alt."

Er schaltete hoch, und der alte Truck machte einen Satz nach vorn. „Vielleicht solltest du dir deine Worte selbst zu Herzen nehmen."

„Ich?"

„Du bist seit fast einem Monat hier, Brenna. Ich weiß, dass du Warren getroffen hast. Was hält euch davon ab, zusammen zu sein?"

Sie lehnte sich an das Seitenfenster und warf ihrem Vater einen argwöhnischen Blick zu. „Spiel nicht den Kuppler, Dad."

„Das muss ich nicht. Ich habe schließlich Augen im Kopf, oder? Ich habe euch beide zusammen gesehen, und ich habe dir schon gestanden, dass ich mich damals vielleicht geirrt habe. Ich habe gehört, dass du Warren an dem Abend gesagt hast, dass du ihn liebst. Und ich wette, dass das noch immer so ist."

„Ach, Dad."

„Willst du es abstreiten?"

Stirnrunzelnd verschränkte sie die Arme vor der Brust. „Es ist kompliziert."

Wieder lachte er leise. „Das geht dir erst jetzt auf? Ich glaube das aber nicht. Und im Übrigen haben Schwierigkeiten dich noch nie von etwas abgehalten. Du bist immer deinen Weg gegangen."

„Das hier ist etwas anderes."

Er drückte seine Zigarette in dem überquellenden Aschenbecher aus. „Nein, ist es nicht. Du hast nur Angst, das ist alles. Angst, dass es so schmerzvoll wird wie damals."

„Vielleicht."

James bog in die Auffahrt ein. „Ich schätze, ich muss dir etwas gestehen", sagte er, hielt neben dem Haus und strich sich mit der Hand müde über den Nacken.

„Du auch?"

„Ja. Warren ist damals zu mir gekommen. Bevor du die Stadt verlassen hast, um zum College zu gehen."

„Tatsächlich?" Brenna hatte die Hand schon auf den Türgriff gelegt, hielt jedoch inne und blickte ihren Vater an.

„Ja. Wir haben uns unterhalten. Sehr lange."

Brennas Herz begann heftig zu pochen.

„Er hat mir erzählt, dass er verwirrt sei ... dass er Honor liebe, aber dass er dich geküsst habe und auch für dich etwas empfände." James seufzte tief. „Ich schätze, ich habe es den ganzen Sommer über kommen sehen, doch ich wollte es nicht wahrhaben."

Brenna konnte kaum atmen.

„Ich habe ihm erklärt, dass du nur eine Phase durchmachen würdest und dass du zu jung wärst, um zu wissen, was du wirklich willst. Dann habe ich ihm von deinem Stipendium berichtet und dass ich dich, wenn du es nicht annehmen würdest, niemals aufs College schicken könnte, weil das Geld fehlen würde."

„Du hast *was* getan?", rief Brenna ungläubig.

„Ich bin nicht stolz darauf. Ich weiß, dass ich das Geld auch so irgendwie aufgebracht hätte, aber ich dachte, es wäre das Beste für dich, nach Berkeley zu gehen. Ehe du dich in Warren verliebt hattest, hast du von nichts anderem gesprochen, als aufs College zu gehen – auf ein gutes, teures College – und Journalistin zu werden. Ich wollte nicht, dass du diesen Traum aufgibst. Nicht für Warren Stone. Nicht, wenn er helfen konnte, Honor auf den richtigen Weg zurückzubringen."

Ihr Magen verkrampfte sich. „Ach, Dad", flüsterte sie und fragte sich, wie ihr Leben verlaufen wäre, wenn ihr Vater sich nicht eingemischt hätte. „Warum hat Warren mir nichts gesagt?"

„Ich wollte, dass die Sache unter uns bleibt. Ich habe ihn gebeten, nicht darüber zu reden. Er ist ein Mann, der zu seinem Wort steht." Er starrte auf seine rauen Hände, ehe er sie wieder anschaute. „Ich bin nicht stolz auf das, was ich getan habe, Brenna. Doch glaub mir, damals habe ich gedacht, es wäre das Beste für dich und Honor. Wenn eure Ma noch gelebt hätte ..." Stirnrunzelnd öffnete er die Tür. „Ich schätze, es lohnt sich nicht, über das ‚Was wäre, wenn' nachzugrübeln. Aber du, du kannst noch mal von vorn beginnen."

Zitternd kletterte sie aus dem Pick-up und folgte ihrem Vater in das alte Haus.

„Du hast recht", meinte er und betrachtete die schmuddeligen Wände und den kaputten Fußboden. „Es ist entweder an der Zeit, das Haus zu verkaufen, oder etwas Geld hineinzustecken. Ich schätze, es war dumm von mir. Ich wollte nie etwas verändern. So hat deine Ma das Haus eingerichtet."

„Mom ist schon lange tot", erwiderte Brenna leise.

„Ich weiß. Und wahrscheinlich ist es Zeit, etwas zu unternehmen."

„Verkauf das Haus nicht, Dad", sagte sie plötzlich. In Gedanken war sie noch immer in der Vergangenheit. „Was möchtest du in einer Eigentumswohnung in der Stadt?"

„Keine Ahnung." Er bückte sich und kraulte Dixie hinter den Ohren.

Brenna berührte ihn am Arm. „Tu nichts Unüberlegtes", bat sie ihn. „Ich werde dir diesen Sommer beim Aufräumen helfen. Ich wette, du kannst einen Großteil des Landes an Craig verpachten. Vielleicht kannst du ihn sogar bezahlen, damit er einige Reparaturen am Haus für dich erledigt. Und ob du es glaubst oder nicht – ich kann malen und tapezieren."

„Es ist gut, dich wiederzuhaben, Bren", gab er zu, und seine Stimme zitterte.

Sie schlang die Arme um seinen Hals und spürte Tränen in sich aufsteigen. „Es ist auch gut, wieder hier zu sein, Dad. So gut. Obwohl ich dich teeren und federn sollte, weil du dich vor zehn Jahren in mein Leben eingemischt hast."

„Bist du so unglücklich?"

Sie dachte darüber nach und rückte etwas von ihm ab, damit sie ihn mustern konnte. „Nein", erwiderte sie. „Nicht mehr. Doch da gibt es noch einiges, was ich mit dem Bezirksstaatsanwalt klären muss." Sie lächelte durch ihre Tränen hindurch, rannte nach oben, packte ihre Sachen und küsste ihren Vater schließlich zum Abschied. Dieses Mal würde sie Warren bitten, sie zu heiraten – und ein Nein als Antwort würde sie nicht akzeptieren!

12. KAPITEL

Ohne zu zögern, fuhr Brenna direkt zu Warrens Haus. Sonnenstrahlen brachen durch die trüben Wolken. Aus einem Impuls heraus machte Brenna das Schiebedach ihres VWs auf. Der alte Wagen kroch die kurvenreichen Straßen in die West Hills hinauf. Tannen und Ahornbäume säumten den Weg.

Brennas Herz schlug wie wahnsinnig, als Warrens Haus schließlich vor ihr auftauchte. Mit der Zungenspitze strich sie sich über die Lippen, sagte sich, dass er gerade an diesem Tag seine Ruhe und Privatsphäre verdient hatte, und bog trotzdem auf die Auffahrt ein. Was sie betraf, galt nur eines: Jetzt oder nie. Entweder war sie Teil dieser Familie oder eben nicht. Heute würde sie es herausfinden.

Mary Beatty kam an die Tür. Kaum dass sie Brenna erblickte, erstrahlte ein breites Lächeln auf ihrem Gesicht. „Schaut mal, wer da ist! Und genau zur richtigen Zeit!", begrüßte sie Brenna.

„Zur richtigen Zeit für was?", fragte Brenna und schaute über Marys Schulter hinweg zur Treppe, wo Warren auf halbem Weg stehen geblieben war. Brenna spürte, wie ihre Augen bei seinem Anblick zu leuchten begannen. Er trug eine graue Cordhose und einen bequemen Pullover und hatte die Hände in die Hosentaschen geschoben. Die Haare fielen ihm ins Gesicht. Er rührte sich nicht, sondern sah sie nur mit neugierigen blauen Augen an.

„Ich dachte, den Kindern würde ein Picknick gefallen. Aber der Spielverderber hier behauptet, dass er arbeiten muss." Mary zwinkerte ihr zu, bevor sie zur Seite trat. „Vielleicht können Sie ihn ja umstimmen."

„Es ist Feiertag", sagte Brenna, doch Warren zog die Mundwinkel nach unten, während er zu ihr kam.

„Das ist egal. Ich muss ins Büro."

„Der Charlie-Saxton-Fall?", fragte sie, obwohl sie die Antwort schon kannte.

„Es gibt ein paar Fälle, die bearbeitet werden müssen. Einige davon sind wichtiger als der Saxton-Fall. Und was Charlie Saxton angeht, scheint es so, als erhielten wir noch eine Chance. Die Verhandlung könnte in Washington County stattfinden. Das reicht."

Brenna nickte. Washington County gehörte zu den drei Staaten, die an Portland grenzten. Warren war Bezirksstaatsanwalt für Multnomah County.

„Saxtons Anwalt erhebt natürlich Einspruch, trotzdem denke ich, dass der Richter diesmal nicht mit sich reden lassen wird."

Brenna war erleichtert.

„Ich kenne den Bezirksstaatsanwalt, und er hat eingewilligt, mit mir zusammenzuarbeiten. Wir müssen nur noch ein paar Details klären."

„Arbeit, Arbeit, Arbeit", murmelte Mary. „Und was ist mit Ihren Kindern?"

„Ich mache mit ihnen ein Picknick", schlug Brenna vor. „Vielleicht kann Warren später dazukommen." Erwartungsvoll sah sie Warren an, allerdings blieb seine Miene vollkommen ungerührt.

„Das musst du nicht", brummte er.

„Ich *möchte* es aber. Im Übrigen muss ich mit dir reden."

Seine Augen funkelten, als er sie fragend anschaute. „Gute Neuigkeiten oder schlechte?"

„Das musst du selbst entscheiden."

Mary warf Warren einen wissenden Blick zu. „Okay, ich werde den Picknickkorb packen."

„Ach, machen Sie sich keine Umstände. Ich bin mir sicher, dass Julie, Scotty und ich das schaffen."

Nickend erwiderte Mary: „Das denke ich auch. Gut, danke. Ich habe den Kindern übrigens versprochen, dass sie heute bei mir übernachten dürfen. Julie hat mich gebeten, ihr zu zeigen, wie man Popcorn macht."

„Kein Problem. Ich kann sie am späten Nachmittag vorbeibringen."

„Habe ich in der Angelegenheit überhaupt kein Mitspracherecht?", meldete Warren sich zu Wort, doch ein Lächeln umspielte seine Mundwinkel.

„Nein", erwiderte Mary. „Das ist die Strafe dafür, an einem Feiertag zu arbeiten." Sie griff nach ihrem Mantel, winkte den beiden zu und verschwand.

Brenna verschränkte die Arme vor der Brust und zog eine Augenbraue hoch. „Irgendwelche Einwände, Herr Staatsanwalt?"

„Im Moment nicht", entgegnete er. Sein Blick glitt über ihr Gesicht. „Ich habe mich gefragt, wann du wiederkommen würdest."

„Ich wollte euch heute eigentlich in Ruhe lassen", gestand sie. „Ich dachte, du und die Kinder würdet vielleicht etwas …"

„… Trübsal blasen und trauern wollen?", unterbrach er sie.

„Ja, möglicherweise." Sie zuckte die Achseln. „Ich habe das Blumengesteck auf Honors Grab gesehen."

„Es ist eine Sache, sich zu erinnern. Und eine andere, sich in Selbstmitleid zu verlieren", sagte er. „Ich verstehe nicht, was es ändern sollte, wenn wir den Tag damit verbringen würden zu trauern. Es ist vorbei."

Brenna hörte, wie die Hintertür geöffnet und kurz darauf ins Schloss geworfen wurde. Eine Minute später steckte Julie den Kopf aus der Küche. „Tante Bren?", fragte sie leise.

„Hi, meine Süße."

„Bist du böse auf mich?", wollte Julie wissen. Sie biss sich auf die Unterlippe und kam näher.

„Natürlich nicht."

„Ich meine wegen neulich. In der Schule."

„Das ist vergessen, okay?", meinte Brenna und ging in die Hocke, um ihrer Nichte in die Augen schauen zu können. „Wir haben alle mal einen schlechten Tag."

Julie starrte auf den Fußboden. „Dad meint, dass ich mich bei dir entschuldigen sollte." Aus dem Augenwinkel blickte sie Warren an. „Es … es tut mir leid."

Brenna gab Julie einen Kuss auf die Stirn und fing fast an zu weinen, als Julie die Arme um ihren Hals schlang. „Vergeben und vergessen, ja? Warum schaust du nicht mal in der Küche nach, was wir zum Picknick mitnehmen können?"

Julie sah abrupt hoch, und ihre Miene hellte sich auf. „Wir gehen doch?", wandte sie sich an ihren Vater.

„Ich muss noch immer arbeiten. Aber Tante Bren geht mit dir und Scotty picknicken."

Julie wirkte gleich wieder etwas trauriger, dennoch gelang es ihr, die Schultern zu straffen.

„Ich werde versuchen, später noch zu euch zu kommen, ja?", schlug Warren vor. „Ihr könntet am Bach auf Grandpas Farm picknicken, und ich werde mich bemühen, in drei Stunden bei euch zu sein."

„Okay", entgegnete Julie widerwillig.

„Warum erzählst du deinem Bruder nicht die guten Neuigkeiten?"

Julie rief Scottys Namen, durchquerte die Küche und rannte durch die Hintertür nach draußen.

„Ich weiß das wirklich zu schätzen, Bren", sagte Warren, nachdem sie wieder allein waren. „Die Kinder waren echt enttäuscht."

„Kein Problem", erwiderte sie locker und keuchte auf, da er sie unvermittelt in die Arme schloss.

„Ich habe dich vermisst", sagte er und gab ihr lächelnd einen Kuss auf die Stirn. Die Stärke seiner Umarmung, das blaue Feuer in seinen Augen und das Gefühl seines Körpers an ihrem waren berauschend. „Wir alle haben dich vermisst."

„Ich euch auch", flüsterte sie, lehnte sich einen Moment lang an ihn und sog seinen Duft in sich auf – diesen holzigen, maskulinen Geruch, der ihr mittlerweile schon so vertraut war. Ihre Wange berührte den weichen Stoff seines Pullovers, und Warren stöhnte tief auf. „Du kannst dir nicht vorstellen, wie sehr ich dich vermisst habe."

„Zeig es mir", murmelte er und strich mit seinen Lippen über ihr Haar. „Später. Wenn wir unter uns sind."

Brennas Pulsschlag beschleunigte sich. „Nachdem wir ein paar Dinge geklärt haben", erwiderte sie.

Schritte erklangen in der Küche, und die Kinder kamen um die Ecke gelaufen, als Warren Brenna gerade losgelassen hatte.

„Du gehst weg?", fragte Scotty.

„Ich fürchte, ich muss. Aber Tante Bren bleibt bei euch."

Scotty schob die Unterlippe vor, doch er widersprach nicht, als Warren Julie und ihn hochhob und beide auf die Wange küsste. „Ich sehe euch dann auf Grandpas Farm", meinte er. „Lasst mir ein Sandwich übrig!"

„Erdnussbutter und Marmelade?"

Warren seufzte. „Wie auch immer", antwortete er und ließ beide Kinder wieder runter. „Viel Glück", rief er Brenna zu, während er nach seiner Jacke griff und durch die Eingangstür verschwand.

„Also gut, Leute", sagte Brenna und zwinkerte Julie und Scotty zu. „Euer Vater hat mir die Verantwortung übertragen. Es ist also fast alles möglich. Was wollen wir zum Picknick mitnehmen?"

„Schokoriegel!", schrie Scotty.

„Und Limonade", fügte Julie hinzu.

„Und Eis!"

Brenna lachte. „Ich fürchte, beim Eis ist Schluss. Das wird schmelzen."

„Wir haben eine Kühlbox", erklärte Julie.

„Ich bezweifle zwar, dass das funktionieren wird, aber wir können es ja ausprobieren", entschied Brenna. „Ich möchte noch nach Hause und mir eine Jeans anziehen. Also, auf geht's!"

Der Bach, der im Schatten von jungen Tannen und kleinen Bäumen lag, wand sich vom Hügel zum Fluss hinunter. Wo die Strahlen der Nachmittagssonne durch die Äste fielen, funkelte und glitzerte er silbern.

Mit der Kühlbox in der Hand suchte Brenna sich einen Weg

über die flachen Steine zu einem perfekten Picknickplatz unter den Zweigen eines alten Ahornbaumes.

„Das schaffe ich nicht!", jammerte Scotty, als Julie vorsichtig das kleine Flüsschen überquerte.

„Sicher schaffst du das. Ich werde dir helfen", beruhigte Brenna ihn.

Sie ging noch einmal zurück, nahm Scotty bei der Hand und half ihm dabei, über den Bach zu gelangen. Einmal rutschte er aus, doch sie fing ihn auf. Leider geriet dabei einer seiner Basketballschuhe mit dem hohen Schaft in das eisige Wasser. Scotty schrie auf, klammerte sich noch mehr an Brennas Hand, und sie wären beinahe beide in den Bach gefallen. Zum Glück ging alles gut.

„Da wären wir, Kumpel", sagte Brenna, nachdem sie endlich auf der anderen Seite waren und wieder festen Boden unter den Füßen hatten.

„Warum mussten wir denn hierhin?", fragte Scotty.

„Weil man an dieser Stelle mit Abstand die besten Flusskrebse fangen kann."

„Die besten was?", fragte Julie.

„Flusskrebse. Ihr wisst schon … die kleinen Süßwasserhummer?"

Julie rümpfte die Nase, aber Scotty schien fasziniert zu sein.

„Eure Mom und ich haben das immer gemacht, als wir noch Kinder waren", erklärte Brenna. „Wartet hier. Ich bin gleich wieder mit den Angeln da."

Ein paar Minuten später hatte sie den Picknickkorb und einige Weidenzweige auf einer Decke abgelegt. „Ich zeige euch mal, wie das funktioniert."

„Wieso angelt Grandpa nicht mit uns?", erkundigte Scotty sich neugierig. Er beobachtete gebannt, wie Brenna eine Schnur an das angespitzte Ende eines glatten Zweiges band und dann vorsichtig eine Sicherheitsnadel an der Schnur befestigte.

„Er muss noch einiges erledigen. Wenn das Essen fertig ist, ist er aber da. Das könnt ihr mir glauben."

Julie runzelte die Stirn. „Ich verstehe das nicht", sagte sie, doch selbst ihre Skepsis schwand, sowie Brenna ein kleines Stück Speck auf die Sicherheitsnadel steckte und die Schnur dann ins Wasser hielt.

„Und jetzt?", fragte Scotty.

„Wir warten und beobachten. Kommt, ich mache euch auch eine Angel fertig." Sie richtete zwei Angeln her, und Scotty konnte es vor Ungeduld kaum aushalten. Immer wieder tauchte er die Schnur ein und zog sie wieder heraus. Der Speck platschte ins Wasser, ging unter und kam wieder an die Oberfläche.

Kurz darauf watete James in Angelstiefeln durch den Bach. „Wie läuft es?", wollte er wissen und betrachtete liebevoll seine Enkelkinder.

„Ziemlich gut."

„Ich habe einen!", rief Scotty just in dem Moment und riss die Schnur aus dem Wasser. Am Ende klammerte sich ein kleiner Flusskrebs mit einer Schere an das Stück Speck.

Brenna sprang auf. „Scotty, pass auf!"

Aber es war zu spät. Der Flusskrebs fiel zu Boden und lief mit erhobenen Scheren rückwärts Richtung Wasser. Furchtlos packte Scotty seinen Fang.

„Aua!", brüllte er, da eine der Scheren sich um seinen Finger schloss.

„Du musst vorsichtig sein." Brenna versuchte, den Flusskrebs von hinten zu fangen, doch das rotbraune Krustentier erreichte das Wasser und tauchte unter, um sich zwischen den Steinen zu verstecken.

„Oh!", seufzte Scotty. „Er ist weg."

„Komm mal her, mein Junge." James streckte die Arme aus, aber Scotty drehte sich um und wollte zu Brenna. Sie konnte ein Lächeln nicht unterdrücken. Das war das erste Mal, dass er ihr zeigte, dass er sie akzeptierte.

Blut tropfte von Scottys Finger, und Tränen standen ihm in den Augen.

„Hier, bitte", meinte Brenna, nahm eine Papierserviette und

wickelte sie um seine Hand. „Halt sie fest, während ich Verbandszeug suche."

Schniefend tat Scotty, was sie ihm gesagt hatte. Julie lachte laut auf. „Ich habe einen! Ich habe einen!"

„Einen Moment nur", sagte Brenna, rannte zu ihrem Auto, holte den Erste-Hilfe-Kasten und kehrte zu den anderen zurück.

„Ich kümmere mich darum", bot James an und wies mit einem Kopfnicken zu Julie. „Ich habe früher auch einige gefangen."

Während Brenna Scottys Wunde säuberte und verband, gab Julie den schnappenden Flusskrebs, den sie gefangen hatte, in einen Eimer mit Wasser.

Noch immer schniefend, spähte Scotty in den Eimer. Dann nahm er seine Angel in die Hand – schließlich wollte er seiner Schwester in nichts nachstehen. In der folgenden Stunde fingen sie neun Flusskrebse, und der Eimer war voll.

„Ich glaube, wir sollten jetzt essen", schlug Brenna vor. Sie breitete die Sandwiches, Bananen, Kekse und die Limonadendosen auf der Decke aus.

Doch Scotty warf seine Schnur schon wieder in das flache Wasser. „Können wir die Krebse behalten?", fragte er.

„Ich fürchte, nicht ..." Brenna hörte den Motor eines Wagens, der über die Schotterstraße durch die Felder fuhr, und lächelte, sowie sie das silberne Auto zwischen den Bäumen hindurch erkennen konnte. „Aber warum fragst du nicht deinen Dad? Da kommt er gerade."

Scotty wartete nicht. Er lief durch das flache Wasser, ohne auf die Steine zu achten. Auf der anderen Seite angekommen, jagte er los. Seine schwarzen Haare wehten, und er hielt mit der verbundenen Hand noch immer seine Angel umklammert. So rannte er auf Warren zu, der aus dem Wagen stieg.

Brenna konnte nicht verstehen, was sie sagten, doch sie beobachtete, wie Scotty erst zum Bach, dann auf seinen verbundenen Finger und schließlich auf sie deutete.

Lächelnd hob Warren seinen Sohn auf die Schulter und trug

ihn zurück zum Picknickplatz. „Ich habe gehört, dass es schon einen Verletzten zu beklagen gibt."

„Bis jetzt", gestand Brenna.

Warrens Augen funkelten vergnügt. „Scotty behauptet, dass ihr einen Riesenfang gemacht habt."

„Wir haben einige Flusskrebse geangelt."

„Können wir sie behalten? Bitte?", flehte Scotty.

„Ja, Dad, können wir?", fiel auch Julie ein. „Ich möchte gern einen mit zur Schule nehmen und den anderen im Unterricht davon erzählen."

„Das ist genau das, was euch in der Klasse noch gefehlt hat", bemerkte Brenna grinsend. „Noch ein Vieh."

„Mrs Stevens würde es gefallen!"

„Wahrscheinlich", stimmte Brenna ihr zu und dachte an Julies junge Lehrerin.

Warren schaute in den Eimer. „Ich schätze, das geht in Ordnung. Wenn ihr die anderen freilasst. Und nachdem du den Flusskrebs in der Schule gezeigt hast, bringen wir ihn wieder hierher und schenken auch ihm die Freiheit."

„Ach, Dad", jammerte Julie.

„Das ist die Bedingung. Du kannst sie entweder annehmen oder nicht. Dasselbe gilt für dich, Kumpel", wandte Warren sich an Scotty.

„Ja, so mache ich es", erklärte Julie missmutig.

„Gut. Und jetzt zeigt mir mal, was ihr mitgebracht habt. Ich verhungere."

Scotty ließ seinen Blick über die Decke schweifen. „Wo ist das Eis?"

„Das Eis?", wiederholte Warren.

Brenna lachte. „Ich habe es bei Grandpa ins Gefrierfach gestellt. Wir können Eis essen, bevor wir nach Hause fahren."

„Aber du hast versprochen …"

„Ich weiß, dass ich es versprochen habe", sagte Brenna. „Es war schon ganz weich, als wir hier ankamen. Ich dachte bloß, ihr wollt es nicht unbedingt trinken."

Warren machte es sich auf der Decke bequem und aß etwas, während Julie und Scotty zögerlich die Flusskrebse zurück ins Wasser warfen.

„Ich will Eis", sagte Scotty schließlich.

James zwinkerte Brenna zu. „Ich fahre mit den beiden zum Haus. Ihr könnt sie dann später wieder abholen." Er half den Kindern dabei, auf den Steinen den Bach zu überqueren, und führte sie zu seinem alten Truck.

„Endlich allein", flüsterte Warren. Auf der Decke ausgestreckt und mit dem Rücken an den Stamm des alten Ahornbaumes gelehnt, legte er seine Arme um Brennas Schultern, zog sie mit dem Rücken an seine Brust und stützte sein Kinn auf ihren Kopf. Gemeinsam schauten sie zu, wie James' Pick-up den Schotterweg entlangrumpelte, bis sie ihn nicht mehr sehen konnten. „Wenn ich mich recht entsinne, wolltest du vorhin unbedingt mit mir sprechen", meinte Warren und gab ihr einen Kuss aufs Haar. „Aus einem besonderen Grund?"

„Nichts Wichtiges", entgegnete sie betont beiläufig, obwohl ihr Herz so laut hämmerte, dass sie sich sicher war, dass er es hören konnte. „Ich dachte nur, du solltest wissen, dass ich mich entschieden habe, deinen Heiratsantrag anzunehmen."

„Bist du dir sicher?", fragte er dicht an ihrem Haar.

„Absolut."

„Gut, denn ich werde nicht zulassen, dass du deine Meinung noch mal änderst."

„Niemals", versprach sie und seufzte glücklich. Sie lag halb auf der Decke und beobachtete die Strahlen der Nachmittagssonne, die die Wasseroberfläche zum Glitzern brachten. Der Bach plätscherte zu ihren Füßen und gurgelte fröhlich vor sich hin, während er vom Hügel hinunter und durch die Tannen zum Fluss floss. Über ihnen summten die Bienen, und die Vögel zwitscherten.

Warren fuhr ihr mit seinen Fingern durchs Haar und hob es an, bevor er ihren Hals küsste. Wohlige Schauer jagten ihr durch den Körper. „Ich habe dich immer geliebt, Brenna", gestand er ihr mit rauer Stimme.

„Und ich dich."

„Versprich mir, dass du mich nie verlassen wirst."

„Du wirst mich nicht los, selbst wenn du es wolltest." Sie drehte sich in seinen Armen um und schaute ihm tief in die Augen. „Ich liebe dich", sagte sie. „Ich werde dich immer lieben!"

„Gut. Heute Nacht kannst du es mir zeigen. Die Kinder sind bei Mary."

Brenna lächelte. Ein warmes Glücksgefühl durchströmte sie. „Sehr gern, Herr Staatsanwalt."

Ohne ein weiteres Wort hielt er ihr Gesicht mit beiden Händen fest und küsste sie mit zitternden Lippen.

Sie schloss die Augen und spürte, wie die Last von Honors Schatten von ihren Schultern wich. Endlich fühlte Brenna sich, als wäre sie nach Hause gekommen. Und dieses Mal, schwor sie sich – und küsste Warren –, würde sie nie mehr fortgehen.

– ENDE –

Lisa Jackson

Der Feind, der mich liebte

Roman

Aus dem Amerikanischen von
Dagmar Heuer

1. KAPITEL

Mit erhobenem Haupt betrat Ashley die Anwaltskanzlei McMichaels and Lee. Sie ließ sich nichts von ihrer schwindenden Zuversicht anmerken. Ihre feinen Gesichtszüge zeigten keinerlei Emotionen. Lediglich die dunklen Ringe unter ihren Augen verrieten den inneren Aufruhr, der ihr den Schlaf geraubt haben musste.

Wie Aasgeier, die über ihrer Beute kreisen, schoss es ihr durch den Kopf. Alan McMichaels rückte ihr einen Stuhl an den großen Schreibtisch aus Eichenholz heran, und während sie zwischen ihrem Cousin Claud und ihrer Tante Beatrice Platz nahm, spürte sie die kalte Verachtung in deren eingefallenen weißen Gesichtern.

Claud zog die rostfarbenen Augenbrauen hoch, doch er sagte nichts. Tante Beatrice nickte Ashley steif zu und richtete ihren Blick dann wieder auf den Anwalt.

Die Familie hatte sich nie besonders nah gestanden; jedenfalls hatte Ashley keinerlei tiefere Beziehung zu den Verwandten ihres Vaters entwickelt. Auch sein Tod hatte das nicht geändert. Im Gegenteil: Die Familie, von der jedes Mitglied einen kleinen Anteil an der *Stephens Timber Corporation* besaß, schien zersplitterter denn je.

Trotz des großzügigen Raums, der in üppigen Blau- und Brauntönen gehalten war, herrschte eine unbehagliche, bedrückende Atmosphäre. Spannung lag in der Luft.

Alan McMichaels nahm hinter seinem Schreibtisch Platz. Hinter ihm bot ein großes Fenster einen Panoramablick auf die Berglandschaft von Portland. Auf den mit Tannen bewachsenen immergrünen Hügeln standen teure, um die Jahrhundertwende gebaute Häuser, deren Besitzer eine atemberaubende Aussicht über die Stadt hatten. In der Ferne umspannte die Vista Bridge zwei Höhenzüge. Ihre eleganten grauen Bögen ragten aus dem Morgennebel hervor.

Der schlanke, weißhaarige Anwalt mit schwarzen Augenbrauen räusperte sich und lenkte die Aufmerksamkeit der Anwesenden auf sich. „Wie Sie wissen, sind wir heute hier zusammengekommen, um das Testament von Lazarus Stephens zu verlesen. Bitte halten Sie sich mit Kommentaren zurück, bis ich mit dem gesamten Dokument fertig bin. Danach werde ich all Ihre Fragen gern beantworten."

McMichaels rückte seine Lesebrille zurecht und nahm das Papier in die Hand. Ein beklemmendes Gefühl überfiel Ashley und wollte nicht von ihr weichen. Die Tränen, die sie für ihren Vater vergossen hatte, waren getrocknet. Das Einzige, was sie jetzt noch empfand, war eine tiefe, unerklärliche Einsamkeit. Ihr Vater und sie hatten kein besonders enges Verhältnis gehabt, und dennoch war es so, als sei mit ihm ein Teil von ihr gestorben.

Trotz der unausgesprochenen Anschuldigungen der anderen Personen im Raum begegnete Ashley jedem fragenden Blick mit kühler Gelassenheit in ihren intelligenten grünen Augen. Ihr blauschwarzes Haar war im Nacken zu einem Knoten zusammengebunden und glänzte wie Seide. Sie trug ein teures dunkelblaues Kostüm von schlichter Eleganz.

Ashley kannte die vernichtenden Blicke seitens der Familie ihres Vaters. Mit nur wenigen Ausnahmen lehnten die Verwandten von Lazarus Stephens Ashley ab und machten keinen Hehl daraus. Sie konnte sich vorstellen, wie sie sich alle insgeheim gefreut hatten, als sie von dem Zerwürfnis zwischen Lazarus und seiner eigensinnigen, verwöhnten Tochter erfahren hatten. Tanten, Onkel und Cousins behandelten sie wie eine Aussätzige.

Ungeachtet der geringschätzigen Blicke in ihre Richtung, legte Ashley ihre gefalteten Hände in den Schoß und schaute ruhig den Mann mit den silbernen Haaren und der Brille an, der ihr genau gegenübersaß. Obwohl Alan McMichaels alle im Raum ansprach, hatte Ashley den Eindruck, dass er ihr besondere Aufmerksamkeit schenkte.

„Ich, Lazarus J. Stephens aus Portland, Oregon, erkläre meinen Letzten Willen und hebe damit alle früheren Testamente

und Nachträge auf ... " Ashley hörte dem Anwalt konzentriert zu. Ihre großen grünen Augen zeigten keinerlei Emotion während der Verlesung des Testaments. Und auch wenn sie nach außen hin ruhig blieb, zog sich ihr Magen schmerzhaft zusammen, sowie sie vernahm, dass jedem aus Lazarus Stephens' Freundes- und Verwandtenkreis etwas Kleines und Unbedeutendes vermacht wurde.

McMichaels hatte darauf bestanden, dass Ashley bei der Testamentseröffnung dabei war, obwohl sie nicht verstand, warum. Es sei denn, dass ihr Vater es ausdrücklich gewollt hatte, sie der Demütigung auszusetzen, indem er vor aller Augen zum letzten Mal kundtat, dass er sein einziges Kind enterbt hatte.

Sie wurde blass bei der Erinnerung an die heftige Auseinandersetzung, die zu ihrem Zerwürfnis geführt hatte. Deutlich sah sie seine wutroten Wangen vor sich und hörte seine üblen Anschuldigungen, dass sie ihn verraten und hintergangen hätte, und erinnerte sich an den Blick äußerster Verachtung und Enttäuschung aus seinen blassblauen Augen.

Im Laufe der Jahre war die Kluft zwischen Vater und Tochter geringer geworden, doch niemals hatte sich diese schreckliche Szene auslöschen lassen. Obwohl Ashley beschlossen hatte, nichts auf die Gerüchte über ihren Vater und seine Geschäftspraktiken zu geben, war sie doch nicht immun gegen das bösartige Gerede, das sich in Windeseile verbreitete, wann immer sein Name bei einer Unterhaltung fiel.

Alan McMichaels räusperte sich erneut, und er schaute Ashley einen Moment eindringlich an. *„Meinem Neffen Claud..."*, fuhr McMichaels fort. Aus dem Augenwinkel verfolgte Ashley, wie Claud sich nach vorne beugte, und bemerkte, wie seine Finger nervös die polierte Schreibtischkante entlangstrichen, während er den Anwalt erwartungsvoll anstarrte. *„...vermache ich die Summe von einhunderttausend Dollar."*

Clauds selbstsicheres Lächeln, das zum Teil von einem dicken, rostfarbenen Schnurrbart verdeckt wurde, verblasste leicht, sowie McMichaels innehielt. Clauds Blick wanderte nervös von McMichaels zu Ashley und wieder zurück.

"Den gesamten Rest meines Besitzes vererbe ich meinem einzigen Kind, Ashley Stephens Jennings."

Es versetzte Ashley einen Stich mitten ins Herz, und jegliche Farbe wich aus ihrem Gesicht. Sie musste eine Sekunde lang die Lider senken, während sie die Bedeutung dieser Worte verdaute. Er hatte ihr vergeben. Aber sein ausgeprägter Stolz hatte es Lazarus nicht erlaubt, seiner Tochter in die Augen zu schauen. Sie presste ihre Hände zusammen. Tränen brannten ihr in den Augen, als sie diese endgültige Vergebung ihres Vaters annahm.

McMichaels hatte indes mit dem Verlesen des Testaments weitergemacht, allerdings erreichten seine Worte Ashley nicht. Sie wagte es nicht, in die Gesichter der erschreckten Familienmitglieder zu sehen.

„Einen Moment, bitte!", unterbrach ihn Claud und schaute seine Cousine hasserfüllt an. Aber ein scharfer Blick von Alan McMichaels erstickte jeden weiteren Kommentar.

McMichaels monotone Stimme war noch einige Minuten zu hören, bis er schließlich die Papiere auf die Tischplatte legte und lächelte. „Das war's. Wenn Sie noch irgendwelche Fragen haben …"

Stimmengemurmel setzte ein, und Ashley spürte die bohrenden Blicke der Verwandten. Gesprächsfetzen drangen an ihr Ohr.

„Ich hätte niemals gedacht …"

„Hat Lazarus sie nicht enterbt?"

„Das hatte ich angenommen – wegen ihrer Affäre mit diesem Trevor Daniels. Du weißt schon … Er kandidiert in diesem Herbst für den Senatorenposten."

„Wie konnte sie nur? Noch dazu mit diesem Mann! Er war im letzten Sommer wegen Bestechung angeklagt. Die Anschuldigungen haben nicht ausgereicht, aber, wenn du mich fragst, hat er jemandem Geld zugesteckt, um seinen Kopf zu retten! Trevor Daniels sollte man nicht trauen und auf keinen Fall sich mit ihm einlassen!"

„Daniels hatte geschworen, Lazarus zu zerstören, weißt du. Er hat immer Lazarus für das Verschwinden seines Vaters verantwortlich gemacht. Wenn du mich fragst, Trevor Daniels' Vater ... wie war doch gleich sein Name? Robert – genau. Ich wette, dass Robert Daniels schlichtweg mit einer anderen Frau durchgebrannt ist ..."

Ashley reckte ein wenig das Kinn und musterte mit ihren grünen Augen kühl die Familie ihres Vaters. Sie war es gewohnt, schmerzvollen Klatsch zu ertragen, und es gelang ihr, Haltung zu bewahren angesichts dieser nicht überhörbaren verletzenden Spekulationen. Sie schob ihren Stuhl zurück und ging zur Tür.

Claud lehnte sich über McMichaels' Schreibtisch, sein rosiger Teint war röter als sonst. Obwohl er flüsterte, war sich Ashley seiner Drohungen wohl bewusst. In seinen Augen war er es, der Anspruch auf die Führung des stephensschen Sägewerkimperiums hatte. Zweifelsohne hatte er vor, das Testament anzufechten.

Alan McMichaels bemerkte, dass Ashley den Raum verlassen wollte, und unterbrach sein Gespräch mit Claud. Er hob seine Hand. „Miss Jennings – bitte. Wenn Sie noch einen Moment bleiben würden. Es gibt einige Dinge, die ich gern mit Ihnen besprechen möchte."

Schwach lächelnd nickte Ashley und strich sich den Rock glatt, bevor sie den Raum durchquerte und in der Nähe des Fensters stehen blieb. Sie spürte die hasserfüllten Blicke in ihrem Rücken.

Sie konzentrierte sich auf die Aussicht aus dem achten Stockwerk, allerdings nahm sie weder die hohe gotische Kirchturmspitze noch die Tatsache wahr, dass der Nebel sich langsam auflöste. Ihre Gedanken kreisten um ihren Vater und den schrecklichen Streit, der sie entzweit hatte.

Alles hatte sich in der großzügigen Bibliothek in Lazarus' Haus in Palatine Hill abgespielt. „Wie kannst du nur?", hatte Lazarus außer sich vor Wut gebrüllt, nachdem er erfahren hatte, dass seine Tochter sich den ganzen Sommer über mit dem

Sohn von Robert Daniels getroffen hatte. Dem Mann, der sein Erzrivale gewesen war, bevor er vor zwei Jahren spurlos verschwunden war. Lazarus' blassblaue Augen hatten rachsüchtig gefunkelt. Mit nichts hätte ihn Ashley mehr verletzen können.

Als sie versucht hatte, ihm zu erklären, dass sie Trevor liebte und ihn heiraten wollte, hatte ihr Vater gelacht. „Einen Daniels heiraten? Verdammt, Ashley, ich hatte geglaubt, du hättest mehr Verstand!" Lazarus hatte den Kopf geschüttelt. „Was glaubst du, will er von dir? Liebe?" Sowie Lazarus das erwartungsvolle Leuchten in ihren Augen sah, spuckte er wütend ins Feuer. „Er benutzt dich doch nur! Merkst du das nicht? Er will das Sägewerk, zum Teufel! Ein persönlicher Rachefeldzug gegen mich. Wach auf, Mädchen! Trevor Daniels interessiert sich nicht im Geringsten für dich."

Als sich Ashley standhaft geweigert hatte, die Beziehung zu beenden, hatte Lazarus die Handfläche auf den Tisch geknallt und gedroht, sie zu enterben. Zornig hatte sie ihm geantwortet, dass er das ruhig tun solle, und war aus dem Raum marschiert, hatte das Haus verlassen und war von diesem Moment an aus dem Leben ihres Vaters verschwunden. Der festen Überzeugung, dass sie im Recht war, war sie wild entschlossen gewesen, ihm das zu beweisen.

Doch das war praktisch unmöglich gewesen. Lazarus hatte in jeder Hinsicht recht gehabt, was Trevor und seine Motive anbelangte. Angesichts dieser schmerzhaften Erinnerung holte Ashley tief Luft und fuhr mit den Fingern den Fenstersims entlang. Erneut stiegen bittere Tränen in ihr auf.

„Ashley, könnte ich kurz mit Ihnen reden? Es dauert nur ein paar Minuten."

Sie drehte sich zum Anwalt ihres Vaters um und stellte fest, dass der Raum inzwischen leer war. „Zunächst möchte ich Ihnen mein Beileid aussprechen." Nickend nahm sie seine Anteilnahme an. „Ich hoffe, Sie werden auch weiterhin die Dienste von McMichaels and Lee in Anspruch nehmen." Sie nickte erneut und bedeutete ihm, auf den Punkt zu kommen.

„Mit dem Erbe Ihres Vaters besitzen Sie jetzt die Aktienmehrheit von *Stephens Timber*. Es obliegt ganz Ihnen, das Unternehmen selbst zu leiten oder jemand dafür zu engagieren ..."

„Mr McMichaels", unterbrach ihn Ashley, endlich in der Lage, ihre Gedanken zu ordnen. „Im Augenblick sehe ich mich nicht als genügend qualifiziert, die Firma allein zu führen."

„Ihr Vater war da offensichtlich anderer Meinung. Haben Sie nicht einen Abschluss in Betriebswirtschaft?"

„Einen Master ..."

„Und Sie haben doch bereits für das Unternehmen gearbeitet ..."

„Das ist Jahre her. Aber die Branche hat sich in den letzten acht Jahren sehr verändert."

„Ihr Vater schien der Ansicht zu sein, dass Sie über Führungsqualitäten verfügen."

„Tatsächlich?" Ashley schüttelte verwundert den Kopf. Warum war ihr Vater nicht in der Lage gewesen, ihr das selbst zu sagen? „Ich denke, wir sollten die Dinge so lassen, wie sie im Moment sind. Soweit ich verstanden habe, hat sich Claud aus praktischen Erwägungen um das tägliche Geschäft gekümmert. Mein Vater hatte sich bereits ein Stück weit zurückgezogen."

„Das stimmt."

Ashley bemühte sich, klar zu denken. Die Anspannung der letzten Tage war ermüdend gewesen. Sie konnte sich jedoch ihrer Verantwortung nicht entziehen. „Solange ich nicht noch mehr über das Geschäft weiß und mein Lehrauftrag nicht zu Ende ist, werde ich mich auf Claud verlassen müssen. Das Einzige, was ich momentan verlange, ist eine Prüfung der Bücher und monatliche Rechenschaftsberichte. Ich spreche mit Claud und werde ihn bitten, vorläufig Geschäftsführer zu bleiben."

McMichaels vergrub die Hände in den Hosentaschen und schien sich sichtlich unwohl zu fühlen.

„Ist das ein Problem?"

Der Anwalt runzelte die Stirn und wollte etwas sagen, besann sich dann aber eines Besseren. „Nein, ich denke nicht. Sie können tun, was Sie möchten."

„Ich kenne den Ruf der Firma", versicherte sie dem überraschten Anwalt. „Ich bin nicht mit geschlossenen Augen durchs Leben gegangen. Ich erwarte, dass Claud dafür sorgt, dass alles, was *Stephens Timber* unternimmt, sich im gesetzlichen Rahmen bewegt. Es ist Ihre Aufgabe, ihn in dieser Hinsicht zu beraten."

McMichaels lächelte sichtlich erleichtert. „Gut."

Ashley gelang ein dünnes Lächeln, das erste, seit sie vom Herzinfarkt ihres Vaters erfahren hatte. „Ob es mir gefällt oder nicht, aber ich habe einen Vertrag bis Mitte Juni. Ich werde mit der Verwaltung sprechen. Wenn man einen Ersatz für das nächste Semester findet, werde ich in Erwägung ziehen, nach Portland zurückzukehren und mit Claud zu arbeiten."

„Das wäre sicher eine kluge Entscheidung", stimmte McMichaels zu. „Sie sind jetzt eine sehr wohlhabende Frau, Ashley. Sie müssen vorsichtig sein. Viele werden versuchen, Sie auszunutzen."

„Nur, wenn ich ihnen Gelegenheit dazu gebe", antwortete sie. Ashley sprach noch ein paar Minuten mit dem Anwalt und verließ sein Büro mit dem verstörenden Gefühl, dass Alan McMichaels ihr noch etwas hatte sagen wollen. Sie schüttelte diese unangenehme Ahnung ab und kam zu der Überzeugung, dass er ihr wohl noch ein wenig Zeit geben und sie nicht sofort mit den Problemen des Unternehmens belasten wollte.

Sobald sie den Fahrstuhl betrat, war Ashley allein. Sie schloss die Augen und bewegte den Kopf hin und her, um die Spannung in ihren Schultern ein wenig zu lösen.

Sie verließ das Gebäude der Anwaltskanzlei durch eine große Glastür. Kühler Wind schlug ihr entgegen und ließ sie frösteln. Sie wollte gerade die Stufen zur Straße hinuntergehen, da lief Claud auf sie zu. Ashley wappnete sich für die Konfrontation, die jetzt unweigerlich folgen würde. Seit dem Zerwürfnis mit ihrem Vater war Claud darauf vorbereitet worden, den Vorsitz von *Stephens Timber* zu übernehmen. Kein Wunder, dass er mehr als nur leicht verärgert war.

„Du wusstest von der Änderung des Testaments, nicht wahr?", warf er ihr vor.

„Natürlich nicht."

„Ich verstehe das nicht!"

„Ich auch nicht. Nicht wirklich. Jedenfalls ist es Tatsache, dass Vater die Firma mir überlassen hat." Als sie ihr Auto erreicht hatte, sah sie ihren Cousin an. „Mir ist klar, dass es ein Schock und eine große Enttäuschung für dich sein muss, Claud. Aber ich möchte, dass du das Unternehmen weiterhin leitest, so wie du es für Dad getan hast. Ich möchte jedoch regelmäßig von dir informiert werden. Ich habe Alan genau erklärt, was ich von dir erwarte."

Claud zupfte nervös an seinem Schnurrbart und schien sie mit seinem Blick förmlich zu durchbohren. „Und du wirst dich nicht einmischen?"

„Natürlich werde ich das – *wenn* ich glaube, dass du deinen Job nicht gut machst. In den nächsten Tagen werde ich im Büro sein und dir über die Schulter sehen. Dann können wir alle akuten Probleme besprechen. Ich möchte über alles, was bei *Stephens Timber* passiert, im Bilde sein."

„Ziehst du nach Portland?", erkundigte sich Claud und trat von einem Fuß auf den anderen. Er riss am Knoten seiner Seidenkrawatte und hatte Mühe, Ashley in die Augen zu schauen.

„Vielleicht nach den Frühjahrsferien, falls die Verwaltung einen Ersatz für mich findet. Ich erwarte deine Berichte und möchte, dass du mich anrufst, wenn du Schwierigkeiten hast."

„Ich habe alles im Griff", erklärte Claud in seiner selbstsicheren Art. „Dein alter Herr hat keinen Gedanken daran verschwendet, mich zu beaufsichtigen."

„Nun, ich tue es aber", erklärte Ashley bestimmt. „Denn jetzt steht mein Ruf auf dem Spiel."

„Erzähl mir nicht, dass du diesen ganzen Gerüchten geglaubt hast."

„Klatsch ist eine billige Unterhaltung für Müßiggänger. Was ich glaube oder nicht, ist unwichtig. Jedenfalls wird von nun an unser Unternehmen sauber bleiben. *Stephens Timber* kann sich keine schlechte Presse mehr erlauben." Sie klopfte mit den Fingern auf die Motorhaube ihres Wagens, um ihren Worten Nachdruck zu verleihen.

Ein breites Grinsen lag auf Clauds Gesicht. Er taxierte seine Cousine und ließ seinen Blick anerkennend über ihren schlanken Körper wandern. Ashley Jennings war eine Frau mit Klasse. Es war verdammt schade, dass sie die Tochter von Lazarus Stephens war. „Wir haben ein spezielles Problem", gab Claud zu bedenken.

„Und das wäre?" Ashley stand mit den Autoschlüsseln in der Hand vor der Wagentür. Claud und sie hatten sich nie gut verstanden, doch aufgrund der neuen Situation war sie gezwungen, ihm zu vertrauen – zumindest eine Zeit lang.

„Trevor Daniels."

„Warum ist er ein Problem?" Ashley zeigte sich unbeeindruckt, obwohl ihr Puls zu rasen anfing. Nachdem sie acht Jahre mit der Wahrheit gelebt hatte, war sie inzwischen in der Lage, Gelassenheit vorzutäuschen, wenn sein Name auftauchte.

„Wenn er den Senatorenposten im Herbst bekommt, wird er uns vernichten."

„Ich sehe nicht, wie das möglich sein sollte, Claud." Sie musterte ihren Cousin. Der Blick ihrer grünen Augen war klar.

„Er war immer darauf aus, unserer Familie zu schaden. Das solltest du wissen."

Ashley spürte, wie sich ihr Körper versteifte. Doch sie wollte sich um keinen Preis von Clauds unsensibler Bemerkung irritieren lassen.

Sie richtete sich auf, dann verschränkte sie die Arme und lehnte sich an ihren Sportwagen. „Trevors Familie ist genauso in der Holzbranche tätig wie unsere. Wir sind Konkurrenten – das ist alles. Es gibt für ihn keine Möglichkeit, uns ‚zu vernichten'."

„Aber du weißt, wie er ist. Er setzt alles daran, die Regierung dazu zu bringen, alle Wälder zu Naturschutzgebieten zu erklären. Falls er gewählt wird ..."

„… wird er sich noch mehr anstrengen." Ashley stieß sich vom BMW ab. „Aber so weit würde er nicht gehen. Wenn er das täte, Claud, würde er sich nicht nur den Geschäften seiner eigenen Familie in den Weg stellen, sondern auch eine Menge seiner Wähler zurück in die Arbeitslosigkeit treiben. Er ist zu gewieft, um etwas in der Art zu tun."

„Ich verstehe das nicht", sagte Claud. Misstrauisch sah er sie an.

„Was?"

„Warum, zum Teufel, verteidigst du diesen Mistkerl noch?"

Ashley zog eine Braue hoch und lächelte. „Was zwischen Trevor und mir war, hat nichts mit *Stephens Timber* zu tun."

„Verflucht! Wann wirst du endlich begreifen, dass der Kerl dich nur benutzt hat, Ashley? Und zwar nur, um an die Firma heranzukommen. Er ist immer davon ausgegangen, dass du alles erben wirst, nicht wahr? Als dich dein Vater dann enterbt hatte, ist er abgehauen. Prima Typ."

„Es gibt keinen Grund, das weiter zu diskutieren", erwiderte Ashley, und ihre Wangen glühten.

„Vergiss nur nicht, dass er es darauf anlegt, *Stephens Timber* fertigzumachen!", warnte Claud. „Er glaubt immer noch, dass Lazarus etwas mit dem Verschwinden seines Vaters zu tun hat."

Ashley gelang ein charmantes Lächeln, obwohl ihr das Blut in den Adern gefror. „Und vergiss du nicht, wer dir dein Gehalt zahlt."

„Du bist auf mich angewiesen", erinnerte Claud sie.

„Ja, das bin ich, und ich würde nur ungern deine Kompetenz in der Führung des Unternehmens verlieren. Aber konzentriere dich bitte nur darauf. Ich brauche keine Vorträge über mein Privatleben." Sie runzelte die Stirn.

In dieser Sekunde begriff Claud, dass es doch schwieriger war, sich mit seiner hübschen Cousine anzulegen, als er es sich vorgestellt hatte. Wie es schien, hatte Ashley mehr als nur das Vermögen der Firma geerbt; sie hatte auch etwas von der Entschlossenheit ihres Vaters abbekommen. Claud hob ergeben die Hände. „In Ordnung! Pass nur auf, Ashley! Es würde mich jedenfalls nicht wundern, wenn Trevor Daniels sich plötzlich wieder für dich interessiert. Du darfst ihm nicht trauen."

„Ich glaube, ich weiß, wie ich mit Trevor umgehen muss", antwortete Ashley mit mehr Zuversicht, als sie wirklich empfand. Nachdem Claud sich verabschiedet hatte, stieg sie ins Auto, umfasste das Lenkrad und ließ ihren Tränen freien Lauf.

Trevor öffnete müde seine blauen Augen. Als er den Kopf hob, durchbohrte ihn ein stechender Schmerz. Er saß immer noch in dem ledernen Fernsehsessel vor dem Kamin. Seine Muskeln waren verspannt von der unbequemen Haltung und der kalten Morgenluft. Auf dem kleinen Tisch neben ihm stand ein halb volles Glas Scotch, daneben lag der Zeitungsartikel, der den Anstoß für sein ungewöhnliches Trinkgelage gegeben hatte. Die dicken Schlagzeilen waren noch lesbar, während der Rest des Artikels vom übergeschwappten Alkohol verschmiert war.

Trevor rieb sich mit der Hand über das stoppelige Kinn und streckte sich. Er verfluchte, dass er sich so hatte gehen lassen. Wie viele Drinks hatte er zu sich genommen, während die Bilder der Vergangenheit ihn gefangen genommen hatten? Vier? Fünf? Er konnte sich nicht erinnern. Das letzte Mal, dass er so betrunken gewesen war, war die Nacht, in der Ashley ihn verraten hatte ...

Automatisch wanderte sein Blick zurück zu der Überschrift: *HOLZBARON TOT MIT 70*. Die Zeitung war drei Tage alt.

„Du Mistkerl!", murmelte Trevor, bevor er sie zusammenknüllte und in das verglimmende Feuer warf. Das Papier entzündete sich sofort und wurde von aufzüngelnden Flammen verschlungen.

Das erste graue Morgenlicht warf bereits seine Schatten in den großen Wohnraum und kündigte einen neuen kalten Novembermorgen an. Mit einiger Anstrengung erhob sich Trevor aus dem Sessel und fuhr sich durch sein üppiges kastanienbraunes Haar. Er fragte sich, ob der unangenehme Geschmack in seinem Mund von zu viel Alkohol, zu wenig Schlaf oder den schmerzvollen Erinnerungen an Ashley kam. Der Artikel über den Tod von Ashleys Vater hatte den alten Schmerz wieder heraufbeschworen – den Schmerz, den Trevor um jeden Preis hatte vergessen wollen.

Vielleicht war das gar nicht möglich. Vielleicht waren Ashleys und sein Leben durch die Sünden ihrer Väter unwiderruflich miteinander verbunden. Was auch immer der Grund war, es fiel Trevor schwer, das Bild ihrer schwarzen glänzenden Haare und ihrer faszinierenden grünen Augen in seinem Kopf zu löschen.

Trevor strich sich über die Schläfen, während er zum Fenster ging und sein Blick nach draußen über die Rasenlandschaft mit ihren kahlen Bäumen glitt. Er lehnte sich an das Fensterbrett und dachte über die merkwürdigen Ereignisse nach, die ihm niemals erlauben würden, sich von ihr zu befreien.

Die Fehde zwischen den beiden Familien war lang, rücksichtslos und blutig. Irgendwann vor dem Koreakrieg hatten sich die beiden Partner einer kleinen Holzfällerei derartig zerstritten, dass jeder von ihnen schwor, den anderen zu vernichten. Es gab unterschiedliche Versionen der Geschichte, doch offenbar ging es um eine Menge Geld. Robert Daniels hatte Lazarus Stephens angeblich dabei erwischt, in die eigene Tasche zu wirtschaften. Als Folge dieses Bruchs waren die *Stephens Timber Corporation* und die *Daniels Logging Company* erbitterte Feinde geworden.

Trevor wusste nicht, welche der in den letzten Jahrzehnten zirkulierenden Gerüchte wahr und welche reine Fiktion waren. Aber einer Sache war er sich sicher: Lazarus Stephens hatte etwas mit dem Verschwinden seines Vaters Robert Daniels zu tun.

Vor zehn Jahren, als Robert verschwunden war, hatte sich Trevor geschworen, nicht nur seinen Vater zu rächen; er wollte auch alles daransetzen, dass die Verantwortlichen dieses Verbrechens bestraft werden würden. Allerdings waren ihm seine Gefühle für Ashley in die Quere gekommen.

Es blieb ein Rätsel, was mit Robert Daniels passiert war, nachdem er mit einem Lobbyisten aus Washington, D.C. in einem Restaurant zu Abend gegessen hatte und dort das letzte Mal gesehen worden war. Und Lazarus Stephens, Ashleys Vater, der Mann, der die Antwort kannte, war nun tot.

Ashley. Allein der Gedanke an ihre unschuldigen Augen und ihr geheimnisvolles Lächeln berührte eine längst verschüttet geglaubte Seite in ihm. Er schloss die Augen, als könnte er sich auf diese Weise der lebhaften Vorstellung ihres feinen, von tiefschwarzen, glänzenden Locken umrahmten Gesichts entziehen.

Im Stillen verfluchte er sich dafür, dass er sich noch etwas aus ihr machte. Hatte sie ihn nicht verraten? Hatte sie nicht ihr wahres Gesicht gezeigt? Hatte sie ihn nicht aus ihrem Leben verbannt und einen anderen Mann geheiratet?

Trevor war blind gewesen und hatte sich von seinen Gefühlen beeinflussen lassen. Aber jetzt ... Sollte das Rennen um den Senatorenposten gut für ihn ausgehen, würde er sich persönlich dafür einsetzen, dass alle verdächtigen Aktionen von *Stephens Timber* untersucht und gestoppt werden würden.

Seine blauen Augen verengten sich, während sein Blick auf die kahlen Bäume und das glitzernde Wasser des Willamette River fiel. Leichter Morgennebel hing hartnäckig über dem Ufer.

Was wäre, wenn Ashley die Firmenanteile ihres Vaters geerbt hätte? Wenn das Gerede, dass er sie enterbt hätte, sich als reine Spekulation erweisen würde? Wenn Ashley jetzt Kopf des Unternehmens wäre, das er mit aller Macht zerschlagen wollte?

Seine Kopfschmerzen begannen erneut heftig zu pochen, als das Telefon klingelte. Trevor Daniels wurde in die Wirklichkeit zurückgerufen und an das dringendste Problem von allem erinnert: Er musste die Wahl gewinnen.

2. KAPITEL

In den nächsten Wochen wuchs Ashleys Ungeduld mit ihrem Cousin jeden Tag ein Stück mehr. Gleichzeitig war sie froh, dass die Sorge um *Stephens Timber* ihre ganze Aufmerksamkeit in Anspruch nahm. So hatte sie kaum noch Zeit, an Trevor zu denken, obwohl sein Gesicht ständig in den Nachrichten zu sehen war. Auf diese Weise fiel es ihr leichter, die Erinnerungen an ihre Liebe zu verdrängen.

Zwischen dem Studieren der Unterlagen, die ihr Claud widerwillig geschickt hatte, und dem Unterrichten hatte Ashley kaum einen Moment für sich selbst. Wenn sie doch ein paar Minuten Ruhe fand, kehrten ihre Gedanken stets zu Trevor und den wenigen glückseligen Monaten zurück, die sie vor fast acht Jahren gemeinsam miteinander verbracht hatten.

Jetzt besaß sie den Löwenanteil des Unternehmens, das Trevor zu vernichten geschworen hatte.

„Oh, hör auf damit!", ermahnte sie sich, als sie in der unaufgeräumten Küche ihres kleinen Appartements in der Nähe des Campus saß. „Du fängst auch schon an, so paranoid zu werden wie Claud!" Ashley runzelte die Stirn. Es war offensichtlich, dass ihr durchtriebener Vetter etwas im Schilde führte, aber Ashley wusste nicht genau, was. Die Informationen, die er über die Firma geschickt hatte, waren eher dürftig. Ashley hatte das ungute Gefühl, dass Claud absichtlich versuchte, etwas vor ihr zu verheimlichen.

Sein erster Bericht war nicht so umfassend gewesen, wie Ashley erhofft hatte. Als sie ihren Cousin jedoch um eine detailliertere Übersicht der Bücher von *Stephens Timber* gebeten hatte, hatte Claud sich gesträubt, sie ihr zu schicken.

„Mach dir keine Sorgen", hatte er sie beschwichtigt, als sie ihn anrief und um vollständigere Informationen bat. „Du hast mit dem Unterrichten schon mehr als genug zu tun. Im Übrigen habe ich hier oben alles unter Kontrolle."

„Darum geht es nicht, Claud. Ich brauche die Berichte."

„Dann wäre es besser, wenn du hierherkommst", hatte Claud unhöflich geknurrt. „Ich möchte diese Art der Informationen nicht verschicken. Wir haben gerade einen Engpass an Mitarbeitern in der Buchhaltung. Aber selbst wenn wir es schaffen würden, die Unterlagen zusammenzubekommen, wäre es mir zu riskant, sie dir zu schicken."

„Du willst Zeit gewinnen, Claud", hatte sie geantwortet. „Such die Berichte zusammen und schick sie mir morgen! Ansonsten könnte ich dein Angebot annehmen und nach Portland kommen, um mich selbst davon zu überzeugen, dass du alles ‚unter Kontrolle' hast."

„Ich brauche keinen Aufseher, Ashley!"

Ashley fing an, sich ernsthaft Sorgen zu machen.

„Und Claud …"

„Was?"

„Stell um Gottes willen noch jemanden ein, wenn du Hilfe brauchst!"

Ihr Cousin hatte mit einem angewiderten Schnauben reagiert und damit zum Ausdruck gebracht, was er von Ashleys Einmischung in sein Ressort hielt.

Clauds Widerstand hatte sie veranlasst, mit der College-Leitung zu sprechen, um vorzeitig aus ihrem Vertrag herauszukommen. Innerhalb einer Woche hatte man einen passenden Ersatz für sie gefunden. Sie musste nur das Semester beenden, und das war bald vorüber. Die Weihnachtsferien begannen nächste Woche.

Angesichts dessen hörte sie auf, über ihren Cousin nachzudenken, und sah wieder auf den ungeordneten Haufen Papiere auf dem Tisch. Sie begann, die Klausuren zu korrigieren, während im Hintergrund die Nachrichten eines lokalen Fernsehsenders liefen.

Sie nippte an ihrem Kaffee und runzelte die Stirn über eine besonders schlechte Arbeit, als der Sprecher über einen Autounfall berichtete, an dem Trevor Daniels beteiligt gewesen war.

Ashley verschluckte sich fast. Entsetzt starrte sie auf den kleinen Bildschirm, der auf dem Küchentresen stand.

„*Trevor Daniels wurde ins Andrews Hospital in Salem gebracht, nachdem sein Auto von der Straße abgekommen war, die Leitplanke durchbrochen hatte und eine Böschung hintergerollt war ...*" Das Bild wechselte von dem ernsten Reporter zu der Unfallstelle, wo Trevors zerstörter Wagen zu sehen war.

Ashley zog sich der Magen zusammen, und Übelkeit überkam sie. „Großer Gott!", flüsterte sie und legte die Hand schützend auf ihr Herz. Der Stift glitt ihr aus den Händen, während sie an den Lippen des Reporters hing.

„*Es gibt unterschiedliche Aussagen über die Ursachen des Unfalls*", erklärte der Reporter, der jetzt wieder im Bild war. „*Die Polizei untersucht den Unfallort. Gerüchte, dass es sich um ein Verbrechen handelt, konnten bisher nicht bestätigt werden. Mr Daniels' Zustand ist zwar ernst, aber er schwebt nicht in Lebensgefahr.*"

„Oh Gott!", murmelte Ashley. Abwesend nahm sie ihre Lesebrille ab, rieb sich die Schläfen und sah auf den Monitor. Als sie wieder in der Lage war, sich zu bewegen, schob sie ihren Stuhl zurück und stand auf.

Ohne nachzudenken, rief sie die Auskunft an und ließ sich die Nummer vom Andrews Hospital geben. Mit zitternden Fingern wählte sie die Nummer des Krankenhauses. Eine Stimme meldete sich und erklärte ihr höflich, aber bestimmt, dass Mr Daniels keine Anrufe entgegennehmen und keine Besucher empfangen würde.

Ashley legte den Hörer auf und lehnte sich an die Wand. Was war nur los? Innerhalb von drei Wochen hatte ihr Vater einen tödlichen Herzinfarkt erlitten, sie hatte die Firma geerbt, und jetzt wäre Trevor Daniels, der einzige Mann, den sie je geliebt hatte, beinahe ums Leben gekommen. Der Reporter hatte die Vermutung, dass es sich um ein Verbrechen handeln könnte, überspielt; sicher wollte niemand Trevor etwas Böses antun ...

Reiß dich zusammen! ermahnte sie sich. *Du bist ihm egal – und warst es schon immer. Nichts wird das jemals ändern.*

Sie schenkte sich eine frische Tasse Kaffee ein und versuchte, sich auf ihre Korrekturen zu konzentrieren. Aber es gelang ihr nicht.

Gedanken an Trevor und eine sorglose Zeit bestürmten sie. Sie erinnerte sich, wie sie ihn vor mehr als acht Jahren das erste Mal gesehen hatte und sofort seinem verwegenen Lächeln und seinem schlanken, muskulösen Körper erlegen war. Doch es waren seine Augen, die sie fasziniert und ihr Herz erobert hatten. Ein funkelnder Blauton, der sie stumm herausforderte. Ein Anflug von Belustigung lag in ihrer klaren Tiefe und hatte sie auf intimste Weise berührt – und nie mehr losgelassen. Diese verdammten blauen Augen schienen durch ihre intellektuelle Fassade hindurchzuschauen, sich in ihre Seele zu bohren und sie aufzufordern, ihn zu verführen ...

Mit einem Ruck holte sie sich in die Gegenwart zurück. „Zerbrich dir nicht den Kopf darüber, was gewesen wäre!", sagte sie sich, obwohl sie einen schmerzhaften Knoten im Magen verspürte.

Sie musste die nächsten Tage irgendwie überstehen. Und würde hoffentlich bald mehr über Trevors Unfall erfahren.

„Mr Daniels darf keinen Besuch empfangen", insistierte die rundliche Schwester auf Ashleys Anfrage hin. Die üppige Frau stand hinter der Glaswand des Krankenhausempfangs und hatte nur kurz von ihren Papieren aufgeblickt, als Ashley sich nach Trevor erkundigt hatte.

„Aber ich bin eine persönliche Freundin", betonte Ashley geduldig lächelnd. Sie hatte nicht die letzten zwei Stunden im Auto verbracht, um an irgendwelchen Krankenhausregeln zu scheitern.

„Selbst wenn Sie seine Mutter wären", antwortete die strenge Schwester und sah von ihren Unterlagen auf. In den letzten zwei Tagen hatte sie fünf Reporter, sieben Fotografen und ungefähr fünfzehn „persönliche Freunde" des berühmten Mannes in Zimmer 214 abgewiesen. Die Sicherheitsmaßnahmen im Krankenhaus waren angesichts der Prominenz von Trevor Daniels erhöht worden. Je eher Mr Daniels entlassen werden würde, umso besser wäre es für das Personal und die anderen Patienten.

Die Schwester namens Janelle Wilkes lächelte freundlich. „Es tut mir leid, Miss ..."

„Jennings. Ashley Jennings", stellte sich Ashley vor.

„Ich sage Mr Daniels, dass Sie hier waren."

„Das wäre sehr freundlich", erwiderte Ashley und warf einen sehnsüchtigen Blick den Korridor entlang. Wenn sie Trevor wenigstens einen Augenblick lang sehen könnte – nur, um sich davon zu überzeugen, dass er tatsächlich auf dem Weg der Besserung war.

Sie gab der Schwester ihre Telefonnummer und verließ frustriert das Krankenhaus.

Ashley erwartete nicht ernsthaft, dass Trevor sie anrufen würde. Wahrscheinlich hatte der Möchtegernsenator ihre Nachricht sofort in den Papierkorb geworfen. Sie beschloss, nie wieder mit ihm Kontakt aufzunehmen.

Seine Wunde war so weit verheilt, dass er sein Leben wieder aufnehmen konnte, und Trevor Daniels hatte die Absicht, gleich heute Morgen damit anzufangen. Ungeachtet der Warnungen seines besorgten Wahlkampfmanagers hob Trevor seinen Koffer aus dem Schrank und warf ihn achtlos aufs Bett.

Er konnte es kaum erwarten, Portland zu verlassen. Sein Plan war einfach. Alles, was er brauchte, waren ein paar Stunden allein mit Ashley.

Mit schmerzverzerrter Miene zog Trevor eine ausgewaschene Jeans aus dem Schrank und stopfte sie entschlossen in den offenen Koffer.

Everett Woodwards rundes Gesicht drückte Missfallen aus, als er den Raum betrat und Trevor beobachtete. Er nippte an seinem zweiten Drink. Es war offensichtlich, dass Trevor etwas im Sinn hatte; etwas, das er seinem Wahlkampfmanager nicht anvertraut hatte. Everett nahm einen Stuhl und setzte sich in die Nähe des Fensters. Der angehende Senator hatte sein Hereinkommen bemerkt, zeigte aber keinerlei Reaktion. Everett blickte stirnrunzelnd in sein Glas und bereitete still seine Worte vor, um Trevor davon abzuhalten, die schlimmste politische Entscheidung seines Lebens zu treffen. Fatalerweise setzte Trevors rationales Denken immer aus, wenn Ashley Stephens mit im Spiel war. Und dieses Mal war sie mit im Spiel. Everett wusste das.

„Dir ist klar, dass du einen großen Fehler machst", wagte er zu sagen und warf einen schnellen Blick auf den bedrohlichen Himmel. Dezemberkälte kroch durch die Scheiben und kündigte Schnee an.

„Was gibt es sonst Neues?", fragte Trevor ohne Spur von Humor. Er warf einen Skipullover in den Koffer, bevor er den Deckel schloss und seinen beunruhigten Mitstreiter ansah. „Du glaubst immer, dass ich Fehler mache."

„Du bist ein Spieler", betonte Everett und runzelte erneut die Stirn. „Glücksspiel und Politik vertragen sich nicht."

„Dagegen lässt sich nichts sagen." Trevor griff nach seinem Jackett und versuchte, das Gespräch in eine andere Richtung zu lenken. „Ich dachte, du wärst unten und tüftelst politische Strategien oder etwas in der Art aus."

Everett ignorierte die bissige Bemerkung. „Es geht hier nicht um irgendwelche unbedeutenden Fragen", erinnerte er den wütenden Mann, der ihn aus der anderen Ecke des Raums anstarrte. „Deine politische Zukunft steht auf dem Spiel – alles, wofür du gearbeitet hast. Meiner Meinung nach ist das Risiko zu groß."

Trevors markanter Kiefer spannte sich an, und die feinen Linien um seine Augen wurden ausgeprägter, während sein Blick erhärtete. „Und ich glaube, dass ich keine andere Wahl habe." Die kleine rote Narbe auf seiner Wange schien seinen Worten Nachdruck zu verleihen.

„Du kannst nicht klar denken."

„Was soll das heißen?", fragte Trevor. Er ging unruhig auf und ab und sah demonstrativ auf die Uhr. Sein Blick fiel nach draußen, wo sich graue Sturmwolken zusammenbrauten und das klare Wasser des Willamette River verdunkelten, während Regentropfen gegen die Scheibe klatschten.

Everett veränderte seine Position und fuhr sich durch das ausgedünnte Haar. „Seit dem Unfall bist du wie besessen von *Stephens Timber*."

„Das hat schon vor dem Unfall begonnen."

„Okay, dann eben seit dieser falschen Anklage letzten August."

Trevor drehte sich um und sah den kleinen Mann an. „Die Anklage lautete Korruption", stellte Trevor fest und presste die Lippen zusammen.

„Ich weiß. Aber das Wichtigste ist doch, dass sie fallen gelassen wurde." Everett war offenkundig verärgert. „Gib doch zu, Trevor, dass all das hier nur damit zu tun hat!" Er zeigte auf den gepackten Koffer.

„Teilweise." Trevor verzog das Gesicht. „Das mit der Korruption war lediglich der letzte Trick von Lazarus. Du scheinst vergessen zu haben, dass *er* mit dem Verschwinden meines Vaters zu tun hatte."

„Das war vor zehn Jahren! Kaffeesatzleserei. Keinerlei Beweise. Trevor, du darfst dich nicht erneut von diesen Dingen quälen lassen!" Kühl musterte Trevor ihn, aber Everett ließ sich nicht beeindrucken. „Herrgott noch mal! Du kannst nicht gegen ein Unternehmen dieser Art kämpfen. *Stephens Timber* hat mehr als dreitausend Mitarbeiter allein in Oregon, und Claud Stephens weiß ganz genau, wen er schmieren muss, um das zu bekommen, was er will."

„Aber Claud ist nur ein Angestellter. Ihm gehört die Firma nicht."

Everett änderte seine Taktik, als er das gefährliche Funkeln in Trevors Augen sah. Wenn es etwas gab, das Trevor Daniels Spaß machte, war es die Herausforderung.

„Du bist zu schnell zu weit gekommen, um jetzt alles aufs Spiel zu setzen. Vergiss, was in der Vergangenheit passiert ist, vergiss den Unfall und die Korruptionsvorwürfe letzten Sommer! Und lass um Gottes Willen *Stephens Timber* links liegen!" Everett sah ihn flehend an. „Konzentrier dich auf die Wahl im kommenden Jahr."

„Das ist nicht so einfach", gab Trevor zu und strich mit der Hand über die schmerzende Seite.

„Lass die Dinge hinter dir."

„Das ist ein bisschen zu viel verlangt, glaubst du nicht auch?"

Everett rollte mit den Augen und stieß einen frustrierten Seufzer aus. „Was ich glaube, ist, dass du aufhören solltest, über falsche Korruptionsvorwürfe und den Unfall nachzudenken", erklärte er und zog die Schultern hoch. „Darüber hinaus haben wir Zeit verloren. In den Tagen, als du im Krankenhaus warst, hast du einige wichtige Termine versäumt."

„Die können nachgeholt werden", erwiderte Trevor. „Im Moment habe ich andere Dinge im Kopf."

„Du solltest dich um die Opposition kümmern."

„Das tue ich."

„Du meinst *Stephens Timber*." Everett schüttelte resigniert den Kopf. „Du wirst dich zurückhalten müssen."

„Um damit Clauds Gier in die Hände zu spielen? Kommt nicht infrage."

„Wenn du die Wahl gewinnen willst …"

Trevor blieb wie angewurzelt stehen und drehte sich zu seinem Freund um. Zorn flackerte in seinen Augen. „Da bin ich mir gar nicht mehr sicher. Im Krankenhaus hatte ich eine Menge Zeit zum Nachdenken. Ich bin nicht wirklich überzeugt, ob es so erstrebenswert ist, ein Senator der Vereinigten Staaten zu sein. Mit Sicherheit ist der Preis zu hoch für ein solches Amt."

„Du bist müde …"

„Und ob ich das bin!"

Everett hob beschwichtigend die Hände. Vergeblich. Trevor hatte guten Grund, verärgert zu sein, obgleich Everett gehofft hatte, dass der Politiker in ihm seiner Wut Herr werden würde. „Du musst an deine Karriere denken, Trevor! Denk an all die harte Arbeit, die du in diesen Wahlkampf investiert hast, bevor du vor der Presse den Mund aufmachst und Verschwörungstheorien verbreitest. Ein weiterer Skandal ist das Letzte, was wir jetzt gebrauchen können!"

„Ist das alles, woran du denkst?"

„Es ist das, wofür du mich bezahlst", erinnerte ihn Everett, bevor er den Rest seines Drinks hinunterkippte. „Das Einzige, was mich interessiert, ist, dass du den freien Senatorenposten bekommst."

„Selbst wenn es mich das Leben kostet?", fragte Trevor mit sarkastischem Stirnrunzeln.

„Mach dich nicht lächerlich!"

„Dann verspotte mich nicht!", entgegnete Trevor scharf.

„Ich bin für deine Sicherheit verantwortlich, falls du das vergessen haben solltest. Wenn ich überzeugt wäre, dass es da draußen jemanden gibt, der dir nach dem Leben trachtet, wäre ich der Erste, der einen Verzicht auf die Kandidatur vorschlagen würde. Aber seien wir doch ehrlich! Wenn jemand dich ausschalten wollte, so hätte er das längst getan. Und glaub mir – es wäre bestimmt nicht nur eine kleine Manipulation an deinem Auto gewesen. Selbst die Polizei glaubt nicht daran. Um Himmels willen, werd bloß nicht paranoid!"

Die Worte drangen in Trevors müden Geist. Seine breiten Schultern senkten sich. „Vielleicht hast du recht", räumte er ein.

„Natürlich hab ich das!"

Ein skeptisches Lächeln lag auf Trevors Lippen. „Ich erinnere mich an einige Male, wo das nicht der Fall war."

„Alles Vergangenheit", versicherte Everett mit vielsagendem Grinsen. „Ich beanspruche nicht, unfehlbar zu sein ... nur annähernd." Der rundliche Wahlkampfmanager durchschritt den Raum und füllte ein Glas mit Bourbon. „Hier, nimm einen Drink", bot er Trevor an. „Wir können beide einen gebrauchen."

Nachdem Trevor einen Schluck Bourbon getrunken hatte, fuhr Everett mit seinen endlosen Ratschlägen fort. „Was du auch tust – versuch den Unfall und jeden Skandal zu vergessen! Vermeide jeglichen Kontakt zur Presse, bis sich der Sturm gelegt hat! Posaune nicht überall hinaus, dass dein Auto sabotiert wurde, oder du landest wieder auf der Titelseite des *Morning Surveyor*! Das letzte Mal war schon schlimm genug. Publicity von diesem Revolverblatt können wir nicht gebrauchen!"

Everett nahm einen beruhigenden Schluck Alkohol. Er verspürte eine gewisse Befriedigung, dass er letzten Endes doch zu Trevor durchgedrungen war, obwohl es ihn eine Menge Worte gekostet hatte. Trevor Daniels hatte gute Chancen, die Vorwahlen im Mai zu gewinnen. Und auch die Wahl im November, wenn ihm sein hitziges Temperament nicht vorher einen Strich durch die Rechnung machen würde. Es war Everetts Job, den künftigen Senator abzuschirmen und zu besänftigen. Diese Aufgabe könnte sich als schwierig erweisen, sollte Trevor wild entschlossen sein, Ashley Stephens wiederzusehen.

Trevor stellte sein leeres Glas auf den Schreibtisch. Trotz aller Warnungen zeigte sich Entschlossenheit in seinem Blick. Er war nicht der Typ Mann, der die Dinge tatenlos hinnahm. Das war er nie gewesen. Sein spitzbübischer Charme und sein jungenhaftes Lächeln hatten ihm in der Vergangenheit viele Stimmen eingebracht, doch nur seine wilde Entschlossenheit hatte ihn an die Spitze in diesem Rennen um den Senatorenposten gebracht. Und Everett Woodward wusste das genauso wie jeder andere auch. Weder Everetts Logik noch sein eindringliches Reden konnten einen Sinneswandel bei Trevor hervorrufen, wenn er sich etwas in den Kopf gesetzt hatte.

„Ich möchte, dass du alle meine Termine für die nächsten Tage absagst", erklärte Trevor.

Everett seufzte laut. „Warum?"

„Ich nehme mir ein bisschen frei."

„Jetzt?" Everett stand auf und sah seinen Chef misstrauisch an. „Das kannst du nicht machen, Trevor! Nicht jetzt! Das ist unmöglich."

„Alles ist möglich. Genau das hast du mir doch gesagt, als ich das erste Mal in Erwägung gezogen hatte, zu kandidieren."

„Und genau deshalb kannst du jetzt nicht Ferien machen! Du liegst weit hinter deinem Zeitplan zurück. Deine Genesung ..."

„... vom Unfall ...", warf Trevor ein.

Everett öffnete den Mund, um zu protestieren, besann sich aber eines Besseren. Er wusste, wie weit er bei Trevor Daniels gehen konnte und wann es Zeit war aufzuhören.

„Tu einfach so, als würde ich dem Rat des Arztes folgen und mich erholen, falls dir das hilft", schlug Trevor vor.

„Möchtest du, dass ich das der Presse erzähle?"

Trevors Augen blitzten. „Es ist mir egal, was du ihnen erzählst. Sag, was du willst."

„Du bist nicht gerade vernünftig in diesem Punkt", warnte Everett.

„Weil ich mich auch nicht sehr vernünftig fühle im Moment." Trevor hob den Koffer vom Bett und warf sich die Jacke über die Schulter, bevor er zur Tür ging.

„Wohin gehst du?"

„Weg. Allein."

„Allein?" Trevors Bemerkung hörte sich in Everetts Ohren bedenklich an und klang nach genau der Lüge, die sie war. Everett zögerte ein wenig, bevor er seine Trumpfkarte ausspielte. „Ich hoffe nur, dass du deinen Verstand gebrauchst und nicht deinen persönlichen Rachefeldzug gegen *Stephens Timber* führst. Das wäre eine weise Entscheidung – politisch als auch persönlich."

Trevors Hand lag auf dem Türknauf. Er drehte sich um und sah seinen besorgten Freund an. „Was soll das heißen?"

„Das soll heißen, dass Ashley Stephens dir jetzt nicht helfen kann", sagte Everett in freundlichem Ton. Er bemerkte, wie sich Trevors Rücken versteifte.

„Sie heißt nicht mehr Stephens", bemerkte Trevor und musterte seinen Wahlkampfleiter kühl.

„Aber wir wissen beide, dass sie und Richard Jennings vor einigen Jahren geschieden wurden. Wir wissen auch, dass sie die Mehrheit an *Stephens Timber* besitzt. Claud könnte von einer

Minute auf die andere ersetzt werden, wenn Ashley ihn entlassen würde."

„Du hast deine Hausaufgaben gemacht", bemerkte Trevor kalt.

„Auch dafür bezahlst du mich." Everett rieb sich den verspannten Nacken. „Sieh mal, Trevor – was du mit deinem Privatleben machst, ist deine Sache. Ich fange nur an, mir Sorgen zu machen, wenn es deine Karriere in Mitleidenschaft zieht."

„Was schlägst du also vor?"

Ernstes Interesse lag im Blick des jüngeren Mannes.

„Sei einfach vorsichtig. Lass dich auf nichts und niemanden ein, wenn du dir nicht hundertprozentig sicher bist."

Trevors Stimme war ruhig. „Ich bin nicht dabei, zu vergessen, was wichtig in meinem Leben ist, wenn du das meinst."

„Die richtige Frau kann manchmal das Denken eines Mannes verändern."

Trevor runzelte die Stirn und drehte den Türknauf. „Dann haben wir also kein wirkliches Problem, oder? Ich glaube, wir sind uns beide einig, dass Ashley Jennings definitiv nicht ‚die richtige Frau' ist."

Mit dieser verärgerten Bemerkung riss Trevor die Tür auf und ließ seinen Wahlkampfmanager mit der halb leeren Flasche Bourbon zurück.

3. KAPITEL

Ashley blinzelte in die Dunkelheit und beobachtete besorgt, wie sich am Rand der Scheibenwischer eine immer dicker werdende Schneeschicht bildete. Der Sturm in den Bergen war ohne Vorwarnung gekommen und hatte sie völlig überrascht.

Sie war in das Blockhaus ihres Vaters gekommen, um Trost zu finden. Mehr als alles andere musste sie jetzt allein sein und über vieles nachdenken. Da sie nicht mehr unterrichten musste, konnte sie ihre gesamte Energie dem Unternehmen widmen.

Die vergangene Woche war sie in Portland gewesen, um die Bücher von *Stephens Timber* durchzusehen. Mit jedem Tag wurde Ashley dabei klarer, dass sie ihrem Cousin Claud nicht über den Weg trauen konnte. Vermutlich würde sie ihm seine Entlassungspapiere in die Hand drücken müssen, sobald sie wieder in Portland war.

Mit ihrer Aktentasche voller Finanzberichte über die Geschäftstätigkeit des riesigen Holzimperiums hatte Ashley die letzten beiden Nächte über langen Zahlenkolonnen gebrütet, die Gewinn und Verlust, Vermögen und Verbindlichkeiten sowie die zu erwartenden Verkaufszahlen der nächsten zwei Jahre auswiesen.

Am frühen Nachmittag hatte sie die Computerausdrucke beiseitegelegt und sich entschlossen, nach Bend zu fahren, um ihre schwindenden Essensvorräte aufzufüllen. Auf dem Rückweg zur Blockhütte hatte der Wind zugenommen, und innerhalb weniger Minuten fiel puderiger Schnee aus dem sturmverhangenen Himmel. Während die Hauptstraße noch frei war, hatten die Schneemassen die Nebenstraßen bereits unpassierbar gemacht.

Die Hände fest ums Lenkrad geschlossen, kreisten ihre Gedanken um Trevor. In der kurzen Zeit seit seinem Unfall schien sie ihm nicht mehr entrinnen zu können.

Sein gewinnendes Lächeln tauchte immer wieder auf Fotos

auf; seine markanten Gesichtszüge hatten einen unglaublichen Nachrichtenwert bekommen. Selbst die Korruptionsvorwürfe vom letzten Sommer hatten seiner Reputation nicht geschadet; er wurde nach wie vor von der lokalen Presse als Favorit bei den Vorwahlen gehandelt. Im Augenblick war Trevor Daniels Oregons meistgeliebter Sohn – oder würde es zumindest bald sein, wenn die letzten Umfragen stimmten.

Laut Claud war Trevors Streben nach einem Senatorenposten ein einziges Desaster für das Unternehmen. Ashley war da anderer Meinung. Trevor Daniels war ein zu cleverer Politiker, um seine Wahlkampagne durch persönliche Rivalitäten stören zu lassen. Außerdem war Ashley überzeugt, dass sie Claud und seinen Motiven nicht trauen konnte. Was sie zuvor als kleine Missgunst ihr gegenüber hinsichtlich Lazarus' Testament angesehen hatte, erkannte Ashley inzwischen als tief gehenden Charakterfehler. Für einen kurzen Moment fragte sie sich, ob an Trevors Vorwürfen, die sie zunächst für absurd gehalten hatte, nicht doch etwas dran war.

Während sie den Gang wechselte, um den Jeep durch das holprige Terrain zu manövrieren, dachte Ashley an die Ereignisse zurück, die Trevors plötzlichem Ruhm vorangegangen waren. Senator Higgins tödlicher Herzinfarkt hatte einen freien Sitz in Washington, D.C. hinterlassen, und die Öffentlichkeit schien zu glauben, dass Trevor gewählt werden würde, um diese Lücke zu füllen.

Nun, wenigstens hat er bekommen, was er wollte, dachte Ashley und fühlte einen Anflug von alter Bitterkeit. *Das ist um vieles mehr, als du für dich selbst reklamieren kannst.*

Die Reifen rutschten auf der schneebedeckten Bergstraße dahin, bevor sie dem Fahrzeug Halt auf dem glitschigen Schotter gaben. Langsam bog sie in den schmalen Weg ein, der sich den Berg hinaufschlängelte. Sie runzelte die Stirn, als sie Wagenspuren im Neuschnee entdeckte. Es gab nur zwei angrenzende Grundstücke, und die Berghütten, die darauf standen, wurden lediglich als Sommersitz genutzt. Jedenfalls war es früher so gewesen.

Doch sie war seit vielen Jahren nicht hier gewesen. Vielleicht wurden die Nachbarhäuser über die Weihnachtsfeiertage bewohnt. Der Gedanke, nicht mutterseelenallein in dieser Einöde zu sein, war beruhigend. Obwohl sie bewusst hierhergekommen war, um ungestört zu sein, schätzte sie die Vorstellung, dass jemand in der Nähe war, falls der Sturm heftiger werden sollte.

Erneut kehrten Ashleys Gedanken zu Trevor und seinem Unfall zurück. Obwohl es bereits eine Woche her war, konnte sie ihn nicht vergessen. Wie es ihm wohl ging? Ihre Anrufe im Krankenhaus waren unbeantwortet geblieben, und als sie nochmals versucht hatte, ihn zu besuchen, war das von einem energischen Sicherheitsbeamten verhindert worden. Ashley hatte verstanden: Trevor wollte sie nicht sehen.

Sie konnte es ihm nicht verübeln. Sie war faktisch Inhaberin der *Stephens Timber Corporation*, eines Unternehmens, das in der Vergangenheit all das repräsentiert hatte, wogegen Trevor kämpfte. Obwohl Ashley Veränderungen innerhalb des Unternehmens anstrebte, würde es noch eine Weile dauern, bis die alten Technologien gegen umweltfreundliche ausgetauscht werden könnten.

„Du bist eine Närrin!", rügte sie sich und biss sich auf die Unterlippe. Sie versuchte, sich auf den Weg zu konzentrieren, konnte jedoch nicht umhin, zu hoffen, dass Trevor sich von seinen Verletzungen inzwischen erholt hatte. Welche Auswirkungen hatte der Unfall auf seine Karriere – *seine verdammte Karriere*? Waren seine Augen immer noch so unglaublich blau und sexy wie damals?

„Verdammt, Ashley!", fluchte sie. „Warum kannst du diesen Mann nicht vergessen? Er hat dich nie geliebt – er hat dich einfach nur benutzt …"

Der Schmerz in seiner Seite war nicht abgeklungen. Mit jeder Minute wurde er stärker, kroch bis in den Kopf und entwickelte sich zu einem erbarmungslosen Pochen hinter den Schläfen. Trevor hatte sich überanstrengt und zahlte nun den Preis dafür.

Die lange Autofahrt hatte ihn ermüdet und seine Nerven strapaziert. Allein der Gedanke, Ashley wiederzusehen, brachte ihn mehr durcheinander, als er zugeben wollte.

Er nestelte an seiner Jeanstasche herum und zog ein Glas mit Pillen heraus. Er war bis auf die Knochen durchgefroren, und der pochende Schmerz unter seinem Hemd war eine Tortur. Seiner selbst überdrüssig, empfand er die verschriebene Medizin als ein Zeichen von Schwäche. Er ignorierte das braune Fläschchen und stellte es auf den Tisch.

„Verdammt!", fluchte Trevor und griff nach seinem Glas Scotch. Der warme Alkohol trug wenig dazu bei, den dumpfen Schmerz in seinem Bauch zu lindern.

Obwohl seine Muskeln von der Kälte verspannt waren, spürte er, wie Schweiß seinen Nacken hinunterperlte. Abwesend strich er sich über die Stirn und fragte sich, wann Ashley wohl endlich zurückkommen würde. In den Sessel zurückgelehnt, schloss er die Augen und lauschte den Geräuschen des Abends. Sofort zeigte der Alkohol Wirkung. Der Schmerz in seinem Kopf begann nachzulassen, und sein Geist verfiel in eine Art Dämmerzustand. Steif saß er in dem Ledersessel, die nasse Jeans klebte an seinen Beinen, während er den Rest seines Drinks hinunterstürzte.

Das Geräusch eines herannahenden Fahrzeugs erregte seine Aufmerksamkeit. Scheinwerfer erhellten den rustikalen Raum, den Trevor nur allzu gut aus der Vergangenheit kannte. Hier hatte er vor Jahren viele müßige Nachmittage verbracht. Hier an diesem Ort hatte er zum ersten Mal Ashleys bebende Hingabe gespürt. Es waren die ersten Tage des Frühjahrs gewesen. Sie hatten sich vor einem Wolkenbruch in das Blockhaus geflüchtet. Er hatte immer noch den frischen, feuchten Geruch ihrer schwarzen Haare in der Nase und erinnerte sich an den Geschmack der Regentropfen auf ihren Wangen. Es schien eine Ewigkeit her zu sein. Wie viele Jahre waren vergangen? Sieben?

Acht? Sein Geist war zu umnebelt, um sich genau zu erinnern. Es spielte auch keine Rolle. Ashley war ihm egal.

Ein Schlüssel drehte sich im Schloss. Trevor hörte das reibende Geräusch kalten Metalls. Obwohl er sich in einem anderen Raum befand, konnte er aus seiner dunklen Ecke den Eingang des Holzhauses sehen.

Als die Tür aufgestoßen wurde, verengten sich Trevors Augen. Es war zu dunkel, um Genaues erkennen zu können, doch wusste er sofort, dass die kleine Gestalt, die sich Schnee von der Jacke klopfte und mit ihren Stiefeln auf dem hellen Teppich aufstampfte, Ashley war.

Er hatte gehofft, nichts als Hass und Verachtung zu empfinden, wenn er sie wiedersah, doch diese Gefühle wollten sich nicht einstellen. Seine Hände umklammerten die Sessellehne, als ihr Blick in seine Richtung fiel. Sie zog sich die Mütze vom Kopf, und ihr langes, dunkles Haar ergoss sich über ihre Schultern. Trevor presste die Lippen zusammen. Sie war schöner, als er sie in Erinnerung hatte. Ashley zögerte einen Moment. Sie hatte den Eindruck, dass sich etwas in der Hütte verändert hatte. Mit einem Stirnrunzeln schüttelte sie dieses beunruhigende Gefühl ab, stellte die Einkaufstüte auf einem antiken Sideboard ab und zog Jacke und Stiefel aus. Nachdem sie die Skijacke auf die Garderobe gehängt hatte, nahm sie ihre Einkäufe und ging in die Küche, um den Teekessel aufzusetzen und ihre Schränke wieder aufzufüllen.

Der Kessel hatte gerade zu pfeifen begonnen, als ein unerwartetes Geräusch ihr Herz fast zum Stehen brachte. „Ashley." Der Klang ihres Namens ließ sie nach Luft ringen. Es war eine männliche Stimme, die ihr vertraut vorkam. Sie drehte sich um und sah dem Eindringling in die Augen.

Der Mann stand in der Tür zum Wohnzimmer. „Oh, mein Gott!", flüsterte Ashley. Sie war wie gefangen von seinem durchdringenden Blick.

„Ashley", wiederholte er langsam, als wüsste er, welchen Schock sein Erscheinen bei ihr ausgelöst hatte. Seine Stimme trug sie zurück in die Vergangenheit, in der sie ihr Leben und ihre Liebe mit ihm geteilt hatte. „Ich wollte dich nicht erschrecken", sagte er leise.

Ihre Kehle war plötzlich staubtrocken, und sie fühlte den brennenden Schmerz wehmütiger Tränen in den Augen. Zögernd machte sie einen Schritt nach vorn, als ob sie erwartete, dass er genauso plötzlich wieder verschwinden würde, wie er aufgetaucht war. „Was machst du hier? Wie bist du hier reingekommen?", flüsterte sie. Tausende von Fragen, die sie sich in den letzten acht Jahren immer wieder gestellt hatte, spiegelten sich in ihren meergrünen Augen wider.

„Ich hoffe, ich habe dich nicht erschreckt", wiederholte er. „Ich ... wollte sicher sein, dass du allein bist."

Obwohl ihr Lächeln fragil war, versuchte sie ruhig zu wirken. „Warum bist du hier, Trevor? Warum gerade jetzt?" Bei Clauds Warnung zog sich ihr Herz schmerzhaft zusammen.

Der aufblitzende Trotz in ihrem Blick irritierte ihn. Er fühlte das Bedürfnis, sich zu entschuldigen, ignorierte es aber. Seit Tagen hatte er diese Begegnung geplant und dabei nicht einmal daran gedacht, dass er sich vielleicht gezwungen fühlen würde, eine Erklärung abzugeben. Seine Lippen wurden schmal, während er sich daran erinnerte, dass Ashley diejenige war, die für sein Schicksal verantwortlich war. Sein Blick durchbohrte sie förmlich.

„Ich habe deine Nachricht im Krankenhaus erhalten."

„Aber du hast nicht angerufen."

„Ich wollte dir persönlich gegenüberstehen ..."

„Ich bin im Krankenhaus gewesen."

„... allein."

Ashleys Herz blieb fast stehen, doch sie zwang sich, ruhig zu bleiben. Sie durfte sich nicht noch einmal von Trevor benutzen lassen! Wenn er hier war, so hatte das einen Grund, und sie gab sich nicht der Illusion hin, zu glauben, dass er einfach nur ihre Nähe suchte.

Trevor runzelte die Stirn. „Ich dachte, es wäre für alle Betroffenen besser, wenn wir ungestört reden können." Er schien es ernst zu meinen. Aber so war es schon einmal gewesen. Alte Bitterkeit stieg in ihr auf.

„Glaubst du, das ist eine weise Entscheidung, Herr Senator? Was ist, wenn deine Wähler herausfinden, dass du mit der Vorstandsvorsitzenden der *Stephens Timber Corporation* gesprochen hast? Wäre deine Glaubwürdigkeit dann nicht dahin?"

Einen Moment lang flackerte Wut in seinen Augen auf. „Wir können damit anfangen, uns an die Gurgel zu gehen, Ashley, aber ich glaube nicht, dass wir damit viel erreichen würden. Oder?"

„Wahrscheinlich nicht." Sie ging an ihm vorbei und schaltete eine Tischlampe aus Messing an. Der Raum wurde sofort in warmes Licht getaucht. Ashleys Lippen zitterten, als sie ihn ansah. Trevor schien im letzten Monat um fünf Jahre gealtert zu sein. Trotzdem war er immer noch der faszinierendste Mann, dem sie je begegnet war. Seine kühlen blauen Augen waren genauso mysteriös, wie sie sie in Erinnerung hatte.

Es dauerte einige Momente, bis der Schock über dieses Wiedersehen abgeklungen war. „Ich verstehe nicht ganz, warum du hier bist", bemerkte sie. Es war offenkundig, dass er auf dem Ledersessel am Feuer gesessen und auf sie gewartet hatte. Ashley setzte sich an den Rand einer dick gepolsterten Couch und zog einen Fuß unter ihr anderes Bein. Trevor musste sich zwingen, den Blick wieder auf ihr besorgtes Gesicht zu richten.

Ein perfektes, faltenloses Oval aus Alabasterhaut mit langen, gleichmäßigen Zügen, hohen Wangenknochen und einem unschuldigen Glanz in den Augen, wenn sie lachte. Heute Abend waren ihre Augen ernst und wachsam. Die Haut war von der Kälte leicht gerötet, während ihre dunklen, fein geschwungenen Augenbrauen sich konzentriert zusammenzogen und sie versuchte, den Mann, der sie schweigend beobachtete, zu verstehen.

„Okay, Trevor, ich sitze und bin so ruhig, wie es nur möglich ist", erklärte sie.

„Gut." Sein Blick war hart und kalt.

Ashley hatte schon immer eine heftige Wirkung auf ihn ausgeübt, und die Zeit hatte ihn keineswegs immun gegen die verführerische Rundung ihres Kinns oder den Anflug von Traurigkeit in ihrem wehmütigen Lächeln gemacht. Trevor musste sich zwingen, den Grund für seinen Besuch in dieser abgelegenen Berghütte nicht zu vergessen. Es wäre verdammt einfach, den Rest der Welt heute Nacht zu vergessen. Nur allzu leicht könnte Ashley ihn wieder in ihren Bann ziehen.

Sie schüttelte ihre dunklen Locken, als müsse sie wieder zu Verstand kommen. Großer Gott, was machte Trevor hier nur? „Das ist ein ziemlicher Schock, verstehst du? Ich dachte, dass ..."

„Du dachtest, dass ich mich von dem Unfall erhole."

„Ja."

„Das habe ich auch", räumte er ein. Obwohl er vom Licht entfernt saß, konnte Ashley seine markanten Züge erkennen. Doch sein Gesicht strahlte nicht mehr die Wärme aus, an die sie sich erinnerte. Sorgenfalten umgaben seine Augen.

„Und jetzt fühlst du dich wieder stark und beschließt, in mein Haus einzudringen. Das ist illegal, Herr Senator!"

„Ich bin schon für Schlimmeres angeklagt worden."

Die Korruptionsvorwürfe, natürlich. Ashley studierte sein Gesicht, sein markantes Kinn, seine Wangen, die – wahrscheinlich eine Folge des Unfalls – ein wenig hohl wirkten. Eine rote Narbe zog sich über seinen Kiefer. Unter seinen Augen, die sie kühlen Blickes musterten, lagen dunkle Schatten, sicher die Folge vieler schlafloser Nächte. Er sah irgendwie ... gehetzt aus.

„Trevor, was ist los?"

„Ich möchte nur wissen, wie viel *Stephens Timber* daran gelegen ist, dass ich meine Kandidatur zurückziehe."

„*Ich* habe nichts gegen deine Politik, das weißt du."

Er zog verächtlich eine Braue hoch. „Aber du besitzt *Stephens Timber* praktisch, richtig?"

„Bis auf wenige Anteile ...", bekannte sie.

„Und dein Cousin Claud ist der Geschäftsführer – derjenige,

der für das Tagesgeschäft verantwortlich ist."

„Claud ist mir gegenüber verantwortlich. Trevor, ich weiß nicht, worauf du hinauswillst, und ich wüsste wirklich nicht, warum ich verpflichtet sein sollte, dir etwas zu erzählen. Was zum Teufel ist eigentlich los?" Ihre geheimnisvollen grünen Augen sahen ihn bittend an.

Das Licht der antiken Lampe schuf eine gefährliche, eine intime Atmosphäre. Rote Glut schwelte im Kamin, genauso wie damals, als Trevor und sie einander das erste Mal hingegeben hatten. Seitdem war viel Zeit vergangen. Und Ashley wusste, dass sie nie wieder einen Mann mit dieser unbekümmerten, wilden Leidenschaft würde lieben können.

Trevors Blick verdunkelte sich, als ob seine Gedanken sich auf dem gleichen gefährlichen Terrain bewegen würden wie ihre. Leidenschaft flackerte in seinen Augen, bevor er den Blick von ihr abwandte und das Kaminfeuer betrachtete, als hätte er einen kurzen Moment unbeabsichtigt zu viel von sich preisgegeben.

Ashley beugte sich nach vorn und strich über seinen Handrücken. Mit einem Ruck schnellte sein Kopf zurück, und sein Blick taxierte sie. Jeder Anflug von Verlangen war verschwunden. Stattdessen erkannte sie blankes Misstrauen in seinen Augen. Eine stumme Anklage, die sie nicht verstand.

Sie zog ihre Hand zurück. Ihre Finger zitterten, während sie sich das Haar aus dem Gesicht strich. Angst überfiel sie. „Es hat mit deinem Unfall zu tun, nicht wahr?"

„Ich bin mir nicht sicher, ob es ein Unfall war."

Ashley war fassungslos. Vielleicht hatte sie ihn nicht richtig verstanden. „Aber in den Zeitungen stand ..."

„Ich weiß, was darin stand. Ich kenne den Polizeibericht. Aber ich bin nicht überzeugt."

„Moment mal!" Sie schloss die Augen, um seine Worte zu verarbeiten. An diesem Abend war schon zu viel geschehen, und ihre verwirrten Gefühle standen im Widerspruch zu ihrer Logik. Die Gerüchte, dass es sich bei dem Unfall um einen Anschlag gehandelt haben könnte, kamen ihr wieder in den Sinn.

„Lass uns von vorn anfangen …"

Sein angespannter Ausdruck verwandelte sich in ein schneidendes Lächeln. „Ein bisschen spät, findest du nicht auch?" Sein Sarkasmus schnitt ihr ins Herz.

Sie schluckte eine scharfe Antwort herunter, legte ihre gefalteten Hände auf die Knie und versuchte, so ruhig wie möglich zu bleiben. „Ich glaube, es ist an der Zeit, ehrlich mit mir zu sein. So viel bist du mir schuldig."

„Ich schulde dir gar nichts."

Ihr dünnes Nervenkostüm gewann die Oberhand, und ihr riss der Geduldsfaden. „Da irrst du dich, Trevor!", widersprach sie. „Zuerst brichst du hier ein, nachdem du weiß Gott wie lange durch den Schnee gestapft bist – nur um dein Auto zu verstecken. Du sitzt hier in der Dunkelheit und erschreckst mich fast zu Tode. Und dann konfrontierst du mich mit vagen Vermutungen und lächerlichen Unterstellungen, mit denen ich absolut nichts anfangen kann. Ich habe den Eindruck, dass du nur darauf wartest, dass ich etwas sage … oder in eine Falle tappe. Aber ich habe nicht die geringste Ahnung, worum es geht! Was ist passiert, Trevor? Was zum Teufel ist in dich gefahren, und was soll dieser Unsinn mit dem Unfall …"

„Ich habe dir doch schon gesagt, dass ich nicht an einen Unfall glaube."

Sie hob abwehrend die Hände. „Ja, ich weiß", murmelte sie und stand auf, um den Korb mit Feuerholz zu inspizieren, der neben dem Kamin stand. Sie brauchte einen Moment Abstand, um sich zu sammeln.

Während sie ein großes Stück Eichenholz auf die Glut legte, warf sie einen verstohlenen Blick in Trevors Richtung. Das Knistern des Feuers durchbrach die Stille. Ashley streckte ihre Handflächen über die wärmenden Flammen. Ohne sich umzudrehen, fragte sie ruhig: „Ich kenne dich jetzt schon sehr lange, nicht wahr?"

„Acht Jahre", antwortete er und betrachtete ihren Rücken, während sie sich vor die Flammen kniete. Er konnte den Blick nicht von ihr abwenden. Ihre Jeans betonte ihren festen, kleinen Po, und für den Bruchteil einer Sekunde fragte er sich, ob ihre Haut immer noch so weich war wie damals.

„Acht Jahre, das stimmt", gab sie zu. „In diesen acht Jahren habe ich dich oft verflucht." Neugierig zog er seine Brauen hoch, als sie innehielt. „Aber ich habe dich nie für verrückt gehalten." Sie wischte die Hände an ihrer Jeans ab und erhob sich lächelnd. Zufrieden strich sie über den Kaminsims. „Wie du siehst, wird es schwierig für dich sein, mich davon zu überzeugen, dass du nicht absichtlich eine zehn Meter lange Böschung hinuntergerollt bist."

Erste Zweifel überfielen sie. Was hatte Claud gesagt? Dass Trevor immer noch davon überzeugt war, dass die *Stephens Timber Corporation* etwas mit dem Verschwinden seines Vaters zu tun hatte?

Er beobachtete sie, als sie ihren Kopf gegen den Kaminsims lehnte. Ihr tiefschwarzes Haar fiel auf ihre weiße Haut, als sie es nach hinten streifte und ihn mit großen, sorgenvollen Augen ansah.

Als Trevor sich etwas zu schnell erhob, überkam ihn plötzlich ein Schwindelgefühl. Der stechende Schmerz in seiner Seite meldete sich mit voller Wucht zurück. Er ging zum Kamin hinüber, lehnte sich gegen das warme Mauerwerk und presste seine Hand gegen den Bauch, bis der Schmerz langsam nachließ.

Er sah sie ernst an. Seine Augen funkelten entschlossen. „Ashley, ich habe nicht absichtlich die Kontrolle über den Wagen verloren. Das weißt du genauso gut wie ich."

Ashleys Herz pochte voller Angst. Sie fuhr mit den Fingern durch ihr Haar, senkte den Kopf und massierte sich leicht die Schläfen. Mit brüchiger Stimme flüsterte sie: „Du willst also sagen, dass jemand versucht hat, dich umzubringen."

„Nicht irgendjemand, Ashley. Ich glaube, dass Claud jemanden damit beauftragt hat, meinen Wagen zu manipulieren." Er ergriff ihr Handgelenk.

Ashley stockte der Atem. „Das ist doch absurd!"

„Keineswegs", warf er zurück. Sie versuchte, sich zu befreien, doch er ließ ihren Arm nicht los. Mitleidlos schaute er sie an. „Erzähl mir alles, was du über deinen Cousin weißt!"

„Das ist doch verrückt!", presste sie hervor, obwohl es ihr beinahe die Kehle zuschnürte. „Ich weiß, dass Claud kein Engel ist, aber du kannst um Gottes willen nicht einfach behaupten, dass er dich töten wollte!"

„Nicht, bis ich Beweise habe."

„Du hast also keine?"

„Noch nicht."

„Wie kannst du dann behaupten, dass er etwas damit zu tun hat?"

„Mein Bauchgefühl."

„Das wird vor Gericht keinen Bestand haben, Herr Senator. Aber das weißt du selbst am besten. Jedenfalls solltest du, schließlich bist du Anwalt."

„Ashley, ich weiß, dass ich recht habe."

Sie sah die Entschlossenheit in seinem zornigen Blick. „Und ich soll dir helfen, zu beweisen, dass Claud dich umbringen wollte? Trevor, du machst Witze!"

„Ich meine es ernst. Ich weiß, dass Claud und dein Vater diesen Sägewerkbesitzer in Molalla dafür bezahlt haben, dass er mich wegen Bestechung verklagt!"

„Wie bitte?" Ihre grünen Augen funkelten voller Entrüstung. „Woher weißt du das? Hat der Mann es dir erzählt?" Mit zusammengepressten Lippen befreite sie ihre Hand aus seinem Griff.

„Die Polizei war überzeugt, dass es sich um eine falsche Anschuldigung handelte. Sie haben die Sache fallen lassen."

„Aber welche Beweise hast du, dass mein Vater dahintersteckte?"

„Das besagte Sägewerk stand kurz vor der Pleite und war dann plötzlich wieder betriebsfähig."

„Ein Indizienbeweis, Herr Anwalt! Und selbst wenn dein Verdacht stimmt – wie kommst du darauf, meinen Vater zu verdächtigen?"

„Ich habe recherchiert. Was glaubst du, wer das Sägewerk mit Rohholz versorgt?"

„Ich habe nicht die geringste Ahnung", log sie, wohl wissend, worauf er anspielte. Ihr Herz hämmerte gegen ihren Brustkorb.

„Dann machst du deinen Job nicht richtig, Ashley! Der Hauptlieferant für die Watkins Mill in Molalla ist *Stephens Timber*." Trevor lief mit großen Schritten auf und ab.

„Ich verstehe dich nicht, Trevor." Ashleys Stimme fing an zu zittern. „Mein Vater und Claud haben mich beide davor gewarnt, dass du eine Art persönlichen Rachefeldzug gegen das Unternehmen führst. Aber ich habe ihnen nie geglaubt ..."

„Bis zu diesem Moment?"

Sie nickte. Tränen der Enttäuschung stiegen in ihr auf, während sie den einzigen Mann, den sie je geliebt hatte, anstarrte. „Hat es mit mir zu tun?"

Er blieb stehen. Er stand mit dem Rücken zu ihr, und sie konnte sehen, wie sich seine Schultern unter dem weichen Baumwollstoff seines Hemdes anspannten. „Nein, Ashley, das fing schon lange an, bevor ich dich kennengelernt habe."

„Es hat mit dem Verschwinden deines Vaters zu tun."

Er drehte sich um, und als er sie ansah, spiegelten sich die ganzen Qualen der letzten zehn Jahre in seinen Augen wider. Eine Antwort war überflüssig.

„Claud hat also recht." Sie senkte die Lider, als wolle sie die Wahrheit nicht sehen. „Du hältst nicht viel von mir, nicht wahr?"

„Es ist deine Familie, über die ich mich wundere."

„Bis zu dem Punkt, dass du keine Mühen scheust, um ihnen irgendetwas in die Schuhe zu schieben." Sie schüttelte ungläubig den Kopf. „Ich bin inzwischen Vorstandsvorsitzende der Firma. Du weißt, dass ich mich niemals auf etwas Illegales einlassen würde ..."

„Und ich weiß auch, dass du nicht das Unternehmen geleitet hast, als mein Vater verschwand oder als mir Korruption vorgeworfen oder mein Auto manipuliert wurde."

„Wenn es überhaupt stimmt."

„Ich habe einen Mechaniker, der das bezeugen kann."

Sie strich sich nervös durchs Haar, hielt aber seinem Blick stand. „Warum bist du hierhergekommen, Trevor? Was genau erwartest du von mir?"

Sein Blick fixierte sie, während er sich nachdenklich mit Daumen und Zeigefinger über die Unterlippe strich. „Ich möchte, dass du durch die gesamten Bücher der Firma gehst und nach Beweisen suchst, die meine Theorie unterstützen."

„Moment mal – du willst, dass ich dir helfe, zu beweisen, dass *Stephens Timber* und meine Familie in etwas Illegales verwickelt waren?" Sie konnte es nicht fassen.

Seine Stimme war tief und fest. Ein eiskalter Schauer lief ihr über den Rücken. „Was ich von dir erwarte, Ashley, ist die Wahrheit."

Ashleys Mund war plötzlich wie ausgetrocknet. Ihre Stimme war nur zu einem Flüstern fähig. „Okay, Trevor, ich werde alles durchsehen. Aber ich erwarte etwas im Gegenzug."

„Ich habe nichts anderes von Lazarus Stephens' Tochter erwartet."

„Wenn nach Prüfung der Unterlagen alle Zweifel gegen meinen Vater beseitigt sind, erwarte ich eine öffentliche Erklärung von dir." Seine dunklen Brauen hoben sich neugierig. „Eine Erklärung, die ein für alle Mal die Fehde zwischen unseren beiden Familien beendet und die meinen Vater von allen Vorwürfen freispricht."

Trevor dachte über ihre Forderung nach. „Wie kann ich sicher sein, dass du ehrlich zu mir bist?"

Ihr Kinn schob sich trotzig nach vorn. „Ich fürchte, du musst mir einfach vertrauen", sagte sie leise. „Mag sein, dass dir das schwerfällt, aber ich fürchte, du hast keine andere Wahl."

Seine Augen verdunkelten sich. „Ich brauche einen Beweis, Ashley. Ich gebe dir diese Erklärung, wenn du mir beweisen kannst, dass deine Familie nichts mit dem Unfall, den Korruptionsvorwürfen und dem Verschwinden meines Vaters zu tun hat."

Ihre Zuversicht geriet ins Wanken. „Ich gebe dir Bescheid."

Trevor griff nach seiner Wildlederjacke, und es versetzte Ashley einen Stich mitten ins Herz. Er war so plötzlich und unerwartet wieder in ihr Leben getreten – sie konnte ihn nicht gehen lassen! Noch nicht. Sie teilten so viele Erinnerungen, und es war so viel Zeit vergangen. Verzweifelt klammerte sie sich an die Hoffnung, dass sie ihm nicht egal war. „Du kannst nicht gehen", flüsterte sie, während ihr das Herz bis zum Hals schlug. Er hielt inne.

„Warum nicht?"

„Der Wind ... Es ist schon fast ein Schneesturm."

Seine Augen verdunkelten sich unheilvoll. „Was schlägst du vor, Mrs Jennings? Dass ich hier allein mit dir die Nacht verbringe?"

4. KAPITEL

Die Zeit schien um acht Jahre zurückgedreht, als sie das Glühen in Trevors blauen Augen sah. Sein Blick berührte den intimsten Winkel ihrer Seele und ließ ihre Stimme rau werden.

„Du kannst in diesem Sturm nicht gehen", wiederholte Ashley. „Du musst warten, bis er sich gelegt hat."

Sein Blick wanderte zu den gefrorenen Scheiben, bevor er zu ihrem besorgten Gesicht zurückkehrte. „Das kann bis morgen früh dauern." Langsam näherte sich Trevor ihr, den Blick nachdenklich auf ihre zusammengezogenen Brauen gerichtet. Seine Stimme klang gefährlich tief. „Glaubst du wirklich, es wäre richtig, wenn ich bliebe?", fragte er und streckte seine Hand aus. Langsam strichen seine Finger ihr Kinn entlang. Er registrierte das Zögern in ihren meergrünen Augen. „Ich glaube, du hast keine Wahl."

Trevors Hand stoppte ihre zärtliche Erkundung, und sein Blick verhärtete sich. „Da irrst du dich, Mrs Jennings." Er zog seine Jacke an, während ein eiskaltes Lächeln über seine Lippen huschte. „Ich bitte dich nur, mich bei den Lamberts vorbeizufahren."

Ihre Augenbrauen zuckten. „Du bist im Haus der Lamberts?"

„Ja."

Sie trat einen Schritt zurück und sah ihn misstrauisch an. „Seit wann hast du das alles geplant?", erkundigte sie sich und bezog in einer ausladenden Geste alles mit ein, was sich innerhalb dieser engen Wände zugetragen hatte.

„Seit ich die Kontrolle über meinen Wagen verloren habe und eine zehn Meter lange Böschung hinuntergerollt bin."

Ihr Rücken versteifte sich. „Du glaubst wirklich, dass Claud hinter dem Unfall steckt?"

„Wenn ich das nicht täte, wäre ich nicht hier." Sein Blick durchbohrte sie wie eine eiskalte Nadel. Seine Stimme war völlig gefühllos, und Ashley wurde voller Enttäuschung bewusst, wie wenig ihm an ihr gelegen war.

Sie schüttelte den Kopf und seufzte. „Ich kann mir nicht vorstellen, dass irgendjemand ein Interesse an deinem Tod hat, nicht einmal Claud."

„Ich glaube nicht, dass er mich unbedingt töten wollte. Es sollte nur eine kleine Einschüchterung sein. Er wollte mir Angst machen, und das hat er geschafft."

„Aber warum?" Bevor er antworten konnte, biss sie sich auf die Lippe. „Wegen der Wahl. Du glaubst, dass er solche Angst hat, du könntest die Wahl gewinnen, dass er einen Unfall inszeniert, um dich zu warnen. In der Hoffnung, dass du deine Kandidatur zurückziehst. Habe ich recht?"

„So in etwa habe ich es mir vorgestellt."

Ashley gelang ein humorloses Lächeln. „Ich glaube, du hast zu viele Spionageromane gelesen, Senator! Deine gesamte Theorie klingt, als wäre sie einem James Bond entsprungen."

„Vielleicht bist du deshalb nicht in der Lage, die Wahrheit zu erkennen, selbst wenn sie dir direkt ins Auge springt, Ashley", meinte er. Er runzelte die Stirn. „Du warst nie in der Lage, Fiktion und Wirklichkeit voneinander zu trennen, was deine Familie angeht. Wahrscheinlich glaubst du immer noch nicht, dass *Stephens Timber* für die Umweltkatastrophe in der Nähe von Springfield verantwortlich war."

„Mein Vater hat es dementiert", flüsterte sie.

„Aber du kennst die Wahrheit, nicht wahr? Die Firma deines Vaters hat ein gefährliches Pestizid versprüht, Ashley. Wahrscheinlich auf seine Anweisung hin. Es war billig und wirksam."

„Niemand wusste, dass es gefährlich war ..."

Trevors Augen funkelten bedrohlich. „Es waren Fälle bekannt, die einen Zusammenhang zwischen dem Pestizid und gesundheitlichen Risiken aufwiesen. Die Zulassungsbehörde war dabei, den Stoff vom Markt zu nehmen. Aber dein Vater kümmerte sich nicht darum, und die Menschen, die in der Nähe lebten, zahlten den Preis, nicht wahr?"

„Es wurde nie bewiesen ..."

„Das ist eine faule Ausrede, Ashley, und das weißt du. Vielleicht hast du lieber den Kopf in den Sand gesteckt. Du hast nicht in die Augen derer sehen müssen, die erfahren hatten, dass sie sterben müssen. Die Auswirkungen des Sprays zeigen sich oftmals erst Monate später. Aber wenn sie es tun, bedeutet es immer das Gleiche – ein langsamer und schmerzhafter Tod."

„Niemand weiß genau, ob das Pestizid die Ursache war."

„Es wird immer noch wissenschaftlich untersucht." Seine Gesichtsmuskeln spannten sich an, als er an den Tag zurückdachte, an dem er Dennis Langes Testament ändern musste. Dennis war erst dreiunddreißig, als er in Trevors Büro gekommen war und erklärte, dass er Symptome der Pestizidvergiftung bei sich entdeckt hatte. Sechs Monate später war Dennis gestorben und hinterließ eine junge Witwe und eine dreijährige Tochter. Trevor hatte am Grab seines Freundes geschworen, dass er eines Tages gegen den wahllosen Einsatz von Chemikalien in der Umwelt kämpfen würde. „Dein Vater war sich der Risiken bewusst, aber es war bequemer, sie zu ignorieren."

Den Schmerz verbergend, den seine Worte ihrem Herz zugefügt hatten, drehte sich Ashley um und verließ den Raum. Sie nahm ihre Daunenjacke und holte die Schlüssel für den Jeep aus der Tasche. Sie hatte bereits ihre Stiefel angezogen, den Reißverschluss der Jacke bis oben hin zugezogen und ihre Haare unter die Mütze gestopft, als Trevor ihr in den kleinen Vorraum folgte. „Lass uns fahren", flüsterte sie und wich seinem fragenden Blick aus. Die Hütte der Lamberts lag nur etwas mehr als eine Meile entfernt hinter dem Hügel, doch die Fahrt auf der schneeverwehten, wenig befahrenen Straße dauerte fast zehn Minuten. Der Sturm hatte zwar nachgelassen, doch große Schneeflocken fielen leise vom Himmel und tanzten im Scheinwerferlicht.

Es war bereits neun Uhr abends, doch der Schnee tauchte die Landschaft in gleißend weiße Festbeleuchtung; es war fast taghell.

Ashley wischte mit einem Tuch die von innen beschlagene Windschutzscheibe frei. Als der Jeep über ein Stück Eis fuhr, drehte ein Rad durch, und der Wagen geriet ins Rutschen, sodass sie beide hin- und hergeschleudert wurden. Trevor zuckte vor Schmerz zusammen, als seine Schulter gegen die Tür gedrückt wurde.

„Alles in Ordnung?", fragte Ashley besorgt, als die Räder wieder Halt bekommen hatten.

„Einfach wunderbar", entgegnete Trevor sarkastisch. „Deinem Cousin Claud sei Dank."

Ashley presste die Lippen aufeinander. Die restliche Fahrt saßen sie schweigend nebeneinander.

Licht drang aus den Fenstern der Hütte. Trevors Pick-up stand neben der Garage und war von einer dicken Schneedecke umhüllt.

Ashley brachte den Jeep zum Stehen und zog die Handbremse an, ließ den Motor aber weiterlaufen. Sie drehte sich zu Trevor um und sah, wie er sie nachdenklich anschaute. Sein Blick schien ihr Gesicht zu liebkosen.

„Du kannst mit reinkommen, wenn du möchtest", lud er sie ein und zog ihr sanft die Mütze vom Kopf, sodass ihre schwarzen Locken über ihre Schultern flossen. Ihr stockte der Atem angesichts dieser intimen Geste.

„Ich ... ich glaube nicht", flüsterte sie kopfschüttelnd und wich seinem sinnlichen Blick aus. „Es ist besser für uns beide, wenn ich zurückfahre."

Seine Hände zitterten, als er ihre Schläfen berührte. Ashley schloss die Augen und drehte ihren Kopf zur Seite. „Wirst du allein klarkommen?", fragte sie und dachte dabei an seine Verletzung. In der Enge des Jeeps war es schwierig, das Verlangen nach seiner Berührung zu unterdrücken.

„Werde ich", sagte er mit fester Stimme.

„Ganz sicher?"

„Ich bin daran gewöhnt, für mich selbst zu sorgen, Ashley", erinnerte er sie. „Ich kann allein auf mich aufpassen."

„Und deshalb warst du eine Woche im Krankenhaus."

Seine Kiefer verhärteten sich, als er die Hand auf den Türgriff legte. „Dafür kannst du Claud verantwortlich machen."

Ashley nahm ihre Hand vom Steuer und griff nach seinem Arm. „Lass uns nicht streiten", beschwor sie ihn. „Es ist Zeit, damit aufzuhören, bevor alles außer Kontrolle gerät."

Einen kurzen Moment herrschte Schweigen. Schneeflocken sammelten sich auf der Windschutzscheibe. Sein Blick suchte den ihren.

„Warum habe ich dich nur je gehen lassen?"

Sie schluckte, während er seinen Kopf hinunterbeugte und seine Lippen zärtlich ihren Mund berührten. Wie lange hatte sie auf diesen Moment gewartet? Sie seufzte und ließ ihre Hand unter seine Jacke gleiten, um sanft seinen Nacken zu umfassen. Vergessene Gefühle regten sich in ihr und nahmen bis in die intimsten Winkel Besitz von ihr. Sein Kuss schmeckte nach Scotch und erinnerte sie an entfernte Zeiten ihrer unbeschwerten Jugend, als sie sich in einem duftenden Kleefeld geliebt hatten.

„Du hast mir gefehlt", flüsterte er und löste sich nur widerstrebend von ihren Lippen. „Mein Gott, Ashley, ich habe dich so vermisst!" Er hielt sie fest in seinen kräftigen Armen und vergrub sein Gesicht in ihrem duftenden Haar. „Bleib bei mir."

Ein Schluchzen, das all den Schmerz der vergangenen acht Jahre in sich trug, brach aus ihr heraus. Wie sehr hatte sie sich nach der Wärme und dem Schutz seiner Umarmung gesehnt! Sie schloss die Augen, während ihre Gefühle sie zu zerreißen drohten. Sie hatte geschworen, sich nie wieder von diesem Mann berühren zu lassen, und konnte sich dennoch nicht lösen.

Sie konnte seinen Herzschlag hören, die Wärme seines Atems in ihrem Haar spüren. Ein stechender Schmerz durchfuhr sie, als sie sich daran erinnerte, wie brutal er sie aus seinem Leben verbannt hatte. Sie wusste, dass sie ihm nicht mehr vertrauen konnte.

„Ich ... ich muss gehen", erklärte sie mit bebender Stimme. Sie durfte es nicht zulassen, dass ihr gesunder Menschenverstand von ihrer Schwäche für Trevor überwältigt wurde.

„Warum?"

„Ich habe noch einige Dinge zu erledigen."

„Zum Beispiel?"

„Zum Beispiel die Unterlagen der Firma durcharbeiten, wie du verlangt hast."

Behutsam ließ er sie los und musterte sie skeptisch. „Das ist doch nur eine Ausrede, Ashley! Du hast Angst vor mir, nicht wahr?"

Sie stieß einen Seufzer aus. „Nein, Trevor, ich habe keine Angst vor dir, weder als Mann noch als Politiker. Aber ich fürchte die Konsequenzen, wenn ich mich mit dir einlasse."

„Wie soll ich das verstehen?"

Sie mied seinen Blick und starrte durch die schneebedeckte Scheibe. „Ich habe lange daran gearbeitet, eine unabhängige Frau zu werden. Mein ganzes Leben lang hat mir immer irgendjemand gesagt, was ich tun soll. Zuerst mein Vater, dann du und später Richard."

Bei der Erwähnung ihres Exmannes spannten sich seine Muskeln an. „Ich möchte mich im Augenblick nicht an einen Mann binden", murmelte sie. „Ich muss erst sicher sein, dass ich auf eigenen Füßen stehen kann."

„Tust du das nicht bereits?"

Sie nickte. „Seit einigen Jahren. Aber jetzt muss ich mich vor mir selbst beweisen."

„Mit der Firma", meinte er. „Das Letzte, was ich von dir erwartet hätte, Ashley, ist, dass du dich in eine Feministin verwandelst." Er strich sich frustriert durchs Haar. „Ich dachte, es gefällt dir, wie eine Prinzessin zu leben."

„Es gibt eine Menge Dinge, die du nicht von mir weißt", erwiderte sie wehmütig lächelnd. „Vielleicht sprechen wir eines Tages darüber. Aber im Moment brauche ich Zeit, Trevor. Zeit, um über dich und mich nachzudenken. Über unsere Beziehung damals und über das, was zwischen unseren Familien passiert ist."

Er runzelte verdrossen die Stirn, schien aber ihre Erklärung zu akzeptieren. „Es ist deine Entscheidung, Ashley." Er öffnete die Tür des Jeeps, stieg aus und ging zum Haus. Während er die

Tür der Blockhütte öffnete, drehte er sich zu ihr um. Für einen Augenblick stellte sie sich vor, dass er sie auffordern würde, ihm zu folgen. Sie schluckte schwer, als sie ihn so im Schnee stehen sah.

Irgendwie gelang es ihr, ihm zuzuwinken, bevor sie den Rückwärtsgang einlegte, die Handbremse löste und zurück zu ihrem Haus fuhr. Das Bild von Trevor, wie er mit Schneeflocken im Haar in der Dunkelheit stand, ging ihr auf der kurzen Fahrt nicht mehr aus dem Kopf.

Zu Hause angekommen, klopfte sie sich den Schnee ab, hängte ihre Jacke an die Garderobe und eilte in den Wohnraum. Nachdem sie einen Blick auf die Uhr geworfen hatte, dachte sie einen Moment lang nach und wählte dann die Nummer von John Ellis, dem Buchhalter der *Stephens Timber Corporation*.

Der junge Mann antwortete nach dem dritten Klingeln. „John, hier ist Ashley. Ich weiß, es ist spät, aber ich muss Sie um einen Gefallen bitten."

„Was es auch sei", war die sympathische Antwort.

„Können Sie mir eine Kopie aller Geschäftsvorgänge der letzten acht Monate schicken?"

Die Antwort ließ einen langen Moment auf sich warten. „Was meinen Sie mit ‚alle Geschäftsvorgänge'?"

„Ich meine *alles*."

„Das ist eine Menge Information ... Ich nehme an, Sie wollen die Bücher von jeder Niederlassung prüfen?"

„Stimmt. Aber fangen wir mit Portland an."

„Sie machen Witze", sagte er tonlos, während er sich das Ausmaß der Aufgabe vorstellte.

„Nein. Es tut mir leid, John, aber ich meine es völlig ernst."

„Prima. Das habe ich mir gedacht." Ashley konnte sich genau vorstellen, wie sich das gedankliche Räderwerk des jungen Buchhalters in diesem Moment in Bewegung setzte. Trotz seiner Skepsis liebte John es, Geschäftsbücher zu durchforsten. „Und vermutlich brauchen Sie das Ganze noch heute Abend."

„Das wäre schön, aber ich kann bis morgen warten."

„Morgen!" Johns Stimme klang so, als hätte sie gerade von ihm verlangt, den Mond vom Himmel zu holen.

„Ich sehe ein, dass nicht alles verfügbar sein wird, aber fangen Sie einfach damit an, die Sachen per Computer ins Büro nach Bend zu schicken. Ich werde gegen drei Uhr nachmittags die ersten Daten abrufen und den Rest dann am Donnerstag."

„Sie stellen sich das so leicht vor ..."

„Ich wusste, dass ich mich auf Sie verlassen kann. Danke."

„Danken Sie mir nicht zu früh. Vielleicht verlangen Sie Unmögliches von mir."

„Tue ich das nicht immer?"

Ein leises Lachen war am anderen Ende der Leitung zu hören. „Stimmt. Das tun Sie wirklich."

„Dann werden Sie sich über Folgendes freuen: Ich möchte, wenn möglich, die Unterlagen von jeder Niederlassung vor mir haben, wenn ich nächste Woche zurück in Portland bin."

„Ist das alles?", fragte er sarkastisch.

„Nur noch eins: Ich möchte, dass Sie das vertraulich behandeln. Erzählen Sie niemandem im Büro davon, auch nicht Claud."

Ein Moment des Schweigens lag zwischen ihnen. „Sie glauben, dass jemand mit falschen Karten spielt, nicht wahr?"

„Ich hoffe nicht", murmelte Ashley. „Gott, ich hoffe nicht!" Sie legte den Hörer auf, und ein kurzer Schauer lief ihr über den Rücken. Worauf hatte sie sich eingelassen? Wenn sie nichts in den Unterlagen finden würde, wäre Trevor trotzdem nicht davon überzeugt, dass sie die Wahrheit sagte. Wenn sie entdecken würde, dass jemand Geld aus dem Unternehmen veruntreut hatte, um damit Trevors Wahlkampagne zu sabotieren, wäre damit bewiesen, dass alle Gerüchte, die über *Stephens Timber* im Umlauf waren, stimmten. So oder so war es eine ausweglose Situation. Ashley wurde von den winterlichen Sonnenstrahlen geweckt, die den Raum in ein sanftes silbriges Licht tauchten. Die Laken waren eiskalt. Schnell ergriff sie ihren flauschigen Morgenmantel am Fußende des Bettes und zog ihn an.

Während sie den Gürtel zuknotete, lief sie die Treppe zum Wohnraum hinunter und begann, das Feuer im Kamin wieder in Gang zu bringen. Dann eilte sie in die Küche, um den Holzofen anzuwerfen und sich einen Kaffee zu machen, wobei ihr Blick auf den mit Papieren übersäten Küchentisch fiel.

Dutzende von Blättern lagen auf der glatten Ahornplatte verteilt. Computerausdrucke, Korrespondenzen und Finanzberichte stapelten sich wahllos ohne jegliche Ordnung auf dem Tisch.

Ashley verzog das Gesicht beim Anblick der Dokumente, als sie zum Ofen ging und das Feuer anzündete. So viel zu Trevors Theorie. Nichts in diesen Papieren deutete auch nur im Entferntesten darauf hin, dass etwas manipuliert worden war. Sie hatte bis fast zwei Uhr nachts über den Dokumenten gesessen, die sie aus Portland mitgebracht hatte. Es stimmte, sie hatte nur an der Oberfläche der Firmenakten kratzen können. Trotzdem verspürte sie große Erleichterung, als sie feststellte, dass die Bücher des letzten Monats in bester Ordnung waren.

„Das hast du jetzt davon, Herr Senator!", flüsterte sie, doch plötzlich tauchte wie aus dem Nichts eine lange verdrängte Erinnerung vor ihr auf: Trevor, mit zerwühlten Haaren und seinem muskulösen, bronzefarbenen Oberkörper. In seinen verschlafenen Augen flackerte Leidenschaft auf, während er den Arm nach ihr ausstreckte ...

Hör auf, Ashley! ermahnte sie sich. *Es ist vorbei! Wann wirst du endlich begreifen, dass er dich nie geliebt hat?* Doch die Erinnerung an die vergangene Nacht nagte an ihr und stand im Gegensatz zu ihren zornigen Worten. Sie hatte sein Verlangen gespürt, seine Zurückhaltung erlebt und begriffen, dass ihm noch immer etwas an ihr lag, selbst wenn es nur ein bisschen war.

Ashley zwang sich, das Begehren, das bei der Erinnerung an seinen Kuss in ihr aufkeimte, zu ignorieren, während sie den Kaffee zubereitete. Sie durfte jetzt nicht ihren Gefühlen nachgeben – weder jetzt noch zu einem späteren Zeitpunkt. Der

Schmerz der Vergangenheit hatte sie zu verletzlich gemacht, und die Narben waren noch nicht verheilt. Sie hatte geschworen, sich niemals wieder von seinen erotischen Augen in den Bann ziehen zu lassen.

Während die Küche langsam warm wurde und der Kaffee durch die Maschine lief, sammelte Ashley die Unterlagen zusammen und verstaute sie in ihrer Aktentasche. Dann lief sie nach oben, um eine heiße Dusche zu nehmen. Das warme Wasser auf ihrer Haut hatte eine belebende Wirkung, und sie fing an, leise vor sich hin zu summen.

Nachdem sie sich abgetrocknet und eine frische Jeans und einen Pullover übergezogen hatte, roch sie den einladenden Duft frischen Kaffees, der durch die Blockhütte zog. Barfuß lief sie die Treppe hinunter und tappte über den mit verschiedenen Teppichen bedeckten Eichenboden.

„Guten Morgen", begrüßte sie Trevor, als sie gerade die Küche betreten wollte.

Sie zögerte einen Moment angesichts des Schocks, ihn so unerwartet wiederzusehen. Bei Tageslicht erschien er ihr wesentlich realer als in der dunklen Nacht. Seine Augen waren so blau und klar wie der Himmel über den Bergen, und sein Lächeln, von dem sie sich damals hatte verführen lassen, beherrschte den Raum. Für einen Moment spielte ihr Herz verrückt, bis sie sich der Realität wieder bewusst wurde. Ihre meergrünen Augen funkelten entrüstet. „Kannst du um Himmels willen nicht anklopfen? Oder gibt es dir einen besonderen Kick, mich immer so zu erschrecken?"

Er lächelte selbstbewusst, und amüsiert zwinkerte er ihr zu, als er einen Schluck Kaffee trank.

„Bedien dich nur", stichelte sie mit ernster Miene.

„Wie ich sehe, liebst du es immer noch süß am Morgen", bemerkte er und setzte die Tasse erneut an. „Kommst du?"

„Hast du nichts Besseres zu tun, als den Einbrecher zu spielen?"

Er hob protestierend die Hand. „Ich habe nichts gestohlen."

„Trotzdem." Sie setzte sich ihm gegenüber an den Tisch und nahm die Tasse Kaffee, die er für sie eingegossen hatte. Mit Milch und Zucker, genau so, wie sie es liebte. „Ich trinke ihn schwarz."

„Seit wann?"

„Seit ich älter geworden bin und auf meine Figur achten muss."

Seine Augen blitzten amüsiert auf. Er verwies mit dem Kopf auf ihre Tasse. „Trink", ermunterte er sie. „Verwöhn dich. Sündige ein bisschen."

Ihre dunklen Brauen erhoben sich ein wenig, doch ihr gelang ein Lächeln.

„Übrigens habe ich angeklopft", klärte Trevor sie auf, „aber es hat niemand aufgemacht."

„Ich muss unter …"

„… der Dusche gewesen sein", ergänzte Trevor. Ashley nickte und sah lächelnd auf ihre Tasse. „Als du nicht reagiert hast, habe ich mir Sorgen gemacht und bin reingekommen. Dann hörte ich, dass du im Badezimmer warst. Es erschien mir überflüssig, wieder nach draußen zu gehen und in der Kälte zu warten – ich glaube, wir kennen uns zu gut, um uns mit solchen Formalitäten aufzuhalten."

Sie musste wiederum lächeln, doch sein vertrauter, zärtlicher Blick veranlasste sie, nach draußen zu sehen, wo sich in der Zwischenzeit eine beachtliche Menge Schnee aufgetürmt hatte. „Wie bist du hier hereingekommen?"

Er fasste in seine Tasche und warf einen kleinen, metallenen Gegenstand auf den Tisch.

Ashley stockte der Atem, als sie das kalte Metall berührte. „Der Schlüssel … Wie …?", fragte sie, doch ihre Stimme versagte. Im Spätsommer vor acht Jahren hatte sie Trevor den Schlüssel für ihre heimlichen Rendezvous in der Blockhütte gegeben. Sie spürte, wie sich ihre Augen mit Tränen füllten. Leise legte sie den Schlüssel auf den Tisch zurück.

„Ich habe ihn nicht weggeworfen", sagte er feierlich. Eine sehnsüchtige Traurigkeit lag in seinem Blick.

„Du hast ihn all diese Jahre behalten?"

Er nickte und sah stirnrunzelnd auf seinen schwarzen Kaffee.

Das Telefon klingelte und riss sie aus der intimen Atmosphäre. Ashley war froh, aufstehen zu können und nicht mehr den unausgesprochenen Fragen in seinen Augen ausgesetzt zu sein.

„Hallo?", rief sie in den Hörer und wischte sich die Tränen von der Wange.

„Ashley. Hier ist John."

Ashley brachte ein Lächeln zustande, als sie die vertraute Stimme hörte. „Guten Morgen."

„Wenn Sie meinen", antwortete er. „Ich habe mit den Portland-Akten angefangen und werde sie nach Bend schicken. Eileen Hanna im dortigen Büro weiß Bescheid. Sie hat nicht nachgefragt, als ich ihr sagte, dass es sich lediglich um wirtschaftliche Prognosen handelt, um die Sie gebeten haben."

„Gut."

„Vielleicht wird sie ein wenig misstrauisch, wenn sie den Umfang der Unterlagen sieht", gab John zu bedenken.

„Machen Sie sich darüber keine Sorgen. Ich bin sicher, dass Eileen meine Wünsche nicht hinterfragen wird." Eileen war eine der wenigen Angestellten in dem riesigen Unternehmen, die Ashley ihr Erbe nicht missgönnte. Sie war eine Feministin bis in die Haarspitzen und empfand jedes Vorankommen einer Frau in der Branche als Schritt in die richtige Richtung.

„Am Rest arbeite ich noch. Ich fürchte aber, es wird doch einige Wochen dauern, bis ich alle Unterlagen zusammenhabe."

„Das ist in Ordnung. Es kommt nicht darauf an, schnell fertig zu werden, sondern gründliche Arbeit zu leisten." Als sie den Hörer aufgelegt hatte, sah sie, dass Trevor den Raum betreten hatte. Er stand gegen die Wand gelehnt und beobachtete sie träge, während er an seinem Kaffee nippte.

Dass er ihr Gespräch mit John mitgehört hatte, ließ sie gereizt reagieren. „Gehört Lauschen jetzt auch schon zu deinen Methoden, Herr Senator?", fauchte sie. Ihre zerrissenen Gefühle führten zu einem für sie untypischen Wutausbruch. „Erst der Einbruch, und jetzt das! Wenn du nicht aufpasst, glaube ich noch, dass die Korruptionsvorwürfe letzten Sommer am Ende doch nicht falsch waren."

Das sanfte Lächeln auf seinen Lippen verschwand. Seine stahlblauen Augen flackerten, und an seinem angespannten Kiefer erkannte sie, wie schwer es ihm fiel, sich zu beherrschen.

„Ich bin hierhergekommen, weil ich dachte, dass wir einiges klären sollten", erwiderte er kühl. „Aber offensichtlich ist das nicht möglich."

Bedauern überkam sie. „Entschuldige, ich wollte nicht …"

„Schon gut." Er stellte seine Tasse auf dem Bücherregal ab und sah sie missbilligend an. „Du hast mir nie vertraut, und ich bezweifle, dass du es je tun wirst. Dein ganzes Gerede über Unabhängigkeit ist großer Mist, Ashley! Worauf es doch hinausläuft, ist, dass du Angst vor Männern, Angst vor mir hast. Du gestehst dir keine Gefühle mehr zu."

Seine Worte trafen sie wie ein arktischer Windstoß. Ungeachtet der Tränen, die in ihr aufstiegen, sah sie ihn unbewegt an. „Ich habe mit John Ellis, dem Buchhalter, gesprochen. Er erledigt ein paar Dinge für mich – Dinge, um die ich ihn deinetwegen gebeten habe. In ein paar Stunden kann ich die Unterlagen in Bend abholen."

Ein zynisches Lächeln lag auf seinen Lippen. „Gut. Dann wirst du ja sehen, dass deine Loyalität auf der falschen Seite lag." Er ging zur Tür und legte die Hand auf den Türknauf. „Ruf mich an, wenn du weißt, wen Claud bezahlt hat, damit er seine Drecksarbeit erledigt!"

„Wenn ich …"

Jeder Muskel seines Körpers spannte sich, und seine Handknöchel wurden weiß auf dem Türgriff. „Denk daran, dass wir einen Deal haben! Ich erwarte, dass du deinen Teil erfüllst."

Ein Schwall eisiger Luft strömte herein, als er die Tür öffnete. Er ging hinaus und knallte die Holztür hinter sich zu. Tränen rollten über Ashleys Wangen. „Geh zum Teufel, Trevor Daniels!", flüsterte sie und ballte die Fäuste. „Warum kann ich dich nicht einfach vergessen?"

Sie riss sich zusammen, ging in den Wohnraum zurück und nahm die Tasse vom Regal, die Trevor dort abgestellt hatte. Dabei fiel ihr Blick auf den Tisch.

Auf dem polierten Holz lag matt glänzend Trevors Schlüssel für das Blockhaus.

5. KAPITEL

*D*as Büro in Bend war nicht besonders groß, wurde aber von Eileen Hanna dank ihrer Genauigkeit und ihres Organisationstalents effizient geführt. Als Ashley die luftigen Räume an der Wall Street betrat, sah Eileen von ihrem Schreibtisch auf und lächelte breit.

„Ich habe Sie bereits erwartet", rief die mollige, rothaarige Frau, als sie Ashley in einen kleinen Büroraum führte.

„Es ist schön, Sie wiederzusehen!", erwiderte Ashley freundlich lächelnd. „Wenn alle Niederlassungen von *Stephens Timber* auf diese Weise geführt würden, hätte ich nichts mehr zu tun."

„Unsinn!", antwortete Eileen, sichtlich geschmeichelt von dem Kompliment. Sie öffnete einen Schrank und holte einen Stapel Computerausdrucke hervor, um sie Ashley zu übergeben. „John meinte, Sie wollen sich einen Überblick über die zu erwartenden Geschäfte verschaffen. Wie es scheint, hat er die Aufgabe sehr ernst genommen."

„Ich habe ihn gebeten, mir alles zu schicken, was relevant ist", sagte Ashley und betrachtete die Stapel Papiere. „Ich nehme an, er hat es wörtlich genommen."

„Er ist Buchhalter. Was erwarten Sie?"

Ashley lachte. „Ich erwarte noch mehr Ausdrucke."

„Das ist nicht Ihr Ernst!"

„John sagte, er würde heute oder morgen noch weitere Unterlagen schicken. Ich hole sie am Donnerstag ab."

„Vielleicht sollten Sie einen Lkw mitbringen", schlug Eileen vor.

„Ich werde daran denken." Ashley hievte die säuberlich zusammengeschnürten Papiere unter den Arm und lächelte die Angestellte warmherzig an.

„Nächstes Mal, wenn Sie hier sind, lade ich Sie zum Mittagessen ein."

„Abgemacht, aber ich bezahle", versprach Ashley, während

sie den Raum verließ und ihr zuzwinkerte. „Es wird Zeit, dass ich mein Spesenkonto in Anspruch nehme." Als Ashley das Gebäude verließ, konnte sie immer noch Eileens Kichern hören.

Es war schwierig gewesen, sich auf die Arbeit zu konzentrieren, ohne an Trevor zu denken. Seine harschen Worte gingen ihr nicht aus dem Kopf. Ihre widerstreitenden Gefühle hatten sie unnötig hart werden lassen, und nun bereute sie, dass sie ihn so angegriffen hatte. Einen Moment lang hatte sie daran gedacht, bei den Lamberts anzurufen und sich bei Trevor zu entschuldigen. Aber dann verwarf sie den Gedanken. Sie wollte erst einmal alle Unterlagen prüfen, die John Ellis ihr geschickt hatte, bevor sie wieder mit Trevor sprach. Außerdem hatte sie das Gefühl, dass es besser wäre, wenn sie sich beide erst einmal beruhigten.

Während der nächsten zwei Tage studierte Ashley alle Unterlagen, die John ihr geschickt hatte. Sie war erst zufrieden, nachdem sie jedes einzelne Dokument genauestens unter die Lupe genommen hatte, doch konnte sie in der Fülle der Informationen nichts Gravierendes finden. Ihre Augen brannten, und der ganze Körper tat ihr weh von der verkrampften Haltung, die sie am Schreibtisch eingenommen hatte.

Die Wanduhr ihres Großvaters hatte gerade acht Uhr geschlagen, als Ashley das Geräusch eines herannahenden Motors hörte. Freudige Erregung durchfuhr sie. Abwartend nahm sie die Lesebrille ab und klopfte nervös mit den Fingernägeln auf den Schreibtisch. Der Motor wurde ausgestellt, und stapfende Schritte näherten sich der Hütte. Sekunden später klopfte es.

Ashley öffnete die Tür. Trevor stand vor ihr, in einer verwaschenen Jeans, und ein charismatisches Lächeln umspielte seine Lippen. Schneeflocken glitzerten in seinem dunklen Haar. Er trug ein großes Paket im Arm.

„Wenn das nicht Senator Daniels ist!", scherzte Ashley.

„Noch nicht ganz", antwortete er. „Warten wir bis November."

„Komm rein", ermunterte sie ihn und trat zur Seite. Ihre funkelnden grünen Augen sahen ihn prüfend an. „Ist es nicht schön, zur Abwechslung mal hereingebeten zu werden?"

Seine breiten Schultern sackten in sich zusammen, aber seine blauen Augen blitzten auf. „Warum provozierst du mich?", fragte er verbittert. „Ich komme mit einem Friedensangebot, doch offenbar bist du nicht in der Stimmung, unsere Differenzen beizulegen."

„Ich bezweifle, dass eine Nacht dafür ausreichen würde ..."

„Du wirst dich wundern." Seine Stimme wurde rauer.

Ashley blickte ihn erwartungsvoll an. Sie spürte ein angenehmes Kribbeln auf der Haut. „Was hast du vor?"

„Du wirst schon sehen ..." Trevor eilte an ihr vorbei und marschierte direkt in die Küche. Ashley folgte ihm auf dem Fuß, kaum in der Lage, ihre Neugier zu verbergen.

„Was hast du ..." Die Worte blieben ihr im Hals stecken, als er seine Jacke auszog und das unförmige Paket auswickelte. Er entfernte das weiße Papier, und zwei große Krebse kamen zum Vorschein. Voller Stolz legte er die Schalentiere ins Spülbecken. „Wo hast du die her?", erkundigte sich Ashley, während sie die Meerestiere skeptisch betrachtete.

„Newport."

„Du bist extra an die Küste und zurück gefahren?"

„Es sind nur einige Stunden – erinnerst du dich nicht?"

Sie versuchte, den Kloß im Hals hinunterzuschlucken. „Natürlich erinnere ich mich", flüsterte sie heiser, ehe sie sich von ihm abwendete, um ihre tränennassen Augen zu verbergen. Das letzte Mal, als sie zusammen waren, hatten sie sich heimlich in der Nähe von Neskowin an der zerklüfteten Küste von Oregon getroffen. Die ganze Nacht lang hatten sie vom Fenster des kleinen Strandhauses beobachtet, wie die stürmischen Wellen gegen die felsige Küste schlugen. Zum Dinner hatten sie frische Krebse gegessen und Wein getrunken. Danach hatte Trevor sie bis zum Morgengrauen mit erotischen Liebesspielen verwöhnt.

„Komm schon, Ashley!" Er ging zu ihr hinüber und legte die Arme um ihre Taille. „Lach mal. Lass uns die schlechten Zeiten vergessen und uns auf die guten konzentrieren."

„Das ist leichter gesagt als getan", murmelte sie.

Er küsste sie zärtlich aufs Haar. „Du musst es einfach versuchen. Außerdem ist Heiligabend."

„Ich weiß." Sie hatte erwartet, zum ersten Mal seit Jahren die Feiertage allein zu verbringen, und versucht, die Einsamkeitsgefühle zu ignorieren. Jetzt war Trevor bei ihr, und ihre Stimmung hob sich.

„Wie wäre es mit einer Waffenruhe – um Weihnachten willen?"

„Okay, Senator! Ich will es versuchen." Ashley ignorierte den Orkan, der in ihr tobte, und konzentrierte sich auf das Verrichten einfacher Dinge. Sie schob Baguette in den Ofen, bereitete den Salat zu und schenkte Wein in die Gläser, während Trevor die Schalentiere säuberte und zerlegte. Sie arbeiteten still nebeneinanderher, und Ashley verlor sich in Erinnerungen.

Das kleine Essen war wunderbar. Seite an Seite saßen sie im Wohnraum vor dem Kamin und lachten über die schönen Zeiten, die sie miteinander verbracht hatten. Trevor war so charmant wie eh und je, und Ashley wusste, dass sie sich sofort wieder hoffnungslos in ihn verlieben könnte. Der warme Klang seines Lachens, das vergnügte Funkeln seiner leuchtend blauen Augen und die sinnliche Berührung seiner Hand, wenn sie kurz ihre Schulter streifte, erinnerte sie an die glücklichste Zeit ihres Lebens – als sie unsterblich in ihn verliebt gewesen war. Selbst ohne das traditionelle Drumherum wurde es einer der wärmsten und glücklichsten Heiligabende, die sie je erlebt hatte. Es war geradezu vollkommen.

Einige Stunden waren vergangen, als Trevor den Kopf in Richtung des Schreibtischs wandte. „Du bist die Unterlagen durchgegangen", bemerkte er.

„Stimmt. Aber ich fürchte, du wirst enttäuscht sein. Bis jetzt sieht alles gut aus. Es gibt keine Hinweise auf Unregelmäßigkeiten."

„Bist du sicher?" Sie spürte, wie er sich versteifte. Er hockte hinter ihr auf dem Boden und hatte die Arme um ihre Schultern gelegt, während sie sich an ihn lehnte und dabei die Flammen im Kamin beobachtete.

Sie schüttelte den Kopf, sodass ihre Haare seine Brust streiften. „Ich habe gerade erst angefangen. Die Unterlagen beziehen sich nur auf die letzten Monate. Ich habe sie mir oberflächlich angesehen, und es scheint alles in Ordnung zu sein. Ich konnte nichts Ungewöhnliches entdecken."

„Claud macht keine offensichtlichen Fehler", bemerkte Trevor. Jede Spur von Humor war aus seinem Gesicht verschwunden.

„Ich weiß, ich weiß. Ich habe angefangen, alles noch einmal genau durchzugehen. Dieses Mal überprüfe ich jeden einzelnen Eintrag, aber es wird Wochen dauern."

„Ashley." Voller Nachdruck drückte er gegen ihre Schultern, und seine Finger gruben sich in ihre Oberarme. „Ich habe nicht viel Zeit."

„Dann werde ich Hilfe anfordern müssen, Senator", erwiderte sie seufzend. „Ich muss mich um andere Dinge kümmern. Ich kann nicht die nächsten zwei Monate einsam mit Computerausdrucken verbringen, nur um deinen guten Ruf zu verteidigen."

„Oder deinen", erinnerte er sie. „Pass nur auf, dass dein Helfer jemand ist, dem du trauen kannst."

„Natürlich."

„Das ist wichtig. Jeder, der dir hilft, könnte Claud warnen. Kannst du sicher sein, dass die Leute, die für dich arbeiten, auf deiner Seite stehen und nicht auf Clauds?"

Ashleys Antwort kam ohne Zögern. „Nun mal langsam, Trevor! Es gibt einige. Wir ..."

„Das ist nicht der Punkt", unterbrach er sie. „Es geht hier nicht um Quantität, sondern es ist die Qualität, die zählt."

„Ich mach das schon."

„Das hoffe ich", flüsterte er und küsste sie sanft aufs Haar. „Manchmal stelle ich dein Urteilsvermögen infrage."

„Das ist das Problem. Du hast es schon immer infrage gestellt."

Unausgesprochene Erinnerungen lagen bleischwer in der Luft. Schweigen lastete auf ihren schmalen Schultern, während sie in die blutrote Glut des Feuers starrte. „Du bist mir so fremd geworden, Trevor", sagte sie mit plötzlicher Offenheit. „Und woran ich mich erinnere … was einmal zwischen uns war, ist ziemlich schiefgelaufen." Sie wandte den Kopf zu ihm und schaute ihn an.

„Ein Mann kann sich ändern", meinte er.

„Eine Frau auch."

Er betrachtete ihre weichen Züge, bevor sie sich wieder dem Kaminfeuer zuwandte und in die langsam verglühenden Flammen starrte. „Was wäre, wenn ich dir sagen würde, dass ich am liebsten noch einmal von vorn anfangen würde?" Er streichelte ihre Schultern und ließ die Hände in ihrem seidigen schwarzen Haar verweilen.

Der alte Schmerz brannte wild in ihrem Herzen. „Ich würde sagen, dass ich dir nicht glaube – sosehr ich es auch wollte. Ich bin nicht verbittert, Trevor, nur ein bisschen weiser als früher. Was zwischen uns passiert ist, lag in deiner Verantwortung, und keines deiner Worte kann die Vergangenheit ungeschehen machen." Sie spürte die Wärme seiner Hände in ihrem Haar und wusste, dass sie sich seiner Berührung und seinem verführerischen Bann entziehen musste. Sie durfte sich nicht dazu hinreißen lassen, den Schmerz und die Vergangenheit zu vergessen. Obwohl es ihr schwerfiel, löste sie sich aus seiner Umarmung und rückte von ihm ab.

Ihre Stimme war fest. „Ich denke, wir sollten vergessen, was vor acht Jahren war, und uns lieber auf das Jetzt konzentrieren. Zum Beispiel auf den Grund, warum du hier bist und was du wirklich von mir willst."

Die darauffolgende Stille wurde nur von dem lauten Ticken der Uhr in der Diele begleitet. Eine Kühle lag plötzlich in der Luft, sodass Ashley erschauerte und sich mit den Händen die Oberarme rieb.

„Ich hatte angenommen, wir könnten ein wenig Zeit miteinander verbringen. Immerhin ist Weihnachten." Trevor ließ sie nicht aus den Augen. Er registrierte selbst die kleinste Reaktion; wie sie die Goldkette an ihrem Hals umklammerte, wie sie ihre Lippen befeuchtete. Verzweifelt versuchte sie, ihm zu glauben.

„Und du brauchst mich, um die Akten der Firma zu überprüfen und meine eigene Familie zu verurteilen. Geht es nicht einzig und allein darum? Ist das nicht der wahre Grund, warum du hier bist? Versuchst du nicht, den Namen deiner Familie reinzuwaschen, um unsere zu beschmutzen, damit du bessere Chancen hast, die Wahl zu gewinnen? Das ist das Wichtigste. Deine Karriere."

„Und was ist dir wichtig, Ashley?", fragte Trevor leise. Traurigkeit spiegelte sich auf seinem Gesicht wider. „Alles, was du vor acht Jahren wolltest, war, zu heiraten und eine Familie zu gründen. Und jetzt sprichst du von den Rechten der Frau und von Selbstfindung! Was zum Teufel soll das bedeuten?" Seine blauen Augen blitzten. „Und was ist mit deinem Ehemann – wie empfindet er diese neue Haltung? Oder ist er der Grund, warum du dich befreit hast?"

Entrüstet sah Ashley ihn an. „Richard und ich sind seit vier Jahren geschieden."

„Das weiß ich."

„Warum nennst du ihn dann immer noch meinen Ehemann?"

„Weil er es war!"

„Und das macht dir immer noch etwas aus", sagte sie und spürte einen Anflug von Mitgefühl für seinen Schmerz.

„Sollte es das nicht?" Seine kalten blauen Augen verengten sich, während er vom Boden aufstand, um seine steifen Muskeln zu lockern.

„*Du* warst es, der keine feste Bindung eingehen wollte", erinnerte sie ihn und hoffte, dass er die Wehmut in ihrer Stimme überhörte.

Trevor trommelte auf seinem Bein herum. „Verdreh nicht die Tatsachen!", warnte er sie. „Ich war zu fast allem bereit ..."

„Außer mich zu heiraten."

„Ha!" Er lachte humorlos und hart auf. „Wie viele Male habe ich dich gefragt, ob du mich heiraten willst? Oder hast du das der Einfachheit halber vergessen?" Seine tiefe Stimme klang gefährlich. Die Luft knisterte förmlich von der unterdrückten Leidenschaft zwischen ihr und Trevor.

Ashley schluckte für einen Moment ihren Stolz herunter. „Das stimmt, Trevor. Du hast mich gefragt, ob ich dich heiraten will, mehrere Male sogar." Sie machte eine kreisende Handbewegung, als sei die Anzahl unwichtig. „Aber fragen bedeutet nicht handeln. Ich war müde, die ständige Verlobte zu sein, und müde, eine Affäre zu haben. Ich wollte deine Frau sein!"

„Falsch!" Seine dunkelblauen Augen funkelten vorwurfsvoll. „Du wolltest irgendjemandes Ehefrau sein – sogar des Mannes, den dein Vater für dich ausgesucht hat."

„Ich habe *dich* geliebt!" Sie seufzte tief, während sich ihre Augen mit Tränen füllten. „Trevor, ich habe dich so sehr geliebt."

„Bis du gemerkt hast, dass ich nicht von heute auf morgen zum Millionär werde. Die Tochter von Lazarus Stephens war nicht in der Lage, ohne die Annehmlichkeiten des Reichtums zu leben. Du konntest nicht auf mich warten, habe ich recht?"

„Du verdrehst die Fakten", warf sie ihm vor.

„Verdammt, Ashley, so kommen wir nicht weiter!" Er schlug die Faust gegen den warmen Kamin und begann zu fluchen, als er erneut einen stechenden Schmerz verspürte.

Ashleys Zorn verschwand, und sie musterte ihn besorgt. „Alles in Ordnung?"

„Mir geht es gut."

„Trevor." Sie berührte seinen Arm. Für den Bruchteil einer Sekunde streiften ihre Finger sein Handgelenk, und er suchte ihren Blick. Unausgesprochene, aufwühlende Fragen zeigten sich in seinen blauen Augen. Ihre Kehle war wie zugeschnürt. Trevor rieb sich die Stirn, bevor er seinen Kopf in den Nacken legte und die Holzbalken anstarrte, die das Dach abstützten. „Mein Gott, Ashley, ich wünschte, ich würde dich verstehen!"

Er schien es ernst zu meinen. Der Kloß in ihrem Hals wurde größer, als sie sich vorstellte, wie ihr Leben mit Trevor hätte aussehen können. Wenn sie damals gewartet hätte, als er sie gefragt hatte, wäre dann ihr jugendliches Glück zu einer tiefen, selbstlosen Liebe gereift? Wäre ein Zusammenleben möglich gewesen? Hätten sie Kinder bekommen? Wäre sie durch alle Höhen und Tiefen mit ihm gegangen?

Als hätte er ihre Gedanken gelesen, wagte er schließlich, die Frage zu stellen, die ihn seit Tagen beschäftigte. „Warum bist du hierhergekommen?"

Sie zog ihre Hand zurück. Tränen erfüllten ihre Augen. „Aus vielen Gründen. Ich brauchte eine Pause, und es gibt Arbeit, die ich gut hier erledigen kann. Ich wollte aus dem Büro weg. Doch es war noch etwas anderes", räumte sie schief lächelnd ein. „Ich bin wegen dir in dieses Haus gekommen." Ihr meergrüner Blick taxierte ihn. „Ich hatte das Gefühl, in jeder Minute an dich erinnert zu werden. Einige Wochen nach dem Tod von Senator Higgins war dein Name in aller Munde. Dann kamen die Korruptionsvorwürfe. Die Zeitungen, das Fernsehen ... du warst überall. Als Dad starb, hörte ich von allen Seiten, wie schlecht es für die Holzbranche wäre, wenn du gewählt werden würdest. Und vor nicht allzu langer Zeit machte dein Unfall Schlagzeilen. Ich konnte dir einfach nicht entkommen." Ihre Stimme wurde leiser. „Ich dachte, wenn ich mich eine Weile hierher zurückziehe, könnte ich über vieles nachdenken und mir Klarheit verschaffen, auch über meine Gefühle."

„Ist dir das gelungen?"

Ihr Lächeln war schwach und voller Selbstironie. „Ich glaube ja." Sie spitzte nachdenklich die Lippen. „Inzwischen bin ich mir nicht mehr sicher." Gefühle, die sie so lange verdrängt hatte, erwachten wieder in ihr. Sie spürte immer noch seine Hand auf ihrer Haut und erinnerte sich an die Leidenschaft in seinen dunkelblauen Augen, als sie ihn angelächelt hatte.

Der rustikale Raum schien zu schrumpfen, und die Atmosphäre wurde mit einem Mal intimer. Ashley musste aufpassen, dass ihre Gedanken nicht immer wieder in die Vergangenheit zurückkehrten.

Er sah zu ihr hinunter und versuchte, der unschuldigen Verlockung ihres Blicks zu entgehen. Sie war immer ein Rätsel für ihn gewesen, tiefgründig und verführerisch. Die einzige Frau, die je seine Seele berührt hatte. Er hatte sich geschworen, es nie wieder so weit kommen zu lassen, was ihm auch lange Zeit gelungen war. Bis zu dem heutigen Abend, als er in ihre klugen, ihre unergründlichen Augen schaute. In diesem Moment übermannte ihn ein so starkes Verlangen nach ihr, wie er es bisher noch nie empfunden hatte. „Möchtest du, dass ich hierbleibe?"

Sie hielt seinem eindringlichen Blick stand. „Ja. Du hast mir so gefehlt, Trevor!" Es war, als würde sie eine Maske fallen lassen und dem ins Auge sehen, was sie in all den einsamen acht Jahren zu leugnen versucht hatte. „Ich habe dich so schmerzlich vermisst!"

Er zwang sich, ihre tränenerfüllten Augen zu ignorieren. „Nicht schmerzlich genug, um zu mir zurückzukommen."

„Ich konnte nicht." Sie schüttelte den Kopf und kämpfte gegen die Tränen an. „Du wirst verstehen, dass mein Stolz das nicht zugelassen hat."

„Es fiel mir immer schon schwer, dich zu verstehen."

Ashley erhob sich und sah ihn an. „Weil du es nie wirklich versucht hast."

Langsam umfasste er mit seinem kräftigen Arm ihre Taille und zog Ashley langsam zu sich heran. Schiere Qual lag in seinem Blick.

„Ich muss verrückt sein", murmelte er, während er den Kopf beugte und sein Mund ihre Lippen suchte. Es begann zärtlich, doch binnen Sekunden wurde ein harter, verlangender Kuss daraus. Ashley seufzte. Bittersüße Erinnerungen wurden in ihr wach, sowie sie in seiner warmen, verführerischen Umarmung dahinzuschmelzen schien. Leicht berührte sie seine Schultern und spürte seine starken Muskeln unter ihren Fingerspitzen.

Seine Zunge liebkoste ihre Lippen, bevor sie auf vertraute,

verführerische Weise das geheimnisvolle Dunkel ihres Mundes erforschte.

Wildes Verlangen schwappte wie eine Welle über sie. Ihr Blut strömte heiß durch ihre Adern, ihr Atem wurde schnell und flach. Jede Berührung seiner geschmeidigen Zunge steigerte ihr Verlangen nach ihm, und die drängende Lust steigerte sich mehr und mehr, rief nach Erlösung.

Er hörte auf, sie zu küssen, während er ihren Körper weiterhin fest an sich presste. „Ich will dich", flüsterte er heiser. Es war ein Bekenntnis, klar und unmissverständlich. „Ich begehre dich mehr, als ich je eine Frau begehrt habe."

„Und ich begehre dich", murmelte sie.

Durchdringend blickte er sie an und versuchte, das Rätsel, das sie für ihn darstellte, zu ergründen. „Mit dir ist es mehr als Begierde und Leidenschaft. Es war immer so."

Ihr Herz blieb fast stehen. Wenn sie nur glauben könnte, dass er sie liebte … nur ein wenig. „Du konntest schon immer gut mit Worten umgehen, Trevor. Deshalb hast du es in der Politik so weit gebracht, nehme ich an."

„Wirfst du mir vor, dass ich die Wahrheit verfälsche?" Seine Stimme hatte einen rauen, spöttischen Unterton, als er ihr zuzwinkerte. Ashley war bezaubert von seinem Lächeln – dieses leicht schiefe Lächeln, das sie so lieben gelernt hatte in jenem Sommer vor acht Jahren.

„Nicht verfälschen, aber ausdehnen", korrigierte sie.

„Um dich zu verführen?"

„Um deinen Kopf durchzusetzen."

„Wenn ich meinen Kopf bei dir durchsetzen würde, wäre vieles zwischen uns anders." Seine Finger umschlossen besitzergreifend ihre Handgelenke. „Hast du überhaupt eine Ahnung, was du mit mir machst?"

„Ich will einfach nur … mit dir zusammen sein", hauchte sie. Sie stellte sich auf die Zehenspitzen und küsste seine Wange. Sanft zeichnete sie mit der Fingerspitze die Form seiner Augenbrauen nach. Jede ihrer Gesten schien so natürlich und selbstverständlich zu sein wie damals.

Laut stöhnte Trevor auf. Seine ganze Frustration schien sich in diesem Moment zu entladen. Er sah in ihre unschuldigen grünen Augen und konnte den brennenden Schmerz der Sehnsucht kaum noch ertragen. „Ashley, ich möchte nicht, dass du etwas tust, was du später bereust", flüsterte er rau.

„Das werde ich nicht."

Er biss die Zähne aufeinander und kämpfte gegen sein verzehrendes Verlangen an. „Du musst dich mir gegenüber nicht verpflichtet fühlen."

„Das tue ich nicht, Trevor", erwiderte sie. „Längst nicht mehr."

Ihre Hand ruhte auf seiner Wange und verstärkte die bittersüße Qual, die in ihm brannte und kaum noch auszuhalten war. Mit einer sinnlichen Bewegung drehte er den Kopf und küsste ihre Handfläche, als wolle er ihr seine Hitze abgeben.

„Trevor …" Ihr kehliges Seufzen verklang in der Dunkelheit. „Oh, Trevor." Der Schmerz ihrer zerrissenen Gefühle, die sie acht qualvolle Jahre verleugnet hatte, ließ sie erzittern, und sie dachte, ihre Körper würden in Flammen stehen. Ihr Mund war wie ausgetrocknet. „Ich habe dich immer geliebt", flüsterte sie atemlos.

„Ich will wissen, dass du wirklich mir gehörst", forderte er und wehrte sich gegen das unbändige Verlangen in seinen Adern und die Leidenschaft, die seinen Geist vernebelte.

„Ich habe immer nur dir gehört."

„Ashley, tu das nicht! Lüg mich nicht an! Nicht jetzt."

„Ich lüge nicht."

„Beweis es mir."

„Wenn ich wüsste, wie."

„Lass mich dich lieben." Es war eine einfache Bitte. Sein Blick durchbohrte sie, und in seinen Augen konnte sie all seinen Schmerz sehen. Ihre Gefühle für ihn waren eine Gefahr. Und obwohl sein Wunsch eine so süße Versuchung darstellte, zögerte sie – voller Angst –, sich wieder an ihn zu verlieren, wie schon einmal zuvor.

„Es gibt nichts, nach dem ich mich mehr sehne", gestand sie.

„Aber du hast Angst."

„Es gibt keine Zukunft für uns ..." Ihre Brauen zogen sich sorgenvoll zusammen. Von ganzem Herzen wünschte sie sich, neben Trevor zu liegen, noch einmal den Glücksrausch der Vereinigung mit ihm zu erleben. Doch die alten Ängste meldeten sich.

„Schhh. Denk nicht an morgen." Er vergrub die Hände in ihrem dichten schwarzen Haar und zog ihren Kopf dichter an sich heran. Einen köstlichen Moment lang streiften seine Lippen die ihren. „Lass mich dich lieben, meine Süße", flüsterte er.

Von einer Sekunde zur anderen gelang es ihr, all die Ängste und den Schmerz der Vergangenheit loszulassen und sich ihm vollständig hinzugeben. „Bitte", hauchte sie und schob ihre Finger in sein Haar, während ihr Mund die warme Einladung seiner Lippen annahm.

„Es ist so lange her", stöhnte er, bevor er seinen Mund auf den ihren presste.

Ihr Herz pochte wie wild angesichts seiner Begierde, seiner harten Männlichkeit. Heiße Wellen der Lust durchströmten ihren Körper, sowie sich ihre Zungen berührten. Ohne diesen leidenschaftlichen Kuss zu unterbrechen, gelang es Trevor, sie hochzuheben, um sie die Treppe hinaufzutragen.

„Ich kann laufen", protestierte sie in Anbetracht seiner Verletzung.

„Kommt nicht infrage", antwortete er. „Du könntest sonst deine Meinung ändern."

„Niemals." Tränen des Glücks erfüllten ihre Augen, als sie in das markante Gesicht des Mannes blickte, den sie so sehr liebte.

Kaum dass er die oberste Stufe erreicht hatte, durchquerte Trevor zielstrebig den schmalen Dachboden und ließ Ashley aufs Bett sinken, dann legte er sich neben sie. Der Raum lag im Halbdunkel, doch im fahlen Licht, das durch das Dachfenster hereindrang, betrachtete Ashley seine männlichen Gesichtszüge.

Sie spürte die Wärme seiner Hand, während er ihre Wange streichelte, und sah die glühende Leidenschaft in seinen Augen. Verführerisch glitt er mit den Fingern ihren Hals entlang.

Sie senkte die Lider und schmiegte sich hingebungsvoll an ihn, als seine Hände vorsichtig weiterwanderten und ihre Brüste berührten. Ungeduldig nestelten ihre Finger an den Knöpfen seines Hemdes, bis es sich öffnete und seine muskulöse Brust zum Vorschein kam. Der weiße Verband auf seiner dunklen Haut erinnerte Ashley an den Grund, warum er hierhergekommen war. Sie fuhr sanft mit den Fingern über die weiße Gaze.

Langsam zog er ihr den Pullover über den Kopf. Sie zitterte ein wenig, sowie sie die kalte Luft auf ihrer Haut fühlte, doch in diesem Moment gab es nur Trevor, und ihr Verlangen nach ihm raubte ihr die Sinne. Sie brauchte ihn jetzt, heute Nacht. Es war ihre Bestimmung, in seinen schützenden Armen zu liegen und seinen kraftvollen Körper dicht an ihrem zu spüren. Es gab nichts zu bereuen. Heute Nacht gehörte sie nur Trevor.

Er beobachtete sie still, während seine warmen Hände ihre kühle Haut streichelten. Sie schluckte, als er ihre Brüste massierte, und als er den Kopf neigte und mit der Zunge über den zarten Stoff ihres BHs glitt, wurde ihr fast schwindlig vor Lust. Trevor stöhnte auf, sowie seine Lippen ihre aufgerichtete Knospe umschlossen und sie liebkosten.

Glückselig über sein Liebesspiel ergriff Ashley seinen Kopf und presste ihn an sich. Tränen liefen ihr die Wangen herunter, während er ihren BH öffnete und sich ihm ihre weichen, vollen Brüste darboten. Zärtlich umkreiste er mit den Fingern eine Brustwarze und verwöhnte mit seiner Zunge die andere.

„Oh Gott, Trevor", flehte sie. „Liebe mich, bitte liebe mich."

Seine Hand glitt zu ihrem Hosenbund hinunter, und geschickt knöpfte Trevor ihr die Jeans auf. Ashley hätte nicht sagen können, wann und wie er sie und sich selbst von den restlichen Kleidungsstücken befreit hatte. Für sie existierte in diesem Moment nur die süße, quälende Vorfreude, ihr wildes Verlangen, das nur er stillen konnte.

Als er sich schließlich auf sie schob und sie die Erregung seines ganzen Körpers spürte, gab es kein Halten mehr für sie. „Liebe mich, Trevor", schrie sie und schämte sich nicht für ihre Tränen.

„Das habe ich immer getan ..." Er hob den Kopf und sah in ihre sanften grünen Augen. Ihr dunkles Haar floss über das weiße Kissen, und in dieser Sekunde erkannte er, dass Ashley Stephens die schönste und intelligenteste Frau war, der er je begegnet war.

Er schmiegte den Kopf an ihre Halsbeuge, als er langsam in sie eindrang und sie ihn vertraut empfing. Er schmeckte ihre salzigen Tränen des Glücks und genoss ihre Ekstase. Ashley flüsterte seinen Namen, während sie den erlösenden Höhepunkt erreichte, sich ihm hingab, um nach acht verlorenen Jahren endlich wieder mit ihm vereint zu sein.

Voll süßer Erschöpfung lag sie in seinen Armen. Wie sehr wünschte sie sich, ihm seine Liebe glauben zu können! Wenn sie sich nur sicher sein könnte, dass Trevor sie nie wieder verlassen würde ...

6. KAPITEL

Sonnenlicht drang durch die Fenster, als Ashley am Weihnachtsmorgen erwachte. Sie kuschelte sich unter die bunte Patchwork-Decke und spürte Trevors warmen Körper an ihrer Haut. Er gab einen leisen, kehligen Laut von sich und zog sie fester an sich, bevor sich sein gleichmäßiges Atmen fortsetzte.

Ashley betrachtete sein dunkles Profil auf den weißen Laken. Im Schlummer wirkten seine Züge gelöst; die Anspannung der letzten Tage hatte sich im Laufe der Nacht aufgelöst. Die Falten um seine Augen herum waren weicher geworden, und seine Mundwinkel wirkten entspannt. Ein paar Haarsträhnen fielen über seine Augenbrauen. Liebevoll strich Ashley sie ihm aus dem Gesicht, während sie sich auf den Unterarm stützte und auf den einzigen Mann, den sie je geliebt hatte, hinunterblickte.

Warum, Trevor, können wir nicht für immer so weiterleben? dachte sie traurig. *Warum bekämpfen wir uns ständig?*

Die Decke war ein wenig verrutscht und entblößte seinen Oberkörper in der kalten Morgenluft. Ashleys Blick wanderte über seinen muskulösen Körper, bis hin zu der weißen Gaze, die fest um seine Brust gewickelt war. Behutsam berührte sie den Verband und runzelte nachdenklich die Stirn. War es möglich, dass Claud für Trevors Unfall verantwortlich gewesen war? Es schien unwahrscheinlich, und dennoch wusste Ashley, dass Claud brutal und rücksichtslos sein konnte, wenn er sich bedrängt und angegriffen fühlte. Und er hatte Ashley gegenüber erwähnt, dass er Trevors Kandidatur als direkten Angriff auf *Stephens Timber* empfand. Wie weit würde ihr Cousin gehen?

Ihre Berührung weckte Trevor auf. Er lächelte verschlafen aus seinen blauen Augen, als er bemerkte, dass sie bereits wach war.

„Du bist eine Augenweide", murmelte er. Seine Hand glitt langsam zu ihrer Brust. „Gott, wie ich mich daran gewöhnen könnte!" Er streckte sich und richtete sich ebenfalls auf, um in ihre verführerischen Augen zu schauen. „Frohe Weihnachten, Ashley", flüsterte er, bevor sein Gesicht sich dem ihren näherte und seine Lippen sich begierig auf ihren Mund pressten.

Langsam drückte er Ashley auf die Matratze zurück und schob sich vorsichtig auf sie. Bedächtig strich sie mit den Händen über seine Arme und ließ sie auf seinen Schultern liegen.

Als er den Kopf hob, konnte sie die Traurigkeit in seinen Augen lesen. „Du kannst dir nicht vorstellen, wie lange ich darauf gewartet habe, so neben dir aufzuwachen", gestand er. Wehmütig und skeptisch zugleich sah Ashley ihn an.

Sie hatte das Gefühl, als würde ihr das Herz zerspringen. „Du hättest nur fragen müssen", flüsterte sie.

„Du warst verheiratet", erinnerte er sie.

„Das ist lange her."

Trevors geschmeidiger Körper drückte sie in die Matratze. Sie bewegte sich nicht und genoss die sanfte Umfesselung seiner muskulösen Arme, die sie besitzergreifend hielten. Während sie in seine blauen Augen schaute, wurde ihr klar, dass sie nie einen anderen Mann würde lieben können. Ihre Ehe mit Richard war von Anfang an ein Fehler gewesen.

„Ich hätte dich nie gehen lassen dürfen", erklärte Trevor rau und schmiegte das Gesicht in ihr üppiges schwarzes Haar. Er bewegte sich langsam, rhythmisch, und ihr Körper folgte ihm willig. Ihr Puls raste. „Ich hätte dich verfolgen und zwingen sollen, mich zu heiraten."

„Du hättest mich nicht zwingen müssen, Trevor. Es gab nichts, was ich mir sehnlicher gewünscht habe."

„Und das Einzige, was Lazarus Stephens dir mit seinem Geld nicht kaufen konnte."

Sie stieß einen tiefen Seufzer aus und sah an ihm vorbei an die Deckenbalken. Ihr Atem wurde flach und schnell. „Müssen wir immer streiten?"

„Ich könnte mir etwas Besseres vorstellen ..."

Sie strich ihm durchs Haar. „Ich auch."

Behutsam beugte sich Trevor zu ihr hinunter und eroberte

mit seinem Mund voller Leidenschaft und Ungeduld ihre Lippen. Seine Hände liebkosten ihre seidige Haut, sodass sich eine süße Wärme in ihrem Körper ausbreitete.

Die Magie seiner Berührungen löste lustvolle Schauer in ihr aus. Wie ein Feuerstrom zirkulierte das Blut in ihren Adern, als Trevors fester Oberkörper ihre Brüste streifte und sich ihre Knospen vor Erregung aufrichteten.

Seine Lippen spielten ein herrliches Spiel mit ihr, und ihre Begierde nach ihm steigerte sich erneut ins Unermessliche. Nur Trevor allein konnte ihre erotischen Sehnsüchte stillen.

„Bitte", flüsterte sie heiser in sein Ohr. „Liebe mich, Trevor."

Langsam spreizte er ihre Schenkel und verwöhnte sie an ihrer empfindlichsten Stelle, um sie im nächsten Moment erneut in Besitz zu nehmen. Ihre lustvolle Hingabe erregte ihn mehr und mehr, und aufgewühlt von gegenseitigem Verlangen ließen sie sich auf den Gipfel der Lust und zum berauschenden Höhepunkt tragen.

„Ich liebe dich, Ashley", murmelte er heiser, nachdem er erschöpft neben ihr lag. „Gott, vergib mir, aber ich habe dich immer geliebt. Selbst als du mit einem anderen verheiratet warst."

Der Kloß in Ashleys Hals wurde größer. „Psst, Trevor – nicht jetzt." Liebevoll strich sie die braunen Locken aus seiner Stirn. Seine Worte berührten ihr tiefstes Inneres, und sie konnte es nicht zulassen, ihnen Glauben zu schenken. Weder jetzt noch zu einem anderen Zeitpunkt.

Er hatte sie bereits einmal verletzt, und sie hatte sich geschworen, nie wieder in eine solche Lage zu kommen. Es wäre zu einfach, ihm jetzt zu glauben – ihrem Herzen zu folgen – und erneut diese bittersüßen Klauen des Schmerzes zu spüren.

Nach einigen Momenten des Schweigens meinte Ashley: „Was hältst du von einem Frühstück im Bett?"

Trevor lächelte genüsslich und fuhr sinnlich mit dem Finger über ihren Körper. „Ich fürchte, ich könnte mich nicht genug auf das Essen konzentrieren."

Sie lachte und schüttelte ihr Haar aus dem Gesicht. „Aber

ich! Ich habe nämlich einen Bärenhunger. Komm schon." Sie gab ihm einen Klaps auf den Hintern, sprang aus dem Bett und zog sich ihren Morgenmantel über. „Ich mache das Frühstück, und du kümmerst dich um den Kamin, okay?"

„Und dann bedienst du mich im Bett?"

Ashley war schon fast im Badezimmer, als sie seine Worte vernahm. Sie drehte sich um und warf ihm einen provozierenden Blick zu, während Trevor jede ihrer Bewegungen verfolgte.

„Sie reden über das Frühstück, Herr Senator?"

„Unter anderem …"

„Hmm. Vielleicht sollten wir doch lieber in der Küche essen. Das scheint mir sicherer."

„Spielverderberin."

„Sieh mal an! Du bist doch derjenige, der Wichtiges vorhat. Oder hast du das schon vergessen?"

„Es ist Weihnachten!"

Ashley lächelte. „Das stimmt. Fröhliche Weihnachten, Darling!" Sie blinzelte ihm verführerisch zu. Dann wandte sie sich um, nahm in aller Ruhe ein paar Sachen zum Anziehen aus dem Schrank und verschwand im Bad. Irgendwie hatte sie gehofft, dass er ihr folgen würde, und war fast ein wenig enttäuscht, als er es nicht tat.

Nachdem sie geduscht und sich angezogen hatte, lag er immer noch im Bett.

„Komm her", befahl er, während sie an dem Himmelbett vorbeisauste. Seine blauen Augen glühten vor Leidenschaft.

„Niemals!", neckte sie ihn. Doch als er sie am Handgelenk fasste, war sie gezwungen, sich umzudrehen und in sein entschlossenes Gesicht zu schauen. Ihr feuchtes Haar umrahmte ihr errötetes Gesicht, während er sie zu sich auf das Bett zog.

„Sie sind nicht gerade ein Gentleman, Senator Daniels", sagte sie lachend und landete auf seinem warmen, muskulösen Körper.

„Und dir gefällt es." Er wickelte sich eine ihrer Haarsträhnen um den Finger. „Jemand sollte dir eine Lektion erteilen, weißt du."

„Und du möchtest das gern übernehmen?" Skeptisch hob sie die Brauen.

„Habe ich schon." Er küsste ihren Nacken. Ihre grünen Augen leuchteten mit gespieltem Entsetzen, als sie sich an den Hals fasste. Die Liebe, die sie acht lange Jahre in sich verborgen hatte, zeigte sich jetzt offen in ihren gleichmäßigen Zügen.

Es lag etwas Verführerisches in Trevors schiefem Lächeln, etwas einladend Gefährliches in seinen dunkelblauen Augen. Sowie er sich vorbeugte, um ihre Schulter zu küssen, lief ein erwartungsvoller Schauer durch Ashleys Körper.

Er verbarg sein Gesicht in ihrem Nacken und sog den Geruch ihres feuchten Haars in sich auf. Es war der Duft von Wildrosen, genau wie damals. Sie waren allein in der Hütte gewesen, und die taufrischen Tropfen des Sommerregens hatten noch in ihrem Haar gehangen.

„Ich habe noch nie eine Frau so begehrt wie dich", gestand er und liebkoste ihre Halsbeuge.

Tausende von Gefühlen ließen Ashley erzittern, während er sich an sie schmiegte. Erneut verspürte sie dieses schmerzliche, heiße Verlangen in den Adern, als er sich auf sie legte und er seine Leidenschaft nicht mehr verbergen konnte.

„Vergiss das Frühstück", forderte er sie auf und umkreiste sinnlich mit der Zunge ihr Ohr. „Ich habe eine bessere Idee …"

Ohne jede Reue schlang Ashley ihre Arme um seinen Nacken und zog seinen Kopf zu sich heran. Sie wollte dieses Glücksgefühl behalten, wollte, dass die Wärme seiner Lippen sich auf die ihren übertrug.

Als sie Wasser in die Kaffeemaschine füllte, hörte Ashley Trevors Gegrummel beim Anschüren des Kamins. Sie lächelte in sich hinein und dachte an ihre plötzliche Flucht aus dem Bett. Nachdem sie sich in dem sonnendurchfluteten Raum leidenschaftlich geliebt hatten, war sie in Trevors Armen eingedöst, um sich nach einer Weile davonzustehlen. Sie hatte ihre auf dem Boden verstreuten Kleider zusammengesammelt und war in die Küche hinuntergeeilt.

Nachdem er ihre „Flucht" bemerkt hatte, fing er an zu schimpfen, worauf sie nur mit einem amüsierten Lächeln antwortete. Mit ihm allein zu sein fühlte sich so natürlich und selbstverständlich an. Alles, was sie voneinander getrennt hatte, schien sich langsam aufzulösen.

Während Trevor sich um das Feuer im Wohnraum kümmerte, begann Ashley, aus den vorhandenen Vorräten einen festlichen Brunch vorzubereiten. Die Schränke waren so gut wie leer, doch war sie am Ende stolz über das Ergebnis: gegrillte Grapefruit, Blaubeermuffins, Würstchen und pochierte Eier.

„Nicht schlecht für eine Anfängerin", entschied sie und wischte sich die Hände an der Schürze ab.

Trevor musste sie gehört haben. „Es ist Weihnachten. Ich erwarte zumindest Schinken, Zimtschnecken, Eggs Benedict ..." Er steckte den Kopf in die Küche.

„Wenn du so weitermachst, Senator, kannst du froh sein, wenn du ein paar Cornflakes bekommst."

Er sah sie einen Moment schweigend an. „Mir ist egal, was wir essen."

Sie erwiderte sein Lächeln. „Das glaube ich nicht. Aber da ich mir ziemliche Mühe gegeben habe, erwarte ich eine gewisse Anerkennung von dir."

Sie aßen in der Küche, und trotz seiner Proteste genoss Trevor sichtlich das Mahl. Ein überraschtes Glitzern zeigte sich in seinen blauen Augen. „Ich hätte nicht gedacht, dass Lazarus Stephens' Tochter Wasser zum Kochen bringen, geschweige denn ein Essen zubereiten könnte."

„Ich lerne", scherzte sie, bevor sie ernster hinzufügte: „Es gibt eine Menge Dinge, die du nicht von mir weißt, Trevor. Ich bin erwachsen geworden in den letzten acht Jahren." Er hob anerkennend seine dunklen Brauen und nahm einen großen Schluck Kaffee.

Die vertraute Atmosphäre ließ Ashley mutig werden. „Warum hast du eigentlich nie geheiratet?", fragte sie.

Er stellte seine Tasse auf den Tisch zurück und starrte aus dem Fenster hinaus, was ihr wie eine Ewigkeit vorkam. „Ich könnte dir jetzt die übliche Antwort geben, dass ich einfach nicht die richtige Frau gefunden habe", erwiderte er, ohne seinen Blick von den vereisten Scheiben abzuwenden. „Aber wir beide wissen, dass das eine Lüge wäre."

Ashley sah ihn gebannt an. Ihr stockte fast der Atem. Sie schüttelte traurig den Kopf. „Ich habe dir gerade gesagt, dass ich erwachsen geworden bin. Ich bin weder so naiv wie damals noch so …"

„Gutgläubig?"

„Das auch, nehme ich an. Ich würde gern glauben, dass unsere Liebe einfach unter einem schlechten Stern gestanden hat und es der falsche Zeitpunkt gewesen war und dass jetzt, wo wir uns wiedergefunden haben, alles gut werden wird." Sie fuhr mit dem Finger den Rand ihrer Tasse entlang und sah in die dunkle Flüssigkeit. Mit heiserer Stimme fuhr sie fort: „Aber so ist es nicht. Du bist nicht der Märchenprinz und ich bestimmt nicht Dornröschen, die auf einen Mann wartet, der sie erlöst." Ihre meergrünen Augen sahen ihn ruhig an. „Es ist zu viel passiert zwischen uns. Und", fügte sie spitz hinzu, „ich schätze, dass der Grund, warum du nicht geheiratet hast, tatsächlich darin besteht, dass du nicht die perfekte Partnerin gefunden hast."

„Gibt es die denn?"

„Das bezweifle ich." Sie schüttelte den Kopf. „Du willst zu viel von einer Frau, Trevor. Sie soll stark sein und dich und deine Karriere unterstützen. Eine Frau, die sich dir unterordnet, ohne Fragen zu stellen, und dennoch ihre eigenen Ansichten hat. Eine Frau, die alles für dich aufgibt, um an deiner Seite zu sein, wann immer du es verlangst. Und eine Frau, die zu Hause am Kaminfeuer auf dich wartet, egal, wie spät es ist. Das kannst du von niemandem verlangen."

„Auch nicht von dir."

Sie lächelte traurig. „Erst recht nicht von mir."

„Und was erwartest du von einem Ehemann?"

Liebe, dachte sie, doch sie konnte das Wort nicht über die Lippen bringen. Stattdessen verzog sie geheimnisvoll den Mund und fing an, das Geschirr abzuräumen. „Ich will gar keinen Ehemann", antwortete sie.

„Du wolltest es einmal. Und zwar unbedingt, wie ich mich erinnere."

„Das ist lange her."

Er machte ein finsteres Gesicht und klopfte ungehalten mit den Fingern auf die Tischplatte. „Immerhin hast du es geschafft, dir einen zu angeln, nicht wahr?"

„Das hat nicht lange gedauert."

„Warum nicht?"

Sie zuckte die Schultern, als wäre es unwichtig. Trevor ergriff ihren Unterarm. „Richard und ich haben nicht zueinandergepasst."

„Das ist eine Lüge! Dein Vater hatte ihn sorgfältig ausgewählt."

„Vielleicht war das das Problem." Sie sah ostentativ auf seine gebräunte Hand an ihrem Arm.

Widerwillig ließ Trevor sie los. „So kommen wir nicht weiter", sagte er leise, schob seinen Stuhl zurück und verließ mit großen Schritten den Raum. Ashley hörte seine Schritte in der Diele, bevor die Eingangstür geöffnet und dann heftig zugeschlagen wurde, sodass sämtliche Holzbalken des rustikalen Blockhauses erschüttert wurden.

Ashley fuhr mit ihren Aufräumarbeiten fort. Es war das Beste, ihn jetzt in Ruhe zu lassen, damit er sich beruhigen konnte. Sie ließ das Geschirr im Spülbecken einweichen, bevor sie ihre Jacke von der Garderobe nahm, ihre Stiefel anzog und nach draußen ging.

Die Hände tief in den Taschen vergraben, folgte Ashley Trevors Spuren im Schnee. Sie liebte ihn auf solch leidenschaftliche Art, dass es fast schmerzte, wenn sie in seiner Nähe war. Und dennoch, wie sie es drehte und wendete, wusste sie nicht, wie sie die Probleme zwischen ihnen lösen sollte.

Als sie ihn gefunden hatte, stand Trevor mit dem Rücken zu ihr vor einem steilen Abhang und blickte zu den majestätischen Berggipfeln hinüber. Unter einem stahlblauen Himmel reihten sich stolz die schneebedeckten Berge in der Ferne auf, die baumlosen Abhänge glitzerten weiß in der Wintersonne.

Trevor hatte sie nicht kommen hören und zuckte zusammen, als sie die Hand auf seinen Arm legte. „Ich wollte keinen Streit provozieren", flüsterte sie, während ihr Atem wie eine Nebelwolke in der kalten Bergluft hing.

Ein zynisches Lächeln lag auf seinen Lippen, und seine Kiefermuskeln verhärteten sich. „Wie es aussieht, können wir nicht anders, als uns zu streiten."

„Es ist schwierig, reinen Tisch zu machen."

„Insbesondere, wenn so viele Lügen im Raum sind." Er schob seine Fäuste tief in die Taschen und lehnte sich gegen den nackten Stamm einer Birke. Nachdenklich schürzte er die Lippen und zog die dunklen Brauen über den blauen Augen zusammen.

„Ich habe dich niemals angelogen", erwiderte sie.

Er sah sie ungläubig an. „Aber deine Familie. Zuerst Lazarus, jetzt Claud."

„Meine Familie hätte uns nie entzweit, wenn du nicht so wild entschlossen gewesen wärst, die *Stephens Timber Corporation* zu vernichten."

Ein empörter Laut drang aus seiner Kehle. „Du hast es nicht geschafft, mich von Clauds Unschuld zu überzeugen."

„Ich weiß. Ich habe es versucht."

„Er will meine politische Karriere ruinieren, Ashley."

„Ich glaube, du ziehst voreilige Schlüsse."

„Nur die richtigen. Claud hat große Angst, dass ich mich als Senator für den Naturschutz einsetze und die Holzversorgung des Unternehmens damit gefährdet wird. Dein Vater war strikt gegen jedes neue Naturschutzgesetz. Umweltfragen interessierten ihn nicht, und wie es aussieht, war Claud sein gelehriger Schüler."

„Aber Claud gehört die Firma nicht."

„Nein, er leitet sie nur. Und er wird nicht ruhen, bis ich politisch am Ende bin."

„Das ist lächerlich", konterte Ashley. Sie wischte den Schnee von einem großen Felsbrocken, um sich daraufzusetzen. Mit angezogenen Knien umschloss sie ihre Beine, um der Kälte zu trotzen. Sosehr sie sich auch bemühte, sie konnte sich nicht vorstellen, dass Claud so weit gehen würde. Es stimmte, dass Trevor im Wahlkampf eine klare Haltung in Sachen Naturschutz einnahm, die in der Vergangenheit vehement von *Stephens Timber* bekämpft worden war. Aber im Moment, da die Arbeitslosigkeit auf einem Tiefstand war, schien die öffentliche Meinung Trevors Haltung zu unterstützen.

„Senator Higgins war ein erfolgreicher Lobbyist der Holzindustrie", bemerkte Trevor. Seine breiten Schultern sackten zusammen, als sei er unendlich müde.

„Und du wirst das nicht sein?"

„Nein. Higgins wurde von deinem Vater bezahlt, und ich vermute, dass Claud von einem neuen Senator Ähnliches erhofft." Trevors Stimme war ruhig, doch sein Gesicht zeugte von grimmiger Entschlossenheit. „Er kann sich jemand anderen dafür suchen, ich werde es mit Sicherheit nicht sein."

Ashley lächelte bitter. „Ich weiß nicht, ob du mit dieser Scheinheiligkeit davonkommst. Deine Familie spielt immer noch eine wichtige Rolle in der Holzbranche."

„Aber mein Bruder ist sauber geblieben."

„Was soll das heißen?", wollte Ashley wissen.

„Dass Jeremy es geschafft hat, die Geschäfte im Sinne meines Vaters weiterzuführen. Die *Daniels Logging Company* hat sich immer im Rahmen des Gesetzes bewegt."

„Und mein Vater hat das nicht getan? Ist es das, was du damit sagen willst?"

„Ich nenne nur die Fakten", erwiderte er kühl. „Jeremy hat dafür gesorgt, dass *Daniels Logging* seiner Zeit voraus war. Wir haben nie Kahlschlag betrieben und uns immer an der Wiederaufforstung beteiligt, selbst als es noch nicht in Mode war.

Am Wasser haben wir immer eine Pufferzone gelassen, um die Flüsse zu schützen." Trevors Kiefer verhärtete sich. „Und soviel ich weiß, wurde der Einsatz von Pestiziden auf ein Minimum beschränkt, um die Öffentlichkeit nicht zu gefährden."

Ashley warf ihm einen vernichtenden Blick zu. „Das klingt nach erheblichen Anschuldigungen, Herr Senator."

„Ich habe die Dinge immer beim Namen genannt."

„Oder was dein Wahlkampfmanager die Öffentlichkeit glauben machen will."

Trevor zog ein finsteres Gesicht, erhob jedoch keinen Einspruch. Er bemerkte Ashleys blaue Lippen und richtete sich auf. Nachdem er sich den nassen Schnee von den Jeans geklopft hatte, meinte er: „Ich glaube, wir sollten ins Haus gehen, bevor du dir hier den Tod holst."

„Machst du dir um mich Sorgen – oder um den Skandal, den mein Tod auslösen würde?"

Trevor warf ihr einen mahnenden Blick zu. „Ich wünschte, du würdest mich wenigstens ein einziges Mal verschonen."

„Das gilt auch für dich, Trevor."

Schweigend gingen sie zum Haus zurück, jeder in Gedanken an die Vergangenheit, die sie miteinander verbunden und gleichzeitig auch immer auf Distanz gehalten hatte.

In mancher Hinsicht hatte Trevor recht. Die *Daniels Logging Company* hatte schon immer den makellosen Ruf, aufseiten der Regierung, der eigenen Angestellten und Umweltschützer zu stehen, statt gegen deren Interessen zu arbeiten. Während die *Stephens Timber Corporation* seit eh und je als gefühl- und rücksichtslos galt, sowohl den Angestellten als auch der Öffentlichkeit gegenüber, sah man in *Daniels Logging* einen der wichtigsten industriellen Eckpfeiler Oregons.

Ashley biss entschlossen die Zähne zusammen. All das würde sich bald ändern. Sie hatte die Absicht, aus *Stephens Timber* ein Vorzeigeunternehmen zu machen.

Ashley hielt sich an diesem Gedanken fest. Gleichzeitig konnte sie sich nach wie vor nicht vorstellen, dass Claud tatsächlich versuchen würde, Trevor aus dem Wahlkampf auszuschalten, sei es durch falsche Bestechungsvorwürfe oder die Sache mit Trevors Auto. Claud war viel zu feige für so etwas. Es war nicht seine Art, unnötige Risiken einzugehen. Und keine der Akten wies auf ein Verbrechen hin, zumindest hatte sie nichts Außergewöhnliches entdeckt.

Ashley betete im Stillen, dass ihre Intuition bezüglich ihres Cousins richtig war. Sobald sie zurück im Haus waren, versuchte Ashley das Gespräch auf alles andere zu lenken, nur nicht auf Trevors politische Karriere oder die Vergangenheit. Trevor schien sich auch zu bemühen, einem weiteren Streit aus dem Weg zu gehen. Der Nachmittag verklang langsam bis zum Einbruch der Dunkelheit.

Es war kein Weihnachtsfest im gewohnten Sinne. Keine Kerzen, kein Gänsebraten, kein Weihnachtsbaum oder Weihnachtslieder füllten diesen heiligen Tag mit Traditionen, wie es Ashley bisher erlebt hatte. Doch hier in den Bergen mit dem Mann allein zu sein, der ihr bisher alles bedeutet hatte, machte dieses Weihnachtsfest zu etwas Besonderem und war intimer als jede andere Art, dieses Fest zu feiern. Was konnte es Schöneres geben, als diesen Tag mit dem Mann zu verbringen, den sie von ganzem Herzen liebte?

Leise Tränen des Glücks liefen über Ashleys Wangen, als sie in der Nacht in seinen schützenden Armen lag und den regelmäßigen Schlag seines Herzens hörte, während er schlief. Sie flüsterte ein Dankesgebet für diese besonderen Momente, die sie mit ihm erleben durfte.

Das Blockhaus wurde nur von der blutroten Glut des Kaminfeuers und dem Mondlicht erhellt, das sich auf der weichen Schneedecke draußen widerspiegelte. Die Fensterscheiben waren von der Kälte vereist, und das einzige Geräusch, das die nächtliche Stille durchbrach, war das gelegentliche Zischen und Knacken des Feuers.

Ashley schloss die Augen und versuchte, nicht daran zu denken, dass dies vielleicht ihre letzte gemeinsame Nacht war. Das schrille Klingeln des Telefons riss Ashley aus einem tiefen, sorglosen Schlaf. Trevor stieß einen Seufzer aus, bevor er sich umdrehte und friedlich weiterschnarchte, ohne auch nur ein Auge zu öffnen. Die letzten Wochen hatten an seinen Kräften gezehrt. Vorsichtig schlüpfte Ashley unter der Decke hervor, griff ihren Morgenmantel und eilte die Treppen hinunter in die Küche, um das Gespräch entgegenzunehmen. Während sie den Hörer abnahm, strich sie sich ihr zerzaustes Haar aus der Stirn.

„Hallo?"

„Ashley!"

Entgeistert erkannte Ashley die selbstgefällige Stimme ihres Vetters. „Guten Morgen, Claud", antwortete sie leise, um Trevor nicht aufzuwecken. Nachdem sie einen vorsichtigen Blick nach oben geworfen hatte, ging sie, das Telefonkabel hinter sich herziehend, zum anderen Ende des Raumes.

„Was ist los?", erkundigte sich Claud nach einem erdrückenden Moment des Schweigens.

„Was los ist?", wiederholte sie beiläufig, obwohl ihr Herz fast stehen geblieben wäre. Sie wusste genau, worauf Claud anspielte. „Was meinst du?"

„Hör auf damit, Ashley! Ich weiß genau, dass du mich überprüft hast."

Ashleys Nerven waren zum Zerreißen gespannt. Sie musste sich mit der Schulter an der Wand abstützen. Trotz der Angst, die ihr die Kehle zuschnürte, gelang es ihr, ruhig zu antworten.

„Natürlich habe ich das. Immerhin habe ich meinen Job quittiert, weil ich das Gefühl habe, dass *Stephens Timber* mich braucht."

„Weshalb sind dann all diese Unterlagen nach Bend geschickt worden?", fragte Claud barsch. „Für mich sieht das nach einer grundlegenden Bilanzprüfung aus."

„Ich habe dir doch gesagt, dass ich alle Unterlagen durchsehen möchte", erwiderte sie ruhig.

„Da steckt doch mehr dahinter", warf er ihr vor. Ashley konnte fast hören, wie seine Gedanken ratterten.

„Nur eine einfache Buchprüfung."

„Wir haben Buchhalter für so etwas."

„Ich werfe lieber selbst einen Blick darauf."

„Du kannst mit deiner Schönrederei aufhören, Ashley! Ich weiß, dass du irgendetwas vorhast. Ich möchte nur wissen, was es ist."

„Nichts Geheimnisvolles, Claud. Ich möchte lediglich selbst die Bücher kontrollieren."

„In Bend? Über Weihnachten? Mach mir doch um Himmels willen nichts vor! Du bist angeblich im Urlaub."

„Bin ich auch."

„Mit den Akten der Firma?"

„Richtig."

„Du weißt, wie man es sich gut gehen lässt", spottete er provozierend.

Ashley lächelte grimmig in sich hinein. „Ich bin nicht der Typ von Mensch, der sich vor Verantwortung drückt, Claud. Dieser Tatsache kannst du gleich ins Auge sehen. Entweder arbeitest du *für* mich oder *gegen* mich, aber beide wissen wir, wer am Ende die Entscheidungen trifft, was die Firma angeht."

Claud gab ein angewidertes Geräusch von sich. „Es gefällt dir wohl, mir das unter die Nase zu reiben, oder?"

„Nur, wenn ich dazu gezwungen werde." Sie seufzte frustriert und versuchte, ihren Cousin zu beschwichtigen. „Sieh mal, Claud, was ich tue, ist reine Routine. Jetzt, da ich nicht mehr am College unterrichte, sollte ich so viel Zeit wie möglich damit verbringen, mich mit den Firmenunterlagen vertraut zu machen. Anderenfalls bin ich nicht sehr von Nutzen, oder? Ich habe die Absicht, mehr als nur ein Aushängeschild dieses Unternehmens zu sein. Ich betrachte es als meine Pflicht, alles zu erfahren, was mit *Stephens Timber* zu tun hat."

„Deshalb hast du also John Ellis angerufen? Warum hast du dich nicht mit mir in Verbindung gesetzt?"

Ihre Finger spielten nervös mit der Telefonschnur, doch ihre Stimme blieb entschlossen. „Das habe ich, wie du dich vielleicht erinnerst. Aber du hattest dich geweigert, mir die nötigen Informationen zukommen zu lassen."

„Und deshalb hast du hinter meinem Rücken agiert."

„Ich habe getan, was ich tun musste."

Claud war immer noch aufgebracht, doch sein Argwohn schien etwas besänftigt zu sein, zumindest für den Augenblick. „Wann wirst du also wieder in Portland sein?", fragte er, um das Thema zu wechseln.

„Bald. Bestimmt vor dem 1. Januar." Ashley wollte das Gespräch so schnell wie möglich beenden, bevor Trevor aufwachte. „Ich habe jetzt zu tun, aber ich melde mich, wenn ich zurück in der Stadt bin. Du wirst sicher wissen wollen, was bei meinen Überprüfungen herausgekommen ist."

„Allerdings", murmelte Claud und beendete das Gespräch.

Ashley legte den Hörer auf und stieß einen erleichterten Seufzer aus. Als sie sich zur Treppe umdrehte, begegnete sie Trevors kaltem Blick. „Jemand von *Stephens Timber* hat Claud also einen Tipp gegeben", sagte er vorwurfsvoll.

Ashley blieb standhaft und ließ sich nicht beeindrucken. „Claud ist misstrauisch geworden, wenn du das meinst."

„Was ich meine", herrschte Trevor sie an, „ist, dass niemand in deiner verdammten Firma seinen Mund halten kann." Seine Augen funkelten wütend. „Oder du hast mich die ganze Zeit einfach nur hingehalten. Dieses ganze Treffen war nur eine Farce!"

„Du warst es, der an meine Tür geklopft hat", betonte Ashley. Sie konnte nicht glauben, was da gerade passierte.

„Du hast mich aber auch nicht gerade rausgeworfen, oder?", warf er zurück. Sein bohrender Blick traf sie bis ins Innerste.

Ein kleiner Teil von Ashley wäre am liebsten gestorben. War dies derselbe Mann, den sie von ganzem Herzen liebte? Glaubte er wirklich, dass sie ihn hinters Licht geführt hatte? Die Art, wie er bis in die letzte Muskelfaser angespannt vor ihr stand, die Fäuste in die Hüften gestemmt, wies darauf hin, dass er tatsächlich annahm, dass sie ihn verraten hätte.

„Ich wollte mit dir zusammen sein, Trevor."

„Warum?", wollte er wissen und packte sie an den Schultern. „Warum? Damit du an mich herankommst? Bist du genauso wie der Rest deiner Familie, Ashley? Würdest du alles tun, nur um deinen Namen zu retten?", fragte er. Seine Worte durchschnitten ihr Herz wie ein Rasiermesser.

„Natürlich nicht!"

„Nein?" Seine schroffen Züge waren voller Zweifel, während er mit stummem Blick Anklage erhob. „Du hast mir kein einziges Wort geglaubt, nicht wahr? Und du hattest nicht vor, deinen Teil der Abmachung einzuhalten."

„Du weißt, dass das nicht stimmt", insistierte sie mit zitternder Stimme und spürte, wie Angst in ihr hochkroch.

„Was ich weiß, ist, dass du mich benutzt hast! Du hast mit mir geschlafen, um an mich ranzukommen. Um zu erfahren, was ich im Wahlkampf vorhabe. Damit du dein Holzimperium in Sicherheit bringen kannst."

Ashley war zu benommen, um sprechen zu können. Der Druck seiner Hände tat weh, doch war längst nicht so qualvoll wie die Worte, die über seine Lippen kamen.

„Du hast deinen Beruf verfehlt, Süße", erklärte er. „Du hättest Schauspielerin werden sollen. Die Vorstellung, die du mir letzte Nacht geliefert hast, war verdammt überzeugend!"

Ohne nachzudenken, erhob sie ihre Hand, als wolle sie zuschlagen. Doch sein fester Griff auf ihren Schultern vereitelte ihr Vorhaben.

„Du Mistkerl!", fauchte sie, während ihr Tränen in die Augen schossen.

„Wie ich schon sagte – ich nenne die Dinge beim Namen."

„Dann bist du einfach nur blind!" Sie befreite sich aus seinem Griff und hob trotzig den Kopf, als würde sie sich über seine niederträchtigen Kränkungen erheben. „Du konntest nie glauben, dass ich immer nur dich wollte. Du hast mir nie getraut und wirst es auch nie können."

Seine angespannten Kiefermuskeln bewegten sich, und für einen kurzen Moment wich der Zorn aus seinem Gesicht, und nackte Qual zeigte sich. Doch so schnell sein Leid sichtbar geworden war, so schnell verschwand es auch wieder.

„Denk daran, dass wir einen Deal haben! Ich erwarte, dass du deinen Teil erfüllst."

Sie holte tief Luft. „Und wenn ich es nicht tue? Was wirst du tun, Trevor?"

„Ich schwöre dir, dass ich die *Stephens Timber Corporation* zerstören und den Namen deiner Familie so durch den Dreck ziehen werde, dass er nicht mehr reinzuwaschen ist."

„So viel zum Image des freundlichen, gerechten Politikers", warf sie zurück. „Passen Sie auf, Senator, dass Ihre glänzende Reputation, für die Sie so hart gearbeitet haben, nicht einen Kratzer bekommt."

„Mein Ruf schert mich einen Dreck, Ashley, und das weißt du."

„Was ich weiß, ist, dass dir außer deiner Karriere so ziemlich alles egal ist. So war es schon immer bei dir, Trevor." Er warf den Kopf zurück, als hätte er einen Schlag ins Gesicht bekommen. „Ich war dumm genug, zu glauben, dass du mich einmal gern gehabt hast", fuhr sie fort. Sie konnte ihre Worte nicht stoppen. „Aber inzwischen bin ich ein bisschen älter und klüger geworden."

Er sah aus, als wollte er widersprechen. Seine breiten Schultern sackten zusammen, und er schüttelte den Kopf, als könnte er kein weiteres Wort mehr ertragen. „Wenn du nur wüsstest", flüsterte er.

„Ich werde meinen Teil der Abmachung erfüllen", erklärte sie müde, „nur um zu beweisen, dass du dich irrst."

Ein bitteres Lächeln lag auf seinen Lippen, bevor er sich zur Tür wandte. Bewegungsunfähig stand sie mit den Armen über der Brust verschränkt in der Diele und beobachtete in stummer Verzweiflung, wie Trevor langsam seine Stiefel anzog, die Jacke zuknöpfte und die Hand auf die Türklinke legte.

„Leb wohl, Ashley", flüsterte er und warf einen letzten Blick in ihre Richtung.

Sie brachte keinen Ton hervor. Sie schluckte, ihre Kehle war heiß und geschwollen. Sie verlor ihn gerade ein weiteres Mal. Im Nu war er verschwunden und ließ sie allein und verlassen zurück, so wie er es vor fast acht Jahren getan hatte.

Sie sackte einsam auf dem Boden zusammen und ließ ihren Blick im Haus umherwandern. War dies wirklich der Ort, an dem ihre Liebe zu Trevor angefangen hatte?

Tränen liefen ihr die Wangen hinunter, als sie sich daran erinnerte, wie sie das erste Mal in das attraktive Gesicht von Trevor Daniels geblickt hatte.

7. KAPITEL

Vor acht Jahren, als sie vierundzwanzig war, hatte Ashley natürlich von der bitteren Feindschaft zwischen *Stephens Timber* und *Daniels Logging* gewusst. Die Gerüchte, die über ihren Vater und seine Geschäftspraktiken im Umlauf waren, konnte man nicht völlig ignorieren, obwohl Ashley den meisten Tratsch dem Neid zuschrieb. Lazarus Stephens war ein mächtiger, vermögender Mann. Das reichte schon, um Oregons Gerüchteküche heißlaufen zu lassen.

Nach ihrem Universitätsabschluss in Paris war Ashley in die Firma ihres Vaters eingetreten. Bereits im ersten Jahr war sie dort in verschiedenen Positionen tätig. Von Anfang an war klar, dass Lazarus seine einzige Tochter zur Vorstandsvorsitzenden der *Stephens Timber Corporation* machen würde, wenn – *falls* – er sich je entschließen würde, in den Ruhestand zu treten. Der Einzige, dem das offensichtlich gegen den Strich ging, war ihr Vetter Claud, der bereits seit mehreren Jahren für *Stephens Timber* arbeitete und der höllisch eifersüchtig auf seine junge Cousine war.

Obwohl sie es nur ungern zugab: Ashley war von ihrem Vater, der ihr gegenüber unglaublich nachsichtig war, nach Strich und Faden verwöhnt worden. Nach dem Tod ihrer Mutter hatte Lazarus ihr jeden Wunsch von den Augen abgelesen. Teure Schulen im Ausland, glamouröse europäische Sportwagen, exotische Ferien an jedem Ort der Welt – nichts war gut genug gewesen für sein einziges Kind.

Mit dem Ergebnis, dass Ashley stets erwartete, wie eine Prinzessin behandelt zu werden. Mit einem Wort: Sie war extrem verwöhnt. Und mit vierundzwanzig fing dieser Umstand an, ihr langsam Sorgen zu machen. Ihr schlechtes Gewissen regte sich, wenn auch nur leicht.

Für ihren ersten Urlaub nach dem Einstieg in die Firma hatte Ashley eigentlich eine Mittelmeerkreuzfahrt geplant. Doch sie entschloss sich dazu, sie abzusagen, und verbrachte die freien

Tage stattdessen im Blockhaus ihres Vaters in den Cascades in der Nähe von Bend. Zum ersten Mal in ihrem Leben erkannte sie, dass sich die Welt weder um sie noch um *Stephens Timber* drehte. Das glamouröse Leben, das sie bisher geführt hatte, begann seinen Glanz und seine Anziehungskraft zu verlieren.

Selbst das Bild ihres Vaters verblasste immer mehr. Sie versuchte sich einzureden, dass sie zu viel auf das müßige Geschwätz anderer Leute gehört hatte. Trotzdem konnte sie das unangenehme Gefühl nicht abschütteln, dass irgendetwas nicht stimmen konnte mit Lazarus' Geschäftsgebaren. Obwohl sie es nur ungern zugegeben hätte, begann Ashley sich zu fragen, ob nicht vielleicht doch ein Körnchen Wahrheit in den Gerüchten um das Verschwinden von Robert Daniels stecken mochte. Dieses Thema vermied ihr Vater wie die Pest. Er weigerte sich hartnäckig, mit ihr über ihn zu sprechen oder ihr zu enthüllen, wie es zum Zerwürfnis zwischen ihm und seinem damaligen Geschäftspartner gekommen war. Nicht einmal seiner Tochter gegenüber war Lazarus bereit, über diese Geschichte zu sprechen. Wenn Robert Daniels' Name fiel, wurde Lazarus sichtlich blass und brach das Gespräch sofort ab. Im vergangenen Jahr, nachdem Ashley das Ausland hinter sich gelassen hatte, begann ihr die Feindschaft, die Lazarus offensichtlich gegen Robert Daniels hegte, langsam Sorgen zu machen. Sie brauchte jetzt Zeit, um über alles gründlich nachzudenken und ihr Luxusleben neu einzuschätzen. Das war auch der Grund gewesen, warum sie sich bei der erstbesten Gelegenheit in die Berge verzogen hatte.

Durch die Einsamkeit ihres ländlichen Exils war sie gezwungen, sich zum ersten Mal in ihrem Leben nur auf sich selbst zu verlassen. Das Blockhaus war seit dem vergangenen Sommer nicht mehr benutzt worden und roch ziemlich muffig. Sobald sie sich umgezogen und in ihre alte Jeans geschlüpft war, öffnete Ashley die Fenster, lüftete die Zimmer aus, wusch die Bettwäsche und schrubbte eifrig die Böden. Keine Arbeit war ihr zu mühsam. Sie stapelte Holz und putzte die Fenster von außen und von innen. Abends taten ihr dann sämtliche Muskeln weh, aber sie fiel stets in einen tiefen, erholsamen Schlaf mit dem Gefühl, eine Menge geleistet zu haben.

In der ersten Woche verbrachte sie ihre Zeit entweder mit Putzen, oder sie probierte neue Kochrezepte in der urigen Küche aus. Aber sie las auch viel und ritt mit den Pferden aus, die ebenfalls zum Besitz gehörten. Normalerweise kümmerte Zach Lambert sich um die beiden Wallache, doch während Ashleys Aufenthalt versorgte sie sie selbst.

An ihrem zweiten Wochenende bestand Zachs Tochter Sara, eine Jugendfreundin, darauf, dass Ashley zu der Party kommen sollte, die Sara für einige ihrer Freunde aus dem College gab. Ashley war überhaupt nicht in der Stimmung für Partys und wäre am liebsten zu Hause geblieben. Allerdings war die Aussicht, einen weiteren Nachmittag allein zu verbringen, auch nicht gerade erhebend. Außerdem fiel ihr beim besten Willen keine plausible Ausrede für eine Absage ein. Die Lamberts und sie waren Nachbarn, und sowohl Sara wie auch ihre Eltern wussten, dass Ashley ganz allein war. Sie hatte gar keine andere Wahl, als auf die Party zu gehen.

Aber als Ashley das Blockhaus der Lamberts betrat, wusste sie, dass sie einen großen Fehler gemacht hatte. Die einzige Person, die sie kannte, war Sara, und als Gastgeberin musste Sara sich natürlich um ihre Gäste kümmern. Die meisten von ihnen trugen Jeans. Sie lächelte und winkte Ashley zu, eilte dann aber wieder in die Küche, um ein Tablett mit Vorspeisen zu holen.

Ashley inspizierte das moderne Blockhaus aus Zedernholz und erntete dabei mehr als einen bewundernden Blick von den anwesenden männlichen Gästen. Mit ihrem aprikosenfarbenen, rückenfreien Sommerkleid und dem schwarzen langen Haar, das ihr auf die Schultern fiel, war sie das Bild einer reichen Erbin.

Ihr Blick wanderte kühl desinteressiert im Raum umher, ihr Lächeln wirkte einstudiert und unverbindlich. Im Stillen fragte sie sich, warum sie die Einladung zur Party überhaupt angenommen hatte. Hoffentlich fiel ihr bald eine plausible Entschuldigung ein, um sich möglichst rasch zurückziehen und wieder in die Einsamkeit ihrer Hütte zurückkehren zu können. Schließlich brauchte sie Zeit für sich. Sie musste über ihr Leben nachdenken, über ihren Vater und die Firma.

Sie nahm ein Glas Wein entgegen und verzog sich damit in den hinteren Teil des Hauses. Das Bedürfnis, dem lauten Lachen und dichtem Zigarettenrauch zu entkommen, wurde immer stärker, und sie flüchtete sich ins Freie, weg von der Menge.

Als sie die Terrasse betrat, kam ein hochgewachsener, breitschultriger Mann auf sie zu. Er war älter als sie, hatte aber die dreißig noch nicht erreicht. Er war attraktiv, mit ausgeprägten Gesichtszügen, und seine Augen waren vom tiefsten Blau, das Ashley je gesehen hatte.

Er betrachtete sie eindringlich und gab sich keine Mühe, sein Interesse an ihr zu verbergen. Ashley hatte das verstörende Gefühl, als müsste sie ihn kennen. Etwas an ihm kam ihr auf beunruhigende Weise vertraut vor.

Der Zug um seinen Mund wirkte recht zynisch für einen so jungen Mann. Außerdem zogen sich ein paar Falten über seine Stirn, die ihn klüger und weltläufiger erscheinen ließen, als man bei seinem Alter hätte erwarten können. Sein dichtes Haar war vom Wind zerzaust. Ashley fiel auf, dass ein paar Goldsträhnen das kastanienbraune Haar durchzogen – als ob er viele Stunden in der Sonne verbringen würde.

Vielleicht ein Cowboy, sagte sie sich beim Anblick seiner abgetragenen Jeans und der Cowboystiefel.

Er blieb kurz vor ihr stehen und stützte sich mit den Ellbogen aufs Geländer auf. Dabei starrte er sie weiterhin unverhohlen an.

„Kann ich irgendetwas für Sie tun?", fragte sie und warf das lange Haar mit Schwung zurück.

Nachdenklich sah er sie an, seine Augen verengten sich. „Kenne ich Sie irgendwoher?"

„Nicht gerade originell, Ihre Anmache", gab sie zurück.

„Das ist keine Anmache."

„Ich glaube kaum." Ashley war sicher, dass sie sich an so stolze, kühne Gesichtszüge bestimmt erinnert hätte.

Ein Funke des Wiedererkennens blitzte in seinen Augen auf. „Sie sind Ashley Stephens", sagte er, als ob ihm der Name etwas bedeuten würde.

„Und Sie sind …?" Ashley sah ihn fragend, wie um Nachsicht bittend, an.

„Trevor Daniels."

Das Lächeln wich mit einem Schlag aus ihrem Gesicht. Der Name traf sie mit voller Wucht. Sie stand Auge in Auge mit Robert Daniels' Sohn. Obwohl sie ihn nie persönlich getroffen hatte, hatte sie Fotos von ihm gesehen, die bereits ein paar Jahre alt waren. All die hinter der Hand geflüsterten Anspielungen, die sie über seinen Vater gehört hatte, fielen ihr plötzlich wieder ein. Sie schluckte und versuchte, die aufsteigende Übelkeit zu ignorieren.

„Ich glaube, es wird Zeit, dass wir uns endlich kennenlernen", erklärte Trevor. Er wirkte gefasst, bis auf ein leichtes zorniges Zucken um seinen Mund.

„Warum?"

„Weil wir beide eine Menge gemeinsam haben."

Ashley sah ihn verächtlich an. „Das bezweifle ich."

„Aber selbstverständlich! Um gleich mal mit unseren Vätern anzufangen – waren sie nicht einmal Geschäftspartner?"

„Entschuldigung, ich sollte jetzt besser gehen", erwiderte sie mit leiser Stimme und trat einen Schritt zurück. Dieser beeindruckende Mann jagte ihr Angst ein.

„Das glaube ich nicht." Er legte ihr die Hand auf den Arm und zwang sie, ihn anzuschauen. „Ich möchte mit Ihnen sprechen."

„Worüber?"

Sein finsterer Blick verzog sich zu einer rachsüchtigen Miene. „Was wissen Sie über meinen Vater?"

Inzwischen waren noch andere Gäste auf die Terrasse gekommen. Interessiert beobachteten sie die Konfrontation zwischen Trevor Daniels und der attraktiven jungen Frau mit dem rabenschwarzen Haar. Ashleys Blick streifte kurz die ihr unbekannten Gesichter, dann wandte sie sich wieder Robert Daniels' zornigem Sohn zu. „Ich weiß gar nichts über ihn", flüsterte sie.

„Im Gegensatz zu Ihrem Vater."

Ashleys Blick wurde eiskalt. „Ich habe kein Interesse daran, eine Szene zu veranstalten, Mr Daniels."

„Das glaube ich Ihnen gern."

„Dann sollten wir dieses Gespräch jetzt beenden."

„Auf gar keinen Fall!"

„Mir ist nicht bekannt, was mein Vater über Ihre Familie weiß oder nicht weiß."

„Erzählen Sie mir mehr darüber."

Ashley erwiderte seinen eindringlichen Blick. „Nicht hier!" Sie riss sich von ihm los und versuchte, Haltung zu bewahren.

„Wo dann?"

Er verschränkte die Arme vor der Brust und betrachtete sie nachdenklich. Der intensive Blick seiner mitternachtsblauen Augen wanderte abschätzig von unten nach oben über ihren ganzen Körper. Als ihre Blicke sich wieder trafen, merkte Ashley, dass ihre Wangen vor Verlegenheit wie Feuer brannten. „Lassen Sie uns darüber unter vier Augen sprechen."

„Wo immer Sie wünschen", stimmte er ihr zu. Seine vollen Lippen verzogen sich zu einem sarkastischen Lächeln.

Sie dachte blitzschnell nach. Immer mehr Gäste waren inzwischen eingetroffen und bevölkerten das kleine Blockhaus der Lamberts. Hier würden sie nicht ungestört reden können. „Mein Vater hat ein Haus ... es ist ganz hier in der Nähe. Nach der Party ..."

„Nein, jetzt!"

Sie wollte schon protestieren, doch sein entschlossener Gesichtsausdruck ließ sie verstummen. Nachdem sie sich übereilt bei der leicht verwirrten Sara entschuldigt hatte, verließ Ashley gemeinsam mit Trevor Daniels die Party. Unheilvoll knirschten seine Stiefel auf dem Kies, als er hinter ihr herging.

Ohne ihre Einladung abzuwarten oder ihr auch nur einen

Blick zu gönnen, ließ Trevor sich in den Beifahrersitz ihres Mercedes-Coupés fallen. Zum ersten Mal in ihrem Leben schämte Ashley sich für die offene Zurschaustellung ihres Reichtums.

Während der kurzen Fahrt herrschte angespanntes Schweigen zwischen den beiden. Nur das einförmige Summen des Motors und das Knirschen der Reifen auf dem Schotter durchbrachen die Stille der Bergwelt.

Ashley hielt an und stellte den Motor aus. „Wir können uns hier unterhalten", schlug sie vor, aber Trevor stieg bereits aus dem Auto aus.

Zur Hölle mit diesem Mann! Er wollte doch tatsächlich mit ihr ins Haus gehen. Schon der Gedanke daran, mit ihm allein zu sein, ließ Ashleys Puls rasen. Sie schrieb es dem Umstand zu, dass er Robert Daniels' Sohn war. Das reichte schon, um sie nervös zu machen.

Mit zitternden Händen öffnete sie die Tür und bat ihn dann schweigend herein.

Das Innere des Blockhauses war recht spartanisch eingerichtet. Mit zynischem Blick sah Trevor sich um. „Sie verbringen ruhige Ferien in den Bergen?" Der Spott in seiner Stimme war nicht zu überhören.

„Das ist richtig."

„Mal was anderes als Ihr sonstiger Jetset-Stil, oder?", fragte er, durchquerte das Wohnzimmer und stellte sich ans Fenster. Mit vorgeblichem Interesse betrachtete er die zerklüfteten Abhänge des Mount Washington. Er stellte einen Fuß auf einen Schemel, stützte einen Ellbogen auf und beugte sich leicht vor, während er den Ausblick genoss. Er war so sexy! Ashley wandte schnell den Blick ab. Ob er es darauf angelegt hatte? Einen kurzen Moment lang überlegte sie, ob er vorhatte, sie zu verführen. Aber dann schob sie diesen Gedanken rasch beiseite. Er wirkte sehr vernünftig, nicht wie ein Mann, der sich dadurch an ihrem Vater rächen würde, dass er sie kompromittierte.

Aber wie sollte sie reagieren, wenn er es doch versuchen

würde? Bei diesem Gedanken schlug ihr Herz schneller. Trevor drehte sich um und sah sie an. Offensichtlich erwartete er eine Antwort auf seinen Kommentar.

„Woher wissen Sie etwas über meinen sonstigen Stil?", fragte sie und merkte, wie ungewöhnlich trocken sich ihre Kehle anfühlte.

Er grinste geheimnisvoll, verließ seinen Platz am Fenster und ließ sich dann in einen der abgewetzte Ledersessel am Kamin fallen. „Ich weiß eine ganze Menge über Sie", gab er zu. „Sie haben Kunstgeschichte in Marseille studiert, bevor Sie an die Universität nach Paris zum BWL-Studium wechselten. Sie fahren lieber BMW als Chevrolet, shoppen lieber in San Francisco als in L. A. und waren bisher noch nie allein in den Cascades."

Ashley hörte ihm mit angehaltenem Atem zu. Entweder war er ein unglaublich guter Menschenkenner, oder er hatte viel Zeit damit verbracht, ihre Gewohnheiten zu studieren. Sie hatte plötzlich das Gefühl, dass ihr Treffen bei den Lamberts kein Zufall gewesen war.

Sie setzte alles auf eine Karte. „Warum haben Sie mich gesucht?"

Er stritt es nicht ab. „Ich brauche Ihre Hilfe."

Sie war sofort auf der Hut. Misstrauisch sah sie ihn an. „Warum?"

„Ich muss herausfinden, was mit meinem Vater geschehen ist."

„Ich habe keine Ahnung, was aus ihm geworden ist", erwiderte sie aufrichtig.

Trevor dachte kurz nach, schien ihr aber dann zu glauben. Er entspannte sich ein wenig, dann wechselte er das Thema. Er wusste, auf diese Weise würde er bei Lazarus Stephens' trotziger Tochter nicht weiterkommen. „Was machen Sie überhaupt hier?" Erneut wanderte sein unerbittlicher Blick durch das Zimmer und blieb kurz an dem Buch haften, das Ashley gelesen hatte. Er griff danach und betrachtete es stirnrunzelnd. Es war die Originalausgabe von Victor Hugos *Les Misérables*. Er sah sie scharf an. „Warum lesen Sie das? Wollen Sie wissen, wie die andere Hälfte der Menschheit lebt?"

„Nein, ich will mich weiterbilden", war ihre schnippische Antwort. Plötzlich wollte sie, dass er aus dem Blockhaus und aus ihrem Leben verschwand. Ihn umgab etwas Geheimnisvolles und Gefährliches, etwas, das sie tief berührte und sie gefangen hielt …

„Warum sind Sie hierhergekommen?", beharrte er.

„Ich habe Urlaub gebraucht."

„Sie arbeiten doch für Ihren Vater."

„Ja, das stimmt." Was wusste er alles über sie? Warum kümmerte ihn das überhaupt?

Trevors Blick wanderte von ihr durchs Zimmer und wieder zurück. Er strich sich nervös durchs Haar. „Es ergibt irgendwie keinen Sinn", brummte er.

„Was ergibt keinen Sinn?"

„Sie … All das hier …" Er hob das Buch hoch, machte damit eine raumgreifende Geste, die das ganze Blockhaus umfasste. Dann sah er sie erneut an, wie besiegt. „Sie sind völlig anders, als ich erwartet habe."

„Tut mir leid, dass ich Sie enttäusche", erwiderte sie. „Vielleicht hätten Sie sich mehr Mühe mit Ihren Hausaufgaben geben sollen."

Er erhob sich langsam aus dem Sessel und ging auf sie zu. „Ich gebe es ja nur ungern zu, Süße", sagte er mit leiser Stimme, „aber Sie enttäuschen mich überhaupt nicht." Dann streckte er die Hand aus und strich ihr leicht über den Arm. Kleine Schauer der Erregung durchliefen Ashley, bevor sich seine Finger um ihr Handgelenk schlossen.

„Ich konnte Ihnen leider nicht helfen."

„Bis jetzt nicht." Er trat noch näher, ohne ihr Handgelenk loszulassen. Dann zog er sie leicht am Arm. Ashley wusste, dass er kurz davor war, sie zu küssen, und dass das Wahnsinn war. Aber der Kick von allem – die Erregung, die seine Berührung in ihr auslöste – machte es ihr unglaublich schwer, ihm zu widerstehen.

Einen kurzen Moment lang, in dem sie glaubte, ihr Herz würde aussetzen, spürte sie sein Zögern, als ob auch er sich unsicher wäre. „Das kann nicht sein", flüsterte er, bevor er die Lippen begierig auf ihre presste.

Sie schloss die Augen und fühlte die Wärme, die sein Kuss in ihr auslöste. Trevor strich ihr übers Haar, hielt sie ganz fest, forderte sie zu mehr Intimität auf. Ashley spürte, wie ihr Körper voller Verlangen auf ihn reagierte.

Seine Finger glitten über ihren Rücken, drückten sie sanft näher an sich heran. Der leichte Druck seiner Brust gegen ihren Busen löste ein verzehrendes Feuer in ihr aus.

Verzweifelt sehnte sie sich nach seiner Berührung. Als er mit der Hand unter ihr Kleid wanderte, schlang Ashley beide Arme um seinen Nacken und schmiegte sich an ihn. Das ist Wahnsinn, hörte sie die Stimme der Vernunft von fern ausrufen, aber es war ihr unmöglich, die aufzüngelnden Flammen des Verlangens, die sie zu verzehren drohten, zurückzudrängen.

Trevor senkte den Kopf und bedeckte ihren Hals mit kleinen Küssen, die eine feuchte Spur der Begierde hinterließen. Er küsste ihre Halsbeuge, sein heißer Atem strich über die empfindliche, pulsierende Stelle. Ashley reagierte sofort darauf, ihr Puls beschleunigte sich.

Mit sanftem Druck auf ihre Schultern drückte er sie herunter, sodass sie beide auf dem Boden knieten. Erst dann löste er seinen Kopf von ihrem Nacken und schaute ihr direkt in die Augen. Ohne den Blick von ihr zu wenden, schob er ihr den linken Spaghettiträger ihres Kleides über die Schulter. Ein Schauer lief durch Ashleys ganzen Körper, aber sie hielt seinem Blick stand.

Das Kleid glitt hinunter. Eine verlegene Röte breitete sich auf ihrem ganzen Körper aus, während Trevor sie ansah. Seine blauen Augen leuchteten wild vor Leidenschaft. Sanft umkreiste er mit einem Finger die aufgerichtete Brustspitze.

Ashley holte tief Atem und senkte die Lider, um des Aufruhrs ihrer Gefühle Herr zu werden. Wie schaffte es dieser Mann, sie dazu zu bringen, alles zu tun, was er von ihr verlangen würde? Sie wusste, dass sie mehr als leichtsinnig war, so mit dem Feuer zu spielen, doch es war ihr egal. Ihr einziger Gedanke war, dass sie ihn haben wollte, sie spürte eine verwegene Lust, die wie rauschend durch ihren Körper jagte und nach Erlösung schrie.

„Ich will dich schon lange", gestand er mit rauer Stimme. Er lag jetzt halb über ihr, sein warmer Atem streichelte über ihre Brust.

„Du ... du kennst mich doch überhaupt nicht ..."

„Da irrst du dich, Prinzessin. Ich kenne dich schon sehr, sehr lange."

„Nur, weil ich die Tochter von Lazarus Stephens bin."

Seine blauen Augen glänzten sündhaft, während er sie betrachtete. „Nur, weil du die wunderschöne Tochter von Lazarus Stephens bist." Behutsam umschlossen seine Lippen ihre rosige Knospe. Die Weigerung, die Ashley schon formulieren wollte, wurde nie ausgesprochen. Alles, woran sie denken konnte, war der brennende Wunsch, dass er sie berühren möge, dass er den bittersüßen Schmerz lindern möge, der in ihr zu pochen begann.

Seine Zungenspitze neckte sie leicht, und sie stöhnte auf vor Verlangen nach dem ekstatischen Vergnügen. Ihre Finger verkrallten sich in seinem Haar, sie zog ihn näher zu sich heran. Aufreizend massierte Trevor ihre Brust. Seine linke Hand streichelte über ihren nackten Rücken, während er mit der anderen ihre harte Knospe liebkoste und verführerisch mit der Zunge umspielte.

Ashley wurde ganz schwindelig. Wenn sie sein meisterhaftes Liebesspiel jetzt nicht unterbrach, würde es ihr nie gelingen, sich seinem magischen Zauber zu entziehen, mit dem er sie umwob.

„Berühre mich", flüsterte er und hob den Kopf. Seine Finger verfingen sich in ihrem schwarzen Haar, und er bog ihren Kopf nach hinten, um ihre Kehle küssen zu können. Sanft lenkte er Ashleys Hand zum sichtbaren Beweis seiner Erregung.

Ashleys Finger ruhten leicht auf seiner Jeans. Sein leises Stöhnen verriet ihr, dass er sie genauso sehr wollte wie sie ihn.

„Oh Gott!", keuchte sie. Langsam zog sie ihre Hand wieder zurück. „Ich ... ich kann nicht." Tränen der Frustration stiegen in ihr auf.

„Schhhhh ... Ashley", sagte er. Er küsste sie auf die Lider und schmeckte ihre salzigen Tränen. „Lass mich dich einfach nur lieben."

„Ich kenne dich doch gar nicht, Trevor", erwiderte sie und versuchte mit aller Kraft, das lustvolle Drängen ihres Körpers zu besiegen. Nie zuvor hatte ein Mann sie so sehr verlockt, nie zuvor war sie so voll rasendem Verlangen gewesen. Nie zuvor hatte die süße Qual in ihr so sehr um eine Erlösung gefleht, die nur er ihr geben konnte.

„Das wird sich ändern", versprach er ihr und stützte sich auf einen Ellbogen. Er ließ den Blick über ihr zerzaustes Haar wandern. Sie war eine mystische Verlockung mit ihren geheimnisvollen grünen Augen und der Verheißung ihrer festen Brüste. „Ich habe sehr lange auf dich gewartet." Mit einem Finger streichelte er über ihren Hals, über ihre nackte Brust, über ihre Hüfte. „Ich kann sehr gut auch noch ein paar Tage warten."

„Und wie kommst du darauf, dass ich dem zustimmen werde?"

Er lächelte trotz der alles verzehrenden Lust. „Weil du mich genauso begehrst wie ich dich."

„Du bist ganz schön von dir überzeugt, stimmt's?", fragte sie, ihr Atem ging noch immer stoßweise.

„Wenn es sein muss." Er zeichnete mit dem Finger leicht ihre Rippen nach. „Weißt du überhaupt, dass wir beide eine Menge gemeinsam haben?"

„Du glaubst also, das Schicksal hat uns zusammengeführt. Richtig?"

„Ganz bestimmt nicht."

„Was dann?"

Sein Blick war so eindringlich, als wollte er ihr auf den Grund ihrer Seele schauen. „Es geht um einen Mann, der von einer Frau besessen ist."

Ashley musste angesichts der absurden Situation laut lachen.

„Besessen? Das kann doch nicht dein Ernst sein!"

Seine Augen verdunkelten sich. „Warte nur ab. Du wirst schon sehen, wie ernst ich es meine." Damit erhob er sich vom Boden und streckte Ashley die Hand hin. Sie ließ sich von ihm hochziehen.

Nachdem sie sich aufgerichtet und den Träger wieder zurechtgerückt hatte, schloss Trevor sie in seine Arme und drückte sie stürmisch an sich. Seine Lippen fuhren verführerisch über die ihren. „Wir sehen uns morgen wieder."

Ashley stockte der Atem. „Ich habe aber schon andere Pläne", erwiderte sie lahm.

„Dann sag sie ab." Mit diesen Worten drehte er sich um und verließ sie.

„Mistkerl", flüsterte sie, entschlossen, ihn nie mehr wiederzusehen.

Im Verlauf einer schlaflosen Nacht träumte Ashley davon, dass Trevor sie leidenschaftlich lieben würde, aber am Morgen machte sie sich Vorwürfe wegen ihres unreifen Verlangens. Bestimmt kam ihre Faszination für ihn daher, dass er ihr Gegner war – der einzige Mann, den sie nicht haben konnte.

„Er wird dich nur benutzen", warnte sie sich, als sie sich an diesem Morgen dabei erwischte, erneut an ihn zu denken. Trotzdem schaute sie immer wieder voller Vorfreude aus dem Fenster, wenn sie draußen auf der Straße ein Fahrzeug hörte.

Um zehn klopfte jemand an ihre Tür. Ihr Herz raste wie wild, als sie die Tür öffnete. Trevor stand auf der kleinen Terrasse; wie immer umspielte ein leichtes, zynisches Lächeln seine Mundwinkel.

„Hast du nicht gesagt, du hättest heute was vor?", fragte er provozierend. Der Blick, mit dem er ihren Körper taxierte, war besitzergreifend, seine blauen Augen funkelten spöttisch.

Eigentlich war dies eine Unverschämtheit, aber sie konnte einfach nicht zornig auf ihn sein. „Es war nicht weiter wichtig." Sie trat zur Seite und ließ ihn eintreten. „Ich dachte, du hast vielleicht Lust auf ein Picknick."

„Daran hatte ich eigentlich weniger gedacht ..."

„Das kann ich mir vorstellen. Aber ich habe die Pferde schon gesattelt und uns ein Picknick zusammengestellt", erwiderte sie und versuchte, das verführerische Glitzern in seinem eindringlichen Blick zu ignorieren. „Das macht bestimmt Spaß."

„Versprochen?"

„Auf jeden Fall!"

Erst lächelte er, dann lachte er laut auf. „Du bist wirklich voller Überraschungen", bemerkte er erfreut. „Die Tochter von Lazarus Stephens sattelt eigenhändig die Pferde und macht Sandwiches – irgendwie passt das gar nicht zu dir."

„Vielleicht hast du nur ein Vorurteil gegen verwöhnte reiche Mädchen, die sich die Hände nicht schmutzig machen wollen."

„Vielleicht." Er zuckte mit den Schultern und folgte ihr in die Küche. Ashley holte eine Flasche Wein aus dem Kühlschrank und stopfte sie in die übervolle Ledertasche, die über einem der Küchenstühle hing.

Trevor sah ihr beim Packen zu. „Ist das die Satteltasche?"

„Wie sollten wir sonst das ganze Essen transportieren? Was hast du denn erwartet? Einen Picknickkorb?"

„Wahrscheinlich."

Ashley lächelte in sich hinein. „Dann war mein erster Eindruck von dir also nicht richtig."

„Wieso?"

„Du bist kein Cowboy?"

„Im Gegenteil." Er lächelte bei dem Gedanken. „Ich arbeite diesen Sommer für eine Anwaltskanzlei in Bend."

„Du bist Anwalt?"

„Noch nicht. Aber bald, hoffe ich."

„Du studierst noch?"

„An der Willamette University", erwiderte er, nahm die prall gefüllte Ledertasche und hing sie sich über die Schulter. „Ich hoffe, ich kann im Januar mein Examen machen."

„Und was passiert danach, Herr Anwalt?", neckte sie ihn.

Ihre grünen Augen funkelten vor Vergnügen. Obwohl es vielleicht komisch klang, war sie seit Jahren nicht mehr so glücklich gewesen. Sie fühlte sich einfach wohl mit diesem Mann – die Tatsache, dass er der Sohn des schärfsten Rivalen ihres Vaters war, machte ihre Beziehung nur noch aufregender.

Er zögerte einen Moment lang, musterte sie prüfend und entschied dann, dass es keinen Grund gab, die Wahrheit zu verschweigen. „Ich werde wahrscheinlich in die Politik gehen."

Irgendetwas an der Art, wie er das Wort aussprach, ließ sie stutzen. „Aus welchem Grund?"

Geheimnisvoll lächelte er. „Um die Dinge zu verändern, natürlich." Er hielt ihr die Tür auf und wartete ein wenig ungeduldig, während sie sie zuschloss.

Zusammen gingen sie den schmalen Pfad hinunter zu den Ställen. Diablo und Gustavo waren am Zaun angebunden und wieherten leise, sowie Ashley auf sie zutrat.

„Kann sein, dass es regnen wird", bemerkte Trevor nach einem Blick auf den bewölkten Himmel.

„Glaub ja nicht, du könntest dich drücken", sagte sie. „Ich habe den ganzen Morgen mit den Vorbereitungen zugebracht, und wir werden dieses Picknick durchziehen, egal, was passiert."

„Wie Sie wünschen, Madam", meinte er mit gespieltem Südstaatenakzent.

„Kannst du überhaupt reiten?"

Trevor legte Diablo die Satteltasche auf den breiten schwarzen Rücken. „Ein wenig." Diablo stampfte mit dem Huf auf und warf den Kopf zurück, dabei klimperte er verächtlich mit dem Zaumzeug.

„Ist ja schon gut." Ashley klopfte dem aufgeregten Tier beruhigend auf den Rücken, bevor sie das kleinere Pferd am Zügel nahm und sich in den Sattel schwang.

Sie ritten schweigend miteinander. Ashley führte Gustavo, einen feurigen rotbraunen Rappen, der die schlechte Angewohnheit besaß, bei Lärm sofort nervös zu werden. „Jetzt sei doch nicht so ein Angsthase", ermahnte sie ihn und strich über seinen breiten Nacken.

Der staubige Pfad führte sie bergauf, vorbei an Salbeisträuchern und Pinien. Nach etwa fünf Kilometern erreichten sie dann den Ort, an den Ashley sich noch sehr gut aus ihrer Kindheit erinnerte. Es war ein karger Bergkamm mit einem umwerfenden Blick auf die schneebedeckten Cascades.

Als sie anhielt, kam Trevor an ihre Seite und betrachtete beeindruckt die Aussicht. „Der Ritt hierher hat sich gelohnt", bemerkte er mit Blick auf die Berge am Horizont. Inzwischen war der vormals blaue Himmel voll dunkler Wolken, die um die höchsten Gipfel aufgezogen waren. „Wahrscheinlich wird es bald regnen", erinnerte er sie.

„Gut, dann sollten wir jetzt essen", erklärte Ashley und sprang aus dem Sattel. „Ich bin schon halb verhungert."

Während sie eine Decke ausbreitete und das mitgebrachte Essen darauf verteilte, band Trevor die Pferde an. Ashley sah ihm lächelnd dabei zu. „Gar nicht schlecht für ein Greenhorn", zog sie ihn auf.

Er lächelte nur und ließ sich neben ihr auf der Decke nieder.

Als Ashley den Wein einschenkte, fielen die ersten Regentropfen. So schnell wie möglich tranken sie den Wein und genossen das kalte Huhn, den Käse, die Weintrauben und das frische Baguette. Trotz des drohenden Regens war es ein richtiges Festessen. Während Ashley laut über Trevors witzige Bemerkungen lachte, fragte sie sich insgeheim, ob sie im Begriff war, sich in ihn zu verlieben.

Weil es so aussah, als könnte der Sturm in jedem Moment losgehen, packte Trevor die Satteltaschen zusammen, und sie machten sich viel früher auf den Rückweg, als Ashley geplant hatte. Eigentlich hatte sie sich vorgestellt, dass sie einen langen, gemütlichen Nachmittag mit Trevor verbringen und mehr über ihn erfahren würde.

Auf halbem Weg ging der Sommerregen dann richtig los, und Ashley musste Gustavo zum Galopp antreiben. Zurück auf vertrautem Terrain, trabte der Rappe gleich auf die Scheune zu, dicht gefolgt von Diablo.

Als sie wieder bei den Ställen waren, war Ashley völlig außer Atem. Ihr langes, schwarzes Haar war nach dem Sprint völlig zerzaust.

Trevor nahm den Pferden das Zaumzeug ab und rieb ihre schweißnassen Rücken trocken, während Ashley ins Blockhaus ging, ein Feuer im Kamin anzündete und die Satteltaschen auspackte. Der Wind wurde immer stärker, der Himmel war jetzt vollständig bewölkt. Im Haus war es ganz dunkel, der Regen schlug in dicken Tropfen gegen die Fenster.

Das Feuer begann hell zu lodern, und Ashley war gerade dabei, sich die Knoten aus dem Haar zu kämmen, als Trevor wieder ins Zimmer trat. Regentropfen glitzerten in seinem dunklen Haar, der Schein des knisternden Feuers spiegelte sich darin. Der Duft von brennendem Holz und heißem Kaffee erfüllte die Luft.

„Ich ... ich habe Kaffee gemacht", sagte Ashley. Sie richtete sich auf und legte die Bürste zur Seite.

Trevor ging auf sie zu, ohne den Blick von ihr abzuwenden. Ashleys Puls fing an, sich zu beschleunigen. Als sie seine kühlen Lippen auf den ihren spürte, wusste sie, dass sie nie wieder die Kraft finden würde, ihn zurückzuweisen. Trevors starker, muskulöser Körper war äußerst angespannt. Sie erkannte die Kraft seines Verlangens in seiner Zurückhaltung.

Dann spürte sie, wie seine Zunge versuchte, ihren Mund zu erkunden, und öffnete bereitwillig die Lippen für ihn. Sie würde diesem aufregenden, geheimnisvollen Mann noch mehr von sich anbieten, in der Hoffnung, dass er sie mögen würde ... wenn auch nur ein wenig.

Ein Feuerstrom stieg in ihr auf, pulsierte durch ihren ganzen Körper. Es war ihr unmöglich, zu denken oder sich zu bewegen, solange Trevors nun warme Lippen auf ihrem Nacken ruhten. Dann fing er an, sanft an ihrem Ohr zu knabbern.

„Sag mir, dass du mich willst", flüsterte er mit sanftem Nachdruck.

„Du weißt doch ..."

„Sag es mir!"

„Ich will dich", gestand sie mit rauer Stimme.

„Warum?"

„Ich weiß nicht, ich ..."

„Verdammt noch mal!" Er schüttelte sie bei den Schultern und zwang sie, ihm in die Augen zu schauen. „Sag mir, dass das kein Spiel für dich ist! Dass es dir nicht nur um einen One-Night-Stand mit dem Sohn von Robert Daniels geht."

Die Worte schmerzten, dennoch hielt sie tapfer seinem Blick stand. „Oh, Trevor, es hat nichts damit zu tun, dass du ein Daniels bist", erwiderte sie heiser. „Ich weiß genau, dass ich dich will, und nicht nur heute."

Seine Erleichterung schien echt zu sein. Seine Züge entspannten sich, als seine Lippen die ihren in einem Kuss trafen, der ebenso zärtlich wie drängend war.

Langsam knöpfte er ihre Bluse auf und liebkoste Ashleys helle Haut. Ihre Brüste drängten sich ihm entgegen, während er mit der Zunge über ihren hauchdünnen Spitzen-BH strich.

„Keine Entschuldigungen mehr", flüsterte er.

Ashley schluckte, sie spürte, wie ihre Kehle immer trockener wurde. „Ich will nur mit dir zusammen sein", wisperte sie. Mit angehaltenem Atem nahm sie wahr, dass er ihren BH öffnete und ihn ihr zusammen mit der Bluse auszog. Beides landete auf einem Haufen am Boden.

Dann zog er sie sanft hinunter und ließ seine Hände weich und sinnlich über ihren Körper wandern. Obwohl sein Verlangen immer stärker wurde, zwang er sich zur Langsamkeit, denn er wollte der unglaublich erotischen Tochter von Lazarus Stephens so viel Vergnügen wie möglich bereiten.

Sie lag jetzt neben ihm, das feuchte, schwarze Haar bedeckte ihre Brüste und streifte die harten Knospen, wann immer sie den Kopf wandte.

Bedächtig beugte er sich über Ashley. Als sie spürte, wie sich seine Lippen um die Spitze schlossen, stöhnte sie vor Vergnügen auf und fuhr Trevor durch das dichte, feuchte Haar. Nie zuvor hatte sie solche Ekstase, solche süße Qual erfahren. Ohne nachzudenken, fing sie an, sein Hemd aufzuknöpfen, schob es ihm über die Schultern und streichelte bewundernd über seinen muskulösen Oberkörper, über die kleinen schwarzen Härchen auf seiner Brust. Sein Atem ging schwer, und beiden war bewusst, dass es von hier aus kein Zurück mehr geben würde. Heute, das wusste Ashley, würde sie sich diesem Mann freudig und freiwillig hingeben. Die leidenschaftliche Vereinigung ihrer Körper und die Verschmelzung ihrer Seelen würden sich gemeinsam vollziehen.

Als er am Verschluss ihrer Jeans nestelte, wehrte Ashley sich nicht. Sie gehörte Trevor, und sie verspürte eine ungeheure Erleichterung, sowie er ihr jetzt die Hose abstreifte und sie achtlos zu den anderen Kleidungsstücken warf.

Sie merkte, dass die Hitze in ihr immer stärker wurde. Atemlos beobachtete sie Trevor dabei, wie er langsam aus seiner Jeans stieg und sie zur Seite stieß. Sie sah das Feuer, die Leidenschaft in seinem Blick aufglühen. Sie waren nackt, ein Mann und eine Frau, ganz allein in der abgeschiedenen Bergwelt der Cascades. Der Duft des Feuerholzes und des Kaffees vermischten sich mit der feuchten Luft und ihrem Geruch zu einem sinnlichen Aroma.

Als er in sie eindrang, war es das Natürlichste, was sie je erlebt hatte. Tief schaute er ihr in die Augen. Dabei widerstand er dem Verlangen, sie einfach zu nehmen und seine Begierde schnell zu befriedigen.

Ursprünglich hatte er geplant, sie einfach nur zu verführen und dann zu vergessen. Aber jetzt wusste er, dass er sich für immer an sie verloren hatte. Er wollte Ashley das exquisite Vergnügen ihrer Vereinigung spüren lassen.

Er senkte den Kopf; sie registrierte seine extreme Anspannung.

„Trevor", stöhnte sie qualvoll, denn jetzt bewegte er sich langsam in ihr. „Bitte ... bitte ..." Ihre Worte entfachten das Feuer seiner Begierde weiter. Der Rhythmus beschleunigte sich, bis er sich schließlich nicht mehr zurückhalten konnte. Im Rausch der Leidenschaft ließ er los, und Ashley spürte die Erleichterung, die seinen Körper durchflutete, als er auf sie sank. Sein Gewicht war eine Last, die sie willkommen hieß. Sie schlang die Arme um ihn und senkte die Lider, um die Freudentränen zu unterdrücken, die sie zu überwältigen drohten.

Empfand sie Liebe für diesen Mann, oder war es nur Lust?

Die Affäre zog sich stürmisch durch den ganzen Sommer hindurch. Bei jeder sich ihr bietenden Gelegenheit verließ Ashley das Willamette Valley und traf sich mit Trevor in den Cascades. Jenseits aller Unsicherheit und allen Triumphs wusste sie jetzt, dass sie Trevor Daniels liebte. Und zwar nicht nur, weil es aufreizend war, dass sein Vater ein Feind der *Stephens Timber Corporation* war, sondern weil er der aufregendste und wundervollste Mann war, den sie je kennengelernt hatte.

Dieser fantastische Sommer war voll mit Träumen und Versprechen, Lachen und Liebe. Zum ersten Mal in ihrem Leben lernte Ashley, wie es war, für jemand anderen da zu sein. Es fühlte sich wunderbar an. Am liebsten hätte sie ihre Liebe zu Trevor von allen Gipfeln heruntergeposaunt.

Aber irgendwie – sie nahm an, dass Claud dahintersteckte – fand Lazarus heraus, dass sie ein Verhältnis mit Trevor hatte. Ihr Vater war außer sich.

„Wie kannst du mir das antun?", brüllte er sie an. Er saß hinter dem Schreibtisch in seinem Arbeitszimmer und kam ihr plötzlich sehr alt vor.

„Es ist einfach passiert, Dad", versuchte sie ihm zu erklären.

„Einfach passiert! Erzähl mir doch nicht, dass du so naiv bist, verdammt noch mal! Die ganze teure Erziehung in Frankreich – hast du denn da überhaupt nichts gelernt? Ich wette, Daniels hat diese ganze Geschichte von Anfang an geplant."

„Das ist ja absurd!", erwiderte sie wütend. Aber plötzlich verspürte sie nagenden Zweifel. Hatte Trevor nicht zugegeben, dass er nach ihr gesucht hatte, dass er sie bereits seit Jahren begehrte? War ihre Affäre doch nur ein Weg, um sich an ihrem Vater zu rächen?

„Du bist so blind vor Liebe, dass du die Wahrheit nicht siehst, auch wenn sie dir ins Gesicht springt", warf Lazarus ihr vor. Sein Gesicht lief dunkelrot an, er hob resigniert die Hände, als würde er Gott um Beistand bitten. „Dieser Sohn von Robert Daniels benutzt dich nur als Waffe gegen mich. Er versucht offensichtlich, irgendwelche dunklen Stellen in unserer Familiengeschichte zu finden, damit er mich für das Verschwinden seines Vaters verantwortlich machen kann."

„Mit Robert Daniels hat das Ganze überhaupt nichts zu tun", protestierte Ashley. Trotzdem konnte sie ihr erstes stürmisches Gespräch mit Trevor auf Saras Party nicht vergessen.

„Natürlich hat es das!" Krachend sauste Lazarus' Faust auf den Schreibtisch nieder.

„Dad, ich liebe ihn!", rief sie aus.

„Das ist ja lächerlich!" Lazarus sah Ashley anklagend an. „Siehst du denn nicht, dass er dich einfach nur benutzt? Wenn es dem Mistkerl nicht gelingt, *meinen* Namen in den Schmutz zu ziehen, versucht er es eben bei dir. Er weiß genau, dass er mich trifft, wenn er dich verführt."

Doch Ashley konnte ihre Liebe zu Trevor nicht abstreiten. „Du solltest dich besser damit abfinden, Dad", sagte sie.

„Und warum sollte ich das tun?"

„Weil ich ihn heiraten werde."

„Das kommt gar nicht infrage!" Lazarus' wasserblaue Augen flammten vor Empörung auf. „Der Mann kann dir gesellschaftlich ja nicht einmal das Wasser reichen." Seine Finger trommelten unruhig auf dem Schreibtisch. „Wenn ich du wäre, würde ich mir keine allzu großen Hoffnungen machen. Mit Sicherheit hat Trevor Daniels nicht die Absicht, dich zu heiraten! Für ihn bist du nichts als eine schnelle Affäre. Beherzige meinen Rat und werde ihn so schnell wie möglich los! Wenn du schon heiraten willst, warum suchst du dir dann keinen Mann, der Klasse hat ... so wie Richard Jennings?"

Wutentbrannt stürmte Ashley aus dem Zimmer. Sie würde ihrem Vater schon beweisen, dass er sich geirrt hatte! Trevor erwartete sie in Neskowin. Bestimmt würde es ihr mit ein bisschen Überredungskunst gelingen, ihn dazu zu bewegen, sie zu heiraten, bevor er sein Studium beendet hatte.

Doch leider hatte sie sich geirrt.

Das Wochenende am Strand war wundervoll, und sie behielt den Streit mit ihrem Vater für sich. Tagsüber spazierten sie stundenlang über den nassen Sand, nachts tranken sie Wein, wärmten ihre Füße am Kamin und beobachteten die schwarzen Wellen, die sich unter der Wucht des Winterstorms am Strand brachen, bevor sie sich wieder ihrem Liebesspiel widmeten und sich gegenseitig ewige Treue schworen.

Es war himmlisch – und es hatte irgendwann ein Ende.

Als Ashley schließlich verkündete, dass sie ihn auf der Stelle heiraten wolle, blieb Trevor hart. Er wollte zuerst sein Jurastudium beenden und sich beruflich etablieren, bevor er die Verantwortung für eine Familie übernahm.

„Und was soll ich so lange machen? Herumsitzen und warten, bis du dich entscheidest, für das Amt des Präsidenten zu kandidieren?", fragte sie bissig. Der Schmerz seiner Zurückweisung traf sie bis ins Mark.

Bei der Erwähnung seiner politischen Ambitionen versteinerten sich seine Gesichtszüge.

„Natürlich nicht!"

„Aber du verlangst doch von mir, dass ich auf dich warte, oder?"

„Nur für ein paar Jahre."

„Ein paar Jahre." Es klang wie das Ende der Welt. Ihre Ängste und die düsteren Prophezeiungen ihres Vaters schienen sich doch zu bewahrheiten. Zum ersten Mal in drei Monaten zweifelte sie an Trevors Liebe.

„Hör zu, Ashley", sagte er mit leiser Stimme und strich ihr sanft übers Haar. „Ich liebe dich – ich bitte dich nur um ein wenig Geduld."

„Geduld ist aber nicht gerade meine Stärke."

„Es ist doch nicht für immer."

„Bist du sicher?"

„Natürlich." Seine blauen Augen waren klar und ehrlich. Einen Moment lang war sie versucht, ihm zu glauben.

„Aber was ist mit dem Grund, aus dem du dich am Anfang an mich herangemacht hast? Du wolltest, dass ich zugebe, dass meine Familie etwas mit dem Verschwinden deines Vaters zu tun hat. Damit wolltest du doch nur den Namen meines Vaters in den Schmutz ziehen, stimmt's?"

„Das war nicht der einzige Grund!"

Ashley spürte genau, dass er sie anlog. Der Hass, der in seinem Blick aufblitzte, als sie Lazarus erwähnte, machte ihr nur allzu klar, dass die Liebe, an die sie bisher geglaubt hatte, auf einer Lüge basierte.

„Ich glaube, es ist aus mit uns", erklärte sie mit Tränen in den Augen.

„Das ist allein deine Entscheidung."

„Ich sehe keine andere Möglichkeit", erwiderte sie tonlos. Sie stand auf, sammelte ihre Sachen zusammen und warf sie achtlos in ihren Koffer. Insgeheim hoffte sie, dass Trevor sie am Gehen hindern und sich entschuldigen, dass er sie zum Bleiben auffordern würde. Aber nichts dergleichen geschah.

Inmitten des Sturms verließ Ashley die Hütte. Sie bedauerte zutiefst, dass sie Trevor Daniels in ihrem Leben überhaupt getroffen hatte.

8. KAPITEL

Die Gedanken an die Vergangenheit drohten Ashley zu überwältigen, und sie musste sich energisch daran erinnern, dass es egal war, was passiert war. Trevor und sie hatten ein Abkommen, und sie würde alles tun, was in ihrer Macht stand, um zu beweisen, dass seine Anschuldigungen in Bezug auf ihren Vater, Claud und die Firma falsch waren. Wenigstens hatte Trevor ihr die Chance gelassen, den Namen ihrer Familie reinzuwaschen. Dafür, dachte Ashley bitter, sollte sie ihm dankbar sein.

Sie richtete sich auf und merkte plötzlich, wie kalt es im Blockhaus war. Es gelang ihr, den Holzofen in der Küche anzuzünden. So war es ein wenig wärmer, als sie ihre Sachen packte und das Haus winterfest machte. Sie arbeitete ganz mechanisch, ohne über das, was sie tat, nachzudenken. Noch immer kreisten ihre schmerzhaften Gedanken um die Vergangenheit.

Irgendwann war sie ihre Sentimentalität jedoch satt. Sie trat ans Fenster und sah hinaus auf die schneebedeckte Landschaft. Wintervögel, dunkel gegen den blendend weißen Schnee, flatterten um die Pinien herum und zwitscherten laut, als sie auf dem Boden landeten und im Pulverschnee nach Nahrung suchten.

„Du kannst Trevor nicht die Schuld zuschieben", flüsterte sie, als sie sah, wie einer der Vögel die Körner aufpickte, die sie auf der Veranda ausgestreut hatte. Durch ihren Atem beschlug die Fensterscheibe. „Du hättest es wissen müssen."

Den größten Teil ihres Schmerzes hatte sie sich selbst zuzuschreiben. Wenn sie Trevor einfach vergessen hätte, wie sie es sich damals in jener stürmischen Nacht in Neskowin fest vorgenommen hatte, wären die darauf folgenden Ereignisse gar nicht passiert. Aber sie war beschämt und voller Wut aus der Hütte gestürmt und nach Portland zurückgefahren.

In den Wochen nach der Trennung von Trevor hatte Ashley ihre Arbeit in der Firma ihres Vaters wieder aufgenommen und insgeheim gehofft, dass sie schwanger war. Sie wünschte sich sehnlichst, ein Baby von Trevor zu bekommen, ein bleibendes Andenken an ihre Liebesaffäre, die zu schwach gewesen war, um zu überdauern. Damals hatte sie fest geglaubt, dass ein Kind, Trevors Kind, alles war, was sie brauchte, um ihren Schmerz zu heilen.

Aber sie war nicht schwanger geworden. Als ihre Periode kam, weinte Ashley bittere Tränen. All ihre Hoffnungen wurden zerstört; ihre Träume von der Zukunft zerstoben so leicht wie feiner Muschelstaub unter dem zornigen Ansturm des Meeres.

Ashley heiratete Richard eigentlich nur, um sich an Trevor zu rächen. Bevor sie Trevor kennenlernte, hatte sie sich ein paarmal mit Richard getroffen. Er arbeitete für *Stephens Timber* und war der einzige Sohn reicher, gesellschaftlich hochgestellter Eltern. Es hatte nicht lange gedauert, bis er der schönen, eigensinnigen Tochter von Lazarus Stephens einen Heiratsantrag gemacht hatte.

Obwohl Ashley von Anfang an vermutete, dass sie sich in dieser Beziehung etwas vormachte, hatte sie doch gehofft, dass es Richard gelingen würde, Trevor aus ihrem Herzen zu verbannen. Es dauerte nicht lange, bis sie erkennen musste, dass das nicht geschehen würde.

Die Heirat war für beide ein Fehler gewesen. Richard hatte eine liebende Frau erwartet, der nur daran gelegen war, ihn bei seiner Karriere als Ingenieur zu unterstützen, aber Ashleys Interesse galt von Anfang an mehr der Holzindustrie als dem Haushalt.

Es war bestimmt nicht nur Richard zuzuschreiben, dass die Ehe nicht funktioniert hatte, musste sie widerstrebend zugeben. Obwohl sie gehofft hatte, dass es ihr gelingen würde, Trevor aus ihrem Herzen zu verbannen, und obwohl sie sich redlich Mühe gegeben hatte, Richards Wünschen zu entsprechen, war sie kläglich gescheitert. Und Lazarus war nicht einmal mit einem Enkelkind beschenkt worden, wie er es von der kurzlebigen Verbindung erhofft hatte.

Die Scheidung war unvermeidlich. Ashleys Vater starb als unglücklicher, egoistischer Mann, der nie für möglich gehalten hätte, dass seine Tochter keinen Erben für das *Stephens Timber*-Vermögen produzieren würde.

Aber vielleicht ist das ja auch gar nicht so wichtig, dachte Ashley. Nach der Scheidung hatte sie kein Interesse mehr daran gehabt, einen Teil des Konzerns zu besitzen. Wenn sie überhaupt etwas aus ihrer zwar kurzen, aber doch sehr leidenschaftlichen Affäre mit Trevor gelernt hatte, dann wusste sie jetzt, dass sie sich nur auf sich selbst verlassen konnte und dass es viel wichtiger war, sich um andere zu kümmern. Trevor hatte ihr dabei geholfen, reifer zu werden. Indem er sie verlassen hatte, hatte er sie gezwungen, selbstständig zu werden.

Vielleicht war ihre Ehe ja deshalb gescheitert – sie war zu stark und Richard war zu schwach gewesen. Es waren nicht nur Richards Affären gewesen, die zu verbergen er sich keine Mühe gab – letztlich hatte es ihm an Charakterstärke gefehlt.

Was nutzt es schon, das Ganze immer wiederzukäuen, fragte sich Ashley, während sie ihre Kleider zusammenfaltete und sie in den Koffer packte, der auf dem zerwühlten Bett lag, in dem Trevor und sie sich geliebt hatten. Sie schluckte den Impuls, zu weinen, herunter.

In aller Eile gelang es ihr, das Blockhaus zu putzen und alle Berichte aus Bend zusammenzusammeln. Als sie den Müll nach draußen brachte, musste sie daran denken, wie Trevor und sie den Champagner vor dem Kamin genossen hatten. Es schien Wochen her zu sein, obwohl es in Wirklichkeit nur ein paar Stunden waren. Konnte wirklich so viel in einer so kurzen Zeit passieren?

Als sie schließlich alles in ihren Jeep gepackt hatte, ging sie wieder ins Haus zurück, um sicherzugehen, dass das Feuer im Kamin nicht mehr schwelte. Noch einmal sah sie sich kummervoll im Raum um. Sie fragte sich, ob Trevor bei den Lamberts war, ganz in der Nähe. Doch dann schob sie die nagende Frage beiseite und runzelte die Stirn. Sie konnte ihn nicht aufsuchen –

noch nicht. Bis sie den Namen ihres Vaters reingewaschen hatte, gab es nichts, was sie Trevor hätte anbieten können.

„So ist das Leben", sagte sie leise zu sich und stieg in den Jeep. „Schöne Weihnachten, Ashley!", setzte sie bitter hinzu. Dann startete sie den Wagen und verließ das schneebedeckte Blockhaus, ohne auch nur noch einmal zurückzuschauen. Als Ashley schließlich im Willamette Valley eintraf, war es bereits dunkel. Der Himmel war bewölkt, die Straßen von Portland regennass. Die meisten der stattlichen Häuser in den West Hills waren mit bunten Weihnachtslichtern geschmückt, die in der zunehmenden Dunkelheit leuchteten und sich in den Regentropfen spiegelten, die sich auf der Windschutzscheibe von Ashleys Jeep sammelten.

Das Haus ihres Vaters war ein alter, klassizistischer Bau mit sieben Schlafzimmern und fünf Bädern. Warum Lazarus ein so großes Haus gekauft hatte, hatte Ashley noch nie verstanden; ihr Vater hatte nach dem Tod ihrer Mutter nicht mehr geheiratet und außer ihr auch keine anderen Kinder. Die meisten Schlafzimmer waren noch nie benutzt worden. Es kam ihr wie eine ungeheure Verschwendung vor.

Als Ashley in die von Zedern umsäumte Einfahrt einbog, fiel ihr auf, dass die Lichter im Haus einen warmen Glanz verströmten.

Sie lächelte. Bestimmt hatte Mrs Francine Deveraux geahnt, dass Ashley heute nach Hause kommen würde. Die geschäftige französische Haushälterin führte seit Enoras Tod den Haushalt und kümmerte sich auch jetzt noch um das Haus und das Grundstück.

Ashley freute sich, dass Mrs Deveraux an sie gedacht hatte. Die nette alte Dame umsorgte sie zwar immer noch wie ein Kind, aber heute hatte sie ausnahmsweise einmal nichts dagegen. Sie brauchte jetzt vor allem eine warme Mahlzeit und ein heißes Bad. Nachdem sie sich frisch gemacht hatte, würde sie bestimmt in der Lage sein, sich den großen Stapel Computerausdrucke vorzunehmen.

Ashley ließ ihr Gepäck am Fuß der prächtigen Eichentreppe stehen und ging in die Küche. Hier fand sie eine Nachricht von Mrs Deveraux an den Kühlschrank geheftet. Die Haushälterin war ins Kino gegangen, würde um zehn Uhr wieder zurück sein und hatte ihr einen Teller Suppe im Kühlschrank bereitgestellt. Außerdem hatte John Ellis eine Nachricht hinterlassen. Er bat sie, ihn sofort anzurufen, sobald sie wieder in der Stadt war.

Was Ashley ein wenig beunruhigte. Niemand konnte sagen, was Claud nach ihrem Telefonat heute Morgen unternommen hatte. Vielleicht hatte ihr Vetter ja versucht, Informationen aus John herauszuquetschen, nachdem er bei ihr keinen Erfolg gehabt hatte.

Ashley stellte die köstliche Suppe in die Mikrowelle und rief dann John zu Hause an.

„Hallo?"

„John? Hier ist Ashley."

Ein erleichterter Seufzer ertönte am anderen Ende der Leitung. „Sind Sie wieder in der Stadt?" Seine Stimme klang besorgt, fast ein wenig ängstlich.

„Gerade nach Hause gekommen."

„Sind Sie im Haus Ihres Vaters?"

„Ja. Warum?"

„Gut! Ich bin in etwa einer halben Stunde da."

„Nun mal langsam!", erwiderte sie irritiert. Diese Ungeduld sah John gar nicht ähnlich. Irgendetwas an diesem Gespräch machte sie nervös. „Was ist los?"

„Das erzähle ich Ihnen, wenn ich da bin." Damit legte er auf.

„Was zum Teufel ist hier los?", fragte Ashley sich, holte die Suppe aus der Mikrowelle und setzte sich damit an den Küchentisch. Ihre Gedanken überschlugen sich.

Hatte John irgendetwas Ungewöhnliches entdeckt? Warum klang er so besorgt? Es schien fast, als hätte er Angst vor etwas … oder vor jemandem.

„Du klingst schon so paranoid wie Trevor", ermahnte sie sich und lächelte schief.

Ashley aß ihre Suppe auf und stellte die Schale in die Geschirrspülmaschine, als es draußen klingelte. Sie ging zur Vordertür, öffnete sie und ließ John herein. Er wirkte sehr aufgeregt.

„Was ist los?" Sie nahm ihm den Mantel ab und hängte ihn an den Garderobenständer in der Diele.

„Das würde ich auch gern wissen."

Sie gingen ins Wohnzimmer. Unruhig wanderte John in dem elegant möblierten Raum auf und ab.

„Haben Sie etwas Verdächtiges in den Büchern bemerkt?", fragte Ashley beklommen. Irgendetwas stimmte hier nicht – und zwar ganz und gar nicht. Normalerweise war John ein ausgesprochen gelassener Mensch, der für seine Detailgenauigkeit und seine verlässliche, nüchterne Beurteilung von Fakten bekannt war.

Aber heute war sein Gesicht gerötet, und sein Blick wanderte nervös von Ashley zur Tür, zum Fenster und wieder zu ihr zurück. Mehrere Male wandte er den Kopf, als müsse er die Spannung abschütteln.

„Ich weiß nicht ..." Er hob die Hände in einer hilflosen Geste hoch und schien sehr verwirrt zu sein.

„Nehmen Sie sich Zeit", beharrte Ashley. „Warum setzen Sie sich nicht? Kann ich Ihnen einen Kaffee holen? Oder vielleicht einen Cognac?"

„Irgendwas." Es schien ihm völlig egal zu sein. Er war unruhig und verunsichert.

Sie servierte ihm einen starken schwarzen Kaffee mit Cognac. John probierte einen Schluck und ließ sich dann mit der Tasse in einem der hohen Stühle am Fenster nieder.

Ashley nahm auf der Couch Platz und nippte an ihrem Kaffee. „Und jetzt erzählen Sie mir bitte, was los ist."

„Ich weiß es nicht genau, aber irgendetwas gefällt mir nicht. Claud kommt mir verdächtig vor."

„Hat es etwas mit den Berichten zu tun, die nach Bend geschickt werden sollten?" Ashley wusste genau, wie berechnend ihr Vetter war. Wirklich schade, dass Claud für den Job so qualifiziert war. Sein scharfer Verstand und seine Ausbildung als Jurist machten ihn eigentlich unverzichtbar.

„Richtig. In den letzten Tagen hat er mir immer wieder Dutzende von Fragen gestellt – er hat versucht, mich auszuquetschen, könnte man sagen."

Ashley nickte. Ihre Miene verriet nichts von ihrer inneren Bedrängnis. „Und was haben Sie ihm erzählt?"

John rollte mit den Augen und blickte zur Decke. „Gar nichts, natürlich. Er wollte wissen, warum ich so viele Unterlagen ausgedruckt habe, und ich habe ihm gesagt, dass Sie Einsicht in die Bücher haben wollen, um sich besser auf die Leitung der Firma vorbereiten zu können. Claud meinte, es wäre unmöglich, dass Sie so viele Papiere brauchen würden. Ich habe ihm erklärt, dass ich nur Ihrer Bitte nachgekommen bin. Das gefiel ihm gar nicht, besonders als ich ihm erklärte, dass ich an Ihrer Stelle genauso handeln würde, wenn ich einen Konzern in der Größe von *Stephens Timber* geerbt hätte und es einige Jahre her gewesen wäre, dass ich zuletzt in diesem Geschäft gearbeitet hätte."

Ashley atmete tief aus. „Hat Claud Ihnen diese Geschichte abgenommen?"

Schulterzuckend schüttelte John den Kopf. „Wer weiß? Ich habe ihm gesagt, dass Sie und ich an der Bilanzprüfung arbeiten würden. Daraufhin meinte er, ich müsste alle Vorgänge direkt mit ihm absprechen. Wenn es irgendwelche Unregelmäßigkeiten in den Büchern gäbe, müsste ich ihm dies berichten, und zwar sofort."

Stirnrunzelnd hörte Ashley ihm zu. „Und haben Sie ... ihm irgendetwas berichtet?"

John wirkte ausgesprochen enttäuscht. „Natürlich nicht."

„Gut." Sie entspannte sich ein wenig. „Also, was haben Sie gefunden?"

„Die meisten Vorgänge scheinen sauber zu sein."

„Bis auf ...?"

„Bis auf ein paar Geschichten." John leerte seine Tasse in einem Zug aus, griff nach seiner Aktentasche und ließ das Schloss aufschnappen. Er reichte Ashley ein paar Dokumente. Es handelte sich um Rechnungen für die Watkins Mill in Molalla.

Als sie das Datum und den Preis sah, den Claud für das Holz berechnet hatte, wäre ihr Herz fast stehen geblieben. „Das … das ist im letzten Juni rausgegangen?", fragte sie entsetzt. Die Transaktion war wenige Wochen vor Trevors Anklage wegen versuchter Bestechung über die Bühne gegangen.

„Richtig. Und der Holzpreis ist völlig abwegig – lächerlich niedrig. Zuerst dachte ich, es müsse sich um einen Computerfehler handeln. Wir verkaufen das Rohholz normalerweise für die dreifache Summe."

„Aber dann haben Sie gemerkt, dass Sie sich geirrt haben?", fragte Ashley mit angehaltenem Atem. Etwas in Johns Haltung sagte ihr, dass sie sich auf alles gefasst machen musste.

„Nein. Ich weiß jetzt, wie es passiert ist. Ich weiß nur nicht, warum."

„Was meinen Sie damit?"

Er zögerte einen Moment, griff dann erneut in seine Aktentasche und holte ein paar weitere Rechnungen hervor, die er Ashley reichte. „Ich habe dann weiter recherchiert. Claud war derjenige, der dem Sägewerk den Preisnachlass gewährt hat, aber Ihr Vater hat ihn dazu autorisiert."

Ashley schauderte. „Sind Sie sicher?"

„Ich habe das Memo gleich mitgebracht." Dann gab er ihr das nächste belastende Beweisstück. Mit zitternden Fingern nahm sie das Schriftstück entgegen.

„Gütiger Himmel!", flüsterte sie, als sie die charakteristische Handschrift ihres Vaters erkannte.

„Was bedeutet das eigentlich alles?", fragte John.

„Ich bin mir nicht wirklich sicher", erwiderte Ashley tonlos. „Aber ich fürchte, es bedeutet Ärger – großen Ärger."

„Das habe ich mir gedacht." Der junge Buchhalter erhob sich und begann erneut, rastlos im Zimmer auf und ab zu gehen. „Ich muss schon sagen, ich bin nicht gerade scharf darauf, in diesen Schlamassel mit hineingezogen zu werden", gab er zu und sah Ashley eindringlich an. „Zuerst dachte ich, es würde sich nur um einen Machtkampf zwischen Ihnen und Claud handeln. Aber es geht um viel mehr, stimmt's?"

„Ich glaube, ja."

„Gibt es irgendwelche Verbindungen zu Trevor Daniels?" Die Frage traf Ashley wie ein Schock.

„Wie kommen Sie darauf?"

„Ich habe einfach zwei und zwei zusammengezählt." John lächelte sarkastisch. „Das ist nun einmal mein Job."

„Und sind Sie zu einem Ergebnis gekommen?"

„Ich glaube schon." Er hob einen Finger. „Seitdem sie die Firma übernommen haben, ist Claud stinksauer." Er hob einen weiteren Finger hoch. „Dann bitten Sie mich um all diese Berichte. Die einzige Unstimmigkeit ergibt sich aus der Watkins-Mill-Rechnung. Beau Watkins, der Besitzer, war in die Bestechungsaffäre mit Daniels im letzten Sommer involviert, nicht wahr?"

Ashley nickte schweigend.

„Okay." Er hob einen dritten Finger hoch. „Claud regt sich seit Tagen wie wild über Daniels' Bewerbung für den Senat auf. Das bringt ihn richtig auf die Palme. Und deshalb …"

„… sind Sie zu dem Schluss gekommen, dass Trevor etwas mit der Geschichte zu tun hat."

„Genau." Er hob den vierten Finger.

Es war Ashley nicht möglich, zu lügen. Es wäre zu viel gewesen, von John zu erwarten, dass er ihr blindlings folgte. „Trevor ist fest davon überzeugt, dass in der Firma krumme Geschäfte gemacht werden."

„Das ist nichts Neues."

„Ich weiß." Sie seufzte. „Aber er glaubt, dass Claud sehr weit gehen würde, um seine Chancen für den Senatorenposten zunichtezumachen."

„Wie weit?" John wirkte grimmig.

Ashley zuckte mit den Schultern, obwohl sie äußerst ange-

spannt war und einen dicken Stein im Magen hatte. „Bestechung, Sabotage ..."
„Versuchter Mord?"
„Auch das hat er angedeutet", gab Ashley zu.
John strich sich nervös übers Kinn. „Ich kann mir nicht vorstellen, dass Claud in solche Machenschaften verstrickt sein könnte."
„Nicht nur Claud, sondern auch mein Vater."
„Unmöglich!" Aber ganz sicher schien sich auch der jetzt so blasse Buchhalter nicht zu sein.
„Ich muss beweisen, dass die beiden unschuldig sind."
John betrachtete die belastenden Papiere. „Ich hoffe, dass wir das können."
„Wenn nicht, müssen wir uns dem Problem eben stellen, meinen Sie nicht auch?", fragte Ashley den jungen Mann.
„Das ist der einzige Weg."
„Gut, dann sind wir ja einer Meinung." Sie erhob sich, trat ans Fenster und sah hinaus in die schwarze, regnerische Nacht. In der Ferne glitzerten die Lichter von Portland. „Ich bitte Sie darum, sich Urlaub zu nehmen. Dann kommen Sie hierher, und wir beide gehen die Sachen gemeinsam durch. Ich werde Sie wie gewohnt bezahlen, und Sie können arbeiten, ohne dass Claud Ihnen die ganze Zeit über die Schultern blickt."
„Für den Fall, dass wir etwas Belastendes finden sollten."
„Genau."
John holte tief Luft und lächelte nervös. „Also gut", stimmte er zu.
Ashley lächelte ebenfalls. „Sie müssen das nicht tun. Ich hoffe, das ist Ihnen klar?"
„Warum nicht? Weil es gefährlich sein könnte?"
Sofort verschwand ihr Lächeln. „Das glaube ich kaum – ich hoffe es wenigstens nicht. Wenn ich wirklich glauben würde, dass es gefährlich werden würde, würde ich Sie bestimmt nicht um Ihre Mithilfe bitten. Leider gibt es nicht viele Leute in der Firma, denen ich vertrauen kann."

„Ich weiß. Und ich bin froh, dass ich dazugehöre."

„Ich bin Ihnen wirklich sehr dankbar, John."

Der Buchhalter lächelte. „Denken Sie daran, wenn eine Gehaltserhöhung fällig wird."

Ashley lachte. „Abgemacht!"

John nahm seinen Mantel und die Aktentasche und verließ wenige Minuten später das Haus.

Tausend Fragen gingen Ashley durch den Kopf. War Claud tatsächlich in eine Verschwörung verwickelt, die Trevor davon abhalten sollte, an den Vorwahlen im Mai teilzunehmen? Was war mit dem Unfall und der Anklage wegen Bestechung? War es wirklich denkbar, dass Claud oder Lazarus eine so tödliche Verschwörung ausgeheckt hatten?

Ashley nahm ihren Koffer und schleppte ihn die Treppe hoch. Was hatte es mit dem Verschwinden von Robert Daniels auf sich? All die Jahre über hatte Trevor darauf bestanden, dass Lazarus in ein Komplott verwickelt war ... Ashley schauderte. Wenn Robert Daniels nicht tot war, warum hatte er seine Familie dann verlassen? Und wo war er jetzt?

„Ich bin zu müde, um über diese Dinge nachzudenken", murmelte sie, als sie im oberen Stockwerk angekommen war. Sie stellte den Koffer in ihrem Zimmer ab und ging ins Badezimmer. Sie ließ heißes Wasser in die Wanne ein und zog sich aus.

Konnten all diese üblen Gerüchte wirklich wahr sein? Hatte sie ihren Kopf in den Sand gesteckt, nur um sich nicht mit der Wahrheit über ihren Vater konfrontieren zu müssen? Sie starrte ihr Spiegelbild an. Heute war sie eine reife Frau, weltgewandt, ein wenig zynisch, und bestimmt hatte sie keine Angst, sich der Wahrheit zu stellen. Sie wünschte sich nur, in jüngeren Jahren ein wenig klüger gewesen zu sein, anstatt ihrem Vater oder Trevor blind zu vertrauen.

Nachdem sie ihr Haar hochgesteckt hatte, stieg sie in die Wanne und stöhnte leicht auf, als das heiße Wasser ihren Körper umspielte. „Lieber Gott, was für ein Schlamassel!", flüsterte sie. Dann schloss sie die Augen und dachte nur kurz daran, wo Trevor jetzt wohl sein mochte und mit wem er zusammen war.

Trevor ging im Blockhaus der Lamberts wie ein Tiger im Käfig auf und ab. Entweder starrte er aus dem Fenster hinaus oder auf das Telefon. Der Streit mit Ashley heute Morgen war ein großer Fehler gewesen. Den ganzen Tag schon war er hin- und hergerissen zwischen der Hoffnung, dass sie sich melden würde, und dem Bedürfnis, zu ihr zu fahren und sie um Verzeihung zu bitten.

Vielleicht erwartete er zu viel von ihr. Wenn er überhaupt etwas über sie wusste, dann war klar, dass sie den trotzigen Stolz ihres Vaters geerbt hatte.

Er ballte die Fäuste und versuchte dann, sich wieder zu entspannen. Fluchend ging er schließlich zum Telefon und griff nach dem Hörer. Einen Moment später wählte er verärgert Ashleys Nummer und wartete ungeduldig.

„Nun geh schon ran!", sagte er laut. Seine Verzweiflung wurde von Minute zu Minute stärker. Den ganzen Tag über hatte er sich einzureden versucht, dass alles, was er heute Morgen mitgehört hatte, völlig harmlos gewesen war. Wenn Ashley vorgehabt hätte, ihn zu täuschen, hätte sie es bestimmt nicht riskiert, mit Claud zu sprechen.

Aber Claud *hatte* sie angerufen.

„Du machst aus einer Mücke einen Elefanten", ermahnte er sich, als er schließlich den Hörer wieder auflegte und einen großen Schluck Bourbon trank.

Aber warum hatte sie ihn dann verlassen? Das hatte sie schon einmal getan – als er sie gebeten hatte, auf ihn zu warten. Damals war sie zu einem anderen Mann gegangen und hatte ihn geheiratet. Seine Finger umklammerten das Glas. Er spürte den kalten Hauch des Verrats in sich aufsteigen.

Er trank den Whiskey aus und stellte das leere Glas auf den Tisch. Als er noch einmal zum Telefon griff, war sein Mund ein schmaler Strich. Diesmal war jemand am anderen Ende der Leitung.

„Hallo?"

„Ich fahre jetzt zurück ins Valley."

„Das wurde auch Zeit!", erwiderte Everett. „Du hast einige wunderbare Weihnachtsfeiern verpasst, die deiner Karriere bestimmt nützlich gewesen wären."

„Bitte entschuldige mich beim Gouverneur."

„Das habe ich schon getan." Everett zögerte leicht. „Hast du erreicht, was du dir vorgenommen hattest?"

Mit grimmigem Lächeln erwiderte Trevor: „Nein."

Eigentlich hätte das seinen Wahlkampfleiter beruhigen sollen, aber das tat es nicht. Er kam direkt auf den Punkt. „Was wirst du also in Bezug auf *Stephens Timber* unternehmen?"

„Ich bin mir nicht sicher."

„Und was Ashley betrifft?"

„Ich wünschte, das wüsste ich."

„Ich hoffe, dir fallen ein paar bessere Antworten ein, bevor du richtig mit deiner Kampagne beginnst, mein Lieber."

„Ganz bestimmt."

„Dann hast du also nichts über deinen Unfall oder die Anklage wegen Bestechung herausgefunden?"

„Nein – noch nicht."

Das klang in Everetts Ohren ziemlich unheilvoll. „An deiner Stelle würde ich die Sache erst mal vergessen. Jedenfalls für den Moment."

„Das ist gar nicht so einfach."

„Konzentrier dich auf die Wahl!"

„Das mache ich."

„Gut." Everett stieß einen erleichterten Seufzer aus.

„Du machst dir viel zu viele Sorgen."

„Bei dir ist das ja auch ein Fulltime-Job. Wann bist du wieder zurück?"

Trevors Blick verengte sich, als er durch das Fenster in die Dunkelheit starrte. „Heute Abend."

„Ruf mich an, wenn du zu Hause bist. Ich komme dann zu dir."

„Gut, bis später." Trevor legte den Hörer auf. Mit einem Mal fühlte er sich unglaublich alt und müde. Er fuhr sich mit den Fingern durchs Haar und ließ sich in einen der Sessel am Fenster fallen. Was sollte er tun, wenn Ashley ins Blockhaus zurückkäme? Vielleicht war sie ja nur einen Tag weg – um einzukaufen oder um wieder einen klaren Kopf zu bekommen. Wie sollte er sich verhalten, wenn sie jetzt in diesem Moment zur Tür hereinkam?

„Du bist ein Narr", sagte er zu sich, „ein verdammter Narr!" Noch einmal griff er zum Hörer.

Alles lief wie geplant. John Ellis hatte einen dreiwöchigen Urlaub beantragt, den Ashley ihm gewährt hatte. Claud war zwar ziemlich sauer gewesen, als er davon hörte.

„Warum ausgerechnet jetzt?", hatte Claud knurrend gefragt.

„Wahrscheinlich hat er zu viel Stress", hatte Ashley mit geduldigem Lächeln erwidert, obwohl sich ihre Kehle bei dieser Lüge zusammengezogen hatte.

„Ein verdammt schlechtes Timing, wenn du mich fragst", erwiderte Claud. „Am Jahresende hat die Buchhaltung immer am meisten zu tun. Ellis hätte sich keinen unpassenderen Zeitpunkt aussuchen können."

„Gönn dem Mann doch mal eine Pause, Claud! Er wird ja bald wieder auf seinem Posten sein. Ich bin sicher, dass die anderen Mitarbeiter seine Abwesenheit wettmachen können, wenigstens für ein paar Wochen."

Ein paar unbehagliche Sekunden lang hatte Claud Ashley nur ärgerlich angeschaut. Dann hatte er mit frustriertem Schnauben wieder nach seiner Finanzzeitung gegriffen und einen Artikel über Schürfrechte weitergelesen.

Obwohl Ashleys Knie zitterten, hatte sie versucht, eine möglichst professionelle Haltung an den Tag zu legen. Jetzt drehte sie sich um und verließ mit energischen Schritten Clauds Büro.

Es war ihr noch nie leichtgefallen, jemanden zu täuschen, nicht einmal ihren hinterlistigen Cousin. Außerdem war es auch gar nicht so einfach, die Tatsache geheim zu halten, dass sich John Ellis in ihrem Haus in West Hills zum Arbeiten aufhielt. Bis jetzt wussten es nur Ashley, Johns Frau und Mrs Deveraux, die sich alle zum Schweigen verpflichtet hatten.

Diese Nacht-und-Nebel-Aktion wird mir noch den Hals brechen, dachte Ashley, als sie ihr Büro betrat. *Ich eigne mich einfach nicht zur Spionin.*

Erschöpft ließ sie sich in den Sessel fallen, auf dem ihr Vater so viele Jahre lang gesessen hatte. Sie schloss die Augen und rieb sich müde die Stirn. Der nagende Kopfschmerz machte sich erneut durch starkes Pochen bemerkbar.

John und sie hatten kein neues belastendes Material gegen Claud oder Lazarus gefunden. Selbst wenn ihr Vater etwas von Beau Watkins oder seinem Sägewerk in Molalla gewusst hatte, bedeutete das noch lange nicht, dass er hinter der Anklage wegen Bestechung steckte. Bis jetzt war die Beweiskette überhaupt noch sehr dünn.

Aber die Rechnungen waren trotzdem der Beginn einer Reihe konkreter Fakten, die den Schluss zuließen, dass Trevors Anklagepunkte gegen ihre Familie mehr waren als nur die haltlosen Spekulationen eines Sohns, dem Unrecht geschehen war.

Sie musste an Trevor denken, an seinen misstrauischen Blick, seinen entschlossenen Gesichtsausdruck, seine Vorwürfe. Man konnte sie nicht ignorieren. Warum waren in der Nähe von Springfield Pestizide versprüht worden? War Lazarus überhaupt klar gewesen, welches Gesundheitsrisiko damit verbunden war? Hatte er seinen Leuten einfach befohlen, mit dem Sprühen weiterzumachen, selbst zulasten der Bevölkerung? Ashley konnte sich einfach nicht vorstellen, dass ihr Vater so grausam gewesen war. Obwohl er als Mensch nicht besonders herzlich gewesen war, hatte er sich doch nach dem Tod ihrer Mutter hingebungsvoll um sie gekümmert.

Sie hörte gar nicht, wie Claud die Tür öffnete. Sie war so versunken in ihre quälenden Gedanken, dass sie erst aufsah, als er direkt vor ihrem Schreibtisch stand.

Er knallte eine Zeitschrift auf den polierten Schreibtisch aus Mahagoni. Das Hochglanzmagazin berichtete stets über aktuelle Events. Neben einem kurzen Artikel über Politik in Oregon war ein Foto von Trevor zu sehen. Darüber zog sich in großen Lettern die Überschrift: *TREVOR DANIELS – OREGONS NÄCHSTER SENATOR?*

„Das müssen wir stoppen, bevor die Öffentlichkeit anfängt, es zu glauben!", bellte Claud.

„Was sollen wir stoppen?"

„Daniels natürlich, verdammt noch mal!" Claud ließ sich in den Sessel vor dem Schreibtisch fallen. Er wirkte völlig frustriert. „Lies den Artikel! Sie stellen es so dar, als wäre Daniels der heiße Favorit in den Vorwahlen."

„Die letzten Meinungsumfragen beweisen ja auch, dass …"

„Zur Hölle mit den Meinungsumfragen! Es sind die Wahlen, die zählen."

„Und du befürchtest, dass Trevor gewinnen wird."

Claud schnaubte entrüstet. „Völlig richtig. Wenn er gewinnt, können wir unseren Laden hier zumachen."

Mit hochgezogenen Augenbrauen betrachtete Ashley ihren Vetter. Das Herz klopfte ihr bis zum Hals. „Warum?"

„Weil er uns vernichten will."

„Mit *uns* meinst du dich und mich oder die Firma?"

„Das ist ja wohl dasselbe."

Ashley nahm all ihren Mut zusammen und zwang sich, Clauds wütendem Blick zu begegnen. „Warum fühlst du dich eigentlich so von Trevor Daniels bedroht?"

Er sah sie an, als wäre sie verrückt geworden. „Du kapierst es immer noch nicht, stimmt's?"

„Was kapiere ich nicht?"

„Der Mann hat geschworen, uns zu erledigen, auf welche Art auch immer. Er gibt deinem Vater und der Firma noch immer die Schuld daran, dass sein Vater damals spurlos verschwunden ist. Außerdem glaubt er, dass jemand von uns hinter der Bestechungsanklage steckt, die im letzten Sommer gegen ihn erhoben wurde."

Ashley hielt den Atem an und wartete. Claud machte eine Pause, erhob sich aus dem Sessel und ging hinüber zum Fenster.

„Und entspricht das der Wahrheit?", fragte sie.

Claud lächelte zynisch. „Natürlich nicht, Ashley! Warum hätten wir so etwas tun sollen?"

„Um einen politischen Gegner zu diskreditieren."

„Unsinn!"

„Du hast doch eben noch gesagt, wir müssten etwas gegen ihn unternehmen."

„Allerdings." Er trommelte nervös aufs Fensterbrett. „Aber selbstverständlich im legalen Rahmen."

„Zum Beispiel?" Ashley ließ ihn nicht aus den Augen.

„Wir könnten zum Beispiel den anderen Kandidaten unterstützen."

„Orson?"

„Richtig! Bill Orson ist Trevors stärkster Konkurrent. Er war außerdem ein enger Freund deines Vaters. Es wäre nur logisch …"

„Ich bin mir nicht sicher …"

„Hör zu, Ashley, uns läuft die Zeit weg! Daniels bekommt langsam eine Menge Publicity." Er wies anklagend auf das Magazin. „Und zwar bundesweit. Wir müssen tun, was wir können, um unsere Interessen zu wahren."

„Findest du das nicht ein wenig überstürzt?", fragte Ashley. „Wir sprechen schließlich nur über die Vorwahlen, die erst in ein paar Monaten stattfinden. Selbst wenn Trevor im Mai gewinnen sollte, muss er sich immer noch mit dem Kandidaten der anderen Partei messen, und zwar im November."

„Wenn er überhaupt so weit kommt."

„Was du unbedingt verhindern willst."

Claud zwirbelte seinen Schnurrbart. „Gut, dann lass uns doch mit offenen Karten spielen. Wenn Daniels tatsächlich gewählt wird, wäre das für uns eine Katastrophe."

„Seine Familie ist schließlich auch in der Holzbranche tätig", erwiderte Ashley. „Hast du nicht den Eindruck, dass du überreagierst?"

Ein gemeines Lächeln umspielte seine Lippen. „Ich habe eher den Eindruck, dass dir dieser Mistkerl immer noch etwas bedeutet. Mein Gott, Ashley, wann wirst du endlich erwachsen? Er hat dich doch nur benutzt!"

Ashley verschränkte die Arme über der Brust. „Und ich habe den Eindruck, dass du gegen einen Schatten kämpfst."

Claud lachte laut auf. „Du denkst wohl, du hast immer noch Chancen bei ihm!"

Nur mit größter Mühe unterdrückte sie die hitzige Antwort, die ihr auf der Zunge lag. Ihren Vetter noch mehr zu reizen würde nichts bringen.

„Es würde mich überhaupt nicht wundern", fuhr er fort, „wenn Trevor sich bis zur Wahl wieder an dich heranmachen würde. Auf diese Weise könnte er die Opposition im Keim ersticken und hätte leichtes Spiel."

Ashley schluckte ihre Empörung herunter. „Wenn du glaubst, mich für dich gewinnen zu können, indem du mich beleidigst, irrst du dich gewaltig."

Claud zuckte die massiven Schultern. „Das liegt mir völlig fern, teure Cousine! Du bist schließlich meine Chefin."

„Und das geht dir gegen den Strich."

„Ein wenig." Er runzelte die Stirn. „Aber was mir noch viel mehr im Magen liegt, sind die Vorwahlen. Am besten, du findest dich schnell damit ab, dass wir alles tun müssen, um Daniels zu stoppen, bevor hier alles drunter und drüber geht."

Er warf noch einen letzten Blick auf den Zeitungsartikel und marschierte dann aus Ashleys Büro.

„Du irrst dich", sagte sie mit leiser Stimme, als die Tür hinter ihm ins Schloss fiel, aber seine Anschuldigungen hatten sie bis ins Mark getroffen. Hatte Trevor das Interesse an ihr nur geheuchelt, um sie ausnutzen zu können?

Im Geist sah sie Trevors klare blaue Augen vor sich und musste an ihre Liebesnächte denken. „Wenn jemand ein Betrüger ist, dann du, teurer Cousin, das wette ich", murmelte sie. „Und ich denke überhaupt nicht daran, einen solchen Mistkerl wie Bill Orson zu unterstützen!"

Mit erneuter Entschlossenheit griff sie nach dem Telefonhörer, um John Ellis anzurufen. Je eher sie die Antworten auf Trevors Fragen fand, desto besser.

9. KAPITEL

„Das war's", verkündete John erleichtert.

„Sind Sie sicher?" Ashley konnte kaum fassen, dass die Aufgabe, die ihr vor wenigen Wochen noch so gigantisch erschienen war, bereits beendet sein sollte.

„Es gibt keine weiteren Unterlagen mehr." Er schien sich seiner Sache völlig sicher zu sein. Außer den belastenden Rechnungen und dem Memo von Lazarus hatte John nichts gefunden, was Trevors Anschuldigungen gegen *Stephens Timber* gerechtfertigt hätte.

Ashley hätte eigentlich jubeln müssen, aber ihr war nicht danach zumute. „Haben Sie wirklich alles gründlich geprüft?" Nervös trommelte sie mit den Fingern auf dem Schreibtisch. Vor John türmten sich Berge von Computerausdrucken, alle ordentlich sortiert, mit einem Etikett versehen und gebündelt.

„Ich habe mir jedes einzelne Papier angesehen." John lehnte sich im Sessel zurück und streckte sich ausgiebig. Wie viele Stunden hatte der arme Buchhalter wohl am Schreibtisch ihres Vaters gesessen und über den Zahlen gebrütet?

Sie versuchte, Johns Ergebnisse als endgültig zu akzeptieren. Aber in den letzten Wochen, die sie in der Firma verbracht hatte, war selbst ihr Glaube an die Unschuld ihrer Familie ins Wanken gekommen. Durch die tägliche Arbeit mit Claud war sie zu der Überzeugung gekommen, dass ihr Vetter keinerlei moralisches Rückgrat hatte. Geld war das Einzige, was ihn motivierte.

Abrupt erhob sie sich von ihrem Sessel und marschierte aufgewühlt zwischen Schreibtisch und Fenster hin und her. Die Lichter von Portland glitzerten durch die tiefschwarze Nacht.

„Ich hatte eigentlich gedacht, das würde Sie erleichtern", bemerkte John.

„Ja, das tut es auch – irgendwie."

„Aber?"

„All diese Dokumente beziehen sich nur auf die letzten sechs Monate."

„Was wollen Sie damit sagen?"

Sie blieb am Fenster stehen und blickte hoch zum wolkenlosen Himmel. „Ich will den Namen unserer Familie ein für alle Mal reinwaschen. Es gibt da ein paar Dinge, die ich überprüfen muss, aber das geht nur im Büro. Wenn ich diese Dokumente mit nach Hause nehme, wird Claud bestimmt noch misstrauischer."

„Warum?"

„Weil sie schon ziemlich alt sind. Einige von ihnen sind wahrscheinlich nicht mal im Computer gespeichert." Sie starrte in die dunkle Nacht hinaus.

„Wonach suchen Sie überhaupt?"

Ashley drehte sich zu ihm um. „Ich bin mir nicht sicher. Wahrscheinlich weiß ich es erst, wenn ich etwas gefunden habe. Aber ich möchte mir gern die Berichte über Springfield noch einmal anschauen, die Geschichte mit den Pestiziden." John wollte schon protestieren, und sie fügte schnell hinzu: „Ich will mir die gesamten Bücher vornehmen, vom ersten Tag an, als Dad die Firma gegründet hat."

„Wegen Robert Daniels' Verschwinden?"

Ashley seufzte tief. „Genau."

„Ich glaube nicht, dass Sie irgendetwas finden werden." Er wollte sie offensichtlich beruhigen.

„Hoffentlich haben Sie recht!"

Nachdem John nach Hause gefahren war, saß sie noch lange am Schreibtisch ihres Vaters. Mehrmals überlegte sie, ob sie Trevor anrufen sollte und griff einmal sogar zum Hörer. Aber ihr Stolz verbot ihr, diesem Impuls nachzugeben. Sie seufzte und zog die Hand wieder zurück.

Ashley spürte genau, dass sie sich erst an Trevor wenden konnte, wenn sie sich aller Fakten sicher war. Das winzig kleine Beweisstück gegen Claud und Lazarus würde Trevor nur zu weiteren Nachforschungen bewegen, und sie wollte sicher sein, bei ihrem nächsten Treffen all seine Anschuldigungen widerlegen zu können.

Wenn es überhaupt zu einem nächsten Treffen kam. Der Streit zwischen ihnen war noch immer nicht beigelegt, und sie bezweifelte, dass sie jemals wieder dazu kommen würden, die Freiheit und Liebe zu genießen, die sie in den Bergen miteinander geteilt hatten. Es war alles nur eine Lüge, versuchte sie sich einzureden. Aber wenn sie an Trevors tiefblaue Augen dachte, an seinen ehrlichen, leidenschaftlichen Blick, dann hoffte sie, dass er noch immer etwas für sie empfand.

In den letzten zwei Wochen kam man um Trevor nicht herum; jedes Mal, wenn Ashley sich eine Zeitung gekauft hatte, prangte sein Foto auf der Titelseite. Inzwischen machte sich Claud keine Sorgen mehr um Trevors Kandidatur für den Senat – er war außer sich vor Wut über die Umfragen, die bezeugten, dass Trevor im Rennen um den Posten ganz vorne lag.

Letzte Woche war Ashley in Clauds Büro gekommen und hatte das Ende eines Telefonats mitgehört.

„Es ist mir völlig egal, wie wir das hinkriegen!", hatte ihr Cousin hasserfüllt gesagt. „Wir können einfach nicht zulassen, dass dieser Mistkerl gewinnt!"

Dann hatte Claud sie registriert, war ein wenig blass geworden und hatte schnell das Thema gewechselt.

Ashley hatte sich dagegen entschieden, Claud zur Rede zu stellen; zu diesem Zeitpunkt wusste sie bereits, dass Trevors Anschuldigungen gegen ihre Familie nicht nur reine Spekulation waren. Clauds skrupelloser Gesichtsausdruck hatte ihr Blut zum Gefrieren gebracht.

Nur noch ein paar Wochen, hatte sie gedacht. *Nur so lange, bis John und ich alle Beweise beisammenhaben. Wenn ich weiß, was damals wirklich passiert ist, werde ich Claud mit der Wahrheit konfrontieren und ihn aus der Firma werfen.* Claud war zwar wichtig für das Unternehmen, aber vor allem war er machthungrig und gefährlich. Genau wie Ashleys Vater.

In den darauffolgenden Tagen kehrte John wieder ins Büro zurück. Nachmittags, wenn Claud die Firma verlassen hatte, machten Ashley und er sich daran, die alten Unterlagen durchzusehen. Zwar schien die Zeit, um alle handgeschriebenen Dokumente zu überprüfen, kaum auszureichen, aber wenigstens schöpfte Claud auf diese Weise keinen Verdacht.

Ashleys unermüdlicher Arbeitseinsatz im Büro schien Claud davon zu überzeugen, dass sie sich nur für die Firma interessierte. Zu ihrer Beziehung zu Trevor äußerte er sich zumindest nicht.

Obwohl sie sich danach sehnte, Trevor wiederzusehen, gab es zwei Gründe für sie, ein solches Treffen vorerst zu vermeiden: Zum einen konnte sie ihm erst dann wieder ins Gesicht sehen, wenn die Tatsachen eindeutig geklärt waren. Ihr Streit steckte ihr noch immer in den Knochen. Sie wusste, dass sie ihn erst dann konfrontieren konnte, wenn sie die ganze Wahrheit herausgefunden hatte.

Der andere Grund war Claud. Wenn irgendjemand Ashley mit Trevor sehen oder ein Telefonat zwischen ihnen belauschen und Claud davon erzählen würde, wären die Folgen katastrophal. Von Tag zu Tag war Ashley zwar überzeugter davon, dass Claud mit Trevors Unfall etwas zu tun hatte. Aber sie hatte keine Beweise – noch nicht. Bisher verließ sie sich einzig und allein auf ihr Bauchgefühl, und das würde bei einer Verhandlung keinen Bestand haben. Doch es war ihr festes Ziel, ihren windigen Vetter vor Gericht zu bringen, wo er sich für seine kriminellen Machenschaften rechtfertigen müsste. Dann hatte Claud geschäftlich in Seattle zu tun. Zum ersten Mal, seit Ashley aus ihrem Urlaub in den Bergen zurückgekehrt war, war er aus der Stadt beordert worden. Ashley bestand darauf, dass er flog. Die Sache in Seattle eilte, und Clauds juristische Kompetenz wurde dringend gebraucht. Oder wenigstens gelang es ihr, ihn davon zu überzeugen, dass seine Expertise einzigartig war und ihn niemand ersetzen konnte. Obwohl dies Balsam für sein Ego war, stieg er nur zögernd in die Maschine nach Seattle und verabschiedete sich von Ashley mit einem so finsteren Blick, dass sie innerlich fröstelte.

Aber kaum war ihr Cousin verschwunden, fühlte sie sich frei, zum ersten Mal seit vielen Wochen. Und sie hatte eine Menge zu tun – zum Beispiel, Trevor zu kontaktieren. Bei dem Gedanken daran schlug ihr Herz schneller. Wie er wohl reagieren würde?

Zu Hause erreichte sie ihn nicht, also versuchte sie es in seinem Wahlkampfbüro. Dort teilte man ihr mit, dass Mr Daniels sich bei ihr melden würde. Ungeduldig wartend, beschäftigte sie sich den ganzen Nachmittag mit den alten Depotbüchern, doch der Rückruf kam nicht.

Um sieben Uhr fuhr sie dann nach Hause. Bestimmt war Trevor sehr beschäftigt, und es war auch nicht ungewöhnlich, dass er sich nicht bei ihr meldete. Vielleicht wollte er sichergehen, dass sie allein war. Vielleicht würde er sie ja auch heute Abend zu Hause anrufen.

Frustriert zog Ashley sich um und versuchte es noch einmal bei Trevor zu Hause. Wieder ging niemand ans Telefon. Als sie erneut die Nummer des Wahlkampfbüros wählte, waren ihre Nerven zum Zerreißen gespannt. Diesmal informierte sie nur ein Anrufbeantworter über die Geschäftszeiten.

Wütend knallte Ashley wieder den Hörer auf die Gabel und stürmte nach unten. Mied Trevor sie absichtlich? Unter den momentanen Umständen war das natürlich gut möglich, andererseits hatte er ja an den Unterlagen ihrer Firma immer großes Interesse gezeigt. Das war vor sechs Wochen gewesen, kurz nach seinem Unfall. Vielleicht galt seine Aufmerksamkeit jetzt eher der Zukunft als der Vergangenheit.

Eine Vergangenheit, die Ashley einschloss. Und einer Zukunft, in der das nicht möglich war.

Obwohl er sich stets offen geäußert hatte, was die Belange der *Stephens Timber Corporation* anging, konnte er es sich inzwischen nicht mehr leisten, eine heimliche Beziehung mit ihr zu führen – selbst wenn er das gewollt hätte. Was sie mittlerweile ernsthaft bezweifelte.

„Hatten Sie einen harten Tag?", fragte Mrs Deveraux, als Ashley schließlich in die Küche kam. Die Haushälterin hatte ihr

Lieblingsgericht gekocht – Schmorbraten mit Kartoffeln. Der Tisch war für eine Person gedeckt.

„Es war ein bisschen anstrengend", gab Ashley zu.

Die weißhaarige Dame sah sie nachdenklich an, als sie die dampfende Schüssel auf den Tisch setzte. „Niemandem ist damit gedient, wenn Sie sich umbringen, ist Ihnen das eigentlich klar?"

„Wie bitte?" Ashley sah sie verwundert an. Mrs Deveraux hatte noch nie eine derart persönliche Bemerkung zu ihr gemacht. Nicht, seit sie mit achtzehn ausgezogen war.

„Nur, weil Ihr Vater Ihnen die Firma vermacht hat, bedeutet das nicht, dass Sie sie auch leiten müssen."

„Aber ich tue es gern, ich ..."

„Unsinn! Man muss kein Genie sein, um zu erkennen, dass Sie todunglücklich sind. Wie viel haben Sie eigentlich an Gewicht verloren, seit Sie wieder hier sind?"

„Nur fünf Pfund."

„Und das bei meinen Kochkünsten!"

„Ich war eben nicht besonders hungrig", erwiderte Ashley schulterzuckend.

„Warum nicht?"

„Keine Ahnung. Kein Appetit, nehme ich an."

„Das ist die Firma", meinte Mrs Deveraux. „Sie hat Ihren Vater umgebracht, und jetzt passiert dasselbe mit Ihnen. Entweder das, oder Sie verzehren sich nach einem Mann, den Sie am College zurückgelassen haben."

Ashley spürte einen großen Kloß im Hals aufsteigen. Weil Mrs Deveraux die einzige Mutter war, die sie gekannt hatte, seit sie ein Teenager war, fühlte sie sich in Gegenwart der reizenden alten Dame immer wie ein kleines Kind. „Ich habe mich mit niemandem getroffen."

„Nun setzen Sie sich doch endlich!" Mrs Deveraux wies auf den Tisch.

„Und Sie essen gar nichts?"

Mit funkelnden Augen sah die ältere Frau Ashley vergnügt

an. „Nein, nicht heute Abend. Ich bin verabredet."

„Schon wieder mit George?" Ashley schnalzte mit der Zunge. „Noch ein heißes Date? Du meine Güte, das scheint ja richtig ernst zu sein."

Mrs Deveraux kicherte, aber ihr Lächeln verblasste schnell wieder. „Sie sind diejenige, die ausgehen sollte. Sie sind schließlich jung und Single."

„Ich bin geschieden."

„Macht keinen Unterschied, das bin ich auch."

Ashley zwang sich zu einem Grinsen. „Wenn ich den richtigen Mann finde …"

„Mit Sicherheit werden Sie ihn hier nicht finden. Oder wollen Sie einen Herzog heiraten oder einen Graf …?"

Oder einen Senator, dachte Ashley wehmütig.

Es klingelte zweimal.

„Ich muss los. Denken Sie über meine Worte nach."

„Das mache ich. Einen schönen Abend!"

„Bestimmt. Ende der Lektion." Mrs Deveraux küsste Ashley rasch auf die Wange und eilte aus der Küche. Ashley spießte ein Stück Fleisch auf ihre Gabel und vernahm im Hintergrund das vergnügte Lachen, mit dem die Haushälterin George begrüßte. Dann fiel die Tür hinter ihnen ins Schloss. Das große Haus kam ihr mit einem Mal unglaublich leer vor.

„Wenn es denn nur so einfach wäre", sagte sie gedankenverloren und zwang sich, noch einen Bissen von dem leckeren Braten zu essen. Doch obwohl sie sich größte Mühe gab, schaffte sie nur die Hälfte von dem, was auf ihrem Teller lag.

Seufzend erhob sie sich vom Tisch und schüttete die Essensreste in den Mülleimer. „Was für eine Verschwendung", murmelte sie, räumte das Geschirr beiseite und ging anschließend nach oben.

Nach einem langen Bad legte sie sich ins Bett. Sie schaltete den Fernseher als Hintergrundkulisse an und blätterte ein Hochglanzmagazin durch. Als die Lokalnachrichten gesendet wurden, legte Ashley die Zeitschrift beiseite und wandte ihre

Aufmerksamkeit der elegant gekleideten Reporterin zu, die in die Kamera lächelte.

„Es geht das Gerücht um, dass einer der Kandidaten für den Senatorenposten, den Senator Higgins vorher bekleidete, aus dem Rennen geworfen wurde", verkündete die dunkelhaarige Frau mit ruhiger Stimme. Jeder Muskel in Ashleys Körper spannte sich an. *„Trevor Daniels, der populäre, umweltbewusste Kandidat und Anwalt aus Portland, will weder abstreiten noch bestätigen, dass er beabsichtigt, seine Kandidatur zurückzuziehen."*

„Nein!", rief Ashley und schoss senkrecht im Bett hoch.

„Den letzten Umfragen zufolge liegt Mr Daniels vorn", fuhr die Reporterin fort, *„deshalb wäre sein mögliches Ausscheiden ein großer Schock für die Gemeinde und das Land."*

Bildmaterial von Trevor, das noch vor Kurzem im Rahmen seiner Wahlkampagne aufgenommen worden war, zeigte ihn im Kreis von Studenten. Der Kandidat lächelte beim Händeschütteln freundlich und wirkte durch und durch wie der geborene Politiker. Der Wind hatte sein kastanienbraunes Haar zerzaust, er sah kräftig und gesund aus.

Bei seinem Anblick zog Ashleys Herz sich zusammen. Trevor wirkte irgendwie verändert. Eine ihr unbekannte Skepsis lag in seinem Blick.

„Lieber Gott, was ist nur geschehen?", flüsterte sie, während die Reporterin die Erfolge und die Rückschläge von Trevors Kampagne aufzählte.

„Nicht nur gelang es Mr Daniels im letzten Sommer, die Anklage wegen Bestechung abzuwehren, er überstand vor Kurzem auch noch die schweren Folgen eines Autounfalls, die ihn fast das Leben gekostet hätten..." Die Reporterin fuhr mit ihrem Bericht fort und versorgte die Zuschauer weiter mit Hintergrundinformationen. Sie erwähnte, dass sein Vater vor zehn Jahren verschwunden war und dass er eine klare Linie vertrat, was nachhaltige Holzverarbeitung und Umweltschutz betraf, obwohl sein Bruder Jeremy als Präsident des Familienbetriebs

Daniels Logging Company natürlich vor allem für Profit sorgen musste.

„*Leider*", sagte die Reporterin, „*können wir dieses Gerücht bisher nicht bestätigen, aber wir informieren Sie selbstverständlich sofort über jede neue Entwicklung. Morgen Mittag wird Mr Daniels anlässlich einer Kundgebung im Pioneer Square sprechen. Vielleicht wissen wir alle zu diesem Zeitpunkt bereits mehr.*"

Als die Berichterstattung über die Vorwahlen im Mai damit zu Ende ging, stellte Ashley den Fernseher aus und ließ sich seufzend zurück in die Kissen fallen. Warum sollte Trevor aus dem Wahlkampf aussteigen? Sein ganzes Leben lang hatte er politische Ambitionen gehabt, und im Moment führte er bei den Vorwahlen ja sogar vor Bill Orson. Jetzt auszusteigen ergab gar keinen Sinn.

Aber dann hörte sie im Geist plötzlich wieder ihren Cousin. *Wir können einfach nicht zulassen, dass dieser Mistkerl gewinnt!* Ob Claud irgendetwas mit diesem Gerücht zu tun hatte? Und stimmte es überhaupt? Der Sender gehörte nicht zu den Fernsehanstalten, die ihre Zuschauer mit Sensationsjournalismus zu ködern versuchten. Die meisten Reportagen bezogen sich auf gut recherchierte Tatsachen. Trotzdem konnten auch sie das Gerücht bisher nicht bestätigen.

Obwohl es bereits elf Uhr war, wählte Ashley mit bebenden Fingern Trevors Nummer. Doch noch immer ging in dem großen Haus am Willamette River niemand ans Telefon, und sie fragte sich, ob er vielleicht umgezogen war. Er hatte sich in dem herrschaftlichen Anwesen seines Vaters nie richtig wohlgefühlt. Die sichtbaren Spuren des Reichtums waren eine harsche Erinnerung an den Preis, den sein Vater hatte zahlen müssen, um die *Daniels Logging Company* zum Erfolg zu führen.

Seufzend legte Ashley den Hörer auf und lehnte sich zurück. Hoffentlich würde sie jetzt endlich schlafen können. Eines stand fest: Morgen Mittag würde sie am Pioneer Square sein, um Trevor zu sehen, und sei es auch nur aus der Entfernung. Es schien Jahre her zu sein, dass sie sich zum letzten Mal getroffen hatten.

Glücklicherweise war Claud noch immer unterwegs, also würde niemand ihre Schritte überwachen. Morgen, das schwor sich Ashley, würde sie Trevor sehen. Vielleicht würde es ihr ja auch gelingen, eine Aussprache zu erzwingen.

Der Pioneer Square war bis auf den letzten Platz gefüllt. Menschen aus allen Gesellschaftsschichten hatten sich vor dem roten Backsteintheater versammelt, die meisten trugen eine verbitterte Miene zur Schau. Ältere Paare rieben sich gegen die Kälte die Hände, sie standen Seite an Seite neben gut gekleideten Männern und Frauen, die in den anliegenden Büros arbeiteten. Obdachlose schlossen sich einer Gruppe bunt gekleideter junger Leute mit Punkfrisuren und Glitzerklamotten an. Jogger auf dem Weg zum Waterfront Park machten eine kleine Pause, und junge Mütter mit Kinderwagen trotzten der kalten Februarluft, nur um Trevor Daniels sprechen zu hören.

Ashley stand etwas außerhalb der Menschenmenge. Ihr Magen war völlig verkrampft. Gesprächsfetzen drangen an ihr Ohr.

„Du glaubst doch wohl nicht wirklich, dass er sich hierhertrauen wird, oder?", fragte ein bärtiger Student in Jeans seinen Freund.

„Ach was! Politiker sind doch alle gleich! Denen kann man nicht trauen."

„Aber dieser Typ – er soll irgendwie anders sein."

„Na klar! Warum ist er dann nicht hier?"

„Keine Ahnung."

„Ich sage dir, da ist einer wie der andere. Sie wollen dir nur weismachen, dass sie anders sind." Der Kleinere von beiden zündete sich eine Zigarette an, blies den Rauch zornig aus und schüttelte den Kopf. „Diesen Daniels werde ich nicht wählen! Verdammt, er taucht ja nicht mal bei seinem eigenen gottverdammten Wahlkampf auf!"

„Vielleicht hat sein Flugzeug ja Verspätung."

„Sein Flugzeug? Ich bitte dich! Er ist doch längst hier in der Stadt!"

„Okay, okay, der Typ ist also ein Idiot. Aber wen willst du sonst wählen? Orson? Dieser Mistkerl würde seine eigene Mutter verkaufen, wenn er damit Geld machen könnte."

„Verdammt!" Der kleine Mann trat seine Zigarette aus und runzelte die Stirn. „Ich hatte gehofft, dieser Typ würde etwas in Bewegung setzen, etwas ..."

„Sinnvolles?"

„Vergiss es!" Sein grobes Lachen verhallte, als die beiden jungen Männer in Richtung Podium abwanderten.

Besorgt musterte Ashley die Menge. Trevor war nirgendwo zu sehen. Die Kundgebung sollte eigentlich um zwölf beginnen, und jetzt war es schon fast Viertel nach. Ashley blies auf ihre kalten Hände. Es war zwar kühl, aber glücklicherweise trocken. Der Wind, der durch den Columbia Gorge wehte, durchdrang ihren Mantel und ging ihr bis auf die Knochen.

„Komm schon, Trevor!", flüsterte sie. Ihr Atem kondensierte in der klaren Luft. „Du scheinst es darauf angelegt zu haben, die Wahlen unbedingt zu verlieren."

Aber irgendwann gab es Bewegung auf dem Podium. Ashleys besorgter Blick war auf die kleine Bühne gerichtet, die extra für die Veranstaltung errichtet worden war. Als ein kleiner, rundlicher Mann ans Mikrofon trat, ging ein erfreutes Raunen durch die Menge.

Es war schon lange her, dass Ashley Everett Woodward zum letzten Mal gesehen hatte, aber sie erkannte Trevors Wahlkampfmanager sofort. Seine Stimme hallte auf dem Platz wider. Er stellte sich dem unruhigen Publikum vor, erklärte dann höflich, dass Trevor in Salem aufgehalten worden war und dass die Kundgebung daher leider zu einem späteren, bisher noch nicht bekannten Termin stattfinden würde.

Diese Neuigkeit wurde mit allgemeinem Missfallen aufgenommen. Während einige von Trevors Anhängern sich zerstreuten, begann eine Gruppe von Zwischenrufern ganz in Ashleys Nähe, Everett zu verhöhnen.

„Und wo ist Daniels dann?", begehrte ein Mann barsch auf. „Ich kaufe Ihnen die Story nicht ab, dass er in Salem ist. Es war doch angekündigt, dass er heute hier ist!"

„Ja, richtig. Was ist mit den Gerüchten, dass er aus dem Wahlkampf aussteigen will? Was ist da gelaufen? Hat man ihn mit der Hand in der Kasse erwischt, oder was?"

Everett, den nur selten etwas erschüttern konnte, ignorierte die Schmährufe, aber er wirkte sehr besorgt.

Die Zwischenrufer tauschten sich untereinander aus. „Wenn ihr mich fragt, hat man Daniels wahrscheinlich in flagranti erwischt – im Bett mit der Frau eines anderen."

„Ach ja?" Der zweite junge Mann feixte. Ashley entfernte sich von ihnen. Sie machte sich große Sorgen um Trevor und interessierte sich nicht für irgendwelchen Klatsch über ihn.

„Na klar, wieso nicht? Ich habe gehört, er hatte eine Affäre mit der Tochter von irgend so einem Holzbaron – ein Konkurrent, glaube ich –, aber sie war mit jemand anderem verheiratet."

„Hey, da krieg ich ja noch mehr Respekt vor dem Typen! Erzähl mir mehr davon ..."

Als Ashley klar wurde, dass die Männer über sie sprachen, musste sie sich sehr zurückhalten, um keine Szene zu machen. Am liebsten hätte sie den beiden erklärt, dass ihre Liebesgeschichte – diese wunderbare, leider viel zu kurze Zeit ihres Lebens – lange vorbei gewesen war, als sie Richard heiratete. Eine unerwünschte Röte zog sich über ihren Hals, und sie wäre fast ins Straucheln gekommen. Aber dann biss sie die Zähne zusammen, senkte den Kopf vor dem Wind und marschierte resolut auf ihr Ziel zu: Trevors Wahlkampfleiter.

Everett sah sie sofort, und ein Funke des Wiedererkennens flackerte in seinem Gesicht auf. Seine Mundwinkel verzogen sich nach unten.

Als sie direkt vor ihm stand, kam Ashley sofort auf den

Punkt. „Ich will Trevor sprechen."

Er lächelte kühl. „Genau wie die restlichen Wähler in diesem Staat."

„Es ist aber sehr wichtig. Das Wahlkampfbüro hat mir gestern versprochen, dass Trevor mich zurückrufen würde."

„Was er aber nicht getan hat?"

„Richtig."

Everett lag bereits eine hastige Antwort auf der Zunge, aber er entschied sich im letzten Moment anders.

„Ich habe nicht den Eindruck, dass man ihn über meinen Anruf informiert hat", teilte Ashley dem rundlichen Wahlkampfmanager mit.

„Haben Sie schon einmal daran gedacht, dass Trevor nicht mit Ihnen sprechen möchte?"

Ashley versteifte sich. Einen kurzen Moment lang überlegte sie, das Thema fallen zu lassen. Aber dafür stand zu viel auf dem Spiel. In den letzten Wochen hatte sie gelernt, dass ihre Liebe für Trevor niemals vergehen würde – und dass die schmerzhaften Erfahrungen zum Teil auch ihrem mangelnden Vertrauen in ihn geschuldet waren. Es war unglaublich wichtig, dass sie Trevor noch einmal sehen konnte. Sie straffte die Schultern und schluckte ihren Stolz herunter.

„Sagen Sie mir einfach, was los ist, Everett!", forderte sie ihn mit fester Stimme auf. Würde er sie zurückweisen? Sie war auf alles gefasst. „Sie sind sein Wahlkampfleiter, und ich weiß, Sie sind gut in Ihrem Job", sprach sie dennoch unbeirrt weiter. „Bestimmt hat Trevor sich Ihnen anvertraut."

Nachdenklich betrachtete Everett die Frau vor ihm. Ihre stolze, entschlossene Haltung war beeindruckend. Ashley Stephens war schon lange nicht mehr das verwöhnte Töchterchen eines Holzbarons, das sie einst gewesen war.

Er umklammerte den Griff seines Schirms und studierte interessiert die Architektur der umliegenden Gebäude auf dem Platz. „Ich glaube, es ist am besten, wenn Sie Trevor Daniels vergessen", sagte er. „Wenn die Presse herausfindet, dass Sie beide wieder etwas miteinander zu tun haben, wäre das politisches Dynamit."

„Kommen Sie schon, Everett! Hat Trevor Ihnen gesagt, dass er mich nicht wiedersehen will?"

Ashley funkelte ihn wütend an. Sie strahlte Mut aus und Würde; er konnte sie unmöglich anlügen. „Im Moment weiß Trevor einfach nicht genau, was er will", gab der Wahlkampfleiter zu.

„Und das betrifft auch seine Ambitionen für den Senatorenposten?"

Die Augen des stämmigen Mannes glitzerten gefährlich. Er hatte der schönen Tochter von Lazarus Stephens schon zu viel verraten. „Lassen Sie ihn in Ruhe, Ashley!", warnte er sie. „Bevor Trevor Sie wiedergesehen hat, wusste er, was er wollte. Und jetzt ... Verdammt!" Frustriert ballte er die Faust.

„Und jetzt was?", flüsterte Ashley, deren Kehle sich vor Angst zusammenzog.

Everett lachte schwach. „Sieht so aus, als würden Sie und Ihr Vater die Oberhand behalten", sagte er angewidert. „Offenbar haben Sie den besten Mann in Oregon ganz im Alleingang dazu gebracht, seine einzige Chance auf die Erfüllung seiner Träume zu verspielen. Wissen Sie überhaupt, was Sie getan haben? Haben Sie eine Ahnung, was Sie allein den Staat gekostet haben?" Sein Gesicht rötete sich, er fuchtelte mit den Händen hilflos in der Luft herum. „Er wäre ein guter Senator geworden, Ashley, ein verdammt guter!"

Mit dieser wütenden Bemerkung wandte er sich ab, rief ihr dann aber eine weitere Warnung über die Schulter zu. „Geben Sie auf! Sie haben bekommen, was Sie wollten. Die Sache ist für ihn gelaufen. Lassen Sie jetzt den armen Kerl um Gottes willen endlich in Ruhe!"

Mit diesen Worten stieg Everett in einen wartenden Wagen. Das Auto setzte sich in Bewegung und war bald im laufenden Verkehr verschwunden.

Ashley stand allein in der kalten Winterluft. Sie fühlte sich noch verletzlicher als in dem Moment, in dem Trevor die Blockhütte verlassen hatte. Fröstelnd schlang sie die Arme um sich.

Ihr Herz schlug ihr bis zum Hals. „Großer Gott, Trevor!", flüsterte sie. „Was ist nur mit uns geschehen?" Mit Tränen in den Augen sah sie hoch zum grauen Himmel. Wie hatte sie nur so lange so blind sein können? Warum hatte sie zugelassen, dass andere Menschen, andere Dinge, unnötige Hindernisse zwischen sie gekommen waren? War es Stolz oder Angst vor der Wahrheit gewesen, die sie davon abgehalten hatten, zu erkennen, dass sie Trevor leidenschaftlicher liebte, als irgendeine vernünftige Frau einen Mann lieben sollte?

Ihre Finger krallten sich zusammen, als sie plötzlich ihren Namen hörte.

„Mrs Jennings?"

Ashley hatte nicht bemerkt, dass sie beobachtet worden war. Schnell drehte sie sich um. Vor ihr stand ein junger Mann, nicht älter als fünfundzwanzig, der sie eindringlich anschaute. Seine klaren Gesichtszüge ließen nicht erkennen, was er von ihr wollte.

„Ja bitte?", flüsterte sie und gab sich alle Mühe, gefasst zu erscheinen.

„Sie sind doch Ashley Jennings – Ashley Stephens Jennings?"

„Ja." Sie war sofort auf der Hut. Die letzten vierundzwanzig Stunden waren eine Achterbahn voller Kämpfe und Emotionen gewesen. Etwas in dem wissbegierigen Blick des Mannes warnte sie, vorsichtig zu sein.

Der junge Mann lächelte sie triumphierend an. „Wusst ich's doch! Elwin Douglass." Er streckte die Hand aus.

Widerstrebend erwiderte sie seine Geste und spürte die Kälte in ihren Fingern. „Kann ich irgendetwas für Sie tun?"

„Das hoffe ich. Ich bin Reporter."

Ashley schlug das Herz bis zum Hals.

„Ich schreibe eine Serie über Politiker bei den Vorwahlen ... und, na ja, Trevor Daniels ist der Erste auf meiner Liste."

„Mr Daniels ist heute nicht aufgetreten", erwiderte Ashley.

Sie spürte instinktiv, dass sie mit dem jungen Mann nichts zu tun haben wollte. „Sie sollten mit ihm selbst sprechen. Ich muss wieder zurück an meine Arbeit."

„Ich begleite Sie. Es wird sicher nicht lange dauern", versicherte er ihr. „Sie sind doch im Vorstand der *Stephens Timber Corporation*, nicht wahr?" Er machte sich während des Gesprächs Notizen und war offenbar nicht gewillt, sich hinhalten zu lassen.

„Ja, ich bin Vorstandsvorsitzende, habe aber ein sehr kompetentes Management. Allein würde ich das nie schaffen." Unwillkürlich dachte sie an Claud, und kalte Furcht stieg in ihr auf.

Vor einer roten Ampel an der Front Avenue blieben sie stehen. Douglass nutzte die Gelegenheit sofort. „Das ist mir bekannt. Aber Ihre Firma hat sich ja – zumindest in der jüngsten Vergangenheit – immer sehr negativ über umweltbewusste Kandidaten wie Daniels geäußert."

Die Ampel sprang auf Grün. Ashley trat vom Bordstein herunter auf das nasse Pflaster. „Hören Sie, Mr Douglass, ich bin nicht gewillt, mich zwischen Tür und Angel interviewen zu lassen. Warum rufen Sie nicht in meinem Büro an, damit wir einen Termin vereinbaren können, der uns beiden passt?"

Der dreiste Reporter ging darauf nicht ein. „Na ja, ich hätte da schon noch ein paar Fragen."

„Also wirklich, ich finde nicht …"

„Sie sind doch die Tochter von Lazarus Stephens, nicht wahr?"
„Natürlich, aber …"

„Seine einzige Tochter, die vor ein paar Jahren ein Verhältnis mit Trevor Daniels hatte."

„Entschuldigen Sie mich", erklärte Ashley und beschleunigte ihre Schritte. Jetzt kamen die Büros der *Stephens Timber Corporation* in Sicht. Noch nie war sie so froh gewesen, das renovierte Hotel aus der Jahrhundertwende zu sehen, eines der schönsten Gebäude auf der Front Avenue.

„Warten Sie! Was wissen Sie über das Gerücht, dass Daniels sich aus dem Wahlkampf zurückziehen will?"

Diese Frage ist leicht zu beantworten, damit kann ich nichts falsch machen, dachte sie. „Absolut gar nichts", erwiderte sie aufrichtig mit distanziertem Lächeln. „Wenn Sie mit dem Interview weitermachen wollen, sehr gern, aber zu einem anderen Zeitpunkt. Rufen Sie einfach bei mir im Büro an." Sie suchte in ihrer Handtasche nach einer Visitenkarte und reichte sie ihm. „Jetzt muss ich mich leider wieder an die Arbeit machen."

Widerstrebend akzeptierte Elwin Douglass die kleine weiße Karte und steckte sie in seine Brieftasche.

Ashley stieß die großen Glastüren des Gebäudes auf und beendete damit erfolgreich das Interview. Mit erhobenem Haupt durchquerte sie entschlossen die Lobby. Trotz der Warnungen von Everett Woodward und seinen unausgesprochenen Andeutungen wusste sie, dass sie Trevor wiedersehen musste.

Und zwar noch heute Abend.

10. KAPITEL

Die Abenddämmerung hatte bereits eingesetzt, als Ashley vor Trevors herrschaftlichem Anwesen eintraf. Trotz der zunehmenden Dunkelheit erkannte sie, dass das weitläufige, zweistöckige Gebäude sich in den letzten acht Jahren nicht verändert hatte. Mit seiner Fassade aus Zedernholz, den spitzen Giebeln und den roten Ziegeln war das Herrenhaus eines der stattlichsten am Willamette River.

Uralte Nadelbäume säumten den Besitz. Bleiverglaste Fenster reflektierten das Licht der Lampen, die die geschwungene Fassade beleuchteten.

Entschlossen griff Ashley nach ihrer Tasche, stieg aus dem Wagen und marschierte über den Kiesweg auf den Eingang zu. Ihr Herz klopfte ängstlich, als sie die Treppen zur Veranda hochstieg und sich innerlich auf Trevors unvermeidliche Zurückweisung gefasst machte.

Immer wieder musste sie an Everetts Warnung denken. *Lassen Sie den armen Kerl um Gottes willen endlich in Ruhe!* Was hatte er damit gemeint? Die Worte des Wahlkampfleiters hatten weniger wie eine Drohung geklungen – eher, als würde er Trevor unbedingt beschützen wollen. Aber warum musste Trevor beschützt werden? Er war ein starker, stolzer Mann, der sehr wohl in der Lage war, für sich selbst zu sorgen und alles zu bekommen, was er wollte. Er focht seine Kämpfe allein aus, ohne Hilfe anderer.

Unfähig, ihre zunehmende Verzweiflung zu unterdrücken, klingelte Ashley und wartete ungeduldig. Die melodischen Klingeltöne drangen durch die massive Holztür hindurch. Der Geruch von verbranntem Holz lag in der Luft; in einem der Kamine musste ein Feuer brennen. Angst um den Mann, den sie liebte, schnürte ihr die Kehle zu.

Verloren stand Ashley auf der Veranda. Das einzige Geräusch, das die Stille unterbrach, war ihr eigenes unregelmäßiges Atmen. Nervös stellte sie sich auf die Zehenspitzen und linste durch das nächstliegende Fenster. Das Zimmer, das sie erblickte, war dunkel, aber durch die hintere Tür fiel ein schwacher Lichtstrahl, der aus einem der angrenzenden Zimmer zu kommen schien. Wer auch immer sich gerade in dem Herrenhaus aufhielt, zog es offenbar vor, ungestört zu bleiben.

Nachdem sie einige Minuten lang unschlüssig verharrt hatte, klopfte Ashley schließlich laut an die dunkle Holztür. Sie war gekommen, um Trevor zu sehen, und sie war entschlossen, ihn zu finden, auch wenn es die ganze Nacht dauern würde. Egal, wer sich gerade im Haus aufhielt – er würde aufstehen und ihr öffnen müssen. Nach acht langen Jahren hatte sie das Warten satt.

Das Herz schlug ihr bis zum Hals, als sie endlich Schritte hörte, die sich der Tür näherten.

Die Tür öffnete sich knarrend, und Ashley blickte in die angstvollen blauen Augen des Mannes, den sie über alles liebte. Er ähnelte kaum noch dem starken, unbesiegbaren Mann mit dem entschlossenen Blick, an den sie sich so gut erinnerte. Ihr Herz zog sich vor stummem Schmerz zusammen.

„Ashley?" Trevor lehnte sich an den Türrahmen an, als ob er aus eigener Kraft nicht mehr stehen könnte. Der Geruch von Whiskey lag in der Luft.

Seine Stimme war leise, quälende Fragen verschleierten seinen Blick, ein Dreitagebart verdunkelte sein Kinn. Seine ausgewaschene Jeans und das zerknitterte Flanellhemd wirkten, als hätte er sich mehrere Tage lang nicht mehr die Mühe gemacht, die Kleidung zu wechseln. Als er Ashley in die Augen sah, wurden die steilen Linien, die sich um seinen Mund eingegraben hatten, ein wenig weicher, und die Spannung in seinen Schultern ließ nach.

„Ashley ... du lieber Gott, bist du es wirklich?"

Sie zögerte einen Moment lang. Nichts hatte sie auf diesen müden, zerbrochenen Mann vorbereitet, dem sie sich jetzt gegenübersah. Ein leichtes Lächeln erschien auf seinem Gesicht, aber selbst das schien ihm Mühe zu bereiten. Als sie an das

Missverständnis zwischen ihnen dachte, füllten sich ihre Augen mit Tränen.

„Oh, Trevor, was ist denn nur mit dir passiert?", flüsterte sie.

„Nichts Besonderes. Jedenfalls nicht im Moment." Er schloss die Augen, als wollte er die Dämonen vertreiben, die ihn verfolgten. „Ich habe dich vermisst", gab er mit rauer Stimme zu und öffnete die Tür noch ein Stück weiter.

Das war die ermutigende Geste, die sie brauchte. Tief seufzend schlang sie die Arme um ihn und hielt ihn in stummer Verzweiflung ganz fest. Alle Hindernisse, die sie so viele Jahre lang voneinander getrennt hatten, schienen verschwunden zu sein. Auch Trevor hielt sie mit aller Macht an sich gedrückt, als fürchtete er, sie wäre nur ein Produkt seiner Fantasie und würde so schnell wieder in die Nacht entschwinden, wie sie gekommen war.

Tränenüberströmt sog Ashley seinen männlichen, warmen Duft ein. Schwach konnte sie den Whiskey in seinem Atem riechen. Als er seine Lippen auf die ihren presste, hatte sie das Gefühl, als würde sie in den polierten Eichenboden der großen Eingangshalle versinken.

„Ich dachte, ich hätte dich verloren", stieß er mit rauer Stimme hervor. Erst jetzt bemerkte sie die Tränen in seinen Augen. Sie hatte Trevor nie zuvor weinen sehen. Es berührte sie zutiefst, dass dieser stolze Mann ihr seine Schwäche zeigte. Offensichtlich lag sie ihm noch immer sehr am Herzen.

„Schhh ... Ich bin ja da. Das ist das Wichtigste", flüsterte sie, strich ihm das zerzauste Haar aus dem Gesicht und küsste seine nassen Wangen.

„Ich werde es nicht zulassen, dass du mich wieder verlässt", schwor er und trat die Tür mit dem Fuß zu.

„Wenn ich mich richtig erinnere, Senator, waren Sie es, der mich verlassen hat."

„Aber nicht vor acht Jahren. Damals habe ich einen großen Fehler gemacht. Ich hätte nie erlauben dürfen, dass du aus meinem Leben verschwindest."

„Und ich hätte dich nicht verlassen ..."
„Amen."
Schnell beugte er sich zu ihr hinunter und hob sie hoch.
„Was machst du da?", flüsterte sie, während er sie in den hinteren Teil des Hauses trug.
„Was ich schon lange hätte tun sollen", erwiderte er. „Ich werde dich so lange lieben, bis du mir versprichst, dass du immer bei mir bleiben wirst." Seine Worte trafen sie mitten ins Herz. Sie musste an die Vergangenheit denken, die sie zuerst zusammengebracht und dann so grausam getrennt hatte. „Ich habe in meinem Leben bestimmt eine ganze Menge Fehler gemacht, aber heute Abend werde ich das Richtige tun. Ich habe viel zu lange darauf gewartet, dass du vor meiner Tür stehst."
„Und wenn ich nicht gekommen wäre? Wie lange hättest du noch gewartet?"
Die Wärme seines Körpers schien sie zu durchströmen. Trotz der vielen unbeantworteten Fragen zwischen ihnen merkte Ashley, wie ihr Körper auf Trevors Umarmung und auf seinen besitzergreifenden Blick reagierte.
„Ich weiß es nicht", erwiderte er düster.
„Du hättest mich anrufen können."
„Ich hatte Angst", gestand er.
„Vor mir?"
Frustriert seufzte er. „Um dich. Wogegen ich auch gekämpft haben mag, ich wollte dich da auf gar keinen Fall mit hineinziehen."
„Aber du hast mich doch gebeten, mir die Firmenunterlagen durchzusehen und ..."
Er legte ihr einen Finger auf die Lippen und brachte sie zum Schweigen. „Nach unserem Streit wurde mir klar, dass es ein Fehler gewesen war, dich um Hilfe zu bitten. Und später ..."
„Warte mal, nicht so schnell! Wovon sprichst du überhaupt?", fragte Ashley. Noch immer hatte sie die Arme um seinen Nacken geschlungen. Als sie den Kopf hob, sah sie die Besorgnis in seinem Blick.

Trevor bemerkte ihre Verwirrung, während er sie ins Wohnzimmer trug. Er schüttelte den Kopf, als wollte er die Erinnerung an die vielen schlaflosen Nächte und die viel zu vielen Drinks vertreiben.

„Nicht jetzt", flüsterte er und ließ sie langsam auf den dicken Teppich vor dem Kamin sinken. In seinen Augen glühte die Leidenschaft. Er strich ihr sanft eine Haarsträhne aus dem Gesicht und sah auf sie herab. Behutsam zeichnete er mit dem Finger die Konturen ihrer Lippen nach. „Heute Abend werden wir nicht an unsere Familien denken, all die Lügen und den ganzen Verrat vergessen. Heute Abend gibt es nur uns und keine Vergangenheit."

Ashley griff nach seinem Handgelenk und hinderte ihn daran, mit seinen Zärtlichkeiten fortzufahren. „Du tust so, als hättest du erwartet, dass ich heute Nacht hier auftauche", flüsterte sie.

Eine unsichtbare Last schien von Trevors Schultern zu fallen. Er wandte den Blick von Ashleys eleganten Gesichtszügen und starrte ins verlöschende Feuer des Kamins. „Ich habe nicht geglaubt, dich jemals wiederzusehen", gab er widerstrebend zu. „Ich dachte, ich hätte dich für immer verloren."

„Aber warum?"

„Ich habe dich schon einmal verloren, als du einen anderen geheiratet hast."

Ihr Verrat brannte wie Feuer in ihrer Brust. „Ich habe dir bereits gesagt, dass es ein Fehler war. Selbst Richard musste das schließlich einsehen." Sie streichelte sanft über seinen Arm und zwang Trevor, sie erneut anzusehen. „Weißt du nicht, dass ich noch nie einen Mann so leidenschaftlich geliebt habe wie dich? Ich habe Richard nur geheiratet, weil ich glaubte, du würdest mich nicht haben wollen. Diesen Fehler werde ich nie wieder machen. Das war einfach nicht fair, weder dir gegenüber noch Richard oder mir selbst gegenüber. In den letzten acht Jahren habe ich eine Menge gelernt. Ich weiß jetzt, dass man das, was man verzweifelt haben will, festhalten muss und nie wieder loslassen darf. Das habe ich von dir gelernt, Trevor. Das und noch vieles mehr."

Trevor verbarg sein Gesicht in den Händen. „Ich hoffe, du weißt, dass ich dich nie verletzen wollte."

„Ja, das weiß ich." Ashley zweifelte nicht eine Sekunde daran. Sie war zu ihm gekommen, und er hatte ihr seinen Schmerz gezeigt. Zum ersten Mal in ihrem Leben wusste sie, dass sie ihm am Herzen lag, dass er immer so viel für sie empfunden hatte, wie ihm nur möglich gewesen war.

„Ich kann auf gar keinen Fall zulassen, dass du meinetwegen in Gefahr gerätst."

„Trevor, wovon sprichst du?"

Er wandte sich um und betrachtete ihre besorgte Miene. Ashley strich weiter sanft über seinen Arm. In seinem Hals bildete sich ein Kloß, er schluckte schwer. „Ich liebe dich", gestand er.

Ashley hielt abrupt in ihrer Bewegung inne. Ein trauriges Lächeln umspielte ihren Mund. Wie lange hatte sie darauf gewartet, diese Worte zu hören?

Trevor fasste nach ihrer Hand und küsste innig jeden ihrer Finger. Der Blick seiner blauen Augen hielt sie gefangen, als er ihr den Mantel abstreifte und begann, den obersten Knopf ihrer Bluse zu öffnen.

„Ich lasse dich nie wieder gehen", flüsterte er, als der erste perlmuttfarbene Knopf durch die blaue Seide rutschte. „Ich werde dich hierbehalten und dich beschützen, und du wirst mich nie wieder verlassen." Jetzt stand der zweite Knopf offen.

Ashleys Atem ging stoßweise, das Blut rauschte ihr in den Ohren. Langsam hoben und senkten sich ihre Brüste, während seine Hand jetzt tiefer, zum dritten Knopf, glitt. „Ich hatte nie vor, dich zu verlassen, Trevor", wisperte sie.

Im flackernden Licht des Kaminfeuers fiel ihm ihr BH auf. Trevor fuhr mit der Hand über die französische Spitze, die ihre Brüste so verführerisch verhüllte. Ashleys Finger umklammerten sein Handgelenk, um den Ansturm auf ihre Sinne zu stoppen. Es gab Dinge, die sie zuerst wissen musste, Fragen, auf die sie bisher keine Antworten hatte.

„Warum hast du mich nicht angerufen? Warum bist du nicht zu mir gekommen?" Sie blickte in sein Gesicht. Er wirkte unendlich müde, das Lächeln, mit dem er sie betrachtete, war bitter, voller Schmerz.

„Es war einfach besser so. Ich durfte nicht riskieren, dich in Gefahr zu bringen."

Leidenschaft brannte in seinem Blick, doch sein Ausdruck war grimmig und unnachgiebig. Sein Hemd stand offen. Als er sich über sie beugte, merkte Ashley, dass er keinen Verband trug. Eine tiefrote Narbe zog sich über die gebräunte Haut und erinnerte sie an den Grund, warum er damals zu ihr in die Cascades gekommen war.

Behutsam strich sie mit dem Finger über die Narbe. Trevor hielt den Atem an.

„Gefahr?"

Er hielt einen Moment inne und betrachtete die schöne, verletzliche Frau mit den geheimnisvollen Augen an seiner Seite. „Du musst dir keine Sorgen mehr machen", flüsterte er und beugte den Kopf über ihre seidenweiche Haut. „Ich werde mich um dich kümmern ..."

Sie spürte die Hitze seiner Berührung, und heißes Begehren überflutete ihr Innerstes. In ihrer Liebe für diesen Mann war sie völlig verloren. Seine Qual und seine Besorgnis zu sehen bestärkte sie nur noch in ihrem Verlangen, ein Teil von ihm und von seinem Leben zu sein.

Er vergrub seine Finger in ihrem Haar, raunte ihr Koseworte ins Ohr. Dann spürte sie, wie er seine Lippen mit all dem Feuer zu vieler Nächte einsamer Zurückhaltung auf die ihren drückte. Ashley öffnete den Mund, empfing begierig die Berührung seiner Zunge und erwiderte sie. Sie streifte ihm das Hemd ab und strich bewundernd über die starken Muskeln seiner Oberarme, während das Kleidungsstück geräuschlos zu Boden fiel.

„Liebe mich", flüsterte er, als sie seinen Gürtel ablegte. Er presste sich an sie, und sie spürte sein dringendes Verlangen, seine harte Männlichkeit, die sich unter seiner Hose abzeichnete.

Sie antwortete mit erregtem Stöhnen. Langsam befreite sie ihn von der Jeans. Trevors Augen glänzten fiebrig vor Leidenschaft, als er ihr endlich die seidigen Träger von ihren Schultern zog. Endlich reckten sich ihm ihre prallen Brüste entgegen, und er umschloss sie sanft mit den Händen.

„Ich liebe dich", flüsterte er, beugte den Kopf und nahm eine aufgerichtete Knospe in den Mund. Seine Zunge umkreiste sie, er spielte mit ihr, bis Ashley in bittersüßer Ekstase aufstöhnte. Sie hatte das Gefühl, vor Lust verrückt zu werden. Sie bog sich ihm entgegen, umfasste mit ihren Händen sein Gesicht und zog ihn noch fester an sich.

Als Trevor schließlich den Kopf hob, um ihr in die Augen zu schauen, raste ihr Herz wie wild. Die Konturen des dunklen Zimmers verschwammen; sie sah nur noch Trevors kühne Gesichtszüge. Langsam streifte er ihr jetzt die restliche Kleidung ab.

„Trevor ... bitte", flüsterte sie bebend, als sie schließlich nackt neben ihm lag. Sein Oberkörper glänzte im Schein des Feuers. Er küsste sie sanft auf die Lippen und presste seinen Körper an ihren.

„Ich will dich", hauchte sie.

„Das reicht nicht."

Ashley schluckte den heißen Kloß in ihrer Kehle herunter. Sie wusste, wonach er sich sehnte, was er von ihr hören wollte. Seine Hand beschrieb weiterhin sanfte Kreise um ihre Brust.

„Ich liebe dich, Trevor", sagte sie und vernahm ihren Herzschlag wie ein Echo. „Ich habe dich immer geliebt."

„Und ich liebe dich, Ashley ..." Er hob den Kopf, sein leidenschaftlicher Blick hielt den ihren gefangen. „Ich habe nie aufgehört, dich zu lieben."

Sie seufzte sehnsüchtig auf, als er die Augen schloss und sanft ihre Schenkel spreizte. Er drang langsam, aber entschlossen in sie ein, als würde er etwas einfordern, was ihm gehörte. Zu viele Jahre hatte er sich nach ihr gesehnt, und er wollte für immer die Erinnerung an Richard Jennings in Ashleys Seele auslöschen. Jetzt war sie seine Frau, jetzt und für immer. Wenn er irgendetwas in den letzten Wochen erlangt hatte, so war es die Erkenntnis, dass alles andere in seinem Leben keinen Pfifferling wert war.

Nie zuvor war ihr Liebesspiel so entfesselt, ihre Vereinigung so erfüllt von Sehnsucht, so süß gewesen. Ashley gab sich ihm und der feurigen Glut, die durch ihre Adern pulsierte, rückhaltlos hin. Ihr Verlangen wurde immer stärker, wurde heißer und heißer, verlangte nach Erlösung, bis die Welle der Leidenschaft, die sie jahrelang zurückgedrängt hatte, endlich über ihr zusammenbrach.

„Trevor!", rief sie aus. Tränen schossen ihr in die Augen. Als sein Atem langsamer wurde, sank er neben ihr auf den Boden, und Ashley schmiegte zärtlich den Kopf an seine Schulter.

„Nichts wird jemals wieder zwischen uns kommen!", schwor er mit rauer Stimme.

„Wie kannst du dir so sicher sein?"

„Weil ich mich zum ersten Mal seit vielen Wochen wieder als Herr über mein Schicksal fühle." Sanft küsste er ihre Tränen weg und versuchte, die Fassung zurückzugewinnen. „Du und ich, meine Süße, wir werden diese Sache überstehen. Wir werden gemeinsam da durchgehen."

„Wenn ich dir nur glauben …"

„Tu es einfach!"

Beschützend schlang Ashley ihre Arme um den Mann, den sie liebte, während Trevor ihr zärtlich das Haar aus dem Gesicht strich. „Ich hatte Angst, du würdest nie zu mir kommen", sagte er und sah sie ernst an.

„Aber ich habe dich doch hier angerufen … und ich habe in deinem Wahlkampfbüro eine Nachricht hinterlassen. Man sagte mir, du würdest mich zurückrufen."

Trevor erstarrte. „Wann?"

„Gestern Nachmittag."

Seine Schultern entspannten sich wieder. „Ich habe versucht, diesen Ort zu meiden", gab er zu, „und hier bin ich gar nicht erst ans Telefon gegangen."

„Aber warum?" Sie berührte leicht seine Schulter. „Was ist nur mit dir los? Es geht das Gerücht um, du würdest dich aus dem Wahlkampf zurückziehen."

„Bist du deshalb heute Abend hierhergekommen?", fragte er mit funkelnden Augen.

„Nein. Aber dadurch wurde mir klar, dass ich dich wiedersehen ... dich berühren musste. Es gibt einige Dinge, die wir besprechen sollten."

Trevor lächelte. „Okay, aber erst mache ich dir etwas zu essen."

„Ich habe aber gar keinen Hunger", protestierte Ashley.

„Komm schon, tu mir den Gefallen! Ich sterbe vor Hunger."

„Du willst dich doch nur drücken."

„Wie es sich für einen Politiker gehört." Er stand auf, zog die Jeans an und reichte Ashley ihre Kleider. „Wenn du mit mir sprechen möchtest, solltest du dich erst richtig anziehen. Sonst kann ich nämlich für nichts garantieren." Sein verführerischer Blick glitt über ihren Körper und blieb an ihren Brüsten hängen. „Du bist viel schöner, als es gut für mich ist."

Sie lächelte schief, zog sich die Bluse an und streifte ihren Rock über. Trevor lehnte mit verschränkten Armen am Kamin und beobachtete sie.

„Du bist wirklich eine große Hilfe", beschwerte sie sich.

„Wenn ich dir dabei helfen würde, würde ich den Rock lieber aus- als anziehen."

Ashley lächelte. „Aber du wolltest doch, dass ich mich wieder anziehe."

„Irgendwie hast du mich missverstanden."

„War das nicht schon immer so?"

Er schüttelte den Kopf und lachte. „Du wolltest mit mir sprechen, und ich habe dir geantwortet, dass das nur geht, wenn du angezogen bist. Sonst bin ich nämlich viel zu abgelenkt."

„Alles nur leere Versprechungen", neckte sie ihn.

Trevor zwinkerte ihr zu. „Mit dir bin ich noch lange nicht fertig, Ashley! Für jede Stichelei werde ich dich später angemessen bestrafen."

„Du bist ein bisschen zu selbstsicher, findest du nicht?" Ashley legte den Kopf zur Seite. Das dunkle Haar fiel ihr in weichen Locken ins Gesicht.

Trevor zuckte die Achseln. Insgeheim fragte er sich allerdings, wie es möglich war, dass diese Frau ihn durch nur eine kokette Geste so aus der Fassung bringen konnte. „Was dich betrifft, bin ich mir alles andere als sicher."

Trevor nahm ihre Hand und führte Ashley in die Küche, die auch im hinteren Teil des Hauses lag.

„Ich glaube nicht, dass wir viel hierhaben", sagte er und begann, den Inhalt des Kühlschranks zu untersuchen.

„Ist mir egal. Ich bin ja nicht diejenige, die Hunger hat", erklärte Ashley. Ungeniert betrachtete sie seinen knackigen Po in der engen Jeans, während er sich zum Kühlschrank hinabbeugte.

„Hm ... Aha, immerhin. Wie wär's mit einem Omelett?"

„Wie du willst. Soll ich kochen?"

„Auf gar keinen Fall!" Er sah hoch und lächelte entwaffnend. „Na ja, vielleicht hast du recht. Wahrscheinlich bist du die bessere Köchin."

Ashley war froh darüber, beschäftigt zu sein. Während sie die Eier schlug und den Käse rieb, spürte sie Trevors Blick auf sich ruhen. Zum ersten Mal seit Wochen war sie völlig entspannt, als wäre sie nach einer langen, anstrengenden Reise endlich nach Hause gekommen.

Sie aßen schweigend. Ashley genoss jede Sekunde, die sie mit Trevor verbringen konnte.

„So, und jetzt erzähl!", forderte sie ihn auf, nachdem sie die Teller von dem kleinen Tisch abgeräumt hatte. „Was hat es mit den Gerüchten auf sich, dass du dich aus dem Wahlkampf zurückziehen willst?"

„Bis jetzt ist es eigentlich nur das: ein Gerücht."
„Aber wo Rauch ist, ist auch Feuer", bemerkte sie.
„Das solltest du besser wissen als ich."

Ashley spürte, wie sich ihr Rücken verspannte. Aber als ihre Blicke sich trafen, erkannte sie, dass Trevor nicht vorgehabt hatte, die Anschuldigungen gegen ihren Vater zu wiederholen.

„Ach ja, das erinnert mich an etwas", sagte sie und wischte ihre Hände an einem Geschirrtuch ab, das neben dem Herd hing. „Ich habe etwas für dich."

Sein Blick wurde schärfer. „Hast du Beweise gefunden?"

„Ich wünschte, ich wüsste, was es ist", gab sie zu. „Die Unterlagen sind in meiner Tasche ... im Wohnzimmer."

Als sie wieder in dem gemütlichen Wohnraum waren, schürte Trevor das Feuer, während Ashley die Tischlampe anknipste und die Dokumente herausholte, die ihren Vater und ihren Cousin schwer belasteten.

Als das Feuer zu seiner Zufriedenheit im Kamin flackerte, wischte er sich die Hände an der Jeans ab und ging zu Ashley hinüber. Sie wollte ihm die Dokumente geben, aber er schüttelte den Kopf. „Ich will gar nicht wissen, was du gefunden hast, wenn es dir oder deiner Familie schadet."

Sie runzelte die Stirn. „Das verstehe ich nicht! Du hast mich gebeten ... nein, besser gesagt: Du hast von mir verlangt, dass ich Indizien gegen meine Familie suchen soll. Und nun willst du die Beweise gar nicht?"

„Ich will dich nicht verletzen – nicht mehr. Wenn es auf diesen Seiten", er wies auf die Dokumente in ihrer Hand, „irgendetwas geben sollte, das besser unentdeckt bliebe, dann solltest du sie besser verbrennen. Und zwar sofort."

Er bot ihr einen Ausweg an, eine Rettung für den guten Ruf ihres Vaters, aber Ashley konnte das nicht akzeptieren. Wenn Trevor und sie die Chance auf ein glückliches Leben haben sollten, musste sie alle Lügen der Vergangenheit zu Grabe tragen. Es konnte nur eine gemeinsame Zukunft für sie geben, wenn sie auf Wahrheit aufgebaut war.

„Hier." Sie reichte ihm die Papiere. „Lass uns noch einmal von vorn anfangen – als hätten wir ein unbeschriebenes Blatt vor uns. Erinnerst du dich noch?"

Er nahm die Blätter aus ihrer zitternden Hand und ließ sich vor dem Kamin nieder. „Ich will verdammt sein, wenn ich ..."

„Aber das wolltest du doch, oder? Beweise dafür, dass mein Vater und Claud hinter der Korruptionsanklage gesteckt haben?"

Er sackte ein wenig in sich zusammen. „Ist das alles?"

„Mehr konnte ich nicht finden", erwiderte sie mit rauer Stimme. „John Ellis und ich haben Tag und Nacht gearbeitet, wir haben alle Akten durchgesehen. Natürlich ist es möglich, dass wir etwas übersehen haben, aber ich bezweifle es. Es gab keinerlei Anzeichen dafür, dass Claud irgendetwas mit deinem Unfall zu tun haben könnte. Und was das Verschwinden deines Vaters angeht ..." Trevors Blick wurde schärfer, gespannt beobachtete er ihr Gesicht. „Ich habe mir alle Unterlagen der letzten zehn Jahre genau angeschaut." Sie schüttelte den Kopf, das Licht des Kaminfeuers spiegelte sich in ihrem schwarzen Haar.

„Vielleicht wird dieses Geheimnis ja nie gelöst werden", dachte Trevor laut. Er rieb sich den schmerzenden Nacken und fragte sich bestimmt zum tausendsten Mal, was wohl mit seinem Vater passiert sein mochte. „Jetzt bin ich an der Reihe, die Karten auf den Tisch zu legen."

Ashleys Herz zog sich zusammen. Hatte er sie doch benutzt? Hatten all diese Liebesschwüre nur dem Zweck gedient, an die Informationen zu kommen, die er von ihr haben wollte? Sie war voller Angst. „In Bezug worauf?"

„Ich habe mich mit Claud getroffen."

Der Satz lag bleischwer im Raum. „Wie bitte?"

„Ich habe eine private Konfrontation mit Claud herbeigeführt – und zwar gestern. Deshalb bin ich auch nicht am Pioneer Square aufgetaucht. Ich war in Seattle."

„Aber Everett hat doch behauptet, du wärst in Salem gewesen."

„Ja, das hat er ja auch geglaubt. Wenn ich ihm gesagt hätte, dass ich nach Seattle fliegen würde, um dort einen Streit mit Claud Stephens auszufechten, hätte er wahrscheinlich das Flugzeug entführt."

„Und was ist passiert?" Sie hatte Angst vor der Antwort.

„Nun, Claud war so freundlich wie immer", erwiderte Trevor zynisch.

„Das kann ich mir vorstellen." Erneut vernahm Ashley die Worte ihres Cousins. *Wir können einfach nicht zulassen, dass dieser Mistkerl gewinnt!*

„Er wollte, nein, er bestand darauf, dass ich meine Kandidatur zurückziehe. Es hatte ja schon einige Gerüchte in dieser Hinsicht gegeben, und Claud wollte, dass ich sie bestätige."

„Aber das ist ja lächerlich!"

„Genau das habe ich deinem Cousin auch gesagt."

„Und?"

Trevor rieb sich das Kinn und sah Ashley eindringlich an. „Als ich mich weigerte, wurde Claud ziemlich ungemütlich. Er sagte, wenn ich meine Kandidatur nicht zurückziehen würde, würde er dafür sorgen, dass nicht nur mein Name durch den Schmutz gezogen würde, sondern auch deiner. Seiner Meinung nach hat die Öffentlichkeit ein Recht darauf, an unsere frühere Beziehung erinnert zu werden, und er deutete an, dass sich die Presse, einschließlich des *Morning Surveyors*, bestimmt auch sehr dafür interessieren würde."

Ashley ließ sich auf einen Lehnstuhl am Fenster fallen. Wie weit würde ihr Cousin gehen, um zu erreichen, was er wollte? Ihre Kehle war staubtrocken, die Knie weich, dennoch blieb ihr Glaube unerschütterlich. „Du darfst dich auf gar keinen Fall von Clauds Drohungen einschüchtern lassen."

„Nicht, wenn ich weiß, dass du bei mir bist – auf meiner Seite."

Ashley kämpfte gegen die Tränen an. „Das war ich doch immer", flüsterte sie.

Trevor sah so aus, als wäre ihm eine schreckliche Last von der Seele gefallen. „Jetzt, da ich dich in Sicherheit weiß, ist mir alles andere egal."

„Außer deiner Karriere."

„Meine Karriere kann von mir aus zur Hölle gehen!"

„Trevor, du hast zu lange und zu hart gearbeitet, um jetzt aufzugeben. Noch kannst du alles erreichen, was du dir vorgenommen hast."

Seine blauen Augen verdunkelten sich. „Alles, was ich will, meine Süße, ist bereits da."

„Was soll das heißen?"

„Du hast es immer noch nicht verstanden, stimmt's? Ich bitte dich, mich zu heiraten, und ich werde kein Nein akzeptieren."

„Meinst du das wirklich ernst?" Ashley wollte ihm so gern glauben, doch der ganze Abend kam ihr so unwirklich vor ...

„In meinem ganzen Leben war es mir noch nie so ernst. Willst du mich heiraten?" Er marschierte durchs Zimmer, zog sie vom Stuhl hoch und zwang sie, seinem aufrichtigen Blick zu begegnen.

Tränen stiegen in Ashleys Augen, sie brachte ein schwaches Lächeln zustande. „Natürlich werde ich dich heiraten, Senator! Ich habe mich nur gefragt, warum es acht Jahre gedauert hat, bis du zur Vernunft gekommen bist."

„Weil ich ein Idiot war, Ashley. Ein gottverdammter, selbstgerechter, egoistischer Narr."

„Willkommen im Club!"

Trevor lachte laut, dann hob er sie hoch und trug sie in sein Schlafzimmer.

11. KAPITEL

Als Ashley am nächsten Morgen erwachte, war Trevor bereits aufgestanden. Sie streckte sich in den kühlen Laken aus und lächelte bei der Erinnerung daran, wie sie sich bis in die tiefe Nacht hinein geliebt hatten. Viele Stunden lang hatten sie sich leidenschaftlich in den Armen gelegen und waren nur mitten in der Nacht durch einen Anruf für Trevor unterbrochen worden.

„Ich dachte, du gehst nicht ans Telefon", hatte Ashley schlaftrunken gemurmelt, als sie auf die Uhr auf dem Nachtschränkchen schaute. Es war fast zwei Uhr morgens.

„Stimmt", hatte er geheimnisvoll erwidert. „Das gilt allerdings nicht für meinen Privatanschluss. Wenn mich dort jemand erreichen will, weiß ich, dass es wichtig ist." Ashley hatte das Gefühl, als würde er etwas vor ihr verbergen. Aber sie war viel zu müde, um sich darüber Gedanken zu machen. Nach seiner kurzen Erklärung hatte er zum Hörer gegriffen und geantwortet. Das Telefonat war lang und einseitig gewesen.

Ashley hatte ihm nicht richtig zugehört, sie war viel zu müde gewesen, um sich auf das Gespräch zu konzentrieren. Bevor er zum Ende gekommen war, hatte sie sich an ihn geschmiegt und war wieder eingeschlafen – warm und zufrieden, als er ihr mit der einen Hand übers Haar strich, während er in der anderen Hand den Telefonhörer hielt. Sie hatte die Spannung in seinem Körper gespürt und sich dumpf gefragt, ob es um irgendetwas Ernstes ging. Aber dann war sie in einen traumlosen Schlaf versunken, ohne eine Antwort auf ihre Frage gefunden zu haben.

An diesem Morgen jedoch tauchte der Zwischenfall wieder vor ihrem geistigen Auge auf und beunruhigte sie ein wenig. Doch dann verdrängte sie den Gedanken.

„Deine Fantasie geht wieder mal mit dir durch", schalt sie sich.

Nach einer kurzen Dusche zog sie sich an und bürstete ihre Haare. Dann stieg sie die geschwungene Eichentreppe hinunter. Der wunderbare Duft heißen Kaffees und ein Feuer im Kamin begrüßten sie. Lächelnd ging sie in die Küche.

Der Raum war leer. Es gab allerdings Zeichen, dass Trevor da gewesen war. Die Kaffeemaschine war benutzt worden, und jemand hatte offensichtlich die Morgenzeitung gelesen, denn mehrere Teile davon lagen zerstreut auf dem Tisch neben dem Fenster. Ashley betrachtete die Überschriften. Ihr fiel auf, dass die Titelseite fehlte.

Dann hörte sie Trevors leise, ärgerliche Stimme aus seinem Arbeitszimmer. Mit schnellen Schritten folgte sie dem Klang. Was war geschehen? Die vage Erinnerung an den nächtlichen Anruf stieg erneut in ihr hoch, und ihr Herz fing an, schneller zu schlagen.

Trevor klang ausgesprochen wütend. Sein Zorn erschütterte jeden Winkel des prächtigen alten Herrenhauses. „Das ist der letzte Strohhalm", fluchte er laut.

Zögernd blieb Ashley auf der Schwelle stehen. Sie wollte ihn nicht stören.

„Ich will wissen, wer zum Teufel dafür verantwortlich ist!", rief Trevor. „Das ist absolut der falsche Weg, um einen Wahlkampf zu führen, wenn du mich fragst ... Was? Ja, ich werde bestimmt nirgendwo hingehen." Er sah auf die Uhr. „Gut, bis dann."

Ashley bemerkte seine angespannten Gesichtszüge, und ihr fiel wieder ein, wie niedergeschlagen er letzte Nacht ausgesehen hatte. Es gab offenbar ein Geheimnis, das ihn aufzufressen drohte. Instinktiv spürte sie, dass es etwas mit ihr zu tun haben musste. Er wirkte wie ein Mann, der von etwas besessen war.

Als Trevor den Hörer auf die Gabel knallte, war sein Mund nur noch ein schmaler, entschlossener Strich. Er schloss die Augen, rieb sich die Spannung aus Nacken und Schultern und streckte sich. „Verdammt!", sagte er leise. Natürlich ging er davon aus, dass er allein im Zimmer war.

„Was ist passiert?", fragte Ashley. Er riss die Augen auf und wandte den Kopf in ihre Richtung.

„Was denkst du?" Trevor rieb sich besorgt die Hände. „Sieht

so aus, als hätte Claud mich besiegt ..."

„Was willst du damit sagen?"

Mit einem Kopfnicken wies er auf die Titelseite der Zeitung, die neben dem Telefon lag. „Sieh selbst", erwiderte er mit finsterem Blick.

Ashley ging durchs Zimmer und schnappte sich die Seite. Als ihr Blick auf die Überschrift fiel, zog sich ihr Magen schmerzhaft zusammen. „Oh mein Gott!", flüsterte sie entsetzt, als sie den Artikel über Trevor las. Als Verfasser zeichnete Elwin Douglass, der junge Reporter, der sie gestern auf dem Pioneer Square angesprochen hatte. Sie merkte, wie ihre Knie nachzugeben drohten, und lehnte sich gegen das Bücherregal, um Halt zu finden.

Der Artikel war übelster Sensationsjournalismus. Es ging um Trevor und seine Affäre mit der Tochter von Lazarus Stephens, der Vorstandsvorsitzenden der *Stephens Timber Corporation*. Es handelte sich um eine völlig verzerrte Darstellung, die ihn im schlimmsten Licht erscheinen ließ. Die Story deutete an, dass Ashley und Trevor in den letzten acht Jahren ein Liebespaar gewesen waren, auch während ihrer Ehe mit Richard Jennings.

Ashley schluckte, um die drohende Übelkeit zurückzudrängen. Im Artikel standen genügend Fakten, um den Eindruck zu erwecken, dass der Bericht gut recherchiert war. Jedem Leser wurde sofort klar, dass der Reporter mit einer der beteiligten Personen gesprochen haben musste.

Das Fazit des Artikels war offensichtlich: Da Trevor zum einen seiner eigenen Firma sehr verbunden war und zum anderen ein Verhältnis mit Ashley hatte, konnte er sich in seinem Wahlkampf unmöglich den Umweltschutz auf die Fahnen geschrieben haben. Und ein Mann ohne persönliche Integrität war nicht der geeignete Kandidat für den Posten des Senators.

Die Wahrheit ist, ging es in dem Artikel weiter, *dass der Senator in spe mehr Zeit mit Menschen aus der Geschäftswelt und der Industrie verbringt als mit den Umweltschützern, die ihn unterstützen. Trevor Daniels spricht offensichtlich mit gespaltener Zunge – leichten Herzens und ohne eine Spur schlechten Gewissens.*

Jede Farbe war aus Ashleys Gesicht gewichen. Als sie den Artikel zu Ende gelesen hatte, zitterte sie am ganzen Körper. „Das ist alles eine Lüge!", rief sie.

„Dafür kannst du dich bei deinem reizenden Cousin bedanken", erwiderte Trevor. Er ging nervös im Zimmer auf und ab.

„Du lieber Gott, es tut mir so leid", flüsterte Ashley und verbarg den Kopf zwischen den Händen.

„Was tut dir leid? Dass du mit diesem Mistkerl verwandt bist? Du hattest ja wohl kaum eine Wahl."

„Nein, du verstehst mich nicht. Ich glaube nicht, dass Claud dahintersteckt. Gestern, auf dem Pioneer Square – ich habe dich dort gesucht, und als du nicht aufgetaucht bist, bin ich auf Everett zugegangen ..."

Trevors Kopf schoss hoch, er sah sie an, sein Blick verhärtete sich. „Sprich weiter", forderte er sie auf. Ein ungutes Gefühl ergriff Besitz von ihm. Was wollte Ashley ihm sagen?

Sie rang flehend die Hände. „Nachdem Everett verschwunden war, wollte ich wieder ins Büro gehen. Da kam plötzlich dieser Douglass auf mich zu und fing an, mir alle möglichen Fragen zu stellen. Ob ich Ashley Jennings wäre, ob ich Trevor Daniels kennen würde, ob es stimmt, dass ich Vorstandsvorsitzende von *Stephens Timber* sei ..."

„Und du hast mit ihm gesprochen?" Trevors Blick war eisig.

„Nein! Wenigstens habe ich versucht, es zu vermeiden. Aber er ging die ganze Zeit über neben mir her ... Er wollte mich unbedingt interviewen." Sie schüttelte den Kopf, entsetzt über ihre eigene Dummheit. „Ich habe mich natürlich geweigert, mit ihm zu sprechen, und habe seine Fragen nur kurz und so höflich wie möglich beantwortet. Wahrscheinlich, weil ich nicht wie ein Snob wirken wollte. Jedenfalls bat er mich immer wieder um ein Interview, bis ich ihm schließlich sagte, er sollte mit meinem Büro einen Termin vereinbaren." Sie zuckte die Schultern. „Das war natürlich dumm von mir."

Trevor kniff die Augen zusammen und rieb sich die Schläfen. „Aber woher wusste dieser Typ, dass du dort sein würdest?"

„Das war eigentlich unmöglich. Ich habe niemandem davon erzählt."

„Nicht einmal Claud?"

„Er war doch gar nicht in der Stadt, wie du ja weißt. Ihr beide habt euch doch in Seattle getroffen."

„Aber er *muss* etwas davon gewusst haben! Irgendjemand im Büro muss ihm davon erzählt haben."

„Das kann ich mir nicht vorstellen. Ich wäre bestimmt nicht zu der Kundgebung gegangen, wenn ich geglaubt hätte, dass Claud davon erfahren würde."

„Das heißt, du vertraust ihm auch nicht?" Trevor sah sie mit hochgezogenen Augenbrauen fragend an. Sein Blick schien ein Geheimnis zu verbergen.

„Natürlich nicht! Jedenfalls nicht, seit wir die Beweise gegen ihn gefunden haben. Ich bin irgendwann einmal in sein Büro gekommen und habe gehört, wie er jemandem erzählte, dass ... Nun, ich bin mir nicht ganz sicher, ob er dich meinte, er hat deinen Namen nicht erwähnt, aber er sagte: ‚Wir können einfach nicht zulassen, dass dieser Mistkerl gewinnt!' Als er mich sah, tat er so, als hätte er sich nur mit jemandem über den Wahlkampf unterhalten, aber ..."

„Du hast ihm nicht geglaubt?"

„Nein."

„Wenn ich mich nicht irre, steckt Claud hinter dem Ganzen." In diesem Moment klingelte es an der Tür. Trevor runzelte die Stirn. „Das ist bestimmt Everett. Ich sage dir, er kriegt bestimmt einen Anfall."

„Willst du ihm nicht aufmachen?"

Trevor schüttelte den Kopf. „Er hat einen Schlüssel. An der Tür klingelt er nur, um mich zu warnen."

„Warum?"

Er lächelte durchtrieben und strich Ashley leicht über die

Wange. „Für den Fall, dass ich mit einer schönen Frau im Bett bin."

„Verschon mich bitte!"

„Mit Vergnügen." Er sah sie eindringlich an, bemerkte die Trauer in ihrem Blick. „Kopf hoch!", sagte er voller Stärke und Entschlossenheit. „Wir werden uns über diesen ganzen politischen Dreck erheben."

„Ich wüsste nicht, wie." Ashley hatte das Gefühl, als würde ihr alles, worauf sie gehofft hatte, entgleiten, besonders eine Zukunft mit Trevor. „Vielleicht solltest du mir alles erzählen, Trevor. Ich spüre doch, dass dich etwas bedrückt."

In diesem Moment stürmte Everett Woodward wütend ins Arbeitszimmer. Sein Blick war finster und wurde noch finsterer, als er Ashley erblickte. Er warf seine Aktentasche und eine Ausgabe des *Morning Surveyors* auf die Couch und funkelte Trevor zornig an.

„Also, das ist es – nur ein Spiel?", verkündete Everett, ohne sich überhaupt die Mühe zu machen, die beiden zu begrüßen. „Die ganze Arbeit und all die Mühe waren umsonst?"

„Findest du nicht, dass du ein wenig überreagierst?", gab Trevor mit bitterem Lächeln zurück.

„Überreagieren? *Überreagieren!*" Everetts Gesicht war puterrot. „Du liebe Güte, Mann, deine ganze Karriere steht hier auf dem Spiel! Und du hast die Unverfrorenheit, anzudeuten, dass ich …"

„… auf die Palme gehe."

Everett stieß einen langen, fassungslosen Seufzer aus. „Was machen Sie überhaupt hier?", fragte er Ashley, nachdem er sich von Trevor abgewandt hatte, und sah sie wütend an. „War das etwa auch Clauds Idee?"

„Das reicht, Everett!", rief Trevor warnend. „Ashley bleibt hier." Seine Stimme klang entschlossen. Seine Finger ruhten auf ihrer Schulter, als wollte er demonstrieren, dass sie ihm gehörte.

„Du machst wohl Witze!"

„Nein, überhaupt nicht. Wir werden so bald wie möglich heiraten."

„Nur über meine Leiche! Das kannst du nicht machen, jedenfalls nicht zum jetzigen Zeitpunkt! Für die Presse wäre das ein gefundenes Fressen." Everett war wie vom Donner gerührt, seine Augen weiteten sich entsetzt. Er packte Trevor beim Ärmel und sah ihm direkt in die Augen. „Nicht jetzt, Trevor! Wenn du mit Ashley oder irgendjemand sonst von *Stephens Timber* Umgang pflegst, wirst du wie ein Heuchler aussehen. Du hast in den letzten Umfragen schon ein paar Punkte verloren. All die Gerüchte, du würdest dich aus dem Wahlkampf zurückziehen, haben dir bereits geschadet, und jetzt das!" Er zeigte mit zitterndem Finger anklagend auf die Zeitung auf der Couch. „Das Letzte, was du dir im Moment leisten kannst, wäre, deine Verlobung mit der Vorstandsvorsitzenden von *Stephens Timber* bekannt zu geben, verdammt noch mal!"

„Ich habe dir gesagt, wir werden heiraten."

Everetts Gedanken überschlugen sich. Mit flehendem Blick wandte er sich an Ashley. „Können Sie ihn nicht zur Vernunft bringen? Was wäre so schlimm daran, wenn ihr noch ein Jahr warten würdet? Der Wahlkampf wäre vorbei – Trevor säße bequem in Washington. Dann könntet ihr heiraten."

„Vergiss es, Everett! Ich habe mich entschieden." Trevors Stimme klang fest, sein Gesichtsausdruck war entschlossen.

„Oh Gott!", seufzte Everett. Er sank in die weichen Kissen der Couch und stieß einen lauten Fluch aus. „Ich brauche einen Drink."

„Es ist erst zehn Uhr morgens."

„Gib mir ruhig einen doppelten."

Trevor lächelte und betrachtete die fahle Miene seines Wahlkampfleiters. „Wie wär's mit Champagner? Um zu feiern?"

„Nein, einen Scotch."

Jetzt lachte Trevor und schenkte dem stämmigen Mann den gewünschten Drink ein. Everett nahm ihn dankbar an, trank einen großen Schluck und seufzte dann hörbar. „Ich gehe nicht davon aus, dass ihr euer erstes Kind nach mir nennen werdet, oder?" Er sah Ashley fragend an.

„Mal sehen", erwiderte sie lächelnd. Sie war froh, dass die Konfrontation vorbei war.

„Es ist dir wirklich ernst damit, stimmt's?", fragte Everett Trevor.

Trevor warf Ashley ein bedeutungsvolles Lächeln zu. „Ernster, als mir je etwas in meinem ganzen Leben war."

„Selbst, wenn das bedeutet, die Wahl zu verlieren?"

„Alles andere ist mir völlig egal."

Everett seufzte ergeben. „Nun, nur fürs Protokoll: Ich halte das für politischen Selbstmord. Damit wirst du jeden Wähler in diesem Staat vor den Kopf stoßen. Und wenn du glaubst, dass der heutige Artikel negativ war, warte nur ab. Die Presse wird dich zu Hackfleisch machen. Warum kannst du nicht ein Mal, ein einziges Mal, das tun, was alle tun?" Er betrachtete Trevors zerzaustes Haar, die ausgewaschene Jeans und das Flanellhemd mit den hochgekrempelten Ärmeln. „Aber das machst du ja nie, nicht wahr?"

Trevor verschränkte die Arme vor der Brust und sah seinen Mitstreiter und Freund stirnrunzelnd an. „Willst du deinen Job hinschmeißen?"

Everett schüttelte den Kopf. „Nein. Jedenfalls jetzt noch nicht, es sei denn, du willst lieber mit jemand anderem arbeiten."

„Mach dich nicht lächerlich!" Trevor bemühte sich um ein Lächeln, das ebenso charmant wie selbstironisch war. „Wer außer dir könnte mich schon ertragen?"

„Niemand, der ganz bei Verstand ist."

„Prima." Trevor drückte Everetts Hand. „Dann sind wir uns ja einig."

„Das würde ich so nicht sagen." Everett wischte sich den Schweiß von der Stirn. „Ach, zur Hölle! Lass uns noch einmal über die Wahlkampfstrategie sprechen – oder das, was davon übrig geblieben ist."

Die beiden Männer ließen sich auf dem Ledersofa im Arbeitszimmer nieder und sprachen über Politik, während Ashley ihnen Kaffee einschenkte. Nachdem sie die Tassen auf dem Eichentisch abgesetzt hatte, zog Trevor sie neben sich. Dann fragte er sie bei verschiedenen Themen nach ihrer Meinung.

Ashley war es gewohnt, sich offen zu äußern, und wies auf ein paar Punkte in der Kampagne hin, die ihrer Meinung nach verbesserungswürdig waren. Aus dem Augenwinkel nahm sie wahr, wie Trevor ihr ermutigend zunickte, während sie ihre Einschätzung seiner Kampagne darlegte und zu den Themen, die er vertrat. Selbst Everett musste widerstrebend zugeben, dass sie mit einigen Anschauungen durchaus recht hatte.

Trevor lächelte ihr die ganze Zeit zu und konterte Everetts Argumente in aller Ruhe. Er erklärte noch einmal, dass er nichts gegen die Holzindustrie als Ganzes hatte. Wie könnte er auch? Die *Daniels Logging Company* war schließlich Teil seines Erbes. Er hatte nur etwas gegen die dubiosen Geschäftspraktiken einiger Firmen, unter denen *Stephens Timber* besonders hervorstach.

„Ich finde immer noch, dass ihr warten solltet, bis ihr eure Verlobung bekannt gebt", bemerkte Everett schließlich mit hoffnungsvollem Lächeln. „Wenigstens bis nach den Vorwahlen. Wenn du erst mal offizieller Kandidat der Partei bist ..."

„Keine Chance!"

„Aber mit diesem Artikel und all den anderen Gerüchten könnte es so aussehen, als würdest du unter der schlechten Presse einknicken."

„Ist mir egal, wie es aussieht."

„Na gut, na gut", erwiderte der Wahlkampfleiter und gab sich endlich geschlagen. „Dann mach doch, was du willst – das machst du ja sowieso." Er ließ seine Aktentasche zuschnappen und seufzte, bevor er kopfschüttelnd das Haus verließ.

„Vielleicht solltest du auf ihn hören", schlug Ashley vor, nachdem Everett gefahren war. Trevor schloss sie in die Arme.

„Warum sollte ich jetzt damit anfangen?"

„Ich meine es ganz ernst."

„Ich auch." Sie standen unten in der Halle des großen Hauses. Die Wintersonne strahlte durch die großen Fenster zu beiden Seiten der Tür. Trevor drückte Ashley noch fester an sich.

„Hör zu, Süße, du wirst dich nicht aus dieser Ehe herausstehlen, und wenn du es noch so sehr probierst!"

„Aber deine Karriere …"

„… kann zur Hölle fahren, wenn sie bedeutet, dass ich mich den Clauds dieser Welt beugen muss. Ich habe schon jetzt die Nase gründlich voll davon, dass alles, was ich tue, sich in meinem politischen Image niederschlägt. Ich möchte gern aus meinen Fehlern lernen und denke nicht daran, sie zu wiederholen. Du wirst meine Frau, was auch geschieht!"

„Klingt ganz so, als hätte ich kein Mitspracherecht in dieser Sache."

„Du hast doch letzte Nacht schon eine Menge mitgeredet", erinnerte er sie und küsste sie zärtlich auf die Lippen. Eine warme Welle des Begehrens begann Ashley zu durchströmen.

Sie lächelte und schüttelte den Kopf. Wenn sie in Trevors Armen lag, konnte sie an nichts anderes mehr denken als an seine erregende Berührung. „Und was machen wir mit Claud?"

Das Lächeln auf Trevors Gesicht hatte etwas ausgesprochen Frevelhaftes. Er griff hinter sie und nahm zwei Jacken vom bronzenen Kleiderständer in der Halle. Nachdem er ihr in die Daunenjacke geholfen hatte, zog er selbst eine Jeansjacke über.

„Ich bezweifle, dass wir uns über Claud noch lange Sorgen machen müssen", sagte er geheimnisvoll und legte Ashley den Arm um die Schultern, während sie aus der Tür gingen.

„Was hast du getan?"

„Etwas, was ich schon vor sechs Monaten hätte tun sollen. Ich habe einen Privatdetektiv engagiert." Sie spazierten über einen gepflasterten Weg, der vom Haus zum Fluss führte. „Er kümmert sich seit etwa einem Monat um den Fall."

„Und mit ihm hast du heute Nacht auch gesprochen", erkannte Ashley plötzlich. Vielleicht würde Trevor ihr jetzt ja endlich alles erklären und die nagenden Zweifel in ihr vertreiben.

„Völlig richtig." Er strahlte sie an. „Mit dem, was dieser Typ herausgefunden hat, und den Indizien von dir und John Ellis haben wir meiner Meinung nach genügend Beweise für Clauds illegale Aktivitäten, um ihn für eine Weile hinter Gitter zu bringen."

„Wenn er dich nicht zuerst erledigt."

„Darüber mache ich mir im Moment nicht so große Sorgen." Trevor nahm Ashleys eiskalte Hand und führte sie zum Ufer des silbrigen Willamette Rivers. Scharfer Wind blies über das Wasser, auf dem weiße Schaumkronen tanzten. Trevor lehnte sich gegen den Stamm eines ausgedörrten Ahorns und legte ihr beschützend die Arme um die Taille. Ashley schmiegte sich an ihn und spürte, wie die Wärme seines Körpers sie umfing, während der eiskalte Winterwind ihr ins Gesicht blies.

„Das wird für dich sicher nicht leicht werden", sagte er. „Claud kämpft bestimmt mit harten Bandagen. Wie wäre es für dich, wenn du gegen ihn aussagen müsstest?"

Ashley zuckte mit den Schultern. „Keine Ahnung. Wahrscheinlich würde ich erst einmal abwarten, bis ich weiß, wie tief er in die Sache verstrickt ist."

„Oh, er ist ganz bestimmt sehr tief darin verstrickt, bis über seinen Schnurrbart hinaus."

Ashley schloss die Augen. „Du weißt ja, wir sind alles andere als Freunde. Wahrscheinlich hätte er mich am liebsten umgebracht, als sich herausstellte, dass Dad mich doch nicht enterbt hat. Ich hatte gehofft, er würde mit der Tatsache leben können, dass ich die Aktienmehrheit der Firma besitze, aber …" Sie seufzte und zuckte die Schultern. „Ehrlich gesagt, bezweifle ich, dass er jemals akzeptieren wird, dass ich sein Boss bin. Das ist zwar hart für ihn, ist aber noch lange keine Entschuldigung für das, was er dir angetan hat. Ich bezahle ihm sein Gehalt überhaupt nur deshalb weiter, weil die Firma seine Fachkenntnisse braucht und weil ich mir nicht ganz sicher war, dass deine Anschuldigungen gegen ihn stimmten … Aber inzwischen weiß ich, dass du recht gehabt hast."

Sie spürte die Spannung in Trevors Körper. Seine Arme hielten sie so fest umfangen, als wollte er sie vor allem Bösen und allem Unrecht dieser Welt beschützen. Erneut hatte sie das Gefühl, als würde ihn etwas bedrücken – ein Geheimnis, das zu enthüllen er fürchtete. Seine kalten Lippen streiften ihren Nacken. „Ich glaube, du solltest jetzt gehen", sagte er vorsichtig.

Die Worte schlugen ihr entgegen wie ein Eissturm. Hatte er nicht eben noch darauf bestanden, dass sie heiraten sollten? „Gehen – aber wohin denn?"

„Du solltest ein paar Tage lang die Stadt verlassen. Bis ich ein paar Sachen geklärt habe."

„Aber warum denn?"

„Weil sich die gesammelte Presse auf mich stürzen wird. Und auf dich. Everett hat nicht gescherzt, als er sagte, dass sie uns die Hölle heißmachen werden, wenn sie hören, dass wir beide heiraten werden. Und wenn dann noch die Geschichte mit Claud herauskommt – ich bezweifle, dass wir danach noch eine Minute Ruhe haben werden." Er stieß einen tiefen, erschöpften Seufzer aus. Sein Atem gefror in der eiskalten Luft. „Um genau zu sein, wette ich mit dir, dass wir schon heute Nachmittag eine Menge Besuch bekommen werden. Everett hat mir mitgeteilt, dass einige Reporter mich bereits im Wahlkampfbüro zu erreichen versuchen. Es ist nur eine Frage der Zeit, bis sie hier auftauchen werden."

„Das kann schon sein. Aber ich denke nicht daran, dich im Stich zu lassen", verkündete Ashley und warf stolz den Kopf zurück.

„Hast du überhaupt gehört, was ich zu dir gesagt habe?" Klang seine Stimme nicht ein wenig verzweifelt?

„Genau aus diesem Grund bleibe ich auch." Sie drehte sich zu ihm um und umschloss sein Gesicht mit den Händen. „Ich habe die Nase voll davon, vor allem wegzulaufen, besonders vor der Wahrheit. Wenn ich dich heirate, und das werde ich ganz bestimmt tun, sollte ich mich jetzt schon an die Berufsrisiken der Frau eines Senators gewöhnen."

„Falls ich gewinne."

„*Wenn* du gewinnst!"

Langsam breitete sich ein Lächeln auf seinen attraktiven Zügen aus, die Sonne schien aus seinen mitternachtsblauen Augen. „Du bist eine unglaubliche Frau", flüsterte er mit rauer Stimme. „Und ich will nichts tun, was dich in Gefahr bringt. Ich kann dich nicht verlieren, nicht noch einmal."

„Das wirst du auch nicht! Vergiss nicht – ich weiß, wie es sich anfühlt, wenn die Presse sich auf dich stürzt", erklärte Ashley und dachte an all die Gerüchte, die über ihren Vater und den Familienbetrieb in Umlauf waren. „Ich werde mit ihnen schon fertigwerden."

„Kann ich dich nicht dazu überreden, zu verreisen, nur für ein paar Tage?"

„Du würdest nur deinen Atem und meine Zeit vergeuden."

„Du beabsichtigst also, zu bleiben."

„Für immer", sagte sie aufatmend.

Trevor zog sie stürmisch an sich und drückte seine Lippen auf ihr schwarzes Haar. „Du solltest wissen, dass ich nicht auf lange Verlobungszeiten stehe."

„Das geht mir genauso." Sie schmiegte sich an ihn und lauschte seinem gleichmäßigen, beruhigenden Herzschlag. Jetzt wusste sie, dass sie der Zukunft getrost ins Auge schauen konnte, solange sie nur mit dem Mann zusammen war, den sie liebte.

„Gut, im nächsten Monat dann. Oder noch früher."

Ashley lächelte. Tränen des Glücks stiegen ihr in die Augen. „Wir haben alle Zeit der Welt", flüsterte sie. Zwei Stunden später rief der erste Reporter an. Trevor ging ans Telefon, lehnte ein Interview ab, verwies ihn an Everett Woodward und knallte dann den Hörer auf die Gabel.

„Es geht los", erklärte er und sah Ashley durchdringend an. „Wenn du aussteigen willst, solltest du jetzt besser schnell verschwinden."

„Ich denke gar nicht daran."

Eilig rief sie Mrs Deveraux an, um ihr die ganze Situation zu erklären, falls sich irgendwelche Reporter bei ihr melden sollten. Die alte Dame brach in Freudentränen aus, als sie hörte, dass Ashley und Trevor heiraten würden.

„Und ich habe mir solche Sorgen um Sie gemacht!", rief Francine aus und schnalzte mit der Zunge. „Ich hätte wissen müssen, dass Sie nie über diesen Mann hinwegkommen."

„Was in den Zeitungen steht, stimmt nicht", erklärte Ashley. Sie hoffte, es würde ihr gelingen, ihren guten Namen wieder reinzuwaschen und den Schaden zu beheben, der durch den Artikel im *Morning Surveyor* entstanden war.

„Natürlich nicht! Wer würde eine solche Geschichte auch glauben?", erwiderte Francine entrüstet.

„Niemand, hoffentlich. Ich komme später vorbei und hole mir ein paar Sachen ab."

„Gut, dann können Sie mir alles erzählen! Oh, das hätte ich ja fast vergessen", fügte die Haushälterin hinzu. „Ihr Cousin hat heute Morgen angerufen."

„Claud?", fragte Ashley. Als Trevor diesen Namen hörte, drehte er sich schnell um. Jeder Muskel in seinem Gesicht spannte sich an.

„Er will unbedingt mit Ihnen sprechen."

„Ist er immer noch in Seattle?"

„Ich glaube, er ist gestern Abend zurückgekommen."

Claud sollte doch erst übermorgen zurückkommen! Eiskalte Angst ergriff Ashley, als sie Trevors tödlichen Blick bemerkte.

„Haben Sie ihm gesagt, wo ich bin?"

„Nein, natürlich nicht! Ich habe ihm gesagt, Sie wären einkaufen und ich würde Ihnen seine Nachricht ausrichten."

„Wie hat er das aufgenommen?"

„Wie immer. Er war nicht sehr erfreut."

„Dann ist ja alles wie gehabt", dachte sie laut. Aber Trevors finsterer Blick belehrte sie eines Besseren. „Bis später."

Nachdem Ashley aufgelegt hatte, schaltete Trevor den Anrufbeantworter ein und begann, wie ein Tiger im Käfig auf und ab zu gehen. Dabei fiel sein Blick immer wieder aufs Telefon, oder er sah nachdenklich aus dem Fenster auf die lange Einfahrt.

„Claud ist also wieder hier", sagte er und strich sich ungeduldig durchs Haar.

„Er will mich sehen."

Trevor blieb abrupt stehen. „Verdammt! Ich wusste doch, dass ich diesem Mistkerl nicht trauen kann."

Ashley legte Trevor die Hand auf den Oberarm. Seine Muskeln waren extrem angespannt. „Was ist eigentlich los?"

Das Telefon klingelte, der Anrufbeantworter sprang an. „Es würde mich überhaupt nicht überraschen, wenn Claud alle Zeitungsredaktionen der gesamten Stadt angerufen hätte", knurrte Trevor.

„Du kannst ihm doch nicht für alles die Schuld in die Schuhe schieben", erwiderte Ashley stirnrunzelnd.

Trevor nahm ihre Hand und führte sie zum Sofa in seinem Arbeitszimmer. „Ich glaube, es wird Zeit, dass ich dir erkläre, wogegen wir hier kämpfen", sagte er. „Pete Young, der Privatdetektiv, den ich engagiert habe, hat mehrere Vorgänge untersucht: meinen Autounfall, die Anklage wegen Bestechung und ..."

„... das Verschwinden deines Vaters", riet sie.

„Richtig. Und das könnte jetzt, wo die Presse involviert ist, richtig unangenehm werden."

Ashley lächelte trotz der Furcht, die langsam von ihr Besitz ergriff. „Ja, ich weiß." Sie ließ sich in die Kissen zurücksinken, zog die Füße unter ihre Knie und starrte Trevor an, der wieder im Zimmer auf und ab marschierte.

„Pete meinte gestern Abend, er hätte inzwischen genügend Beweise dafür, dass Claud jemanden bezahlt hat, sich an meinem Wagen zu schaffen zu machen. Er hat in der Werkstatt, wo der Wagen repariert wurde, jemanden gefunden, der bereit ist, zu reden."

„Claud hat also einen Mechaniker dafür bezahlt, dein Auto zu manipulieren." Ashley fühlte sich mit einem Mal ganz krank. Sie hatte es immer für möglich gehalten, dass Claud einen Verrat begehen würde. Auch Bestechung war ihm durchaus zuzutrauen. Aber eine so kaltblütige und grausame Tat ging weit darüber hinaus. „Großer Gott!", flüsterte sie. Ihr wurde eiskalt.

Trevor verzog grimmig den Mund. „Everett sagte mir, Pete würde glauben, dass Claud auch die Geschichte der Presse gesteckt hat."

„Aber der Journalist hat doch mit mir gesprochen", meinte Ashley tonlos. Warum versuchte sie überhaupt, ihren Cousin zu verteidigen?

„Entweder wusste er, dass du dort sein würdest, oder er hat es einfach nur geraten. Das ist ja auch egal. Ich wette mit dir, dass Claud in die Sache involviert ist."

Ashley barg den Kopf in den Händen und ließ ihren Tränen freien Lauf. „Ich hätte nie gedacht, dass es so weit kommen würde", flüsterte sie. All die Lügen über ihre Familie und ihren Vater entsprachen also der Wahrheit.

Trevor setzte sich neben sie auf die Couch und küsste ihre Tränen weg. „Wir schaffen das schon, wenn wir zusammenhalten."

„Ich dachte, du wolltest, dass ich gehe."

Er nahm ihre Hand und sah sie besorgt an. „Nein, aber ich glaube immer noch, es wäre sicherer für dich."

„Sicherer?" Als sie die Bedeutung seiner Worte erfasste, die dumpf in ihrem müden Kopf widerhallten, wurden ihre Züge völlig ausdruckslos. „Es gibt etwas, was du mir noch nicht gesagt hast, nicht wahr? Den Grund, warum ich gehen sollte. Seit ich hier bin, habe ich das Gefühl, dass dich etwas bedrückt. Es geht um mehr als nur um deinen guten Ruf oder die Angst, die Wahl nicht zu gewinnen, stimmt's? Was ist los, Trevor? Und bitte erzähl mir nichts von Journalisten und Schlammschlachten." Sie sah ihn ernst an. „Ich will die Wahrheit hören. Die ganze Wahrheit. Und zwar jetzt."

Trevor seufzte müde und strich ihr leicht über die Wange. Dann schloss er die Augen.

„Was hat Claud gesagt, Trevor? Gestern Abend ... Du hast

gesagt, dass du dachtest, du würdest mich nie wiedersehen. Damit hast du dich nicht nur auf den Skandal bezogen, richtig?" Sie sah, wie er zusammenzuckte und erblasste. Eine Welle des Verständnisses überflutete sie wie ein Eissturm. Plötzlich ergaben Trevors gesamte Aktivitäten einen Sinn. „Oh, mein Gott ... Claud hat dich bedroht, richtig? Und der Preis war ... mein Leben!"

12. KAPITEL

Trevors Lippen wurden weiß. Er schluckte und versuchte, die Wut zurückzudrängen, die ihn seit über zwei Tagen beherrschte.

„Ja", stieß er schließlich hervor, als würde schon das Eingeständnis ihn in Stücke reißen und machtlos machen gegen die Ungerechtigkeiten der Welt. „Claud hat mir ohne Umschweife gesagt, dass dir etwas zustoßen würde, wenn ich mich nicht aus dem Wahlkampf zurückziehe."

„Aber damit hat er doch nur gemeint, er würde meinen Ruf ruinieren", protestierte Ashley schwach.

Seine Augen funkelten gefährlich. „Das und noch mehr. Er würde dich auch den Wölfen vorwerfen, wenn er auf diese Weise seine Haut retten könnte."

„Aber du kannst doch unmöglich glauben ..."

„Auf jeden Fall konnte ich dein Leben nicht aufs Spiel setzen. Ich weiß, wie skrupellos dein Cousin sein kann. Ich bin fast dabei draufgegangen, als er jemanden beauftragt hat, sich an meinem Auto zu schaffen zu machen, und ich gehe jede Wette mit dir ein, dass er auch etwas mit dem Verschwinden meines Vaters zu tun hat."

„Er war doch damals erst zweiundzwanzig!"

„Und ein äußerst skrupelloser Mann, der zu allem entschlossen war. Er hat seine Lektion von seinem Meister gelernt."

„Du sprichst von meinem Vater." Ashley ließ sich erschöpft auf die Couch sinken. Sie wünschte sich mit aller Kraft, den Schmerz und die Qual, die Bitterkeit und den Hass zwischen ihren Familien beenden zu können.

„Verstehst du jetzt langsam, wogegen wir hier kämpfen?", fragte er. „Deshalb halte ich es auch für besser, wenn du ein paar Tage die Stadt verlässt. Jedenfalls so lange, bis Claud sicher hinter Gittern sitzt und die Presse sich ein wenig beruhigt hat."

Ashley schüttelte den Kopf. „Selbst wenn ich wegfahren würde, wären mir die Journalisten nach meiner Rückkehr sofort wieder auf den Fersen. So funktioniert das nun einmal. Wenn ich verschwinden würde, würden wir damit das Unvermeidliche nur aufschieben. Was Claud angeht, so habe ich keine Angst vor ihm. Wie ich schon einmal sagte: Gewalt ist eigentlich nicht sein Stil. Für die Drecksarbeit würde er jemanden engagieren, und ich kann mir einfach nicht vorstellen, dass er so weit gehen würde, mir etwas anzutun. Nein, ich werde hierbleiben, und wir stehen diese Sache gemeinsam durch", erklärte sie entschlossen. Ein kleines, stolzes Lächeln umspielte Trevors Lippen. Nachdem Ashley ihre Entscheidung getroffen hatte, richtete sie sich auf, zog ihre Schuhe an und erhob sich.

Trevor dachte über die verschiedenen Möglichkeiten nach. Ashley fiel auf, dass die Skepsis noch nicht aus seinem Blick gewichen war. „Gut, dann bleibst du hier bei mir. So weiß ich dich jedenfalls in Sicherheit."

„Ich kann mich aber nicht einfach hier verstecken. Ich habe einen Job!"

„Gemeinsam mit Claud."

„Das werden wir in Kürze richtigstellen."

„Dann bleib wenigstens ein paar Tage bei mir."

„Ach, so lange?"

Trotz seiner Befürchtungen musste Trevor lächeln. „Von mir aus kannst du gern für immer bleiben, das weißt du doch. Aber was deine Arbeit angeht – vergiss es! Das würde dich viel zu sehr zur Zielscheibe machen."

„Ich kann doch nicht …"

„Überlass deinem Buchhalter doch die laufenden Geschäfte."

„Und wie lange?"

„So lange, bis der Privatdetektiv alle Beweise zusammenhat und die Polizei von Clauds Gefährlichkeit überzeugen kann."

„Oh Trevor, du kämpfst gegen ein Phantom! Claud würde mir niemals etwas antun."

„Dieses Risiko möchte ich nicht eingehen."

Als Ashley erkannte, dass sie ihn nicht umstimmen konnte, gab sie nach. „Ja, dann sollte ich besser schnell nach Hause fahren und mir ein paar Sachen holen."

„Ich glaube, es wäre sicherer, wenn du hierbliebst."

Sie lächelte nachsichtig. „Ich laufe schon seit zwei Tagen in diesen Sachen herum. Ich brauche jetzt etwas Praktischeres als Schuhe mit hohen Absätzen, eine Seidenbluse und einen engen Rock."

Trevor betrachtete sie von Kopf bis Fuß. „Du siehst fantastisch aus."

„Aber ich fühle mich ganz verschwitzt. Du hast hier auch keine passende Kleidung für mich, daher fahre ich am besten nach Hause und hole mir etwas zum Wechseln. Mir wird schon nichts passieren. Mrs Deveraux ist da, ich habe sie doch vor ein paar Minuten angerufen."

„Ich weiß nicht …"

„Nun übertreib doch nicht, Trevor!"

„Also gut. Ich komme mit", sagte er schließlich, griff nach seiner Brieftasche und stopfte sie in seine Gesäßtasche.

„Musst du nicht hierbleiben und auf Everetts Anruf warten?"

„Der Anrufbeantworter ist eingeschaltet. Oder Everett ruft noch einmal an."

„Aber …"

„Du hast mich jetzt am Hals, okay? Ich habe mir genug Sorgen um dich gemacht, und ich werde dich erst dann wieder aus den Augen lassen, wenn ich davon überzeugt bin, dass du in Sicherheit bist."

„Pessimist!"

Trevor half ihr in den Mantel, seine Finger lagen sanft in ihrem Nacken. „Ich will einfach kein Risiko eingehen", stieß er mit rauer Stimme hervor. „Du bist das Wichtigste in meinem Leben." Zärtlich strich er ihr über die Schultern und zwang sie, sich umzudrehen und ihn anzuschauen. „Nichts anderes zählt. Nicht meine Karriere, nicht dieses Haus." Er machte eine weit ausholende Geste. „Nichts. Wichtig ist nur, dass du bei mir bist."

„Aber so viele Jahre …"

„… war ich allein. Ich habe gelebt, Ashley, und ich dachte, ich könnte mich in meiner Arbeit vergraben. Irgendwie war ich damit auch zufrieden. Doch als ich dich im Dezember wiedersah, wusste ich, dass ich mir nur etwas vorgemacht hatte und nie wieder in dieses leere Leben zurückkehren konnte."

„Aber du hast mich nie angerufen und mir auch nie geschrieben. Ich habe nichts mehr von dir gehört."

„Weil ich wusste, das wäre sinnlos, ehe wir die Vergangenheit nicht bereinigt hatten – einschließlich der Wahrheit über unsere Familien."

Als Trevor gerade die Tür öffnen wollte, hörte Ashley, wie ein Wagen in die Einfahrt donnerte.

„Verdammt!", fluchte er. „Zu spät. Wahrscheinlich irgendein Journalist, der es leid war, Nachrichten auf dem Anrufbeantworter zu hinterlassen." Er sah sie eindringlich an. „Bist du bereit?"

Ashley wappnete sich und erwiderte seinen Händedruck. „Bereiter könnte ich nicht sein."

Jemand klingelte noch ein paarmal ungeduldig und schlug dann wütend mit der Faust gegen die Tür.

„Nicht gerade ein geduldiger Typ", meinte Trevor leise. „Ich habe kein gutes Gefühl."

Er riss die Tür auf, und Claud stürmte in die Diele. Sein Gesicht war aschfahl. Er starrte Ashley vorwurfsvoll an.

„Moment, Moment!", rief Trevor und schob sich zwischen Ashley und ihren Cousin. „Was machen Sie hier?"

„Wir hatten eine Vereinbarung", stieß Claud wütend hervor. Dann richtete er sich auf, straffte die Schultern und warf Ashley einen verächtlichen Blick zu. „Ich habe mir schon gedacht, dass ich dich hier finden würde."

„Was willst du, Claud?"

„Schaff ihn mir vom Hals!", verlangte Ashleys Cousin zornig.

„Wen? Was?"

„Ihn!" Claud zeigte anklagend mit dem Finger auf Trevor und zitterte vor Wut am ganzen Körper. „Dieser Mistkerl verfolgt mich schon seit über einem Monat."

„Ich glaube, du solltest dich erst einmal ein wenig beruhigen."
„Und *ich* glaube, Sie sollten verschwinden, solange Sie noch können." Trevor funkelte ihn wütend an.
Abrupt hielt Claud inne. „Was soll das heißen?"
„Nur, dass wir Ihnen auf der Spur sind, Stephens."
Claud erbleichte sichtlich und wandte sich an Ashley. „Er hat dir alle möglichen Lügen erzählt, nehme ich an."
Ashley hob beschwichtigend die Hände. Sie hatte ihren Cousin nie wirklich gefürchtet, und sie hatte auch jetzt keine Angst vor ihm. Trotz Trevors Beschuldigungen war Claud ein viel zu großer Feigling, um ihr etwas anzutun. „Warum gehen wir nicht alle ins Wohnzimmer, und ich mache uns einen Kaffee? Sobald sich alle wieder beruhigt haben, können wir doch über alles reden."
„Ich weiß nicht ..." Trevor betrachtete seinen Gegner abschätzig.
„Ich will keinen Kaffee!"
„Etwas Stärkeres vielleicht?", fragte Ashley. Sie musterte Claud, der aufgeregt in der Diele auf und ab lief. Als sie in Richtung Wohnraum ging, folgte er ihr.
„Ich muss allein mit dir sprechen."
„Das kommt gar nicht infrage!", warf Trevor scharf ein und trat an Ashleys Seite. „Ich habe nicht vergessen, was Sie vor ein paar Tagen gesagt haben. Dass Ashley überflüssig wäre und Sie dafür sorgen würden, dass das auch so bleibt."
„Er lügt, Ashley! Ich schwöre ..."
„Sparen Sie sich Ihre Worte!", befahl Trevor. Die stählerne Entschlossenheit in seinem Blick und seine geballten Fäuste überzeugten Claud davon, besser ruhig zu bleiben.
Er sank in einen der königsblauen Stühle am Erkerfenster. Seine Knie zitterten. „Ich werde von jemandem verfolgt, Ashley", sagte er, mied Trevors tödlichen Blick und konzentrierte sich stattdessen auf seine Cousine. „Ich weiß nicht, wer das ist oder warum er mich verfolgt, aber ich glaube, es ist jemand, der Informationen über die Firma sammeln will. Es

werden schließlich die ganze Zeit über Leute entführt – aus vermögenden Familien."

„Sie überschätzen sich", erwiderte Trevor zynisch lächelnd. Er saß neben Ashley auf der Couch und hatte einen Arm beschützend um sie gelegt. Nach außen hin wirkte er sehr cool, desinteressiert, fast gelangweilt von dem Gespräch, aber tatsächlich waren seine Muskeln zum Zerreißen angespannt. Ashley konnte es fühlen. Wenn nötig, würde Trevor Claud auch angreifen.

„Ich glaube, jemand will mich entführen, verdammt noch mal!"

„Warum? Wer würde das Lösegeld bezahlen?", fragte Trevor und verzog den Mund.

„Ashley, bitte! Kann ich mit dir allein sprechen?" In Clauds Stimme klang Verzweiflung mit. Kleine Schweißperlen hatten sich auf seiner Stirn gesammelt.

„Vergessen Sie's!"

„Ich kann für mich selbst sprechen", mischte Ashley sich ein, doch Trevor wollte davon nichts hören. Er beugte sich nach vorn.

„Wenn es schon um Entführung geht – warum sprechen wir dann nicht über meinen Vater?", verlangte er mit leiser Stimme. „Irgendetwas sagt mir, dass Sie genau wissen, was vor zehn Jahren passiert ist."

Alle Farbe wich aus Clauds Gesicht. Mit seiner Angeberei war es aus, und er wirkte plötzlich wie ein kleiner, verängstigter Mann. Nervös zwirbelte er an seinem Schnurrbart herum.

In diesem Moment erregte eine Bewegung Trevors Aufmerksamkeit. Er wandte den Blick von Clauds verängstigtem Gesicht ab und schaute aus dem Fenster. „Sieht so aus, als würden wir noch mehr Gesellschaft bekommen."

„Was?" Claud sah aus dem Fenster und bemerkte einen Polizeiwagen, der die Einfahrt hochfuhr. „Oh mein Gott!" Ashley verzweifelt ansehend, flüsterte er: „Du darfst nicht zulassen, dass mir etwas geschieht. Daniels versucht, mir die Schuld für etwas in die Schuhe zu schieben, womit ich nichts zu tun habe. Ashley – um Gottes willen, du bist meine Cousine! Kannst du mir nicht helfen?"

Ashleys Kehle war ganz trocken. Auch wenn ihr Cousin einen schlechten Charakter hatte, gehörte er dennoch zu ihrer Familie. Ungeduldig klingelte in diesem Moment jemand an der Tür, und sie antwortete: „Ich rufe Nick Simpson an."

„Du liebe Güte, Ashley, ich brauche mehr als nur einen Anwalt!"

„Dann sollten Sie endlich anfangen zu reden, und zwar schnell", beharrte Trevor, „wenn Sie Ihre elende Haut retten wollen."

Trevor war davon überzeugt, dass Claud dem einzigen Menschen, der ihn retten konnte, keinen Schaden zufügen würde. „Rühren Sie sich nicht vom Fleck!", warnte er Claud und ging zur Tür.

Claud machte einen großen Satz auf Ashley zu. „Ich muss sofort von hier verschwinden! Bitte, zeig mir den Hinterausgang!"

„Du kannst nicht einfach abhauen. Dies ist kein Krimi!"

„Aber ich habe nichts getan..."

Er wurde mitten im Satz durch das Erscheinen von zwei Polizisten unterbrochen.

„Claud Stephens?", fragte der Größere von beiden.

Claud sah Ashley noch einmal flehend an, dann richtete er sich auf und fand schließlich auch seine Stimme wieder. „Ja?"

Mit ungläubigem Staunen verfolgte Ashley stumm, wie der Beamte Claud seine Rechte vorlas und ihn dann nach draußen zu dem wartenden Auto führte. Mehrere Minuten lang saß sie wie erstarrt auf der Couch und versuchte, Herr über den Sturm der Gefühle zu werden, die in ihr tobten.

„War das wirklich nötig?", fragte sie und betrachtete prüfend Trevors kantige Züge, nachdem er wieder ins Wohnzimmer zurückgekehrt war.

„Mir wäre alles andere auch lieber gewesen", gab er zu, „aber ob du es glaubst oder nicht, Claud kann gefährlich werden."

Ashley war blass geworden. Obwohl sie noch immer ihren Mantel trug, schien sie zu frösteln.

„Wir sollten erst mal hierbleiben, glaube ich." Er ließ sich wieder neben ihr auf der Couch nieder und umarmte sie tröstend. „Kopf hoch!", ermunterte er sie und drückte sie fest an sich. „Ich hole dir jetzt einen Drink."

„Ich ... ich glaube, ich möchte nichts trinken."

„Die letzten Tage waren ziemlich hart, und es wird wahrscheinlich noch schlimmer werden."

„Dann sollte ich wohl meine fünf Sinne beisammenhalten." Sie strich sich nervös durch das dunkle Haar. „Eigentlich kann ich jetzt ja auch nach Hause fahren, während Claud in Polizeigewahrsam ist." Sie versuchte, ihre Beklommenheit zu unterdrücken und sich stattdessen auf Trevor und ihre Liebe zu ihm zu konzentrieren. Was auch immer in Zukunft zwischen sie kommen mochte, diese Liebe gab ihr ein sicheres und geborgenes Gefühl.

„Ich denke, das wäre nicht sehr klug."

Ashley legte ihm einen Finger auf die Lippen. „Schhh. Wenn ich deine Frau werden soll, Senator, dann sollte ich besser lernen, mit Krisen umzugehen, meinst du nicht?"

„Es wird aber bestimmt erst einmal schlimmer werden, bevor es besser wird."

„Ist das nicht genau der Punkt – in guten wie in schlechten Zeiten?"

„Du bist unglaublich", erwiderte er lächelnd.

Sie berührte seine Wange und stand auf, erfüllt mit neuer Zuversicht. „Lass uns loslegen! Schließlich will ich die Journalisten nicht verpassen."

Trevor seufzte und erhob sich ebenfalls. „Dein Wunsch ist mir Befehl." Er lachte und küsste sie sanft auf die Stirn.

Nach dem Tee und einem längeren Gespräch mit Mrs Deveraux fuhren sie wieder zurück zu Trevors Haus. Trevor hörte den Anrufbeantworter ab. Genau wie er vermutet hatte, baten ihn mehrere Reporter um ein Interview. Außerdem gab es eine knappe Nachricht von Everett, der um Rückruf bat.

Trevor wählte seine Nummer und schmunzelte, als der aufgebrachte Wahlkampfmanager den Hörer abnahm.

„Ich dachte, du wolltest auf meinen Anruf warten", beschwerte er sich. Trevor konnte sich lebhaft vorstellen, wie er wütend auf und ab lief.

„Ich hatte andere Dinge zu tun ..." Trevors Blick glitt genüsslich über Ashleys Körper. Sie trug Jeans und einen roten Pullover, hatte das dunkle Haar zu einem lockeren Knoten zusammengebunden und sah so aus, als fühlte sie sich bei ihm wie zu Hause.

„Das kann ich mir denken", erwiderte Everett. „Nachdem ihr beide jetzt zusammen seid, wirst du dich bestimmt nicht mehr auf den Wahlkampf konzentrieren können."

„Das wäre wirklich schade", entgegnete Trevor grinsend, während sein Blick Ashley folgte, die gerade die Treppe hochging. Sie trug zwei Koffer und hatte offensichtlich keine Ahnung, wie verführerisch ihr Po in dieser Jeans aussah.

„Hör zu! Es gibt da ein paar Dinge, die du wissen solltest", sagte Everett bestimmt. „Es geht um Ashley und *Stephens Timber*."

Seine leise Stimme und die Erwähnung von Ashleys Namen erregten Trevors Aufmerksamkeit. „Ich höre."

„Du solltest dich besser wappnen", warnte sein Freund. „Claud Stephens hat angefangen zu reden ..."

Ashley spürte Trevors Blick im Rücken, während sie die letzte Bluse auspackte und sie in den Schrank hängte. Sie drehte sich schnell um und lächelte verschmitzt. „Was hat dich so lange aufgehalten?", fragte sie, aber ihr Lächeln verschwand sofort, als sie seinen Gesichtsausdruck sah. Er lehnte am Türrahmen, sah sie schweigend an und kämpfte gegen den überwältigenden Drang, zusammenzubrechen. „Was ist passiert?"

Sie war sofort bei ihm und umschloss sein Gesicht mit ihren warmen Händen. Er brachte ein bitteres, kummervolles Lächeln zustande.

„Die Klage gegen Claud scheint ziemlich wasserdicht zu sein", sagte er schließlich, als er in die Tiefen ihrer meergrünen Augen schaute. „Der Privatdetektiv, den ich engagiert habe, hat Everett angerufen, da er mich nicht erreichen konnte."

„Und?"

„Claud steckt in der Klemme. Ich glaube, er hat sich entschieden, einen Anwalt zu engagieren."

„Das hoffe ich", sagte Ashley nachdrücklich. „Ich habe schon befürchtet, dass er versuchen würde, sich selbst zu verteidigen."

„Dazu ist er zu schlau." Trevor kam ins Zimmer und ließ sich auf der Bettkante nieder. Er strich sich nervös durch das widerspenstige kastanienbraune Haar.

„Und was gibt's sonst noch?", wollte Ashley wissen und setzte sich neben ihn. Sie spürte, wie es ihr die Kehle zusammenschnürte. Irgendetwas Schreckliches war mit Trevor geschehen. *Aber was?*

Er sah sie eindringlich an und umarmte sie, als wollte er ihr Kraft geben. „Claud versucht jetzt alles, um seinen Namen reinzuwaschen."

„Und?"

„Er behauptet, Lazarus wäre derjenige gewesen, der im letzten Sommer die Anklage wegen Bestechung gegen mich erhoben und meinen Vater vor Jahren entführt hat."

Ashley hatte das Gefühl, als wäre ihr ein glühend heißes Messer ins Herz gestoßen worden. Sie sackte kurz in sich zusammen, doch Trevor hielt sie mit seinen starken Armen fest. „Das kommt nicht überraschend", meinte sie mit schwacher Stimme. „Ich hatte nur gehofft und gebetet, dass Dad nichts mit der Sache zu tun hatte." Sie stieß einen tiefen Seufzer aus. Ihr wurde klar, dass sie alles wissen musste, bevor sie mit Trevor ein neues Leben anfangen konnte.

„Was ist passiert?"

„Claud hat ausgesagt, mein Vater hätte Informationen gesammelt, die beweisen würden, dass Lazarus die schädlichen Pestizide in der Nähe von Springfield eingesetzt hat – dem Ort, an dem sich dann diese ganzen Todesfälle ereigneten."

„Ja, ich erinnere mich daran." Ashley versuchte, die aufsteigende Übelkeit zu bekämpfen. Dennis Lange war ein Freund von Trevor gewesen und gestorben, weil ihr Vater seine Pflicht vernachlässigt hatte. Seine Familie hatte zu den vielen Opfern gehört, die ungewollt durch das Versprühen der Giftstoffe ums Leben gekommen waren.

„Claud glaubt anscheinend, dass Lazarus gewusst hat, welche Folgen die Giftstoffe haben würden und welche Risiken sich daraus für die Anwohner und die Umwelt ergaben. Offensichtlich geriet er in Panik, nachdem er erfahren hatte, dass mein Vater den Lobbyisten der Holzindustrie in Washington treffen würde, und hat ihn nach der Sitzung in seinen Wagen gelockt. Sie fuhren zum Blockhaus deines Vaters …"

„Nein!" Nicht der Ort, an dem Trevor und sie sich geliebt hatten. „Nicht das Blockhaus!"

Trevors Druck auf ihre Schultern wurde noch fester. „Lazarus hat versucht, das Schweigen meines Vaters zu erkaufen, danach gab es Streit. Dad wollte aus dem Haus fliehen und ist eine Böschung hinuntergestürzt. Dabei hat er sich vermutlich das Genick gebrochen. Lazarus hatte Angst, dass man ihn wegen versuchter Entführung, Bestechung und Totschlag vor Gericht stellen würde, daher hat er meinen Vater irgendwo auf seinem Besitz in den Cascades begraben."

„Du lieber Gott! Trevor … Es tut mir leid, wirklich so leid", flüsterte sie erschüttert und ließ ihren Tränen freien Lauf.

„Es ist nicht deine Schuld."

„Aber ich hätte nie gedacht … Damit wollte ich mich einfach nicht konfrontieren."

Die Wärme ihres Körpers gab ihm Kraft, und Trevor stieß einen langen Seufzer aus. „Weißt du, mir war klar, dass Dad tot ist. Ich habe nur gehofft, ich hätte mich geirrt und er würde eines Tages wieder auftauchen. Aber tief in meinem Herzen wusste ich Bescheid."

Die Neuigkeiten erschütterten Ashley bis ins Mark. Sie löste sich aus Trevors Umarmung, ging durchs Zimmer und blickte aus dem Fenster auf die klaren, sich ständig verändernden Gewässer des Willamette River.

„Ich wusste, dass mein Vater kein besonders herzlicher Mensch war. Vielleicht könnte man ihn sogar als unbedacht und lieblos bezeichnen. Doch dass er so grausam oder skrupellos sein könnte, das hätte ich nie gedacht." Sie schüttelte den Kopf, Tränen liefen ihr über die Wangen. „Ich kann nicht viel mehr tun, außer die armen Leute aus Springfield finanziell zu entschädigen. Das wird zwar die Toten nicht zurückbringen, aber vielleicht hilft es ja den Kindern." Sie richtete sich auf und straffte die Schultern. „Ich werde dafür sorgen, dass die *Stephens Timber Corporation* unter meinem Vorsitz alle staatlichen Umweltauflagen erfüllt."

Trevor sah sie an. Er bewunderte ihre Stärke. Er zog sie hinunter aufs Bett und überschüttete sie mit Küssen. „Verlass mich nie mehr!"

„Niemals ... oh, Darling!" Sie küsste ihn leidenschaftlich. „Jetzt liegt alles hinter uns."

In diesem Moment klingelte das Telefon. Trevor betrachtete es mit Widerwillen. „Halt die Klappe!", brummte er.

„Das ist deine Privatnummer. Du solltest besser rangehen."

„Möglicherweise sind es noch mehr schlechte Nachrichten."

Ashley lächelte durch den Tränenschleier hindurch. „Dann werden wir sie gemeinsam durchstehen." Sie wischte hastig die Tränen fort, schmiegte sich an ihn und fühlte sich geliebter und beschützter denn je.

Er runzelte die Stirn und widmete sich dem aufdringlichen Störenfried.

„Du und dein verdammter Anrufbeantworter!", rief Everett aufgebracht. „Ich hasse es, auf diese Dinger zu sprechen! Ich wollte dich nur warnen. Die Presse hat Wind von Clauds Geschichte bekommen."

„Ja, das habe ich erwartet."

„Bill Orson ist ganz schön panisch. Du weißt ja, er ist ein guter Freund von Claud und hat engen Kontakt zu einigen Leuten aus der Holzwirtschaft. Jetzt fängt er an, in Umweltfragen eine andere Position einzunehmen. Ich habe den Eindruck, dass du trotz aller Widerstände immer noch eine gute Chance hast, die Wahl zu gewinnen. Orson ist viel zu sehr mit Claud Stephens verbandelt, als dass er hier mit weißer Weste rauskommen könnte."

„Prima."

Es gab eine kleine, angespannte Pause. „Du hältst deine Kandidatur doch aufrecht, oder?", fragte Everett.

„Das sage ich dir morgen ... oder vielleicht nächste Woche", erwiderte Trevor und blickte Ashley vielsagend an. „Jetzt bin ich gerade beschäftigt."

„Und womit, zum Teufel?"

„Wie würde es dir gefallen, mein Trauzeuge zu sein?"

„Heute?"

Trevor lachte laut. „Sehr bald, Everett, sehr bald." Mit diesen Worten legte er den Hörer auf die Gabel und schloss Ashley in die Arme.

„Das wird Everett aber gar nicht gefallen, wenn du ihn so behandelst", neckte sie ihn.

„Was ihm gefällt oder nicht, ist mir völlig egal." Langsam zog er an den Nadeln, die den Haarknoten in ihrem Nacken zusammenhielten. „In diesem Moment gibt es nur einen Menschen, den ich zufriedenstellen möchte."

„Das würden deine Wähler aber gar nicht gern hören, Senator", scherzte sie.

„Oh, da bin ich mir nicht sicher ... Es täte meinem Image bestimmt gut, wenn ich ein glücklich verheirateter Mann wäre."

„Du tust das also alles nur für deine Wähler?"

„Besonders für eine Wählerin – eine sehr unabhängige junge Frau." Er küsste sie sanft. „Aber das könnte sich ändern, wenn sie erst einmal mit einem Ehemann und einem Kind belastet ist."

„Ein Kind?", fragte Ashley atemlos.

„Oder zwei ... oder drei." Er verteilte heiße Küsse auf ihrer Halsbeuge.

Bei dem Gedanken, Trevors Frau zu werden, Kinder mit ihm zu bekommen, durchströmte sie ein absolutes Glücksgefühl. „Du weißt wirklich, wie man jemanden überredet", flüsterte sie.

„Ich mache das ja auch schon seit Jahren, Darling."

Sie lächelte den Mann an, den sie liebte. „Glaubst du, es wird wirklich funktionieren mit uns?", fragte sie. „Es stand doch immer so viel zwischen uns."

„Das alles liegt in der Vergangenheit", versicherte er. „Ich habe dir doch gesagt, dass ich dich nie wieder gehen lassen werde, und das habe ich auch so gemeint." Er strich ihr sanft über den Hals. „Ich liebe dich. Bitte glaub mir."

„Oh, ich glaube dir, Trevor", erwiderte Ashley und seufzte tief. Sie schlang ihre Arme um seinen Nacken und schwor sich, ihn nie wieder loszulassen.

– ENDE –

Lesen Sie auch:

Virna DePaul

HauchNAH

Ab August 2013 im Buchhandel

Band-Nr. 25680
7,99 € (D)
ISBN: 978-3-86278-742-5

1. KAPITEL

Plainville ist eine merkwürdig malerische Stadt – Nordkaliforniens Antwort auf das fiktive Mayberry aus der *Andy Griffith Show*. Ländlich genug als Drehort für jeden beliebigen Low-Budget-Slasherfilm. Kontraste spielen in der Standfotografie eine genauso große Rolle wie im Film. Vielleicht hatte Natalie Jones aus diesem Grund Plainville zum Schauplatz ihres endgültigen Abstiegs in die Finsternis gewählt.

Die Schlüsselszene einer Tragikomödie. Ein Darsteller. Ein Zuschauer.

Und ein Vorhang.

Im Moment jedoch erfreute sie sich eines letzten Aufschubs.

Sie hätte so tun können, als hätte sie das Wort „Netzhautdegeneration" noch nie gehört. Als erwartete sie nicht die völlige Dunkelheit. Als wäre sie eine ganz normale Frau, die ihren Vormittag mit einem Bummel über den Bauernmarkt verbrachte, Bioobst und -gemüse prüfte und das Gemeinschaftsgefühl genoss.

Bei dem Anblick einer der berittenen Polizisten, die hin und wieder den Marktplatz umrundeten, griff sie entschlossen nach ihrer Kamera und fotografierte ihn. Dadurch jedoch wurde ihre Selbsttäuschung hinfällig.

Sie war nicht normal, war es im Grunde nie gewesen.

Sie konnte wohl die imposante Größe des Tieres, den Umriss und die Bewegungen wahrnehmen und erkennen, dass es ein typischer Fuchs war. Doch selbst mit einem Super-Vergrößerungsobjektiv sah sie nicht das Spiel der kraftvollen Muskeln unter der Haut, konnte den Ledersattel auf seinem Rücken nicht von der wahrscheinlich darunterliegenden Decke unterscheiden oder mit Sicherheit feststellen, dass es sich bei dem Reiter um einen Mann und nicht um eine kräftige Frau handelte.

Natalie presste die Lippen zusammen, ließ die Kamera sinken und blinzelte gegen die drohenden Tränen an.

Es ist schon richtig, dachte sie. Größer war nicht immer gleich besser, nicht, wenn sie selbst bei einem Fünfhundertkilopferd keine Einzelheiten erkennen konnte. Trotzdem, es war immer noch besser als gar nichts.

Empört seufzend setzte sie sich wieder in Bewegung, darauf bedacht, den Kopf hochzuhalten und langsam zu gehen. Aber auch nicht zu langsam.

Sie passierte eine Gruppe Mammutbäume rechts von ihr und hielt wieder inne, da unverhofft helle Sonnenstrahlen durch die Zweige brachen und sie blendeten. Sarkastisch verzog sie den Mund, dann schloss sie die Augen, hob das Gesicht und genoss die kaum merkliche Wärme auf ihrer Haut. Diesen Moment wollte sie für dunklere Zeiten im Gedächtnis bewahren, zusammen mit Erinnerungen an andere Orte, an denen sie glücklich gewesen war.

Die Seine in Frankreich.

Die Serpentinenwege in den Schweizer Bergen.

Die unbefestigten Straßen in Malaysia, zu beiden Seiten umgeben vom üppigen Grün des tropischen Regenwalds.

Die Erinnerungen würden ihr helfen, ihren Kummer zu verbergen.

Zu verbergen.

Dieser Begriff war ihr inzwischen ziemlich vertraut. Eine Fähigkeit, die sie beinahe bis zur Perfektion vervollkommnet hatte.

So viele Jahre hatte sie das Bevorstehende gefürchtet, dass ihr äußeres Auftreten nur noch selten spiegelte, wie viel Angst und Panik sie tief in sich empfand. Seit die Krankheit nicht mehr nur eine statistische Wahrscheinlichkeit, sondern Wirklichkeit war, bedeutete ihre Fähigkeit, ihre Gefühle zu verbergen, etwas sehr Wertvolles für sie. Beherrschung, ja, aber noch wichtiger war – Würde. Im Gegensatz zu ihrer Mutter würde sie ihr Schicksal mit Anstand annehmen und sich nicht von ihrer Situation unterkriegen oder zerstören lassen. Und es spielte auch keine Rolle, dass sie sich ihrer Zukunft allein stellen musste. Alleinsein war besser, auch wenn sie es eine Zeit lang vergessen hatte.

Unvermittelt drifteten ihre Gedanken zu Duncan Oliver ab.

Trotz der wärmenden Sonnenstrahlen auf ihrem Gesicht fröstelte sie und zog ihren Pullover fester um sich.

Warum musste sie zu allem Überfluss auch noch ständig so frieren?

Nichts – kein Kaffee, keine Heizung, nicht einmal eine Heizdecke – konnte die Kälte ganz vertreiben, die sich in ihrem Innern ausgebreitet hatte, nachdem Duncan vor zwei Wochen mit angespannter, doch entschlossener Miene zu ihr gekommen war und mit ihr hatte reden wollen.

„Tut mir leid, Natalie. Ich liebe dich, aber – aber ich halte es nicht aus. Ich ertrage es nicht, mit anzusehen, was du durchmachst", hatte er gesagt.

Zu dem Zeitpunkt hatte Natalie nur mit Mühe ihre Tränen zurückhalten können. „Doch du *kannst* es ertragen, dass ich es allein durchmache? Obwohl das hundertmal schlimmer ist?" Ach, was, hundert. Eher tausendmal. Hunderttausend. Natürlich hatte sie das nicht laut ausgesprochen. Stattdessen hatte sie nach vorn geblickt. Und genau so wollte sie es weiterhin halten.

Seufzend öffnete sie die Augen, blinzelte, bis ihre Sicht etwas weniger verschwommen war, und ging weiter. Im Hintergrund hörte sie Pete, einen Einheimischen, der in diversen Kriegen gekämpft und bei seiner Heimkehr seine Frau an den Krebs verloren hatte, seine Weltuntergangsprognosen und politischen Parolen brüllen. Die Polizei nahm es hin, bis der Besucherstrom zunahm. Dann würden sie ihn mit sanfter Gewalt entfernen.

Absichtsvoll näherte sie sich Pete, darauf bedacht, niemandem in den Weg zu geraten. Der Markt hatte gerade erst geöffnet, und das Gedränge, das in etwa zwei Stunden den Park heimsuchen würde, hatte noch nicht eingesetzt. Bis dahin würde sie längst fort sein, ihre Fotos vergrößert auf dem Computermonitor bearbeiten und versuchen, sie nicht zu streng zu beurteilen und nicht daran zu denken, dass sie wohl zu den letzten gehörten, die sie je aufnehmen würde.

Sie geriet ins Stolpern, als etwas ihre Waden streifte, und spontan griff sie nach unten und ertastete weiches Fell. Sie lachte, und der heisere Ton erschreckte sie. „Hallo, Süßer", schmeichelte sie und streichelte den Hund, doch dann pfiff der Besitzer nach ihm, und der Hund lief davon.

Für eine Weile konnte sie unbeschwert lächeln, und sie kostete das unverhoffte Gefühl der Zufriedenheit aus. Als sie Pete erreichte, unterbrach er seine Volksrede, um sie zu begrüßen. „Hallo, Natalie, du Hübsche."

Angesichts der vertrauten Begrüßung erschien wieder ein Lächeln auf ihrem Gesicht. Wann immer sie ihn traf, war Pete höflich zu ihr. Stets erkannte er sie, und es verblüffte sie, wie er innerhalb von einer Sekunde von wahnhaft auf vernünftig umschalten konnte. „Hi, Pete. Wie geht's dir heute?"

„Prima. Keine Angst. Alles wird gut."

„Danke, Pete. Das freut mich." Sie warf einen Fünfdollarschein in sein Körbchen und ging weiter. Seine Worte berührten sie seltsam. Er sagte sie bei jeder Begegnung, und meistens tat Natalie sie als leeres Gefasel ab. Aber heute gaben sie ihr Halt.

Zwar schritt die Krankheit fort, doch noch konnte Natalie sehen. Konnte noch arbeiten. Vielleicht hatte Pete recht, und alles würde gut.

Sie hatte für die Zeitschrift *Plainville* schon Hunderte von Fotos geschossen, um die Renovierung des Stadtzentrums zu dokumentieren. Allerdings dank des ungewöhnlich sonnigen Tags wären die Fotos vom Bauernmarkt eine hübsche Zugabe. Zwar herrschte keineswegs Gedränge, aber immerhin spazierten eine große Anzahl Besucher umher. Einige bewegten sich so schnell, dass ihre Körper ein Kaleidoskop verschwommener Farben bildeten. Wenn sie ihr Tempo jedoch verlangsamten und Natalie nahe genug herankam, konnte sie sie erkennen: Geschäftsleute, Pärchen, Familien.

Mehrmals umrundete sie den Park auf der Suche nach Motiven, die sie so oft aufnahm, bis alles perfekt war. Einige Male, als Gegenstände oder Personen ihr besonders auffielen – aufgewertet durch den Hintergrund oder einen Gesichtsausdruck, sofern sie ihn überhaupt wahrnehmen konnte –, formulierte sie im Geiste gleich Bildunterzeilen. Dies hatte sie sich während ihrer Zeit in Dubai angewöhnt und nicht wieder abgelegt.

Das Foto von der zierlichen dunkelhaarigen Frau, die sich bei dem silberhaarigen Mann an ihrer Seite untergehakt hatte und zu ihm auflachte, nannte sie „Freude".

Und das Bild eines Mannes, der, den Blick auf einen nahen Spielplatz gerichtet, an einem Baum lehnte und etwas in der Hand hielt, das wie eine Videokamera aussah, sollte „Beobachter" heißen.

Eine ältere Frau mit ernster Miene ging vorbei, lächelte aber sogleich, als das Baby in ihren Armen auf ihren Hals spuckte. Der Wind trug den Hauch des Dufts von Babyshampoo und Milch zu Natalie herüber. Sie konnte nicht widerstehen und drehte sich um, um das Baby, so verschwommen es auch war, so lange wie möglich im Blick zu behalten. Es gelang ihr nicht lange.

Im Gewimmel der wachsenden Menschenmenge drang wieder Petes Geschwätz an ihr Ohr. „Nicht, was du denkst ... er hat dich geblendet ..." Natalie runzelte die Stirn, wandte den Kopf und schnappte nach Luft, da sie gegen etwas Hartes gestoßen war.

Kräftige Hände packten sie bei den Armen, damit sie nicht stürzte. „Hoppla, kleine Dame. Pass auf, wohin du gehst."

Ärgerlich zog Natalie die Brauen hoch. *Kleine Dame?* Sie hob den Kopf, kniff die Augen zusammen, doch weil er die Sonne im Rücken hatte, konnte sie noch weniger von dem Mann erkennen als andernfalls. Er war groß und roch nach Tabak, doch sie nahm noch einen anderen Geruch an ihm wahr. Es schien, als hätte er sich mit Parfüm eingenebelt, um sein Laster zu verbergen. Er trug einen Hut. Angesichts seiner Worte und des leicht texanischen Akzents hätte sie auf einen Cowboyhut getippt, allerdings war der Hut irgendwie bunt gemustert, und etwas daran blinkte wie ein Diamant.

Sie bezwang ihre Mischung aus Verlegenheit und Ärger, sagte „Entschuldigung" und ging um ihn herum. Pete brüllte jetzt, und sie verzog das Gesicht, als er jemandem vorwarf, ein Heuchler zu sein. Ein Scharlatan. Immer, wenn Pete anfing, Personen zu beschimpfen, griff die Polizei schließlich ein. Dieses Mal blieb Natalie stehen, bevor sie sich abwandte. Pete zeigte auf ein Pärchen, und mehrere Leute beobachteten neugierig das Schauspiel.

„Gib ihm nicht, was er haben will", kreischte Pete. „Geh nach Hause! Geh nach Hause! Geh ..."

Eine Gestalt näherte sich ihm. „Also, Pete. Das reicht. Komm mit." Die Stimme klang freundlich, aber dennoch streng. Eindeutig ein Cop. Und tatsächlich verstummte Pete und ließ sich abführen. Dann war er verschwunden. Die Menge zerstreute sich.

Natalie fragte sich, ob der Polizist Pete nur bis zur Parkgrenze begleitete oder ob er ihn zu seinem Wohnwagen mehrere Straßenzüge entfernt fahren würde. Einmal war sie dort gewesen, weil sie Pete ihre Hilfe anbieten wollte. Sie wusste, dass auch die Cops ihm Hilfe angeboten hatten. Pete lehnte solche Versuche dankend ab.

Sie ging weiter, doch Pete und seine Anschuldigungen kreisten in ihren Gedanken, bis Kinderlachen und das Geplätscher von Wasser sie aus ihrer Versunkenheit rissen. Sie näherte sich dem Parkbrunnen. Da er ein schönes letztes Motiv sein würde, lief sie etwas schneller.

Ohne Vorwarnung explodierte ein Schmerz hinter ihren Augen. Sie sah einen grellen Lichtblitz, bevor der Rest ihrer Sehkraft zusammenschrumpfte.

Ihre Hände, die locker die Kamera hielten, zuckten so heftig, dass der Trageriemen an ihrem Hals riss. Wie aus weiter Ferne hörte sie die Kamera vor ihren Füßen auf dem Boden aufschlagen. Dann spielten offenbar ihre übrigen Sinne verrückt. Ihr Gehör ließ nach. Ihre Finger wurden taub. Ihre ohnehin schon kühle Haut wurde eisig. Doch die erhoffte Distanziertheit blieb aus. Und die ruhige Inkaufnahme ihrer Krankheit, die sie sich im Laufe von fast zwanzig Jahren erarbeitet hatte, löste sich in nichts auf.

Kein Versteck weit und breit.

„Nein", flüsterte sie. „Nicht jetzt. Bitte nicht jetzt."

Natalies Welt war unvermittelt völlig dunkel geworden.

Deutsche Erstveröffentlichung

Lisa Jackson
Flammennächste /
Eiskalte Versuchung
Band-Nr. 25651
8,99 € (D)
ISBN: 978-3-86278-507-0
560 Seiten

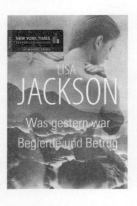

Lisa Jackson
Was gestern war /
Begierde und Betrug
Band-Nr. 25632
8,99 € (D)
ISBN: 978-3-86278-482-0
544 Seiten

Lisa Jackson
Gefährlich wie die Wahrheit
Band-Nr. 25567
8,99 € (D)
ISBN: 978-3-89941-969-6
544 Seiten

Kristan Higgins
Ich habe mich verträumt
Band-Nr. 25668
8,99 € (D)
ISBN: 978-3-86278-724-1
eBook: 978-3-86278-774-6
400 Seiten

Susan Andersen
Verküsst & zugenäht!
Band-Nr. 25675
8,99 € (D)
ISBN: 978-3-86278-735-7
eBook: 978-3-86278-781-4
304 Seiten

Susan Mallery
Nur die Küsse zählen
Band-Nr. 25676
8,99 € (D)
ISBN: 978-3-86278-736-4
eBook: 978-3-86278-782-1
336 Seiten

Kommen Sie an Bord – Seeräuberin Kate erwartet Sie!

Deutsche Erstveröffentlichung

Band-Nr. 25658
8,99 € (D)
ISBN: 978-3-86278-707-4
416 Seiten

Claire Garber
Die Liebe ist
ein Dieb und der
Pirat der Träume

Im Namen der Liebe geben wir Lebensziele auf, vernachlässigen Freundinnen und nehmen zu – und was bleibt, wenn die Liebe dann gestorben ist? Dieser Frage geht Redakteurin Kate Winters alias Piratin Kate in ihrer vielbeachteten Rubrik der Zeitschrift „True Love" nach.
Aber bis Kate erkennt, dass man eigene Träume verfolgen und wahre Liebe finden kann, sind viele Anschläge auf ihrer Computer-Tastatur und noch mehr Küsse von ihrem Jugendfreund Peter Parker nötig …